KB231313

사회주의라는 고유명

지은이

최은혜 崔銀惠, Eunhye Choi

고려대학교 국어국문학과에서 박사학위를 받고 현재 경상국립대학교 사회과학연구원에서 연구교수로 일하고 있다. 식민지기 사상과 문학을 중심으로 연구를 진행해왔고 앞으로는 식민지 조선에서 사회주의가 어떻게 젠더적으로 전유되었는지, 더 나아가서는 사회주의가 한국의 근현대 각각의 시기에 어떤 흔적을 남겼는지 살피고자 한다. 『혁명을 쓰다 — 사회주의 문화정치의 기록과 유산들』(2018), 『계급과 문학, 카프의 시대』(2024) 등에 공저로 참여했으며, 요시다 유타카의 『갖지 못한 자들의 문학사 — 제국과 군중의 근대』(2024)를 공역했다.

사회주의라는 고유명

초판발행 2026년 3월 20일

지은이 최은혜

펴낸이 박성모
펴낸곳 소명출판
출판등록 제1998-000017호
주소 서울시 서초구 사임당로14길 15 서광빌딩 2층
전화 02-585-7840
팩스 02-585-7848
이메일 somyungbooks@daum.net
홈페이지 www.somyong.co.kr

ISBN 979-11-7549-045-1 93810
정가 36,000원

ⓒ 최은혜, 2026

잘못된 책은 구입처에서 바꾸어드립니다.
이 책은 저작권법의 보호를 받는 저작물이므로 무단전재와 복제를 금하며,
이 책의 전부 또는 일부를 이용하려면 반드시 사전에 소명출판의 동의를 받아야 합니다.

연세
근대한국학총서
152 / L-124

최은혜 지음

Socialism as a Proper Noun

사회주의라는 고유명

식민지 조선 프롤레타리아
소설의 역사 인식과 주체

일러두기

1. 앞서 인용된 글이 페이지를 넘겨 재인용될 때에는 서지사항을 제외한 글의 제목만을 다시 밝히는 것을 인용 원칙으로 한다. 또한 동일한 글이 다른 절에서 재인용될 경우, '앞의 책'으로 표기하는 대신 서지사항을 새로 표기하였다.
2. 식민지시기에 쓰인 원전을 인용하는 경우 현대맞춤법에 따라 수정하였다.

저자의 말

　이 책의 제목은 명백하게 가라타니 고진柄谷行人의 '고유명' 개념에 기대어 있지만, 정작 책 전체의 내용은 그의 이론 체계와 무관하다. '사회주의'를 주요하게 내걸지만, 식민지 조선의 프롤레타리아문학을 다룬 책을 지시하기에 지나치게 광범한 표제어이다. 일반적 명명법을 기준 삼자면 그리 적절하지 않은 제목인 셈인데, 그걸 알면서도 '사회주의라는 고유명'이라는 말을 끝내 포기할 수 없었다. 그 이유를 해명하는 것으로 책의 지향과 좌표에 대한 설명을 대신하고자 한다.

　고유명은 가라타니 고진이 자신의 저서 『탐구』 2에서 단독성singularity의 존재 방식을 논리적으로 설명하기 위해서 가장 먼저 불러들인 개념이다. 그러므로 고유명이라는 용어에 담긴 의미에 닿으려면 우선 단독성에 대한 이해가 필요하다. 단독성이란 무엇인가. 개체의 고유한 성격인 단독성은 흔히 특수성과 혼동된다. 특수성 역시 개체가 가지는 성질이기 때문이다. 그러나 가라타니는 이 둘이 분명 다르다고 말한다. 집합 일반 속에서 도드라지는 개체의 특수성이 개체의 개체성과 상통하는 단독성일 수 없다는 것이다. 개체는 특별하거나 특수하지 않아도, 발에 차일 정도로 흔해도 그 자신으로 고유하다. 그것이 바로 단독성이다. 가라타니에 따르면 단독성은 일반성의 범주를 떠나서도 존재하는 개체 자체의 성격일 뿐만 아니라, 오히려 공동체 내의 일반적 규칙을 공유하는 언어를 통해 의미가 이야기되는 순간 다시 특수성의 덫으로 빠져버리고 만다. 일반성이라는 전제 위에서 지위가 부여되는 특수성과 다르게 단독성은 애초에 일반성에 속하지 않는 고유성이므로, 그것을 서술적 언어로 설명하려는 시도는 번번이 실패로 돌아가게 된다.

그렇다면 일반적 방식으로 설명될 수 없는 단독성은 대체 어떻게 가시화될 수 있는 걸까. 이를 위해 가라타니가 불러들이는 것이 바로 고유명이다. 고유명은 개체를 서술하지 않으면서 지시한다. 개체와 고유명 사이에는 일반성의 규범이 자리하지 않는다. '이' 개체는 일반성에 비추어 특수하기 때문에 '이' 고유명으로 지시되는 것이 아니다. '이' 고유명은 그저 단 하나뿐인 '이' 개체를 지시할 뿐이다. 다름 아닌 바로 '이' 개체를 지시하는 것은 곧 개체의 단독성을 지시하는 것과 다르지 않다. 이렇듯 단독성은 고유명을 통해 가시화될 수 있다. 그런데 이러한 논리에 도달하게 될 때, 우리는 더 근원적 차원의 질문을 던지지 않을 수 없게 된다. 단독성을 가시화하는 고유명 그 자신은 정작 어떻게 가시화되는가. 이 질문은 개체의 단독성과 고유명 사이에 놓인 '누군가'의 존재를 강하게 환기한다. 개체를 고유명으로 부르는 '누군가', 즉 타자他者 말이다. 가라타니는 고유명의 존재론적 조건에 타자가 놓여 있음을, 그리하여 개체의 단독성이 타자에 의해서 부여될 수밖에 없는 '사회적' 성질과 분리될 수 없음을 발견한다.

사회는, 개체가 자신의 공동체와는 다른 규칙을 가진 공동체의 타자와 만나는 장소이다. 가라타니는 마르크스의 표현을 빌려 이 비대칭적 장소를 '교통 공간'이라고 지칭하는데, 한 공동체를 지탱하는 일반성의 규칙은 각기 다른 공동체들 사이의 교통 공간에서 더 이상 규칙일 수 없다. 서로의 공동체적 규칙이 무화되는 사회는 '보편'의 공간이다. 그 속에서 개체는 고유명을 입게 된다. 교통 공간으로서의 보편적 사회에서 고유명을 통해 출현할 수 있는 단독성은 일반성으로 규범화된 공동체에서의 특수성과 다르다. 여기서 가라타니가 따로 언급하지 않았으나 함께 강조되어야 할 부분이 있다. 고유명을 부여받은 개체가 교통 공간으로 스스로를 내던지거나 혹은 그 속으로 내던져진 존재라는 점이 바로 그것인데, 이는 타자에 의해 고유명으로 불린다는 사건의 필수적인 선행 조건이다. 달리 말해, '일반-특수'의 축과 구별되는 '보편-단독'의 축에 놓인 고유명은 공동체의 규범성 밖으로 벗어나려 / 벗어나게 하는 사회적 시도와도 긴밀히 관련된다.

*

 일반과 보편, 특수와 단독을 구분하면서 '단독성'을 설명하는 논리적 과정은 '식민지 조선'에서 '사회주의' 사상이 전유되는 양상을 살피기 위해 '특수와 보편'이라는 오랜 지성사적 난제와 씨름하던 나에게 새로운 좌표계를 던져주었다. 사실 나는 조선의 사회주의에 대한 공부를 시작한 이래로 줄곧 '사회주의의 세계사'라는 것을 상정하곤 했다. 그리고 그 속에 식민지 조선의 경우는 어떻게 기입entry되어 왔으며 기입될 수 있을까 하는 질문을 던졌다. 그럴 때마다 조선 사회주의 사상과 운동, 문학과 관련된 수많은 연구들의 숲에서 길을 잃고 헤맬 때와는 다른 기묘한 느낌에 휩싸였는데, 어쩐지 조선의 사회주의적 실천이 왜소하게 여겨졌기 때문이다. 자본주의 생산에 입각한 발전이 더딜 수밖에 없는 주변부라는 지역성, 검열과 치안유지법 등으로 인해 사회주의운동이 활발하게 전개될 수 없었던 식민지라는 조건, 그리하여 혁명이라는 역사적 경험이 부재한다는 사실 등은 마르크스-레닌주의적 전통에서도, 중국·베트남·쿠바 등지에서 이루어진 제3세계혁명사의 맥락에서도 적절한 의미를 부여받기 어려워 보였다. 생산력 발달 정도나 혁명 경험 여부 등의 기준에 따라 볼 때, 식민지 조선의 사회주의는 '특수'의 자리를 차지하기에 너무도 특별하지 않았던 것이다.

이처럼 조선 사회주의의 존재와 의미 자체가 '사회주의의 세계사'에서 쉬이 지워져버리는 것을 선뜻 납득할 수 없었던 나는 '보편-단독'의 논리를 사유의 돌파구로 삼았다. 식민지라는 엄혹한 시기에 주변부적 조건을 딛고 사회주의를 행위의 근거로 삼았던 이들의 사상적·실천적 고투를 '한국학'의 입지에서만 의미있는 것으로 용인하게 되는 사태, 어쩌면 '세계사'적 견지에서 그 고투를 적극적으로 명명하지 않아 왔다고도 말할 수 있는 기존의 흐름이, '보편-특수'라는 좌표계로 사회주의를 이해한 데서 기인했을지도 모른다고 생각하게 된 것이다. 가라타니의 논리에 따라 정정하자면, 이러한 상황은 그간의 사회주의 이해가 '일반-특수'의 축 위에서 이루어진 데서부터 비롯된 것이 아닐까.

일반성으로서의 사회주의는 사회주의를 제도화·규범화된 것으로 받아들이는 인식론적 기반을 가진다. 이때 사회주의는 냉전하 실패한 국가 정치 체제의 일종으로, 때로는 역사를 완결짓는 탁월한 사상으로 인식되기도 한다. 전자의 입장에서 사회주의는 동유럽 사회주의 국가들의 자본주의화 이후 더 이상 힘을 가질 수 없게 된 과거의 체제에 불과하다. 반면 후자의 입장에서 사회주의는 자본주의로부터의 이행이라는 역사 발전의 필연적인 경로로 고정된다. 이들은 정반대 입장에 놓여 있지만, 사회주의의 일반적 성격을 전제한다는 점에서 형식 논리를 공유한다. 따지고 보면 사회주의의 필연적 도래를 '발전'이라고 믿었던 이들이 돌연 자본주의 체제의 경제 '성장'론을 옹호하는 기수가 된 것도, 사회주의를 일반성의 좌표 위에서 이해한 데서 비롯된 지극히 당연한 결과라고 할 수 있겠다. 사회주의를 표방했던 국가들의 '몰락'을 목도하면서 어떤 이들이 느꼈던 큰 충격과 깊은 좌절감에도 유사한 맥락상의 이유가 있다고 생각한다.

서양에 의해 주도된 자본주의 발전의 역사 속에서 사회주의 사상이 정식화되었다는 점을 강조하는 정통orthodox 마르크스주의적 입장 또한 사회주의를 일반성으로 이해하는 것과 다르지 않을 수 있다. 이러한 인식론은 '유럽적 원본'과 '지역적 수용'이라는 '일반-특수'의 구도로 연결되어 유럽 아닌 지역의 사회주의를 특수성의 축 위에 놓을 뿐만 아니라 원본과의 거리에 따라 위계화해 평가하는 방식으로 흐르기 쉽다. 그러나 지구상 아주 작은 공간을 차지할 뿐인 한반도에 사회주의 사상이 전해지고 전유되며 그에 따라 누군가는 삶의 방향을 조정하고 또 아예 자신의 전부를 내걸기도 했던 역사 앞에서, 이렇게 질문을 던지지 않을 수 없다. 사회주의의 원본성이란 대체 무엇일까. 그런 게 정말 존재하기는 하는 걸까. 적어도 지난 역사 속에서 그 원본성은 지역적 위계에 따라 구성되고 승인된 이데올로기에 불과한 것이 아닐까.

이러한 물음표의 연쇄가 지극히 편향성을 띤 채 이루졌다는 것을 인정한다. 고백하건대, 나는 '사회주의의 세계사'에 식민지 조선의 사회주의 사상과 운동, 예술과 문화 / 문학을 기입하고 싶었고, 정당한 역사적 자리를 찾아주는 게 필요하다고 믿었으며, 여전히 그렇다. 더 나아가서는 역사에서 누락된 수많은 지역의 사회주의적 실천이 그 자체로 의미 있게 이야기될 수 있었으면 좋겠다. 사회주의라는 보편의 사상이 전유되는 역사'들'을 '단독적인 것'으로 바라보는 관점이 필요하다고 생각한 이유다. 사회주의를 일반성의 축으로부터 보편성의 축으로 옮기고, 사회주의 전유의 역사들을 특수성의 축으로부터 단독성의 축으로 옮겨 옴으로써 온갖 오해로 뒤덮인, 혹은 케케묵은 먼지가 하얗게 내려앉은 사회주의에 대한 이야기를 다시 시작해보자는 것이다. 사회주의가 우리에게 열어주는 무수한 가능성, 아무래도 내가 그 가능성에 기대를 걸고 있다는 것을 부정할 수는 없을 듯하다.

나는 자본주의적 생산양식의 일반성 밖을 상정하는 보편적 사상의 공간으로 사회주의를 이해한다. 나에게 이러한 이해는, 자본주의와 대결하는 국가 체제로 사회주의를 정의하는 방식으로부터 분명히 선을 긋는 입장의 선택이며, 동시에 유럽의 역사 속에서 정식화된 것으로 사회주의 사상을 고정하여 유럽적 원본과 지역적 수용이라는 일방향성을 전제하게 되는 상황으로부터 벗어나겠다는 의지의 표명이다. 사회주의는 자본주의적 규범성 너머를 사유할 수 있는 '교통 공간'이고, 그 공간에는 규범성 밖으로 벗어나려 / 벗어나게 하는 사회주의적 실천들의 과거와 현재가 다채롭게 존재한다. 그러한 실천들을 단독적인 것으로 보고 각각에 고유명을 부여하자는 것은 결국 '어떤' 태도 위에 서겠다는 선언과 다르지 않다. 그럴 때, 식민지 조선에서 이루어진 사회주의적 실천은 과거에 고정된 역사의 순간이 아니라 앞으로 이어질 역사적 상상을 펼칠 수 있는 현재적 자원이 될 수 있다고 믿는다.

*

이 책은 박사논문 「식민지 조선 프롤레타리아 소설의 역사 인식과 주체」의 얼개를 따르되, 이후 발표한 논문들을 포함하고 몇몇 부분을 수정·보완해 완성한 것이다. 완성도 측면에서 여러모로 부끄럽고 마음에 차지 않는 구석이 많지만, 이후의 열심을 기약하기 위해 우선은 흘려보내기로 마음먹었다. 아마 권보드래 선생님의 가르침과 격려가 아니었으면 결코 마침표를 찍지 못했을 것이다. 끝내 앎의 궁극에 도달하지 못할 걸 예감하면서도 묵묵히 그 대상을 사랑하고 끝까지 탐구하는 것, 그렇게 공부가 마음과 닿아 있다는 것을 선생님께 배웠다. 제자들에게 귀 기울이시는 모습을 보면서 나도 그런 어른이 되고 싶다고 감히 생각했었다. 당신께서 가까이에 계신다는 사실만으로도 어쩐지 위안을 받게 된다는 고백을, 이 자리를 빌어 드리고 싶다. 박헌호 선생님은 박사논문 집필이라는 벽이 너무도 높게만 느껴져 그 앞에서 오랜 시간 주저하기만 했던 내게 때로는 짓궂고 다정한 농담으로, 때로는 뼈아픈 질책으로 용기를 주셨다. 미혹한 제자가 길을 잃지 않길 바라는 선생님의 마음을 느끼며 머뭇거리다가 한 발자국, 또 머뭇거리다가 한 발자국 조금씩 내딛었다. 그 시간을 보내다 이제는 선생님과 우정을 나누는 친구가 되어 더없이 기쁘다. 박사논문 심사 과정에서 여러 가르침을 주신 강헌국, 박상준, 손유경 선생님께도 진심을 다해 감사의 마음을 전하고 싶다.

부족한 책이나마 준비하면서, 얼마나 많은 사랑으로 여기에 도착할 수 있었는지 떠올리지 않을 수 없었다. 자기혐오에 시달리고 깊은 우울에 빠져 허우적대던 수많은 날들, 그런 나를 견뎌준 이들이 있다. 울고 웃으며 함께 박사논문을 썼던 안혜연, 임세화 언니가 아니었다면 진작 삶이고 공부고 다 내려놓았을 것이다. 작은 아이디어가 글로 완성될 때까지 늘 진지하고 꼼꼼하게 의견을 나눠준 김미연, 문장원, 염동규 학형 덕분에 지적 긴장감을 놓지 않을 수 있었다. 박사논문 심사 전 유승환 선배가 제기동 맥줏집에서 이런저런 조언을 해준 시간은 여전히 좋은 기억으로 남아 있다. 송미진, 송현지, 최은영 언니와는 뒤늦게 닿았지만 그만큼 우리가 마음 깊이 연결되어 있다는 걸 알게 됐다. 현, 덕호, 선아, 주연, 햇님과 지내온 긴긴 시간을 새삼 생각해본다. 무수와 연두, 고유진, 박수빈, 신아현, 이만영, 정고은 선생님으로부터 따뜻한 위로를 건네받기도 했다. 연구와 실천의 관계를 고민하게 해주시는 천정환 선생님, 사무국에서 함께 일했던 강부원, 오영진, 임태훈, 최병구, 홍덕구 선생님을 비롯한 인문학협동조합의 여러 동료들, 교육자로서의 삶에 대해 고민할 기회를 주신 김현주, 서재길, 서재원 선생님, 단행본준비 세미나의 장수희, 정한나, 이용범 선생님, 한국역사연구회의 사회주의 연구반 선생님들, 고려대학교 민족문화연구원 '호모 아토포스의 인문학' 연구팀의 이형대, 장영은, 최기숙, 허윤 선생님, 일하고 공부하며 진한 우정을 쌓은 이은우, 최빛나라, 허민 선생님과 김희령, 이태섭 연구원 선생님, 무엇보다 책 출판에 도움을 주신 연세대학교 근대한국학연구소와 소명출판의 여러 선생님들, 정예지 편집자님께도 고개 숙여 감사드린다. 항상 언니 곁을 지켜주는 아기 고양이 니니와 한결같은 사랑으로 부족한 나를 보듬어주시는 가족으로 인해 삶의 가장 낮은 곳에서도 다시 일어설 힘을 얻을 수 있었다. 수많은 감사의 순간을 여기에 모두 언급할 수는 없을 것 같아 주저리주저리 썼다 결국 대부분 지웠다. 아무래도 이 마음은 직접 만나 눈을 마주치며 전해야 겠다. 열심히 살고 성실히 연구하는 것으로 갚아나가는 수밖에 달리 보답의 방법이 없는 듯하다.

2026년 봄
최은혜

차례

들 어 가 며
프 롤 레 타 리 아 문 학 의
조 선 적　　판 본

1. 프로문학 연구의 역사와 쟁점

한반도에서 사회주의의 수용과 전유는 현실을 계급적 관점으로 해석할 수 있는 사유의 틀을 제공했을 뿐만 아니라 더 나은 사회로의 변혁을 꾀하는 실천의 준거가 되었다. 그 시작점에 있는 식민지기의 사회주의 사상은 한반도 역사에서 전개된 정신사의 한 축을 살피는 데 필수적인 연구의 대상이다. 더욱이 그러한 경향 속에서 창작된 1920~1930년대 프롤레타리아소설은 당대의 작가들이 일제에 의해 금기시된 사회주의적 상상력을 펼칠 수 있는 합법적 공간이자 서사를 통해 사회주의적 사고실험을 수행할 수 있는 문학적 실천의 장場이었다는 점에서 중요하게 다루어질 필요가 있다. 소설 속에서 조선이 처한 후진성과 식민지라는 조건은 고려치 않을 수 없는 변수로 작동했다. 작가들은 이 조건들과 의식적으로 고투하며 사회주의 사상을 자기화하려고 노력했고, 때로는 이 조건 속에서 무의식적으로 사회주의 사상이 자기화된 작품을 내놓기도 했다. 요컨대 식민지기 프롤레타리아소설은 조선의 중층적 상황에서 사회주의 사상을 받아들이는 과정을 보여주는 정신적 활동의 결과물이었다.

프롤레타리아문학(이하 프로문학)의 형성과 카프KAPF의 성립은 한국 근대문학사를 구성하는 데에도 핵심적인 역할을 했다. 이들이 전개되면서 민족과 계급, 문학과 정치, 이론과 실천 등의 개념쌍을 둘러싼 사유의 경합이 본격화되었으며, 리얼리즘이나 민족문학과 같은 문학사의 문법들이 논쟁의 대상으로 논의되기 시작했다. 당대의 주요 논점은 이후의 프로문학 연구자들에게도 유의미하게 다루어졌다. 해금으로 월북 문인에 대한 자료 접근이 가능해지면서 폭발적으로 증가한 1980~1990년대 초 프로문학 및 카프에 대한 연구가 이를 방증한다. 카프 주도의 문학운동론이나 논쟁사를 구성하고[1] 리얼리즘문학을 최고의 문학적 성취로 받아들이는[2] 등의 경향이 자리 잡게 된 것이다. 먼저 1980~1990년대 초의 연구 경향을 정리하면 다음과 같다.

첫째, 카프 중심성이다. 이 시기의 연구는 프로문학의 정체성을 설명하는 데 카프조직를 중심에 두고, 이론적 자원을 마르크스-레닌주의적 방법론이나 마르크스주의 문예이론으로부터 찾음으로써 식민지기에 제기된 문학(운동)사적 쟁점을 적극적으로 '따라 읽어주는' 방식을 취했다. 이러한 방식은 과거 프로문학이 제기한 문제틀을 현재의 연구 방법으로 따른다는 점에서 문제적이다. "급진적 사회 변혁운동과 의식적 평행"[3]을

---

1 카프를 중심에 두고 비평사를 구성한 가장 첫 작업은 1973년 발간된 김윤식의 『한국 근대문예비평사연구』로서 이 저작의 1부는 「프로문학운동을 중심으로 한 문예비평」 이라는 제목으로 프로문학 '운동'과 '비평'을 전면화했다. 김윤식의 연구는 프로문학 성립 자체를 카프라의 설립과 연결하고, 문학운동과 조직론의 시야에서 비평사를 처음 개진함으로써 이후의 프로문학 연구에 중요한 기틀을 제공했다.(김윤식, 『한국근 대문예비평사연구』, 한얼문고, 1973) 이후 1980년대를 맞이하면서 카프 소속 작가들과 관련된 연구가 급증하고, 분단에 의한 반쪽 문학사가 아닌 온전한 민족문학사를 구성하려는 시도들이 대대적으로 이어졌다. 카프 중심의 조직론과 운동론을 구성한 대표적인 저서로는, 역사문제연구소 문학사연구모임 저, 『카프 문학운동 연구』, 역사비평사, 1989; 권영민, 『한국 계급문학 운동사』, 문예출판사, 1998 등을 참조할 수 있으며, 카프 중심의 논쟁사를 통시적으로 정리한 연구로는 김영민의 저서가 대표적이다. (김영민, 『한국문학비평논쟁사』, 한길사, 1992)

2 리얼리즘(론)의 연구에 대해서는 별도의 지면이 필요할 만큼 많은 연구들이 축적되어 있다. 대표적인 단행본으로는 다음을 참고할 수 있다. 김윤식 외, 『한국 리얼리즘 소설 연구』, 문학과비평사, 1987; 김윤식·정호웅, 『한국 근대 리얼리즘 작가 연구』, 문학과 지성사, 1988; 장사선, 『한국 리얼리즘 문학론』, 새문사, 1988; 조진기, 『한국 근대 리 얼리즘 소설 연구』, 새문사, 1989 등.

3 최원식은 1980년대 프로문학 연구열에 대해 다음과 같이 서술한다. "프로문학이란 금기에 대한 도전은 1980년대 하나의 경향으로 정립되었다. 신진 연구자들이 집단적 열정으로 프로문학을 독자적 연구 단위로 설정, 프로문학 연구열을 고조시킨 사실은 획기적이다.(…중략…) 1980년대의 집단적 연구열이 이 시기의 급진적 변혁운동과 의식적 평행을 이루고 있다는 점에서 앞 시기의 중립적 작업들과는 일정하게 차별

이루던 집단적 연구는 식민지기 사회주의운동을 일종의 전사前史로 인식하면서 연구를 통해 변혁운동의 활로를 모색하고자 했다. 카프의 '조직론'에 대한 연구 자체가 실천이 될 수 있었던 것이다.

둘째, 리얼리즘 중심성이다. 이 시기의 연구는 그간 주목받지 못했던 카프의 리얼리즘론을 복원하여 일종의 세계관이자 작품을 해석하는 이론적 표준으로 삼았다. 리얼리즘의 서구적 기원이나 사조적 원형에 대한 인식, 개념적 이해 등이 연구자마다 조금씩 상이함에도 불구하고[4] 프로문학의 등장과 한국 근대문학에서의 리얼리즘 출현은 동궤에서 이해됐다. 그 기반에는 전형성과 총체성이 요체를 이루는 루카치의 이론이 중요하게 자리하고 있었다.[5] 이는 인간 개체적 개별성에 침식되지 않고

된다." 최원식, 「프로문학과 프로문학 이후」, 『민족문학사연구』 21, 민족문학사연구소, 2002, 14쪽.

4   한국 근대문학에서 리얼리즘이 인식되어 온 방식을 살피고 그런 방식에 문제를 제기한 논문으로는 김민정의 연구를 참고할 수 있다. 지금까지의 리얼리즘론은 "서구 리얼리즘의 역사적 전개과정과 그 이론적 고찰에 있어서 체계성과 깊이를 갖추고 있으나, 한국 리얼리즘문학에 서구 이론을 적용·분석하다 보니, 리얼리즘문학의 형성 및 전개에 있어서 시각차를 보이고 있다. 가령 구중서나 유문선의 경우는 19세기 발자크를 위시한 프랑스 리얼리즘을 근대 리얼리즘의 원형으로 인식하여 19세기 리얼리즘의 전개 경로를 따라 카프가 등장한 1920년대 중반을 한국 리얼리즘문학의 형성기라 보고 있다. 장사선과 나병철은 이들보다는 시기를 소급해 근대 초기부터 리얼리즘문학이 형성되었다 보고 있기는 하나, 역시나 본격적으로 진행된 것은 카프가 등장한 1920년대로 보고 있다." 김민정, 「리얼리즘의 강박, 증상으로서의 리얼리티─리얼리즘의 재인식과 전망의 모색」, 『민족문학사연구』 54, 민족문학사연구소, 2014, 303쪽.

5   박상준에 따르면 "『소설의 이론』(반성완 역, 심설당, 1985) 이후 『역사와 계급의식』(박정호·조만영 역, 거름, 1986), 『리얼리즘 미학의 기초 이론』(이춘길 편역, 한길사, 1986), 『변혁기 러시아의 리얼리즘 문학』(조정환 역, 동녘, 1986), 『역사소설론』(이영욱 역, 거름, 1987), 『리얼리즘 문학의 실제 비평』(반성완 외 역, 까치, 1988) 등" 루카치의 문예 이론은 이 시기에 "집중적으로 소개되"면서 "좌파문학 연구의 르네상스를 여는 데 큰 역할을 수행했다." 박상준, 「프로문학 연구의 새로운 방향과 의의」, 『어문학』 102, 한국어문학회, 2008, 389쪽.

특정 계급과 사상을 대표하는 경향문학에 대한 옹호와 연결되는 것이었다. 리얼리즘은 연구의 테마임과 동시에 연구자의 세계관을 담지하는 정치적 개념이기도 했다.

그러나 '학술운동 세대'로서의 정체성에서 비롯된 자의식은 프로문학 연구의 지속을 가로막는 걸림돌이 되기도 했다.[6] 강력한 이론적 전제로 인해 조직론이나 논쟁사만으로 설명될 수 없는 부분이 누락된다거나 리얼리즘에 대한 편향적 이해로 인해 프로문학에 나타나는 다양한 미학적 특징이 제한적으로 받아들여졌던 것이다. 또한 "한국 프로문학의 국제적 동시성은 (…중략…) 수용주체의 과잉한 자발성에 기초한 이식성의 결과"였다는 전제로 말미암아[7] 코민테른의 지침이나 일본 사회주의문학 내의 논쟁 등을 일방향적 기준점으로 잡는 연구가 진행되기도 했다.[8] 이에 따라 식민지에서의 사회주의문학(운동)이 지니는 특수한 의미를 정신사적 차원으로까지 확대해 논하지 못한 것도 사실이다. 애초에 연구'열' 자체가 시대적 흐름 속에서 생겨난 것이기도 하거니와 현실 사회주의 국가의 몰락이라는 시대의 급변에 버티지 못하고 연구열이 냉각될 수밖에 없었던 데에는 이런 이유가 작용했다고 할 수 있다.

---

6 최원식은 "연구 대상에 대한 연구자의 의식이 과잉될 경우, 대상과 주체의 온전한 상호침투가 어렵기 때문"에 "프로문학과 진정한 의미에서의 대화와 소통의 가능성이 크지 않았다"며 자기반성을 촉구하는 목소리를 내기도 했다. 최원식, 「프로문학과 프로문학 이후」, 16쪽.

7 위의 책, 20쪽.

8 김윤식은 카프문학을 "일본 프로문학과의 관련에서 명멸해 간 것"으로 보며 "한국 프로문학비평은 번안비평이란 에피셋트가 붙을지 모"르겠다고 전하는데, 그 문제의식을 이어 받아 조진기 역시 "우리의 프로문학론은 일본 프로문학론으로부터 지대한 영향을 받고 전개되었으며, 프로문학운동 역시 일본 프로문학운동의 동향에 따라 변모해 왔음을 확인할 수 있었다"고 밝히면서 한일 프로문학론을 비교해 전개한다. 조진기, 『한일 프로문학론의 비교연구』, 푸른사상, 2000, 7~8쪽.

집단적 연구열은 잦아들었지만 2000년대에 들어서도 유의미한 연구 성과가 꾸준히 제출되었다. 이에 대해서는 이미 2000년대 후반에 연구 경향을 정리하는 논문 두 편이 나온 바 있다. 손유경은 이 시기의 연구들을 다음과 같이 살핀다.[9] ① 과거에 소외되어왔던 연구 대상의 위상을 복권하여 프로문학 연구의 외연을 확장한 연구,[10] ② 프로문학이라는 대상과 기존의 연구 방법론에서의 '리얼리즘 / 모더니즘, 계급주의 / 민족주의, 저항 / 친일' 등 이분법적 시각을 넘어서는 연구,[11] ③ 전향문학 연구, 신실증주의적 연구, 비교문학 연구, 북한문학사 연구 및 ④ 개별 작가론 연구 등이 그것이다. 한편 박상준은 이 시기 연구의 특징으로 ① 기존의 방식을 문제 삼는 움직임의 등장, ② 소모적 이분법을 극복하려는 근대성 연구의 맥락에서 프로문학의 특징 및 한계를 살피는 경우,[12] ③ 이전 시기의 문제의식을 계승하면서 포스트 콜로니얼리즘 등을 전유

9   손유경, 「최근 프로문학 연구의 전개 양상과 그 전망」, 『상허학보』 19, 상허학회, 2007.
10 이를테면 신경향파문학을 과도기적 단계의 문학으로 보는 시각에서 탈피하여, 그 고유의 특성을 고찰하고 자연주의소설의 일부로 바라보는 박상준의 연구가 대표적이다. 박상준, 『한국 근대문학의 형성과 신경향파』, 소명출판, 2000.
11 프로문학이 민족주의를 배척한 것이 아니라 문학장 내에서의 지배력을 확보·확장하는 과정에서 차별점을 마련했다는 점을 설명하며 사조주의적 시각을 넘어서겠다는 박근예의 논문이나 프로문학을 기존의 사상의 관점에서 누락된 연대의 윤리, 비애의 감각 등을 통해서 설명하려 한 손유경과 김명인의 연구 등을 예로 들고 있다. 박근예, 「1920년대 문학 담론 연구」, 이화여대 논문, 2005; 손유경, 「한국 근대소설에 나타난 '동정(同情)'의 윤리와 미학에 관한 연구」, 서울대 논문, 2006; 김명인, 「한국 근대문학 개념의 형성 과정-'비애'의 감각을 중심으로」, 『탈식민의 역학』, 민족문학사연구소 기초학문연구단, 소명출판, 2006.
12 식민지 조선의 프로문학을 '사회주의 현대화 프로젝트'의 일환으로 보려 한 최원식의 연구나 임화 비평이 계급문학으로부터 민족문학으로부터 나아갔다는 점을 규명하는 신두원의 연구를 예로 들어, 이분법의 실질적 해체를 말한다. 최원식, 「프로문학과 프로문학 이후」; 신두원, 「계급문학, 민족문학, 세계문학」, 『민족문학사연구』 21, 민족문학사연구소, 2002.

하는 경우,[13] ④ 천황제 파시즘하 전향 논의의 심화, ⑤ 연극, 미술 방면의 카프운동에 대한 연구의 지속 등을 들고 있다.[14]

2000년대 연구 경향을 정리한 뒤 두 논문은 이러한 흐름을 관통하는 연구의 시대적 동인과 한계, 나아갈 길에 대해 언급한다. 우선 손유경은 "사회주의문학을 굳이 호명"하는 것이 의미가 없어진 시대의 프로문학 연구는 "개별연구자의 '개인적 자의식'을 동반"하는 공통적 특징을 가진다고 서술하면서, 이후 프로문학 연구는 1980년대의 "자의식으로부터 어느 정도 자유로워질 수 있는가"에 달려 있다고 판단한다.[15] 박상준 또한 유사한 맥락에서 "카프 비평의 성취와 흐름을 긍정하고 준용하는 연구방법론"에 비판적 거리를 가지고 이전 세대가 설정한 대상의 범위를 넘어서 "반反·비非좌파문학의 성과들과 나란히 놓고 프로문학을 검토하는 방식"을 가져야 함을 주장한다.[16]

그러나 2000년대 이후 프로문학 연구 동향에 대한 정치한 정리와 분석에도 불구하고 두 연구자가 제시하는 향후 과제는 구체적인 단서를 갖지 못한다. 이전 세대에 대한 대타의식이나 이전 시대에 형성된 방법에 대한 '거리두기만'을 강조하는 것은 일종의 방향성 제시가 될 수는 있겠지만, 그 자체로 방법론의 갱신일 수는 없기 때문이다. 그러한 대안은 다만 2000년대 이후 근대성 연구의 정신을 공유한, 거대 담론으로부터의 탈주에 대한 요청일 뿐 이후 프로문학 연구의 흐름을 만들고 질적으로 충만한 내용을 채우는 과제가 될 수는 없다.

---

13 특히 탈식민의 문제틀을 유물론적으로 전유하고 새로운 주체를 발견하려는 연구로 하정일의 작업들을 언급한다. 하정일, 『탈식민의 미학』, 소명출판, 2008.

14 박상준, 「프로문학 연구의 새로운 방향과 의의」, 2008.

15 손유경, 「최근 프로문학 연구의 전개 양상과 그 전망」, 303쪽.

16 박상준, 앞의 책, 398쪽.

2010년대에 들어서면서 '프로문학'을 전면에 내세운 중요한 단행본과 박사학위논문, 여러 학술지 논문 등의 성과가 있었다. "신진 연구자들이 보이는 열기보다 중진 연구자들의 고투"로[17] 2000년대 이후 프로문학 연구가 진행되어 왔다는 판단에 대한 수정이 이제는 불가피해 보인다. 따라서 2010년대 이후 최근의 연구를 모두 시야에 넣은 채 프로문학 연구의 흐름을 다시금 살펴볼 필요가 있다. 그 필요가 연구 동향에 대한 기계적 파악 자체를 위한 것이 아니라 동향 파악을 통해서 이후의 관점 및 방법론의 갱신이 어떻게 가능할 수 있는가로 나아가기 위한 것이라면, 연구의 흐름이 생성된 맥락과 의미를 더 적극적으로 생각해 봐야 할 것이다.

이를 위해 강조하고자 하는 연구사적 흐름은 크게 세 가지다. 첫째, 사상과 운동의 사史적 전개에 주목하던 방식에 거리를 두고 그것을 가능케 하는 '인간학적 조건'을 더욱 강조하는 경향, 둘째, 산업 프롤레타리아라는 고정된 주체를 상정하는 계급론에서 벗어나 있는 '서발턴적 존재'의 프로문학을 주창하는 경향, 셋째, '사회주의 담론장'에서의 문화정치를 살피고 프로문학과의 연관성을 설명하려는 경향이 바로 그것이다. 세 경향의 등장은 무엇보다도 1990년대 중후반부터 대대적으로 이루어진 포스트 이론의 유통과 깊은 관계를 맺고 있으며 근대 자체에 대한 성찰과 맞물려 있다. 총체성이나 전형성과 같은 리얼리즘 미학의 기준이 시효를 다하고 거대 담론과 진보적 시간관이 의심에 부쳐지던 2000년대 이후에 등장한 프로문학 연구는 더 이상 카프를 중심에 두지 않게 됐다. '카프문학에서 프로문학으로의 전회'라고 표현될 수 있는 연구 흐름

의 변화는 이념과 조직 중심적 관점으로부터의 이탈을 의미하며, 감성·젠더·문화 등이 이념의 자리를 메웠다.

손유경의 『프로문학의 감성구조』는 학술운동 세대의 '후래자後來者'에 의한 프로문학 연구의 중요한 결산이자 '프로문학'을 내세운 첫 연구서라고 할 수 있다. 책의 제목에서부터 드러나듯 저자는 카프문학이라는 용어 대신 '프로문학'이라는 용어를 사용할 뿐만 아니라 그것의 '감성구조'를 전면화한다. 이는 "이념에게 감성을, 마르크스주의에게 아나키즘을, 인류애에게 연애를, 헤겔적인 것에게 칸트적인 것을 대면시킨"[18] 방식과 유관한 명명일 텐데, 예컨대 저자는 비통이 드러난 김기진의 감각론을 부각하면서 "사회주의라는 새로운 '이념'문학 전개의 견인차 역할을 인간의 '감성'에 맡겨두었다는 점"을 강조한다든가,[19] 임화의 비평을 분석하면서 그것이 "문학과 예술, 그리고 창작 주체인 인간의 열정, 상상력, 양심의 힘에 전폭적인 지지를 보내면서 전개"됐다고 주장한다.[20] 손유경의 이러한 문제의식의 연장선상에서 독해될 수 있는 최병구의 박사학위논문은 그 범위를 '프로문학의 형성 과정'으로 한정하고 '미적 공통성'이라는 개념을 통해서 초기 사회주의문학(론)의 미학적 성격을 체계적으로 살피려 한 연구라는 점에서 의미를 갖는다.[21]

이와 같은 시도는 프로문학의 미학과 그것을 추동하는 정동·감정·감

---

18   손유경, 『프로문학의 감성구조』, 소명출판, 2012, 5쪽.
19   손유경, 「프로문학과 '감각'의 문제」, 위의 책, 100~101쪽.
20   손유경, 「임화의 유물론적 사유에 나타나는 주체의 '입장'」, 위의 책, 144쪽.
21   '미적 공통성'은 1920년대 프로문학을 설명하기 위해 저자가 내세운 개념으로, 그는 이를 "식민지 사회에서 정적 가치에 토대를 두고 형성된 근대문학이 사회주의와 결합하여 인간의 내면성을 새롭게 정의하는 과정에서 발생하는 유물론적 초월의 의미를 설명하기 위해 도입되었다"고 밝힌다. 최병구, 「1920년대 프로문학의 형성과정과 '미적 공통성'에 대한 연구」, 성균관대 논문, 2013.

성·낭만성 등에 주목함으로써 운동론이나 논쟁사가 놓쳤던 사회주의 문학의 내적 동인을 밝혀낸다는 점에서 기왕의 연구와 변별되는 흐름을 형성한다.[22] 식민지기 사회주의의 '인간학적 조건'을 문제 삼는 것인데, 그렇기에 이 연구들에서 보다 집중된 것은 개별 인간의 '윤리'이다. 특정한 인물에 집중해 생애사, 예술론, 소설 등을 해명하는 연구가 많은 것은 이러한 연유 때문이라고 할 수 있을 터, 이는 카프라는 조직이 더 이상 중요하게 다루어지지 않는 이유와도 맞물려 있다. 이념적 좌표가 희미해진 1990년대 이후는 확실히 윤리의 문제를 본격적으로 사유하던 시기였다.[23]

그런데 앞선 연구들이 하나의 '흐름'으로서 존재한다면, 이렇게 질문

22　이철호, 「신경향파 비평의 낭만주의적 기원 – 김기진과 박영희를 중심으로」, 『민족문학사연구』 38, 민족문학사연구소, 2008; 오세인, 「1920년대 김기진 비평에서 '감각'의 의미」, 『비평문학』 39, 한국비평문학회, 2011; 최병구, 「본성, 폭력, 사랑 – 정념의 서사로서 프로문학의 조건(들) – 송영 소설을 중심으로」, 『동악어문학』 61, 동악어문학회, 2013; 이철호, 「카프 문학비평의 낭만주의적 기원 – 임화와 김남천 비평에 대한 소고(小考)」, 『한국문학연구』 47, 동국대 한국문학연구소, 2014; 최은혜, 「저변화된 낭만, 전면화된 사실 – 1920년대 후반~1930년대 중반 임화 평론에 나타난 '낭만성' 재검토」, 『우리문학연구』 51, 우리문학회, 2016; 최병구, 「신체와 정동 – 1930년대 프로문학의 문화정치적 역학 – 임화와 김남천을 중심으로」, 『한민족어문학』 77, 한민족어문학회, 2017; 황지영, 「분노의 조직과 혁명으로의 이행 – 1920~1930년대의 프로문학과 그 운동을 중심으로」, 『이화어문논집』 44, 이화어문학회, 2018; 배상미, 「식민지 조선의 프롤레타리아소설에 재현된 삐라를 둘러싼 정동과 출판문화」, 『우리어문연구』 65, 우리어문학회, 2019; 황지영, 「기술의 역학과 여공의 정동 – 1930년대 공장소설을 중심으로」, 『현대소설연구』 77, 한국현대소설학회, 2020 등을 참조할 수 있다.

23　신형철은 한국문학이 "'윤리'를 사유하기 시작한 시점"을 1990년대로 보는데, 이는 한국문학 연구의 경향과도 일면 겹친다. 그는 다음과 같이 말한다. "우리에게 이념이 있었던 시대는 차라리 '좋았던 옛 시절'이었다. 그러나 90년대가 되면서 이념이라는 좌표는 희미해졌다. 좌표가 사라지면 자유가 오는 것이 아니라 좌표를 만들어야 하는 책임이 온다. 폐허에서부터 다시 시작하기 위해 '자기 입법'의 자유와 책임을 떠맡아야 했다. 비로소 도덕이 아니라 윤리를 사유해야 하는 시기가 왔다." 신형철, 「당신의 X, 그것은 에티카」, 『몰락의 에티카』, 문학동네, 2008, 143쪽.

이 던져져야 한다. 과거의 관점과 차이를 두고자 한 이러한 성과들은 프로문학의 성격을 새롭게 규명하는 데 과연 어떤 효용을 가지는가. 두 가지 문제를 지적할 수 있다. 첫째, '프로문학(운동)'이 하나의 실체로 존재했던 것이 사실史實이라면, 어느 예외적인 순간들에 집중하는 듯한 이들의 연구는 프로문학을 보는 관점 자체에 대한 변화를 상정한다기보다는 특정한 '감정적' 국면을 설명하는 데 그치고 마는 것이 아닐까 하는 점이다. 둘째, 인간의 존재론적 조건 중 하나인 감정으로 수렴하여 당대를 설명하는 것은 식민지 현실이라는 특수한 정치적·문화적 상황을 부차적인 것으로 만들 수도 있다는 점이다. 결국 중요한 것은 감정에 입각한 연구사적 흐름이 '식민지'에서의 '사회주의문학'이 던지는 주제에 대한 근본적인 탐구가 되는 접점을 마련할 수 있는 곳으로 귀결되어야 한다는 데 있다.

한편 그간 공장 프롤레타리아에 집중된 '프롤레타리아'의 개념에 의문을 표하고 주변화됐던 존재를 살피는 연구 경향 또한 주목을 요한다. 가게모토 츠요시影本剛는 "카프도, 전위도, 노동자도 아닌 입장의 프로문학"을 구성하기 위해 동반자 작가로 분류됐던 이효석과 채만식의 소설을 중심으로 농업노동자, 유곽의 여성들의 형상을 분석한다. 그는 "룸펜프롤레타리아를 직시하는 일은, 카프 작가나 통속 맑스주의자가 전망하는 미래의 외부를 보는 일"이라고 주장하면서 '비-카프'적 프로문학의 길이 존재했음을 밝힌다.[24] 그런가 하면 배상미는 프롤레타리아문학을 "공장이나 농장에서 노동하는 사람들만이 아니라 다양한 공간에서 노동하는 사람들이 지배 질서에 저항하고 해방된 사회를 꿈꾸는 것을 재현

---

24 가게모토 츠요시, 「식민지 조선의 또 하나의 프롤레타리아 문학-룸펜프롤레타리아, 농업노동자, 유곽의 여성들」, 『현대문학의 연구』 61, 한국문학연구학회, 2017, 155쪽.

하는 문학"으로 정의하면서 그동안의 프로문학 연구가 경시해 왔던 '여성노동자' 형상의 재현을 살핀다. 그는 여성의 재생산노동, 공장노동, 서비스업노동이 등장하는 소설을 범주화하고 여성과 노동, 섹슈얼리티의 관계에 천착해 프로문학사를 재구성하고자 한다.[25]

이러한 연구들은 당대에 존재했던 다양한 노동과 그것을 다룬 문학을 적극적으로 의미화함으로써 강한 계급적 규정력 속에서 만들어진 프로문학의 '정전canon'과 거리를 둔다. 프로문학의 목록을 재구축한다는 것은 곧 정전을 가능케 했던 이데올로기로부터의 거리두기를 의미하는바, 주로 경제결정론이나 공장 프롤레타리아 계급의 우선성으로부터 메타적 시각이 확보되었다는 것을 뜻하기도 한다. 현실에 존재하는 여러 층위의 모순을 동시에 주목할 수 있게 되었다는 점에서, 달리 말해 서발턴적 존재를 다룬 작품을 프로문학의 범주에 새롭게 기입할 수 있게 되었다는 점에서, 탈정전적 연구 경향이 사회주의문학 연구에 시사하는 바는 크다. 다만 여기에서 역시 '식민지'라는 조건이 적극적으로 사유되지 않은 점은 지적되어야 할 부분이다. 식민지에서의 자본주의가 어떻게 또 다른 착취 구조를 만들었으며, 사회주의문학에서 형상화된 주체는 어떻게 착취에 맞서고 그것을 넘어서려 했는지에 집중할 필요가 있는 것이다.

마지막으로 사회주의문화정치와 프로문학의 관계에 대해 다룬 일련의 연구 흐름을 간략히 살펴보고자 한다. 주지하듯 2000년대 중후반 이래로 문학의 정치성 및 근대문학 연구의 방향성에 대한 발본적 질문이 던져졌고, 문화론적 연구나 문화제도사 연구 등 새로운 연구 경향이 등

---

25   배상미, 「1930년대 프롤레타리아소설 재론―여성, 노동, 섹슈얼리티」, 고려대 논문, 2018, 3쪽.

장했다.[26] 문학 연구의 전반적인 흐름의 변화 속에서 프로문학 연구에도 새로운 경향이 나타났는데, 사회주의문학을 당대의 문화사적·사상사적 담론과의 연결 속에서 파악하는 방식이 바로 그것이다.[27] 1920년대의 유물론에 대한 인식론적 지형을 마흐주의로 규정하고 그것과의 관련 속에서 신경향파소설의 성격을 규명하고자 한 연구,[28] 1930년대의 대표적 사회주의 매체인 『비판』의 매체 전략이나 성격을 규명하려 한 연구,[29] 『조선지광』의 유물논쟁을 1920년대 초반의 프로문학과 겹쳐 읽으려 한 연구[30] 등이 대표적이다. 이와 같은 연구는 문학 연구의 범위를 넘어서 당대의 사상계와 문학장에서 이루어진 사회주의 수용의 관계를 폭넓게 살핀다는 점에서 의미를 찾을 수 있다. 학문 분과의 벽에 가로막혀 있던 역사, 문학, 철학의 경계를 넘나들면서 당대의 성격을 규명하는 연구 경향은 앞으로의 프로문학 연구가 중요하게 참조해야 할 방법론 중 하나이다.

---

26 이에 대해서는 다음의 연구들을 참조할 수 있다. 박헌호, 「'문학' '史' 없는 시대의 문학 연구―우리 시대 한국 근대문학 연구에 대한 어떤 소회」, 『역사비평』 75, 역사비평사, 2006; 박헌호, 「"문화연구"의 정치성과 역사성―근대문학 연구의 현황과 반성」, 『민족문화연구』 53, 고려대 민족문화연구원, 2010.

27 2013년 10월 5일 민족문학사연구소에서 주최한 '식민지 지식장의 변동과 사회주의 문화정치학' 학술대회의 결과물로 같은 해 12월 『민족문학사연구』 53호에 동일한 주제의 특집이 기획되기도 했다.

28 유승환, 「1920년대 초중반의 인식론적 지형과 초기 경향소설의 환상성」, 『한국현대문학연구』 23, 한국현대문학회, 2007.

29 유승환, 「하위주체적 "앎"과 사회주의 매체 전략―『비판』 소재 고정란을 중심으로」, 『민족문학사연구』 53, 민족문학사연구소, 2013; 허민, 「적대와 연대―1930년대 "활자전선(活字戰線)"의 구축과 복수의 사회주의」, 『민족문학사연구』 53, 민족문학사연구소, 2013.

30 최병구, 「"신체의 유물론"과 프로문학―1927년 『조선지광』의 유물논쟁을 중심으로」, 『민족문학사연구』 53, 민족문학사연구소, 2013.

이상의 검토를 통해 2010년대 이후의 연구에서도 카프 중심적이며 조직론·운동사에 매몰된 시각에 입각해 프로문학을 분석해 온 1980년대적 방식을 넘어서고자 하는 연구 경향이 공통적으로 발견된다는 점을 확인할 수 있다. 이런 지점은 인간의 내적 요소에 주목한다든가, 그동안 주목받지 못해왔던 억압된 존재들의 프로문학사를 구성하려 한다든가, 혹은 당대 사상계의 분석 속에서 프로문학의 성격을 규명하려 하는 경향으로 분화되어 자리 잡았다. 그러나 각각의 연구가 지니는 의미에도 불구하고 과거의 경향을 넘어서려는 문제의식이 파편적으로 분포한 상황에서 하나의 역사적 실체로서의 프로문학이 제기하는 근본적인 주제가 해명될 수 있는지, 그리하여 1920~1930년대의 사회주의문학의 성격을 전체적으로 규명하는 하나의 틀이 제시될 수 있는지 의문이 드는 것도 사실이다.

　무엇보다 간과해선 안 되는 것은 사회주의가 유입되고 정착됐던 이 시기가 바로 식민지기였다는 점이다. 상기한 연구의 문제의식과 의의를 인정한다고 하더라도, 서구의 역사에 기반한 사회주의 사상과 조선의 식민지적 조건이 부딪히며 만들어 내는 역학관계가 전면적으로 논의되지 않았다는 점은 지적되어야 한다. 식민지 조선에서 사회주의 사상이 거대한 사상사적 흐름으로 자리한 맥락과 방식은 하나의 관점으로서 면밀히 탐구되어야 할 본질적인 문제이다. 사회주의의 사유가 식민지의 정치적·문화적 상황 속에서 철저히 제약되는 과정에서 또 다른 방식의 사회주의적 실천이 탄생하는 과정은 없었는지, 나아가 '식민지 조선적 판본의 사회주의'는 어떤 형태였는지를 규명하는 것이 문제시되어야 한다.

　따라서 이 책은 '식민지 상황에서 유입된 사회주의 사상과 문학은 어떠한 고유의 방식으로 존재했는가'라는 핵심 질문을 중심에 둔 채로,

2010년대 이후 연구의 세 가지 흐름에 비판적으로 접근하여 논의를 전개하고자 한다. 첫째, 식민지 조선에서 과학적 사회주의와 인간학적 조건이 어떻게 상존相存했는가를 해명하기 위해서 유물론적 역사 인식과 유심론적 요소 사이의 관계를 살핀다. 사회적 형태의 '이행'을 의미하는 유물론적 역사 인식이 주변부인 조선에서 받아들여지기 위해서는 마르크스주의의 역사 발전 법칙만으로 수렴될 수 없는 '비약'의 사유가 필요했고, 그것을 가능케 하는 기반으로서 인간학적인 문제가 중요하게 작동했다는 것을 살펴보고자 한다. 둘째, 서발턴적 존재의 재현에 관심을 두는 연구 경향을 고려하면서도 전통적 계급 개념을 완전히 배제하지는 않는다. 오히려 그것이 어떻게 굴절되어 재현되는가의 문제에 집중함으로써 식민지 조선에서의 계급 문제가 특수한 의미를 갖는다는 점을 밝히려 한다. 주변화된 존재를 주목하는 것만으로는 실체로서의 프로문학의 안과 밖을 온전히 복원할 수 없기 때문이다. 셋째, 사회주의 사상사의 흐름이 프로문학의 재현과도 일정 부분 영향 관계를 형성하고 있었다는 점을 염두에 둔다. 이는 단순히 프로문학의 성격 규정을 넘어서 식민지 조선에서의 사상과 문학이 어떤 관계를 맺고 있었는가를 살피는 것과 관련된다. 따라서 문학의 내적 논리를 살피는 것을 넘어서 담론장과의 적극적인 관계 맺음 속에서 문학적 재현이 가능했다는 점을 전제하고자 한다.

2. 주변부·식민지라는 조건과 사회주의 수용

1920~1930년대 프롤레타리아소설의 고유한 특질을 규명하기 위해
서는 조선에서 사회주의가 받아들여질 때의 성격이 무엇이었는가에 대
한 이해가 선행되어야 한다. 식민지 조선에서의 사회주의 수용은 유럽
적 기원을 가지는 '정통 마르크스주의orthodox marxism'의 문법과는 다른 성
격을 지니고 있었다.[31] 조선이 처한 조건이 유럽과 상이할 뿐만 아니라
사상을 그러한 조건 속에서 수용하는 과정에서 또 다른 사유의 가능성
이 펼쳐졌기 때문이다. 조선에서 사회주의 수용은 중층적 조건 속에서
이루어졌다. 조선인의 80% 이상이 농민이고 경제의 주요 기반이 농업
이라는 주변부적 조건 아래서 자본주의적 생산력 발달을 기반으로 하는
사회주의 사상을 받아들이기 위해서는 필연적으로 '자기화'된 이해가
수반될 수밖에 없었다. 더욱이 식민지라는 조건은 이러한 주변부적 전
유를 더 복잡한 것으로 만들었다. 민족 해방은 여타의 운동과 사상을 불
문하고 중요한 과제 중 하나였으며 사회주의 진영도 예외는 아니었다.

---

31 여기에서 '정통 마르크스주의'라는 용어는 마르크스와 엥겔스 사후, 이들이 살아있을
때 전개해나간 작업, 이를테면 유물론과 변증법, 토대 상부구조론, 계급 투쟁과 역사주
의적 관점 등을 정통으로 이어받아 발전시키고자 한 흐름 전체를 포괄하는 범칭으로
사용한다. 또한 마르크스와 엥겔스가 생전에 진행한 작업을 의미하는 '고전 마르크스
주의(classical marxism)'와도 별도로 구분하지 않은 채 혼용한다. 다만 이 용어의 사용
을 통해 강조하고 싶은 것은 마르크스와 엥겔스의 분석을 비롯한 이후 정통 마르크스
주의적 흐름이 지극히 유럽식 자본주의 발전의 역사에 기반을 둔 채로 진행되었다는
점이다. 그런 의미에서 이 논문은, 단적인 예로 레닌의 제국주의론과 '약한 고리'론을
바탕으로 하는 '레닌이즘(Leninism)'이 정통 마르크스주의적 흐름과는 거리를 둔 마르
크스주의라고 판단한다. 극도의 생산력 발전이 사회주의혁명으로 이어진다는 정통적
명제와 다르게, 자본주의가 충분히 발달하지 않은 유럽 외 국가들에서도 혁명이 가능
하다는 이론을 토대로 하기 때문이다. 정리하건대 '정통 마르크스주의의 문법'은 유럽
중심주의적 시각을 강하게 내포한다는 비판적 입각지에서 논의를 전개하고자 한다.

민족적 억압과 계급적 착취, 봉건유제의 잔존 등 여러 모순이 '과잉결정overdetermination'된[32] 상황에서 이 문제들을 함께 사유하고 이론화하며, 그리하여 민족과 계급 해방을 비롯한 여타의 해방 문제를 동시에 풀어내야만 했다.

그렇다면 '계급' 문제를 기본 모순basic contradiction으로 여기는 사회주의자에게 '민족'은 어떤 의미를 가진 기표였을까. 1920년대 초반의 사회주의자들이 민족운동을 위해 사회주의를 받아들였다는 것은 이미 잘 알려진 사실이다.[33] 이후 1930년대에 이르기까지 민족주의 진영과 연합전선을 형성하는 문제는 사회주의 진영의 중요한 화두로 자리했다.[34] 민족

---

32 알튀세르가 "유럽에서 '가장 낙후'한 나라인 러시아에만 혁명의 승리"가 주어졌다면서 "왜 러시아에서 혁명이 성공했는가?"라는 질문을 던지는 과정에서 '과잉결정(overde-termination)' 개념을 정식화한 것은 주지의 사실이다. 그는 "'가장 약한 고리'라는 레닌주의적 주제"를 분석하며 "한 국가 내에서 당시 가능했던 모든 역사적 모순들의 축적과 심화"가 혁명을 일으키는 동력이 됐음을 밝힌다. "자본-노동의 모순"이라는 객관적 조건이 "내적·외적인 역사적 상황에 의해 특수화"된다는 알튀세르의 분석에 따르면, 당시 조선의 사회주의자들이 봉착한 상황은 여러 모순들이 과잉결정된 것이었고, 상호영향을 미치는 각 모순들의 교차성에 대해 사고하는 것이 이론적·실천적 과제일 수밖에 없었다. 루이 알튀세르, 서관모 역, 『마르크스를 위하여』, 후마니타스, 2017, 170~225쪽 참고.

33 예컨대 1920년대 초반을 대표하는 사회주의 단체인 서울파와 상해파는 "3·1운동 직후 '국민대회'를 매개로 전개된 정부수립운동"으로부터 태동했다. 대표적으로 김사국이 훗날 코민테른에 보낸 보고서에는 이러한 정황이 드러나 있다. "해방을 주도하는 조선의 중요한 혁명조직 가운데 하나는 '조선독립당'이다. 이는 조선 각지에 걸쳐 대량 체포가 행해진 결과 1919년 4월 말 돌연 자취를 감추었다. (…중략…) 유죄판결을 받은 '독립당'의 모든 성원은 1921년에 형기를 마치고 자유의 몸이 되었다. 그러나 그들은 이미 '문화주의자들', '테러리스트들', '마르크스-공산주의자들' 등 독자적 사상을 가진 3개의 그룹으로 나누어졌다." Доклад КИМ САГКА во ИККИ No.1(「코민테른 집행위원회에 대한 김사국의 보고 제1호」), Краткий истоrический обэникновения и деятельности коммунистической организации в Коpee(「조선 내 공산주의 조직의 발생과 활동 약사」) 1924.3.17; 이현주, 『한국 사회주의 세력의 형성-1919~1923』, 일조각, 77~78쪽에서 재인용.

34 이를테면, 1926년 6·10만세운동은 사회주의자들과 민족주의자들의 결합이 맺은 결

주의와 이념적으로는 분명히 선을 긋고 있던 사회주의자들은, 그럼에도 불구하고 민족 해방운동의 일환으로 사회주의운동에 나서거나 사회주의 전략의 일환으로 민족 해방운동을 활용했던 것이다. 그러나 이렇듯 운동사에 국한된 설명은 '사회주의자에게 민족 문제란 무엇이었는가'라는 물음을 충분히 해명하지 못한다. 연합전선의 형성은 일종의 운동 전략일 뿐이지 '모순의 교차성'에 대한 사유 자체를 보여주는 게 아니기 때문이다. 앞선 질문에 답하기 위해서는 운동사적 접근을 넘어서는 사상의 논리를 찾아내는 방식이 필요하다.

조선의 무산계급은 이중의 착취계급에 빠진 것이다. 그리고 식민지적 지위에 있는 조선의 무산계급의 착취관계는 조선의 공장공업의 발달 여부만으로 결정할 것이 아니라, 일본의 자본주의 발달 여하에 달린 것이오, 또 절대의 국가적인 고립을 얻지 못하는 오늘날의 국제관계에 있어서 일본의 착취관계는 일본의 자본주의 발달만으로 결정할 것이 아니라, 국제적 자본주의 발달, 국제적 착취로써 결정되는 것이다.

이러한 까닭에 그 국가 자체 내에는 자본주의 발달이 미숙한 경지에 있으면서도 고도의 자본주의적 착취를 당하고, 또 대규모의 공장공업이 발달되지

과이며 이는 민족유일당운동과 신간회의 성립으로 이어진다. 1927년에는 민족통일전선에 따라 사회주의자들은 민족주의자들과 연합해 신간회를 결성하는가 하면, 1935년 이후에는 코민테른 7차 대회에서 채택된 '반파시즘 인민전선'의 영향 아래 민족적 불만을 최대한 활용하는 입장을 취하면서 부르주아 민족주의자들을 연합의 대상으로 설정하기도 했다. 자세한 내용은 전재호, 「식민지기 민족주의 연구─국내 부르주아 우파와 사회주의 세력을 중심으로」, 『동북아연구』 16, 경남대 극동문제연구소, 2011, 99~108쪽 참조. 1920년대 중후반~1930년대 사회주의자들이 사회혁명과 민족혁명의 관계를 어떻게 생각했는가의 문제에 대한 논문으로는 류준범, 「1930~40년대 사회주의운동가들의 '민족혁명'에 대한 인식」, 『역사문제연구』 4, 역사문제연구소, 2000, 103~125쪽 참조.

아니했음에도 불구하고 계급적 대립의 엄연한 반발의 사실을 본다. 뿐만 아니라, 자본주의 발달의 유일한 표증인 기계공업이 유치한 영역에 있음에도 불구하고 자본주의 발달의 난숙爛熟을 표상하는 여러 가지 요소가 현저한 것을 본다. 이것은 국제자본주의 발달 관계에서 생기는 변칙적 발달이라고 볼 수 있는 것이다. 이것이 오늘날의 조선 현상이 아닌가.[35]

위 인용문은 1924년『개벽』의 2월호에 실린 이성태의 글로서 과잉결정된 조선의 상황에 대한 인식을 뚜렷하게 보여준다. 그는 식민주의와 자본주의에 의해 '이중적으로' 착취를 감당하는 조선의 상황을 언급하는 과정에서 공장 공업이 발달하지 않은 주변부적 조건을 더불어 인식한다. 또한 생산력이 일정 수준에 도달한 국가에서만 사회주의혁명으로의 이행이 가능하다는 정통 마르크스주의적 정식을 공유할 수 없는 조선이 어떻게 정세를 타개할 수 있는가를 생각하게 한다. 그에 따르면 식민지 조선에서의 계급적 착취는 일본의 자본주의 발달 여하에 따라 결정되고 일본의 자본주의 발달은 국제적 수준에 영향을 받기 때문에, 조선의 민중은 "변칙적" 착취에 시달릴 수밖에 없다. 즉 조선은 식민 지배를 받고 있기 때문에 자본주의적 관계를 경험하고 식민주의와 자본주의에 의한 이중적 착취에 시달리는 것이다. 이와 같은 자본주의의 발달을 경험하는 조선의 경우, 계급 해방은 곧 민족 해방과 연결된다. 그러나 그 역은 성립 불가능한데, 조선 민중을 착취하는 것은 조선의 부르주아이기도 하기 때문이다. 민족 해방만을 좇을 때 해방은 민족 자족적인 것으로 남을 수밖에 없게 되고 계급적 착취는 계속된다.

---

35 이성태,「원편을 밟고서」,『개벽』44, 1924. 2, 19~20쪽.

민족주의 진영에서의 민족과 사회주의 진영에서의 '민족'은 동일하지 않다. "자기 의식적인 민족주의self-conscious Nationalism를 시험하는 데 그 문제를 고립시키는" 민족주의는, 민족을 하나의 실체로 상정하고 도달해야 할 최종 지점으로 생각함에 따라 "근본적인 사회적 역동성을 무시할 위험이 있다."[36] 예컨대 계급, 여성, 인종 문제 등이 부차적인 것으로 다루어지거나 억압된다. 반대로 위 인용문에 나타나듯, 식민지의 사회주의자에게 민족 모순과 계급 모순은 '변증법적으로' 존재하기 때문에 조선에서의 계급 해방 문제는 민족 해방 문제와 떨어뜨려 놓고 생각할 수 없는 것이었다. 사회주의자에게 '민족' 해방은 당시 세계를 제패하고 있던 "자본주의의 최고 단계"[37]에 있는 제국주의에 대한 저항이 될 수 있었다. 이는 그 밖의 여러 모순에 대한 교차적 결합과 해결의 가능성을 품은 방식이기도 했다.

전술한 지점은 "제국주의 시대에 식민지와 반半식민지에서 수행되는 민족 전쟁은 가능할 뿐 아니라 필연적이기도 하다"면서 "식민지에서 민족 해방 정책이 지속되는 것은 제국주의에 저항하는 민족 전쟁으로 귀결될 것"이라는 레닌Vladimir Il'ich Lenin의 언급을 떠오르게 한다.[38] 제국주의를 자본주의의 최고 단계로 보았던 레닌은 식민지에서의 혁명을 볼셰비키 투쟁의 중요한 사안으로 바라봤으며[39] 그 문제의식에 따라 1921년 8

---

36   Füredi, Frank, *colonial wars and the politics of third world nationalism*, London : I.B. Tauris, 1994, p.21.

37   블라디미르 레닌, 이정인 역, 『제국주의, 자본주의의 최고 단계』, 아고라, 2017.

38   블라디미르 레닌, 「유니우스 팜플렛」, 『맑스-레닌주의 민족운동론』, 편집부 편, 벼리, 1989, 177쪽.

39   1920년 '민족・식민지 문제에 대한 테제'가 발표되었고, 이를 발판 삼아 1920년 9월 바쿠에서 제1회 동방피억압민족대회가 열렸다. 인도와 페르시아, 아프가니스탄은 물론이고 중국과 일본 등이 참가한 이 대회는 레닌적 민족자결주의가 세계화되기 시작

월부터 1922년 2월까지 코민테른 주최로 극동 피억압 민족 대회가 열리기도 했다. 모스크바에서 열린 이 대회에는 이동휘, 박진순, 여운형, 박헌영, 김단야 등 50명 안팎의 조선인이 참가했다.[40] 1920년대 초 조선에 본격적으로 유입되기 시작한 사회주의는 1917년 러시아혁명 이후의 이러한 분위기에 힘입은바, 따라서 이와 같은 의미에서의 '레닌적인 것', 혹은 '러시아혁명적인 것'으로 통칭될 수 있는 역사적 흐름은 식민지 조선의 사회주의 수용에 큰 영향을 미쳤다.[41]

한편 로버트 영Robert Young은 레닌의 사유가 "반反식민 저항의 역학을 결정적으로 바꿔놓았"으며, 그것을 통해 "최초로 반식민 투쟁이 더 넓은 틀 안에서 결합될 수 있었다"는 점을 지적한다.[42] 레닌의 실천은 포스

하는 신호탄이었다.

40 극동 피억압 민족대회의 성격과 그곳에 참석한 조선의 사회주의자에 대한 구체적인 정보는 임경석의 연구를 참고할 수 있다. 임경석, 「극동민족대회와 한국」, 『한국 사회주의의 기원』, 역사비평사, 2003, 495~545쪽.

41 '레닌적인 것', '러시아혁명적인 것'이라는 단어의 용법은 권보드래의 논문을 참조했다. 그의 연구는 김기진의 롤랑-바르뷔스 논쟁 소개가 '한국문학의 레닌적 계기'였다는 점에 천착한다. 그에 따르면 김기진은, 보다 자유주의적으로 이 논쟁을 소개했던 일본이나 중국과 다르게 "바르뷔스를 일방적으로 편들면서 폭력혁명과 프롤레타리아 독재와 지식인의 당파적 참여를 옹호"(220쪽)하는 방식을 선택하는데, 이는 롤랑-바르뷔스 논쟁을 "레닌적인, 러시아혁명적인 각도로 번역·소개한"(230쪽) 것과 다르지 않았다. 한편, 권보드래는 식민지에서의 사회주의 수용에서 레닌과 러시아혁명의 영향력이 마르크스보다 더 크고 중요했다는 점을 강조한다. "제3인터내셔널의 레닌주의는 동시성의 시간성과 공공연한 탈식민 선언과 실제적 자금 지원을 통해 세계 자본주의의 주변부에 절대적 영향력을 발휘했다. 레닌이 맑스보다 먼저 도착했고, 레닌을 통해 전사(前史)로서 맑스가 권위를 획득했다고, 즉 실질적 레닌-맑스주의가 맑스-레닌주의로서 전도되기에 이르렀다고 말해도 좋겠다."(220쪽) 이러한 지적은 본고의 문제의식을 진전시키는 데 중요한 디딤판이 되었다. 권보드래, 「김기진의 '클라르테(Clarté)' 번역과 한국문학의 레닌적 계기」, 『사이間SAI』 31, 국제한국문학문화학회, 2021.

42 로버트 J. C. 영, 김택현 역, 『포스트식민주의 또는 트리컨티넨탈리즘』, 박종철출판사, 2005, 224쪽.

트 콜로니얼리즘의 유의미한 시작점으로 설정되는데, 영은 중국·알제리·베트남·쿠바·인도 등의 사례를 들면서 이들을 아우르는 역사적 흐름을 '트리컨티넨탈리즘tricontinentalism'이라는 개념으로 명명한다. 이는 아시아·아프리카·라틴 아메리카 세 대륙에서 어떻게 마르크스주의를 로컬화해서 받아들였는지를 살피기 위한 개념이다.[43] 흔히 세 개의 대륙을 지칭하는 '제3세계'라는 명칭은 기아나 빈곤, 비문명과 미발달 등의 이미지를 떠올리게 할 뿐만 아니라 마르크스주의적 실천이 배제된 공간처럼 다루어진다는 점에서 문제적이다.[44] 그러나 '트리컨티넨탈tricontinental'이라는 용어는 이 지역을 부정적 이미지에서 벗어나게 하고 마르크스주의적인 저항의 공간으로 의미화하는 것을 가능케 한다. 영에 따르면 마르크스주의는 트리컨티넨탈 지역의 식민지에 "이론적 영감"을 주고 "가장 유효한 정치적 실천"을 이끌어냈으며 "번역 가능한 정치와 언어를 제공"했다.[45]

영의 작업은 '트리컨티넨탈 마르크스주의'의 의미와 가능성을 처음으로 저술한 아누아 압델말렉Anouar Abdel-Malek의 통찰에 기대어 있다. 압델말렉은 민족 해방운동과 마르크스주의의 상호작용을 통해서 고유성을 만들어내는 "원주민 세계에서의 마르크스주의", "다시 말해, 저개발 지역의 여러 나라에 있는 마르크스주의"에 주목했다.[46] 그에게 마르크스주의

43　이 개념은 1966년 쿠바의 아바나에서 개최된 아시아·아프리카·라틴 아메리카 민중 연대기구의 첫 회의와 그 정신에 연원을 두고 있다. 이후 『트리컨티넨탈』이라는 저널이 발간되기도 하는데, 프란츠 파농, 체 게바라, 호 치민 등의 글이 실리기도 했다. 현재는 웹페이지에서도 그 활동을 확인할 수 있다. https://thetricontinental.org

44　로버트 J. C. 영, 『포스트식민주의 또는 트리컨티넨탈리즘』, 24쪽.

45　위의 책, 295쪽.

46　Abdel-Malek, Anouar, "Marxism and National Liberation: a Statemaent of the Theoretical Problem", Nation and Revolution : volume 2 of social dialectics, Vol. 2. Macmillan

는 고정된 이론이나 신학적 교의가 아니라 지역의 역사적 조건과 사회학적 환경에 따라 역동적으로 구성되는 운동체이다. 그렇기에 "농업이 지배적인 식민지형 후진 자본주의적 구조"를 지닌 트리컨티넨탈 지역에서의 마르크스주의는 유럽과는 또 다른 방식으로 받아들여지고 변형을 겪을 수밖에 없었다.[47] 정통 마르크스주의의 역사 발전 과정과 계급 고정성 등은 현지의 사정에 맞게 수정되어야 했다. 이를테면, 체 게바라Che Guevara는 공장노동자 계급을 혁명의 주역으로 삼은 『공산당 선언』과 다르게 "우리는 세계의 피착취자"라며 인민 대중 전체를 문제 삼았다.[48]

'트리컨티넨탈 마르크스주의'라는 개념을 참고하면, 식민지 조선에서 사회주의 사상이 자기화될 때 나타나는 특성을 새로이 발견할 수 있다. 이를 설명하기 위해서는 우선 사회주의 사상이 '주변부the periphery'와 '식민지'라는 현실적 조건을 통과하면서 변화하는 부분은 무엇이며 그 대항적 가능성이 어떤 것인지에 대해 알아볼 필요가 있다. 주변부와 식민지라는 조건은 유럽적 혹은 중심부적 경험에 기반한 마르크스주의적 역사 인식과 노동 계급 중심적인 주체 모색의 측면에서 그것만으로 오롯이 수렴되지 않는 특징을 만들어 냈다. 식민지 조선에서 이 두 가지 조건은 정통 마르크스주의의 전제에 문제를 제기하고 변화를 일으키며 저항적 의미로까지 연결되는 데 영향을 미쳤다. 즉, 주변부이자 식민지였던 조선에서는 '역사 인식'과 '주체'의 측면에서 원본으로서의 사회주의와 차이를 보였다.

마르크스의 작업에서 주변부로서의 '아시아'는 유럽 외부의 모든 역

International Higher Education, 1981, p. 78.

47   Ibid, p. 95.

48   Ibid, p. 94.

사적 영역과 다름없었는데[49] 가야트리 스피박Gayatri Chakravorty Spivak은 이것이 "봉건주의-자본주의의 회로의 외부를 표시하는 전前역사적 혹은 의사지리적인 공간 / 시간 속에 거주하는 이름"이라고 지적한다.[50] 중세 봉건제에서 자본제 사회의 근대로 향하는 유럽의 역사와는 다른 궤적을 지닌 지역이라는 것이다. 주변부에서 마르크스주의를 받아들이기 위해서는 결정론적 역사 철학과 차별화되는 길을 선택해야만 했다. 이는 필연적으로 "복선적 혹은 비환원론적 역사"를[51] 지향하는 사회주의의 형태

---

49   마르크스가 지칭하는 '아시아'의 범위는 상당히 넓었다. 임지현에 따르면 마르크스의 '아시아'에는 "인도와 중국 등 아시아 국가는 물론, 이집트, 메소포타미아, 페르시아, 아라비아, 터키 등 중동의 나라들, 타타르와 같은 중앙아시아의 여러 민족들, 자바와 네덜란드령 동인도, 러시아 등이 포함"되며, "멕시코의 아즈텍 문명, 페루의 잉카 문명 등 콜럼버스 도착 이전의 중남미 국가들 또한 '준-아시아적(semi-Asiatic)'이라고 규정된다." 또한 임지현은 "마르크스의 '아시아' 개념에 정작 일본이 빠졌다는 점"을 지적한다. 마르크스가 "일본 봉건제의 특징이 유럽의 중세와 상당히 닮았기 때문이라며 『자본』의 한 귀퉁이에서 이유를 대고 있"었던 데 그 원인이 있다는 것이다. (임지현, 「포스트콜로니얼 마르크스?-케빈 앤더슨, 『마르크스의 주변부 연구-민족주의, 종족, 비서구사회』」, 『마르크스주의 연구』17(3), 경상대 사회과학연구원, 2020, 232쪽) 한편, 마르크스가 "식민주의를 비난함과 동시에 정당화"했다는 것은 잘 알려진 사실이다. 마르크스는 아일랜드의 해방을 통해 영국 노동자 계급의 해방이 가능하다는 것을 논의하는 한편으로, 영국의 식민주의가 동양적 전제주의에 고통 받는 인도에게 문명을 선물했다고 보기도 했다. (로버트 J.C. 영, 『포스트식민주의 또는 트리컨티넨탈리즘』, 196~199쪽) 트리컨티넨탈 지역에서의 마르크스주의는 식민주의를 비판하고 그것에 저항하는 쪽으로 저울추가 완벽하게 기운 것이었다.

50   가야트리 스피박, 태혜숙·박미선 역, 『포스트식민 이성 비판』, 갈무리, 2005, 136쪽.

51   케빈 앤더슨, 정구현·정성진 역, 『마르크스의 주변부 연구-민족주의 종족, 비서구사회』, 한울 아카데미, 2020, 452쪽. 케빈 앤더슨은 말년의 마르크스가 쓴 노트와 저작들을 분석하면서 그의 주변부에 대한 인식을 분석하는 작업을 수행한다. 특히 오단계 단선적 사회발전론을 전개한 것으로 이해되어오던 마르크스가 말년에는 주변부 사회에 관심을 기울이면서 다선론적이며 비결정적인 역사 인식을 보여줬다는 점을 강조한다. 그럼에도 불구하고, 생애 후반의 마르크스가 서구의 역사 발전과 다른 경로를 생각했을지언정 정통 맑스주의가 결정론적 역사 인식에 기반해왔다는 것 자체를 부정할 수는 없을 것이다.

로 연결될 수밖에 없는 것이었다. 특히 자본주의가 충분히 무르익지 않은 지역의 사회주의자에게 생산력이 일정 수준에 도달한 자본주의를 거쳐서만 공산제 사회로 향할 수 있다는 법칙성은 실천적으로 돌파해야 하는 문제였다. 따라서 주변부라는 조건은 서구 중심적인 역사 인식의 단선성과 실제 역사 현상과의 불일치라는 한계를 가시화하고 이를 극복하는 과정에서 진보를 향한 실천의 대안적 방식을 마련할 가능성을 품고 있었다.

정통 마르크스주의의 역사 발전 법칙에 따르면 부르주아와 대립하는 공업 프롤레타리아는 이후의 역사를 만들어 가는 주역이다. 그러나 식민지에서는 주체의 문제가 한층 복잡해진다. 앞서도 살펴봤거니와 20세기 초반 제국주의에 의해 양산된 식민지에서는 계급 문제와 민족 문제가 중층적으로 존재했기 때문에, 주체로서의 프롤레타리아 계급은 민족적으로 억압받는 이들과 폭넓은 공존을 이루었다. 주요 산업 구조가 공업으로 편성되어 있지 않았으므로 공업 프롤레타리아만을 역사 발전의 주체로 내세울 수 없었음은 물론이다. 본래 프롤레타리아라는 개념은 초기 마르크스에게조차 엄밀하게 공업 프롤레타리아로서의 계급에 한정되지 않았으며 "사회적 관계로부터 배제된 자들의 총칭에 가까웠다."[52] 요컨대 식민지에서의 프롤레타리아 개념은 식민의 문제를 적극적으로 고려하지 않는 제국 / 서구에서의 사회주의와 다르게 민족과 계급

---

52   차승기, 「프롤레타리아란 무엇이었는가-카프 초기의 프롤레타리아 개념의 변모」, 『한국문학연구』47, 동국대 한국문학연구소, 2014, 116쪽. 다만 이전까지 "수동적으로 썩어가는 덩어리"로 다루어졌던 프롤레타리아라는 용어를 능동적인 "공통의 집단"으로 지칭하게 했다는 데 의미가 있었다. 피터 스털리브래스는 이전까지 수동적인 빈곤층이었던 프롤레타리아의 개념이 마르크스와 엥겔스에 이르러 능동적이며 정치적인 집단으로 바뀌었다는 점을 강조한다. Stallybrass, Peter. *"Marx and Heterogeneity: Thinking the Lumpenproletariat."* Representations 31, 1990, p.85.

이 교차하여 사유됨으로써 공업 프롤레타리아보다 더 넓은 "대지의 저주받은 사람들"의 범주를 지시했다.[53] 이는 젠더나 인종 등의 또 다른 집합적 정체성과도 변증법적으로 결합할 수 있는 가능성을 확보하는 사유이기도 했다.

이처럼 '역사 인식에서의 대안적 실천 가능성'과 '다층적 주체의 존재 가능성'은 사회주의가 주변부이자 식민지에서 수용될 때 나타나는 특징의 요체를 이루기 때문에, 다음과 같은 질문이 던져질 수 있다. 첫째, 유럽을 중심에 둔 마르크스주의적 역사 발전의 역사관이 주변부 조선에서는 어떻게 받아들여졌는가. 둘째, 민족적 억압과 경제적 착취를 이중적으로 감당했던 식민지라는 조건 속에서 조선의 사회주의자들은 그 변혁의 가능성을 품은 주체를 어떻게 설정했는가. 즉 '역사 인식'과 '주체'의 측면에서 중심부·제국의 사회주의와 다른 조선적 사회주의 수용의 성격은 무엇인가. 특히 앞선 두 가지 지점이 당대의 프롤레타리아소설의 문학적 상상력 속에 어떻게 용해되었는지에 집중하여 그 특질의 고유한 정신적 구조를 밝혀내는 것이 이 책의 주된 목적이다.

3. 프로문학의 재규정과 정전의 탈구축

통상적으로 프로문학은 1920년대 중반부터 1930년대 중반 무렵까지라는 한정된 시간을 대상으로 하는 역사적 용어로서, 사회주의 사상

---

53   프란츠 파농, 남경태 역, 『대지의 저주받은 사람들』, 그린비, 2004. 프란츠 파농은 억압받기 때문에 혁명의 선봉에 선 '대지의 저주받은 사람들'로 농민과 룸펜 프롤레타리아, 흑인 등을 지목한다.

을 기반에 두고 프롤레타리아의 계급 해방을 목적하는 문학을 일컫는다. 구리하라 유키오栗原幸夫는 그 특징으로 "이론, 운동, 작품이 이른바 삼위일체"를 이룬다는 점을 지적하기도 하는데, 이는 리얼리즘 이론주제의 적극성, 정치운동과 보조를 맞추며 진행되는 문학운동정치의 우위성과의 관계를 통해 작품이 탄생하고 평가받는 일련의 과정이 프로문학 속에 포함된다는 것을 의미한다.[54] 이와 같은 설명 방식은 여전히 강력하게 자리하고 있어서 리얼리즘과 카프 중심성은 조선 프로문학의 외연과 내포를 설정하는 데 중대한 영향력을 행사해 왔다. 프로문학이라는 용어가 널리 사용되기 시작한 식민지 당대부터 지금까지도 리얼리즘적 경향을 띠지 않은 작품은 '수준 미달'의 것으로, 카프에 소속되지 않은 작가의 작품은 '동반자'적인 것으로 여겨져 온 바 크다.

그러나 그렇게 규정되고 배치된 정전의 그늘에 가려져 프로문학사에서 도외시되었던 수많은 작품이 존재한다는 점을 새삼 상기할 필요가 있다. 리얼리즘과 운동을 위한 조직을 중요시하는 흐름 역시 시대의 요청에 따라 만들어진 이데올로기가 반영된 것인데다가 그런 정전화의 준거가 중요한 정신사적 의미를 포착하는 작품을 배제하는 결과를 낳았을 가능성이 농후하기 때문이다. 당대 사회주의가 문화 / 문학 일반에 큰 영향을 미쳤다는 점을 상기할 때, 리얼리즘적이지 않은 작품, 문학운동에 투신하지 않은 작가에 의한 작품임에도 불구하고 충분히 사회주의 사상을 담지하고 계급 투쟁의 정신을 구현할 수 있다는 점을 간과해서는 안 된다. 더욱이 기존 문학사의 좌표축이 지극히 사회주의적 일반성에 입각해 마련된 것이라는 점을 생각한다면 '식민지에서의 사회주의'

---

54 구리하라 유키오, 한일문학연구회 역, 『프롤레타리아 문학과 그 시대』, 소명출판, 2018, 4쪽.

라는 고유한 상황이 만들어 낸 의미는 누락될 수밖에 없는데, 그렇다면 정전으로 포착되지 않은 작품 속에서 오히려 식민지 조선의 프로문학을 설명할 수 있는 숨은 열쇠를 찾을 수도 있을 것이다.

리얼리즘과 카프 중심성에 결박된 작품 목록으로부터 거리를 두고 정전 안팎을 넘나들면서 프로소설의 범위를 재구축하는 것은, 한편으로 1920~1930년대 프롤레타리아소설을 사회주의적 문화 현상이자 '근대지식으로서의 사회주의'[55]의 일종으로 바라본다는 전제와 연결된다. 당대의 사회주의 전유가 이념적 실천의 일환이었을 뿐만 아니라 인간의 정신과 문화 활동 전반에 영향을 미치고 있었던 현상으로 기능하기도 했다는 점은 특별히 강조되어야 한다. 카프 가담 여부와 상관없이 사회주의적 문화 현상의 자장 아래 있었고 그것이 식민지 상황에서 유입된 사회주의문학의 고유한 특질을 보여줄 수 있는 것이라면 연구 대상으로 끌어들일 수 있는 이유다. 예컨대 사회주의적 지향을 분명히 드러내 보이는 경우, 그간 프로문학자로 분류되지 않아 왔던 염상섭, 이효석, 심훈, 조용만, 김말봉 등이 창작한 텍스트라도 연구 범위 내에 적극적으로 독해될 필요가 있다.

공장 프롤레타리아가 등장하는 소설들은 기존의 프로문학 연구에서

---

55 2008년 2월에 발표되었던 『상허학보』 22집의 특집 "근대지식으로서의 사회주의와 그 문화·문학적 표상"은 프로문학 연구사 전반의 흐름의 변화를 예고하는 변곡점이었다고 판단된다. 이 논문 또한 이 특집의 문제의식을 통해 유의미한 참조점을 확보할 수 있었다. 다음은 '근대지식으로서의 사회주의'라는 문제틀의 의미를 확인할 수 있는 대목이다. 박헌호는 "사회주의가 하나의 이데올로기이면서 동시에 이데올로기 너머의 멘탈리티로 존재하며, 한국의 제반 현실을 판단하는 인식체계의 형성에 강력한 동력을 행사한 근대지식이었다는 사실"이라고 밝히면서 "사회주의를 근대지식으로 바라보는 태도는 사회주의의 존재양태를 공간적으로 확장하며 일상 속 잠재의식의 영역으로까지 넓히기를 희구하는 것"으로 바라보고 있다. 박헌호, 「'계급' 개념의 근대지식적 역학―사회주의 연구노트 1」, 『상허학보』 22, 상허학회, 2008, 16쪽.

이미 충분히 주목 받아오기도 했거니와 식민지성 혹은 주변주성에 집중하기 위해서는 그 중심성으로부터의 탈피가 요청된다. 조선의 프로문학에서 주체로서의 '프롤레타리아'는 공장 프롤레타리아를 의미하기도 했지만 많은 경우에 학대받는 이를 폭넓게 지칭하기도 했다. 때로 프롤레타리아 계급은 식민지 민족 전체를 의미하기도 했다. 이러한 방식은 계급과 민족을 교차하여 사유하는 것만큼이나 다른 피억압 민중들과 교집합을 만들어 가기에도 용이했다. 프로문학에 등장하는 다양한 주체들은 원본으로서의 프롤레타리아에 대한 아날로지analogy로 존재하면서 공장 프롤레타리아가 행하는 계급 투쟁의 양상을 각자의 위치position에서 구현해 냈다. 즉 식민지성에 방점을 찍어 조선 프롤레타리아소설의 주체 문제를 해명하기 위해서는 공장 프롤레타리아의 외부를 보는 작업 역시 요구된다.

1920~1930년대 조선의 프롤레타리아소설은 식민지의 현실과 그것에 맞서는 사회주의운동을 '반영'하기도 했지만 서사를 통해 운동과 혁명을 '실험'하기도 했다.[56] 다시 말해 프로소설은 실제 현실을 묘사하는 한편, 서사 속에서 문학적 현실을 주조하고 사회주의적 사고 실험을 감

---

56 서사를 '실물교육', '실험장' 등에 자주 비유하는 프레드릭 제임슨(Fredric Jameson)은 특히 서사를 '묘사'와 대비시키며 전자의 우월성을 강조하는 루카치에게서 이런 관점이 두드러진다고 주장한다. 제임슨에 따르면 루카치의 전 저작을 관통하는 하나의 문제복합체는 "추상적이고 철학적인 다른 이해양식들에 비해 서사가 지니는 인식론적 가치"의 규명 문제이다. '추상적 사고'의 문학적 양태가 묘사라면, 서사는 "모든 유토피아적 활동의 실험장"으로서 구체성을 띤다. 전자의 대표격인 졸라가 "관찰하는 국외자"로서 이미 추상적으로 파악한 사회구조의 관념이나 이론을 단순히 '옮긴'다면, 후자에 해당되는 발자크는 "상상적 참여자"로서 그 무엇도 미리 정해지지 않은 '서사의 가능성'을 작품으로 '탐구'한다. 즉 졸라에게 소설이 현실분석의 결과라면, 발자크에게는 그 자체로 "현실분석의 탁월한 도구"이다. 프레드릭 제임슨, 여홍상·김영희 역, 『맑스주의와 형식』, 창비, 2014, 195~246쪽 참조.

행했다. 후자는 프로문학자의 실천 수단이 '왜 문학일 수밖에 없었는가'에 대한 새로운 답변을 마련해준다. 일반적으로 사회주의자에게 문학은 그 자체로 아지프로agitation propaganda이거나 현실을 반영하여 기록하는 매개자이다. 그러나 본래 문학이 현실을 넘어서는 상상력의 장소이기도 하다는 점을 염두에 둔다면, 사회주의적 지향을 가지는 문학가에게 문학은 이념성에 입각한 상상력을 펼치고 나아가서는 억압된 현실에서 이루지 못하는 사고 실험을 수행할 수 있는 실천적 공간일 수 있다. 이러한 문학적 실천을 견인하는 것은 프로문학자의 의식적인 고투이기도, 무의식적 충동이기도 할 것이다.

식민지 조선의 프로문학은 작가의 이력과 개별 작품을 가로지르는 '(무)의식적 지평'[57] 속에서 역사 발전의 법칙에 온전히 담기지 않는 잉여적인 것들과 공장 프롤레타리아만으로 설명할 수 없는 주체의 가능성이 드러났다는 가설로부터 시작된다. 이를 해명하는 것은 1920~1930년대 프롤레타리아소설을 일관성 속에서 독해할 수 있는 '식민지적·주변부적 고유성'이라는 의미망을 발견해 내는 작업과 다르지 않다. 그 과정에서 디디고자 하는 '민족'과 '계급'이라는 축은 다소 낡은 담론으로 치부

---

57   서사는 작가의 의도가 의식적으로 반영되어 주조되기도 하지만, 의도하지 않았으나 무의식적인 차원에서 존재하는 것이 발현되어 만들어지기도 하다. 더욱이 제임슨에 따르면 "문학적 구조는, 그 층위들 중 어느 하나에서 완전하게 실현되는 일은 거의 없고, 저 아래쪽 또는 생각되지 못한 것(impensé), 또는 말해지지 않은 것(nondit), 요컨대 텍스트의 정치적 무의식 자체를 향하여 강하게 기울어져 있다."(프레드릭 제임슨, 이경덕·서강목 역, 『정치적 무의식』, 민음사, 2015, 58쪽) 즉, 서사는 작가적 의식과 무의식, 그리고 작가의 개별성을 뛰어넘은 정치적 무의식이 복합적으로 작동한 결과물이다. 이런 점을 염두에 둔 채 이 논문은 이 각각의 경계를 넘나들며 개별 작품과 그것을 넘어선 유사 작품들의 계열을 분석하고자 한다. 특히 서사 속에 "우리들의 집단적인 사고와 집단적인 환상의 근본적인 차원이 반영"되어있다는 것을 강조하는 정치적 무의식론에 기대어 논의를 진행한다. (같은 책, 40쪽)

되어 왔다. 그러나 식민지기의 프롤레타리아문학을 설명하는 데 민족과 계급의 문제를 정공법으로 돌파하지 않은 채 그것에 대한 근본적 접근은 불가능하다. 접근의 방식은 이전과 달라야 할 것이다. 그리하여 거대 담론이 지나간 자리에 파편화된 연구의 조각들로 남게 된 프로문학의 잔해를 그러모으고 새롭게 이어 붙여 처음과는 다른 모양과 색채를 가진 '하나의' 조각보를 드러내 보이고자 한다.

이 책은 크게 두 부분으로 나뉜다. 1920년대 초중반 사상사의 케이스를 통해 사회주의가 조선에 수용되면서 어떠한 역사 인식과 주체 모색의 과정을 드러냈는지를 살피는 1부, 프로문학이 등장한 1920년대 중반부터 그 기세가 완전히 기울게 된 카프 해산 무렵까지 프로문학이 마르크스주의적 역사관과 주체의 문제를 어떻게 다루어왔는가를 규명하는 2~3부가 그러하다. 사상사에서의 사회주의 수용을 다루는 첫 번째 부분은 본격적으로 프로문학의 특질을 밝히는 두 번째 부분을 위한 마중물 역할을 한다. 1920년대 초중반에는 3·1 직후 문화 통치가 막 시작되면서 비교적 자유롭게 사회주의 사상을 받아들일 수 있었고, 정통 마르크스주의의 문법이 확고히 정착하지 않음으로써 사상을 자기화하려는 고투가 더 유연하게 드러날 수 있었다. 이러한 사상 수용의 분위기 속에서 배태된 프로문학은 시작의 신호탄이 쏘아 올려진 1920년대 중반부터 문학적 상상력 속에서 사회주의적 서사 공간을 확보해 나갔다. 일본의 군국주의화로 사상 탄압이 극심해지던 1930년대 중반까지 서사를 통한 사회주의 실험은 계속되었다. 주변부와 식민지라는 조건은 사회주의 실험장의 주요 변수가 되어 조선 프로문학에서의 고유한 결과값을 산출해냈다.

이를 살핌으로써 이 책은 식민지 조선 사회주의 사상 수용의 고유성을 발견하고, 특히 1920~1930년대 프롤레타리아소설이 그와 같은 성격을 어떻게 드러냈는지를 검토할 것이다. 반복하건대 프로문학의 식민지적, 혹은 주변부적 특성을 검토하는 과정은 기존의 문학사가 제시하는 정전과 텍스트 배열 방식을 헤쳐서 탈구축하거나 해체된 내용을 재조합하여 또 다른 계열의 프로문학을 구축하기도 하는 시도와 연결된다. 이를 통해 민족과 계급을 비롯한 여타의 모순들이 중첩된 역사적·현실적 조건을 놓치지 않으면서 조선 프롤레타리아소설만의 고유성이 새롭게 발견될 수 있길 기대한다.

제 1 부

예 비 적 논 의

식 민 지 에 도 착 한 사 회 주 의 사 상

1. 동시대로 가는 통로, 러시아혁명이라는 참조

1) 민족자결의 분기, 윌슨에서 레닌으로

러시아이 제국주의 국가들이 전면적으로 충돌한 1차 세계대전 가운데 발발했다는 사실은 향후 세계의 중대한 변화를 예비하는 것이었다. 이는 비단 유럽이 몰락한 자리를 미국과 소련이 메우게 됐으며, 그로 인해 전세계가 자본주의와 사회주의라는 체제 경쟁의 장으로 들어서게 됐다는 점에 한정되는 것만은 아니다. 피억압 민족들이 제국주의 국가들로부터의 독립을 위한 움직임을 본격화하는 데 러시아혁명이 그 시작점에 있었다는 점은 다시금 강조될 필요가 있다. 즉, 러시아혁명은 식민지들이 독립을 주장할 수 있는 씨앗을 배태하고 있었다.

박은식은 3·1이 일어난 이듬해 『한국독립운동지혈사』를 통해 그 원인이 된 국제 정세를 분석하면서 "세계 개조의 제일 첫 번째 동기"로 러시아혁명을 지목한다. 이어 독일과 오스트리아의 패전 및 공화정의 수립, 그리고 윌슨의 민족자결주의를 각각 "세계 개조의 서광"과 "세계 개조의 진보"라고 덧붙인다. 그에 따르면 러시아혁명은 1차 세계대전 이후 세계를 새로이 '개조'해 나가는 첫 흐름을 만들어간 셈이다. "처음으로 붉은 기를 높이 들고 전제專制를 뒤엎고 큰 정의를 선포하였으며 각 민족의 자유·자치를 인정"[1]했다는 서술을 통해, 박은식을 비롯한 당대 식민지 조선인들이 러시아혁명에 대해 가진 인식을 단적으로 확인할 수 있다. 이광수 역시 "군국주의적 야심을 포기하고 정의와 자유를 기초한 신국가의 건설에 종사"[2]한 러시아의 상황을 언급하면서 조선청년독립단

---

1   박은식, 김도형 역, 『한국독립운동지혈사』, 소명출판, 2008, 156~157쪽.
2   이광수, 「조선청년독립단선언서」, 『이광수 전집』 10, 삼중당, 1971, 16쪽.

의 2·8독립선언서를 기초했다. 조선의 독립을 염원하던 이들에게 러시아혁명은 정의의 실현태이자 민족자결의 잠재태일 수 있었던 것이다. 이때의 '민족자결'은 당대를 풍미하던 세계개조의 차원에서 윌슨의 민족자결주의와 결코 뚜렷하게 분별되지 않았다.[3]

한편으로 이러한 지점은 3·1 이전 조선 내 지식인들의 러시아혁명에 대한 이해가 본질적인 수준에서 이뤄지지는 못했다는 것을 의미하기도 한다. 그들에게 러시아혁명은 차르라는 전제 왕권을 몰락게 하는 정의를 실현한 사건이었을지언정 '사회주의혁명'으로 맞바로 연결되지는 못했다. 레닌에게 민족자결권의 인정은 자본주의의 새로운 단계인 제국주의의 타파, 나아가 세계혁명적 비전과 결부되어 있었던 것이므로[4] "민족na-

---

3   독립운동의 사상적 기반으로서 대전 이후 온 세계를 휩쓸었던 '민족자결주의'가 러시아혁명을 이끈 레닌에 의해 처음 주창되었다는 것은 주지의 사실이다. 그러나 1차 세계대전 직후 세계적 영향력이라는 측면에서 레닌의 민족자결주의는 매우 제한적으로 받아들여졌다. 오히려 레닌과 볼셰비키에 대한 대응으로 1918년 1월 제출된 윌슨의 14개조 연설, 그중 식민지 문제를 언급하는 5조와 동방에서의 민족자결문제를 전체적으로 언급한 6~13조는 제국의 식민지들에게 큰 반향을 불러일으켰다. 조선의 3·1 또한 예외는 아니었다. 3·1의 현장에 적기(赤旗)가 휘날리고 러시아혁명이 조선의 3·1 민중들에게 영향을 미쳤다 보고한 박진순과 같은 이가 없었던 것은 아니었지만, 대체로는 윌슨의 민족자결주의(self-determination)에 한껏 독립의 기대를 걸고 있었다는 것은 이미 잘 알려진 바와 같다. 이는 윌슨의 민족자결주의를 기조로 하는 파리강화회의(1919)를 통한 독립에 대한 기대이기도 했던바 파리로 향한 김규식이 대표로 인정받지 못하고 조선 문제는 언급조차 되지 못한 정황에서도 민족자결주의에 대한 믿음은 계속되어 워싱턴회의(1921)로까지 이어졌다.

4   레닌은 대전이 일어나기 훨씬 전부터 자본주의의 여러 현상들 중 하나인 제국주의의 특징에 주목했으며 1차 세계대전의 발발과 2차인터내셔널의 붕괴 이후부터는 전쟁의 원인과 의미를 마르크스주의적 이론 작업의 핵심적 테마로 다루기 시작했다. 그 결산이라 할 수 있는『제국주의, 자본주의 최고 단계』에서는 당대의 자본주의를 금융 자본주의, 독점 자본주의, 제국주의라는 새로운 상태이자 자본주의 최고의 단계로 분석했고 그런 한에서 레닌에게 제국주의는 "사멸해가는 자본주의이자 사회주의로 이행하고 있는 자본주의"였다. (블라디미르 일리치 레닌, 양효석 역, 「제국주의와 사회주의 내의 분열」,『레닌전집 64 – 맑시즘의 희화와 제국주의적 경제주의』, 아고라, 2017,

tion의 정치적 공동체라고 해석할 수 있는 국가state 간의 관계"[5] 위에서 성립하는 윌슨의 민족자결과는 분명히 맥을 달리하는 것이었다. 레닌의 민족자결을 제대로 이해하기 위해서는 사회주의혁명의 본질에 대한 이해가 선행될 필요가 있었는데 3·1 이전의 조선은 그렇지 못했던 것이다.

10월혁명 직후인 1917~1918년 사이에도 그에 대한 이해가 분명했던 것은 아니어서 1905년의 혁명과 1917년의 2월혁명·10월혁명이 혼재되어 받아들여지기도 했다. 특히 러시아혁명이 발발한 직후이자 3·1이 일어나기 직전에는 그런 경향이 더욱 뚜렷하게 나타났다. 일례로 학우회 기관지 『학지광』에 실린 러시아혁명과 관련된 세 편의 글은 "부글부글 끓던 로서아혁명",[6] "지금 당하고 앉아있는 금일의 혁명",[7] "혁명의 개화開火"라고[8] 언급하면서도, 러시아혁명과 관련된 인물로 반反볼셰비키파를 지목했다. 멘셰비키를 이끌었던 케렌스키Alexander Fedorovich Kerensk가 "국민을 이해하고 국민을 무애撫愛하고, 국민을 신용-"[9]하는 자로 찬양되는가 하면 1917년 이후 오히려 미국에 망명해서 반소反蘇운동을 이끌었던 브레시코프스카야Ekaterina Konststantinovna Breshkovskaia가 자유의 선도자로 예찬되었다.[10]

그러나 파리강화회의의 실패로 '민족자결'이 분화되기 시작한 1920년,[11] 러시아혁명과 볼셰비키, 그리고 그것을 아우르는 사상으로서의 사

298쪽) 그렇기 때문에 이 시기 레닌이 전개했던 혁명으로의 전략 전술에는 필연적으로 제국주의 국가들의 식민지들이 민족 해방운동을 벌이는 것이 포함돼 있었다.

5   김승배, 「반(反)베르사유-국제적 민족자결론과 한국적 분화의 연계성」, 『국제정치논총』 59(2), 한국국제정치학회, 2019, 333쪽.

6   극웅(極熊), 「KERENSKY」, 『학지광』 14, 1917.11, 38쪽.

7   극웅, 「로서아 국민성」, 『학지광』 15, 1918.3, 45쪽.

8   이일(李一), 「푸레스코후스카야」, 『학지광』 15, 1918.3, 74쪽.

9   극웅, 「KERENSKY」, 41쪽.

10   『학지광』에 나타난 러시아혁명 인식에 대해서는 권보드래의 다음 연구를 참조했다. "멘셰비키파의 영수였던 케렌스키(A.F. Kerenskii)가 그렇고, 브레슈코프스카야(C.

회주의에 대한 조선 내 인식은 변모한다. 이는 민족 해방을 원하는 당대의 뜨거운 열기와 맞물려 있으면서도 러시아혁명에 대한 불명료한 인식이 얼마간 수정되기 시작한 것과 관련되어 있다. 1919년 8월 창간되어 임시정부의 기관지 역할을 했던 상해판 『독립신문』의 러시아혁명 및 사회주의 관련 기사의 논조가 점진적으로 변해가는 과정은 그 단적인 지표 중 하나다. 일제의 검열로부터 비교적 자유로웠던 상해에서 발간된 『독립신문』은 1920년 조선에서 창간된 『조선일보』・『동아일보』나 『개벽』과 같은 매체보다 더 직접적으로 민족의 독립과 관련된 지향을 가지고 있었으며 사회주의 기사 역시 기탄없이 발표될 수 있었다. 뒤이어 논증하겠거니와 이는 비단 사회주의자뿐 아니라 독립운동을 하던 이들에게도 러시아혁명 및 사회주의가 조선의 미래를 예비하는 긍정적 가능성의 하나로 받아들여졌다는 점을 보여준다.

Breshkovsky) 역시 귀족 출신으로 열렬한 혁명가였으나 1917년 혁명 때는 오히려 망명해버린 인물이다. '혁명의 노모(老母)'라 불린 브레슈코프스카야는 망명 직후 일본을 방문하여 고토쿠나 오스기 사카에(大杉栄) 등에게 깊은 인상을 남긴 바 있다. 일본 아나키스트들에 있어서나 「브레슈코프스카야」를 쓴 이일에 있어서나, 브레슈코프스카야가 1905년 혁명과 1917년 혁명의 간격을 상징한다는 사실은 관심 밖이다. 브레슈코프스카야는 "자유종 짓기로 사명받은 청춘 남녀" 중 한 명이었으며 그 자신의 고행을 통해 혁명을 앞당긴 "천사와 같은 명문의 여자"일 뿐이다. 케렌스키 역시 마찬가지다. 그는 "로서아혁명이 돌파되자 (…중략…) 창공의 혜파같이 세상 사람들의 이목을 현황케 하는 이"로 묘사될 따름, 혁명 분파 내 복잡한 갈등은 문제되지 않는다." 권보드래, 『3월 1일의 밤』, 돌베개, 2019, 273~275쪽.

11 파리강화회의가 종국에는 전승국의 입장을 대변하는 자리였음은 물론이고 이른바 5개 강국 중의 하나였던 일본의 위상이 되레 드높아지게 되는 결과를 초래했다는 점은, 조선의 '민족자결'에 결정적인 분화를 가져왔다. 윌슨의 민족자결주의의 한계를 절감했던 일부 조선의 지식인들은 또 다른 민족자결에 본격적으로 공명하기 시작했다. "국제연맹을 축으로 한 국제협조주의와 코민테른을 축으로 한 국제연대주의라는 두 개의 세계주의"와 "두 개의 민족자결주의"가 자리하게 된 것이다. 山室信一, 『世界認識の轉換と〈世界[內戰]〉の到來』, 岩波書店, 2014, 85~87쪽.(공임순, 『3・1과 반탁─한반도의 운명적 전환과 문화권력』, 앨피, 2020, 25쪽에서 재인용)

1919년까지 『독립신문』은 「과격파의 진상」[1919.9.25]이나 「과격파의 세계적 선전 계획」[1919.9.30] 등의 글을 통해 '과격파' 러시아에 대한 소식을 간간이 전할 뿐이었지만, 1920년에 들어서면서부터는 본격적으로 러시아혁명이나 사회주의와 관련된 깊이 있는 정보를 제공한다. 단적으로 1920년 벽두에는 천재(天才)라는 필명을 쓴 이광수의 번역으로[12] 「아라사혁명기」의 연재가 시작된다.[13] 그 첫머리에서는 "금후의 세계의 정신적 지배자는 아라사이다. 금후의 사상의 세계, 쟁투의 세계는 전혀 아라사의 것이다"[14]라고 밝히고 있다. 2월혁명으로부터 시작하는 이 혁명기는 "구주대전의 유일의 소득이 아라사혁명이라 하면 금후의 세계의 모든 조류를 지배하는 자 또한 그것"이고 "1919년 각국을 풍미하는 노동운동은 모두 노농정부를 동정하고 또는 그 영향을 입지 않은 자 없다"며[15] 10월혁명으로 마무리된다. 그로부터 조선이 받은 영향을 염두에 두지 않을 수 없음은 물론이다.

1920년에는 시베리아내전과 관련된 기사를 적극적으로 다룬다. 적군(赤軍)과 백위군의 내전을 다루면서도 기사의 초점은 백위군과 함께 출병한 일본군에 맞춰져 있는데, 이 기사들은 주로 일본군을 격퇴하고자 하는 적군의 활약에 집중한다. 특징적인 것은 시베리아내전을 일본과 조선의 상황에 빗대고 있다는 점이다. 이를테면 러시아 민중들이 "아인(俄

---

12   이와 관련해서는 최주한의 다음 연구를 참고할 수 있다. 최주한, 「상하이시절의 이광수와 사회주의 – 역술 「아라사혁명기」(1920)를 중심으로」, 『대동문화연구』 122, 성균관대 대동문화연구원, 2023.

13   김미지는 이것을 후세 가츠지(布施勝治)의 『노국혁명기』(文雅堂, 1918)의 일부를 축약한 것이라고 추측한다. 김미지, 「접경의 도시 상해와 '상하이 네트워크' – 주요한의 '이동'의 궤적과 글쓰기 편력을 중심으로」, 『구보학보』 23, 구보학회, 2019, 53~54쪽.

14   「아라사혁명기(1)」, 『독립신문』 36, 1920.1.10, 3쪽.

15   「아라사혁명기(11)」, 『독립신문』 48, 1920.2.26, 4쪽.

ㅅ의 자유를 위협하는 일병日兵의 퇴거를 요구하고" "전국민 일치로 일병을 격퇴할 결심"을 보였다는 것을 강조하며 "아아 동포여 여러분은 아라사 국민의 의기를 보나뇨"라고 조선 민중을 향해 단합을 꾀하도록 한다거나[16] 콜착A. Kolchak의 사형 사건을 다루면서 "코 정부를 이완용 내각과 같이 이용하려던 일본은 크게 실망하였고 오직 아국민俄國民의 원한을 매買"[17]한다고 전하는 식이다. 이밖에 적군에 있는 한인 군단장을 소개하거나[18] 러시아에 체류 중인 한인이 코자크 대회에 참가해 조선과 러시아 공동의 적으로 일본을 지목했다는 단신을 적는가 하면[19] 러시아에서 일본 신민의 여권이 아니라 대한국민의 여권을 사용할 수 있게 된 소식을 전하기도 한다.[20] 시베리아 내전에서의 일본군 동향을 예의주시하는 가운데, 적어도 1921년 자유시 사변이 일어나기 전인 1920년까지는 볼셰비키 군대가 일본의 제국주의적 확장을 가로막는 일면의 시도처럼 느껴졌을 터 러시아혁명 및 사회주의는 민족 해방과 그 이후의 한 가능성으로 다가왔을 공산이 크다.

1920년 3월부터는 본격적으로 사유재산제에 대한 부정으로서 사회주의가 가지는 계급 투쟁의 성격에 집중하거나 노농정부인 러시아 사회의 모습을 담은 번역 기사를 심도 깊게 소개한다. 10회에 걸쳐 「사회주의」1920.3.13~4.10라는 표제로 제임스 엘리스 바커J. E. Barker가 작성한 글을 번역해 신고[21] 그 연재가 끝나는 시점에 맞바로 「노농공화국 각방면 관찰」

---

16 「아인은 자유와 토지를 위하여 콜락을 멸하였고 다시 일본과 싸우기로 결심」, 『독립신문』 44, 1920.2.7, 4쪽.

17 「콜착의 사형」, 『독립신문』 47, 1920.2.17, 4쪽.

18 「아국(俄國) 중에 한인군단장」, 『독립신문』 45, 1920.2.12, 2쪽.

19 「한아(韓俄)의 공동한 적은 일본이다」, 『독립신문』 53, 1920.3.13, 2쪽.

20 「아국에 재(在)한 동포는 대한국민의 여권이 필요」, 『독립신문』 45, 1920.2.12, 2쪽.

21 비교해본 결과, 바커의 British Socialism(1908)의 도입부 「사회주의란 무엇인가(chap-

1920.4.10~15이라는 글의 연재를 시작하면서는 소비에트 정부를 "일종의 '홍紅공포'요 아국의 특산물이라 하며, 또는 이를 무정부 공산당으로 여기며 기아의 폭도라 하는 이는 다 황류荒謬의 극한 언言"[22]일 뿐이라 전하는 것이 대표적이다. 그 직후에는 나키히라 료中平亮와 레닌을 접견한 『오사카 마이니치大阪毎日』의 특파원 후세 가츠지布施勝治의 기사를 번역한 것으로 보이는 「일본기자가 본 노농공화국」1920.4.27~5.22을 싣거나 인터내셔널을 소개하는 「국제사회당인터나슈낼리스트」1920.5.1~8을 게재한다.

러시아혁명 및 사회주의에 대한 기사는 번역문으로만 한정되는 것은 아니어서 그것을 조선과의 연관성 속에서 논하기 위해 손두환을 필자로 섭외하기도 한다. 이미 손두환은 1920년 4월 5일 열린 '재상해 유일留日 학우구락부' 주최의 강연회에서 "사회주의는 정치상으로 민주주의, 경제상으로는 생산의 공유, 공영과 분배의 평균을 요구하는" 것이라며 사회주의에 대한 기존의 오해를 풀어야 함을 논함과 동시에 "국제의 침략주의도 자본주의의 왕성에 기인한 상업 경쟁의 결과"라면서 "금일 오인의 독립운동이 일본의 침략주의를 반항한다는 견지로 보아 국제적 사회주의의 운동"이라고 밝힌 적 있는 인물이다.[23] 자본주의와 제국주의의 관련성 속에서 독립운동을 연결하는 방식은 그의 주장은 『독립신문』의 필진들에게 새삼 눈길을 끄는 것이기도 했다. 사회주의에 무조건 반대하거나 무조건 찬동하는 조선 사회의 일경향으로부터 벗어나 그것의 필요성을 진지하게 연구해야 한다는 취지의 「사회주의 연구」1920.5.29~6.17가

---

ter1. introduction –what is socialism)」를 번역한 것으로 보이며, 번역의 판본은 확인하지 못했다. Barker, J. Ellis. *British Socialism: An Examination of Its Doctrines, Policy, Aims and Practical Proposals*, Good Press, 2019.

22 「노동공화국 각방면 관찰」, 『독립신문』 63, 1920.4.10, 4쪽.
23 「제2회 강연」, 『독립신문』 62, 1920.4.8, 4쪽.

손두환에 의해 작성된 것은 그 때문이었을 것이다.

손두환이 『독립신문』에서 사회주의 전반을 소개하는 필진이 될 수 있었던 것은 그것을 독립운동과의 연속선상에서 논하는 입장과 동떨어져 있지 않았다. 자신의 이름을 내걸고 쓴 최초의 글 「사회주의자의 한일 전쟁관」에서 그는 국제주의적 문제와 민족 독립의 문제를 결코 다르지 않은 것으로 본다. 사회주의자를 파괴자로 보거나 애국심이 결핍한 자로 보는 기존의 시각은 잘못된 것이라면서 사회주의자는 기본적으로 평화를 요구한다고 주장함과 동시에, "자유 평등을 전제로한 영구적 평화"를 요구하기 때문에 이를 저해하는 세력과는 "방위 저항", "즉 전쟁을 주장"할 수밖에 없다고 설명한다. "제국주의, 침략주의, 자본주의"를 동일선상에 놓고 파악하는 그의 입장은 그렇기에 "현대의 침략자"인 일본 제국주의와의 전쟁을 불사해야 한다는 지점으로 귀결된다.[24]

한편 계봉우는 '뒤바보'란 필명으로 「김알렉산드라 소전」을 3회에 걸쳐 연재했다. "혁명사상으론 대한 여자의 향도관, 사회주의로는 대한 여자의 선봉장, 자유정신으론 대한 여자의 고문관, 해방경쟁으론 대한 여자의 사표자師表者"[25]라고 김 알렉산드라를 칭송하며 시작하는 이 글은, 그가 조선 최초의 사회주의 조직인 한인사회당에 일조했음을 언급한다. 백군에 의해 죽임을 당하는 대목을 설명할 때에는 "나는 대한국여자라, (…중략…) 나의 가장 경애하는 이천만 동포도 자유의 복락, 독립의 광영光榮을 속히 득향得享할지라"[26]고 말하는 모습으로 그를 형상화한다. 이동휘가 지휘했던 한인사회당과 사회주의운동에 앞장섰던 김 알렉산드라

---

24 손두환, 「사회주의자의 한일 전쟁관」, 『독립신문』 78, 1920.5.22, 4쪽.
25 뒤바보, 「김알렉산드라 소전(1)」, 『독립신문』 66, 1920.4.17, 3쪽.
26 뒤바보, 「김알렉산드라 조선(3)」, 『독립신문』 68, 1920.4.22, 3쪽.

를 향한 깊은 존경과 애도의 마음을 표하면서 그들을 조선의 독립과 관련 짓고 있는 것이다.

이처럼 3·1 직후 1920년의『독립신문』은 사회주의를 기조로 표방하지는 않았어도 점차 러시아혁명 및 볼셰비즘에 친화적인 성격을 띠게 되었다. 이는 비단 사회주의자들뿐 아니라 보다 더 보편적인 범위에서 민족 해방의 한 방식으로서 사회주의가 이해되고 있었음을 방증하는 것이기도 하다. 레닌이 이끈 볼셰비키의 민족자결주의가 직접적으로 수용되어 형성된 결과는 아니더라도 그 간접적인 영향 아래에서 이러한 인식은 가능할 수 있었다. 요컨대 초창기 조선에서의 러시아혁명 및 사회주의에 대한 인식은 민족 해방의 한 '가능성'으로 존재하고 있었으며, 계급 투쟁에 대한 이해와 국제주의적 시각을 견지한 인물을 필진으로 내세우기도 했다. 물론 러시아를 제국주의에 대항하는 하나의 국가로 볼뿐 세계혁명적 구상을 견지한 구심점으로 알고 있지 못했음은 지적되어야 할 것이다. 1920년 7월부터 11월까지『독립신문』이 재정 문제로 휴간된 이후로 러시아혁명이나 볼셰비즘, 사회주의에 대한 기사의 게재는 대체로 뜸해지다가 1921년 5월이 지나면서는 그마저도 완전히 자취를 감추게 된다.[27]

---

27 『독립신문』에서 사회주의와 관련된 기사가 줄어들 수밖에 없었던 이유와 관련해서는 주필 및 운영진, 그리고 그와 맞물려 있는 임시정부에 대한 논조 변화 등을 염두에 둔 별도의 논의가 필요하다. 다만 이광수가 주필 및 경영을 도맡고 있었던 1919~1921년 당시의 시점에 사회주의 관련 기사가 많이 게재되었다는 것을 지적할 수 있는데, 이 시기는 이광수가 볼셰비즘에 대해서 긍정적인 생각을 가지고 있었던 때이기도 하다. 그는 재상해 유일구락부가 주최한 1회 강연회에서 '볼셰비즘'이란 주제로 강연을 하면서, "금일 경제혁명의 모형은 아국이니 덕오(德奧)제국도 이미 차를 방(倣)하였고 영미 같은 현재제도의 기초가 공고한 국가 내에도 이 제3혁명의 맹염이 은연함"을 언급하는 한편, "'정치적으로 치자(治者) 피치자, 귀(貴)와 천(賤)의 별(別)을 없이 하자' 이것은 현대사상의 당연한 결론이니 전세계에 이 경제혁명의 맹염이 기(起)

비슷한 시기 조선 내 사회주의 사상 수용의 사정은 어떠한가. 조선총독부의 문화통치가 시작되고 언론·출판·결사의 자유가 일부 허용되면서, 1920년 조선노동공제회나 조선청년회연합회와 같은 대중 단체들이 생겨나고 『조선일보』1920.3·『동아일보』1920.4를 비롯한 일간지와 『개벽』1920.6·『공제』1920.9·『아성』1921.3·『신생활』1922.3 등의 잡지가 발행됐음은 주지의 사실이다. 특히 조선노동공제회의 기관지 『공제』와 조선청년연합회의 기관지 『아성』은 사회주의적 견지에서 노동문제와 관련된 주장을 개진하거나 마르크스의 『정치경제학 비판을 위하여』 서문을 「유물사관요령기」윤자영 역, 『아성』, 1921.3, 「유물사관개요」신백우 역, 『공제』, 1921.4 등의 제목으로 번역해 싣고 크로포트킨의 학설을 소개했다.[28]

국내의 매체에서도 러시아혁명과 소비에트 러시아에 대한 관심은 지대한 것이어서 그와 관련된 기사나 논설이 많이 발표되었다. 주요 일간지인 『동아일보』와 『조선일보』의 경우, 볼셰비키를 '과격파'라고 지칭하면서 조선에 미치게 될 영향력의 확대를 경계하는 목소리를 내지 않은 것은 아니었으나[29] 러시아혁명과 사회주의를 소개하는 글이 지속

할 날이 불원(不遠)하리라"며 볼셰비즘에 대해 긍정한다. "우리의 운동은 다만 단순한 일본에게서의 독립운동뿐 아니고 실로 신국가 신사회의 건설운동이니 현대의 세계의 민중을 움직이는 모든 사상을 잘 연구하여 국기(國基)를 완전한 기초 위에 전(奠)하도록 노력"해야 한다는 것이다.(「유일학우구락부의 제일회강연」, 『독립신문』 55, 1920.3.18, 4쪽) 더욱이 같은 시기 『독립신문』의 편집자로 활동하던 조동호가, 이후 여운형과 함께 고려공산당 상해지부를 설립하기도 했던 친공산주의적 성향의 인물이라는 점도 함께 강조될 필요가 있겠다.

28 『아성』과 『공제』과 관련된 제반 사실들을 밝히고, 해당 매체들에 실린 사회주의 관련 기사 및 번역글을 분석하며, 번역 저본 확정 등의 작업을 수행한 연구로는 박종린의 다음 논문을 참고할 수 있다. 박종린, 「일제하 사회주의사상의 수용에 관한 연구」, 연세대 논문, 2006, 27~41쪽.

29 "차(此)(사회주의-인용자)가 대두하여 노골적으로 차 세계를 지배하며 진감(震憾)케 한 것은 구 노국이 와해된 이후이로다. 전제의 노국을 일차 타파한 사회주의의 격

적으로 연재되었다. 「사회주의의 의의」『동아일보』, 1920.8.15~17, 「근대 사회주의의 발생」『조선일보』, 1920.12.15~21, 「말크쓰의 유물사관」1922.4.18~5.7 등과 같은 사회주의 일반에 대한 기사에서부터 무려 61회에 걸쳐 연재된 「니콜라이 레닌은 어떠한 사람인가」『동아일보』, 1921.6.3~8.31, 「노국혁명과 그 농민」『조선일보』, 1921.7.7~12 등 러시아혁명과 직접적으로 관련된 글까지가 폭넓게 실렸다.

특히 1차 세계대전의 종결과 러시아혁명의 발발 이후 민족자결의 문제와 사회주의의 연관성을 논하는 글들이 적잖이 소개되고 있음은 주목을 요한다. 1922년 조선의 독립과 관련해 별 소득 없이 워싱턴 회의가 종결되자 사회주의자들은 러시아혁명 이후의 흐름이 어떻게 민족자결의 문제와 연결될 수 있는지에 대해 집중하는 글을 번역 소개했다. "벨사이유 강화가 학대 받는 민족에서 자결의 권리를 여與치 아니한 것이 명백하게 되었을 때 차등此等의 민족은 솔선하여 이 권리를 획득하려 하여 전후에 발연勃然히 일어난 독립운동은 곧 그 불꽃이었다"면서 이집트와 아일랜드, 인도 등 세계적인 새로운 민족운동의 전개를 논하는 가운데, "자본주의가 고도의 발달을 한 오늘날의 세계에서는 국민주의에서 출발하여 국민주의에 입각한 순수한 국민주의적 운동과 같은 외관을 정

류는 동분서류하여 독일을 석권하고 또 불국을 침범코자 하며 오흉(墺匈)을 습(襲)하고 파간(巴幹)반도의 제방을 풍미하며 이국(伊國)을 소요케 하였으며 북미에 도(渡)하여 미국을 위태에 빈(濱) 케하고자 하며, 동전(東轉)하여 서백리아를 침(侵)하고 중원이 입(入)하여 중국을 농락코자 하는 도다. 오호(嗚呼)라 과격주의의 횡행하는 그 맹위는 요원(燎原)의 화염보다도 일층 더 맹렬하며 비단폭포의 유세보다도 우심하여, 세계인류는 방금 차 격류 중에 과입(渦入)되어 곤피(困疲) 중에서 신음하는도다"라며 볼셰비즘의 세계적 영향력 확대에 주목하며 시작한 한 논설은 조선 또한 볼셰비즘에 영향을 받을 수밖에 없는 이유를 진단하고 해결 방안을 모색하기도 한다. 「과격파와 조선」, 『동아일보』, 1920.5.12, 1쪽.

묙한 독립운동도 결코 민족주의로서 시종하여 국민주의로써 그칠 수는 없는 것이다. 그것은 반드시 계급적 해방운동에까지 전개하지 않고는 마지않는다"[30]며 사회주의와의 관련성을 논하는 식이다.

십구세기에 있어서 서구제국에서는 "민족주의" "민족국가"라는 정치상의 주장이 많이 있었습니다. 그것은 "나폴레옹"의 세계제국건설의 정치적 계획에 반항하여 일어난 것인데 사회적 의의보다도 정치적 의의가 농후하였습니다. 그런데 최근의 민족운동은 이와 매우 다른 여러 가지 특징을 가졌습니다. "아세아"나 "아프리카" 등의 약소민족이 이에 주ㅕ되는 행동자로 일어나게 된 것을 제일의 특징이오, 여러 가지 민족운동이 사회주의적 욕구를 포함한 "프롤레타리아"적 운동으로 변하여 온 것이 제이의 특징이외다. 그것은 단순한 정치적 독립의 요구가 아니라 자기 해방의 원리로 사회주의적 국제사회의 건설의 요구를 포함하였습니다. 그럼으로 최근 약소민족의 민족운동은 자본주의 그것이 통어력統御力을 잃은데 말미암아 일어난 것이오. 동시에 자본주의의 붕괴와 필연의 관계를 가진 것이외다. 민족운동은 재래에는 제이의적第二義的으로 생각하고 그다지 주의하지 아니하였으나 금후로는 세계 역사상 더욱 중요한 의의를 가지게 될 것이외다. 사회주의도 민족문제를 충분히 해결치 않고는 그 신사회를 건설할 수 없습니다. 국내 "프롤레타리아"의 해방만으로는 사회주의의 실현을 기期하기는 분명히 불가능하외다. 국제적 "프롤레타리아" 혁명은 약소민족간의 "프롤레타리아"와 공동적 행동을 취함으로써 완성할 것이며 그 결과로 한 자본주의 국가 내의 사회혁명은 그 나라 노동계급의 단결과 동시에 그 나라가 지배하는 약소민족간의 혁명분자와 악수하지 아니하면

---

30   성태 역, 「간디의 운동과 인도의 무산계급」, 『개벽』 37, 1923. 7, 16쪽.

도저히 그 목적을 달^達하지 못할 것이외다.[31]

위 인용문은『카이조改造』 6월호에 실린 사노 마나부佐野學의 글을 신태악이 번역한 것으로서 그 첫 부분에 해당한다. 19세기적 민족운동과 20세기적 민족운동의 차이를 논하고 있는 이 글은 강대국을 중심으로 하는 민족국가 건설의 민족운동과 약소민족을 중심으로 하는 "사회주의적 욕구"의 발현으로서의 민족운동에 둘 사이의 차이를 두고 있다. 후자를 1차 세계대전 이후 민족운동과 계급운동의 추세로 지목하면서 이러한 흐름의 국제적 의의에 대해서 논하는 이 글의 내용은 레닌적 민족자결주의에 다분히 기대어 있다. 인용문에 따르면 사회주의혁명의 견지에서도 "국내 프롤레타리아 해방만으로는" 진정한 사회주의를 실현할 수 없다. 그것이 "국제적 프롤레타리아혁명", 즉 세계혁명으로서의 의미를 획득하기 위해서는 약소민족과의 "공동적 행동을 취함으로써" 가능하다는 것이다. 이는 피억압 민족의 민족 해방운동을 지지하면서 이와 동시에 선진국의 프롤레타리아혁명이 진행되어야 한다고 보았던 레닌의 세계혁명적 구상에 들어맞는 것이기도 하다. 요약건대 워싱턴회의가 종결되고 1923년을 전후한 무렵에는 레닌과 볼셰비키의 민족자결주의 및 세계혁명적 구상이 보다 직접적으로 영향을 미치기 시작했다.

이때 프롤레타리아와 피억압 민족 모두에게 공통되게 작동하는 것은 "자기 해방의 원리"다. 스스로를 억압과 착취로부터 해방시키는 것으로부터 민족 해방과 계급 해방이 가능하다고 보는 이러한 관점은 파리 강화 회의나 워싱턴 회의와 같은 강국 주도의 회의체에 의한 민족자결주

---

31   신태악, 「사회주의와 민족운동(1)」,『동아일보』, 1923.7.4, 1쪽.

의를 기대했던 것이 얼마나 어리석은 일인지를 지적하는 부분과 일맥상통하는 것이기도 했다. 이는 "경譬컨대 고양이에게 육고자肉庫子의 직무를 맡겨 놓고 거기서 고기 얻어먹기를 바라는 희망과 마치 한 가지"인 셈이라는 것이다. "행복적 기득권을 가진 무리들이 아무리 백천 번의 회의를 연다 하여도 결국은 자기네의 기득권 옹호를 주장할 이외에 다른 방책"이 없다. 그렇기에 "정의 인도의 력力은 소수 행복자에게 있는 것이 아니요, 다수 무산대중의 불평적不平的한 정신 내용"[32]에 있다는 주장은 위 인용문이 지적하는 '자기 해방의 원리'와 맞닿아 있다. 다른 이에 의해서가 아니라 스스로의 손에 의해 해방되어야 한다는 것이다.

단결은 고래古來 그 예가 적지 아니하나 그 중에 특히 현저한 것은 대전 이후에 세계무산대중의 단결이 그것이니 노서아혁명과 같은 것은 역사의 혁명과 그 취趣가 이異하여 순수히 무산자 대 자본벌閥에 대한 이해 단결의 혁명이라 할 수 있으며 진進하여 세계 각국의 노동운동 사회주의운동 무정부주의운동은 다 같이 경제적 이해상반으로 망罔하는 무산자의 단결운동이라 할 수 있다. 그러나 (…중략…) 노서아혁명이 아무리 단순한 경제적 이해로부터 생生한 단결운동이라 할지라도 그는 단單히 일면의 관측일 뿐이오 타 일면에는 다수의 민중의 심리에 복재伏在한 부지불식적 신력信力 흥분이 조장케 한 것은 무의無疑한 사실이라. 그러므로 사회주의를 평하는 이들이 동同주의가 어느 점에서 종교적 흥분을 가졌다 함도 이러한 이면을 관파觀破한 명견이라 할 수 있다.[33]

정의와 인도를 바라는 피억압 민족의 해방에 대한 바람은 자본가로부

32 이철, 「무종교라야 유종교」, 『개벽』 37, 1923.7, 31쪽.
33 이철, 「무종교라야 유종교」, 31쪽.

터 착취 받는 무산대중의 해방 정신과 겹쳐 이해된다. 이들의 해방은 남에게 의탁해 주어지는 것이 아닌바 억압받고 착취당하는 이들의 단결은 중요한 요소였다. 러시아혁명은 이를 응축해서 보여주는 세계사적 사건이었다. 정의와 인도를 염원하는 "다수의 민중의 심리에 복재伏在한 부지불식적 신력信力 흥분"을 조장한 러시아혁명은, 그렇기에 '무종교無宗敎'에 기반해 있었지만 "종교적 흥분"을 간직한 사상이자 운동의 결실로 받아들여졌다. 민족 해방운동과 계급 해방운동은, 비록 다른 가지에서 뻗어나왔으나 '자기 해방의 원리'와 '종교적 흥분'에 의해 민중 다수의 단결을 촉진한다는 점에서 만날 수 있었던 것이다.

　물론 민족 억압과 계급 착취가 이런 정신적인 부분만을 공유한다고 이해된 것만은 아니어서, 그 경제적 연결점이라고 할 수 있는 레닌의 '제국주의론'에 대한 논의 또한 함께 이루어졌다. "자본주의가 고도의 발달을 하여 전 세계가 자본주의적 착취와 피착취의 관계 위에 서게 된 오늘날의 세계에서는 이미 단순하고 순수한 국민주의에 기본한 독립운동은 불가능"하다는 인식,[34] 즉 자본주의의 최고 단계로서의 제국주의가 식민과 피식민의 관계를 양산한다는 인식이 일반적으로 받아들여졌다. 1924년 6월 15일부터 7월 18일까지 『조선일보』에서는 현애玄涯의 초역抄譯으로 「제국주의의 내면관」전34회이라는 글이 실리는데, 이는 조선에서 최초로 레닌의 『제국주의, 자본주의의 최고 단계』가 대중들을 대상으로 번역 소개된 것이기도 하다.[35]

34　성태 역, 「간디의 운동과 인도의 무산계급」, 15쪽.
35　현애가 레닌의 『제국주의, 자본주의 최고 단계』를 초역했다는 것은 김미연의 연구를 통해서 확인했다. 김미연의 연구에 따르면, 현애와 동일 인물로 유추되는 현애생(玄涯生)은 「이상국을 과연 실현호(乎)」라는 제호로 H. G. 웰스의 소설 『신과 같은 사람들(Men Like Gods)』(1923)을 번역·소개하기도 했다. 김미연, 「1920년대 과학소설 번역·

삼三은 각 자본주의적 선진국의 공업이 극발달極發達된 것을 증명한 것이다. 산출되는 제품도 그 국내에서 완전히 소비할 수 없으며 수요되는 원료도 그 국내에서 완전히 공급할 수 없고 또는 자본도 과잉이 된다. 그리하여 과잉한 제품을 소비할 만한 시장과 또는 원료를 공급하여 과잉한 자본을 투입할만한 지방을 획득고자 함은 소위 식민지 정책이란 것을 실행하여 약소한 국가나 민족을 침략치 아니치 못할 현상이라는 것이다. 이것을 인연하여 이 지구상을 환시할진대 각국 자본주의의 침략을 받은 반식민지적 국가가 기하幾何이며 전식민지적 지대가 기하인가. 본서를 일독하면 자본주의의 침략과 자본주의의 발달과 그 필연적 결과를 알 것이다. 그와 같은 자본주의의 침략과 발달의 하에서 신음하는 국가나 민족의 자구自救하는 방법은 또 무엇이냐. 오직 세계 일반의 약소한 국가나 민족을 대결합하여 국제적 자본주의를 대항할 것뿐이로다.[36]

"현세의 누구이나 여뢰관이적如雷慣耳的으로 다 아는 노서아 공산혁명의 원조인 '레닌' 씨의 저작"을 초역한다고 밝히며 시작되는 이 연재 글은 번역의 이유를 세 가지로 정리해 밝힌다. 그 첫 번째 이유는 "사회주의적 사회제도의 가능과 필연을 증실證實"하기 위함이고, 두 번째 이유는 현재의 자본주의가 "금융자본의 시기에 나아가는 것을 증명"하기 위함이다.[37] 세 번째 이유는 위에서 인용한 바와 같이 공업이 극도로 발달한 선진국에서 소비 시장과 원료 공급지를 개척하기 위해 식민 정책을 펼침을 보이려는 데 있는데, 이 대목은 특히 역자가 강조코자 하는 부분으로 보인다. 현애는 이 책을 읽음으로써 제국주의적 침략과 자본주의 발

      수용사 연구-'유토피아니즘(Utopianism)'을 중심으로」, 고려대 논문, 2021, 197쪽.
36   현애 초역, 「제국주의의 내면관(1)」, 『조선일보』, 1924.6.15, 1쪽.
37   현애 초역, 「제국주의의 내면관(1)」, 1쪽.

달의 관계를 알 수 있다고 한 뒤, 그 와중에 "민족의 자구"책은 "세계 일반의 약소한 국가나 민족을 대결합하여 국제적 자본주의를 대항할 것뿐"이라는 결론을 내린다. 자본주의 최고 단계로서의 제국주의에 대한 경제적 인식이 뿌리내리게 되면서 그것을 식민 문제와 연결하는 사유가 유포되기 시작했던 것이다.

파리 강화 회의와 워싱턴 회의를 지나오면서부터는 민족자결주의의 결정적이며 명시적인 분기점이 마련되었다. 그 기점은 '반反베르사유'의 기치 아래 사회주의자들을 중심으로 한 레닌의 민족자결주의가 힘을 얻게 되는 결정적 계기로 작동했으며 사회주의 수용의 확산 시기와도 맞물려 있었다. 이 시기 사회주의자들의 주도로 형성된 러시아혁명 및 볼셰비즘에 대한 인식은 3·1 직후보다 더 명징하게 민족자결의 문제와 관련된 것이었다. 그러한 인식의 스펙트럼은 민족 해방과 계급 해방의 접점으로서 존재하는 '해방의 원리'라는 정신적 차원의 논의부터 레닌의 제국주의론에 기대어 식민과 피억압 민족의 문제를 논증하는 경제적 차원의 논의까지를 널리 포괄했다. 민족 해방운동으로부터 조선의 사회주의가 태동했다는 것은 잘 알려져 있지만 여기에 한 가지 사실이 덧붙여질 필요가 있다. 당대 조선의 사회주의가 민족의 자족적 운동을 넘어선 세계혁명에 대한 사유의 잠재성을 안고 있었다는 것, 바로 그것이다.

2) 후진의 역전 가능성이라는 기대

1920년대 초반의 정신적 풍경 속에는 개조론의 도도한 흐름이 깊이 각인되어 있었다. 이 시기를 풍미하던 '개조改造, Reconstruction'가 1차 세계 대전을 지나오면서 필연적으로 품게 된 서구 문명에 대한 근본적인 회의와 관련된 것이라면 이는 필시 제국주의 전쟁을 가능케 했던 조건들에 대한 개조, 더 구체적으로는 자본주의와 관련된 물적·정신적 개조를 폭넓게 의미하는 것이었다.[38] "대전大戰은 저 현실주의, 생존경쟁주의의 승려들의 설교가 허위인 것을 폭로"한 사건이었다.[39] 이에 따라 1910년대를 휩쓸었던 약육강식과 우승열패의 원리에 기초한 사회진화론은 1920년대에 이르러 대대적으로 심문에 부쳐졌다. 개조론의 전개는 반反문명론적이며 반反진화론적 사유와 짝을 이루고 있었다.

선진先進으로서의 서양과 후진後進으로서의 동양이라는 구도가 위계적으로 연결되는 사회진화론의 사유는 발본적으로 재검토되어야 했다. 나아가 그동안 적자適者의 근거로 여겨왔던 서양의 문명이 민낯을 드러내며 더 이상 그 시효를 다하게 됐을 때, 이를 추종하던 비非문명이자 미개로서의 조선은 새로운 세계에 대한 활로를 모색할 필요가 있었다. 그것은 '문명-미개'라는 선적 연결을 끊어내는 작업과도 맞물려 있는 것이었다. 그 연결을 끊어내고 이상理想에 도달할 수 있는 방식에 대한 질문이 던져지는 것은 당연한 수순이었다. 다음의 글은 이와 같은 질문을 담고 있다.

만일 현대의 문명이라 하는 것이 영원의 진리라 할 것 같으면 미개한 자는 어느 때에든지 반개자半開者의 뒤를 따르게 되고 반개한 자는 개화한 정도를 밟아야 할 것이다. 즉 그 계단을 밟지 아니하고는 새로운 계단에 나아갈 수는 없는 것이다. 우리는 과연 그러한 수리적 법칙을 밟지 아니하고는 최후의 어떤 이상理想에 달達할 수단이 없을까 있을까 이것이 큰 의문이란 말이다. (…중략…)

---

38 오문석, 「1차대전 이후 개조론의 문학사적 의미」, 『인문학연구』 46, 조선대 인문학연구소, 2013, 302쪽.
39 「구주대전 이후의 민족적 이상과 진화」, 『개벽』 33, 1923.3, 19쪽.

가령 현대인의 최후 행복의 경애境涯는 인류주의(사회주의도 포함)의 실현이라 하면 그리고 그 인류주의의 실현에는 물질적으로 현대문명의 폐원弊源인 군국주의를 파괴함에 있다 하면 또는 자본주의를 파괴함에 있다 하면 우리 조선과 같은 반개한 나라는 본래부터 군인이 없는(창덕궁에 소수의 군인이 있지만은) 민중의 단체인지라 다시 그것을 파괴할 염려는 없고 그리고 조선은 민중적 무산계급인지라(다소의 자본주의의 폐해가 있음은 물론이나 피彼상공업이 극단의 발달을 수遂한 나라에 비교하여 아직 폐해가 극항極項에 달한 것은 아니라) 자본주의의 폐해를 교정함에 실로 용이한 것이니 그렇다 하면 우리 조선과 같은 처지에 있어는 장래할 사회의 행복은 조선인된 자 우又는 조선과 같은 경우를 가진 자가 누구보다 먼저 그 낙원에 들게 될 것이 아닌가.[40]

위 인용문은 진화론적 사유에 입각한 "수리적 법칙을 밟지 아니하고" "최후의 어떤 이상에 달達할 수단"에 대해 질문을 던지고 있다. 그러면서 예로 들고 있는 것이 사회주의를 포함한 "인류주의"인데, 이는 군국주의와 자본주의를 요체로 하는 현대 문명을 대체하는 것이다. 평등의 가치를 우선시하는 인류주의에 도달하기 위해 조선이 선택해야 하는 경로는 더 이상 문명으로 향하는 발전의 방식을 따르는 것으로 묘사되지 않는다. 조선은 미개, 혹은 반개이기 때문에 군국주의와 자본주의적 정체성을 가지는 것으로부터 자유로울 수 있고 오히려 그로부터 멀어지기에 적합하다. 따라서 "조선과 같은 경우를 가진 자가 누구보다 먼저 그인류주의·인용자 낙원에 들게 될" 수 있게 된다는 것이 인용문의 설명이다. 개조론의 높은 파고 속에서 후진은 '후진이기 때문에 되레' 역전 가능성을 안고

40　「문제의 해결은 자결이냐 타결이냐」, 『개벽』 33, 1923. 3, 110~111쪽.

있다는 상상이 가능할 수 있었던 것이다. 다시 말해 개조론은 후진으로 서의 조선이 스스로를 새로이 정립해 나가려는 시도와 맞닿아 있었다.

이런 맥락에서 러시아혁명은 조선의 사회주의자들에게 중요한 귀감이 되었다. "경제의 후진성, 사회형태의 원시성, 문화 수준의 낙후성"[41]을 사회적 특징으로 가지는 러시아가 경제적으로 최첨단을 걷고 있고 극도로 발달한 사회형태를 지니고 있으며 유수의 문화를 자랑하는 유럽의 선진국보다 빨리 사회주의혁명을 이뤄냈다는 사실은, 후진 민족인 조선인들에게 자극제가 되기에 충분했다. 사회주의자들에게는 러시아혁명이야 말로 '후진이기 때문에 되레' 사회 개조의 선봉장에 설 수 있었던 사건으로 받아들여졌다. 차르의 전제군주제 아래 있었던 러시아가 단번에 농민 노동자에 의한 민주공화국으로 변화한 것은 세계 개조의 흐름에도 부합하는 일이었다.

로서아로 말하면 문화의 발달이 매우 뒤진 나라이외다. 지금에도 오히려 어떠한 지방에는 원시적 생활을 작(作)하는 인민이 없지 아니합니다. 그리하고 다른 문명하다는 지방의 역사도 또한 그 기원이 겨우 천년 내외에 지나지 아니합니다. 그러나 이와 같이 단기간의 역사를 가진 노서아에서 정치와 사회의 제도와 문물이 자못 복잡한 변천을 지내였으며 종교의 양식과 경제의 조직은 근본적으로 개혁이 되었습니다. 이러한 변천과 개혁은 오직 노서아의 역사에서 볼 것이오, 다른 사회의 역사에서는 보지 못 할 것이외다. 서철(西哲)이 말하기를 앞선 자는 뒤지고 뒤진 자는 앞선다 하더니 이 말은 진실로 노서아를 두고 이른 말인가 합니다. 과거에 있어서 세계 각국 가운데 제일 문화가 뒤

---

41   레온 트로츠키, 볼셰비키그룹 역, 『러시아혁명사』, AGORA, 2017, 13쪽.

졌던 노서아가 금일에 이르러서는 제일 앞선 듯 하외다. 노서아에서는 공산경제와 위원정치를 행합니다. 이것은 세계인류가 총纏히 이상理想하는 제도이올시다. 그러나 역사가 오래고 문화가 앞선 다른 나라에서 아직까지 이러한 제도를 실행치 못하고 오직 후진한 국가 즉 노서아에서만 이 인류의 이상하는 바 공산경제 위원정치를 먼저 실행합니다. 지금 노서아에서 실행하는 것이 완전하다고 할 수는 없지만은 불완전하나마 모든 곤란과 장애를 배척하고 위연히 전 인류의 최선두에 립立하여 그 이상향으로 돌진하는 것은 과연 미謎적 노서아가 아니면 있지 못할 사실이외다. 그리하여 저 노서아는 과거의 문화권 내에서 뒤졌던 위치를 초탈하고 신문화권내에서 급선봉이 되어 표연히 앞서게 된 것이외다. 이러한 사실은 단순히 역사적 진화로만 관찰하면 도저히 상상치 못할 일이외다. 그러므로 이것도 일종의 미謎적 사실로 간주하는 것은 매우 흥미가 많은 문제일까 합니다.[42]

"앞선 자는 뒤지고 뒤진 자는 앞선다 하더니 이 말은 진실로 노서아를 두고 이른" 것이라는 김명식의 비유는 당대 사회주의자 일반의 인식을 보여준다. 인용문에 따르면 금일의 러시아는 "문화의 발달이 매우 뒤"져 있으며 "어떠한 지방에는 원시적 생활을 작作하"지만 "모든 곤란과 장애를 배척하고 위연히 전 인류의 최선두에 립立하여 이상향으로 돌진"한다. 그렇기 때문에 이상에 다다르는 러시아의 이러한 경로는 가히 "미謎적"인 것으로 표현된다. 이는 대전 이전을 휩쓸었던 "역사적 진화로만 관찰하면 도저히 상상치 못할" 길로서 단시일 내에 기존의 질서를 뒤바꿀 수 있는 사회주의혁명이 진화적 사유를 대체할 표본으로 그려져 있

---

42   김명식, 「로서아의 산 문학」, 『신생활』 3, 1922. 4, 4~5쪽.

는 것이다. 사회주의자들에게는 이 길만이 조선이 취할 수 있는 유일한 경로로 읽혀졌을 터이다.

그 경로의 끝에는 "공산경제와 위원정치"와 같은 정치·경제상의 "세계 인류가 총總히 이상하는 제도"가 놓인다. 러시아의 "미迷적" 경로를 따르고자 할 때 공산화라는 경제적 방침, 소비에트라는 정치체로의 개조는 필연적인 지향점이라고 할 수 있다. 자본주의를 상대화하는 사회주의 사상의 수용이 개조론의 전개와 더불어 발화發花할 수 있었던 것이라면 이는 특히 물질이나 제도를 바꿔야 한다는 외적 개조의 입장과 관련되어 있는 것이었다.[43] "현대문명의 결함을 사람의 양심 추락 즉 유심적으로 생각"한 윌슨과 다르게 레닌은 "생산 분배 평등 등 즉 유물적으로 생각"하고 "계급쟁투와 파괴수단으로 신문명을 건설코자" 한다는 점에서 "사회혁명적"이라며[44] 사회주의를 데모크라시와 변별되는 외적 개조의 한 방향으로 인식하는 방식은 1920년 『학지광』에서부터 널리 유통된 바 있었다.

위 인용문이 실린 잡지 『신생활』은 '김윤식 사회장' 논쟁을 거치면서 국내 상해파에서 탈퇴한 김명식을 중심으로 한 사회주의자들에 의해 발간된 매체로, 1920년대 초반 사회주의 담론을 적극적으로 생산하는 역할을 했다. 막스 슈티르너나 크로포트킨을 소개하면서 자본주의 체제를 비판하는 글을 싣는가 하면, 「국제노동운동소사」[1922.3.21]나 「맑스 사상의 연구-계급 투쟁설」[1922.6.1] 등의 글을 통해 계급 투쟁을 강조했다.[45] 이에

43　허수, 「제1차 세계대전 종전 후 개조론의 확산과 한국 지식인」, 『한국근대사연구』 50, 한국근현대사학회, 2009, 49쪽.

44　고지영, 「시대사조와 조선청년」, 『학지광』 20, 1920.7, 29쪽.

45　'신생활사그룹'의 형성과 잡지 『신생활』의 성격에 대해서는 박종린의 다음 연구를 참조했다. 박종린, 『사회주의와 맑스주의 원전 번역』, 신서원, 2018, 77~107쪽.

더해 주목해야 할 것은 10월혁명 이후 러시아 사회의 모습을 긍정적으로 소개하는 글들이 실리고 있다는 점이다. 인용문이 담긴 김명식의 「로서아의 산 문학」을 시작으로, "무산자의 문화는 생활과 예술의 분열과 갈등이 없나니 노동과 예술이 혼연히 융화하여 만인이 노동자요 동시에 예술가가 될지면 따라서 생활이 예술화하고 예술이 생활화"했다며 그것을 가능케 한 러시아의 문화 시설을 소개하고,[46] 「소비에트 로서아의 근황」[1922.7.5], 「노농노국의 노동법규」[1922.8.5] 등을 통해 러시아의 소년문제, 혼인문제, 부인문제, 노동법 등을 전한다. 이토록 이상적으로 그려진 러시아 사회의 소개문에는 공산화된 경제 제도와 소비에트 정치 체제에 대한 지향성이 깔려 있다. 1922년 11월 4일에 발행된 10호에서는 보다 직접적으로 볼셰비즘을 소개하고 노동계급 독재에 대한 필요성을 역설한 유진희의 「볼셰비즘에 관한 일고찰」이나 러시아혁명 중 레닌이 느꼈던 것을 번역한 「혁명에 대한 환멸」과 같은 글이 실리기도 했다.[47]

이처럼 『신생활』의 러시아혁명 및 그로 인한 러시아 사회 변혁에 대한 관심은 지대했다. '필화사건'의 직접적인 원인이 되는 11호[1922.11.13]가 '노국혁명 5주년 기념호'라는 부제를 달고 있었던 것이 단적인 사례다. '10월혁명'이 일어났던 11월에 맞춰 발간됐던 11호에는 「노국 혁명 오주년 기념」, 「노농노서아의 정치조직」, 「오주년 금일을 회고함」, 「노서아혁명사 개관」, 「노서아혁명에 관계된 인물 급及 삽화」 등 러시아혁명과

---

46   정백, 「노농노서아의 문화시설」, 『신생활』 6, 1922. 6, 18쪽.
47   『신생활』 10호에 실린 두 글은 자료 접근의 제한으로 인해서 직접 확인할 수 없었다. 다만 이를 발굴한 박현수의 연구를 참조해 그 내용을 알 수 있었다. 박현수는 『신생활』 10호에 게재된 글의 성격 중 하나로 '볼셰비즘과 프롤레타리아 국제주의에 대한 소개'를 꼽으며, 위 두 글을 소개한다. 박현수, 「신문지법과 필화의 사이-『신생활』 10호의 발굴과 연구」, 『민족문학사연구』 69, 민족문학사연구소, 2019, 280~283쪽.

관련된 글이 실렸던 것으로 추정된다.[48] 그러나 이 중 「노국혁명 오주년 기념」, 「오주년 금일을 회고함」 등이 문제가 되어, 사장 박희도를 비롯해 기자 김명식, 유진희, 신일용이 소환·구금되거나 가택 수색을 받는 등 사법적인 처분이 이루어졌고 총 여섯 명의 피고가 징역형을 선고받았다.[49]

이들에게 러시아혁명 및 볼셰비즘은 후진성의 역전을 보여준 산 표본이었다. 이때의 '역전'이 문명으로서 선진의 대열에 올라서게 되었음을 의미하는 것이 아님은 물론이다. 문명 자체가 심문에 부쳐지고 있을 때 러시아혁명은 문명, 더 정확히는 자본주의와 그 최고 단계로서의 제국주의가 파괴해 놓은 가치를 정립하는 역할을 떠맡은 것으로 보였을 것이 분명하다. 그럴 때 '선진'이란 '문명-야만'의 진화론적 구도로부터 벗어난, "현대인의 최고 행복의 경애境涯"인 "인류주의"의 경지에 있을 터 경제적으로는 평등이 실현되고 정치적으로는 자유를 확보한 상태를 의미하는 것에 가까워진다. 그렇게 자본주의 경제 제도와 전제 정치로부터 공산 경제와 소비에트 정치로 단번에 상황을 뒤엎을 수 있었던 러시아혁명을 살피는 것이야말로 제국주의에 신음하는 식민지 조선의 사회주의자들에게는 후진의 상황을 역전할 기회를 타진하는 것과 등가에 있는 일일 수 있었다.

한편 그러한 역전이 일부 지식계급이 아닌, 농민 노동자를 비롯한 무산 민중에 의해 가능했다는 점 또한 강조되었다. "역사에 새 기원이 될 이 싸움에 광영을 나타낼 자는 다만 노동계급만이 아니요, 지식계급이

---

48 「신간소개」, 『동아일보』, 1922.11.13, 4쪽.
49 신생활 필화사건의 자세한 내막에 대해서는 박현수의 논문을 참고할 수 있다. 박현수, 「『신생활』 필화사건 재고」, 『대동문화연구』 106, 성균관대 대동문화연구원, 2019.

든지 혹은 자본계급이든지 이 싸움에 투사가 되지 못할 것은 아니지만 특별히 역사적 사명을 가진 자는 노동계급"[50]이라는 점을 분명히 했다. 레닌이나 트로츠키 같은 혁명가가 소개되지 않은 것은 아니지만 그 역시 "무산계급의 수手에 의해 사회혁명을 완성하려는 자", "노동자의 전제專制를 시인하는"[51] 자로 소개되었다. 러시아혁명은 '민중에 의한' 후진의 역전이라는 측면에서도 의미를 가지는 사건이었던 것이다. "조선 민중이 세계적 무산계급",[52] "조선은 민중적 무산계급"[53]이라는 식으로 조선 민중을 곧 무산계급으로 등치하는 분위기 속에서 계급과 민중은 어긋남이 거의 없는 교집합을 형성하기도 했다.

이와 같은 맥락에서 『신생활』이 외적 개조와 대극에 있는 내적 개조의 연장선상에서 이광수의 「민족개조론」을 적극적으로 비판하고 있는 점은 주목될 필요가 있다. 당대의 좌우 지식인들에게 대대적으로 주목을 끌며 비판받은 바 있는 이광수의 이 글은 조선 민족이 "정신상으로나 물질상으로나 피폐의 극에 달達"해 있고 이렇게 가다가는 "멸망에 들어가고 마는 것"이 뻔하다고 현실을 진단하며, 그렇기에 "이 민족을 쇠퇴에서 건져 행복과 번영의 장래에 인도"하기 위해서는 교육에 의한 점진적 도덕성의 개조가 필요하다는 입장을 내세운다. 이에 『신생활』은 신상우의 「춘원의 민족개조론을 독讀하고」,[1922.6] 신일용의 「춘원의 민족개조론을 평評함」, 김제관의 「사회 문제와 중심 문제」[1922.7]를 실으며 즉각적으로 반응했다. 전술했다시피 외적 개조를 중시하는 사회주의자들에

---

50   정백, 「지식계급의 미망」, 『신생활』 3, 1922.4, 19쪽.
51   일기자, 「프레스코스카야 여사소전」, 『신생활』 8, 1922.8, 71쪽.
52   「사상계의 삼대조류, 결국은 생존권 확보」, 『동아일보』, 1923.4.12, 1쪽.
53   「문제의 해결은 자결이냐 타결이냐」, 111쪽.

게, 도덕성 개조를 핵심으로 하는 이광수의 주장은 비판받을 수밖에 없는 성질의 것이었다. 유물론자에게 개조란 철저히 "국가 형태, 정치 조직과 사회 급及 사정과 여如한 것의 형태나 조직을 개조한다는 의미"[54]에 국한돼 사용되었기 때문이다. "정신을 개조하자-심성을 개조하자"는 말은 "도저히 해석할 수 없는 수수께끼와 같이 들"릴 뿐이었다.[55]

그런데 『신생활』에 실린 이 세 편의 글에서 공통적으로 지적하고 있는 것이 3·1과 관련된 다음의 부분이었다는 점은 매우 특징적이다. 각자 조금씩은 다른 입지에서 「민족개조론」을 비판하고 있었음에도 불구하고 이들은 모두 이광수가 3·1에 대해 가치 절하하는 부분에 대해서 한 목소리로 비판을 가한다.

> 더욱이 재작년 삼월 일일 이래로 우리의 정신의 변화는 무섭게 급격하게 되었습니다. 그리고 이러한 변화는 금후에도 한량없이 계속될 것이외다. 그러나 이것은 자연의 변화외다. 또는 우연의 변화외다. 마치 자연계에서 끊임없이 행하는 물리학적 변화나 화학적 변화와 같이 자연히, 우리 눈으로 보기에는 우연히 행하는 변화외다. 또는 무지몽매한 야만 인종이 자각 없이 추이推移하여 가는 변화와 같은 변화외다.
>
> 문명인의 최대한 특징은 자기가 자기의 목적을 정하고 그 목적을 달達하기 위하여 계획된 진로를 밟아 노력하면서 시각마다 자기의 속도를 측량하는 데 있습니다. 그는 본능이나 충동을 따라 행하지 아니하고 생활의 목적을 확립합니다. (…중략…) 원시시대의 민족, 또는 아직 분명한 자각을 가지지 못한 민족의 역사는 자연현상의 변천의 기록과 같은 기록이로되 이미 고도의 문명을

---

54 신일용, 「춘원의 민족개조론을 평함」, 『신생활』 7, 1922.7, 4쪽.
55 김제관, 「사회문제와 중심사상」, 『신생활』 7, 1922.7, 40쪽.

가진 민족의 역사는 그의 목적의 변천의 기록이오, 그 목적들을 위한 계획과 노력의 기록일 것이외다. 따라서 원시 민족, 미개 민족의 목적의 변천은 오직 자연한 변천, 우연한 변천이로되 고도의 문명을 가진 민족의 목적의 변천은 의식적 개조의 과정이외다.[56]

위 인용문에서 이광수는 "목적을 정하고 그 목적을 달達하기 위하여 계획된 진로를 밟아" 나가는 문명인과 다르게, 조선 민족의 역사가 "자연의 변화", "우연의 변화"에 의지해 있다는 점을 지적한다. "원시 민족, 미개 민족의 목적의 변천은 오직 자연한 변천, 우연의 변천이로되" 이는 조선 민족의 원시성과 미개성에 대해 논하는 것과 다르지 않다. 그리고 그것을 보여주는 결정적인 사례로서 제시되는 것이 바로 "재작년 삼월 일일"이다. 즉, 이광수에게 3·1과 그로 인한 급격한 정신의 변화는 "무지몽매한 야만 인종이 자각 없이 추이推移하여가는" 것이다. 이광수와 2·8독립선언을 함께 준비했던 최원순은 『동아일보』 지면을 통해 바로 이 지점을 비판한다. 그는 이광수가 민족적 개성으로서의 '민족성' 개념을 잘못 이해하고 있기에 "조선민족성"을 용렬한 것으로 보았다고 지적하고, 3·1이 "과연 '계획과 노력'이 없는 일이었을까?"를 되묻는다.[57] 다시 말해 최원순에게 조선은 민족적 개성을 가지고 있음은 물론 3·1을 철저한 계획과 노력 속에서 준비한 민족인 것이다.

반면 사회주의자들이 해당 부분을 비판하는 논리는 민족주의 진영의 최원순과 사뭇 달랐다. 민족을 궁극의 도달 지점으로 설정하며 조선의 민족성을 옹호하는 그의 논리와 다르게 사회주의자들은 3·1을 '민중운

---

56 이춘원, 「민족개조론」, 『개벽』 23, 1922. 5, 20쪽.
57 최원순, 「이춘원에게 문(問)하노라(2)」, 『동아일보』, 1922. 6. 4, 1쪽.

동'으로 자리매김하고자 했다. 그들은 이광수의 3·1에 대한 비판적 평가가 단순히 '민족'을 겨냥한 것만은 아니라는 것을 포착했다. "이광수가 새로 등장한 공중^{민중}의 권위를 인정하지 않으려 한다는 것을 간파"했던 것이다.[58] 실제로 귀스타브 르 봉Gustave Le Bon의 사회(대중)심리학에 기대어 있는 「민족개조론」에서 민족은 '대중'으로서 상상되고 있는데 "사회심리학에서 '대중'은 계몽주의 정치학이 가정하는 '논의하고 판결하는 공중'과는 다르"게 "이지적 능력을 잃기 때문에 논증하거나 추리할 수 없다는 가정"에 입각해 있었다. 그렇기에 「민족개조론」에서 쓰이고 있는 민족 혹은 "민중"은 "선전의 목표물이자 개조의 대상"일 뿐이었다.[59] 민중에 의한, 또한 민중을 위한 혁명적 입지에 서 있던 사회주의자들에게 이광수의 이러한 사회심리학적 기제는 비판되고 지양되어야 할 부르주아적 입장일 수밖에 없었다.

춘원군! 정복에서 번민하다가 그 해방을 절규하는 운동보다 더 거룩한 운동이 어디 있으며 수십 년 내 악정 누습에서 신음하다가 세계적 신기운에 투합하여 생을 욕구하던 운동을 지^指하여 목적이 무^無한 운동이라 판단하는 근거와 견지는 나변^{那邊}에 재^在한가? 있다면 제시하기를 바란다.

도대체 목적 그 자체를 아마 군이 오해한 듯하다. 군은 목적이라는 것을 무

---

58 김현주, 「1920년대 전반기 사회주의 문화담론의 수사학─사회주의는 사회비평을 어떻게 변화 시켰는가?」, 『대동문화연구』 64, 성균관대 대동문화연구원, 2008, 26쪽. 김현주는 이 논문에서 사회주의 지식인들의 「민족개조론」 비판을 구체적으로 분석함으로써, 그들의 비평이 부르주아 계몽주의 지식인이 만들어 놓은 헤게모니에 대한 도전이었으며 "부르주아적 공공성에 대한 공격"(35쪽)의 성격을 띠고 있었음을 밝힘과 동시에 그들이 자신의 정당성을 확보해나가는 방식에 대해 면밀히 규명하고 있다.

59 김현주, 「논쟁의 정치와 〈민족개조론〉의 글쓰기」, 『역사와 현실』 57, 한국역사연구회, 2005, 133~134쪽.

식한 사람은 알아듣지도 못할 특수한 해석을 가지고 있는지 모르거니와 나는 목적 가운데 생을 요구하는 목적보다 더 큰 목적이 없으리라고 생각한다. 그러면 우리의 운동을 목적이 무無한 운동이라 함은 분명한 망발이다. 그리고 군은 본능과 충동으로부터 일어나는 사실은 일로부터 십까지 야비하고 무가치한 것이라 하였지만은 나는 본능과 충동에서 생의 진의와 적나라한 인간미를 발견하고 신앙코자 하는 자이다.[60]

그러한 오해로 인하여 민중의 총명이 미혹되는 폐해가 생生하는 동시에 그 폐해가 다시 암흑에서 광명으로 나오는 현대 민중의 신흥 정신을 묵살케 하는 참상을 연출하는 결과까지 보게 되는 것이다. 더욱이 우리 조선에서는 이러한 인과적 사실을 경계치 아니할 수 없는 많은 환경을 가졌다. (…중략…)

피지배 계급인 무산계급에 속한 민중이 경제적 현실 생활상의 체험으로부터 자연히 노출되는 사회사상이 계급적 자각을 촉진하게 됨을 따라서 유산 계급과 무산 계급 사이에서 분기되는 계급쟁투는 도저히 면치 못할 것이니 이것이 곧 현재 민중이 절규하는 사회 개조의 중심 세력이오 또 유일한 원동력이 될 것이다.[61]

인용문을 보건대 이 무렵의 사회주의자들에게 3·1은 민족운동의 범주보다 더 본질적 의미를 담은 사건이다. 그것은 일본의 침략과 중세로부터 누적된 악습으로부터 벗어나기 위해 조선 민중이 "세계적 신기운에 투합하여 생을 욕구하던 운동"이며 "암흑에서 광명으로 나오는 현대 민중의 신흥 정신"을 담지하는 운동이다. 이때의 '민중'은 민족운동의 당

---

60   신일용, 「춘원의 민족개조론을 평함」, 7~8쪽.
61   김제관, 「사회문제와 중심사상」, 39~40쪽.

사자이기도 하지만 일민족을 훌쩍 넘어선 세계적 흐름 속의 존재이다. 사회주의자들에게 민중은 「민족개조론」의 민족처럼 개조되어야 하는 것이 아니라 세계의 외적 개조를 이끌어 나간다. 그 시작점으로서 3·1을 세계적 흐름 속의 '민중운동'으로 위치시키려는 이러한 시도는 민중을 지극히 수동적인 집단으로 전제하는 이광수의 사회심리학적 관점과도, 3·1을 민족의 내부적 사건으로 머무르게 하는 최원순의 민족주의적 관점과도 변별되는 것이었다.

직접적으로 계급혁명의 성격을 찾을 수는 없을지라도 사회주의자들에게 있어 3·1은 식민지 조선에서도 혁명이 실현 가능할 수 있다는 것을 예증하는 사건이었다.[62] 그렇게 과거 3·1의 민중은 "피지배 계급인 무산계급에 속한", 계급혁명을 예비하는 현재의 민중으로 이어진다. "사회 개조의 중심세력"이자 "유일한 원동력"으로 지목되는 민중은 '인위적으로' 개조되어야 하는 이광수의 민족과는 다르게 "경제적 현실 생활상의 체험으로부터 자연히 노출되는 사회사상이 계급적 자각을 촉진하"는 주체로 그려진다. "생을 요구하는" 민중의 목적은 계도자에 의한 교육이 없이도 "본능과 충동에서 생의 진의와 적나라한 인간미"를 발산하며 혁명을 지향하는 것으로 귀결된다. 요컨대 후진성을 역전으로 이끄는 힘이 무산계급으로부터 나오는 것이라면 민중운동으로서의 3·1은 다가올 사회주의혁명의 전사前史로 자리할 수 있게 된다.

사회주의자들의 이러한 인식은 아직 '실천적'으로는 "세계라는 지평에 등재entry되"지[63] 못했던 후진으로서의 조선이 세계적 동시성에 '직접'

---

62   이만영, 『한국 근대문학의 형성과 진화론』, 고려대 민족문화연구원, 2021, 181쪽.
63   김동식, 「진화(進化)·후진성(後進性)·1차 세계대전」, 『한국학연구』 37, 인하대 한국학연구소, 2015, 185쪽. 김동식에 따르면 조선은 1차 세계대전을 직접 경험하지는 못

가닿았다는 감각과 연결되어 있었다. 물론 이때의 '세계'는 1차 세계대전이 끝난 뒤 문명을 회의하고 반성하는 과정에서 제출된 개조의 흐름 속에 놓인 것이었으며, 사회주의라는 입지에서 더 예각화해 보자면 러시아혁명 이후의 사회주의적 개조와 동궤에 있는 것이었다. 후진적 러시아가 프롤레타리아혁명을 이루어 내면서 세계 사상을 이끄는 선봉장이 되었듯 조선 또한 그 궤도를 밟을 수 있다는 감각, 혹은 이미 그 궤도 위에 올라서 있다는 감각 속에서 3·1은 민족운동을 넘어서는 세계적 조류 속의 민중운동으로 자리매김할 수 있었다. 이렇듯 러시아혁명과 더불어 이루어진 사회주의 사상의 수용은 조선이 세계와 어깨를 나란히 할 수 있게 하는 근거가 되었다.

한편 1920년대 초반 사회주의가 세계적 동시성을 실천적으로 획득케 한 매개가 되었다는 문제의식의 연장선상에서 이 시기 조선 사회를 휩쓸기 시작했던 '노동' 문제에 대한 관심은 주목을 요한다. 조선 최초의 노동 단체인 조선노동공제회의 창립[1920.4]은 노동 문제에 대한 전사회적 관심을 집약적으로 보여주는 것이었으며, 1910년대부터 계속되던 소작 쟁의와 노농 파업은 그 빈도와 강도가 점차 더해져 1921년 9월 최초의 대규모 총파업인 부산 부두 노동자 파업으로까지 이어졌다.[64] 각종 매체

했지만, 그러한 "세계사적 사건과 동시대에 존재했다는 사실, 동시대를 살고 있다는 사실"로 인해서 "세계사적 동시성의 구조에 공속되어 있음"을 느낄 수 있었다. 다시 말해, 1차 세계대전을 통해 조선의 지식인들은 상상적으로나마, 즉 "형식적인 차원에서 세계사적 동시성을 처음으로 확보"할 수 있었던 것이다. 그러나 간접적으로 경험했을 뿐인 1차 세계대전을 통해 세계사적 동시성을 확보했다는 것은, '상상적'이며 '형식적인 차원'에 머물러 있었다. 말 그대로 그것은 세계사적 동시성의 "잠정적·형식적 확보"일 수는 있을지언정, 직접 그 흐름에 참여하고 있다는 '실천적' 차원으로까지 나아가지는 못한 상태였던 것이다.

64 전명혁, 「한국 노동자계급 형성연구」, 『역사연구』 11, 역사학연구소, 2002, 26쪽.

들에서도 노동과 관련된 글을 실었는데 물론 그것이 전적으로 사회주의적 관점에서 이루어진 것만은 아니었다. 단적인 예로 조선노동공제회의 기관지인 『공제』 창간호의 글들은 대체로 노자협조주의적 성격을 띠었으며 노동을 "부르주아 계몽주의 정치학의 이념들 혹은 그것을 표현하는 규범어휘들에 의거해 설명"[65]하려는 경향이 짙었다. 그럼에도 불구하고 (노동)계급 개념이 사회주의 이론의 핵심을 차지하는 만큼 당시의 사회주의자들은 역시 노동 문제에 깊은 관심을 기울였다.

노동 문제는 세계적 보편의 문제로 전제됨으로써 그것을 겪고 있는 조선이 보편적 경험을 나누고 있다는 인식의 기반이 되었다. 노동 문제를 "불안한 현재의 사회 상태에 입ᅮ하여 인류 과거의 구문명을 절실히 비판하며 항론抗論하여서 장래의 신문명을 시사하며 수립코자 하는 인류 공통의 대문제"이자 "불합리한 고통의 생활로부터 탈각고자 하는 전 인류의 개조 문제"로 바라보는 방식은[66] 특히 사회주의자들에게 일반적인 것이었다. 그들에게 노동 문제의 해결은 조선의 무산계급이 처한 상황의 혁명적 해결이기 이전에 '인류적' 차원의 개조와 연결된 것으로 이해되었다. 이는 인권의 해방이라는 더 폭넓은 범주를 향하는 것이었는데, 그렇기에 "일절의 무산자를 유산자의 유린에서 해방케 하여 약탈된 어느 권리를 반환시키자는 의미에서 노동운동은 정ᅲ히 인권 회복운동"으로 받아들여지기도 했다.[67]

---

65 김현주, 「'노동(자)' 그 해석과 배치의 역사—1890년대에서 1920년대 초까지」, 『상허학보』 22, 상허학회, 2008, 68쪽.

66 우영생(又影生), 「근대 노동문제의 진의」, 『개벽』 1, 1920.6, 70~71쪽. 이 글을 쓴 이후 우영생은 개벽 3호(1920.8)에서 「맑쓰와 유물사관의 일별」을 통해서 유심론과 대별되는 마르스크의 유물사관을 구체적으로 소개한다. 이러한 지점을 함께 고려했을 때, 우영생이 말하는 "전인류의 개조"는 노자협조적 정책의 변화를 꾀하는 것이라기보다는 사회주의적 관점에서의 혁명적 변화를 일으키자는 것을 의미한다고 볼 수 있다.

우리 사회의 일부(아니 거의 전부)의 논자들은 구□를 개□하매 반드시 우리 노동 문제가 외국의 동同문제와 전혀 그 취의趣意가 상이하다 하며 따라서 외국의 해결법이 우리 사회에 적합지 못함을 창도唱道한다. 여사한 소설所說은 역시 군자국 양반의 무無사려한 망단이다. 족히 이를 경慄할 가치가 무無하거니와 대개 노동 문제는 자본주의의 산물이므로 자본주의가 있는 곳에는 하처何處에든지 동일 방향의 문제가 존재한 것이다. (…중략…)

다만 노동 문제가 국정을 수隨하여 내외의 별別이 있다함은 노동의 직업별로 다소의 차이가 있을 뿐이니 예컨대 공업 노동이 왕성한 불란서에서는 「생디카」적 단합의 「생디칼리즘」이 발달하고 농업 노동이 왕성한 노서아에서는 전농專農주의의 색채를 대帶한 「볼셰비즘」이 성공함과 여如한 차이가 있을 따름이다. 하므로 농업국인 조선의 노동 문제가 도회보다도 농촌에 있다는 설說에 대하여는 전혀 동감으로 수긍하는 바이다. 그러나 그 농노를 해방한다는 진의는 조금도 내외의 별別이 없는 것이다.[68]

위 인용문에서 유진희는 국제적인 시야에서 조선의 노동운동을 세계의 노동운동과 동일한 것으로 바라봐야 한다고 주장한다. "우리 노동 문제가 외국의 동同문제와 전혀 그 취의趣意가 상이하다 하며 따라서 외국의 해결법이 우리 사회에 적합지 못함을 창도唱道"함은 "군자국 양반의 무無사려한 망단"인 것이다. 그에게 "자본주의의 산물"인 노동 문제는 자본주의 체제가 있는 곳이라면 그곳이 프랑스이든 러시아이든 조선이든 해결해야 문제이다. 그렇게 조선은 세계 문명을 선도하는 프랑스, 사회주의 혁명의 선두에 선 러시아와 동일 선상에 설 수 있게 되고 '인류'의

---

67   유진희, 「노동운동의 사회주의적 고찰」, 『공제』 2, 1920.10, 11쪽.
68   유진희, 「노동운동의 사회주의적 고찰」, 16~17쪽.

공동 문제를 함께 해결할 수 있는 자리에 놓이게 된다.

볼셰비즘은 공업보다 농업에 기대어 있는 러시아의 상황을 대변하는 정치체로 이해되었을 뿐이지만[69] 유진희는 그로부터 농업국인 조선이 세계적인 노동운동의 흐름과 함께하게 될 가능성을 발견했다. 중요한 점은 "해방하는 진의"를 가지는 한 조선 또한 "내외의 별別이 없는" 국제적 노동운동의 흐름을 공유할 수 있다는 것을 발견했다는 데 있다. 사회주의에 대한 이해는 조야했을지라도 사회주의자들은 그러한 이해에 기반해 세계적 문제와 혁명적 이상에 조선 또한 발 벗고 나설 수 있다는 감각을 '실천적으로' 확보했다. 조선의 노동 문제를 인류적인 것으로 비약해서 사유하는 감각은 지극히 이상적이어서 "유물론적 개혁에만" 국한되지 않고 「크로포트킨」의 상호부조의 본능, 「톨스토이」의 인류애, 「로맨롤랑」의 신도덕"을 통한 "영겁의 인류 공존"[70]을 꿈꾸는 방향으로 이어졌다.

권력과 폭력으로써 하는 국가의 침략에 대하여 절대의 반대 의견을 가졌다. 여사如斯한 정신은 노서아 노동운동에 일관한 이상이다. 노서아혁명은 전

69　노동 문제를 사회주의적으로 고찰하겠다는 목적의 글을 쓰고 있었지만, 정작 1920년 당시 유진희가 가진 볼셰비즘 및 사회주의에 대한 이해는 그리 온전치 못했다. "공업노동이 왕성한 불란서에서는" 생디칼리즘이, "농업노동이 왕성한 노서아에서는 전농(專農)주의의 색채를" 띤 볼셰비즘이 성행했다고 보거나, "농노를 해방"하는 것을 사회주의혁명의 목적인 것처럼 서술하는 식이다. 그러나 크로포트킨(P. A. Kropotkin)이나 슈티르너(M. Stirner) 등의 이상에 힘입어 사회주의가 수용되었던 1920년대 초반 조선 사상계의 상황을 염두에 둘 때 볼셰비즘이나 사회주의에 대한 온전한 이해 정도를 잣대로 사상 수용의 경향 자체를 문제 삼을 수는 없다. 오히려 주목해야 하는 것은 식민지 조선의 사회주의자들이 볼셰비즘 및 사회주의를 '자기화해서' 이해하는 방식 자체라고 할 수 있다.

70　유진희, 「노동운동의 사회주의적 고찰」, 19쪽.

일까지, 이 정신과 전연 상반한 전제 군주와 관료와 군인과 자본가가 결합한 강대한 압제 정치가 있었으니 인도적 정신을 가진 그 운동도 그 수단은 왕왕히 극단의 혁명적이었으니 그 이상이 인류적 인도적이면서, 그 수단이 파괴적 혁명적임은 극히 모순된 현상 같지마는, 그러한 극단의 전제 정치 하에서는 여사한 모순은 도로혀 당연한 사事일까 한다.[71]

현금現今 자본가의 일군은, 이 저용猪勇적인 군국주의자를 자기 수족으로 하고, 이 이대 요괴는 오는 시대의 장해를 작作하려 한다. 피등彼等은 민중을 보호한다 하며 그 고혈을 철취啜取한다. 그러나 민중은 각성하려 한다. 철두철미 피등의 허위인 것을 간파하였다. 민중은 가장 현명한 해결자가 되려할 새, 노동운동에 귀의치 아니치 못하게 되었다.

자玆에 오인은 세계 노동운동의 개의槪意와 그 방향을 소개하여 독자 제군과 같이 차此를 연구하려 하노니, 제군이여 자차自此로 오인吾人의 태도는 강경한 실행적인 동시에 냉정한 학구적이어야 할지라.[72]

이 무렵 유진희가 「노동운동에 관하여」[1920.4.15~16] 「노동자의 지도와 교육」[1920.5.1~2] 등 노동과 관련된 일련의 글을 『동아일보』에 싣는 가운데, 세계 노동운동에 대해 일별하는 글 「세계 노동운동의 방향」[1920.5.5~8]을 연재한 것도 동일한 맥락 위에 놓여 있다. 세계 노동운동 속에 조선의 노동운동을 기입하기 위해 세계적 흐름은 "실행적"이면서도 "냉정"하게 연구될 필요가 있었다.[73] 러시아혁명을 정점으로 하는 러시아의 노동운동은 "권

71   유진희, 「세계 노동운동의 방향(4)」, 『동아일보』, 1922.5.8, 1쪽.
72   유진희, 「세계 노동운동의 방향(1)」, 『동아일보』, 1922.5.5, 1쪽.
73   당시 조선에서 노동운동의 세계적 흐름에 대한 관심은 폭넓은 것이었다. 유진희의 글

력과 폭력으로써 하는 국가의 침략에 대하여 절대의 반대 의견을 가"진 대표적 예로 언급된다. 수단이 폭력적일지언정 "인류적 인도적" 이상理想을 가진 이상 폭력적 혁명은 명분을 획득할 수 있다. "전제 군주와 관료와 군인과 자본가가 결합한 강대한 압제 정치"라는 '후진'적 체제를 뒤엎어 버린 혁명으로 인해 러시아는 인도적 정신의 가장 앞선 사례가 된다.

여기에서 한 가지 지적하고 싶은 지점은 세계로의 비약을 넌지시 전제하는 이러한 작업이 제국주의에 대한 비판적 인식에 의해 뒷받침되고 있다는 것이다. 이 글을 시작하며 유진희는 자본가 계급과 군국주의를 "이대 요괴"로 지목하고, 이것이 "허위인 것을 간파"한 "현명한 해결자" 민중들에 의한 노동운동이 세계를 휩쓸고 있다고 진단한다. 그에게 사회주의에 입각한 노동운동은 자본주의와 제국주의에 대한 대항운동이자 민중운동으로서 의미를 지닌다. 조선의 지식인에게 제국주의에 대한 대항운동은 필연적으로 민족자결로 연결되는바 사회주의의 수용은 보편성의 흐름에 가닿으려는 의식적인 몸부림이기도 했지만, 기실 조선의 사회주의는 오히려 식민지라는 사정으로 인해 그 자체로 이미 또 다른 보편이 될 잠재성을 안고 있었다.

과는 논조를 달리하지만, 단적인 예로 『조선일보』에서 무려 108회에 걸쳐 연재된 「국제노동운동사」(1923.7.7~10.23)를 들 수 있다. 이는 『조선일보』의 기자로 추정되는 규원(奎垣)이 하야시 키미오(林癸未夫)의 『국제노동운동사(国際労働運動史)』를 번역한 것으로, 인터내셔널의 전개와 더불어 국제 노동운동의 장구한 역사를 통시적으로 훑는다. 글의 마지막에는 "현 사회는 노동자를 위하여 존재하지 아니하고 자본가를 위하여도 존(存)치 아니하고 어떤 일부만을 위하여 존치 아니 하고 다만 전체를 위하여 존한 이상에는 계급쟁투의 참화로부터 사회자신을 구"해야 한다는 저자 하야시의 입장이 표명되어 있다.

2. 유물론적 역사 인식에서의 유심론적인 것

1) 비약을 통한 역사의 이행이라는 사유

1920년대 초중반은 유물론을 비롯한 사회주의 이론의 여러 개념들이 유연하게 받아들여졌던 시기다. 사회주의가 본격적으로 유입되기 시작한 이 시기에는 유물론에 대한 설명이 정련된 논리를 갖추고 있지 않았음에도, 그렇기에 오히려 그것을 받아들이고자 하는 이들의 정신적 고투가 더 직접적으로 드러났다. 동일 매체에 실리는 필자의 정치적 스펙트럼은 폭넓었으며 그만큼 사상을 자기화해서 이해하고자 하는 여러 흔적들이 병존할 수 있었다. 그 속에는 전근대와 근대, 식민지와 문명 사이에 놓인 식민지민의 인간과 세계와 역사에 대한 고민이 보다 날 것으로 녹아 있었다.

식민지 조선에 최초로 번역된 마르크스의 원전은 『정치경제학 비판을 위하여』에 실린 서문이다. 사카이 도시히코堺利彦의 번역을 거쳐 윤자영에 의해 「유물사관요령기」라고 중역된 이 서문은 다음과 같은 서술로 시작한다.[1]

사람이 사회적으로 그 생활 자료를 생산할 시에 민종民種의 필연적인 자기의 의식으로부터 독립한 관계를 작作하나니 그 관계는 곧 사회의 물질적 생산력의 발달정도에 상응하는 생산관계니라. 차此 생산관계의 총화가 사회의 경제적 구조를 성成하나니 법률적 급及 정치적의 상부구조를 작성作成하는 진실한 기초요 우차又此에 상응하는 민종의 사회적 자각을 생生케 하는 것이니라.

---

1   박종린, 『사회주의와 맑스주의 원전번역』, 신서원, 2018, 39쪽.

차 물질적 생활 자료의 생산방법이 사회적 정치적 급及 정신적 일반생활 상의 과정을 결정하나니 곧 사람의 의식이 사람의 생활을 결정함이 아니요 그의 반대로 사람의 사회생활이 사람의 의식을 결정하는 것이니라.

그러나 사회의 물질적 생산력은 그 발달의 어느 단계에서 현재의 생활관계와 모순하게 되나니 환언하면 차 생산관계의 법률적 표시에 불과한, 그리하야 종래 차 생산력을 자기의 내부에 활동하는 재산관계와 모순하게 되나니라. 즉 차 관계가 생산력의 발달형식임으로부터 일변一變하야 그 장해물障礙物이 되나니 차에서 사회혁명의 시대가 시작하나니라. 경제적 기초의 변화함을 따라 그 거대한 상부구조의 전부도 역시 민且은 서서히 민은 급격히 혁명 되나니라.[2]

위 인용문에서는 토대와 상부구조, 생산력과 생산관계를 비롯해 존재물질와 의식의 관계에 이르기까지 사회구성체와 그 변화의 문제를 압축적으로 제시된다. 요컨대 생산력과 생산관계의 모순으로 인해 혁명에 이르게 되는 역사적 전환을 다루고 있다는 점에서 '역사적 유물론'의 주요 내용을 압축적으로 포괄한다. 이 글은 이후에도 신백우『공제』, 1921.4, 정백『개벽』, 1924.1, 일당日塘『조선일보』, 1924.1.9~11에 의해 번역되면서 1920년대 초중반 유물사관이 수용되는 데 중요한 참조점이 되었다.[3] 여기에 암시된 논점들은 식민지 조선에서의 유물론 유입과 수용에 큰 영향을 미쳤으며 유물론을 둘러싼 논쟁들과 연결돼 받아들여졌다. 이는 첫째, 생산력의 증진과 사회혁명의 시점에 대한 것, 둘째, 역사의 변화를 추동하는 물질과 정신의 관계에 대한 것으로 나누어 살펴볼 수 있다. 두 논점에 대한

---

2   「유물사관요령기」, 『아성』 1, 1921.3, 71쪽.
3   류시현, 「1920년대 전반기 「유물사관요령기」의 번역·소개 및 수용」, 『역사문제연구』 13, 역사문제연구, 2010, 53쪽.

논쟁은 마르크스의 역사적 유물론이 조선의 현실과 어떻게 만날 수 있는지와 관련돼 이루어진 바 크다.

1921년 조선에 번역된 『정치경제학 비판을 위하여』의 서문은 물산장려운동과 관련된 논쟁의 논거로 사용됨으로써 첫 번째 논점과 관련해 유의미한 시사점을 마련해준다. 다시 말해 "물산장려논쟁은 맑스주의 즉 '과학적 사회주의'를 어떻게 해석하고 논증할 것인가에 대한 논의가 중심이 되었다."[4] 역사적 유물론이라는 과학적 사회주의의 방식을 어떻게 조선적 현실에 맞추어 해석할 것인가 하는 실천적인 문제와 동떨어져 있지 않았던 것이다. 단적으로 민족혁명 후 사회주의혁명으로의 이행을 주장한 국내 상해파가 이 서문을 근거로 조선의 생산력 증진을 위한 물산장려운동을 적극적으로 이끌었던 것에 반해, 신생활파, 서울파, 북성회를 위시한 사회주의자들은 생산 양식의 변화와 혁명적 이행을 논하는 이 서문을 근거로 물산장려운동을 극렬히 반대했다.[5]

산업이 어느 정도까지 발달하여 빈부의 양 계급이 서로 이해상반한 처지에 거하여 도회에서 대치하게 되어야 신경이 영민한 도시 노동자가 혁명의 도화선을 작(作)하여 농촌에 전달할 것이니 그 순서와 계급을 무시하면 차(此)는 곧 공상적 사회주의라 지칭할 수밖에 없다. 어(於) 차에 유물사관에 관한 맑스의 유명

---

4   류시현, 「1920년대 전반기 「유물사관요령기」의 번역·소개 및 수용」, 61쪽. 류시현은 물산장려운동의 중요한 논거로서 「유물사관요령기」가 사용된 점에 주목하며, "「요령기」의 해석이 실제 조선의 민족운동인 물산장려운동을 어떻게 볼 것인가 여부와 관련해서" 찬성 및 반대를 표하는 사회주의자들이 "각자의 논리를 전개하는 근거로 활용" 되었음을 밝히고 있다. 이와 관련해서는 59~67쪽을 참조했다.
5   물산장려운동을 둘러싼 사회주의자들의 분파에 따른 대립에 대해서는 박종린의 다음 논문을 참고할 수 있다. 박종린, 「일제하 사회주의사상의 수용에 관한 연구」, 연세대 논문, 2006, 68~75쪽.

한 공식 중 그 제4절을 인증하면

"한 사회조직(가령 현사회의 경제조직)은 모든 생산력이 그 조직 내에서 더 발전할 여지가 있을 때에는 거개 발전한 후가 아니면 결코 전복되지 않는 것이요, 또 혁신한 고도의 생산관계는 그것의 물질적 존재 조건이 구사회의 태내에서 배태되기 전에는 결코 발현되는 것이 아니다. 그러므로 사람은 항상 스스로 해결할 수 있는 문제만 문제 삼는 것이라"하였다.[6]

국내 상해파의 대표적 논자인 나경석은 "공상적 사회주의를 이별(離別)하고 리얼리즘을 내놓고 과학적 사회주의를 현실적으로 논증"[7]하는 것의 중요성을 설파하고 "과학적 사회주의의 완성은 칼 맑스의 학설이 기본이 됨으로 우리는 차(此)에서 현실 문제의 논증을 구함이 유일한 방법인 줄을 믿는다"고 말하면서[8] 물산장려운동을 지지하는 입장을 마르크스의 이론으로부터 마련한다. 이때 활용되는 것이 「유물사관요령기」의 한 부분이다. 그는 "산업이 어느 정도까지 발전"해야만 부르주아와 공장 프롤레타리아의 계급 대립이 본격화 될 수 있으며 그에 따라 사회의 변혁이 가능한 데 비해 조선의 산업은 그 정도로 발달하지 않았다는 점을 지적한다. "혁신한 고도의 생산관계는 그것의 물질적 존재 조건이 구사회의 태내에서 배태되기 전에는 결코 발현"되지 않는다는 것이다. 그에게 자본주의의 발달이 충분히 이루어지지 않은 조선에서 사회주의혁명으로의 이행을 바로 주장하는 것은 마르크스의 사적 유물론 상으로도 맞지 않는 것이었다. 나경석이 조선적 현실을 고려하여 물산장려운동을 찬성했던 맥락에

---

6   나공민, 「물산장려와 사회문제(4)」, 『동아일보』, 1923.2.27, 1쪽.
7   나공민, 「물산장려와 사회문제(1)」, 『동아일보』, 1923.2.24, 1쪽.
8   나공민, 「물산장려와 사회문제(2)」, 『동아일보』, 1923.2.25, 1쪽.

역사적 유물론의 '생산력 증진'을 법칙화하는 사유가 뒷받침되어 있었다는 것을 확인할 수 있는 대목이다.[9] 이는 "물산장려운동의 결과가 자본주의화의 일보라 하면 이 역시 필연의 경로라 그 대세를 거역치"[10] 못한다는 사설을 실은 『동아일보』 편집진의 입장과 상통하는 것이기도 했다.[11]

이에 반해 이성태, 주종건, 박형병 등의 사회주의자들은 생산력의 증식보다 '사회혁명'의 가능성에 더 방점을 찍으며 나경석의 의견을 반박했다. 후술하겠지만, 특히 이들의 주장에서 공통적으로 눈여겨 봐야 할 것은 두 가지다. 하나는 식민지라는 조선의 상황을 독점 자본주의의 관점에서 사유하고 있다는 점, 또 다른 하나는 러시아혁명을 경유하여 조선의 혁명론을 전개하고자 한다는 점이다. 전자가 국제적인 정세에 따라 조선의 문제를 사유하고 있다는 것을 보여 준다면, 후자는 조선에서 가능한 혁명의 방식이 무엇인가를 살피는 것과 연결된다. 독점 자본주의하 조선에서 생산력 증진을 통해 자본주의를 발전시킬 수 없다고 판단한 데다가 러시아혁명을 통해 충분히 생산력이 발전하지 않아도 혁명으로의 비약이 가능한 사례를 발견한 것이다.

이 두 가지 지점이 중요한 이유는 물산장려운동을 반대하는 사회주의자 필자들이 역사적 유물론을 '마르크스적인 것'이 아닌, '레닌적인 것' 혹은 '러시아혁명 적인 것'으로서 전유하고 있다는 점을 보여주기 때문

---

9 민족주의 계열과 차별되는 나경석의 물산장려운동에 대한 이론적 기반 및 논리의 전개를 지적하고, 이를 '생산력 증진'과 연결시키는 연구로는 류시현의 논문을 참고할 수 있다. 류시현, 「나경석의 '생산증식'론과 물산장려운동」, 『역사문제연구』 2, 역사문제연구소, 1997.

10 「물산장려운동에 대한 논쟁 – 사실을 정관하라」, 『동아일보』, 1923.3.31, 1쪽.

11 자본주의의 발달에 대한 단계론적 인식에 대한 동아일보의 입장에 대한 부분은 윤덕영의 다음 연구를 참조할 수 있다. 윤덕영, 「1920년대 전반 조선물산장려운동 주도세력의 사회운동론과 서구 사회주의 사상과의 비교 – '국내상해파'와 조선청년회연합회를 중심으로」, 『동방학지』 187, 연세대 국학연구원, 2019, 32~33쪽.

이다.[12] 역사적 유물론이 전제하는 역사 발전의 단계론적 이론에 따르는 것이 조선의 현실 문제를 해결하는 실천적인 열쇠가 될 수 있다고 여겼던 나경석의 경우와는 다르게[13] 주종건을 위시한 반대파들은 주변부 국가에서의 혁명이라는 '비약'이 오히려 조선적 현실에 알맞을 수 있다고 판단했다. 이는 마르크스 유물사관의 이론적 해석에 충실한 판단이라기보다는 주변부에서 가능한 혁명의 가능성을 모색하고자 한 정세적인 시도였다고 할 수 있는 한편으로, 눈앞의 혁명을 바라는 조급성을 보여주는 것이기도 했다.

현대의 식민지 영유의 필요가 결코 단순한 "정복욕" 만족에 있는 것이 아니라 직접 혹 간접으로 자본주의적으로 발달된 종주국 상품^{價工品}의 소비될 독점적 시장과 또한 가렴^{價廉}한 원료품을 가장 유리하게 입수할 우선권을 득^得하려 함에 재^在함은 적어도 18세기 이후 이 국제사가 차^此를 증명하는 바이다. 미주의 발견이 없었으면 인도양 항로의 개항이 없었으면 동양시장의 수요가 없었

---

12 여기에서 설정하고 있는 '마르크스적인 것'과 '레닌적인 것'의 구도에 대해서는 별도의 설명이 필요하다. 앞서 '들어가며'에서도 언급했지만, 이 연구에서 이러한 구도는 저개발국으로서 러시아혁명을 주도했던 레닌주의와 더불어 러시아혁명 이후 피억압 민족의 해방운동을 중시했던 경향을 '레닌적인 것'으로 포괄하고 강조하기 위해 설정한 것이다. 그렇기에 마르크스적인 것과 레닌적인 것은 결코 대립하지 않는다. 위 맥락에서 마르크스적인 것은, 다만 마르크스와 엥겔스에 의한 역사적 유물론의 이론적 전개 그 자체를 의미한다고 할 수 있다. '레닌적인 것'은 저개발국에서의 연속 혁명, 민족 해방의 혁명적 가능성을 아우르는, 정세적이고 역사적인 경향을 폭넓게 이른다.

13 물산장려운동 찬성 좌파 측 모두가 조선의 상황을 고려하지 않은 채 생산력주의만을 강조했다는 점을 말하고자 하는 것은 아니다. 가령 사회주의 사상에 우호적인 태도를 보이던 유학자 설태희는 "조선인은 유무산을 물론하고, 일체로 피착취계급이 되어"있다는 점을 말하며 조선적 상황을 강조한다. 또한 "현재 조선 무산자는 빈약, 저능한 상황이고 혁명을 일으킬 기력이 없는 상황에서 혁명 사상과 기운을 끌어내기 위한 방략으로 생활 능률의 향상을 도모"키 위해 물산장려운동을 전개한다고 말하고 있다. 반구실주인(反求室主人), 「물산장려를 비난한 'L군'에게 기(寄)함」, 『개벽』 41, 1923.11, 35쪽.

으면 구주의 자본주의가 금일과 여如히 발달치 못하였을 것이고 조선이 없었으면 사만 인구를 가진 중국대륙이 없었으면 일본의 산업이 ─ 자본주의가 ─ 도저히 금일의 성황을 정물치 못하고 말았을 것은 다언多言을 요要치 않고도 명확한 사실이다. 그러므로 식민지의 국내 산업이 발달하여 국내 산출의 원료를 스스로 이용하고 소비를 국내에서 산출하는 물화에만 의하게 된다면 그는 즉 "영유"의 일대 목적이 되는 원료의 입수와 종주국 상품의 매출의 불가능을 의미하는 것이라. 소위 식민 정책의 근본 의義와 배치되는 바이어든 "정권"의 발로가 은연 혹 공공연히 그리고 또 합법 혹 불합법적으로 그의 억압에 출벼할 것은 물론이다. 이곳 식민지 산업이 단독으로 발달치 못하는 이유의 일─이다.[14]

주종건은 물산장려운동 찬성 세력 내 좌파의 주장에 일본의 식민지 건설과 세계 자본주의의 흐름에 대한 이해가 부족하다는 점을 지적한다. 그는 일본이 조선을 식민지화한 이유가 "단순한 정복욕 만족에 있는 것이 아니라 직접 혹 간접으로 자본주의적"인 데 원인이 있다고 보면서 이 상황을 "자본주의적-제국주의"[15]라는 용어로 설명한다. 일본의 자본주의 발전을 위한 시장과 원료 확보의 기지가 되고 있는 조선이 식민 본국이나 선진화된 서양의 국가들과 동등하게 생산력을 증진시키고 자본주의를 충분히 발전시킬 수 있다고 보는 것은 현실성이 떨어지는 주장이라는 것이다. 더욱이 만약 조선의 물산장려운동이 내수 경제의 활성화를 불러일으키고 국내의 물화만 이용하게 된다면 그것은 식민 본국의 영유 목적과 불일치하기 때문에 공공연한 탄압의 대상이 될 것이고, 이런 이유로 "식민지 산업은 단독으로 발달"할 수 없다는 입장을 개진한

---

14 주종건, 「무산계급과 물산장려(4)」, 『동아일보』, 1923.4.9, 1쪽.
15 주종건, 「무산계급과 물산장려(10)」, 『동아일보』, 1923.4.15, 1쪽.

다. 이를 보건대 주종건을 비롯한 물산장려운동 반대 논자들은 민족적 현실을 도외시하는 것이 아니라 세계 자본주의와 식민지 건설이라는 국제적 시야를 확보하고 있었다고 할 수 있다.[16]

요컨대 현 사회 제도 하에서는 이 "운동"으로 생生하는 생산이 적극적으로 발전될, 다시 말하면 계속하고 또 발전할 여망餘望도 없고 또한 그에 의하여 다수 무산자가 물질적 편의를, 다시 말하면 직접(조건의 우열은 차치하고도)을 득得한다 함도 불능이라하면 순소비자의 지위에 있는 "무산자"의 소득이 과연 무엇일까. 품질이 조악한 물품을 고가로 수용치 아니치 못하였다는 외에 "민족적 일치"란 고마운 명제 하에 피착취의 분량을 증가하였다는 외에.

이에 이르러 "물산장려운동이란 정치적 압박으로 인하여 자기의 지위를 보전치 못하게 된다. 다시 말하면 무산자에 대한 착취의 기회를 실失하게 된 유산자 급及 중산자가 민족적 일치란 미명하에 소비자인 무산자를 이중으로 착취하려는 일종 교활한 간책이라"하여 반대하는 일부 급진론자의 말에도 일리가 없지 못하다.[17]

---

16 다음과 같은 이성태의 언급 또한 참조할 수 있다. "조선에 아직 대규모의 기계공업이 발달되지 않은 것과 노동계급의 결합의 큰 세력을 나타낸 혁명적 조합이나 전위군이 만치 못한 것으로써 판정할 수는 있는 것이다. 그러나 자본주의가 발달되지 아니 하였다는 것은 결코 조선이 타국에 비하야 자본주의적 침략과 착취를 비교적 '덜' 당하는 것을 의미하는 것도 아니고 자본주의적 제국주의의 세력이 미약한 것을 설명하는 이유는 결코 되지 않는 것이다. (…중략…) 국제적 자본주의 발달의 관계에 이르러서는 차이가 없는 것이다. (…중략…) 착취와 피착취의 관계로만 보아 자본주의가 고도로 발달되었다는 것은 노동계급에게 대한 고도의 착취를 행한다는 것이 되는 것이오 또 노동운동이 일대 세력이 이 되리만치 진전했다는 것을 노동운동의 초기에 재(在)한 그 때보담 임은의 증가 시간의 단축된 그것만으로 보면 착취의 감소를 의미하는 것이 되나 결코 질에서나 양에서나 감소된 것이 아니오 (…중략…) 국제 자본주의의 침략에 대한 국제적 무산계급의 단결과 공동전선을 강고케 하는 것이 절대로 필요한 것이다." 셩태, 「왼편을 향하야」, 『개벽』 38, 1923.8, 22~24쪽.

주종건에 따르면 물산장려운동과 같은 민족운동은 자본주의에 기반한 식민지 문제를 '민족혁명'으로 타개하고자 하는 잘못된 방향성을 가지고 있다. 그것이 노자의 착취관계를 용인하는 방식 아래 이루어지는 것이기 때문이다. 즉 생산력 증식은 필연적으로 착취를 전제하고 그것을 오롯이 감당해야 하는 무산자는 "'민족적 일치'란 고마운 명제 하에 피착취의 분량을 증가"를 받아들여야 하는 것 외에 그 어떤 편의와 소득도 얻을 수 없다.[18] 일부 급진론자는 "소비자인 무산자를 이중적으로 착취하려는" 것이라고 비판하기도 했다. 주종건에게 민족혁명은 세계 자본주의 속 민족의 문제를 해결할 근본적 방법도 아닐 뿐더러 계급적 착취를 그대로 용인하는 방식이었다. 따라서 이미 부르주아와 프롤레타리아의 계급 대립이 존재하는 한 더욱 중요한 것은 '사회혁명'에 있을 수밖에 없었다.

그런데 조선에서 역사적 유물론에 기반해 혁명론을 전개할 때 난처해지는 것은 생산력 발전이 미비할 수밖에 없는 곳에서 어떻게 혁명적 전환이 가능할 수 있는지를 설명해야 하는 지점에 있다. 조선의 자본주의가 충분히 발달하지는 않았어도 "국제적 자본주의의 부분"인 일본의 지배 아래 있는 한 조선 또한 마르크스가 말한 "사회혁명기에 입사하여 있다"고 말하는 장일환 같은 이가 없었던 것은 아니지만[19] 조선의 생산력 발달이 미비한 수준에 있다는 점은 모두가 공유하는 전제이기도 했다.

---

17 주종건, 「무산계급과 물산장려(6)」, 『동아일보』, 1923.4.11, 1쪽.
18 다음과 같은 이성태의 언급도 이와 유사한 맥락 위에 있다. "대규모의 착취 위에선 외래의 자본계급을 배척하고 조선의 자본가 중산계급이 그에 대하여 신착취의 자본주의 사회를 건설하려는 운동인 것을 간파하였다. 외래의 정복자와 마찬가지로 '경제적 착취'를 목표로 하는 것인 줄도 잘 알았다." 이성태, 「중산계급의 이기적 운동—사회주의자가 본 물산장려운동」, 『동아일보』, 1923.3.20, 5쪽.
19 장적파, 「나공민군의 미망전 도전에 답함(12)」, 『조선일보』, 1923.5.4, 1쪽.

그렇다면 그러한 가운데 사회혁명은 어떻게 일어날 수 있는가. 이러한 질문은 역사적 유물론에 입각해 생산력 증식론을 논하는 나경석을 향해 해명되어야 하는 답변을 담고 있는 것이기도 했다.

트로츠키의 혁명론 중의 그가 1906년 초 즉 노서아혁명이 격발하기 12년 전에 쓴 논문의 일절을 인용하여 이상의 말한 바의 인증[引證]에 공[供]코저 한다. 즉 "무산자는 자본주의의 성장에 따라 성장하고 또 힘[力]을 얻는다. 이러한 견지로서는 자본주의의 발달은 집권제[獨裁政治]에 향하여서의 무산자의 발달이다. 그러나 정치상의 권력이 노동계급의 수중에 수도[收渡]될 일과 시는 경제력의 자본주의적 발달의 정도에 의하여 직접으로 결정되는 것이 아니라 도로혀 계급 투쟁의 관계, 국제적 지위 급[及] 각종 주관적 요소, 예컨대 전설[傳說]투쟁의 의기와 결심 등에 의하여 결정되는 것이다. 그러므로 무산자가 정치적 우월의 지위를 점함은 자본주의적 발달이 유치한 후진국이 고도로 발달된 자본주의국보다 속[速]할 수도 있다. 저 무산자의 집권과 일국의 기술적 급 생산적의 자원과의 간에 일정한 자동적[必然的] 관련이 있는 줄로 요해[了解]함은 유물사관을 극히 유치한 방법으로 이해하려 하는 것이다. 이러한 생각은 물론 맑스주의와는 하등의 관계가 없다"[20]

주종건을 위시한 반대파 필자들이 불과 얼마 전에 있었던 1917년 러시아혁명을 논거로 혁명의 가능성을 예증하는 점은 주목을 요한다. 위의 인용문에서 주종건은 1906년 발표된 트로츠키의 『평가와 전망』 4장의 한 부분, 즉 혁명의 시점은 "생산력의 수준이 아니라" 여타의 "주관적

---

[20] 주종건, 「무산계급과 물산장려(9)」, 『동아일보』, 1923.4.14, 1쪽.

인 요인"에 의해 결정되며 따라서 "경제적 후진국"에 그것이 더 일찍 도래할 수 있다는 내용을 인용한다.[21] 1906년 트로츠키가 1871년 파리코뮌을 예로 들어 일국의 기술 발전 정도와 프롤레타리아의 의존도를 자동적으로 연결하는 플레하노프에게 비판의 화살을 겨누듯, 1923년의 주종건은 1917년 러시아혁명을 예로 들어 나경석의 생산력 증식론을 비판하고 있는 것이다.[22]

이는 곧 역사적 유물론을 기계적으로('극히 유치한 방법으로') 적용하는 것에 대한 반발이자 혁명의 직접적 실현과 관련된 '레닌적인 것'으로의 전환을 보여주는 지점이라 할 수 있다. 물산장려운동 반대론자들은 사회혁명에 초점을 맞추어 마크르스의 「유물사관요령기」를 해석하면서도 실례가 필요할 때는 러시아혁명이나 레닌의 전언을 언급했다. "레닌은 말하되 로서아의 경제를 음미하는 자는 다만 일인─ㅅ이라도 그 과도적 성질을 부인하는 자는 있지 아니 하리라라고 나는 생각한다"고 덧붙이거나[23] "자본주의가 고도로 발달치 못한 국가에서는 사회혁명이 발발키는 용이하나 사회주의에의 추이推移사업은 극난하다. 이와 반대로 자본주의가 고도로 발달한 국가에서는 사회혁명은 발발키 극난하나 사회주

21   레온 트로츠키, 정성진 역, 『영구혁명 및 평가와 전망』, 신평론, 1989, 61쪽.

22   나경석 또한 러시아혁명에 대한 생각을 밝혔다. 그러나 그것을 바라보는 입장은 물산장려운동을 반대하는 사회주의자들과는 달랐다. "그렇다. 로서아는 생산력이 여지없이 발전하기 전에 정치적 강압의 반동이 공전(空前)한 대전의 호기를 승하여 승리를 득(得)한 결과 이다. 그러므로 로서아의 실체 현상을 과학적 사회주의의 학리에 의하여 분해하면 '정치적 혁명으로 종(從)하여 경제적 조직을 변혁하게 된 때문에 구사회의 미숙한 생산력의 결함이 신경제제도를 완성하는 날까지 그 고통을 면하지 못한다' 하겠다. 그러므로 어떠한 사회에서든지 혁명이 돌발되는 순간까지 또는 파괴가 종료한 순간으로부터 생산력의 증가는 절대로 필요한 일이 된다." 나공민, 「물산장려와 사회문제(5)」, 『동아일보』, 1923.2.28, 1쪽.

23   주종건, 「무산계급과 물산장려(10)」, 『동아일보』, 1923.4.15, 1쪽.

의에의 추무推務사업은 용이하다"는 레닌의 세계혁명적 구상을 전하기도 했다.[24] 이들은 식민지 조선이 처한 상황이 조선의 생산력을 올리는 경제적 방식이나 식민 본국과의 관계만을 염두에 둔 정치적 방식을 통해 해결될 수 없다고 보았다. 이런 상황에서 경제적·정치적으로 주변부 국가였으며 오히려 마르크스에 의해 혁명의 걸림돌이 된다고 줄곧 지적되어왔지만 혁명에 성공한 러시아의 사례는 식민지에 의해 자본주의화된 조선의 상황에 참조가 될 수 있었다.[25]

레닌과 트로츠키에 기대어 나경석을 반박하는 주종건과 마찬가지로 박형병은 러시아혁명을 "정체正體적 진화와 경제적 계급을 엽등獵等하야 급전직하急轉直下의 형세로 진보하되 전제정치하의 제국주의와 자본주의로 토대 삼은 상층건축의 모든 거대한 괴물로 일조에 파쇄하고 공산사회를 건설"한 예로 제시한다.[26] 장일환 역시 "무엇보다도 로서아 노동 소비에트 공화국이 그 명백한 증거"라면서, "현재 로서아는 반半세기적 사회 형태로부터 사회주의에의 경제적 회화進化,즉,대공업화가 무산계급혁명의 결과로서 정치적 권력을 전 무산계급이 장악하고서 모든 장애물을 배제하며 공산주의적 추이를 실현하는 그 도정"하에 있다고 주장한다.[27] 이처럼 식민지 조선의 사회주의자들에게 러시아혁명은 '반세기적 사회 형태'를 '급전직하'적으로 변화하게 했던 사건으로 인식되었으며, 그럼으로써 조선도 혁명을 통해 후진의 상황을 역전할 수 있다는 생각을 품게 했다.

---

24 장적파, 「나공민군의 미망적 도전에 답함(12)」, 『조선일보』, 1923.5.4, 1쪽.
25 물론 최근 일련의 연구들에 의해서 지적되고 있는바, 말년의 마르크스는 러시아의 혁명적 가능성에 대해서 간과하지 않았다. 이에 대해서는 다음의 저서를 참고할 수 있다. 마르셀로 무스토, 강성훈·문혜림 역, 『마르크스의 마지막 투쟁』, 산지니, 2018, 66~93쪽.
26 박형병, 「조선물산장려는 대변하는 나공민군에게 고함(16)」, 『조선일보』, 1923.6.17, 1쪽.
27 장적파, 「나공민군의 미망적 도전에 답함(12)」, 1쪽.

역사적 유물론이 생산력과 생산관계의 모순이라는 '객관적인 요인'에 의해 사회구성체가 변화하는 역사의 흐름을 전제하는 것이라고 할 때, 사적 유물론의 기계적 적용을 피하기 위해서는 변화를 가능케 하는 주체에 대한 해명이 필요하다. 그 과정에서 주종건은 "혁명적 무산계급의 감정"이나 "과학적 사회주의의 정신"을 언급한다.[28] 사회 변화를 이끄는 것이 객관적 요인에 의한 것이긴 하지만 "궁극적으로는 노동자들의 전통과 선제주도력이니셔티브 및 투쟁 각오 등의 수많은 주관적인 요인들"[29]("각종 주관적 요소, 예컨대 전설傳說투쟁의 의기와 결심 등")이 개입해 있다는 트로츠키의 말을 빌려 왔다. 앞서 살펴봤듯, 여기에는 제국주의에 의해 식민화된 조선의 민족적 상황, 자본주의화된 조선 농촌의 상황, 그리고 그로 말미암은 무산계급의 "감정"과 "정신" 등이 각인되어 있다. 조선에서는 계급 해방이 "단순히 경제적 문제가 아니라 민족적인 문제이기 때문"에,[30] 다시 말해 그와 같은 주관적인 요인들이 개입하기 때문에 생산력의 발달 여부와 상관없이 오히려 혁명의 국면을 생각할 수 있다고 본 것이다.

그럼에도 여전히 유물론에 있어서 혁명의 주체 문제는 해소되지 않은 채로 남아있다. "감정"과 "정신"을 포함하는 주관적인 요인에 의해서 역사가 변화하는 것을 받아들인다면, 이는 물질에 의해서 역사가 변화한다는 유물론의 기본 입장과 배치될 수밖에 없는 것이기 때문이다. '주체-객체'의 관계 그리고 '주체'의 구성에서 '정신'과 '감정'의 역할이 무

---

28 주종건, 「무산계급과 물산장려(7)」, 『동아일보』, 1923. 4. 12, 1쪽.

29 레온 트로츠키, 『영구혁명 및 평가와 전망』, 61쪽.

30 마르크스가 아일랜드 민족 문제와 관련해 엥겔스에게 보낸 편지의 일부분을 따온 것으로 다음 책에서 재인용했다. 케빈 앤더슨, 정구현·정성진 역, 『마르크스의 주변부 연구』, 한울, 2020, 292쪽.

엇인지 해명되지 않는 이상, 역사가 전환되는 국면의 변화를 유물론적으로 설명할 수 없게 되거나 혹은 정반대로 '주관적 요인'을 배재한 기계적 유물론으로 역사의 이행을 설명할 수밖에 없게 된다. 여기서 문제가 되는 것은 인간 존재에 대한 물음 그 자체라고 할 수 있다. 즉 인간이 역사를 수동적으로 받아들이기만 하는 존재인지 혹은 능동적으로 역사의 변화를 추동하는 존재인지, 만약 후자의 견해를 받아들인다면 역사를 이끄는 인간의 속성은 무엇인지, 그것이 어떻게 유물론적 역사 인식과 관련될 수 있는지와 같은 질문들이 파생된다.

반복하건대 역사적 유물론은 인간 존재와 역사의 관계에 대한 논점을 포함하고 있다. 지금부터는 이런 지점에 주목하여 조선의 유물론자들이 역사적 유물론을 수용하는 과정에서 어떻게 물질과 정신의 관계를 생각하고자 했으며 그것이 '해방'의 문제와 어떻게 연결되어 왔는지를 살펴보고자 한다. 유물론 수용의 시작점이라고 할 수 있는 1920년대 초중반에는 오히려 그 관계들이 유연한 방식으로 질문되고 다루어질 수 있었다. 이는 인간을 인간이게 하는 본질을 묻고 인간성의 개조 등을 논하던 흐름과 동떨어져 있지 않았다.

2) 주변부 유물론의 조건, 정신과 감정

개조론은 "1차대전이 사실상 '제국주의의 시장 확보 전쟁'이었음을 간파한 지식인들의 반응"으로서, 이때의 개조는 "전쟁의 원인으로 지목되는 '자본주의의 개조'를 가리키는 것"이었다.[31] 개조가 현재로부터의 해방과 새로운 세계로의 도약을 담지한 단어라면 사회주의 진영에서의 개

---

31   오문석, 「1차대전 이후 개조론의 문학사적 의미」, 『인문학연구』 46, 조선대 인문학연구소, 2013, 302쪽.

조는 자본주의 사회구성체의 전환을 전제하는 역사적 유물론에 입각한 것일 수밖에 없었다. 이때의 개조는 "정신적·내면적 개조에 관심"을 갖는 문화주의적 경향과 다르게 주로 "물질적·제도적·외면적 개조에 치중"된 것으로 이해되었다.[32] 그 과정에서 물질과 대비되는 것으로 이해되는 '정신의 영역'에 대한 논의가 오히려 유물론을 설명하는 중요한 쟁점이 되기도 했다.

식민지 조선에서 유물론의 수용은 반대 개념으로서 유심론의 개념 또한 수용케 했다. 유물론과 존재론적으로 대립하는 개념으로서의 관념론은 절대 정신이나 이데아 등을 세계의 근원으로 주장하는 객관적 관념론과 인간의 마음과 정신을 통해 세계를 규정하려는 주관적 관념론을 포함한다.[33] 마음과 정신을 중시하는 유심론은 주관적 관념론에 속한다. 그렇기에 유독 유심론이 유물론의 반대 개념으로 설정됐던 당시의 정황을 미루어 볼 때, 조선에서 유물론에 대한 의미 규정이 관념론 전반이 아니라 특히 주관적 관념론과 대비해 이루어진 점은 지적되어야 할 부분이다. 서양에서 오랜 기간 동안 쌓아올린 관념론·유물론의 이론적 토대가 한꺼번에 조선에 유입되면서 그것을 받아들인 방식을 짐작해볼 수있기 때문이다.

선우전의 지적처럼 당시 유물론과 유심론은 "사회 현상을 심리적으로 해방코자 하는 유심주의와 물질적으로 이해코자 하는 유물주의"의 구도로 이해된 바 크다.[34] 해방과 개조의 견지에서 그것을 '심리적으로' 가능하다고 보는지, '물질적으로' 가능하다고 보는지에 따라서 두 입장이 갈

---

32   위의 책, 313쪽.
33   강대석, 『유물론의 과거와 현재』, 밥북, 2020, 18쪽 참조.
34   SWJ生, 「사회운동의 역사적 관찰과 현대사회운동의 일대진전」, 『개벽』 12, 1921. 6, 26쪽.

리는 것이다. 이는 당시 유물론을 소개하는 글에서 공통적으로 나타나는 방식으로 역사의 흐름을 전제한 유물론에 대한 소개와 상응한다고 할 수 있다. 다음의 인용문은 『개벽』에 번역돼 실린 사카이 도시히코堺利彦의 강연록 「사회주의학설대요」의 일부분이다.[35]

> 유물론자는 정신을 말하나 그 소위 정신이란 것은 어떠한 것이냐 하면 필경은 이 물질계의 반영에 불과하다. 유심론자는 물질은 정신의 환영에 지나지 못한다 하나 물질론자는 정신은 물질의 반영에 지나지 못한다고 말한다. 외계外界의 물질이 사람의 심리에 들어와 비친 것이 즉 정신이라 오관五官을 통하여 얻은바 감각이 머릿속에서 여러 가지로 분해되고 결합된다. 그것이 즉 정신현상이다. 그러므로 정신은 근본이 아니오 물질이 근본이다. 이것이 대개, 유물론자의 주장하는 바이외다. (…중략…)
>
> 비록 물질론자라도 현재의 물질적 관계에 불만족을 느낍니다. 현재의 물질적 관계는 참으로 염증이 납니다. 이래서는 재미가 없습니다. 그 까닭에 우리의 물질적 관계를 과거와 현재의 경험에 의하여 다시 뜯어고치려 합니다. 그 점에서 우리의 실제적 이상이 발發합니다. 유물론자가 이상을 갖는 것이 조금치도 이상할 것이 없습니다. 집을 짓는 데는 그 집의 설계가 있습니다. 그 설계가 즉 실제적 이상이외다. 유물론자인 사회주의자가 신사회 건설에 대한 설계(즉 실제적 이상)를 갖는 것은 당연한 일이외다. 단지 우리가 반대하는 것은 유심론자가 말하는 철학적 이상주의외다. 철학적 이상과 실제적 이상과는 전연이 배치되는 것이외다.[36]

---

35 「사회주의학설대요」의 번역과 수용, 그 의미를 밝힌 연구로는 백종린 책의 다음 부분을 참고할 수 있다. 박종린, 『사회주의와 맑스주의 원전번역』, 신서원, 2018, 124~139쪽.

36 사가이 · 도시히꼬, 「유물사관과 유심사관─사회주의 학설 대요(3)」, 『개벽』 42, 1923.12,

위 인용문에서 사카이 도시히코는 유심론자들이 세상의 근본으로 보는 정신은 "물질계의 반영에 불과"하다면서 기존의 유물론에 대한 이해를 그대로 보여준다. 그에 따르면, 그렇다고 유물론자가 인간의 '정신적인 것'을 아예 도외시하는 것은 아니다. 유물론자가 말하는 정신 현상이란 "오관五官을 통하야 얻은 바 감각이 머릿속에서 여러 가지로 분해되고 결합된" 것이다. 즉 인간은 경제적 토대를 형성하는 물질적인 것을 '감각'하여 받아들이고 그로부터 정신적인 것을 형성하므로 근본은 정신이 아닌 물질이 된다. 물질의 변화 과정에는 인간의 감각으로 받아들인 정신 현상이 개입해 있다. 그렇기에 "비록 물질론자라도 현재의 물질적 관계에 불만족을" 느끼고, 이로부터 벗어나고자 하는 해방의 바람을 가지게 되며, "신사회 건설에 대한" "실제적 이상"을 꿈꿀 수 있게 된다는 것이다.

유물론이 대립항으로 설정하는 유심론은 '정신'과 관련된 논의 그 자체라기보다는 인간의 정신을 물질과 독립적인 것으로 보고 절대적인 것으로 상정하는 정신주의적 경향을 이르는 것이라고 할 수 있다. 테리 이글턴Terry Eagleton에 따르면 이러한 정신주의적 경향은 "인간이 전적으로 자기 규정적이라는 환상"에 기반한다. 인간 정신의 독립성과 자율성을 믿는 유심론적 관점은 인간 존재를 절대적인 것으로 상정하는 것을 통해 가능한데, 그 절대성을 인정하는 순간 역설적이게도 인간을 "자기 폐쇄self-closure적"인 존재로 인정하는 것이 되어버린다는 것이다. 이에 반해 "유물론은 우리가 환경에, 또한 서로에게 의존한다는 것을" 일깨우며, 그렇기에 유물론이 상정하는 인간 존재는 '인간의 취약성'을 기반으로 한다. 이때의 취약성이란 역설적이게도 "개방적 의존성"을 이끌어내고 "물

25~26쪽.

질의 완강함을 잘" 알기에 "세계의 다름otherness과 온전함에 대한 존중을 북돋는" 동력이 된다.[37]

이와 같은 유물론의 인간관을 바탕으로 볼 때, 감각과 정신을 포함하는 주관적 요인들은 물질경제적 토대로서의 객관적인 요인과 연결된다. 역사적 유물론에서 역사의 변화를 가능케 하는 주체의 문제는 인간을 어떻게 보는지의 관점과 동떨어져 있지 않다. 인간의 취약성으로 말미암은 (세계에 대한) '개방적 의존성'은 "현재의 물질적 관계에 불만족"을 느끼게 하고 "물질적 관계를 과거와 현재의 경험에 의하여 다시 뜯어고치려" 하는 정신과 연결되어 역사의 전환을 가능케 한다. 1920년대 초반 유물론이 대립항으로 설정하는 유심론의 특징은 추상적 정신주의의 유폐성이다.

다음의 인용문은 사회주의를 비판하며 신개인주의를 주창코자 한 임장화의 글과 그에 대해 반박하며 유물론에 대한 오해를 바로잡고자 한 이종기 글의 일부분이다.

> ㉠ 물질을 소유하기 위하여 생활을 노동화하는 것은 너무나 잔혹한 일이다. 물질은 소유할 것이 아니요 소비할 것이다. 우리의 이상대로 개인주의가 사유재산제도에서 떠난다 하면 개인주의는 일층 아름다운 시대를 나을 것이다. 온 세계가 다―상징력을 자극刺戟식히는 신비한 전설의 나라로 변한다 하면 즉 주체적 또는 개인적 미의식에서만 살게 될 개인주의의 세계로 된다 하면, 사람들은 각각 인인隣人의 생활양식을 경이의 눈동자로 보게 되며 따라서 청신淸新한 자극을 받을 것이다.[38]

37   테리 이글턴, 전대호 역, 『유물론』, 갈마바람, 2020, 18~19쪽.
38   임노월, 「사회주의와 예술―신개인주의의 건설을 창(唱)함」, 『개벽』 37, 1923.7, 24~25쪽.

ⓛ사회주의가 물질적 방면만 중요하게 알고 인간의 영적 방면을 무시한다
고 하였다. 또 사회주의의 적은 첫째 종교요 둘째 예술이다 라고 하였다.
그러나 종교가여 오해치 말지어다. 아무리 현대 사회의 자본주의적 경
제조직의 불합리를 부르짖으며 무산계급의 혁명의 필요를 부르짖는 사
회주의자일지라도 인간의 영적정신적 방면을 무시치는 아니한다. 그러나
너무도 현실적이 아니고 사회적 생활을 하는 사회인으로서 사회를 떠나
려 하는 비인간적 미신적인 현대 종교는 누구를 물론하고 적어도 사회
를 보는 자는 다 부정할 것이며 무시할 것이다.[39]

인용문 ⓘ에서 임장화는 유물론에 입각한 사회주의가 인간의 정신적
인 부분을 고려치 않는다는 점에 주안점을 두고 그것을 비판한다. 다소
극단적으로 그는 노동 자체를 거부하고 소비하는 개인이 지배하는 세
계로 나아가야 한다며 '신개인주의'를 주창하는데, 그 세계는 '상징화'로
가득 찬 형태를 띤다. 생활의 모든 것들이 상징으로 해석됨으로써 세상
은 예술화될 수 있으며 이것이야말로 인간 본성에 알맞은 것이라는 주
장이다. 물론 이를 유심론자 전반의 주장으로 일반화할 수 없지만 유물
론자들이 대립항으로 설정하는 주관적 관념론의 유폐적 성격은 바로 이
런 지점을 염두에 둔 것이라 할 수 있다. 임장화는 자본주의의 사적 재산
소유에 대해 비판하며 개조가 필요하다는 견해를 함께하지만 그가 선택
하는 대응으로서 '상징화'라는 방식은 철저하게 정신적인 경향만을 띠
게 된다.

인용문 ⓛ에서 이종기는 정신을 배제한다며 유물론을 비판하는 임장

---

39 이종기, 「사회주의와 예술을 말하신 임노월씨에게 묻고저」, 『개벽』 38, 1923. 8, 26~27쪽.

화의 주장에 "사회주의가 물질적 방면만 중요하게 알고 인간의 영적 방면을 무시"하는 것은 아니라고 맞선다. 그는 물질적 토대로부터 비롯된 여러 문제들을 나열하면서 중요한 것은 이들이 경제적 문제로부터 파생되었다는 유물론적 입각지에서 임장화를 비판한다. 그러면서도 물질을 근본으로 여기는 유물론이 "인간의 영적정신적 방면"과 유리된 것은 아니라고 주장하기도 하는데, 다만 "사회적 생활을 하는 사회인으로서 사회를 떠나려 하는 비인간적" 경향이 문제라는 것이다. 예술에 대한 유물론자의 입장 또한 마찬가지이다. 인간의 창조적 활동인 예술을 중시하는 것은 사회주의자 또한 그러하지만 그것이 자본주의의 상품인지도 모른 채 신성화하는 것이 도리어 문제라는 점을 지적한다. 임장화에 대한 이종기의 비판은 정신적 유폐화의 경향, 그리고 유물론을 물질과 정신의 이분화에 입각해 기계적으로 해석하는 경향, 양쪽을 모두 향해 있다고 할 수 있다.

1920년대 식민지 조선의 유물론 인식에서 눈여겨봐야 할 지점은 인간의 감각과 정신, 그리고 마음의 작용을 유물론과 연결시켜 이해하려 했다는 점이다. 역사적 유물론이 기계적 유물론으로 오인되지 않기 위해서는 역사의 변화를 이끄는 주체의 능동성에 대한 해명이 필요했는데, 이를 위해서 인간의 "영적정신적 방면"이나 창조적 힘을 유물론의 영역에서 적극적으로 설명해내고자 했다. 유심론적인 경향과 역사적 유물론을 연접한 이러한 설명법을 '유심론적 유물론'이라고 칭하는 것이 가능하다면, 이는 비단 사카이 도시히코의 번역문이나 이종기만의 것은 아니었다. 아래의 인용문은 1920년 염상섭이 노동의 의미를 밝히고 노동운동이 나아가야 할 방향에 대해서 논한 글의 일부분이다.

㉠ 자각 있는 노동자는 '우리의 세계'가 도래할 것을 확언합니다. 피등彼等은 산업이라는 동맥 계통을 지배함으로써 세계라는 육체의 주재권主宰權을 가진 심장의 직무를 자임합니다. (…중략…)

그러면 노동의 진의眞義는 여하如何하오. 여余는 5대 의의를 부여코자 하노니, 1왈曰 생명의 발로. 2왈, 창조 혹은 개조의 환희. 3왈, 인류의 무한한 향상. 4왈, 행복의 원천. 5왈, 가치의 본체가 곧 이것이외다.[40]

㉡ 거擧코자 하는 바는 소작인 문제라 하겠습니다. 구미 제국諸國의 노동문제와 그 운동은 대개 공장노동자에 한하나, 아我 조선은 농본국農本國인고로 노동자의 수로 논하여도 소작인이 대다수를 점占할지며, 상차尙且 금일과 여如히 일반一般히 참담한 상태에 함陷하여 있는 이상 반드시 차此에서 일대 문제가 장래에는 야기 하리라고 용이히 예상할 수 있습니다.[41]

이미 잘 알려져 있듯 1919년 염상섭이 직접 적은 「독립선언서」의 마지막에는 "재在 대판大阪 한국노동자 일동 대표 염상섭"이라는 서명이 적혀 있다. 이를 기점으로 그는 "계급 해방을 위한 노동운동으로 그 사상적 진화를 이루어 나감과 동시에" "자신의 정체성을 '유학생'이라는 지식계급에서 '노동자'라는 제4계급으로 이행하는 변형을 단행한다."[42] 그로부터 얼마 뒤 쓰인 위 인용문 ㉠에서 염상섭은 자본주의라는 "경제적 전제주의의 횡행은 자연지세自然之勢"이며 '노동자의 세계'가 도래해 "세

---

40   염상섭, 「노동운동의 경향과 노동의 진의(眞義)」(『동아일보』, 1920.4.20~26), 한기형·이혜령 편, 『염상섭 문장 전집』 1, 소명출판, 2013, 114~115쪽.
41   염상섭, 「노동운동의 경향과 노동의 진의」, 『염상섭 문장 전집』 1, 121쪽.
42   이종호, 「염상섭 문학의 대안근대성 연구」, 성균관대 논문, 2017, 160쪽.

계라는 육체의 주재권主宰權"을 쥐게 될 것 역시 확언할 수 있다고 말한다. 이는 그가 유물론적 입장을 견지하고 있음을 보여주는 것이기도 한데, 중요한 점은 그가 유물론을 '어떻게' 받아들이는가 하는 데 있다.

글의 마지막 부분인 인용문 ㉡에서 염상섭은 "구미 제국諸國의 노동문제와 그 노동운동은 대개 공장노동자에 한"하는 것과 다르게 조선은 "농본국農本國인 고로 노동자의 수로 논하여도 소작인이 대다수를 점占"하고 있다는 점을 언급한다. 즉, 그는 대공장 노동에 의존하는 서양의 산업 구조와 농업이 산업 구조의 대부분을 차지하는 조선의 경우는 다르다는 점을 지적하며 그 차이를 직시한다. 이 시기 자본주의화된 농촌의 문제와 그것의 사회주의적 개조, 나아가서는 혁명의 문제를 함께 사유의 시야에 넣는 경우가 드물지는 않았다. 노동운동의 국제화에 대응해 농업운동 또한 국제화되어야 한다고 주장하면서 소작인의 자각과 '동맹 파농'을 제안하는 의견에서부터[43] "농촌의 계급운동도, 계급무산청년의 운동을 혜俟하야 그 완성을 기期"해야 한다는 의견까지,[44] 결은 다르나마 조선의 상황과 혁명적 국면의 관계에 대한 생각은 계속 제출되었다. 국제주의적 입각지에서 쓰인 이 글들이 농업중심국이면서도 혁명에 성공한 러시아의 경우를 염두에 두지 않았다고 할 수 없을 것이다.

1920년대 일련의 글을 통해 염상섭이 강조하고 있는 것은 궁극적으로 주체와 역사의 "내적 해방과 외적 해방, 영靈의 해방과 육肉의 해방, 정치 생활의 해방과 경제생활의 해방"[45]이다. 인용문 ㉠에서 노동의 진의眞義를 "생명의 발로"와 "창조의 환희"에서 찾는 것은 이런 맥락 위에 놓여

43   변희용, 「농업운동의 국제화(5)」, 『동아일보』, 1921.12.25, 1쪽.
44   주종건, 「국제무산청년운동과 조선」, 『개벽』 39, 1923.9, 9쪽.
45   염상섭, 「이중해방」(『삼광』, 1920.4), 『염상섭 문장 전집』 1, 74쪽.

있다. '육체身-물질'과 '마음心-정신'의 관계는 이원화되어 각각 독립적으로 존재하지 않는다. 대립항으로 보이는 두 항은 절합節合한다. 이때의 내적인 것, 영적인 것, 심적인 것은 인간의 삶에 불가피하게 수반되는 것이거나 역사의 발전으로부터 소외되는 성질을 지닌 것이 아니다. 이들은 인간의 사회적 활동에 동기를 부여하며 역사를 창조하고 구성해 나가는 요인으로서 "그 자체로 '물적 힘'"의 지위를 확보하게 되는 것이다. "즉 그것들은 사회적 존재의 수동적 반영이 아니라, 현존하는 사회관계를 재생산하고 변형하는 과정에서 구성적인 역할을 하는 공동-결정요인"[46]이 되는 셈이다.

프롤레타리아의 의식은 결코 정당하고 순화된 인간의식을 거부하는 것이 아니다. '프롤레타리아'라는 이유가 그 손에는 칼만 쥐어주는 것도 아니요, 그의 의지는 반역과 전투욕만으로만 응결되는 것은 아니다. 프롤레타리아는 프롤레타리아로서의 정열이 있다. 눈물이 있다. 웃음이 있다. 희망이 있다. 로맨틱한 모든 심정이, 활동이 있고, 그 유로流露가 있다. 그리하여 그 순실하고 소박한 열정은 해방 의욕, 전투 의지에 점화하여 주는 것이요, 아름다운 정서는 그 의지의 발동에 대하여는 힘 얻는 활력소로 자극하고 풍윤豊潤한 정열의 격정을 길러주는 것이다. 그뿐 아니라 프로문학도 이미 문학인 다음에야 예술적 소성분素成分을 구비치 않고는 성립할 수 없는 것이다. 즉, 정서를 무시하거나 또는 정서에 호소함이 없이는 프로문학이고 무슨 문학이고 존립할 수도 없고, 존재할 이유도 없는 것이다.[47]

---

46   죄르지 마르쿠스, 정창조 역, 『마르크스는 인간을 어떻게 보았는가?』, 두번째테제, 2020, 68~69쪽.

47   염상섭, 「계급문학을 논하여 소위 신경향파에 여(與)함」(『조선일보』, 1926. 1. 22~2. 2),

염상섭의 이러한 입장은 1920년대 중반 카프와의 논전을 벌일 때에
도 계속되었다. 위 인용문은 박영희의 「신경향파 문학과 그 문단적 지
위」,『개벽』, 1925.12에 대해서 염상섭이 반박을 하는 가운데 쓰인 글의 일부분
이다. 이 글은 물론 계급문학의 창도를 "내면적 요구"가 아니라 "외면적
원인", "시류에 영합하려는 천박한 동기"에서 찾으려는 분위기에 대한
비판을 위해 쓰였지만, 그는 줄곧 사회운동과 계급문학의 필요성과 필
연성 자체를 부정하지 않는다. 눈여겨 보아야 할 것은 "프롤레타리아로
서의 정열", 눈물, 웃음, 희망 등이 "해방 의욕, 전투 의지"를 점화하는 동
인이 될 뿐 아니라 "풍윤豊潤한 정열의 격정을 길러주는 것"이라고 설명
하는 대목이다. 이와 같은 유심적 요인들이 유물론적 역사 발전을 이끄
는 주체인 프롤레타리아의 실천에 윤활유 역할을 해준다는 것이다. 그
에게 유물론은 역사 발전의 중요한 전제이면서도 유심론적 요인들과 일
체를 이룬다. 이는 같은 시기, "유물론이나 관념론이 진리가 아니고 생
리학이나 심리학이 진리가 아니며 진리는 다만 인간학뿐"이라면서 유물
론과 유심론의 이원론을 배격하는 김복진의 사유에서도 확인할 수 있는
경향이기도 하다.[48]

사람의 맘이라 하는 것은 습관과 인습으로 얻은 그것이며 환경과 배경과
경우와 처지에 말미암아 생긴 것이라 함은 실로 일종의 진리일 것은 명백하
나 그러나 그 습관과 인습으로 초월하여 새로운 경우와 처지를 건축하고자 하
면 거기에는 반드시 유래의 사람 자기들의 하여 온 모든 인습의 결함을 각오
할 만한 내적 회의를 품지 아니하고는 아니 되는 것이라. 내적 회의가 생기는

『염상섭 문장 전집』 1, 446~447쪽.
48   김복진, 「신체와 영혼, 육체와 정신과의 이원론에 대항하여」, 『조선지광』 79, 1928.7, 18쪽.

그 찰나가 곧 심적 해방을 얻는 순간적 동기가 되는 것이니 사람은 이 순간적 동기를 잡아가지고 근거 있게 기與 내적 회의를 해결코자 하는 활동에서 처음으로 외적에 대한 파괴와 건설적 사실이 일어나게 되는 것이며 그리하여 외적 파양과 건설적의 사실은 다시 내적 심리 현상을 개조하면서 새로운 정신을 건립하게 되는 것이었다. 이 점에서 외적 해방은 내적 해방의 동기를 얻어 그 실행이 생기는 것이요, 내적 해방은 다시 외적 해방의 사실을 기다려 새로이 건립을 형성하는 것임을 잊지 말아야 할 것이며 다시 말하면 완전 해방의 유일의 도道는 심적 해방으로부터 외적 해방에 연역演繹이 되어야 하고 외적 해방으로부터 다시 내적 해방에 귀납하는 도道를 취하지 아니하면 안 될 것이라.[49]

사회적 존재로서의 개인이 신체적 감각을 통해 지각을 형성하고 실재를 변형코자 하는 마음과 정신을 가지며 실천의 동기를 형성하는 것, 그리고 그것이 곧 역사 발전과 동떨어져 있지 않다는 입장. 이는 염상섭을 비롯한 당대 유물론자들이 공통적으로 지적하는 바이기도 하다. 『개벽』의 사설 일부분을 발췌한 위 인용문은 이와 동일한 맥락에서 심心과 신身의 반反이원화된 관계를 변증법적으로 보여준다. 내적 해방과 외적 해방은 선행과 후행의 관계라기보다는 상호 영향을 미치면서 통일되어 있는 것이며 이것은 한편으로 테리 이글턴이 제안한 '인간학적anthropological 유물론'의 개념에 일면 닿아 있다. "인간의 동물성, 실천적 활동, 신체 구조"[50] 그 자체가 마음과 물질로 이원화돼 받아들여지는 것들의 통일체

---

49 「선동적 해방으로부터 실행적 해방에」, 『개벽』 32, 1923. 2, 3~4쪽.
50 테리 이글턴, 『유물론』, 51쪽. 이글턴은 몸과 영혼이 일원론적 관계를 이루고 있으며, 그리하며 몸이 영혼이고 영혼이 몸인 상태에 대해 논하기도 한다. "사람이 구스베리나 삽 같은 물질 덩어리와 다르다면, 그것은 사람의 내부에 어떤 신비로운 항목이 숨어 있기 때문이 아니라 사람이 매우 특수한 유형의 물질덩어리이기 때문이다. 정신−

라고 보는 이 관점은 인간의 몸과 정신이 역사의 발전에 어떻게 기입되어 있는지를 보여준다. 노동의 윤리를 말하며 "유물론을 고향 삼았스나 기其 일면에는 차此를 초월하여 비판적 정신이 관통"[51]되는 것이라 하는 당시의 사유는 식민지라는 특수한 조건과 만나면서 '인간학적 유물론'의 보편성과도 멀리 떨어져 있지 않았다.

정리하건대 이 시기 조선의 유물론 수용은 역사의 진보라는 믿음을 견지하면서도 단계론적 역사 발전의 법칙에 근거한 사적 유물론만으로 수렴되지 않는 고투 속에서 진행되었다. 생산력이 충분히 발달하지 않은 주변부이자 제국에 의해서 자본주의화될 수밖에 없었던 식민지라는 조건 속에서 사회주의로의 이행을 사유한다는 것은 필연적으로 역사 발전 법칙에 의거하지 않은, 후진성의 역전을 꾀할 수 있는 혁명적 '비약'의 순간을 꿈꾸는 것이기도 했다. 생산력 발달이 미비한 러시아에서 이루어졌던 10월혁명은 좋은 본보기가 되었다. 한편 이행으로서의 유물사관을 받아들이면서 '비약'으로서의 이행을 설명하기 위해서는 그것을 가능하게 하는 인간학적 조건에 대한 해명이 필요했다. 그 과정에서 주체의 감각, 정신, 마음을 강조하는 유심론적 경향, 혹은 인간학적 경향으로 유물론의 역사적 전환을 설명하고자 하는 흐름이 형성되기도 했다. 유심론은 '자기폐쇄적' 관념으로 사회주의들에게 공격의 대상이 되기도 했지만, 마음의 작용을 중요하게 여기는 유심론의 성격이 유물론을

언어나 영혼-언어는 그 특수성을 지목하려 애쓰지만 도리어 오해를 유발하는 편이다. 사람은 어떤 영적인 것이 덧붙은 자연적 물질 덩어리가 아니라, 본래부터 활동적이며 창조적이며 소통적이며 관계적이며 자기표현적이며 실현적이며, 또한 세계를 변형하고 자기를 초월하는(곧, 역사적인) 물질 덩어리다. 그리고 이 모든 것이 바로 사람의 영혼이다."(같은 책, 59쪽).

51 철민생, 「노동운동과 윤리의식(1)」, 『동아일보』, 1920.5.18, 1쪽.

설명하기 위해 적극적으로 활용되기도 했다. 혁명의 동력을 유심론적인 것으로부터 찾으면서 역사의 발전을 설명하는 유물론의 경향은 '비약'으로서의 이행을 꿈꾸었던 주변부 사회주의 전유의 한 특징이라고 할 수 있다. 이 고투의 장면은 유럽의 역사에 기반한 역사관을 자기화하려는 시도와 맞닿아 있는 것이었다.

3. 주변부에서의 계급 인식과 주체 모색

1) 인간성 회복을 위한 감각의 혁명

인간은 감각을 통해 외부에 있는 대상을 지각하고 인식을 형성하며 세계와 접속한다. 감각도 "그 자신의 역사를 가지는" 사회적 산물이기 때문에[1] 인간이 '어떻게' 이를 발달시키느냐에 따라 인식의 내용뿐만 아니라 세계와의 접속 방식이 달라진다. 인간은 감각으로써 세계를 예민하게 받아들이고 역사에 개입하는 존재일 수도 있지만, 반대로 대상에 둔감하게 반응하고 폐쇄적인 세계 속에 자신을 가두는 존재일 수도 있다. 어떤 감각을 가지는가의 문제는 인간이 만들어가는 세계의 방향성을 결정한다. 감각은 인간의 자기 형성bildung과 연동되고 이는 곧 역사 자신의 형성 과정과도 다르지 않다. 즉 감각은 인간의 실천으로, 실천은 역사의 진보로 이어진다. 그런 의미에서 인간의 감각을 중시하는 인간학적 유물론은 역사 발전을 전제하는 역사적 유물론과 결합되어 있다. "유물론 철학은 인간이 존재를 형성하는 과정으로서의 실천을 바탕으로 해서 그리고 실천 속에서, 역사적으로 자신의 뒤를 되돌아보고 자기의 바깥에 도달하며 존재 일반에 대해 열려 있을 수 있는 능력을 발전시킨 다고 생각한다."[2] 그러한 가운데 역사도 발전한다.[3]

---

1 Lifshitz, Mikhail, *The philosophy of art of Karl Marx*, London: Pluto Press, 1973, p.78.

2 카렐 코지크, 박정호 역, 『구체성의 변증법』, 거름, 1984, 188쪽.

3 인간과 역사의 관계에 대해서는 코지크와 죄르지 마르쿠스의 다음 진술을 참고할 수 있다. "인간은 언제나 체계 속에 존재하며, 체계의 한 구성물이 됨으로써 자신의 존재의 특정한 측면들(기능들)과 특정한(일면적이고 물화된) 형태로 환원된다. 동시에 인간은 언제나 체계 이상의 것이며 인간으로서의 그는 체계로 환원될 수 없다.(위의 책, 85쪽) "마르크스는 인간에게 외재적으로 혹은 우연적으로 부과된 일련의 비연속적이고 독립적인 사회적 변화의 단순한 결과로 역사 과정을 파악할 수는 없다고 보았다.

1920년대 초중반의 사회주의자들 또한 '개체적인 감각'이 인간과 역사의 자기 형성을 매개하는 데 중요한 역할을 한다는 인식을 가지고 있었다. 단적으로 『신생활』에는 생명을 가지고 개성을 자각하며 자기를 혁명해야 한다는 주장이 중요한 흐름으로 자리 잡았다.[4] 사회주의자 정백이 "자아의 자유, 자아의 독립, 자아의 존엄" 등을 강조하는 아나키스트 막스 슈티르너의 사상을 소개하면서 "만인의 개성이 존중되어" "자유로 발양하는 기회를 균등히 향유하여야 사회는 원만히 진보할 것"이라고 했던 것도 이러한 맥락 속에 놓여 있었다.[5]

　　㉠ 나는 현재의 내가 나의 나가 아닌 것을 잘 안다. 혹은 몇 천 년의 몇 백 년의 몇 십 년의 옛사람의 나는 있으나 몇 년 전 사람의 나는 있으나 또 몇 만 리 몇 천 리 밖에 있는 나는 있으나 내 눈 앞에 있는 나는 있으나. 그러나 그것은 나의 나가 아니다. '인류 사회에 역사와 문명이 있은 후로는 이해가 상반하는 두 계급이 있으니 그는 곧 정복 계급과 피정복 계급이다. 이 사실은 사람의 본래의 감정을 각 사람의 이해를 위하여 발달하지 아니하고 정복자의 이해를 위하여서만 굴절하였다. 수만 년 동안의 정복자의 굴절의 역사는 드디어 우리들이 가지고 있는 현재의 감정을 본래의 것으로 알아왔었다' 나는 이 정복의 역사 안에서 자라났다. (…중략…) 이로부터 모든 남의 것을 없애버리자. 정복의 사실로부터 꽉 매어진 그

───

오히려 역사는 인간의 '자기-창조' 과정이며, 인간이 자유와 보편성의 확대를 향해 가면서 본인의 활동과 본인의 노동을 통해 자기 자신을 형성하고 전환하는 연속적 과정이다." 죄르지 마르쿠스, 정창조 역, 『마르크스는 인간을 어떻게 보았는가?』, 두번째테제, 2020, 90~91쪽.

4　김경연, 「1920년대 초 '공통적인 것'의 상상과 문화의 정치 — 『신생활』의 사회주의 평민문화운동과 민중문예의 기획」, 『한국문학논총』 71, 한국문학회, 2015, 372쪽.

5　정백, 「유일자와 그 중심사상」, 『신생활』 9, 1922.9, 55~56쪽.

것을 없애버리자. 나의 감정 본능 사상 모두 그리하여야 하리로다. (…중략…) 만중萬衆이여, 너의 네가 돼라. 그리고 너의 네 사회를 이루라.[6]

ⓒ 자기혁명이라는 것은 진구陳舊한 자기에게 대하여 반역하고, 새로운 자아를 확충하며 완성함을 이름이니 이러한 의미의 반역은 곧 지상선地上善이다. 따라서 노라가 기억만의 여성의 선두에 립立하여 모든 권위에 대한 반역자로서, 묵은 도덕, 그릇된 관념, 폭군적 남성, 묘지와 같은 가정……에 향하여 모반의 일실一失을 방放하고 무엇보다 우선 자기에 대한 충성을 다함으로써 자기혁명의 대사업을 완성하려는 거기에, 노라의 생명이 용약勇躍하였으며, 위대한 영혼이 체험한바 지상선이 성취하였음을 인식치 않을 수 없다.[7]

인용문 ⓐ은 조선의 민중들이 '나의 나'로서 살지 못하고 '남의 나'로 살 수밖에 없는 현실을 비판한다. 명백하게 "지금까지의 모든 사회의 역사는 계급 투쟁의 역사이다"[8]라는 『공산당 선언』의 첫 문장을 떠올리게 하는 위 인용문은 부르주아 계급과 프롤레타리아 계급이라는 용어를 사용하고 있지는 않지만, "상반하는 두 계급"으로 정복 계급과 피정복 계급을 지목한다. 피정복 계급인 나를 나로서 살지 못하게 하는 것은 정복 계급이다. 중요한 것은 정복 계급이 이끄는 도덕, 법률, 사회가 나를 옭아매기 때문에 그들이 만들어 놓은 "감정 본능 사상"을 본래의 내 것으

---

6   기안(飢雁), 「남의 나」, 『신생활』 2, 1922. 3, 33쪽.
7   염상섭, 「지상선을 위하여」, 『신생활』 7, 1922. 7, 71~72쪽.
8   칼 맑스·프리드리히 엥겔스, 최인호 외 역, 「공산주의당 선언」, 『칼 맑스 / 프리드리히 엥겔스 저작 선집』 1, 박종철출판사, 1991, 400쪽.

로 알고 지냈다는 점을 지적하는 데 있다. 도덕과 법률은 부르주아적 이데올로기를 실어 나르는 역할을 하고 그 속에서 나는 나 자신이 정복의 대상인 것조차 잊고 살았다는 것이다. 그렇기에 '너의 너'가 되고 '네 사회'를 이루라는 전언은 비단 경제적·정치적 정복뿐 아니라 감각적·감정적 예속 상태로부터 벗어나라는 말과 다르지 않다. 인용문 ⓒ에서 염상섭이 지상선이라고 칭하는 '자기혁명' 또한 그 연장선상에서 이해될 수 있다. "모든 권위에 대한 반역자로서, 묵은 도덕, 그릇된 관념"으로부터 해방되고 "자기에게 대한 충성을 다하는" 것은 단순히 나를 혁명하는 데 그치지만은 않는다. "자기를 살림으로 말미암아 자기의 민족을 살리고 인류를 살"리는[9] 곳으로 향할 수 있다는 것, 다시 말해 자기혁명이 곧 사회혁명으로 연결될 수 있다는 비약적 사고는 이 시기를 관통하는 중요한 가치였다. 당대의 사회주의자들은 나의 감각을 바로잡는 것으로부터 역사의 진보가 가능하다고 생각했다.

이와 관련해 김기진이 전개한 '감각의 혁명론'은 주목을 요한다. 이전 시기 현철과 이광수가 감각을 "감각기관을 통해 바깥의 사물을 받아들이는 것으로 한정"하면서 한계 지었다면, 김기진은 감각이 존재의 생명에 의욕을 불러일으키는 동시에 생활을 구성해주는 활동일 수 있다고 보았다.[10] 그는 감각을 "타인의 고통에 대한 '정서'적 감응 능력에서부터 식욕과 성욕과 같은 인간의 '본능', 그리고 인간을 둘러싼 세계에 대한 정확한 '인식'까지를 아우르는" 실천적 개념으로 파악함으로써 그 정치적인 의

---

9   염상섭, 「지상선을 위하여」, 85쪽.
10   강용훈, 「1900~1920년대 감각 관련 개념의 사용 양상 연구」, 『한국문학이론과 비평』 54, 한국문학이론과비평학회, 2012, 142쪽.

미를 재해석해냈다.[11] 김기진에게 감각은 자기폐쇄적인 것이 아니라 '사회적인 것'으로서 역사적 유물론과 자연스럽게 결합되는 것이었다.

조선서 유물사관이라고 하면 바로 철학상의 유물론으로 해석해 버리는 경향이 있는 것을 나는 가끔 발견한다. 그러나 유물사관이라는 것은 그러한 철학상 언론은 아니다. (…중략…) 역사적 유물론은 정신이 사회 상태에 의해서, 노동에 의해서, 생산 방법에 의해서 어떻게 진로를 취해가지고서 어떻게 진행하느냐 하는 것을 말한다. 철학상 유물론이라는 것은 정신의 본질을 말하나, 역사적 유물론은 정신이 어떻게 무엇에 의해서 변화했느냐 하는 것을 말한다. 다시 말하면 철학적 유물론은 정신의 기원을 말하려고 하고, 역사적 유물론은 정신의 변천을 말하려고 한다. 즉 전자는 철학적이요, 후자는 역사적이요, 전자는 정신-사상이 존재하기 전을 예상하지만은, 후자는 존재한 뒤를 예상한다.[12]

감각의 혁명은 금일에 앉아서 제 일착으로 실행하지 않으면 아니 된다. 지금까지 구부러진 교화를 받아오던 우리들이, 기성지식으로부터 양념 받은 우리의 감각을 하루라도 바삐 써서 없애야만 할 일이다. 그리하여 온전한 생명에서 흐르는 문학을 작성할 수 있고, 병적으로 발달된 우리의 미각은 본질로 돌아갈 수 있는 것이다. 인간성의 본질로 돌아가자면, 감각의 혁명을 먼저 하고 그리한 뒤에 인간 개조를 해야만 한다.[13]

---

11   손유경, 「프로문학과 '감각'의 문제」, 『프로문학의 감성구조』, 소명출판, 2012, 100쪽.
12   팔봉산인, 「금일의 문학, 명일의 문학」, 『개벽』 44, 1924. 2, 47쪽.
13   위의 책, 53~54쪽.

「금일의 문학, 명일의 문학」에서 김기진은 감각을 노동 및 생산 활동과 관계되는 '생활'과 연결하고 "유물사관의 견지"에서 이를 일깨워야 함을 주장했다. 위 인용문에도 나타나듯 그의 논리는 명백하게 역사적 유물론에 입각해 있었다. "정신의 본질"을 말하는 철학상의 유물론과 다르게 역사적 유물론은 "정신이 어떻게 무엇에 의해서 변화했느냐 하는 것을 말한다"는 점을 분명히 하면서 그는 정신의 존재 방식보다 정신이 변화하는 조건에 초점을 맞춘다. 정신의 변화와 역사의 진보가 연동되어 있다는 것이 전제된 이러한 사고는 역사 발전에서 유심론적인 것을 강조하는 당대의 이해 방식과도 동떨어져 있지 않았다.

김기진에 따르면 역사가 변화하기 위해서는 '생활의 혁명'이 일어나야 하고 생활이 변화하기 위해서는 '감각의 혁명'이 일어나야 한다.[14] 감각의 혁명 → 생활의 혁명 → 역사의 혁명으로 연결되는 혁명적 연쇄의 가장 첫 지점에는 감각이 놓여있기 때문에, 감각의 혁명을 "제 일착으로 실행하지 않으면 아니 된다." 이는 결코 『신생활』 필자들이 생명의 각성과 자기의 발견을 중시했던 흐름과 멀리 떨어진 것이 아니었으며, 그렇기에 김기진의 감각혁명론은 그의 독창적인 주장이라기보다는 이 시대의 문제의식을 단적으로 보여주는 사례라고 할 수 있다. 정복 계급에 의한 이데올로기로부터 벗어나는 '자각'으로부터 혁명이 시작될 수 있다는 가설은 "구부러진 교화를 받아오던 우리들이, 기성지식으로부터 양념 받은 우리의 감각을 하루라도 바삐 써서 없애야만 할 일"이라는 김기진의 감

---

14 "생활한다—는 것은 감각한다, 의욕한다는 것의 별명이 아니냐. 감각은 생존하여 있는 동물 이외에는 하지 못하는 것이다. 그리고 의욕은 감각 현상이 있은 후에 일어나는 심리 현상이다. 생명의 제 일의적 본능인 '생활'이라는 것을 구성하여 주는 것은 슬로이 '감각한다'는 것이다." 팔봉, 「감각의 변혁」, 『생장』 2, 1925. 2, 62~63쪽.

각혁명론에서도 이어진다. 그렇다면 이들이 혁명되어야 할 감각으로 주장하는 것이 무엇인지에 대해서도 보다 자세히 살펴볼 필요가 있다.

눈물은 그칠 새 업다. 사람의 마음은 다 각각이다. 이해만 가지고 다툼을 하는, 자기의 환경을 고집하고 있는, 기괴한 폭행을 임의로 하는, 진리를 등지고 권력을 부리는, 상하를 가리여 학대하는, 금력을 믿고 횡포를 하는, 망령에 붙들려 완명頑冥을 부리는, 이같은 사람이 수없이 많다, 너무도 많다, 너무도 많다. 감각의 혁명을 일으켜야 하겠다. 인간성을 변화하여야 하겠다.

편리를 위해서 만든 돈이, 처처處處에, 가는 곳마다 인생을 결박하고, 편리를 위해서 지여낸 법률이, 처처에, 가는 곳마다 사람의 자식을 구박해 버린다! 편리를 위해서 지여낸 법률, 편리를 위해서 지여낸 화폐, 그것들이 도리어 우리를 화禍로 이끌고, 우리의 뺨을 제멋대로 때리는 횡포를 한다. 본능생활의 어수선한 것을 제하기 위해서 지여낸 관념생활이 우리의 사지를 결박하고, 관념생활의 구속을 없애기 위해서 출발된 지적 생활이 우리의 모가지를 잡아 누르며, 전통은 전통을 만들어 내고, 전통은 전통을 새로이 지어낸다. 인생생활의 복잡성이다. 그러나 이것의 우리의 자랑거리가 아니다. 인간 생활의 복잡성을 떠나서 간단한 것으로 고쳐 보아라. 본연의 인간성을 도로 찾아라. 인류의 눈앞에 있는 오직 한 개의 목표인 '완성'을 향해서 우리는 전력을 가지고 굳세게 나가자.[15]

김기진이 '혁명되어야 한다'고 하는 감각이란 자본주의 사회에서 마비된 "인간성"과 다르지 않다. 인간성이란 인간을 인간이게 하는 조건을 말하는 것일 텐데, 위 인용문에서 설명하듯 자본주의하 인간이 상실한

---

15   김기진, 「눈물의 순례」, 『개벽』 43, 1924.1, 237쪽.

인간성의 내용은 두 가지로 나누어 생각할 수 있다. 하나는 다른 이들을 착취하는 것에 둔감해지는 상태를 의미하고, 또 다른 하나는 착취를 당하는 것에 둔감해지는 상태를 의미한다. 전자가 "이해만 가지고 다툼을" 하고 "상하를 가리어 학대"를 하며 "금력을 믿고 횡포를 하는" 부르주아 계급을 염두에 둔 것이라면, 후자는 자본주의 사회에서 학대받고 착취 당하는 모든 소외된 인간을 향한다.

마르크스에 따르면 자본주의는 인간을 유적 존재gattungswesen로서의 특징으로부터 자신을 소외되게 만든다. 이는 먹고 마시고 생식하는 일을 그 밖의 다른 인간적인 영역으로부터 분리해냄으로써 "유일한 궁극 목표로 만들어 버리는 추상"의 과정이기도 하다.[16] 추상으로 남은 인간에게 인간성을 위한 감각은 없다. 극도로 배가 고픈 사람은 무엇을 어떻게 먹는지에 대해 생각하지 않으며 생계를 위해 일자리가 급박하게 필요한 사람에게는 어떤 노동을 어떻게 하는지가 문제되지 않는다.[17] 소외된 노동은 "인간에게서 그 자신의 몸도, 그의 바깥의 자연도, 그의 정신적 본질, 그의 인간적 본질도 소외시킨다." 나아가 인간은 "다른 인간으로부터, 그리고 그들 쌍방이 인간적 본질로부터 소외된다."[18] "인류의 영성이 기계화"됐다는 김기진의 표현은[19] 인간이 "정신적으로나 육체적으로나 기계로 전락하고, 하나의 인간에서 하나의 추상"이 되어버렸다는 마르크스의 진술을 떠오르게 한다.[20] 이는 유적 존재로서의 인간을 소외시킨

---

16   칼 마르크스, 최인호 외 역, 「1844년 경제학 철학 초고」, 『칼 맑스 프리드리히 엥겔스 저작 선집』 1, 박종철출판사, 2010, 76쪽.
17   테리 이글턴, 전대호 역, 『유물론』, 갈마바람, 2020, 100쪽.
18   칼 마르크스, 앞의 책, 80쪽.
19   팔봉산인, 「지배계급교화 피지배계급교화」, 『개벽』 43, 1924. 1, 21쪽.
20   칼 마르크스, 「1844년 경제학 철학 초고」, 앞의 책, 30쪽.

다는 것의 다른 말이기도 할 터 김기진이 인간성을 변화시켜야만 한다고 주장하는 맥락은 마르크스의 소외 개념과도 맞물려 있었다.

감각의 혁명은 자본주의가 결여케 한 인간의 다채로운 감각을 되찾아오는 것이다. "사회주의의 목표 하나는 몸이 강탈당한 역량들을 몸에게 돌려주어 감각들이 제구실을 할 수 있게 하는" 데 있다.[21] 이때의 감각은 인간으로 하여금 인간성의 소외를 인지하게 하고 사회를 변혁시키고자 하는 열정을 불러일으키는 역할을 한다. 감각을 통해 획득된 인식과 감성의 기능은 역사를 발전시키는 원동력이 된다. 감각의 혁명은 추상이었던 인간이 역사적 존재로 화化해가는 과정인 셈이다. 그렇다면 김기진에게 감각의 혁명을 견인하는 방식은 무엇인가. 그는 「지배계급교화 피지배계급교화」라는 글에서 "프롤레트 쿨트"프롤레타리아문화를 통해 프롤레타리아에 대한 교화가 이루어져야 함을 주장한다.

프롤레타리아 교화의 목적은 일그러진, 쭈그러진, 꾸부정한 자본주의의 독아毒牙에서 전 인류를 해방시키는 것이다. 이것이 프롤레트쿨트의 목적이다. 부르주아 컬트가 금일 조선의 지배계급교화가, 멀쩡한 생사람을 잡아서 무이상無理想의 퇴폐적 생활을 하게하고, 정의를 짓밟고 그 위에 서게 하며, ×××
×가 되어가지고 자본주의 국가의 간성干城이 되도록 하게 만든다.[22]

전 인류의 영성을 해방시키고자 하는 생명의 철학을 붙잡고자 하는 인생에 대한 감격을 가지고서 나아가서는 전 프롤레타리아운동과 목적을 위해서, 학대받아오던, 구속받아오던 우리의 예술의 해방을 위해서, 유일의 진리의 목표

---

21   테리 이글턴, 『유물론』, 103~104쪽.
22   팔봉산인, 「지배계급교화 피지배계급교화」, 22쪽.

를 향해서, 전 세계의 극한까지 넘쳐흐르고자 하는 정열을 모아가지고서, ×
×을 위한 소임을 다하자. 이것이 문학가의 임무, 지식 계급의 임무, 예술가의
의무의 일부이다. 문학의 제2의적 가치의 존재의 이유가 여기에 있다.[147]

위 인용문에 따르면 교육, 법, 도덕 등을 통해 인간성을 소외시키는 부
르주아의 교화로부터 벗어나 "전 인류를 해방시키기" 위해서는 그것에
맞서는 프롤레타리아 교화가 필요하다. 그리고 새로운 교화는 프롤레타
리아만의 문화를 통해 이루어져야 한다.[24] 김기진은 이를 위해서 '지방
보통학교의 교원'에게 부르주아 교육으로부터 아이들을 구출하라고 요
구하고 '지방청년회 지도자에게' 농민의 교육과 언문의 보급의 필요성
을 역설하는데, 무엇보다 강조하는 것은 문학의 역할이다. 문학은 "인류
의 영성을 해방시키고자 하는 생명의 철학을 붙잡고자 하는 인생의 감
격"을 표현한다는 점에서 프롤레타리아 대중의 감각을 혁명하는 데 중
요한 역할을 한다. "보통 사람들보다 민감하고 감수성이 많고 공분"을
가진 예술가는 "최대다수의 영성靈性"과 "혼연한 교향악"을 이룰 있는 존
재이며[25] 예술은 본질적으로 "생의 비참을 의식하는 때 비로소 탄생된
것"이므로[26] 프롤레타리아의 비참을 미의식 속에 담아낼 수 있기 때문이
다.[27] 그런 의미에서 1920년대 초중반 쓰인 김기진의 에세이 속 인물들

23   팔봉산인, 「지배계급교화와 피지배계급교화」, 27쪽.
24   김기진의 이 글이 보그다노프를 위시한 볼셰비키 좌파의 〈프롤레트쿨트〉 운동에 영향
      을 받았다고 밝힌 연구로 손유경의 논문을 참고할 수 있다. 손유경, 「팔봉의 '형식'에
      서 임화의 '형상'으로」, 『프로문학의 감성구조』, 169~174쪽.
25   김기진, 「promeneade sentimental」, 『개벽』 37, 1923.7.1, 88쪽.
26   김기진, 「금일의 문학, 명일의 문학」, 42쪽.
27   삶의 비참과 예술의 미의식을 연결시키는 김기진의 논리에 대해 규명한 연구로는 다
      음 논문을 참고 할 수 있다. 손유경, 「프로문학과 '감각'의 문제」, 『프로문학의 감성구

은 거리에서 다양한 조선의 얼굴을 자세하게 들여다 보며 슬픔과 굶주림과 비참을 감각할 수 있었다.

2) 다층적으로 억압 받는 얼굴들의 발견

1920년대 초중반 김기진의 에세이는 경성의 거리를 거닐며 '감각'한 조선인들의 모습을 드러내고 이로 인한 비통함을 표출한다. 이미 제목에서부터 센티멘탈한 감각으로 도시를 산책하는 것을 전제하는 「promenade sentimental」은 "발바닥에다 눈을 두고서 걸음을"[28] 걸으며 구걸하는 거지, 노동자, 누이의 얼굴을 한 여성들을 마주하는 내용을 담고 있다. 「눈물의 순례」에서는 여관에서 신음하는 병든 여인, 그 여관에서 일하는 여인, 파산한 상점의 주인을,[29] 「경성의 빈민, 빈민의 경성」에서는 "남의 집 행랑방 속에, 농촌의 머슴방 속에, 양옥집 문간 앞에, 행길 네거리에" 뒹굴고 있는 조선의 빈민들을 발견한다.[30] 「불에 더운 살뎅이」의 '나'가 명동 어귀에서 만난 어느 노파는 매독을 앓았는지 움푹 팬 넓적한 코를 가지고 뽑힌 눈썹 때문에 이마와 눈덩이가 구별되지 않으며 마치 더운 물에 데친 듯한 붉은 얼굴을 하고 쓰레기통에서 주운 호떡을 먹는 중이다. 그는 노파의 기괴한 얼굴에서 "깎이고, 닳고, 까뭉개어진 조선의 얼굴"을 마주하게 된다. 집터 닦는 일꾼들, 다리품 파는 우편배달부과 인력거꾼, 풀무질 하며 쇠를 벼르는 인부들을 비롯해 전술한 '조선의 얼굴'들은 모두 "사회의 하부 구조의 전원"이라고 통칭된다.[31] 이들은 '먹고 마

조」, 129~136쪽.

28 　김기진, 「promenade sentimental」, 93쪽.
29 　김기진, 「눈물의 순례」, 232~233쪽.
30 　기진, 「경성의 빈민, 빈민의 경성」, 『개벽』 48, 1924.6, 105쪽.
31 　기진, 「불에 더운 살뎅이－노상소견」, 『개벽』 50, 1924.8, 1~4쪽.

시고 생식하는 일'만을 감각할 수밖에 없는 소외된 존재들이다.

　이처럼 김기진이 포괄하는 무산계급 혹은 프롤레타리아의 범위는 넓었다. 노동자를 넘어서 농민, 빈민, 거지, 여성 등 "현재의 지배적인 질서로부터 내쫓긴 자" 전반이 프롤레타리아로 지목된다.[32] 이러한 접근 방식이 김기진만의 것은 아니어서 프롤레타리아를 모든 학대받는 이로 지칭하는 경우는 적지 않게 발견된다. 예컨대 정백은 '민중 정신'을 사회주의와 동의어로 사용하고 세계적인 시대정신으로 환기하는데,[33] 그런 의미에서 그는 민중이라는 단어를 "노동계급 의식"을 가진 존재로서의 프롤레타리아와 다르지 않게 사용한다.[34] 이때의 민중, 즉 프롤레타리아는 "불합리한 환경에 빠"져 "현실 생활로부터 필연적으로 발發한 불가항의 요구"를 할 수밖에 없는 사람들의 범칭에 가깝다.[35] 신술어新術語를 소개하는 『개벽』의 한 글에서는 프롤레타리아를 무산자와 동의어라고 진술하면서 무산자가 "귀족, 자본가, 지주 등에 대항하는 빈민, 노동자, 소작인 등을 총 대표하는 용어"를 일컫는다고 전하기도 한다.[36]

　프롤레타리아에 대한 이와 같은 이해는 공장 프롤레타리아 중심성을 강조하는 마르크스주의의 계급 규정에 따를 때 이론적으로 엄밀하지 못한 것이 되겠지만, 고정된 규정성으로부터 벗어 날 때 비로소 주변부 식민지에서의 사회주의자들이 주체 개념을 상황에 맞게 전유한 것으로 받아들여 질 수 있다. 대공업이 충분히 발달하지 않았던 조선에서 프롤레

32　차승기, 「프롤레타리아란 무엇이었는가 – 카프 초기의 프롤레타리아 개념의 변모」, 『한국문학연구』 47, 동국대 한국문학연구소, 2014, 117쪽.

33　김경연, 「1920년대 초 '공통적인 것'의 상상과 문화의 정치 – 『신생활』의 사회주의 평민문화운동과 민중문예의 기획」, 370쪽.

34　정백, 「민중정신의 일고찰」, 33쪽.

35　위의 책, 30쪽.

36　「최근 조선에 유행하는 신술어」, 『개벽』 57, 1925.3, 69~70쪽.

타리아는 공장 프롤레타리아로 한정될 수 없었다. 개념적으로 프롤레타리아가 자본주의 사회의 객관적 현상임과 동시에 이 사회를 변혁할 주관적 존재이기도 하다면 조선의 변화를 이끌 수 있는 현실적 주체를 불러들일 필요가 있기 때문이다. 실제로 그 수가 적기도 했거니와 조선의 사회주의자들은 한줌의 공장 프롤레타리아를 통한 혁명을 상상할 수 없었을 것이다. 무엇보다 식민 상황은 계급 문제를 한층 복잡한 것으로 만들었다. 조선의 자본주의는 일 제국에 의해 견인되었기 때문에 계급 관계는 일국을 넘어서는 범주에 속했다. 프롤레타리아 계급은 민족의 문제와 긴밀하게 엮여 있었다.

김기진은 "자본주의·군국주의 치하에서는 생의 본연"[37]이 존재하지 않는다고 말한다. 자본주의와 제국주의의 착취 속에 있는 '조선의 얼굴'들은 경제적 피착취자이자 정치적 피억압자로서 인간성을 잃은 상태로 그려진다. 그는 자본주의와 제국주의를 별개의 것으로 사유하지 않음으로써 계급과 민족의 복잡한 역학 관계를 드러내 보이는 사유를 펼쳤다.

해태는 집 내놓고 종노릇하기에 엉망이 되다가 지금은 모가지를 꾹 눌리어서 꼼짝을 못 하고 있다. 해태가 이 모양이 된 것은 한강물 위에 철교가 걸치어진 뒤의 일이다. 부산과 의주가 철로를 물고 마주보게 된 뒤로 해태의 사회의 상부 구조나 하부 구조는 모두 뒤엎어지고 말았다.

상부구조, 그것은 왜성대倭城台로 넘어가 버리고, 하부구조는 나날이 그림자를 지어가며, 그 대신으로 일본인 친구의 하부구조가 형성되어 내려간다. 해태의 생활은 검은 옷 입은 이의 보장이 없으면 성립되지 못하게 되었다. 백은

---

37   김기진, 「클라르테운동의 세계화」, 『개벽』39, 1923.9, 12쪽.

흑에게 완전히 정복되어 버리고 말았다. 1,500만석의 쌀을 생산하는 토지의 문권이 지금 어느 사람의 수중에 있느냐. 소위 대지주도 자기의 토지 문권을 전집典執하지 않은 사람이 얼마 되지 못할 것이다. 빈농의 사세는 말할 것도 없거니와 대농의 소유도 농공은행이나 동척회사에 채무로 오래지 않아서 화폐 대신으로 들어가 버릴 것이다. (⋯중략⋯)

　　저 사람네들의 자본주의는―잉여생산인 기계공업품은, 자작자급自作自給하는 순박한 평화한 농업국―우리의 향토를 교란해 버렸다. 기계공업품 때문으로 우리의 1,500만석의 쌀은 상품으로서 생산되게 되어 버렸다. 자족하기 위해서 생산되던 미곡이 지금에 와서 상품이 되기 위해서 생산되고, 그 결과는 오늘의 투기사업의 대상물이 되어 버렸다. 따라서 무용無用의 저축이 대농간大農間에 봉이 되었다. 투기를 위해서 축적이다. 빈농의 신세는 과연 어떠하겠느냐.[38]

　　'해태의 울음'으로 상징되는 조선 무산 계급의 상황은 일본의 식민 지배를 예비하는 경부철도의 개설에서 비롯된다. 조선총독부가 있던 왜성대 지역으로 상부구조가 넘어갔다는 것은 일본의 식민 통치가 정치적으로 시작됐다는 것을 의미할 터 위 인용문은 경제적 통치가 "나날이 그림자를 지어가며" 진행되고 토지조사사업을 통해 완전히 일본에 의한 "하부구조"가 형성되어 버린 상황을 설명한다. "저 사람네들"은 일본 제국주의를 지칭하는 것으로 식민당국의 검열을 염두에 둔 표현으로 보인다. 저들에 의해 자족적인 농업국이던 조선에서 쌀은 상품이 되고 농촌에는 자본주의적 관계가 들어선다. 위 인용문에 따르면 조선의 자본주

<hr>

38　김기진, 「마음의 폐허」, 『개벽』 42, 1923.12, 123~124쪽.

의는 식민지화에 의해 진행된 것이고 따라서 프롤레타리아 계급은 민족과 거의 빈틈이 없는 교집합을 형성한다.[39] 제국주의에 대한 비판은 곧 자본주의에 대한 비판이기도 한 것이다. 앞서 김기진이 발견한 '조선의 얼굴'은 식민지 인민이기 때문에 프롤레타리아이기도 한, 억압과 착취에 시달리는 조선 민족 전반을 일컫는 것이었다. 이 또한 김기진만의 특별한 사유는 아니어서 "조선 민족이라 하는 전 민족이 점차 무산계급화"한다,[40] "조선인은 민족적으로 무산계급"[41]이라는 식의 발언을 어렵지 않게 찾아볼 수 있다.

현금 조선 사회는 세계 자본주의 사회와 한 가지 침체와 우울과 구속과 부자유의 암흑한 구렁텅이에서 허덕거린다. 더욱이 조선만은 여러 가지 의미에서 그 침체됨이 우심함을 우리가 매일 체험하는 것이다. 더 세밀하게 말하면 조선은 정치적으로 혹은 경제적 내지 민족적으로 침륜沈淪한 것이 흡사히 칠야漆夜에 심연을 향하고 가는 맹인과도 같다. 더욱이 무산화하는 조선 민족에게는 이중 삼중으로 고압과 파멸이 내리누르는 것을 우는 날마다 분격과 통탄으로써만 그날그날을 보내지 않는가?

그러면 무산적 조선 민중은 영영히 이와 같이 호규號叫만으로 소일消日하고 말 것이랴! 아무러한 광명과 아무러한 희망이 전연히 끊어지고 말 것이랴! 아

---

39 압수본이었던 『개벽』 63호(1925.11)에 실린 김기진의 소설 「trick」이 민족 모순을 전면화했다는 점도 이런 맥락에서 이해 가능하다. 「trick」을 발굴하고 분석하면서 "'계급 문학 대 민족문학'이라는 문학사의 구도가 '허상'임을 입증"하고자 한 연구로는 다음 논문을 참고할 수 있다. 최수일, 「식민지 제도와 지식인에 대한 새로운 통찰─김기진의 소설 「trick」에 대하여」, 『상허학보』 15, 상허학회, 2005, 319쪽.

40 「계해와 갑자」, 『개벽』 43, 1924.1, 10쪽.

41 이돈화, 「재외동포에게, 특히 지도자되는 여러 선배에게」, 『개벽』 62, 1925.8, 6쪽.

니다! 그렇지는 않다. 또한 그리되어도 아니 된다.[42]

"무산적 조선 민중"이라며 조선 민족과 프롤레타리아를 동일시하는 위 인용문의 시선은 1920년대 초중반 당시 쉽게 찾아볼 수 있는 것이었다. 조선이 정치적인 지배뿐 아니라 "경제적 내지 민족적"인 착취에 시달리고 있다는 이와 같은 인식은 계급 해방과 민족 해방이 결코 동떨어져 있지 않다는 생각으로 연결됐다. 사회주의가 해방의 사상이기도 한 이상, 사회주의자들은 "이중 삼중으로 고압과 파멸"을 경험하는 조선의 현실을 받아들이고 절망하는 것에 그칠 수만은 없었다. 계급 해방과 민족 해방을 동시적으로 사유하는 방식은 그밖에 '이중 삼중의' 억압과 착취에 대한 해방 또한 끌어안을 수 있는 기제가 되었다. 주변부에서의 식민지 상황이기 때문에 오히려 학대받고 배제되는 존재들의 해방을 동시적으로 추구할 수 있는 사유가 확보되었던 것이다.

빈농-소작인은 이중의 착취를 당하고 있다. 지배계급인 저 사람들과, 유산계급인 대농들에게 이중의 착취를 당하는 1,500만(?)의 빈농의 신세는 말할 수 없다! -모든 것이 저 사람네들의 자금주의에서 화근되어 있지 아니하다고 말할 자가 있거든 말해보아라! 너희의 머릿속에 아직도 된장덩이 같은 것이 남아있거든 너희가 디디고 서 잇는 땅덩이를 살펴보아라. 어찌 하여서 '해태의 울음'이 없을 것이라! 끊일 새 없이 피지배 계급, 무산계급자인 해태의 생활에 위협이 내리기 시작한다. 우리의 살림에 위압이 그칠 새 없다.[43]

---

42 박영희, 「신흥예술운동의 초기-『문예운동』 창간에 제(際)하여」, 『조선일보』, 1926.1.26, 3쪽.
43 김기진, 「마음의 폐허」, 124쪽.

조선 인구의 대부분을 차지하는 빈농과 소작농이 "지배계급인 저 사람들과 유산계급인 대농들에게 이중의 착취를 당하고" 있다는 언급은, 김기진이 민족과 계급의 양분된 이해를 넘어서 식민지 민족의 지배 그 자체가 곧 자본주의적 계급 착취로 이어지는 메커니즘을 염두에 두고 있었음을 보여준다. 이 인용문에서 특히 주목해야할 것은 그가 공장 프롤레타리아에 주체를 한정하지 않고 빈농과 소작인을 프롤레타리아 계급으로 바라보고 있다는 점이다.[44] 앞서 살펴봤듯 식민지 조선에서의 프롤레타리아 개념이 억압받고 착취당하는 모든 존재를 향해 열려있다면 빈농과 소작인은 단순히 프롤레타리아와 보조를 맞추는 부차적 존재가 아니라 그 자체로 프롤레타리아의 역할을 하는 존재라고 할 수 있다. 반복하건대 이러한 사유가 가능할 수 있었던 것은 민족과 계급이라는 주체를 변증법적으로 수용하고, 그리하여 다른 모순의 주체와도 결합할 수 있는 가능성을 통해서였다. 프롤레타리아 개념을 폭넓게 규정하는 식민지적 이해 아래서 빈농과 소작인 등의 농촌 일꾼들, 빈민과 같은 룸펜 프롤레타리아 등은 조선인인 한 모두 프롤레타리아일 수 있었다.

여관집 행랑에서 일 해주는 여편네, 낮으로 밤으로 남편의 호령에 모가지

---

44   노동자와 농민의 유사성에 집중하여 이들을 사회주의운동의 주체로 보는 경우는 열거할 수 없이 많았다. "지주는 토지라 하는 자본을 출(出)하고 소작인은 소작지 경작 관리라 하는 노동을 제공하여 그 생산물을 자본주와 노동자 간에 분배되는 관계에 지(至)하여는 상호구별치 못할지라. 금일 소작인과 지주의 관계는 일변형적 노자관계라 운함이 가(可)한즉 따라서 임은 노동자는 변형적 소작이오 소작인은 변형적 임은 노동자다. 그러므로 금일 노동운동 중에는 소작인 문제도 당연 포함된 자이라 사(思)하노라. 특히 조선에 재(在)하여는 하등의 대공업도 무(無)하고 대상업도 무하다. 산업의 대본종(大本宗)은 농업이오 농민의 대부분은 소작인이다." 최중갑, 「금일 조선의 노자관계」, 『개벽』 15, 1921.9, 29쪽.

가 구부러지는 그이, 그이의 살림에 눈물이 있다. 이중, 삼중, 사중으로 학대를 받는 그 여편네의 마음에는 눈물이 얼어서 붙었을 것이다. (…중략…)

조선의 여성, 그 사람들에게 말 못 할 눈물이 얼마나 많으냐? 조선이 눈앞에 보인다, 조선의 살림이 눈앞에 보인다, 사내들의 사회가 눈앞에 보인다. 자살의 엄두에 올라 서 있는 우리의 살림의 그 발아래에는, 피를 토하는 수없는 여자의 검붉은 눈물이 엉키어 있다.

이해를 떠나서, 인류의 영성의 해방을 위해서 생각해보자. 우리의 아주머니, 우리의 누나의 생명은, 기름 없는 남포의 불이 바람 없는 곳에 내놓인 거나 다름이 없다. 어찌하여서, 무엇 때문에, 큰 것을 모르고 조그만 가정의 속에 들어와 터럭 끝 같은 이해와 상하를 가리어 가면서 불쌍한 여성을 학대하기를 이같이 하느냐.[45]

특히 이 시기 사회주의자들이 조선의 여성이 겪는 젠더 모순에 대해 언급하는 부분은 주목을 요한다. 위 인용문에서 김기진은 지금의 "조선이 눈앞에 보"이고, "조선의 살림이 눈앞에 보"이며, "사내들의 사회에 눈앞에 보"이는 여성들이야 말로 "이중, 삼중, 사중으로 학대를 받"고 있다고 주장한다. 식민주의^{민족 모순}와 자본주의^{계급 모순}의 착취에 더해 가부장제^{젠더 모순}적 억압을 받는 식민지 조선의 여성은 삼중, 사중, 다중의 모순 속에 놓인 존재이다. '여관집 행랑에서 일하는 여인'이라는 에세이의 설정은 여성 억압이 계급 억압과 관련이 있다는 것을 전제한다. 식민주의와 자본주의가 따로 떨어뜨려 놓고 생각할 수 없는 관계에 있는 것처럼, 그에게 여성 억압은 자본주의의 계급 억압과 긴밀한 관계 속에 놓여있

---

45   김기진, 「눈물의 순례」, 232~233쪽.

는 것이다.[46] 사회주의의 계급 해방을 "인류의 영성의 해방"을 위한 것으로 봤던 김기진에게 계급 해방은 곧 민족 해방이자 여성 해방일 수 있었다.[47] 당시 조선여성동우회를 이끌었던 허정숙 또한 이와 유사한 방식으로 사회주의 여성해방론을 주장했다. 그는 "자본주의가 완전히 발달되지 못한" 식민지 조선의 특수한 사정을 인식하는 가운데 "현 자본주의 사회가 존속되는 동안에는 도저히 완전한 여성 해방이 오지 않는다"는 주장을 펼친다.[48] 사회주의자 여성인 그에게도 계급 모순과 민족 모순과 여성 모순은 연결되어 있었고, 그 근본 모순을 이루고 있는 계급의 해방은 민족의 해방, 그리고 여성의 해방과 다른 것이 아니었다.

김기진은 조선의 누이들에게 주영이와 엘레나가 되길 요청한다. 이는 각각 나카니시 이노스케中西伊之助『너희들의 등 뒤에서汝等の背後より』1923의 주인공 권주영과 트루게네프Ivan Turgenev『그 전날 밤Накануне』1860의 주인공

---

46 김기진의 이러한 설정은 여성 억압과 계급 억압이 동시적으로 발생했으며 서로를 강화하는 관계에 놓여있다고 보았던 엥겔스의 다음 언급을 떠오르게 하는 측면이 있다. "역사에 나타난 최초의 계급 대립은 단혼에서 남편과 아내의 적대의 발전과 일치하고, 최초의 계급 억압은 남성에 의한 여성 억압과 일치한다. 단혼은 위대한 역사적 진보 중 하나지만, 동시에 노예제나 사적 소유와 함께 오늘날까지 계속되는, 즉 모든 진보가 동시에 상대적 퇴보이며 한쪽의 행복과 발전이 다른 쪽의 고통과 억압으로 관철되는 시대를 열었다." 프리드리히 엥겔스, 김경미 역, 『가족, 사적 소유, 국가의 기원』, 책세상, 2018, 112쪽.

47 "사람이라는 것은 어떠한 것이냐? 여자라는 것은 어떠한 것이냐? 이와 같은 물음에 대하야 마음의 영혼의 깊은 곳으로부터 우러나오는 생명의 근저에 부딪치는 인간 운동이 아니면 안 됩니다. 그렇습니다. 여성해방운동은 여성뿐만의 운동이 아닙니다. 전체 사람의 운동의 일부일 뿐입니다." 팔봉, 「시사소평(時事小評)」, 『개벽』 57, 1925.3, 73쪽.

48 허정숙, 「신년과 여성운동」, 『조선일보』, 1926.1.3, 7쪽. 이는 당시의 '무산여성운동'이 추구하던 방향과 일치하는 것이었다. 전상숙은 조선여성동우회의 여성해방론을 분석하면서 "무산계급운동으로서의 자본주의에 대한 여성해방운동의 대안은 사유재산제도 철폐와 공산사회의 건설"이었다는 점을 밝힌다. 전상숙, 「'조선여성동우회'를 통해서 본 식민지 초기 사회주의 여성지식인의 여성해방론」, 『한국정치외교사논총』 22, 한국정치외교사학회, 2000, 51쪽.

엘레나를 말하는데[49] 모두 조선과 불가리아의 독립을 위해 싸운 여성혁명가들이라는 점에서 공통분모를 가진다. 특히 식민지 조선을 배경으로 하는 『너희들의 등 뒤에서』는 김기진이 그리는 주체의 상像을 집약적으로 보여준다. 그는 "나약한 인간으로, 나약한 여성으로, 나약한 민족으로 강한 자들에게 시달림을 당하"지만,[50] 그렇기 때문에 가장 저항적인 힘을 가지게 되는 존재로서의 주체를 지향하고자 했다. 김기진에게 '조선인 여성'은 다층적 억압을 견디는 현실의 실제 여성들을 지칭하는 것이기도 하지만 한편으로는 다층적 억압이 새겨진 식민지 프롤레타리아에 대한 가장 강력한 은유이기도 했다.

　1920년대 초중반 사회주의자들은 유물론적 입지에서 주체'들'의 해방을 문제 삼았다. "노동자들의 자각"과 소작농의 해방을 말함과 동시에 「독립선언서」를 통해 민족 해방을 부르짖었고 「부인의 각성이 남자보다 긴급한 소이」『여자계』, 1918.3를 비롯한 여러 글을 통해서 여성 해방의 필요성을 설파한 염상섭 또한 마찬가지다. 이종호가 적실히 지적하고 있듯 "신인, 청년, 부인여성, 개인, 노동자직공, 민중"이 "수평적으로 열거"됨으로써 "소위 역사발전 단계론적 시간관"은 "비약하거나 가속화"한다.[51] 그러나 이는 염상섭 평론만의 특징이라기보다는 오히려 식민지이자 주변부, 이론의 태생지가 아닌 유입지의 고유한 방식에 가깝다. 새로이 감각되어야만 하는 문제들이 산재해 있던 식민지 조선에서의 사회주의는 여러 '얼굴들'을 역사 발전의 주체로 끌어들였던 것이다.

49　　김기진, 「promenade sentimental」, 99~100쪽.

50　　나카니시 이노스케, 박현석 역, 『너희들의 등 뒤에서』, 현인, 2017, 269쪽.

51　　이종호, 「염상섭 문학의 대안근대성 연구」, 164쪽.

무산계급자만 프롤레타리아가 아니다. 온 세계의 모든 학대받는 인구들은 우리와 같이 프롤레타리아다. 그러므로 프롤레타리아에게는 국경이 없는 것이다. 고리키의 '맨 아래층'의 인민에게 무슨 경계선이 있을 것이냐.[176]

현 사회의 모든 문제 즉 노동 문제라든가 민족 문제라든가 부인 문제의 발원이 그 어디인가. 물질의 충동을 받아 일어남이 아닌가. 근래 빈말하는 노동 운동을 고찰할지라도 노동자의 물질적으로 받는 고통이 그들로 하여금 노동 운동을 일으키게 함이다. 또 저 인도나 애란愛蘭이나 ××민족의 ××운동을 볼지라도 사실 인도 민족이나 애란 민족이나 ××민족이 전부 경제상으로 영국인이나 일본인만큼 풍부의 여유가 있으면 ××운동을 보게 되었을는지 의문이겠다.[53]

한 가지 더 지적하고 싶은 것은 '감각의 혁명' 이후의 세계가 결코 민족 단일성으로 모아지지 않는다는 점이다. 조선의 사회주의자들은 민족의 독립을 통한 국민국가의 형성을 최종 종착지로 본 것이 아닌 것처럼 일국에 국한된 사회주의 사회를 지향한 것 또한 아니었다. 주변부 식민지민들은 다층적 억압이 새겨진 존재이기 때문에 오히려 "모든 학대받는 인구들"을 프롤레타리아라고 여길 수 있었고 국가나 인종이나 젠더와 같은 경계선으로부터 자유로울 수 있었다. 민족 모순을 인식하지만 민족 안에 머무르지 않고 계급 모순을 문제 삼으며 계급 없는 세계, 자유로운 인류를 꿈꿨다. "김기진뿐 아니라 식민지 조선의 사회주의자들은 대부분 사회주의의 민족주의적 요소와 세계주의적 요소 사이에서 갈등"

---

52   김기진, 「클라르테 운동의 세계화」, 12쪽.
53   이종기, 「사회주의와 예술을 말하신 임노월씨에게 묻고자」, 26쪽.

했고[54] 또 그 요소들의 공존에 대해 고민했다. 노동 문제, 민족 문제, 부인 문제를 모두 물질적인 이유로 말미암은 것이라고 보는 유물론적 시각에서 조선 민족은 식민지 인도, 아일랜드 민족과 동일선상에 놓인다. 이들은 세계 자본주의라는 물질적 토대가 야기한 민족 모순과 계급 모순을 동시에 타파해야하는 "'맨 아래층'의 인민"이라는 점에서 공통의 지대를 만들어간다. 식민지의 유물론은 민족주의적이며 동시에 국제주의적이었다.

---

54   권보드래, 「김기진의 '클라르테(Clarté)' 번역과 한국문학의 레닌적 계기」, 『사이間 SAI』 31, 국제한국문학문화학회, 2021, 235쪽.

[보론] 식민지 마르크스주의의 역사철학과 인간학

신남철과 박치우의 경우

1) 역사철학의 정초, 위기 인식과 실존주의 비판

이미 1920년대 중반부터 사회주의자들에 대한 탄압이 진행되었던바, 일본의 파시즘 체제가 점차 형체를 갖추어가고 그 속에서 군국주의적 욕망이 악화일로로 치닫던 1930년대 중반에 들어서면서는 사상 실천의 활로가 거의 차단된다. 사회주의 유관 단체가 합법적으로 존재하는 것이 불가능해지자, 운동가들은 출옥과 도피의 생활을 반복하며 조선공산당 재건운동을 도모하고 그 일환으로 경성콤그룹과 같은 비합법적 조직을 통해 활동을 이어갈 수밖에 없었다. 운동을 뒷받침하는 이론적 실천의 전개를 가능하게 하는 공식적 매체가 존재할 수 없었음은 물론이다.

그러나 비합법의 영역에서 활동했던 운동계와 달리, 마르크스주의를 수용하고 공식 매체를 통해 담론적 생산을 주도했던 흐름도 있었다.[1] 경성제국대학에서 재정학 교수 미야케 시카노스케三宅鹿之助를 비롯해 사회

---

[1] 물론 당시의 비합법 사회주의운동과 마르크스주의의 학술적 전유가 동떨어져 있지는 않았다. 오히려 이들은 강하게 연계될 때가 많았는데, 사회주의운동가였던 이재유와 경성제국대학 재학생 정태식이 함께 학생운동을 위한 독서회를 조직하려 했다든가 정태식을 매개로 만난 이재유와 미야케 교수가 조선의 공산주의운동 방침을 마련하려 했던 것 등이 그 단적인 사례이다. (김경일, 「지배와 연대의 사이에서 – 재조일본인 지식인 미야케 시카노스케」, 『사회와 역사』 105, 한국사회사학회, 2015, 304~305쪽) 중일전쟁 이후 식민지 조선에서 마지막으로 공산당 재건운동을 이끌었던 경성콤그룹에 경성제국대학 재학생·졸업생·중퇴생이 대거 참여했다는 것 또한 중요하게 언급될 수 있다. 경성제국대학 법문학부 독서회 참여자 목록을 통해서 경성콤그룹과 경성제국대학의 운동 네트워크를 살핀 다음 논문 참조. 김태윤, 「북한 간부이력서를 통해 본 일제 말 사회주의운동과 네트워크의 연속성 – 경성제국대학 법문학부 독서회 참여자를 중심으로」, 『한국독립운동사연구』 72, 독립기념관 한국독립운동사연구소, 2020.

주의를 지향하는 여러 재학생과 함께 마르크스주의를 학습했던 철학자들이 그러하다. 이들은 '제국' 대학에서 구축된 비교적 안전한 아카데미즘의 테두리에서 합법적으로 조선사회사정연구소나 철학연구회 등의 모임이 꾸려졌던 역사를 공유했고, 법문학부 중심의 『신흥』이나 철학과 졸업생이 주도하는 『철학』과 같은 매체에서 이론적 작업을 수행했다. 신남철과 박치우는 그러한 기반 속에서 마르크스주의를 받아들이고 자신의 사상을 만들고자 했던 대표적인 인물들이다. 이른바 서양철학 수용의 '1세대'로 여겨지는 신남철과 박치우는 생철학을 연구하는 이재훈과 이종우, 실존철학을 연구하는 박종홍, 신칸트철학을 연구하는 안호상 등과 변별되며 마르크스주의적 관점으로 조선의 역사·철학·문학 등에 대한 고유한 견해를 피력해나갔다.[2]

신남철과 박치우는 1930년대 학술장에서 마르크스주의를 식민지적 상황에 따라 자기화 하면서 서양 마르크스주의와 변별되는 고유한 논의를 펼쳤다. 이들은 조선의 현실을 직시하고, 그에 맞게 마르크스주의에 기반한 이론적 입각지를 스스로 마련코자 했으며, 그로부터 다양한 방면에서 비평 활동을 전개했다. 사상운동의 활로가 막혀 있던 때 이들이 선택한 길은 일종의 '이론적 실천'이었던 셈이다. 마르크스주의 역사철학은 역사의 변화라는 관점 위에서 식민지 조선의 해방을 이론적·과학적으로 사유하는 데 중요한 참조점을 제공했다. 즉, 이론의 자기화 작업은 그 자체로 무산계급의 해방이자 식민지 조선의 해방을 향한 실천일

---

2   1930년대에 서양철학을 수용했던 '철학1세대'의 경향에 대해서는 당시 서양철학자들의 전반적 특징을 개괄한 이병수의 논문에서 도움을 받았다. 이병수, 「1930년대 서양철학 수용에 나타난 철학1세대의 철학함의 특징과 이론적 영향」, 『시대와 철학』 17(2), 한국철학사상연구회, 2006.

수 있었다.[3]

이는 신남철과 박치우가 학술장에서 활동했던 1930년대적 상황과 깊이 맞물려 있었다. 해를 거듭할수록 고조되는 위기의 가파른 상승곡선을 따라 제2차세계대전을 향해 가던 시기였다. 1929년 미국을 시작으로 전세계를 휩쓴 대공황은 영국·프랑스와 같은 제국주의 국가들로 하여금 폐쇄적 블록경제를 구축하게 했고, 특히 경제 기반이 약한 독일·이탈리아·일본 등을 전체주의에 들어서게 하는 시발점이 되었다. 일본은 1925년 치안유지법 제정 이후 변혁적 사상에 대한 탄압의 강도를 높여 가는 와중에 1931년 만주사변을 기점으로 파시즘 형성을 획기적으로 이루어 갔다.

하이데거Martin Heidegger로부터 사사한 미키 기요시三木清는 이 전환의 시기를 '위기'로 진단했다. "'사상의 문제는 이제 사상의 위기의 문제로 나타나고 있다'면서, 스스로의 시대가 기존 사상이 전회하는 시대임을 강조"한 것이다.[182] 「위기에서의 이론적 인식」1929, 「위기의식의 철학적 해

---

3   이는 한편으로 행할 수 없을지언정 행함을 지향해야 했던 '실천적 이론'의 정초와도 맞물려 있었다. 해방 직후 신남철과 박치우가 각자의 자리에서 실천에 투신했던 이력이 이런 점들을 방증한다. 물론 해방기 신남철은 남조선신민당, 박치우는 남조선노동당에 근거를 두어 당적과 활동 방식은 달랐지만, 이론적 실천의 전개와 이론에 기반한 실천이라는 형식은 1930년대 초중반에서부터 연속되는 것이었다. 그러나 냉전 구도에 강하게 속박된 해방 이후의 공간도 이들에게 자유로운 실천을 허락하지는 않았다. 김일성대학 철학과 교수로 재직했으나 숙청 국면에서 자유주의자로 비판받고 고통받다가 사망한 신남철과 남로당 핵심적 이데올로그로 활동했으나 인민유격대 일원으로 남하하다가 사살당한 박치우. 월북 후 행적은 더 섬세하게 논의되어야 하겠지만, 어쨌든 분명한 것은 남한과 북조선에서 그들의 마르크스주의가 제대로 된 자리를 찾을 수 없었다는 점이다. 그런 의미에서 이들의 역사철학에 대한 해명은 해방 이후 발화(發花)할 수 없었던 또 다른 사회주의의 길을 1930년대 마르크스주의 전유와의 연속선상에서 상상해 보는 것과도 연결된다. 그때 그들이 실패하지 않았더라면 우리가 맞이할 수 있었던, 어떤 가능성으로만 남은 세계에 대한 상상 말이다.

명」1932, 『위기에서 인간의 입장』1933 등의 연이은 출간을 통해 전개된 미키의 위기론은 기존 질서를 비판하여 붕괴하고 새로운 질서를 창조하는 계기로서 위기를 위치 짓고자 했다. 이는 식민지 조선의 철학자들에게도 영향을 미쳐, 미키와 교우했던 박종홍은 물론이고 그와 철학적 입장을 달리했던 박치우 또한 시대의 위기에 대해 논했다.[5]

박치우는 「나의 인생관—인간철학 서상序想」에서 '위기의 철학자' 프리츠 하이네만F. Heinemann이 "현대의 위기는 문화, 정신, 과학 등 부분적인 위기가 아니라 실로 '인간의 위기', 즉 인간 자체가 내포한 '이성의 위기'"를 지적했다며 글을 시작한다.[6] 그러나 이내 현대를 위기로 진단하는 하이네만의 명제 자체에는 동의하지만, 그 구체적인 내용에 심각한 오류가 있다고 반박한다. 하이네만이 "근원적이고 저초적인 위기, 즉 사회의 위기, 경제적 제기구의 위기를 말함이 아니었다는 점"을 지적한 것인데,[7] 다시 말해 '철학과 사상의 위기'에 대한 그의 논의가 그러한 위기를 추동하는 더 본질적인 부분인 '사회의 위기'를 놓치고 있다는 것이다. 경제적 토대로부터 비롯된 사회의 위기가 철학과 사상의 위기로 이어졌다는 점을 강조하는 박치우의 위기론은 기본적으로 마르크스주의적 관

---

4   김항, 「우리-내-존재In-dem-Uri-sein라는 철학적 전회—박종홍과 하이데거」, 『민족문화연구』 50, 고려대 민족문화연구원, 2009, 202쪽.

5   1930년대 철학 1세대, 특히 박종홍과 박치우의 '위기담론'에 대해서는 다음 논문을 참조했다. 이태우, 「일제강점기 한국철학자들의 '위기담론' 연구」, 『동북아 문화연구』 1(34), 동북아시아문화학회, 2013. 물론 이 논문은 박종홍과 박치우의 위기담론을 병렬적으로 언급하고 있을 뿐, 거기에 어떤 공통점과 차이점이 있는지 비교해 논하지 않는다. 미키 사상으로부터의 영향 속에서, 나아가 각기 다른 사상적 기반 속에서, 이들의 위기론이 구체적으로 어떻게 만나고 헤어지는지에 대해서 따로 살필 필요가 있다.

6   박치우, 「나의 인생관—인간철학 서상(序想)」(『동아일보』, 1935.1.11), 윤대석·윤미란 편, 『사상과 현실—박치우전집』, 인하대 출판부, 2010, 67쪽.

7   위의 책, 68쪽.

점에 입각한다. 그 근원에 "객체적 모순"이 자리한다고 강조하는 다음의 인용문에서도 이를 확인할 수 있다.

위기란 일반으로 객체적 모순에 있어서 나타나는 특정의 시기를 말합니다. 여기에 구조적인 것은 물론 객체적 모순이다. (…중략…) 그러나 우리는 모든 객체적 모순 그대로를 조급히 위기라고 부를 수는 없는 것이다. (…중략…) 객체적 모순이 위기로서 나타나려면, 그것은 무엇보다도 먼저 우리들의 손으로 파악되어야 한다. 그러나 파악된다고 하더라도, 그것객체적 모순이 로고스적으로, 이성적으로 파악되는 한, 거기에는 이 모순이 위기라는 절박된 감정을 상반한 현상으로서는 나타날 수 없을 것이다. (…중략…) 모순이 이처럼 우리와의 생활적인 교섭을 떠나서 태도적으로 파악됨에 그친다면, 그곳에는 모순에 대한 냉정한 과학적인 '인식'은 성립될지언정 위구와 불안을 상반하고 육박하는 위기라는 '체험'은 있을 수 없을 것이다. (…중략…) 객체적 모순을 단지 죽은 대체對體로서가 아니라, 산 대자로서 생활적인 교섭을 통하여 파악함이 없이는 모순은 위기로서 나타날 수 없는 것이다. 위기란 그러므로 모순이 주체적으로 파악될 때만 나타날 수 있는 현상이며, 따라서 여기에 있어서는 모순은 무엇보다도 먼저 교섭적으로 파악되어야만 한다. (…중략…) 이렇게 파악되는 모순은 결코 힘으로서의 모순, 산 모순, 약동하는 모순, 모순다운 모순이라고 못할 것이다. 모순의 모순다운 본질은, 그것이 산 힘力이라는 점에 있을 것이다.[8]

그런데 박치우의 위기론에서 눈여겨볼 것은 "객체적 모순" 그 자체를 위기라고 하지 않는다는 점이다. 그에 따르면, 어느 때 어느 곳에서든 객

---

8   박치우, 「위기의 철학」(『철학』, 1934.2), 『사상과 현실 — 박치우전집』, 56쪽.

체적 모순은 존재하지만 모든 모순이 위기로 여겨지지는 않는다. 구조적인 것에 내재한 객체적 모순이 위기로 현상하기 위해서는 주체가 모순에 대한 위기를 '느끼고' 그것을 '절박하게' 위기로 파악해야 한다. 느낌과 절박함이 강조되는 바로 이 지점이 박치우 위기론의 핵심이라고 할 수 있다. 즉 박치우에게 위기는 주체의 과학적·객관적 태도만으로는 성립할 수 없고 "모순이 주체적으로 파악될 때만 나타날 수 있는 현상"인 것이다. 여기에서 "인식"이 아니라 "체험"을 통과하는 것, 다시 말해 느낌과 절박함을 갖는 몸을 통과하는 것만이 "주체적"이라고 보는 사유의 전제를 확인할 수 있는데, 이에 따라 그는 "나에게 육박하는 모순"을[9] 떠안을 때라야 모순이 위기가 된다고 말한다. 그리고 그때야말로 모순은 힘이 되고 약동한다고 주장한다.

정리하건대 객관적 모순을 몸으로 깨닫는 것이 위기이고 그렇게 주체적으로 파악된 위기를 통해 모순이 운동성을 갖게 되는 것이라면 위기는 사회 변화·변혁의 가능성을 품은 계기이기도 하므로, 구조적 모순 해결의 결정적 방향성은 몸을 기반으로 느끼고 깨닫는 주체에 달려 있게 된다. 모순의 운동성을 통한 역사 발전이라는 내러티브는 전형적인 마르크스주의의 관점에 따른 것이지만, 박치우는 그 과정에 몸의 주인이기도 한 인간의 역할을 중요하게 기입함으로써 자신의 역사철학을 만들어 간다. 그런 의미에서 박치우의 위기론은 곧 그만의 마르크스주의 역사철학이기도 한 셈이다. 당연하게도 이러한 사유 형성의 저변에는 마르크스주의적 역사 발전 구도로부터 소외된 주변부이자 식민지에서의 변혁과 해방에 대한 고민이 흐르고 있었을 터였다.

---

9   박치우, 「위기의 철학」, 『사상과 현실―박치우전집』, 57쪽.

한편으로, 그가 위기론을 전개하면서 실존주의 철학을 비평했던 하이네만을 언급한 것은 주목을 요한다. 이러한 점은 1930년대 당시 신남철과 박치우가 모두 실존주의와 대결하면 자신의 역사철학을 만들어갔다는 사실과 동떨어져 있지 않다. 물론 하이네만은 실존주의 철학가는 아니었지만 실존주의를 연구하면서 그 성과와 한계를 통해 자신의 철학을 구축하려 했던 이였다는 점에서, 박치우에게 그의 작업은 실존주의 철학의 연장선상에서 받아들여졌을 가능성이 크다. 신남철과 박치우의 실존주의 비판은 1930년대 조선 학술계에서 큰 영향력을 행사하기 시작한 하이데거 비판으로 집약된다.[10] 신남철이 하이데거에게 영향을 받은 미키의 위기론에 문제를 제기한 것도 이런 맥락에서다.

그는 오직 한 개의 가능한 경우를 오인에게 제시한다. 즉 '인간이 구체적인 타이프에까지 종합 형성되어야' 비로소 가능할 것이라는 것을 제시하고 있다. 맑스주의가 운위하는 프롤레타리아라는 인간의 '타이프'유형는 아직 미키씨의 바라는 '타이프'를 종합 형성하지 못하고 있다. (…중략…) 미키씨의 바라는 것은 인간 행동은 순수한 유형에까지 종합형식(이것이 그에게 있어서는 변증법적이겠지?) 되지 않으면 아니 된다는 것이다. (…중략…) 여하한 사상을 섭취함에 있어서든지 그것을 일정한 '유형'에까지 순화한다는 것이 무엇이냐 하는 것이 문제이다. 즉 이 '유형화'의 문제는 사상의 구체성을 의식적으로 거부하는 것이다. 그리하여 형해없는 형식에서 사물을 일정한 위소位所에 정체靜滯시키는 것이다. 미키씨는 이 '유형화'의 노력이 현금의 불안을 '초극'하는 소이연이라고 한다.[11]

---

10 식민지기의 하이데거 수용에 대해서는 다음 논문 참조. 심의용, 「식민지 시기 지식인의 하이데거 수용과 변용」, 『현대유럽철학연구』 68, 한국하이데거학회, 2023.

미키의 「불안의 사상과 그 초극」『카이조』 10, 1933.6을 비판하면서 신남철이 초점을 맞추는 것은 미키의 인간관이다. 이 글에서 미키는 불안과 위기의 사상을 초극하기 위해서는 ① 시간성에 대비되는 공간성의 원리 ② 격정적인 것에 대한 이성적인 것의 회복 ③ 주관적 리얼리즘이 아닌 객관적 리얼리즘의 주장 ④ 변증법에 입각한 구성이 필요하다고 주장한다.[12] 그리고 무엇보다 미키는 이 원리를 통해 불안을 초극할 수 있는 방식이 "인간의 타이프" 창조에 있다고 주장하는데, 신남철이 궁극적으로 비판하는 것은 바로 이 지점이다. 인간을 종합된 형식으로 유형화하려는 미키의 시도가 역사적 상황에 놓인 구체적 인간을 놓침으로써 "사상의 구체성을 의식적으로 거부"한다는 것이다. 더욱이 미키가 파토스와 로고스의 변증법적 종합을 말하면서도 로고스적 성격을 우위에 두는 것이 '유형화' 방식에 조응한다고 보면서, 이는 마치 변증법적 신학이 카톨릭주의에 들어간 것이나 파시즘의 국가이론과 신헤겔주의가 만나는 것과 마찬가지로 오히려 불안을 만들어 내는 사상이라고 비판한다. 마르크스주의 역사철학에 입각해 철학을 전개하는 신남철에게[13] 또한 역사

---

11   신남철, 「불안의 사상의 유형화─『카이조(改造)』 6월호 미키 키요시씨의 소론을 읽고」(『중명』, 1933.7), 정종현 편, 『신남철 문장선집 Ⅰ ─식민지시기편』, 성균관대 출판부, 2013, 182쪽.

12   三木淸, 「不安の思想とその超克」(『改造』 10, 1933.6), 『三木淸全集』 10, 東京 : 岩波書店, 1967, 294~298쪽.

13   "역사는 시대를 만든다. 역사는 모순적 제요소의 극복과 전화발전이다. 이것은 역전시킬 수가 없는 것이다. 조박한 눈으로써 볼 때에는 역사가 반복하는 듯이 생각되는 때가 있다. 그러나 그것은 역사를 참말로 이해한 것이 아니다. (현재의 구주의 정치정세를 보고 대전 전과 흡사하다고 하여 역사는 반복한다고 하는 말을 듣는다. 그때에 나는 고소를 금하지 못한다) 역사는 결코 반복하지 않는다. 그것은 전수와 전승의 변증법적 운동이다." 신남철, 「복고주의에 대한 수언(數言)─E. 스프랑거의 연설을 중심으로(中)」(『동아일보』, 1935.5.10), 『신남철 문장선집 Ⅰ ─식민지시기편』, 337쪽.

발전 속 '인간'의 문제가 중요했던 것이다.

신남철과 박치우가 실존주의를 대표하는 하이데거 철학에서 문제 삼는 것은 인간 존재의 문제이다. 이들의 하이데거 인간관 비판은 앞서 신남철에 제기한 미키의 '이성적' 인간론 비판과 결을 같이하면서도 약간 다른 지점에서 제기되는데, 요는 하이데거가 인간을 비역사성 안에 가두어 버린다는 데 있었다.

실존의 철학은 끝까지 Dasein 혹은 인간적인 존재에 대한 존재의 방식을 Existenz로서 이해한다. (…중략…) 그것은 인간의 존재론적 구조에 대하여 zunaechst und zumeist로 그 진실한 자기를 은폐하고 있는 '베일'을 벗기어 ehrlich한 인간의 자태를 해석 혹은 해명하는 것이라고 하나 (…중략…) 그러한 해석 혹은 해명이라는 것이 Dasein의 In-der-Welt-sein이 유한성의 속에 퇴폐Verfallen되어 있는 존재sein 또는 정황Situation이라는 것을 기분적으로 초월하는 관념적 상념에 침윤하여 유동하는 구체적사회적 역사적 존재를 판단중지의 영역 안에 방기하여 버리는 반동성을 합리화시키려는 의식적인 의도를 가지고 있음을 잊어서는 아니 될 것이다. 다시 그 의식적인 의도는 하이데거에 있어서는 인간을 어떤 무한한 것에의 교섭에서 파악하려는 것이라고 할 수 있다. 인간의 유한성을 자각적 존재가 무력한 관상적 자각존재론에서 탈출하여 영원한 본질(그 본질이라는 것은 신 또는 국가라고 하여도 좋다)에 귀의하려는 것이 아닐까.[14]

---

14 신남철, 「현대철학의 Existenz에의 전향과 그것에서 생(生)하는 당면의 과제」, 『철학』 2, 철학연구회, 1934, 74~75쪽. 이 글은 훗날 신남철이 해방전후의 글을 엮어 출간한 『역사철학』(서울출판사, 1948)의 7장 「실존철학의 역사적 의의」에 약간의 수정과 보완을 거쳐 수록되었다.

우선 신남철은 실존주의가 "진실한 자기를 은폐하고 있는 '베일'을 벗기어" 진실한 "인간의 자태를 해석 혹은 해명"한다는 명분 아래 세계-내-존재가 유한하다는 사실을 "기분적으로 초월하는 관념적 상념"이라고 비판한다. 그리하여 구체적·사회적·역사적 존재인 인간이 관념 속에 갇혀버린다는 것이다. 더욱이 하이데거는 인간 존재를 무無와 연결시킴으로써 형이상학으로 향하게 되는데, 이는 "현실의 제문제가 사회적 제관계의 분화된 것으로서 명백하게 물질적 근거를 가지고 있음에도 불구하고 가능의 문제로 대치하고 또 그 대치한 장면을 절대화시키는" "관념적 철학의 당파성"에 입각한 것이라고 주장한다.[15] 역사사회성의 견지에서 실천적 의미를 가지는 마르크스주의적 "입장"이 "부르주아적, 사회민주적, 사회파시스트적" 입장의 우위에 선다는 점을 철학적으로 규명하려 했던[16] 신남철에게 '비역사적' 인간관을 전제하는 실존주의가 조선의 철학계에서 중요한 위치를 점해가는 과정은 문제적으로 다가왔다.

이는 나치의 등장이라는 세계사적 맥락과 닿아있는 것이기도 해서, 신남철은 하이데거의 나치 입당을 격렬하게 비판하기도 했다. 하이데거 "철학의 기분관념적인 특색"이 "히틀러의 지배를 위한 이데올로기적 역할을 하고 있다"는 것이다. 그에 따르면 "자유를 위한 사회의 진행을 극히 기분적으로 이해하고 있는 하이데거의 철학이 '모순'을 비과학적으로 이해하며 따라서 그것을 초극하려는 것이 아니라 도리어 은폐하려고 하는 나치스의 정론과 부합"한다. 더욱이 하이데거의 인간관은 "원죄

15 　신남철, 「현대철학의 Existenz에의 전향과 그것에서 생(生)하는 당면의 과제」, 『철학』 2, 72쪽.

16 　신남철, 「입장의 문제와 이데올로기―이 글을 조선의 평론가들에게 보낸다」(『비판』, 1932.6), 『신남철 문장선집 1―식민지시기편』, 108~123쪽.

에 의한 타락^{페어팔렌}으로부터 구제되기 위하여 사^死에 대한 각오로부터 현실존재의 재생을 기도"한다는 점에서 나치스의 종교관과 유사성을 가진다는 것이다.[17] 물론 하이데거 철학으로부터 영향을 받은 자크 데리다 Jacques Derrida나 한나 아렌트Hannah Arendt 등의 작업에 비추어 볼 때, 신남철의 하이데거 이해는 일면적인 데가 있다. 하이데거의 인간관을 비역사적이라고 단정하는 것도 그렇다.

그러나 주변부에서의 사상 수용을 살필 때 수용된 내용이 원본에 얼마만큼 가까웠는지를 따지는 것보다 그것이 어떻게 번역되어 사상의 자기화를 이루는 데 활용되었는지를 확인하는 것이 원본-번역본으로 사상을 위계화하는 방식을 피할 수 있게 한다는 점을 염두에 둔다면, 여기서는 조선 마르크스주의 철학자들이 자신의 역사철학을 구축하는 데 하이데거 사상을 어디에 위치시켰는지가 더 중요하다. 역사 발전을 계급적·민족적·사상적 해방과 연결하고 그 가능성을 서양중심의 발전 법칙이 아닌 '인간'에게서 찾고자 한 식민지 조선의 신남철에게, 현존재^{Dasein}에 기반한 실존주의의 인간 개념은 넘어서야 할 핵심적 문제였다. 나아가 그 이전부터 신헤겔주의가 마르크스주의를 "수정하고 배격하려는 저의"를 가지고 나치 "금융자본의" 파시즘과 담합했음을 비판해온바[18] 이제 신남철은 실존주의와 그 인간관이 파시즘과 연결되는 지점을 논함으로써 역사 발전을 가로막는 '입장'들과 싸워야 했던 것이다.

박치우의 하이데거 비판도 결국 그 인간관과의 대결이라는 점에서 크게 다르지 않다. 철학에 대한 그의 글쓰기는 하이데거 비판으로부

---

17   신남철, 「나치스의 철학자 하이데거 ─ 그의 간단한 소개를 위하여」(『신동아』, 1934.11), 『신남철 문장선집 I ─식민지시기편』, 295~297쪽.
18   신남철, 「신헤겔주의와 그 비판」, 『신흥』 6, 1932.1, 32·37쪽.

터 시작됐다고 해도 과언이 아닌데, 1935년 「나의 인생관」에서 내비친 실존주의 및 하이데거 비판은 「불안의 정신과 인테리의 장래」『동아일보』, 1935.6.12~14, 「현대철학과 '인간'문제」『조선일보』, 1935.9.3~11, 「불안의 철학자 하이데거」『조선일보』, 1935.11.3~12 등에서 연이어졌다. 이를 통해 박치우는 불안의 사상을 유포하는 자로 하이데거를 지목하면서, 인간의 존재론적 불안에 주목하는 그의 철학이 역사적 존재로서의 인간을 은폐한다고 주장했다.

> 거기서 찾아질 참된 자각이란 순수자아성의 각득, 즉 '순수자각'은 될 수 있어도 아직 '역사적·사회적'인 자각은 못 된다는 것, 따라서 거기서 찾아질 자기적인 자아란 결국은 (우리들의 술어로 부르면) 시공을 떠난 '순수인간'밖에는 못 되리라는 것, 이것만은 확실할 것이다. 왜인가 하면 될 수 있는 대로 세상을 떠나야만 세상에 몰두된 상태로부터 떠나야만, 다시 말하면 현실적인 세계를 떠나야만 얻을 수 있다는 그의 소위 참된 자각이란 결국은 '현실'을 떠나기 위하여서만 있을 수 있는 자각밖에는 못 되는 것이기 때문이다. (…중략…) 그러나 일보를 양讓하여 그의 이상의 제 주장을 조건 없이 승인한다 하더라도 역시 다음과 같은 사실만은 확실할 것이다. (…중략…) 어느 시대를 막론하고 신흥 의식에 불타던 사람들은 이러한 공허한 자아성의 발견과는 가장 먼 거리에 선다는 그것만은 확실한 것이다. 다시 말하면 여하히 적극적이든 여하히 심원하든 간에 적어도 '체관적 절망적'이라는 관사가 붙는 인간관인 이상, 그것은 패배성과는 관계있을망정 신흥성과는 무연이라는 말이다.[19]

---

19 박치우, 「불안의 철학자 하이데거-그 현대적 의의와 한계」(『조선일보』, 1935.11.12), 『사상과 현실-박치우전집』, 120~121쪽.

위 인용문은 현실 밖에서야 인간 본질을 설명할 수 있다고 본 하이데 거의 '순수자각'을 비판한 이후, "어느 시대를 막론하고 신흥 의식에 불타던 사람들은 이러한 공허한 자아성의 발견과는 가장 먼 거리"에 있다는 것을 강조하는 흐름으로 논리가 전개된다. 박치우가 궁극적으로 역사 발전을 이끄는 "신흥"적 인간에 대한 논의에 가닿고자 한다는 점을 확인할 수 있는 대목이다. 이렇듯 박치우의 하이데거 비판은 신남철의 그것과 만난다.

다만 박치우만의 특징을 한 가지 부언하자면, 그가 지향하는 인간관이 '자유' 개념과 연결된다는 점이다. 불안과 관련된 일련의 글이 발표된 직후에 그는 「자유주의의 철학적 해명」『조선일보』, 1936.1.1~5을 쓴다. 이 글에서 박치우는 "해방을 위하여, 완성을 위하여" 자유를 추구해 온 역사적 맥락을 언급하고, 현실 사회의 위기가 곧 자유(주의)의 위기라는 입장을 밝힌다. 그러나 한편으로 자본주의 사회에서는 "생산과 판매에 있어서의 자유주의"가 요청되는데, 이것이 도리어 "생산과 소비의 불균형, 가격의 저락, 따라서 이윤의 감퇴라는 실로 본래의 의도와는 전연 모순되는 사태"로 연결되어 인간의 부자유를 낳게 된다는 점을 지적한다. 박치우가 보기에 파시즘은 자본주의의 자유가 불러온 부자유의 사태를 타개하기 위한 자유의 자발적 반납인 셈이다.[20] 자유의 억압에 기반한 파시즘이 당도한 현재의 세계는 자유의 위기이자 인간의 위기를 지시하게 된다. 그렇기에 자유를 추구하는 사람들이 파시즘이라는 "자유주의의 해골마저 깨끗이 소탕하고야 말 것은 명료한 사실"이라고 주장하며 글을 맺는[21] 박치우에게, 위기는 기회일 수 있다. 이는 인간의 자유 추구와 역

---

20 박치우, 「자유주의의 철학적 해명(3)」, 『조선일보』, 1936.1.4, 21쪽. 이 글은 해방 후 『사상과 현실』(백양당, 1946)에 「시민적 자유주의」라는 제목으로 보완되어 다시 실린다.

사 발전의 관계를 통해 박치우의 역사철학이 구성되었음을 알 수 있게 하는 부분이다.

2) 신명身命의 유물론, 그 기반으로서의 파토스와 예지

마르크스주의의 보편적 역사 발전 구도에 입각해 주변부이자 식민지인 조선의 상황을 설명하는 것은 난처한 일일 수밖에 없었다. 생산력 발전이 미비했던 조선에서 어떻게 혁명적 전환이 일어날 수 있는가에 대한 부분과 더불어 그 과정에서 식민지 해방의 문제를 어떻게 위치시킬 것인가에 대한 부분을 과학적으로 해명해야 했기 때문이다. 앞서 살핀 바, 신남철과 박치우의 역사철학에서 '인간'이 중요하게 다뤄졌던 것도 그러한 해명의 일환이었다고 할 수 있다. 이 문제를 돌파하기 위해 이들이 선택한 길은 일종의 '인간학' 모색에 있었던 셈이다. 박치우가 인간을 "물체로서가 아니라 생명으로서, 공간성에 있어서가 아니라 시간적에 있어서, 평면성에 있어서가 아니라 심원성에 있어서, 인과성에 있어서가 아니라 운명성이 있어서" "정적으로가 아니라 동적으로, 학적으로가 아니라 생활적으로, 대상적으로가 아니라 주체적으로" 파악하겠다고 밝힌 것이나[22] 신남철이 고대 희랍철학으로부터 휴머니즘의 의의를 찾고[23] 이후 '신체적 유물론'을 전개한 것은 모두 역사 발전을 이끄는 존재로서의 인간을 탐색하는 길이었다.

---

21 박치우, 「자유주의에 철학적 해명(4)」, 『조선일보』, 1936.1.5, 5쪽.

22 박치우, 「나의 인생관─인간철학 서상(序想)」(『동아일보』, 1935.1.11), 『사상과 현실 ─박치우전집』, 73쪽.

23 박민철, 「식민지／해방 조선의 맑스주의 역사철학 신남철의 '역사적 주체론'과 '비극적 운명'론」, 『시대와 철학』 33(1), 한국철학사상연구회, 2022, 85~86쪽.

'실천'의 구조를 밝히느라고 어물거리는 사이에 어느 틈엔가 '시간'과 '공간'이라는 새로운 난문에 부닥치게 되었으며 이 문제를 가지고 뒤적거리던 사이에 이번에는 끝끝내 '역사'라는 크나큰 난관에 봉착되고만 것이 요즘의 나의 꼴이라고나 할까요. (…중략…) 다만 한 가지 점, 즉 나는 실천, 시간, 공간, 역사의 어느 것을 막론하고 다같이 다만 변증법적 방법에 의하여서만 해명될 수 있을 그러한 문제들이라고 확신하였습니다.[24]

더 구체적으로 이들은 인간이 행하는 '실천'을 철학적으로 규명하려 시도했다. 강조하건대 신남철과 박치우의 역사철학에서 빼놓을 수 없는 개념이 바로 '실천'이다. 인용문에서 확인할 수 있듯 박치우의 철학적 여정은 보편적 역사 발전과 그것을 가능케 하는 구체적 실천에 대한 사유 사이를 오가며 형성된 것이다. "위기가 유래된 근원, 그 필연성, 모든 역사적인 사건을 지배하는 법칙에 대한 정확한 인식, 이런 것을 내포한 행동으로서의 실천만이 능히 이 위기를 극복할 수 있다"는 서술은[25] 그가 생각한 실천이 단순히 행동함으로써 이루어지는 것이 아니라 위기와 역사에 대한 정확한 인식이 행동으로 연결되는 전 과정을 포함해 행해진다는 것을 의미한다는 사실을 확인시켜 준다. 박치우에 따르면 그러한 실천적 인간, 즉 "언제나 틈 없고 그러나 명랑한 명일을 가진 사람들에 의해서만 역사는 뒤집어지며 새 역사는 창조"되는데, 이는 한편으로 다시 "새 인간, 새 인간의 타입"의 창조로 이어진다.[26] 실천이 역사 발전을

---

24 박치우, 「아카데미 철학을 나오며 – 철학의 현실에 대한 책임분담의 구명」(『조광』, 1936.1), 『사상과 현실 – 박치우전집』, 15~16쪽.
25 박치우, 「위기의 철학」(『철학』, 1934.2), 위의 책, 65쪽.
26 박치우, 「현대 철학과 '인간' 문제 – 특히 르네상스와의 관련에서」(『조선일보』, 1935.9.11), 위의 책, 104쪽.

이끌고, 전개된 역사는 인간 존재 방식의 변화로 연결된다는 것이다. 자본주의와 식민주의 아래에 있는 인간과 그것이 극복된 세상에 있는 인간은 다를 수밖에 없으므로 해방된 세계에서 "새 인간"이 창조되는 것은 당연한 이치이기도 하다.

> 인식은 신체적인 인간의 정신적인 활동이다. (…중략…) 인식은 우리에게는 실천적인 인식이다. 이 실천적인 인식은 무엇보다도 먼저 신체적인 인식이어야 한다. 신체적인 인식으로서의 대상 인식은 실천적인 인식으로서의 역사의 문제에 선행한다. (…중략…) 실천적인 인식은 역사적인 인식이다. (…중략…) 실천적 행위는 무엇보다도 먼저 노동이 아니면 안 된다. 노동은 창조이고 생산이다. 이때에 손 도구 및 기계는 중요한 역할을 맡아본다. 개인은 노동을 매개로 하여 사회적 관계에 몰입한다. 그러나 자기를 보존하면서 역사적 실천에로 자각하여 간다. 그리하여 '정치적인 실천'에서 자기의 노동·창조를 완성한다.[27]

신남철은 인식과 실천의 기반이 되는 '몸'에 주목한다. 놀랍게도 인간을 신체적 존재로 규정하는 신남철의 인간관은 사람을 "어떤 영적인 것이 덧붙은 자연적 물질 덩어리가 아니라, 본래부터 활동적이며 창조적이며 소통적이며 관계적이며 자기 표현적이며 자기 실현적이며, 또한 세계를 변형하고 자기를 초월하는 (곧, 역사적인) 물질 덩어리"로 보는[28]

---

27 신남철, 「인식·자체 及 역사─『문화의 논리학』의 기초론」, 『신흥』 9, 1937.1, 2~3쪽. 이 글은 『역사철학』의 1장에 「역사철학의 기초론─인식과 신체」라는 제목으로 수정되어 수록된다.
28 테리 이글턴, 전대호 역, 『유물론─니체, 마르크스, 비트겐슈타인, 프로이트의 신체적 유물론』, 갈마바람, 2018, 57~58쪽.

테리 이글턴의 신체적 유물론을 선취한다. 신남철의 논리에 따르면 몸은 모든 행위의 기반이 될 뿐만 아니라 각종 관계를 매개한다. 노동함으로써 맺어지는 자연·사회와의 관계, 실천함으로써 맺게 되는 역사와의 관계 등이 그것이다. "자기를 보존하면서 역사적 실천에로 자각하여" 가는 것은 정신이 아니라 몸이고, 정치적 실천을 통해서 자신을 창조하는 것도 몸을 가진 인간이다. 박치우가 앞서 말했던 역사에 대한 "정확한 인식"은, 신남철에 이르러 "신체적인 인간의 정신적 활동"으로 규정된다. 그러한 인식을 내포한 몸의 실천이 역사를 만들고 다시 자기^{인간}을 창조한다는 입장은 정확히 박치우의 주장과 포개어진다.

위기의 "주체적 파악"을 주장했던 박치우는 그것을 "신명을 던져서 정열적으로 파악하는 파악양식"이라고 정의했는데,[29] 몸과 목숨을 아우르는 신명身名으로부터 실천의 근거를 찾는 방식은 몸을 역사적 유물론의 기반으로 삼는 신남철의 역사철학과 동떨어져 있지 않다. 몸에 대한 철학을 신남철처럼 체계적으로 진행하지는 않았지만, 박치우의 역사철학역시 실천을 행하는 주체로 정신이 아닌 몸을 지목했던 것이다. 이런 지점은 마르크스주의 역사철학에서 크게 주목받지 못했지만 마르크스가 "'인간 본질' 개념의 생물학적 내용들을 포기하지 않으면서도 그 개념을 역사화"했다는[30] 주장을 상기하게 하는 대목이기도 하다.

벗어나는 데 단일한 방법만 있는 역사적 위기는 없다. 즉 위기를 둘러싼 실제적인 쟁점은 항상 수많은 구체적인 역사적 대안들 중 하나이다. 이 가능성

---

29   박치우, 「위기의 철학」(『철학』, 1934.2), 『사상과 현실―박치우전집』, 56쪽.
30   악셀 호네트, 정창조 역, 「서문」, 죄르지 마르쿠스, 『마르크스는 인간을 어떻게 보았는가?―마르크스 철학에서 "인간 본질" 개념』, 두번째테제, 2020, 13쪽.

들은 인간에 의하여, 그들의 활동에 의하여, 계급의 혁명적 실천에 의하여 실현된다. 이러한 사회적 활동은 토대인 경제적 결정 요인들을 넘어선 다수의 구체적인 역사적 요인들(위기 자체의 원인이 되는 구조의 토대라는 특성에 비해서는 전적으로 우연적인 것일 수 있는 무언가)에 영향을 받는다. 만약 다양한 구체적 환경들의 결과로서, 혁명적–실천적으로 끊임없이 '역사적 해결'의 과업을 이행할 수 있는 주체적인 힘이 없다면, 위기는 끊임없이 완화된 갈등과 모순만을 재창조하는 장기 침체로 이어질 수 있다.[31]

이어서 박치우는 주체적 파악을 보다 구체적으로 설명하면서 "사물을 로고스Logos적으로가 아니라 파토스Pathos적으로 파악하는 것, 이성적으로가 아니라 정열적으로 파악"하는 것이라고 말하고, 그 구체적인 단계를 "1. 교섭적 파악, 2. 모순적 파악, 3. 행동적, 실천적 파악"으로 나눈다. "극복이란 가장 진정한 의미에 있어서 본다면 그것은 다만 가장 정열적인 싸움을 통하여만 결과되기 때문이다. 이리하여 일반으로 가장 진정한 의미로서의 극복이란 것은 다만 실천에 있어서만 가능한 것이다."[32] 즉 행동과 실천이 그 궁극의 자리에 놓이게 되는 것인데, 그 과정에서 '파토스'와 '정열'이 강조된다는 점은 주목을 요한다. 그러한 강조점을 염두에 둘 때, "신명을 던져서 정열적으로 파악하는 것"이 어떤 의미를 갖는지 더 명확해지기 때문이다. 몸과 목숨을 던짐으로써 실천을 행한다는 논리는 의지와 결단으로부터 비롯된 선언적 진술로 전달된다는 점에서, 몸이 실천의 기반이 된다는 명제적 진술을 넘어선다.

---

31   악셀 호네트, 「서문」, 114쪽.
32   박치우, 「위기의 철학」(『철학』, 1934. 2), 『사상과 현실－박치우전집』, 56쪽.

근원적인 실천은 역사적 계열에 있어서의 제과정이 신부身膚에 침투하여 통절하다는 것을 자각하고 자기의 몸Leib을 그 과정의 운행에 내던지는 그러한 파토스적 행위만이 참 의미의 실천으로 이해될 것이다. 그러므로 이 래디컬 radical이라고 하는 것은 현상학파의 소위 사물 그 자체로 돌아가라Zu den Sachen Selbst, 후설라든가 문제에 맞부딪쳐라Zu den Problemen Vorzustossen, 하이네만 등의 명제로써 표현하기에는 너무나 신체적인 것이다. 그것은 보통 회화에서 흔히 듣는 '몸소 안다'以身知之는 말이 보이는 바로 그것이다. 이 '몸소 안다'라는 것에 있어서 '인식과 신체'의 통일은 성취되는 것이다. 진리는 평범 비근한 속에 있다는 것도 이것으로써 이해할 수가 있을 것이다.[33]

신남철도 다르지 않아서, 모순이 몸과 피부에 침투하고 극복의 절실함을 자각하며 결국에는 "자기의 몸Leib을 그 과정의 운행에 내던지는 그러한 파토스적 행위"가 실천일 수 있음을 강조한다. 인간 몸을 실천과 역사의 출발점으로 삼으면서 그것을 내던지는 파토스적 결단을 중시하는 신남철과 박치우의 인간관 혹은 실천론을 '신명의 유물론'이라고 칭한다면, 이는 마르크스주의 역사 발전의 보편성을 받아들이면서도 돌파하는 주변부·식민지 마르크스주의 역사철학의 한 특징으로 설명될 수 있을 것이다.

한편, 위 인용문에서 신남철이 몸-실천-역사 내러티브 전개의 마지막 대목에 이르러 이 매커니즘을 '몸소 안다'以身知之라고 표현한 것 또한 눈여겨볼 필요가 있다. 여기에는 파토스를 중시하지만, '앎'을 강조함으로써 파토스만을 중시하지는 않는 태도가 나타나기 때문이다. "'단순한 행

---

33   신남철, 「인식·자체 及 역사-『문화의 논리학』의 기초론」, 『신흥』 9, 1937. 1, 25쪽.

동'은 본래 '파토스적'인 것이지만 '실천인 행동'은 '로고스적'인 것을 내포한 '파토스적'인 것"이라는[34] 박치우의 말을 따로 빌리지 않더라도, 이들은 앎의 문제도 함께 언급했다. 그런데 주목할 것은 앎이 동양적 예지로 설명된다는 점이다.

Intellectus라는 구어歐語가 수입되기 전에도 '지성'이라는 글자가 통용되었는지 그건 알 수 없는 일이외다마는 요즘 우리네가 부르는 '지성'이라는 것은 아마 이 '인텔렉투스'의 역어가 아닐까요? (…중략…) 요즘 우리네가 말하는 지성이라는 것도 결국 단순한 서구적인, 특히 자본주의와 함께 극도로 발달된 소위 '지식'의 원천으로서의 지성이 아니라 시대와 역사를 통찰하는 눈, 즉 높은 의미의 역사적 예지를 의미할 것이며 만일에 그렇다면 요즘처럼 혼돈무쌍한 시대에 처해 있는 우리일수록 이러한 의미의 지성을 한결 더 힘있게 옹호해 나가야 할 게 아닐까요? (…중략…) 결국은 단순한 서구적인, 특히 자본주의와 함께 극도로 발달된 소위 '지식'의 원천으로서의 지성이 아니라 시대와 역사를 통찰하는 눈, 즉 높은 의미에서 역사적 예지를 의미할 것 (…중략…) 거기에는 '양良', 역사적 양심이라는 것이 반드시 붙어 다니는 법입니다.[35]

나쓰메 소세키夏目漱石의 말과 같이 지知를 주중主重하면 규각圭角이 생긴다 하느니만치 우리는 단순한 지성은 딛고 넘어서서 예지에의 실천을 마련하지 않으면 아니 된다. 예지의 소산체所産體는 만인이 공유할 수 있는 사상, 행동의 무기고다. (…중략…) 예지를 단순히 지성이라고만 보아서는 아니 된다. (…중략…) 문화옹호의 선善의지가 그것에 반하는 현실을 인식, 파악, 시정, 계획하

34   박치우, 「위기의 철학」(『철학』, 1934.2), 『사상과 현실-박치우전집』, 63쪽.
35   박치우, 「예지로서의 지성」(『비판』, 1938.11), 위의 책, 26~27쪽.

는 의식태를 나는 예지라고 밖에는 무어라고 이름 지을 수가 없다. 그리고 지성은 무엇을 수성하려는 정열에 눈을 뜨게 하는 것으로서 이 두 가지는 예지의 귀한 기반인 것이다.[36]

박치우와 신남철이 각각 작성한 위의 두 인용문에서 모두 '예지'가 강조된다는 점은 독특하다. 예지를 설명하는 과정에서 '서구적 의미의 지성'이 그 비교항으로 등장한다는 점 또한 공통적이다. 예지란 서양에서의 지성과 유사하지만 다른 의미를 지니는데, 박치우는 그것을 "시대와 역사를 통찰하는 눈", "역사적 양심"이라고 보았으며 신남철은 "문화옹호의 선善의지가 그것에 반하는 현실을 인식, 파악, 시정 계획하는 의식태"라고 보았다. 즉 이들은 단순한 앎의 차원에서 지식의 축적을 의미하는 지성을 넘어서, 현실적 행동으로까지 이어질 수 있는 비판적인 현실인식과 미래에 대한 안목을 의미하는 '예지'를 공통적으로 추구했던 것이다. 쉽게 말해 신남철과 박치우는 모두 지식으로서 앎의 차원을 넘어서 '행함'을 동반하는 앎의 문제에 천착했다. 이렇게 볼 때, '몸소 안다'以身知之는 표현은 '예지'가 형성되는 과정을 철학적으로 풀어낸 것이라고 할 수 있다. 즉 '변증법적 관점'을 신남철 고유의 방식으로 변용하여 나름의 사상을 전개한 것이다. 이러한 지점은 별도의 논의가 필요하겠지만, 지행합일知行合一이라는 양명학적 전통 속에서 이들의 마르크스주의 역사철학이 어떻게 번역될 수 있었는지에 대한 쟁점을 품고 있는 부분이기도 하다.

이처럼 신남철과 박치우가 전개한 마르크스주의 역사철학은 중심부

---

36   신남철, 「고녀의 정신과 현대―어떤 작가에게 주는 편지」(『동아일보』, 1937. 8. 5), 『신남철 문장선집 I ―식민지시기편』, 492~493쪽.

의 그것과 분명한 차이를 지니고 있었다. 주변부에서의 사상 수용을 살필 때 수용된 내용이 원본에 얼마만큼 가까웠는지를 따지는 것보다 그것이 어떻게 번역되어 사상의 자기화를 이루었는지를 염두에 둘 때, 이러한 지점은 발견될 수 있다. 마르크스주의가 트리컨티넨탈 지역의 식민지에 "이론적 영감"을 주고 "가장 유효한 정치적 실천"을 이끌어 냈으며 "번역 가능한 정치와 언어를 제공"했다는[37] 로버트 영의 말을 되새길 필요가 있는 대목이다.

---

37   로버트 J. C. 영, 김택현 역, 『포스트식민주의 또는 트리컨티넨탈리즘』, 박종철출판사, 2005, 295쪽.

제 2 부

프 로 문 학 의　파 토 스

역 사 주 의 와　유 토 피 아 적　충 동

1. 신경향파소설의 폭력과 정치적 무의식

1) 가난이라는 기원, 꿈과 환상이라는 출구

1925년은 조선에서 프롤레타리아문학의 맹아가 싹트던 해였다. 그해 12월, 박영희는 한 해의 문단을 되돌아보며 "유탕遊蕩을 떠나고 정서 지상情緖至上을 떠나고 압박과 착취적 기분을 떠나 생활에, 사색에, 해방에 민중으로 나아오려고 하는 새로운 경향"이 등장했음을 알리면서 '신경향파'라는 용어를 처음으로 사용했다. 그에 따르면 신경향파문학의 주인공은 "새 사회를 동경하는 개척아開拓兒"로서 "현 사회 제도에서 고민하여 그곳에서 생기는 불법과 폭행에 대한 파괴 또는 불평을 절규"하는 자다.[1] 같은 해 7월, 김기진이 주요섭의 「살인」과 최서해의 「기아와 살육」을 특정하며 주인공이 사회적 원인으로 인해 죽음으로 치닫는 소설이 많이 창작된 것이 근래문학의 특징이라고 지적한 것을 함께 떠올린다면[2] 동시기 프롤레타리아문학가들에게 1925년은 문학사에서의 새로운 분기점으로 여겨졌음이 분명해진다.[3]

이 시기를 전후하여 등장한 신경향파문학은 박영희와 김기진이 말하고 있는바, 생활이라는 '민중'적 문제를 적극적으로 소설로 끌어들이면서 개인을 가난과 궁핍으로부터 벗어날 수 없게 하는 부조리한 사회에 대한 비판적 시각을 견지한다. 1920년대 초중반 자연주의소설 또한 가난의 문제에 천착하지 않은 것은 아니었지만 이들 소설은 환경을 개인

---

1 박영희, 「신경향파문학과 그 문단적 지위」, 『개벽』 64, 1925.12, 3쪽.

2 김기진, 「문단최근의 일경향—6월의 창작을 보고서」, 『개벽』 61, 1925.7, 124~125쪽.

3 '신경향'이라는 용어가 발생하고 정착하게 된 과정에 대해서는 다음의 연구를 참고할 수 있다. 조남현, 「"경향(傾向)"과 "신경향파(新傾向派)"의 거리」, 『인문논총』 24, 서울대 인문학연구원, 1990.

적이며 운명론적인 것으로 받아들이고 있다는 점에서 신경향파의 지향과는 다소 결을 달리했다. 가난이 사회적 원인에 기반한 문제의식으로부터 신경향파문학의 주인공은 사회를 "파괴"하고 고통을 "절규"하며 자살이나 살인과 같은 "죽음"으로 향한다는 공통성을 띤다. 이로부터 임화는 "퇴세頹勢에 들"던 "자연주의문학"과 "새로운 현실의 발견에서 새로운 방향을 수립한 문학"으로서의 신경향파문학을 구별한다.[4]

주목을 요하는 것은 이 시기 신경향파문학의 사회에 대한 비판적 시각이 그것을 해결하는 합리적인 방향으로 모아지지 않고 '그로테스크한 감각'과 결부되어 있다는 점이다.[5] 주지하듯 신경향파문학에 등장

4   임화, 「소설문학의 20년」, 『동아일보』, 1940.4.18. 4쪽.
5   이러한 맥락에서 신경향파소설을 '프롤레타리아 그로테스크'로 바라본 Sunyoung Park의 연구를 참조할 수 있다. 그는 "1930년대 미국의 좌파 작가들이 공황 이후의 빈곤, 인종차별적 폭력, 파시즘의 부상과 같은 절망적인 현실을 그려내기 위해 안티-리얼리즘적이고 그로테스크한 아방가르드 미학을 전유"한 경우를 '프롤레타리아 그로테스크'라고 칭한 Michael Denning의 경우를 참고하며, 1920년대 중반 조선의 신경향파소설 또한 이러한 수사적 전략을 사용했다고 본다. Park, Sunyoung, *The Proletarian Wave*, Harvard Univ Pr, 2015, pp.129~130. 한편, Michael Denning은 1930년대의 프롤레타리아 그로테스크를 "다다이즘과 초현실주의의 반미학으로서, '예술'에 대한 아방가르드적 적개심의 대중적 전유"라고 보면서 "무엇보다 이것이 예술가들과 지식인들이 모더니즘과 포드주의의 위기에 대한 해결책으로 상상한 다수의 '마술적 사실주의'와 '혁명적 상징주의'를 나타낸다"고 설명한다. 이러한 점에 비추어 볼 때, 1920년대 조선의 신경향파소설의 그로테스크함이 다다이즘과 초현실주의를 직접적으로 표방하지는 않았지만, 그 속에는 부르주아적 예술 형식에 대한 저항성이 잠재해있다고 할 수 있을 것이다. 후술하겠지만, 그로테스크한 꿈이나 환상의 삽입은 신경향파소설의 대표적인 특징이다. Denning, Michael, *The cultural front: the laboring of American culture in the Twentieth Century*, verso, 1996, p.123. 물론 본고에서 제시하는 '프롤레타리아 그로테스크'는 단순히 이전 양식에 대한 미적인 저항에 그치는 것이 아니라, 자본주의 세계에 대한 프롤레타리아 예술의 태도를 더 폭넓게 의미한다.
그로테스크(grotesque)는 "우리에게 친숙한, 고정된 질서에 따라 움직이던 세계가 무시무시한 힘에 의해 생경한 것으로 변하고 혼란에 휩싸이며 모든 질서 역시 무너져 버리"기 때문에 "섬뜩함을 유발"하는 미적 양식을 의미한다. (볼프강 카이저, 이지혜 역,

하는 살인과 자살, 방화와 폭력 등은 극단적이고 주관적이며 자연발생적인 것으로 여겨진 바 크다. 현재까지도 뿌리내리고 있는 이러한 관점은, 1925년 신경향파문학을 처음으로 의미화했으나 1927년이 되자 이내 "주인공의 행동의 발단은 사회적으로 원인하였"지만 "주인공의 행동의 종결은 비사회적"이었다며 비판을 가한 박영희로부터 이어진 것이었다.[6] 여기에는 이후 경향문학을 예비하는 단계로 신경향파문학을 바라보는 발전사적 전제가 새겨져 있다. 문학사를 쓰던 1940년대의 임화는 신경향파문학을 이전의 낭만주의와 자연주의를 지양하는 과정에서 발생한 진보적 사조로 파악하며 고평했지만[7] 이기영의 『고향』1933을 정점

『미술과 문학에 나타난 그로테스크』, 아무르문디, 2011, 60쪽) 이렇듯 갑작스럽고도 생경한 변화를 전제하는 그로테스크는 익숙했던 세계에 대한 신뢰를 깨뜨림과 동시에 변해버린 세계에서 더 이상은 머무를 수 없음을 감지케 한다. 이곳에서는 살아갈 수 없다는 공포의 감각을 불러일으키는 것, 그렇기에 "그로테스크의 핵심은 죽음에 대한 공포가 아니라 삶에 대한 공포"에 더 닿아있다.(같은 책, 290쪽) 이런 맥락에서 '프롤레타리아 그로테스크'란 자본주의 사회라는 익숙한 세계를 생경하게 만드는 것이며 더 이상은 그러한 세계 속에서 살아갈 수 없다는 전망을 담지하는 개념이라고 정리할 수 있을 것이다. 그 속에서 프롤레타리아는 '기괴함', '극도의 부자연스러움', '흉측함'을 만들어내는 주체이다. 그로테스크한 예술이 "불길하지만 은밀한 해방감"을 불러일으킨다는 점을 염두에 둘 때(이창우, 『그로테스크의 정치학』, 커뮤니케이션북스, 2015, 32쪽) '프롤레타리아 그로테스크'로서의 문학은 자본주의적 계급 질서로부터의 은밀한 해방감과 연결된다.

6   박영희, 「신경향파문학과 무산파의 문학」, 『조선지광』 64, 1927. 2, 58쪽.
7   "조선문학은 한 번도 자기의 '낭만적인 것'을 신경향파의 그것과 같이 정당한 역사적 필연의 길에서 체현한 일이 없었으며, 또한 자연주의의 여하한 작가도 신경향파=서해에 있어서와 같이 인간생활의 광대한 영역으로 자기의 사실적 세계를 전재한 일이 없고 또 그 객관성에 있어서도 서해에 있어서와 같이 자기 추구, 모든 가면의 박탈에 있어 철저치 못했으며 개인으로 사회적 전체성의 견지에서 파악하지는 못했다. 이곳에 신경향파문학이 모든 것에 관절(冠絶)하는 조선문학의 최량의 종합·통일자된 특색이 있는 것이며 또 그들의 새로운 세계관이 예술적 발전을 실현케 한 역연(歷然)한 성과가 가로 놓여 있는 것이다. 신경향파의 사상적 본질만을 평가하고 그 예술적 진화 달성을 방기하는 모든 이론은 무엇보다도 최서해의 문학에 대하여 정당한 평가를

으로 하는 리얼리즘문학의 전단계로 그것을 위치시켰다는 점에서 마찬가지의 전제를 공유한다.

그러나 살인과 자살, 방화와 폭력 등과 같은 결말을 리얼리즘에 미달한 것으로 보는 관점은 신경향파문학의 등장과 전개라는 일련의 현상을 그 자체로 파악할 수 있게 하는 데 오히려 방해가 된다. 1925년이 조선에서 전개된 프롤레타리아소설사의 시작점이라고 한다면 그러한 문학을 가능케 했던 당시의 조건과 그것을 관류하고 있었던 공통 감각이 무엇이었는지를 되묻는 것이 필요하다. 그 연장선상에서 그동안 평가절하되었던 신경향파의 폭력적 감각을 통해 신경향파소설의 정치적 무의식을 읽어내는 것이 가능할 수 있다. 신경향파를 문학 발전단계상의 한 부분으로 파악하는 기존의 독해 방식에서 벗어나 프롤레타리아문학으로서의 신경향파소설을 그 자체로 의미화해보는 것이다.

신경향파문학의 폭력적 감각은 식민주의와 자본주의가 동시에 영향을 미치는 세계를 생경하게 만든다. 소설 속에 등장하는 주인공은 모두 정통 마르크스주의적 의미에서의 프롤레타리아 계급이라고 할 수는 없지만 프롤레타리아마저 되지 못하는 룸펜적 지식인, 날품팔이에 의존하는 빈민, 언제든 소작권을 잃을 수 있는 소작농, 일본이나 만주로 이동한 유랑민이나 노동자 등이다. 식민주의와 자본주의는 이들이 겪는 가난과 궁핍의 원인으로 작동하고, 주인공들은 폭력으로써 그러한 체제의 질서를 흐트러뜨린다. 프롤레타리아로 통칭되는 주인공의 범위는 폭넓었으며 문제를 해결하는 방식은 거칠지만 새로웠다. 신경향파문학이 돌연 등장한 1925년 무렵 카프는 창립 초기에 있었으므로 이론적 기조와 사

내릴 줄 모르는 편안자(片眼者)들이다." 임화, 「조선신문학사 서설」(『조선중앙일보』, 1935.10.9~11.13), 『임화문학예술전집2 – 문학사』, 소명출판, 2009, 436쪽.

회주의적 테제가 결정되지 않은 상태였고 그렇기 때문에 오히려 이 시기에 등장한 신경향파소설은 조직적 이론과 테제의 영향으로부터 자유로울 수 있었던 것이다.[8]

1920년대 중반 가난의 문제가 본격적으로 소설화되던 가운데[9] 신경향파소설 또한 그 흐름을 공유하고 있었다. 근대화가 돈과 권력을 확보하면서 필연적으로 "가난을 산출하는 과정"과도 맞물려 있는 것이라면, 조선에서 "추상으로서의 근대"가 "현실이라는 자질을 획득하기 위해서"[10] 가난은 필수불가결하게 갖춰져야 할 것이기도 했다. 1917년 『무정』은 삼랑진 수해를 다뤘지만 빈곤한 수해민들은 계몽자들에 의해서 계도되어야 할 대상일 뿐이었다. 「만세전」[1924]의 이인화는 비록 동경에서 조선으로 거슬러 올라가는 과정에서 궁핍한 식민지 조선의 상황을 발견했지만 그 현실은 지식인에 의해 성찰된 성질의 것이었다. 위에서 내려다보거나 곁에서 지켜보는 가난은 '내가 경험하는' 가난으로서의 리얼리티를 확보하지는 못했다. 그런 의미에서 가난의 문제를 정면에서 다루기 시작한 일군의 소설들은 근대를 형성케 하는 한 조건으로서 가난이라는 리얼리티를 확보하는 첫걸음을 뗀 셈이었다.

신경향파소설의 주인공들은 단 한 명도 빠짐없이 굶주려 있는 가난의 당사자다. 아내가 버려진 귤껍질을 몰래 먹다 남편에게 들키거나 생계를 유지하기 위해 판매할 두부를 만들다가 쉬어버린 두붓물을 온 가족이 식

---

8   통상적으로는 1924년 말 김기진의 「붉은 쥐」를 시작으로 1927년 7월 조명희의 「낙동강」이 발표되기 이전까지의 시기에 발표된 소설들을 일컫는다.

9   조남현, 「1920년대 소설과 〈밥〉의 문제」, 『한국소설과 갈등』, 문학과비평사, 1990, 110~134쪽.

10   안용희, 「"그늘에 피는 꽃", 최서해 문학의 아포리아」, 『민족문학사연구』 57, 2015, 11~12쪽.

사대용으로 먹는 「탈출기」의 장면은 대표적인 예이다. 「박돌의 죽음」에서 배가 고픈 박돌은 이웃집에서 내다 버린 썩은 고등어를 먹다가 탈이 나고 「기아와 살육」에서 경수의 어머니는 아픈 며느리에게 죽이라도 쒀 주기 위해 머리를 잘라 겨우 좁쌀을 얻으려 한다. 그나마 상황이 나은 이들은 "아침에는 조밥, 저녁에는 조죽, 수 좋아야 쌀밥, 어떤 때는 좁쌀깨나 섞인 풋나물죽, 그것도 끼니를 이어가느냐 하면 그도 그렇지 못하다. 양식 있는 날이 이틀이면 없는 날이 하루, 두 끼 먹으면 한 끼 굶고 한 끼 먹으면 두 끼 굶어 대개 이 모양으로 살아 나간다."[11] 사나흘을 굶는 것은 예삿일이어서 「주림에 헤매이는 사람」의 병욱이는 "단지 밥 한 술이라도⋯⋯ 말라붙은 떡 한 개라도⋯⋯"를 되뇌면서 전 재산인 지게를 팔고[12] 「망령의 난무」 속 창수는 나흘간 굶은 배고픔을 참지 못하고 죽은 아내의 묘를 파헤쳐 "몇 개의 금은지환과 노리개"를 훔치기도 한다.[13]

그러나 신경향파소설에서 가난의 문제는 단순히 근대소설의 리얼리티를 보증해주는 조건 내에 머물러 있지만은 않다. 가난은 식민지 조선의 굶주린 현실을 리얼하게 보여주기도 하지만 한편으로 리얼리티를 초과하는 어떤 지점과도 연결되어 있기 때문이다. 단적으로 신경향파소설에서의 가난은 늘 주인공을 극단적 상황에 몰리게끔 하는데 그럴 때마다 빈번히 등장하는 것 중 하나가 환상이나 꿈의 장면이다. 환상과 꿈은 신경향파소설 특유의 폭력적 감각과 연결된다.

"제마어머니! 애고! 아야! 내 제마!"

11   포석, 「땅속으로」, 『개벽』 56, 1925.2, 30쪽.
12   이종명, 「주림에 헤매는 사람들」, 『조선일보』, 1925.7.25, 3쪽.
13   성해, 「망령의 난무」, 『개벽』 69, 1926.5, 13쪽.

하는 소리에 박돌 어미는 머리를 번쩍 들었다. 문을 내다보는 그의 두 눈은 유난히 번득였다.

이때 그의 눈 속에는 보이는 것이 있었다.

낮인가? 밤인가? 밤 같기는 한데 어둡지는 않고 낮 같기는 한데 볕이 없는 음침한 곳이다. 바람은 분다 하나 나뭇가지는 떨리지 않고 비는 온다 하나 빗소리는커녕 빗발도 보이지 않는 흐리머리한 빗속이다. 살이 피둥피둥하고 얼굴이 검붉은 자가 박돌의 목을 매어 끌고 험한 가시밭 속으로 달아난다.

"애고! 애고! 제마! 제마!"

박돌의 몸은 돌을 부딪치고 가시에 찢겨서 온몸이 피투성이 되었다. 피투성이 속으로 울려 나오는 박돌의 신음 소리는 째릿째릿하게 들렸다.

"으응……."

박돌 어미는 몸을 부르르 떨었다. 그는 머리를 번쩍 들었다. 부릅뜬 두 눈에서는 이상스러운 빛이 창문을 냅다 쏜다. 그는 돼지를 보고 으르는 개처럼 이를 악물고 번쩍 일어서더니 창문을 냅다 차고 밖으로 뛰어나갔다. (…중략…)

"이놈아! 저놈이 내 박돌이를 끌고 어디를 가니? 응, 이놈아!"

뛰어가는 박돌 어미는 소리를 치면서 이를 간다. 도끼눈을 뜨는 두 눈에는 이상스런 빛이 허공을 쏘았다.[14]

최서해의 초기소설에서는 환상이 자주 등장한다. 「박돌의 죽음」의 한 장면인 위 인용문은 고등어를 먹고 탈이 났으나 돈이 없어 치료를 받지 못한 박돌이 결국 죽음을 맞이하게 된 직후 박돌의 어미가 환상을 보게 되는 대목이다. 가난은 배고픈 박돌로 하여금 썩은 고등어를 먹게 하

---

14 서해, 「박돌의 죽음」, 『조선문단』 8, 1925.5, 27~28쪽.

고 마을의 의사인 김 초시가 돈이 없다는 이유로 그의 병을 치료하는 것을 거부하게 만드는 요인이다. 이런 부분들이 가난의 리얼리티를 담고 있는 것이라면, 이후 박돌의 어미를 김 초시 집으로 이끄는 환상의 장면은 그러한 재현의 리얼리티를 넘어서는 지점을 포함한다. 박돌은 이미 죽었으나 그의 어미는 "제마"를 외치는 박돌의 환청을 듣고 "살이 피둥피둥하고 얼굴이 검붉은 자"가 그의 목을 끌어당기는 환상을 보게 된다. 흡사 괴물과 유사한 환영은 박돌 어미를 이끌어 김 초시의 집에 찾아가도록 만들고 결국에는 박돌의 어미가 그의 낯을 물어뜯어 그들의 온몸이 온통 피범벅이 되게 하는 현실로 연결된다.

"사실적이고 정상적인 것들이 갖는 제약에 대한 의도적인 일탈"이라는 환상성의 성격을 염두에 둘 때[15] 신경향파문학에서의 환상은 가난의 리얼리티를 재현하는 것 너머에 대한 상상을 포함한다고 할 수 있다. 아들을 죽음에 이르게 할 수밖에 없는 가난함 속에서 박돌의 어미는 연약한 개인이다. 그러나 환영과 환청의 순간을 통과하면서 박돌의 어미는 눈을 부릅뜨고 "이상스런 빛"을 허공에 쏘면서 그저 굽신댈 수밖에 없었던 김 초시에게 달려들게 된다. 객관적이고 사실적인 재현을 통해서는 가난한 상황과 그 속에 놓여있는 개인을 표현할 수 있을 뿐이지만 환상을 통해서는 존재가 비약을 이룬다.[16] 서사의 극적 완성도를 놓고 보다

---

15 캐서린 흄, 한창엽 역, 『환상과 미메시스』, 푸른나무, 2000, 57쪽.

16 유승환은 신경향파소설에서 환상적 장치가 활용되는 경우로 두 가지를 들고 있다. 첫째, "작중인물이 겪은 경험의 강렬함을 강조하기 위해"(158쪽) 둘째, "경험의 비약적인 증대를 통한 자기 증대의 변이를"(161쪽) 표현하기 위해, 환상적 장치가 삽입됐다는 것이다. 첫째 경우의 대표적인 예로 「기아와 살육」을, 두 번째 경우의 예로는 조명희의 「땅속으로」를 들고 있다.(유승환, 「1920년대 초중반의 인식론적 지형과 초기 경향소설의 환상성」, 『한국현대문학연구』 23, 한국현대문학연구, 2007) 유승환의 연구는 신경향파소설의 환상성에 주목한 논의라는 점에서 본고의 논의를 전개하는 데 중

라도 박돌의 죽음 이후에 슬퍼하던 노인이 갑자기 김 초시를 물어뜯으러 가는 것보다 괴물에게 아들이 잡혀가는 것을 눈앞에서 본 노인이 그를 따라가다 광기에 어려 김 초시의 얼굴을 피로 물들이게 된다는 것이 더 타당하다. 이때의 환상은 존재를 비약하게 함으로써 오히려 서사의 개연성을 만들어 내고 '재현'의 리얼리티를 넘어서는 서사 전개상의 리얼리티를 창출한다.

그는 그 모든뜰 눈을 점점 똑바로 떠서 부뚜막을 노려보고 있다. 그의 눈에는 새로 보이는 괴물이 있다. 그 괴물들은 탐욕의 붉은 빛을 어리어리한 눈을 날카롭게 번쩍거리면서 철관으로 경수 아내의 심장을 꾹 질러놓고는 검붉은 피를 쭉쭉 빨아먹는다. 병인은 낯이 새까맣게 질려서 버둥거리며 신음한다. 그렇게 괴로워할 때마다 두 남녀는 피에 물든 빨간 혀를 내두르면서 "하하하" 웃고 손뼉을 친다. 경수는 주먹을 부르쥐면서 소름을 쳤다. 그는 뼈가 짜릿짜릿하고 염통이 쏙쏙 찔렸다. 그는 자기 옆에도 무엇이 있는 것을 보았다. 눈깔이 벌건 자들이 검붉은 손으로 자기의 팔다리를 꼭 잡고 철관으로 자기의 염통피를 빨면서 홍소哄笑를 친다. 수염이 많이 나고 낯이 시뻘건 자는 학실이를 집어서 바작바작 깨물어 먹는다. 경수는 악 소리를 내면서 벌떡 일어났다. 그것은 한 환상이었다.[17]

_____

요한 참조가 되었다. 특히 환상성이 자기 증대의 변이로 연결된다는 지적에 크게 동의한다. 그러나 한편으로는 환상 삽입의 이유를 두 가지로 분할해 살피는 것에 대해서는 재고가 필요하다고 판단된다. 예컨대 환상과 사건이 1 : 1로 대응하고 있다고 분석하는 최서해의 소설들은 존재의 비약과도 긴밀하게 관련되어 있다. 이러한 구분은 신경향파소설의 환상성이 당대의 '마흐주의적' 인식론적 지형에 영향을 받았다는 점을 섬세하게 입증하기 위해 필요한 것이었겠지만, 오히려 이론적 영향을 소설에서 찾으려는 시도로 인해 신경향파소설을 실제와 다르게 작위적으로 구분하고 있는 것처럼 보이기도 한다.

「기아와 살육」에서는 환상이 더욱 중요하게 등장한다. 나무를 하며 생계를 유지하는 경수의 집은 극도의 가난 속에 있다. 경수의 처는 세 살난 딸 학실을 두고 산후풍으로 몸져 누워 있지만 돈이 없는 경수는 약을 짓지 못하고 그대로 약방에서 쫓겨난다. 인용문은 집으로 허탈하게 돌아온 경수가 갑자기 환상을 경험하는 장면이다. 「박돌의 죽음」에서 보다 더 직접적으로 괴물의 형상이 등장한다. 괴물들은 아내의 심장과 경수의 염통에 관을 삽입해 피를 빨아 먹는가 하면 딸 학실이를 "바작바작 깨물어 먹는다." 최서해 소설에서의 환상 속 괴물은 가난에 끝까지 몰려 있는 이를 잡아가거나 그의 생명을 잔인무도하게 탐내는 "탐욕의 붉은 빛" 눈을 가진 잔혹한 존재이다. 그런 점에서 환상 속 괴물은 생명을 앗아갈 정도로 극단의 가난 속에 사람들을 내모는, 식민지민이 겪는 자본주의적 현실에 대한 알레고리다.

환상이라는 장치는 자본주의 사회에서 소외된 존재를 각성케 하는 역할을 한다. 어머니가 중국인 개에게 물려 집에 실려 온 순간에도 경수는 괴물의 환영을 본다. "뻘건 불 속에는 시퍼런 칼을 든 악마들이 불끈불끈 나타나서 온 식구들을 쿡쿡 찌른다. 피를 흘리면서 혀를 물고 쓰러져 가는 식구들의 괴로운 신음 소리는 차차 들을 수 없이 뼈까지 저민다."[18] 환영과 환청에 시달리던 경수는 괴로워하는 가족들을 칼로 찌르고 나와서 이내 경찰서를 찾아가 순사들을 보이는 대로 찔러 죽인다. 환상의 잔혹성은 현실의 잔혹성으로 이어진다. 타오르는 불과 낭자한 피의 이미지는 환상에서 현실로 옮겨온다. '잔혹성'은 일찍이 신소설에서도, 더 빠르게는 근대 이전의 서사물에서도 드러나지 않은 바 아니지만[19] 신경향

17   서해, 「기아와 살육」, 『조선문단』 9, 1925.6, 36쪽.
18   위의 책, 39쪽.

파소설에서의 잔혹은 약한 존재의 변이와 관련된다는 점에서 특이성을 띤다. 병원에서 돈이 없어 하릴없이 머슴 계약서를 쓰고 약방에서 한없이 작아지기만 했던 경수는 더 이상 수동적으로 세상의 질서에 머무르지 않는다.

> ㉠ 자기 눈앞에 잼처 나타나는 것은 돈이었다. 다만 일전 짜리의 동전이 수두룩하게 자기 발 앞에 걸친다. 그러나 여태껏 자기의 생명을 이어주던 그 돈이 별안간 모욕이란 글자가 뚜렷이 쓰여서 자기의 머리 위로 우박 쏟아지듯이 떨어지는 듯한 느낌을 찌르는 듯이 받았다. 최후로 나타난 것은 아까 그 신사의 흘기는 눈이 자기의 전 생애를 모욕하는 듯이 앞을 딱 가로막는다. (…중략…)
> 돈! 모욕! 죽음! 삶! 자유! 밥! 만일 그가 어떠한 세상에 대한 판단이 있고 또한 그것을 지식적으로 해석할 수만 있었으면 당연히 일어나 부르짖을 것이다. 아니다. 자기에게 있는 것은 다만 감정의 존재뿐이었다. 지금 그의 감정은 그보다 더-이상의 강한 힘으로 에워싸여 있었다.[20]

> ㉡ 그에게는 산해의 진미가 보였다. 금전金殿 옥루玉樓가 비추었다. 천하의 미인의 아양 부리는 얼굴이 나타났다. 역사가 보였다. 위인의 화상이 보였다. 찬송가가 들리었다. 염불 소리가 들리었다.
> 이것은 모두 영순이에게는 환영이었다. 그가 거의 병적으로, 발작적으로 보던 환상이었다. 그리고 다시 더욱 분명히 눈에 나타나는 것은 그가

---

19   권보드래, 「신소설의 피카로-악과 잔혹 취미」, 『신소설, 언어와 정치』, 소명출판, 2014, 275~278쪽.
20   최승일, 「걸인 덴둥이」, 『조선일보』, 1926. 1. 8쪽.

매일 다수히 주무르는 금고에 가득한 돈이었다. 지화紙貨 뭉치였다. 그는 그것을 종로 네거리에서 내어 뿌려보았다고 생각하였다. 바람에 날리어 이리로 저리로 날아 흩어졌다. 길가는 사람이 모두 덤비어들었다. 늙은 이도, 젊은이도, 거지도, 부자도, 신사도, 학생도 미인도, 노동자……. 영순은 지금까지와는 다른 어떠한 나라에 방황하는 듯하였다. 자기가 다리를 붙이고 선 곳이 어디인지를 거의 의식하지 못할 듯하였다.[21]

신경향파소설의 환상에 꼭 괴물이 등장하는 것은 아니다. 인용문 ㉠ 은 덴둥이란 별명을 가진 늙은 거지가 자신을 쳐다보는 신사의 눈길에 심한 모욕감을 느끼면서 환영을 보는 「걸인 덴둥이」의 한 장면이다. 늘 고개를 숙여 빌어먹던 덴둥이는 문득 고개를 들어 마주친 어느 신사의 눈빛에서 온갖 욕설과 혐오감을 읽어낸다. 그런 뒤에 생각에 잠긴 그의 눈앞에 나타난 것은 자신이 그동안 땅에 엎드려 봐왔던 온갖 구두들과 일전짜리 동전들, 앞서 자신을 흘기던 신사의 눈이다. 마치 눈앞에 있는 것처럼 환영들이 지나가는 동안 덴둥이는 그동안 받았던 학대와 압박, 그 밑에서 굴종하던 모습을 떠올리고 동시에 이전에는 느끼지 못했던 온갖 원한과 분노, 삶에 대한 후회의 감정에 휩싸이게 된다. 환영을 지나 친 결과 그에게 남겨진 것은 "다만 감정의 존재뿐이었다." 갑작스레 끌어 오른 감정을 안고 그는 신사에게로 달려가 몽둥이를 내리꽂는다.

"여태껏 자기의 생명을 이어주던 그 돈이 별안간 모욕이란 글자가 뚜렷이 쓰여서 자기의 머리 위로 우박 쏟아지듯이 떨어지는 듯한 느낌"을 받은 뒤 덴둥이는 충동적으로 살인을 감행한다. 덴둥이의 행위는 개

---

21   성해, 「광란」, 『개벽』 57, 1925. 3, 40쪽.

인적 원한을 넘어서는 지점에 있다. 그가 몽둥이로 내리꽂고자 했던 것은 눈을 흘긴 신사였다기보다 오히려 자신을 거지로 살아갈 수밖에 없게 하는 자본주의 사회 자체이다. 게다가 소설은 다음과 같은 서술을 덧붙인다. "이런 거지는 식민지에서나 많이 볼 수가 있는 인물이었다. 그리고 자기가 빌어먹어 나가도 똑진 고개 바닥이나 일본 사람 많이 사는 곳으로만 빌어먹어 다니었다."[22] 식민지민이 경험하는 자본주의 사회는 더 냉혹하고, 냉혹함은 잔혹함으로 되갚아진다. 한편으로 환상은 주인공의 잔혹을 부추기기도 하는 것이다.

인용문 ⓛ에서 「광란」의 영순 또한 덴둥이가 돈의 환영을 보듯 "지화뭉치"를 종로 네거리에 날리는 환상을 경험한다. 소설 속에서 영순은 분열된 자신과 계속해서 자문자답식의 대화를 나누는데 주로 영순의 빈곤하고 비루한 삶을 환기시키는 내용을 담고 있다. 대화 이후 영순은 온갖 진귀한 것들이 등장하는 환영과 환청에 시달린다. 그 끝에 있는 것이 바로 자신이 직장에서 "다수히 주무르는 돈"이다. 광기에 어린 영순은 회사 금고의 돈을 훔쳐 친구들과 요릿집로 향하고 흥청망청 돈을 쓰며 다음과 같이 말한다. "이러한 향락! 이러한 사치, 인류의 타락한 생활을 도절盜竊한 재산의 결과로 해보았네! 그러나 도적질하는 데에도 그 수단 방법이 교묘할수록 이러한 향락, 이러한 사치를 영원히 누리게 되는 것일세! 나는 수단이 재미스럽지 못하였네! 방법이 틀렸었네! 그러니까 요만한 향락과 사치를 하룻밤밖에는 못 누리게 될 것이로세!"[23] 더불어 영순이 사적 소유를 도둑질로 보았던 '프루동'의 이름을 언급했다는 점을

22　최승일, 「걸인 덴둥이」, 8쪽.
23　성해, 「광란」, 44쪽.

떠올린다면[24] 그의 도둑질은 명백히 자본주의 사회에 대한 비판의 메시지에 닿아 있다. 환상은 영순을 광기에 몰아 넣고 미쳐버린 영순은 자본주의적 질서에 혼선을 가하는 존재로 거듭나게 되는 것이다.

"파산? 강도? …강도다! 강도"하고 주먹을 부르르 움켜쥐었다.

"그러면 내가 강도질 할 수가 있을까? 칼이니 무슨 연장을 가지고 남의 집 담을 뛰어 넘어가서 오르고 돈 빼서 낼 용기가 있을까? 그 용기가 의문이다… 나는 비겁하다… 또는 그 일이 성공보다 십의 팔구는 실패에 돌아갈 것이다. 그러고만 보면 값없는 비극만 일으킬 것이다. 결국은 무지한 모험만 되고 만다"이런 때에 소위 지혜의 타산이란 것이 자기 성격의 결함인 비겁을 옹호하게 하고 그쪽 기세를 더 돕게 된다.

"그러면 어찌할까? 이것도 저것도 만다 말이야? …어떻게 살아나가고? …또는 자기가 시대 고통의 구덩이를 파고 들어가자던 결심이 무엇인가? 이 모양으로 지혜의 가르침이라는 것보다는 오히려 비겁한 생각이 더 나서… 비겁, 참 지지리 못났다! 내가 이 모양으로 비겁하단 말인가?"하고 힘없는 주목을 쥐어 보았다. 한참 무의식 상태에 있었다.

---

24 이런 지점을 보건대, 신경향파소설들이 아나키즘적인 경향을 띠고 있다는 Park의 지적은 타당한 측면이 있다. Park, Sunyoung, op. cit., p.127. 그러나 한편으로 신경향파소설 전반을 아나키즘에의 영향으로 설명하는 것은 아나키즘이 배제되는 과정에서 마르크시즘이 자리 잡게 된다는 기존의 문학사적 내러티브를 그대로 답습하는 것이기 때문에, 그러한 시각이 신경향파문학을 얼마나 새롭게 바라볼 수 있게 하는 것인가에 대해서는 재고의 여지가 있다. "개별 테러행위에 대한" 옹호 등을 아나키즘적인 것이라는 단일한 규정 속에서 해석하게 된다면, 그가 해당 연구를 통해 의도하는 것과 다르게, 신경향에서 경향으로 이어지는 흐름을 다시금 발전사적 도식 안에서 파악할 수밖에 없게 되기 때문이다. 오히려 '아나키즘적'이라고 통칭되는 흐름 안에 있는 세부들을 구체적으로 분석하고, 그로부터 아나키즘을 초과하는 지점이 무엇인지를 발견하는 작업이 선행되어야 할 것이다.

"강도란 것은 위대한 반역! 이 세상에서는 에베레스트 고봉보다 더 높이 내어 뽑는 반역적 행위! 전 세계 인류의 고통의 짐을 혼자 지고 선 듯한 자세! 무명의 기독!" 이같이 생각할 때에는 로맨틱한 감정도 따라 오르는 것이다. 주먹을 불끈 쥐고 벌떡 일어나며 "강도다! 강도!"하고 경련적으로 입을 오므리며 결심하였다.[25]

「땅속으로」의 주인공 '나'는 동경에서 돌아온 지식인이지만 일거리를 찾지 못한 채 가족들과 함께 얼마나 굶었는지 셀 수 없을 만큼 많은 날을 굶주림에 시달린다. 그동안 썼던 시집 원고를 책사에 넘겨 돈을 벌어 보려 하지만 불온하다는 이유로 그마저도 압수되고 만다. 친하지 않은 친구에게 1원을 구걸해 오던 그날 밤, '나'는 강도짓을 해서라도 삶을 이어가야 한다는 생각 속에 빠져든다. 위 인용문은 파산을 할지 도둑질을 할지 강도짓을 할지를 두고 한없는 내적 갈등을 겪으며 "무의식 상태"에 빠져들다가 강도가 되길 결심하는 장면이다. "강도란 것은 위대한 반역! 이 세상에서는 에베레스트 고봉보다 더 높이 내어 뽑는 반역적 행위! 전 세계 인류의 고통의 짐을 혼자 지고 선 듯한 자세!"라고 외치던 '나'는 식칼을 뽑아 들고 어느 집 담을 넘어 들어간다. 사랑방에 잠들어 있던 주인집 영감의 얼굴에 식칼을 들이대니 그는 10원짜리 지폐 뭉텅이를 내놓는다. 이웃집의 아우성소리에 나타난 순사를 칼로 찌른다. 꿈이었다.

환상이 주인공으로 하여금 수동적 상태에서 벗어나 사회적 질서에 혼란을 주는 그로테스크한 상황으로 연결되게 한다면, 꿈은 그 대리 충족의 역할을 한다. 일자리를 구하기는커녕 원고를 압수당하고 친구에게 구걸을 해 돈을 마련할 수 있을 뿐인 무력한 '나'는 꿈을 통해서나마 존

---

25   포석, 「땅속으로」, 30~31쪽.

재의 전이를 경험하게 된다. '나'에게 부자의 재산을 강탈해오는 강도질은 구걸보다도 남의 눈을 속이는 도둑질보다도 오히려 "시대양심으로는 조금도 부끄러울 것이 없는" 행위이다.[26] 그렇기에 그가 강도가 된 것은 무력함으로부터의 탈피이자 일시적인 존재의 상승을 의미한다. 「새 거지」에서 남편을 병으로 잃고 일가였던 이 주사의 집에서도 쫓겨나 가난에 시달리던 장돌의 어미가 자신의 아들 장돌이를 "번쩍 안아서 용솟음치는 시커먼 물속에 집어 처넣"는 꿈의 장면은[27] 마치 「기아의 살육」의 경수가 자신의 가족들을 찔러 죽이는 순간을 떠오르게 한다. 꿈속에서 존재는 변화한다. 강도질이나 살인일지언정 그것은 기존의 질서에 순응하지 않겠다는 의지의 변화로 읽어내야 한다.

이렇게 볼 때 신경향파소설에 등장하는 환상과 꿈은 일종의 "직접적 소망 충족"을 담지한다고 할 수 있다.[28] 주인공들은 자신을 가난하고 궁핍하게 만드는 사회적·정치적·경제적 조건과 갈등을 일으키고 그로부터 벗어나기를 희망한다. 순응적 존재들의 무기력함은 환상과 꿈을 통과하면서 사라지고 사회에 대항하는 에너지를 만들어 낸다. 그렇게 형성된 에너지가 합리적인 해결 방향의 모색으로 이어지는 것은 아니지만

---

26   포석, 「땅속으로」, 30쪽.

27   조명희, 「새 거지」, 『조선지광』 63, 1927.1, 99쪽.

28   박상준, 『한국 근대문학의 형성과 신경향파』, 소명출판, 2000, 410쪽. 물론 이 책에서 박상준은 신경향파소설의 환상과 꿈을 일컬어 "직접적 소망 충족"의 형식을 가진다고 말했던 것은 아니다. 그는 "'현실 폭로의 비애'와는 전혀 다른 충격을 줄 수 있는" 효과로서 신경향파소설의 특징을 설명하는 가운데 이들 소설에 나타나는 소망 충족의 직접성을 지적했다. 그의 지적처럼 그동안 '직접성'이라는 성격은 신경향파소설을 비판하는 근거로 작용한 바 크지만, 이는 후대의 시각으로 당대를 재단하는 것일 뿐이다. 이러한 문제의식을 이어 받아 본고는, 오히려 신경향파소설에서 직접성이 어떻게 드러나고 있으며 그 원인이 무엇인지를 파악해내는 것이 신경향파소설의 (무)의식을 읽어내는 데 더 타당한 방식이라고 판단한다.

주인공들은 사회의 질서에 그만큼 강력한 타격을 입힌다. 이와 같은 효과를 이끌어 내는 서사적 장치가 특정 시기에 공통으로 드러났다는 것은 곧 그 시대의 무의식이 서사에 반영된 것을 의미한다. 신경향파의 환상과 꿈이 자아내는 특유의 폭력적 감각은 서사의 분위기를 결정하는 요소이기 때문에 중요한 것이 아니다. 그것은 정치적 의미를 불러일으키기 때문에 중요하다.

신경향파소설의 폭력적 감각은 유토피아적 상상력과 교집합을 형성한다. 이는 세계를 생경하고 두렵게 만든다는 점에서 지극히 디스토피아적이지만 기존의 질서로부터 해방되길 바라는 감각이라는 점에서 또한 지극히 유토피아적이기도 하다. 세계를 익숙하게 감싸고 있던 자본주의적 계급 질서는 프롤레타리아가 행하는 온갖 기괴한 폭력적 행위들로 인해 망가지고 파괴된다. '파괴 이후' 또 다른 질서를 되찾은 세계는 전망되지 않는다. 그럼에도 불구하고 파국의 세계는 그 파괴의 주범이 프롤레타리아라는 점에서 이미 계급이 사라진 유토피아적 세계에 대한 상상력을 포함한다. 구체적인 전망은 부재해 있을지라도 다른 공간, 다른 시간에 대한 욕망이 잠재해 있는 것이다. 이러한 감각이 만들어낸 디스토피아는 유토피아니즘적 시공간 의식을 지니고 있었다. 지금부터 구체적으로 살펴보겠지만 죽음과 파국으로 치닫는 해결의 '직접성'은 신경향파소설의 유토피아에 대한 정치적 무의식을 드러내는 징표였다.

2) 파국의 상상력에 내재된 유토피아적 시간성

신경향파소설에서 낭자한 피의 이미지는 빈번히, 무엇보다 중요하게 등장한다. 소설의 갈등이 최고조에 이른 순간, 어김없이 피는 번져가고 비린내를 풍긴다. 박돌의 어미는 박돌의 환상을 보고 난 뒤 김 초시의 몸과 얼굴을 피로 물들이고, 경수는 시뻘건 피를 묻히고 돌아온 어머니를 본 뒤 가족들을 칼로 찔러 방안을 탁한 피비린내로 채운다. 「지옥순례」의 진달은 배가 고파 만주떡 파는 아이를 살해하고 난 뒤 "달빛에 더운 피가 검붉게 흰 눈 위에 떨어지는 것"을 떠올리며 죄책감에 시달리고,[29] 「실진」의 경식 어미는 그 아들이 쌀을 훔치기 위해 어느 여인을 막대기로 찍어 죽였다는 것을 알고 피 묻은 자국부터 찾으려 한다.[30] 「피의 무대」의 가난한 여배우 숙영이 무대 위에서 죽음을 맞이하면서 토해낸 붉은 피처럼 "모든 사람의 더러운 것을 소멸케 하고 한갓 새로운 생명의 단결적 성장을 도모하는"[31] 경우는 극히 일부일 뿐이어서 대체로 피의 이미지는 소설의 폭력적 감각과 연결된다.

전술한 것처럼 신경향파소설 속 주인공들은 극도의 가난 속에서 아픈데 치료를 못하거나 살아갈 터전을 잃거나 끼니를 때우지 못한다. 인간적 삶을 영위하기 위해서 필요한 가장 기본적인 조건들을 박탈당한 그들은 "인간으로서의 정상성normality을 보장할 수 없는 상황, 스스로를 인간이 아니라고(아닐지도 모른다고) 생각하게 되는 상황을" 마주하게 된다.[32] 정상성을 박탈당한 비非인간의 몸짓은 인간적 표상 체계를 넘어서 '동물적'이다. 낭자한 피가 등장하는 장면은 동물적인 육체성을 적나라

---

29 박영희, 「지옥순례」, 『조선지광』 61, 1926.11, 55쪽.

30 이기영, 「실진」, 『동광』 9, 1927.1, 27쪽.

31 회월, 「피의 무대」, 『개벽』 63, 1925.11, 28쪽.

32 김동식은 최서해 소설 속에서 주인공들이 귤껍질이나 쉰 두붓물, 썩은 고등어 등 인간이 먹지 않는 음식을 먹는다는 것에 주목하며, 그런 점들이 "인간과 음식 사이에 구성된 상징적 질서 바깥에 놓여져 있음을, 인간과 非인간(인간 이해, 또는 동물)의 경계에 놓여 있음을 의미"한다고 지적한다. 김동식, 「1920년대 중반의 한국문학과 '끼니'의 무의식─김기진과 최서해, 그리고 '밥'의 유물론」, 『문학과 환경』 11(1), 문학과환경학회, 2012, 186~187쪽.

하게 드러내는 소설의 결말부로 이어지도 한다.

어멈은 통분과 본능적 자위심과 복수심으로 온몸이 떨리었다. 그의 앞에는 세상도 없고, 아무 것도 없고 다못[sic-다만] 개 한 마리가 있을 따름이었다. 어멈은 달려들어 개 허리를 두 다리 사이에 끼고 언 땅 위로 뒹굴었다. 그리고 그 억센 어금니로 개 몸뚱이를 되는 대로 물어뜯었다. 어멈의 물린 팔에서 피가 흐르고 개 몸뚱이에도 이곳저곳 어멈에게 물린 곳에서 피가 흘렀다. 피투성이가 된 두 동물은 미친 듯이 서로 애쓰며 뜰 위에 뒹굴었다. 주인아씨는 이 갑작[sic-갑작스러운] 광경에 어쩌할 줄을 모르고 발을 동동 굴렀다.[33]

「개밥」에서 어멈은 주인집 개가 흰밥과 고깃국을 먹는 것을 보고 개가 먹다 남은 것을 세 살 난 딸 단성이에게 가져다준다. 그러나 개가 점차 밥을 남기지 않게 되자 단성이에게 더 이상 개밥을 가져다 줄 수 없게 되고, 그동안 제대로 된 끼니를 때우지 못한 단성이는 영양실조에 걸린다. 흰밥과 고깃국을 먹고 싶다는 아픈 아이를 위해 어멈은 개밥을 훔치러 가지만 이를 빼앗기지 않으려는 개가 어멈을 물게 되면서 어멈 또한 개를 문다. 위 인용문은 어멈이 개를 부둥켜안고 싸우는 장면이다. "통분과 본능적 자위심과 복수심으로" 떨리는 몸을 한 채로 어멈은 "억센 어금니로 개 몸뚱이를 되는 대로 물어뜯"는다. "피투성이가 된 두 동물은 미친 듯이 서로를 애쓰며 뜰 위에 뒹"군다. 발을 동동 구르는 주인아씨의 인간적인 몸짓과 다르게, 물어뜯고 물어뜯겨 피범벅이 된 어멈의 몸짓은 동물적이다. 혈투 끝에 개는 죽음을 맞이하고 어멈은 개밥을 들고 단성이를 찾아가지만 아이는 이미 죽어 있다. 문밖에 서 있는 단성

---

33 주요섭, 「개밥」, 『동광』 9, 1927.1, 48쪽.

이의 환영을 본 어멈은 "마치 붉은 깃발처럼" 새빨개진 치마를 펄럭이며 달음박질한다.[34] 흔히 피의 이미지는 파국적 결말과 관련된다.

비인간으로서의 주인공들은 '벌거벗은 생명'zoe으로 살아가기를 거부하기 위해 '인간으로서의 정상성'으로부터 이탈하는 방식으로 세상에 맞선다. 즉 그들은 정치적 존재인 비오스bios로 거듭나는 경로 대신에 더욱이 '조에'적인 방식으로 세상에 맞서는 경로를 선택한다.[35] 신경향파 소설의 결말에 자주 등장하는 폭력과 죽음은 그런 의미에서 이해될 필요가 있다. 광기에 어려 도둑질을 하거나 강도질을 결심하고 질서로 상징되는 무엇을 부수거나 때리며 누군가를 죽이거나 스스로를 죽이는 것, 이러한 방식은 법률·도덕·윤리 등으로 대표되는 인간 사회의 질서를 어지럽힌다. 새로운 가치를 생성하는 사회적 질서를 만들어 가는 것이 아니라 흐트러트린 채로 이야기가 소멸하는 것, 이와 같은 결말 처리 방식은 파국적이다.

"이놈아! 내 박돌이를 불어 넣었으니 네 고기를 내가 씹겠다."

박돌 어미는 김 초시의 가슴을 타고 앉아서 그의 낯을 물어뜯는다. 코, 입, 귀…… 검붉은 피는 두 사람의 온몸에 발리었다.

---

34 주요섭, 「개밥」, 49쪽.

35 아감벤에 따르면, 현대에서 '삶'이라는 말하는 개념에 대해 그리스인들은 조에(zoe)와 비오스(bios)라는 두 가지 용어를 사용했다. 전자가 "모든 생명체(동물, 인간 혹은 신)에 공통된 것으로, 살아있음이라는 단순한 사실"을 가리킨다면, 후자는 "어떤 개인이나 집단에 특유한 삶의 형태나 방식"으로서 "정치적인 삶"을 의미한다.(조르조 아감벤, 박진우 역, 『호모 사케르—주권 권력과 벌거벗은 생명』, 새물결, 2008, 33쪽) 그는 이 책을 통해, 권력이 개인으로 하여금 정치적 존재로서의 삶(bios)을 박탈하고 생명체로서의 삶(zoe)만을 누릴 수 있게 하는 권리, 즉 개인을 '벌거벗은 생명'으로 만들 수 있는 정당한 권리를 가진다고 주장한다.

"어찌 저럼메?"

"모르겠소."

밖에 선 사람들은 서로 의아해서 묻는다. 모든 사람은 일종 엷은 공포에 떨었다.[36]

"모두 죽여라! 이놈의 세상을 부수자! 복마전伏魔殿 같은 이놈의 세상을 부수자! 모두 죽여라!" (…중략…)

"내가 미쳐? 내가 도적놈이야? 이 악마 같은 놈들 다 죽인다!"

경수는 어느새 웃장 거리 중국 경찰서 앞까지 이르렀다. 그는 경찰서 앞에서 파수 보는 순사를 콱 찔러 누이고 안으로 뛰어 들어갔다. 창문을 부순다. 보이는 사람대로 찌른다.

"꽝……꽝……꽝꽝."

경찰서 앞에서는 총소리가 연방 났다. 벽력같이 울리는 총소리는 쌀쌀한 바람과 함께 거리를 처량히 울렸다. 모든 누리는 공포의 침묵에 잠겼다.[37]

경수가 외치는 "모두 죽여라"의 감각은 신경향파소설에서 나타나는 중요한 특징 중 하나다. 하물며 가족마저도 죽는 것이 낫다고 보는 경우가 허다하다. "눈앞에 보이는 생명이라고는 모조리 죽여 없애고 싶었다. 생명의 거부! 생명의 거부! 여기에는 허무밖에 없다. 모든 것을 다 부시어라! 모든 것을 다 불살라 버려라!"라거나[38] "'악-' 소리를 치고 달려들어서 아내를 패고 아들을 메여 부치고 누구든지 닥치는 대로 때리고 죽이고 싶었다. 지구에다 불을 싸지르고 그들의 타죽는 꼴을 보고 싶었

36　서해, 「박돌의 죽음」, 30쪽.
37　서해, 「기아와 살육」, 39쪽.

다"는[39] 식의 서술이 자주 등장한다. 세계의 파국을 바라는 주인공들의 바람대로 모든 것이 무너지고 지구가 온통 불살라지는 일은 일어나지 않지만, 그럼에도 소설의 결말은 파국적 상황과 다르지 않다. (유사) 죽음 / 죽임으로써 이야기는 끝이 나고[40] 인간적 질서가 무너진 세계는 더 이상 예전과 같지 않다.

　위 인용문은 「박돌의 죽음」과 「기아와 살육」의 결말부이다. 김 초시를 죽이려 달려드는 박돌 어미의 행위 앞에서, 가족을 비롯해 온갖 사람들을 닥치는 대로 죽이다 결국 그 자신도 죽게 되는 경수의 마지막 순간 앞에서, "모든 사람은 일종 엷은 공포에 떨"고 "모든 누리는 공포의 침묵에 잠"긴다. 결말에서 나타나는 핏빛 이미지는 세계를 공포로 몰아넣는다. 공포는 위험을 감지한 인간이 느끼는 가장 원초적인 감정이지만 한편으로는 시대나 문화에 따라 그 대상이 달라지기에 역사적인 것이기도 하다. 그런 의미에서 신경향파소설의 결말이 불러일으키는 공포는 일차적으로 핏빛 죽음이 불러일으키는 개별적 감정이기도 하지만, 세계의 질서를 흐트러뜨리는 존재로 인해 생겨나는 사회적 감정이기도 하다. 이 세계에서 식별되지 않았던 존재^{zoe}가 그로테스크한 모습으로 그 자신을 드러냈을 때 발생하는 공포감은 그렇기에 세계의 파국에 대해 발생하는 감정이라고 할 수 있다.

38　포석, 「땅속으로」, 『개벽』 57, 1925. 3, 21쪽.

39　이기영, 「가난한 사람들」, 『개벽』 59, 1925. 5, 81쪽.

40　"주인공이 살인을 하든지, 그렇지 아니하면 자살을 하든지" 죽음이 신경향파소설의 일 경향이라는 점은 이미 김기진이 지적한 것과 같다. 그러나 그가 이어서 말한 바, 죽음이 일괄적으로 드러난다는 사실보다도 "죽인다든가, 죽는다든가 하게 만드는 이유, 그것이 서로 공통되는 성질의 것"이라는 점에 더 주목할 필요가 있다. 김기진, 「문단최근의 일경향─6월의 창작을 보고서」, 124쪽.

'아! 삼년 동안이나 내 살 내 피를 빨아먹은 미운 저것!' 그는 다시 그 주인 할미의 뚱뚱한 몸집을 보았다. 그 퉁퉁한 볼을 물어뜯고 할퀴고 잘기잘기 씹어보고 싶었다.

그는 벌떡 일어섰다. 미친 듯이 부엌으로 들어갔다. 어두운 속에서도 번들번들하는 식도날을 알아낼 수가 있었다.

그는 귀를 기우렸다. 열대삼림보다도 고즈넉한 침묵이 온 집, 온 거리, 온 도시, 온 세계를 둘러싸고 있었다. 벌써 새벽 기운이 떠도는 것 같았다.

찌궁찌궁하고 소리가 나는 층층대를 걱정하면서 우쁘는 번듯번듯하는 것을 보른 손에 들고 위층으로 나갔다.

외마디 소리와 끙끙하는 소리가 들리고 피비린내가 쫙 퍼지더니 우쁘가 황망히 층층대를 굴러 떨어지다시피 쿵쿵거리며 내려왔다. 다른 방에서 갈보들이 놀라 깨었는지 '엉엉'하는 소리가 들렸다.

장사보다도 더 억센 초자연적 힘으로 우쁘는 쇠대문을 떠밀어 열었다. 그리고 그는 생전 처음으로 제 맘대로 문밖으로 내달았다.[41]

「살인」의 우쁘는 열여섯 나이에 "열흘씩 굶어서 사람이라도 잡아먹을 듯이 눈이 뒤집힌 애비 어미에게 보리 서 말에 팔리어"2쪽 다니다가 상해까지 가 매춘을 하게 되는 여인이다. "이때껏 자기 몸, 또는 자기 생활에 대해서 절실한 생각과 연구를 해본 적이 없"7쪽던 그는 어느 청년을 짝사랑하게 되면서 처음으로 자신의 비참한 처지에 대해 생각하고 이 모든 것이 운명 탓이 아니라는 것을 깨닫는다. 위 인용문은 깨달음 이후 우쁘

---

41   요섭, 「살인」, 『개벽』 60, 1925.6, 7~8쪽. 인용문 아래 문단에서 이 소설을 인용할 때에는 본문에 쪽수를 표기한다.

가 포주 노파를 살해하러 가는 소설의 마지막 장면이다. "번들번들하는 식도"를 들고 자신의 살과 피를 빨아 먹어 뚱뚱해진 노파를 죽이고 난 뒤, 그는 "피비린내가 좍 퍼"진 집을 나온다. 이때 우뽀가 "장사보다도 더 억센 초자연적 힘"을 발휘해 문을 열고 "처음으로 제 맘대로 문밖으로 내"달림으로써 소설이 끝나는 것은 주목을 요한다. '벌거벗은 생명'은 살인이라는 적극적 행위를 통해 변이한다. 우뽀의 변화는 사회에 자신을 정식으로 기입하고 새 질서를 만들어가는 방식으로 이루어지지 않고, "초자연적 힘"에 의해 견인된다. 초裁자연적인 힘은 '자연적인 사회' 너머를 향하는 비약의 상징이다. 소설의 결말은 그렇게 파국이 파국으로 그치지만은 않게 될 것임을 넌지시 암시한다.

신경향파소설의 결말이 보이는 파국적 상상력의 특이한 점은 바로 여기에 있다. 누군가가 다치거나 죽으며 망가져 버린 세계가 자아내는 공포감이 지금과는 '다른 시간', 여기와는 '다른 공간'에 대해 바라는 유토피아적 시공간에 대한 욕망과 겹쳐 있다는 점이다. 보통 신경향파소설의 시작을 열었다고 평가되는 김기진의 「붉은 쥐」는 그러한 욕망을 직접적으로 드러낸다. 가난한 이들이 한데 모여 살고 있는 집에서 갑갑증을 느끼다 밖으로 나온 주인공 형준은 조선의 현실과 관련된 온갖 생각을 펼쳐 나가는데 소설의 전반부는 그렇듯 그의 인식이 흘러가는 대로 진행된다. 다음은 유토피아에 대한 형준의 생각을 확인할 수 있는 부분을 발췌한 것이다.

적도赤道. 그렇다. 적도는 형준이가 오래 전부터 그리워하던 곳이다. 푹푹 찌는 더위, 방바닥에서 내뿜어 보내는 화끈화끈한 입김, 짐승과 나무와 풀들의 코를 찌르는 듯한 냄새-이것들은 오래 전부터 형준이가 그리워하던 것들이다. 그리하여 형준이가 그리워하는 그 적도는 지금은 형준이의 가슴속에 있었다. 그 가슴의 전체가 한 개의 불덩어리로 화해버리는 때도 적지는 않았다.

(…중략…)

— 사람으로 하여금 저희들의 원시시대로 돌아가게 하였으면… 형준이는 때때로 이와 같이 생각해 보는 적도 있었다. 그러나 그렇게 생각할 때마다, 자기가 자기의 물음에 대해서 스스로 대답하듯이 고개를 절레절레 흔들면서 입속으로 이렇게 중얼거리는 것이었다. "사람은 지금 같아서는 도저히 '세기'와 역행할 수는 없다. 왜 그러냐 하면 현대의 문명은 사람으로 하여금 저희들의 원시시대, 본능 생활을 돌아가게 하지 않으니까. 사람이 본능생활로 돌아가자면, 지금의 이 문명의 찬란한 옷을 벗어버리지 않으면 안 된다. 그러나 찬란한 문명의 옷을 사람들이 넉넉히 벗어버릴 수 있을까? 노! 결단코 사람의 자식들은 현대의 찬란한 문명의 옷을 벗어 버리지는 않는다."

형준이는 이와 같이 생각하였다. 그의 인생 문제의 해결은, 오로지 본능 생활로 돌아가는 길에 있었다. 그러나, 거기에는 크나큰 절대의 난관이 있었다. 즉, 말하자면 문명이라 하는 것이다.[42]

검열된 부분이라 내용을 온전히 확인할 수 없지만 집에서 나온 형준은 친구 A, C와 만나 돈이면 무엇이든 되는 자본주의적 현실과 온 조선의 아이들이 일본어로 노래를 부르는 식민지 현실에 대해, 그리고 그로부터 벗어나기 위한 방식에 대해, 그럼에도 벗어날 수 없는 곤란에 대해 이야기를 나누다 절망을 느낀다. "깊고 깊은 절망의 연못"136쪽을 마주한 그는 갑자기 적도赤道에 대한 공상에 빠져든다. 형준에게 적도는 자본주

42   팔봉산인, 「붉은 쥐」, 『개벽』 53, 1924.11, 137~139쪽. 이후 이 소설을 분석하는 부분에서 인용이 필요할 시에는 본문에 쪽수를 밝히는 것으로 각주 표기를 대신한다.

의의 경제적 착취와 식민주의의 정치적 압박이 없는 곳이다. 문명의 이기利器가 미치지 않은 그곳에는 다만 "푹푹 찌는 더위, 방바닥에서 내뿜어 보내는 화끈화끈한 입김, 짐승과 나무와 풀들의 코를 찌르는 듯한 냄새"만이 있을 뿐이다. 그곳은 "본능 생활"에 충실한 인간과 인공성이 가미되지 않은 자연만이 살아 숨 쉬는 원시적 시공간이다. 그러나 적도는 도달할 수 없는 곳이기도 한데 이미 "찬란한 문명"을 경험한 인간들이 시간을 거슬러 "문명의 옷"을 벗어던질 수 없기 때문이다. "'세기'와 역행"해 원시 시대의 이상향으로 돌아가기에 인류는 문명의 편리를 이미 알아버린 것이다. 도달하고 싶지만 도달할 수 없는 적도는 형준이 바라는 유토피아의 직접적 표현이다.

> 현대인의 모든 재앙은 이 문명병에서 나온 것이다. 사람들은 모두 식상食傷했다. 단단히 식상했다. 그렇다, 포식, 폭식한 여독餘毒으로 가는 곳마다 식상한 사람의 얼굴이 우물우물하다. 그런데다가 더구나, 식상한 한편으로는, 영양부족으로 흐느적흐느적하고 있는 사람들이 구물구물하고 있는 것은 어찌된 까닭이냐?
> 그렇다, 이것은 어찌된 까닭이냐? 영양부족은 어찌된 까닭이냐? 이것은 자본주의 문명의 특색이다. 커머셜리즘商業主義, 컬렉티비즘集中主義의 저주할 만한 결과일 뿐이다. 대량 생산과 식민지 정책이 모두 다 자본주의에서 근원되어 내려오지 아니한 것이라고 말할 사람이 누구냐. 세계는 이것으로 말미암아 먹칠해졌다.140쪽

문명은 찬란한 만큼이나 암담한 것이다. 형준은 그 예로, 문명으로 인해 먹는 것이 풍요로워질수록 오히려 한편에서는 영양부족이 늘어가는

현실을 말한다. 그에 의하면 이 모든 것은 "자본주의 문명의 특색"으로서 대량으로 만들어진 생산물은 모두에게 필요한 만큼 골고루 나누어지지 않고 특정 이들의 "커머셜리즘"상업주의적 이윤 추구를 위한 수단으로 사용된다. 누군가는 영양과잉에, 누군가는 영양부족에 시달리는 이유다. 위 인용문에서 특히 주목해야 하는 것은 식민지 건설을 자본주의와 연결하는 대목이다. 자본주의와 식민주의가 동시에 문제가 되는 현실 인식이 이 소설에서만 드러나는 것은 아니어서 신경향파소설 속에서 계급과 민족의 문제가 중첩된 상황을 재현하는 경우는 드물지 않다. 「땅속으로」의 '나'는 "패멸조잔敗滅凋殘의 운명의 길로 들어가는" "전 조선이라는 이 땅, 그 속에 굼질대는 백의인—빈사상태에 빠진 기아군"의 상황을 절규하는가 하면[43] 「사건!」의 주인공들은 일본인 자본가와 그로부터 착취당하고 억울한 누명을 쓴 조선인 여성 노동자의 구도 속에서 '부르주아의 박멸'을 외친다. 여기에는 조선에서의 대자본이 일본 제국주의와 관련을 맺고 있다는 것이 전제된다. "날로 망하고 쇠패해 가는 조선 땅"에 대한 인식은[44] 이들이 벗어나고자 하는 현실이 무엇인지를 단적으로 보여준다.

한편 기계 공장의 컨베이어 벨트같이 전차와 자동차가 뒤범벅이 된 도시를 걷던 형준은 우연히 죽은 쥐 한 마리를 발견하게 된다. "창자가 깨져 나오고 모가지가 납작하려 눌려서, 온 몸이 새빨갛게 피 묻어 버린, 이름도 없는 조그만 동물의 시체를 보고" 몸서리를 치던 그는 이후 "온갖 쥐새끼"143쪽들의 환영을 보게 되고, 이내 길 위의 조선인들이 쥐새끼와 다르지 않음을 생각한다. "별안간 그는 배가 고프다는 것을 느"끼

---

43 포석, 「땅속으로」, 15쪽.
44 회월, 「사건!」, 『개벽』 65, 1926. 1, 20쪽.

고 "이상스러운 흥분을 깨"¹⁴⁵ᵖ닫는다. 환상을 보고 존재의 변화를 경험하는 신경향파소설 속 주인공들의 경우처럼 그는 갑작스레 광기에 어려 식료품점이나 귀금속 가게에서 물건을 마구 훔쳐서 달아나고 총을 쏘아댄다.

> 뒤에서 큰일 난 듯이 바람같이 따라오던 소방대 자동차에 걸어 채여서, 그는 세 칸이나 날아서 담배 가게 앞에 철썩 떨어졌다. 세계는, 여기서 깨어져 버리는 것 같았다. 그의 두개골은 깨어지고, 그의 한 편 짝다리는 부러지고, 아랫배 가죽은 찢어져서, 창자가 깨져 나왔다. 검붉은 피가 여기저기에 점점이 튀어갔다.
>
> 뒤에 따라오는 순사와 뭇 사람들이 형준이의 몸뚱어리를 둘러쌌을 때는, 이미, 때는 늦었었다. 형준이는 입으로, 코로 피를 토하고, 눈동자는 튀어나와서 떨어지고, 혓바닥은 이와 이 틈으로 한 자는 늘어져 있었다. 소방대 자동차는 잠깐 동안 머물렀다가, 바로 곧, 종을 치면서 또 다시 바람같이 지나가 버렸다.¹⁴⁶ᵖ

「붉은 쥐」의 결말 부분인 위 인용문에서는 마치 자신이 발견했던 피묻은 쥐처럼 처참하게 죽음을 맞이한 형준의 모습이 묘사된다. '붉은 쥐'와 "검붉은 피가 여기저기에 점점이 튀어" 가는 형준의 죽음이 오버랩되는 마지막 장면은 의미심장하다. 이를 이해하기 위해서는 끔찍한 죽음으로 이어지는 갑작스러운 형준의 광기가 개인적 발작이었다기보다 대다수의 사람들이 가난과 굶주림에 시달릴 수밖에 없는 부조리한 세상에 대한 반응이었다는 점이 강조되어야 한다. 선뜻 이해되지 않는 그의 광기는 사람들을 살아갈 수 없게 하는 세상을 파국에 몰아넣음으로써 오히려 자신을 포함한 그들을 살아갈 수 있게 하기 위한 몸부림에 가깝다. '사적 소유'를 본질로 하는 자본주의 사회에서, 빵과 귀금속을 마구 자신의 주머니 속에 집어넣는 형준의 행위는 "인간적인 가치의 붕괴"를 보여 줌과 동시에 "부르주아적 가치에 대한 거부"[45]를 의미하기는 것이기 때문이다. 애초에 쥐는 쥐덫이나 고양이가 위협하는 세상임에도 불구하고 먹고 살기 위해 자기 자신을 내던졌기 때문에 죽음을 맞이할 수밖에 없었다. 요컨대 생명을 보지保持하기 위해 되레 생명을 내어 놓았다는 점에서 붉은 쥐와 형준의 죽음은 겹친다.

원시 상태로 돌아가고 싶지만 돌아갈 수 없는 문명인 형준의 파국적인 마지막 순간에는 '지금'으로부터 비약하고자 하는 시간 인식이 잠재해 있다. 시간의 불가역성으로 인해 문명 이전의 원시적 유토피아는 바랄 수 없게 된 상황이지만, 형준은 세계의 질서를 어지럽히고 파탄냄으로써 끝끝내 민족적 억압과 계급적 착취가 없는 세상을 희망했다. 물론 「붉은 쥐」를 비롯한 신경향파소설에 문명 이후의 유토피아에 대한 공간적 상像은 구체적으로 나타나지 않는다. 다만 소설 속 주인공들이 문명을 통과했으나 가난과 굶주림, 억압과 착취가 없고 노동한 만큼의 몫이 돌아오는 사회를 희구希求한다는 것을 추측할 수 있을 뿐이다. 그러나 유토피아적 공간에 대한 구상이 명료하지 않을지언정 신경향파소설의 주인공들이 보이는 광기와 폭력의 방식을 통한 '돌연'한 존재의 변이에는 '문명 이후'의 유토피아로 비약하고자 하는 유토피아니즘적 시간 인식이 드러난다. 그러한 시간 인식은 충동에 가까운 것으로 단계적이고 점진적이며 합리적이지 않다. 그것은 지금을 훌쩍 뛰어넘길 바란다는 점

---

45   김동식, 「1920년대 중반의 한국문학과 '끼니'의 무의식 – 김기진과 최서해, 그리고 '밥'의 유물론」, 187쪽.

에서 비약적이다.

> 그날 밤새도록 개가 자지 않고 돌아다닌 것은 배가 고파서 먹을 것을 찾으려고 잠을 못 자고 애꿎은 쥐만 물어 죽이었든 것이었다. 그러나 도적을 충실히 지키는 개는 마지막 주인까지 죽여버리고 다시는 어디로 갔는지 모르나 그는 살아 있으면 끝없이 넓은 대지 위에서 자유롭게 돌아다니면서 주린 배를 불릴 것이다.
> 낮이면 굵은 쇠사슬에 목을 매여 있고 밤에는 그 줄을 끄러 놓는 그러한 아픈 생활도 다시는 그에게 없었을 것이다.[46]

집에 묶여 있던 사냥개가 주인 정호를 물어뜯어 죽인다는 내용의 「사냥개」는 흔히 자본가를 무찌르는 프롤레타리아의 승리를 보여주는 우화로 받아들여진다. 축적한 재산으로 온갖 몹쓸 짓을 하는 정호는 재산을 보호하기 위해 사냥개를 들이지만 밥을 주지 않아 개를 굶주리게 한다. 어느 날 밤, 정호는 삼천 원의 돈을 주겠다는 거짓으로 들였다 내쫓은 다섯 번 째 첩이 피를 흘리며 식칼을 들고 자신을 위협하는 환상에 시달리는데 마침 밖에서 짖어대는 개 때문에 문득 금고 속 돈을 빼앗길 두려움에 휩싸이게 된다. 그리하여 금고를 들고 아내의 방에 가려던 차에 그를 도둑으로 착각한 사냥개가 정호의 목을 물어 죽인다. 사냥개는 도망가고 흐른 피가 얼어붙어 붉은 얼음이 깔린 땅위에는 정호의 시체와 금고가 놓여있을 뿐이다.

신경향파소설 중에서는 특이하게도 부르주아가 초점화자로 등장하는 이 소설은 부르주아인 정호의 환상과 죽음을 다룬다는 점에서 여타의

---

46 박영희, 「사냥개」, 『개벽』 58, 1925. 4, 7쪽.

소설들과 결을 달리한다. 정호의 환상은 다른 소설 속 주인공들이 보는 환상과 다르게 그를 강한 존재로 변화하게 하는 것이 아니라 두렵게 만든다. 즉 정호가 보는 환상은 자신의 물적 기반을 잃을까 두려워하는 부르주아의 심리를 부추기는 역할을 한다. 주목을 요하는 점은 부르주아의 몰락을 다루는 그의 핏빛 죽음 이후 유토피아에 대한 인식을 조금이나마 유추할 수 있는 상징적 장면이 등장한다는 것이다. 위 인용문은 그 마지막 장면으로서 개가 더 이상 정호의 집에 묶여 있지 않고 본원적 상태의 자유를 회복했음을 보여준다. 개는 이제 "굵은 쇠사슬에 목을 매여 있"을 필요 없이 "끝없이 넓은 대지 위에서 자유롭게 돌아다니면서 주린 배를 불릴 것이다." 소설의 우화적 성격을 고려할 때, 이것은 자본주의 사회에서의 계급적 착취의 고리를 끊어내고 계급 없는 사회에서 풍족하고도 자유롭게 지내는 상태를 상징하는 것이라 볼 수 있을 것이다.[47]

유토피아가 단순히 다른 시간과 다른 장소를 의미하는 것이 아니라 "대안적 사회양식에 기반한 가치와 실천의 대안적 체계"라는 점을 상기한다면[48] 신경향파소설의 '파국적 상상력'에 함께 새겨진 유토피아니즘적 시간 인식 역시 대안적 체계에의 충동과 관련된다고 봐야 한다. '파국 이후'를 보여주는 「사냥개」는 "해결 불가능한 사회적 모순들에 상상적 또는 형식적 '해결들'을 제공하는 기능"을 극적으로 떠안고 있는 텍스트

---

47 김미연은 박영희의 「사냥개」가 잭 런던의 『야성의 부름』과 『화이트 팽』 등으로부터 영향을 받아 창조적으로 수용했다고 분석하고 있다. 잭 런던의 작품들에서 유토피아의 한 경로로서 디스토피아를 그리고 있다는 점을 염두에 둔다면, 꼭 그 영향 관계를 상정하지 않더라도 식민지 조선의 신경향파소설과 잭 런던의 프롤레타리아소설이 유사한 지반을 공유하고 있었다는 점을 확인할 수 있다. 그로부터 파국적 상상력을 담아낸 프롤레타리아소설의 어떤 보편성을 발견할 수도 있을 것이다. 김미연, 「1920년대 과학소설 번역·수용사 연구-'유토피아니즘(Utopianism)'을 중심으로」, 고려대 박사논문, 2021, 306~308쪽.

지만[49] 이와 같은 지점이 「사냥개」에 국한된 것만은 아니다. 신경향파소설의 그로테스크하며 파국적인 결말부는 당시 다른 자연주의적 텍스트의 문법과 유사성을 보임으로써 그 이데올로기를 공유하기도 하는 한편으로, 자본주의와 식민주의로부터 벗어나고자 하는 유토피아적 충동을 드러낸다는 점에서 그와 차별된다. 반복하건대 신경향파소설에 나타나는 죽음과 폭력의 직접성은 개별적이며 미숙한 해결이 아니라 지금의 상태로부터 벗어나고 싶다는, 혹은 지금의 역사로부터 비약하고 싶다는 무의식을 보여주는 징표로 독해되어야 한다.

> 김 군! 나는 더 참을 수 없었다. 나는 나부터 살리려고 한다. 이때까지는 최면술에 걸린 송장이었다. 제가 죽은 송장으로 남﹡구﹡들을 어찌 살리랴? 그러려면 나는 나에게 최면술을 걸려는 무리를 험악한 이 공기의 원류를 처부수려고 하는 것이다.
> 나는 이것을 인간의 생의 충동이며 확충이라고 본다. 나는 여기서 무상의 법열法悅을 느끼려고 한다. 아니 벌써부터 느껴진다. 이 사상이 드디어 나로 하여금 집을 탈출케 하였으며 ××단에 가입케 하였으며 비바람 밤낮을 헤아리지 않고 벼랑 끝보다 더 험한 ×선에 서게 한 것이다.[50]

「탈출기」의 박 군이 늙은 어머니와 고생하는 아내를 버리고 홀연 ××단에 가입한 행동은 전술한 맥락에서 이해될 필요가 있다. 박 군이 해오는 나무로 근근이 살아가던 가족의 상황을 생각했을 때, 그의 자발적

---

48 오길영, 「서사와 유토피아적 충동-제임슨의 서사이론」, 『비평과이론』 21(2), 한국비평이론학회, 2016, 142쪽.
49 프레드릭 제임슨, 이경덕·서강목 역, 『정치적 무의식』, 민음사, 2015, 98쪽.
50 최서해, 「탈출기」, 『조선문단』 6, 1925.3, 32쪽.

부재는 가족을 죽음으로 몰아넣는 원인이 될 수밖에 없다. 그러나 마치 박 군의 행위를 나무라는 김 군이 그러하듯 이에 대해서 무책임하다며 윤리적 단죄를 내리는 것은 적당한 독해 방식이 아닌데, 왜냐하면 그런 방식은 등장인물의 표면적 행위를 평가하는 데 그침으로써 텍스트의 심층적 무의식을 읽어내지 못하게 하기 때문이다. 중요한 것은 박 군이 가족을 버리고 자기와 세계를 선택했다는 사실 자체가 아니라 그런 선택을 한 서사적 의미가 무엇인지를 묻는 것에 있다. 이에 대해 그것이 "인간의 생의 충동"과 "확충"을 통하여 "최면술에 걸린 송장"으로 살지 않을 수 있게 한다는 답변은 충분하지 못하다. "생의 충동"과 "무상의 법열"은 지금이 아닌 다른 순간으로 비약하고자 하는 텍스트의 무의식과 연결되어 있다는 점이 덧붙여져야 할 것이다.

　　있는 자와 없는 자의 편의 남극과 북극같이 상거가 떨어있는 자본주의 시대의 절정이 지금이다. 비록 친자형제간이라도 '있고' '없는' 그 편을 따라 갈라섰다. 그러므로 윤기倫氣보다 계급의 대적對敵이다. 이 까닭에 친자형제 간에 살상이 있고 구수仇讐가 되지 않는가? 있는 자는 없는 자의 적이다. 없는 자는 있는 자의 적이다. 일가이니 친척이니 그게 다 무엇이냐? 오직 유무가 서로 싸워서 지든지 이기든지 승부를 다툴 것이다. 그러나! 계급 투쟁이다! 하고 그는 부르짖었다. 이! 대혁명이 일어나서 신인생의 세례를 받지 않고는 인간에는 결코 행복이 없을 것을 그는 직각적으로 깨달았다.[51]

「가난한 사람들」의 성호는 그러한 비약을 "대혁명"이라고 칭한다. 동경에 유학을 다녀왔으나 직업을 구하지 못해 가난하게 살아가는 그는 다른 신경향파소설의 주인공과 다르게 상황을 규정하는 논리적 언어를 가지고 있다. 쌀을 얻기 위해 6촌 형에게 갔다가 문전박대를 당하고 온 아내의 이야기를 들으며 그는 "계급의 적대"를 느낀다. "있는 자와 없는 자"가 "서로 싸워서 지든지 이기든지 승부를 다"투면 그만이겠지만, 그러나 그는 단순한 싸움이 아닌 "계급 투쟁"을 부르짖는다. 성호에게 계급 투쟁은 곧 "대혁명"을 의미하는바 혁명을 통해서 자본주의 사회의 계급적 적대를 넘어설 수 있다고 깨닫게 되는 것이다. 물론 성호가 가진 언어는 개념적 엄밀성에 입각해 있지 않다. 그에게 계급이란 생산 수단의 사적 소유 여부에 따라 달라지는 것이 아니라 재산을 가진 정도에 따라 있는 자와 없는 자가 나뉘는 것에 불과하고, 그런 한에서 계급 투쟁과 혁명 역시 명확한 의미를 획득하지 못한다. 그렇기에 이 소설은 결코 '계급 혁명'으로 끝날 수 없다.

별안간 아내가 벌떡 일어나더니 갓난애를 번쩍 들어 마당에다 패며 부치고는 부엌으로 우루루 들어가더니 식칼을 들고 밖으로 뛰어간다. 갓난애는 깩 하더니 그만 사지를 바르르 떨며 숨이 끊어진다. 그의 으서진 머리에서 빨간 피가 흘러내린다. 아내는 한걸음에 달려들어 고리대高利貸의 산멱을 푹! 찔렀다. 고리대는 비척비척하더니 무서운 신음성呻吟聲을 발發하며 장나무 토막같이 쾅! 하고 자빠진다. 아내는 머리를 풀어 산발하고 피 묻은 식칼을 휘두르며 저편 길로 껑충껑충 뛰어간다. 그러자 제수도 벌떡 일어나더니 아이를 들어서 마당에 내친다. 그리고 지게에 꽂힌 낫을 빼가지고 한달음에 내닫더니 목에서 선지피가 철철 흐르는 빗장의 송장의 배를 두어 번 콱! 콱! 찍고는 낫을 휘두르며 또 동서를 쫓아간다. 피가 탁 튀어 공중으로 뿌려 헤치는 바람에 그의 얼굴은 피투성이가 되었다. 삼촌과 숙모는 눈을 홉뜨고 또 그들을 쫓아가는 모

---

51 이기영, 「가난한 사람들」, 80쪽.

양! 아이들은 모두 기절하여 눈을 뒤어쓰고 뒤처졌는데 안마당의 두 영아의 송장은 마치 털 안 난 참새 새끼 떨어져 죽은 것 같이 처참하게 한 아이는 모가지가 부러지고 한 아이는 창자가 터졌다. 문 앞에는 구레나룻 난 무서운 송장이 눈을 흘기고 이를 앙당그려 물고 피를 동의로 쏟고 누웠다. 저기서는 "미쳤다! 미쳤다!" 하는 동리 사람들의 고함치는 소리가 들린다. 성호는 정신이 아찔하여 그 자리에 혼도하였다… 이것은 그의 무서운 환상이었다.

"아! 그렇다! 이 세상은 악마가 사는 세상이다. 그래 살려면 악마가 되어라! 저 잘 살려고 남을 못살게 구는 놈들의 악마 이상의 악마를 처 죽여라! 그렇다! 죽여라! 죽여라! 아귀가 아귀를 죽여라!" 하고 그는 두 주먹을 불끈 쥐며 다시 일어섰다. 이를 악 물고 '으악!' 소리를 쳤다. 복수의 감정이 모락모락 타올랐다. 어느덧 밤은 어둑어둑한데 원촌遠村에서 개 짖는 소리가 은은히 들려온다. 그는 다리에다 힘을 주어 다시 걸음을 내걸었다.

별안간 난데없는 천둥소리가 우루루 하더니 번갯불이 예서 번쩍! 다시 제서 번쩍! 눈앞이 환-하였다가 도로 캄캄한 뒤에는 또 우루루 딱-하는 천둥소리는 미구에 저쪽에서 소나기가 몰려오려는 것이다. 복마전 같은 검은 구름이 온 하늘을 삽시간에 엎어오더니 조금 있다가 우박 같은 빗방울이 후다닥! 후다닥 와-하고는 큰 비가 퍼붓는다. 그는 다시 정신을 차리어서 두 주먹을 휘두르며 "그렇다! 퍼부어라! 폭풍우다! 벼락 처라! 지진해라! 죽여라! 죽여라!" 외치고는 광자狂者와 같이 펄펄 뛰며 암흑을 뚫고 나간다.

폭풍우! 암흑! 뇌성벽력! 우-와-! 우루루! 번쩍![52]

위 인용문은 소설의 마지막 장면으로서 신경향파 일반에서 나타나는 폭력적이며 그로테스크한 결말처리 방식을 그대로 보여준다. 마지막 희

---

52   이기영, 「가난한 사람들」, 84~85쪽.

망이었던 친구에게 직업을 구해주지 못하겠다는 편지를 받은 뒤 성호는 깊은 좌절을 느끼고 이내 잔혹한 환상에 빠져든다. 그 스스로가 괴물이 되어버린 성호의 가족들은 아이들을 내던지는가 하면, 식칼과 낫을 들고 "고리대의 산멱을 푹!" 찔러 튄 피에 피투성이 얼굴이 되어버린다. 그 야말로 총체적인 파국의 환상을 보고 난 뒤 성호는 "악마가 사는 세상이다. 그래 살려면 악마가 되어라!"를 외친다. "악마 이상의 악마"를 쳐 죽이기 위해서는 그 역시 악마가 되는 수밖에 없다는 것이다. 계급 투쟁과 혁명에 대한 성호의 발언과는 상충되는 결말부이다.

그러나 앞서 살펴왔듯 현실 인식이 엄밀성을 띠지 못하고 해결 방안이 직접성에 의존해 있는 서사의 표면적 내용보다 더 중요한 것은 신경향파소설에 공통적으로 드러나는 형식에 잠재된 무의식이다. 환상은 존재의 비약으로 이어지고, 파국적 결말은 유토피아니즘적 충동과 관련된다. 그런 의미에서 이 마지막 장면을 정치적 무의식의 발현으로 해석해 볼 수 있다. "악마"와 "악마 이상의 악마"가 대립해 있는 환상 속의 구도는 계급 갈등의 무의식이 텍스트에 상징적으로 드러난 것이고, 갑작스레 내리치는 천둥과 번개를 통해 "대혁명"의 순간이 드러난 것이라고 말이다. 신경향파소설이 공유하는 기이한 결말의 형식은 이들 텍스트가 사실 이러한 방식으로 정치사회적 모순을 상징적으로 해결하고 있음을, 달리 말해 정치적 무의식을 서사화하고 있음을 보여주는 것이기도 하다. 이러한 비약을 전제하는 신경향파소설의 유토피아적 시간관은 역사 발전의 단계론적 법칙과 그 속도를 그대로 받아들일 수 없었던 식민지 사회주의의 정신적 특질로서 이해될 필요가 있다.

2. '운동가 코스모폴리탄소설'의 이국異國과 낭만성

1) 현실 초월과 혁명적 비약의 시공간

프롤레타리아의 국제적 이동은 식민지 조선의 프로문학이 다루는 중요한 문제 중 하나다. 1920년대 중반 최서해를 필두로 1920년대 후반에서 1930년대 중반 한설야와 강경애의 소설에 이르기까지 만주로 이주한 조선인 프롤레타리아의 궁핍한 삶을 그리는 일련의 소설은 프로문학사의 한 축을 이룬다. 「탈출기」의 박 군은 간도로 떠나면서 "농사를 지어서 배불리 먹고" "무지한 농민들을 가르쳐서 이상촌을 건설"하겠다는 뜻을 가졌으나 농사 지을 땅이 없어 날품팔이 일을 전전할 뿐이고[1] 그럼에도 불구하고 "흰 옷 입은 사람은 뒤로 뒤로 물밀 듯 몰려 들"면서 "태백산 백두산으로 큰 넓은 폭포가 쏟아져 내리는 것"처럼 계속해서 만주로 이동해나간다.[2] 식민지 조선을 피해 만주에 갔으나 중국인 지주나 공장주로부터 당하는 또 다른 압박과 착취의 경험을 보여주는 이들 소설은 민족적이며 계급적인 모순에 처한 조선인의 상황을 핍진하게 보여준다.

한편 송영은 일본으로 이주한 조선인 노동자의 삶을 다룬다. 동경의 공장이 주요 소설적 배경으로 등장하는 그의 초기소설들은 조선인 노동자와 일본인 노동자의 민족적 반목을 다루면서도 끝내 두 민족의 노동자들이 계급적으로 연대하게 되는 내용을 포함하는 경우가 많다. 임금에서부터 자는 곳, 먹는 것, 생활하는 모든 것을 차별 받는 조선인 노동자들이지만 "아무리 민족적 차별이라고 하더라도 우리들은 이것을 민족적으로 대항하면은 안될 일"이라는 점을 분명히 한다.[3] 이는 명백하게

---

1   최서해, 「탈출기」, 『조선문단』 6, 1925.3, 25쪽.
2   한병도, 「인조폭포」, 『조선지광』 76, 1928.2, 116쪽.

'프롤레타리아 국제주의'를 표방한 이념적 결과임과 동시에 1922년 도일渡日한 뒤 직접 노동자 생활을 했던 송영의 현실적인 경험이 투영된 것이다. 그런 의미에서 송영의 노동소설은 "강렬한 체험과의 관련성을 갖고 산출"된 것으로서[4] 조선인이 처한 노동 상황을 핍진하게 그려냈다고 평가되어 왔다.

국제적 이동 문제를 다루는 이 소설들이 하나의 계열을 형성할 수 있는 데는 현실을 핍진하게 묘사하고 리얼하게 반영하는 것에 중점을 두는 리얼리즘소설의 평가 기준이 작용하고 있다. 최서해, 한설야, 강경애, 송영의 전기적 외국 체험과 소설 창작의 관계가 유독 강조되는 것 또한 이러한 맥락 위에서 이해 가능하다.[5] 이 소설 속에 등장하는 외국은 주로 조선에 인접한 중국이나 일본과 같은 동아시아 국가로서, 노동 이민 등을 통해 이 지역으로 대거 이동했던 조선인들의 실제 정황과도 맞닿아 있는 것이었다.[6] 작가의 외국 경험은 그만큼 식민지민의 현실적 리얼리티를 배가하는 역할을 했으며 이는 리얼리즘소설 중심으로 이루어지는 프로문학의 정전화 과정으로 연결됐다. 달리 말해 그 과정에서 주요

---

3   송영, 「교대시간」, 『조선지광』 90, 1930. 3, 134쪽.
4   임혁, 「송영 문학에 나타난 '체험'과 현실인식의 관련 양상 연구」, 서울대 논문, 2016, 26쪽.
5   작가의 외국 체험과 소설 창작을 연결하고 있는 연구로는 다음의 논문들을 참고할 수 있다. 이경돈, 「최서해와 기록의 소설화」, 『반교어문연구』 15, 반교어문학회, 2003; 이경재, 「한설야와 만주」, 『어문연구』 44(2), 한국어문교육연구회, 2016; 임혁, 위의 책; 이상경, 「강경애 문학의 국제주의의 원천으로서의 만주 체험」, 『현대소설연구』 66, 한국현대소설학회, 2017.
6   "1910년부터 1945년 사이에 한국의 인구는 1,260만 명이 증가하였는데, 그 가운데 870만 명이 한국에 거주하고 380만 명이 일본과 만주를 비롯한 해외에 거주하였다고 한다. 다시 말하면 식민지기 한국 내에서 증가한 인구의 30% 이상이 해외에 거주하고 있었다는 것이다." 윤해동, 「근대 이후 한국의 노동이주와 동아시아」, 『한국민족운동사연구』 89, 한국민족운동사학회, 2016, 3~4쪽.

프로문학으로서 주목받지 못한 텍스트들이 존재하게 된 것이다.

　사실 사회주의와 관련된 국제 이동의 서사는 이밖에도 많다. 특히 1920년대 후반부터 1930년대 초반에 걸쳐 창작되는 또 다른 국제 이동 서사의 한 계열로서 사회주의운동가들의 해외 활동과 관련된 내용을 다루는 소설들을 살펴볼 필요가 있다. '운동가 코스모폴리탄소설'로 명명할 수 있을 만치 이 계열의 소설은 동아시아를 벗어난 더 넓은 세계를 배경으로 활동하는 운동가를 등장시킨다. 이를테면 중국의 영국 조계지와 미국을 배경으로 하는 송영의 「인도병사」와 「백색여왕」, 주로 러시아를 배경으로 하는 이효석의 북국 3부작을 비롯한 초기 단편, 상해와 모스크바 등지를 배경으로 하는 심훈의 『동방의 애인』이 여기에 포함된다. 이 소설들은 앞서 언급한 작가들의 작품처럼 중국이나 일본으로 노동 이민을 떠난 조선인들의 비참한 삶과 노동 환경을 사실적으로 그려내는 것보다는 사회주의가 실현된 선진적인 공간으로서의 러시아에 대한 동경을 보여주거나 운동의 공간으로서의 '이국異國'에서 벌어지는 각종 사건을 다루는 방식으로 진행된다.

　그러나 이들은 지금까지 프로소설사에서 하나의 계열로 주목받지 못했을 뿐 아니라 저마다 관념성, 낭만성 등을 이유로 평가절하되어 온 바 크다. 단적으로 송영은 1930년대 후반의 한 설문에서 「용광로」나 「선동자」와 같이 자기 자신을 모델로 썼던 소설과 다르게 "극도로 관념적 낭만주의"에 빠져 "가공적 인물을" 창조한 경우로 「인도병사」와 「백색여왕」의 사례를 든다.[7] 이러한 판단에는 후자의 소설들이 노동소설과 변별되며 리얼리티를 상실해 있다는 자기 비판적 시각이 스며있다. 1930년

7　「설문」,『작품』창간호, 1939.6, 26~27쪽.

대 후반 자신의 작품세계를 되돌아보는 그의 시선에는 철저하게 리얼리즘적인 평가 기준이 자리하며, 그러한 과정에서 이국이 등장하는 소설들은 '관념적'이고 '낭만적'인 것으로 비판되는 것이다. 송영 자신만이 그렇게 생각했던 것은 아니어서, 임화는 "형이 가지고 있던 초기의 낭만적 경향이 「백색여왕」에서 보는 바와 같은 허황한 관념세계로 승화한 것"이라고 부정적으로 평가했으며,[8] 이는 당대부터 지금까지도 계속되고 있는 평가의 기조라고 할 수 있다.

이효석의 초기소설에 대한 평가 또한 이와 다르지 않다. 박영희에 의해 "수반자 작가"로 지목된 이후[9] 줄곧 동반자 작가로 분류되어온 이효석의 초기소설은 현실과 동떨어진 세계를 다룸으로써 "낭만적 허위"를 가진 것으로 이해되어 왔고[10] 때로는 "시대사조에 영합하기 위한 좌익 이념 위장"[11]의 결과물로 매도되기까지 했다. "계급적 현실에 대한 인식이나

---

8   임화, 「외우(畏友) 송영형께」(『신동아』, 1936.5), 『임화문학예술전집3 ─ 문학의 논리』, 소명출판, 2009, 424쪽.

9   "씨는 카프의 소속된 작가는 아니다. 그러나 그의 작품 가운데에는 어디인가 프롤레타리아의 문학에 가까운 경향을 보여주는 점에서 필자는 카프에 수반(隨伴)하는 작가라고 이름 하였다. 그러나 프롤레타리아 작가는 원칙상 조직적 기능을 도외시해서는 안 된다. 어느 동지는 씨에 관해서 말하였다. 그것은 씨를 '프롤레타리아 모던' 작가라고─ 그러나 나는 이 '프롤레타리아 모더니즘'이니 혹은 '프롤레타리아 저널리즘' 등의 명사를 일종의 소위 부르주아의 '감각파적' 퇴폐적 예술가와 동일하다고 생각하는 까닭에 나는 그 동지의 말에 반대하였다." 박영희, 「카프 작가와 그 수반자의 문학적 활동」(『중외일보』, 1930.9.21), 『박영희 전집』 3, 영남대 출판부, 1997, 484쪽.

10   이은이는 1920년대 문학사적 흐름으로서의 낭만주의적 사조와 구분해 이효석의 낭만성을 규명하기 위해 '낭만적 허위'라는 용어를 사용한다. 그에 따르면 이효석의 소설은 "막연한 애수와 향수, 이국적 정취에 대한 아련한 선망 등 감상적 분위기로 특징지어지는 낭만적 보수주의의 성향을 띠고 있다."(이은이, 「이효석 소설의 낭만성 연구」, 인하대 논문, 2004, 7쪽) 이효석의 소설 경향을 '낭만성'으로 파악하고자 하는 연구는 이후에도 지속적으로 진행되어왔으며, 다음을 참조할 수 있다. 이미림, 「이효석 문학의 유토피아 지향과 낭만적 요소」, 『한국문예비평연구』 50, 한국현대문예비평학회, 2016.

11   정명환, 「위장된 순응주의(상) 이효석론」, 『창작과 비평』, 1968년 겨울호, 719쪽.

계급적 조건에 대한 분석을 바탕으로 이야기를 구성하고 있는 것"이 아니라 "막연한 환상만"을 드러내면서 "이상적이고 관념적인 계급 인식"을 보인다는 해석도 그 연장선상에 놓인다.[12] 이러한 평가의 저변에는 이효석의 초기소설 속에 리얼리즘적 현실 인식이 부재한다는 것을 비판하는 맥락이 깔려있다. 물론 최근 북국 3부작을 비롯한 이효석의 초기소설을 재평가하려는 연구들이 진행되기는 했지만[13] '관념적'이며 '낭만적'이라는 기왕의 기조가 크게 교정된 것은 아니다. 정리하건대 이국을 배경으로 하는 송영과 이효석의 소설은 '관념적 낭만주의'의 경향을 띤다고 평가되어 왔으며, 이는 해당 소설들이 동시기에 창작된 송영의 노동소설이나 이후에 창작된 이효석의 「모밀꽃 필 무렵」 등에 비할 때 함량 미달의 것으로 받아들여지게 하는 데 영향력을 행사해 왔다고 할 수 있다.

　그러나 '관념적 낭만주의'라는 낙인 아래 리얼리즘 중심의 프로소설사에서 거의 주목받지 못했던 이들 소설이 1920년대 후반부터 1930년대 초반에 걸쳐 창작되었다는 현상이 분명히 존재한다는 점은 충분히 강조되어야 한다. 생애사적 기반과 창작의 경향이 너무도 다른 송영과 이효석의 소설을 연결해 이해하는 것은 다소 생소한 구도이지만 해당 시기를 공시적으로 떼어놓고 보면 그들의 소설은 여러모로 공통성을 가진다. 소설의 배경이 되는 외국은 조선에서의 노동 착취와 억압이 연장된 공간으로서의 동아시아와는 결을 달리한다. 즉 리얼리즘 계열의 소

12　권영민, 『한국현대문학사』 1, 민음사, 2002, 383쪽.

13　다음의 연구들을 참고할 수 있다. 이현주, 「1920년대 후반 식민지 문학에 나타난 '북국(北國)' 표상 연구-이효석 초기 작품과 카프 관련 활동을 중심으로-」, 『우리문학연구』 44, 우리문학회, 2014; 이미림, 「이효석의 북국 삼부작 연구」, 『한중인문학연구』 50, 한중인문학회, 2016; 송민호, 「북국의 기억과 위태로운 경계를 넘는 주체의 현상학-이효석 문학에 나타난 '월경'과 '교차'의 상상들」, 『한국문예비평연구』 54, 한국현대문예비평학회, 2017.

설이 형상화하는 삶의 터전으로서의 외국과는 다르다. 그야말로 엑조티시즘적 분위기를 풍기는 소설 속의 이국은 혁명적 이상을 담은 곳이자 사회주의운동의 실천이 가능한 공간이다. 이러한 공간 설정이 소설의 관념적이며 낭만적인 성격으로 연결되는 것이겠지만, 보다 중요한 것은 '왜' 그와 같은 소설들이 창작되었으며 그것이 '어떤' 의미를 형성하는지 살피는 데 있다.

원론적으로 사회주의자들은 "사회주의라는 공통된 미래에 대한 신념을 통해 결속된" "초국가적 네트워크"를 지향한다는 점에서 국제주의자이자 코스모폴리탄이다.[14] 식민지배하에서 주권이 없던 조선의 청년들에게 사회주의는 세계시민으로서의 주권을 획득할 기회를 부여받는 것이기도 했다. 더욱이 일제의 엄혹한 지배 아래 있었던 식민지 조선에서 사회주의운동을 하는 것에는 한계가 있을 수밖에 없으므로 실제로 해외는 운동의 본거지가 되는 경우가 많았고, 그렇기에 운동가들의 해외 이동 서사는 역사적 정황의 반영이기도 했다. 그러나 전술했듯 이 서사는 현실을 리얼하게 반영하는 것이 아니라 낭만적으로 주조한다. 조선의 문학사에서 낭만성은 "민족사적 과제를 수행해갔던 개인의 비루한 삶과 존재론적 흔들림을 예술적 양식으로 승화"시키는 미학적 기제이도 하다.[15] 그런 의미에서 리얼리즘 계열의 소설이 조선의 민족적이며 계급적인 현실을 핍진하게 보여준다면, 낭만성을 띠는 이 계열의 소설들은 사회주의운동을 지지하는 지식인들의 내면 풍경, 혹은 식민지 사회주의 서사의 무의식을 확인할 수 있는 통로가 될 수 있을 것이다.

---

14   제프 일리, 유강은 역, 『The Left 1848~2000』, 뿌리와이파리, 2008, 225쪽.

15   박헌호, 「'낭만', 한국 근대문학사의 은폐된 주체」, 『한국학연구』 25, 인하대 한국학연구소, 2011, 254쪽.

그런 의미에서 로사가 조선을 떠나는 장면으로 끝나는 조명희의 「낙동강」으로부터 우선 이야기를 시작해보자. 로사가 밟으려는 길은 "남북만주, 노령, 북경, 상해 등지"를 돌아다니던 박성운이 밟았던 길이다.[16] 로사가 떠나기 전, 박성운의 친구 또한 그 길을 밟기 위해 떠났다. 소작 조합이 해산 명령을 받고 야학이 금지됐으며 "동척과 관청의 횡포, 압박이 이루 말할 수가 없"는 상황에서 "아무리 열성이 있으나, 아무리 참을성이 있으나, 이 땅에서는 어찌 할 수 없"311쪽는 까닭이다. 그런 조선에 남아 운동을 하던 박성운이 얻은 것은 갖은 고초와 병, 그리고 죽음이다. 물론 그의 죽음은 조선에 남은 이들의 연대를 이끌어내고 로사를 "최하층에서 터져 나오는 폭발탄"318쪽으로서 존재론적 전이에 이르게 하지만 한편으로 이는 식민지 조선에서의 운동 불가능성을 시사하기도 한다. 그가 아무리 "우리 경우에는 여기 있어서 일하는 편이 가장 편리하다. 그리고 우리는 죽어도 이 땅 사람들과 같이 죽어야할 책임감과 애착을 가지고 있다"312쪽는 신념이 있다고 하더라도 운동이 불가능한 식민지 조선의 현실은 결국 로사가 떠날 수밖에 없는 이유가 된다.

흔히 「낙동강」은 "낙동강-자연의 신성화와 그 생명력에 대한 찬미"가 나타나는 '낭만'적 텍스트로 이해된다.[17] 그러나 이미 조중곤에 의해 "향토애착에 대한 센티멘탈"로 비판된 바 있는 이러한 특징은[18] 「낙동강」의 낭만성을 이루는 한 요소일 뿐이다. 민족적인 것의 영역에 속한 낙동강

---

16 조명희, 「낙동강」(『조선지광』69, 1927.7), 『포석 조명희 선집』, 동방도서 출판사, 1959, 308쪽. 이하 이 문단에서 해당 소설을 인용할 때에는 본문에 쪽수를 표기하는 것으로 각주를 대신한다.

17 이화진, 「조명희의 「낙동강」과 그 사상적 지반−낭만성의 기원」, 『국제어문』57, 국제어문학회, 2013, 253쪽.

18 조중곤, 「「낙동강」과 제2기 작품」, 『조선지광』72, 1927.10, 12쪽.

의 생명력에 대한 예찬 한편에는 민족을 떠나 세계로 향하는 로사에 대한 기대감이 존재한다. 마지막 장면은 떠난 뒤에라야 테러와 죽음밖에 없는 조선의 상황에서 벗어나 사회주의운동을 할 수 있으며, 그때야 비로소 로사가 "최하층에서 터져 나오는 폭발탄"이 될 수 있음을 암시한다. 「낙동강」의 낭만성은 '향토애착에 대한 센티멘탈리즘'에 결박되었다기보다는 오히려 그로부터 벗어나고자 하는 순간 극에 다다른다. 민족지향적 낭만은 민족'지양'적인 것으로 전화轉化하며, 그 과정은 조선의 백정 계층 여성이 사회주의운동가로 변화해 코스모폴리탄의 길을 선택하는 것과 관련돼 있다. 로사의 여정이 시작되는 대목에서 소설이 끝난다는 점을 염두에 둘 때, 박성운의 죽음과 로사의 월경越境으로 이어지는 서사가 보여주는 것은 결국 운동이 불가능한 식민지 현실을 초월해 다른 세계로 나아가려는 낭만적 충동 그 자체라고 할 수 있다.

로사의 북행北行은 1928년 7월 조명희가 단행했던 소련 망명을 떠오르게 한다. 망명의 이유가 명확하게 밝혀지지 않아 여러 가지 추측에 의지해야 하는 형편이지만[19] 「낙동강」을 비롯해 망명 무렵의 문학을 통해 살펴보건대 조명희의 북행은 당연하게도 사회주의 이념의 실현을 위한 선택이었을 가능성이 크다. 망명 직전의 소설인 「아들의 마음」에서는 "중국 혁명"과 조선의 "민족 해방"과 "세계무산 계급 해방"이 동궤에 놓이고[20] 망명 직후의 시 「짓밟힌 고려」에서는 "고려의 프롤레타리아트"

---

19 이정숙은 조명희의 망명에 대한 연구에서 그 배경으로 지목되고 있는 것들을 다음과 같이 정리하고 있다. "첫째, 『시대일보』에서 같이 기자 생활을 하며 절친하게 지냈던 친구 김우진의 영향, 둘째, 일제의 박해, 체포와 투옥을 피해서, 셋째, 사회주의 사상의 구현을 위해서 그가 망명한 것으로 추론하고 있다. 여기에 덧붙여 넷째, 극심한 생활난과 애정 없는 가정으로부터의 탈출을 덧붙일 수 있겠다." 이정숙, 「조명희의 삶과 문학, 낭만성과 혁명성」, 『국제한인문학연구』 4, 국제한인문학회, 2007, 169쪽.
20 조명희, 「아들의 마음」(『조선지광』 80, 1928.9), 『포석 조명희 선집』, 383쪽.

와 "온 세계 프롤레타리아트"의 새날이 함께 이야기된다.[21] 프롤레타리아 국제주의의 문학적 표현이라고도 볼 수 있는 이러한 부분에서 중요한 것은 민족주의와 세계주의가 무리 없이 공존한다는 사실이다. 세계주의자로 거듭나는 로사의 선택에 박성운의 죽음과 낙동강이 흐르는 조선 땅의 흔적이 각인되어 있는 것처럼 망명 무렵 조명희에게 또한 민족주의와 세계주의는 공존한다. 식민지발發 사회주의 코스모폴리타니즘은 민족주의와 경합하는 형태가 아니라 민족주의가 변증법적으로 상승한 형태로 존재한다. 「낙동강」의 비장하면서도 낙관적인 결말부가 자아내는 낭만성은 순전한 민족주의에서 코스모폴리타니즘으로 향하는 장대한 과정의 비약과도 연결된다.

그리하여 로사는 어떻게 됐을까. 1920년대 후반부터 1930년대 초반에 집중적으로 창작된 운동가 코스모폴리탄 서사는 결국 로사들의 월경 이후에 대한 이야기라고 할 수 있을 터, 식민지 현실 너머의 세계에 대한 동경憧憬은 이들 서사를 추동하는 정신적 기조로 자리하게 된다. 이때의 식민지 현실이란 민족적 억압과 계급적 착취가 중첩된 조선의 상황을 의미하며 사회주의운동의 실천을 통해서라야 이룩할 수 있는 해방의 활로가 꽉 막혀버린 식민지적 조건과 무관하지 않다. 그런 상황과 조건 너머에 계급운동이 방해받지 않고 사회주의 구현이 가능한 세계가 존재한다는 서사적 설정은 당시에 실재하던 사회주의 코스모폴리타니즘의 생생한 반영이라기보다는 당대 문인들에 의한 문학적 상상에 가깝다. 송영과 이효석의 작품으로 대표되는 이 계열의 소설들은 현실을 리얼하게 재현하는 가운데 사회주의적 이념의 드러냄을 목적하지 않는다. 「낙동

---

21   조명희, 「짓밟힌 고려」(『선봉』, 1928.10), 위의 책, 445~446쪽.

강」의 마지막 장면이 그러하듯 이들은 식민지 현실로부터의 초월과 혁명적 비약을 희구하는 낭만적 충동의 결과물이다.

서사 속 운동가들이 발을 디딘 '이국'은 사회주의가 실현되었거나 그렇지 않더라도 사회주의운동이 가능한 공간으로 등장한다. 특히 이효석의 소설집 『노령근해』1931에 실린 상당수의 소설은 혁명 이후의 소비에트 러시아가 주요한 공간적 배경으로 설정되거나 러시아에 다녀온 인물이 사회주의운동에 투신하는 것을 다룬다. 당연하게도 당대의 사회주의자들에게 러시아는 혁명의 공간으로 인식된 바 크지만 소설적 공간으로 전면화되는 경우는 흔치 않았다. 1920년대 말부터 1930년대 초에 쓰인 일련의 소설들 속에서 이효석은 러시아를 적극적으로 등장시키면서 식민지 조선의 문학적 공간을 확장했다. 물론 이미 선행연구들에서 지적되었듯 이는 실제 러시아를 구현했다기보다는 작가가 추구하는 이상향의 공간에 가까운 것이었다.[22]

㉠ 내가 이곳에 상륙한 지도 어언 두 주일이 넘지 않았다. 그동안에 찾을 사람도 찾았고 볼 것도 모조리 보았네. 모든 인상이 꿈꾸고 상상하던 것과 빈틈없이 합치되는 것이 어찌도 반가운지 모르겠네. 남녀노소를 물론하고 다 같이 위대한 건설사업에 힘쓰고 있는 씩씩한 기상과 신흥의 기분! 이것이 나의 얼마나 보고자 하고 배우고자 한 것인지 이것을 이제 매일같이 눈앞에 보고 접대하는 내 자신이 신이 나고 흥이 난다면 군도 대강은 짐작할 수 있겠지. 더구나 차근차근 줄기 찾고 가지 찾아서 빈틈없이 일을 진행하여 나가는 제3인터내셔널의 비범한 활동이야말로 오직 탄복하고 놀라지 않을 수 없네.[23]

---

22   정여울, 「이효석 텍스트의 공간적 표상과 미의식 연구」, 서울대 논문, 2012, 30쪽.

ⓛ 세상 이야기 고생 이야기 감옥 이야기 항구 이야기 배 이야기 아라사 이
야기 이 밤의 칠호실은 조그만 세상의 축도였다. 거기에는 넓은 세상의 지식
이 있고 피로 겪어 온 체험이 있고 똑바른 인식이 있었다. 대낮의 거리에서 양
장한 색시에게 달려들어 여자를 기절시키고 보름 동안의 구류를 당하고 나
왔다는 윤서방의 이야기도 흥미 있는 것의 하나였으나 원산서 해삼위海參崴까
지 캄캄한 선창에 숨어 물 한 모금 못 마시고 밀항을 하였다는 항구 젊은이의
이야기 노서아 어떤 도회에서 노동자의 시위 행렬에 참가하여 거리에서 노래
부르고 ××기를 휘둘러보았다는 아라사 갔다 온 청년의 이야기는 여러 사람
의 열과 감동을 자아냈다. 더구나 청년의 가지가지의 불만과 조리 닿는 설명
은 그들의 산만한 지식에 통일을 주고 생각 못하던 것을 띄어 주었다. 그리고
그의 힘찬 결론은 듣는 사람의 피를 뛰놀게 하였다.[24]

인용문 ⓙ은 R군에게 보내는 편지 형식의 소설 「북국사신」의 한 부분
으로서 러시아에 도착한 서술자 '나'가 그곳의 풍경을 서술한다. "남녀노
소를 물론하고 다 같이 위대한 건설사업에 힘쓰고 있는 씩씩한 기상과
신흥의 기분"은 "제3인터내셔널의 비범한 활동"에서 비롯된 것으로 마
르크스주의적 비전의 실현이 어떠한 이상적 결과를 낳는지에 대한 서술
이 연달아 이어진다. 국영 판매소에서 각종 물품을 평등하게 구매하는
모습이라든가 여덟 시간 노동을 마친 노동자들이 거리를 여유롭게 활보
하는 모습을 묘사하는 대목은 이효석이 러시아에 대해 가졌던 이상과
동경을 드러내 보여준다. 이런 지점은 그의 소설을 관념적이고 낭만적
인 것으로 비판받게 하는 요인이 되지만, 보다 중요한 것은 그가 이상으

23   이효석, 「북극사신」(『신소설』, 1930.9), 『이효석전집』 1, 서울대 출판문화원, 2016, 223쪽.
24   이효석, 「행진곡」(『조선문예』, 1929.6), 위의 책, 72~73쪽.

로 생각했던 공간의 특징은 무엇이었으며 그와 같은 특징이 드러난 공간을 형상화 한 이유가 무엇이었는지 찾는 데 있을 것이다.

인용문 ⓛ은 「행진곡」의 한 부분이다. 이 소설은 러시아에 다녀온 사회주의운동가를 주인공으로 내세운다. 무엇이라고 구체적으로 서술되지는 않지만 조선에서의 막대한 임무를 떠안은 주인공은 중국인 복색으로 위장을 하고 다닐 수밖에 없는 처지에 놓여 있다. "원산서 해삼위海参崴까지 캄캄한 선창에 숨어 물 한 모금 못 마시고 밀항을 하였다는" 그의 이야기는 3등 선실의 비용도 지불할 수 없어 선실 지하에서 몰래 러시아로 향하는 「노령근해」의 한 청년을 떠오르게도 한다. "부자도 없고 가난한 사람도 없고 다 같이 살기 좋은 나라"라는 막연한 기대감을 가지고 도착한 러시아에서[25] 주인공은 "노동자의 시위 행렬에 참가하여 거리에서 노래 부르고 ××기를 휘둘러보"며 비로소 사회주의자로 거듭난다. 그 뒤 조선의 노동합숙소에서 "가지가지의 불만과 조리에 닿는 설명"으로 노동자들의 가슴에 불을 지피는가 하면 소년 복색을 하고 조선에서 쫓기어 가는 소녀에게 도움을 주는 역할을 하게 된다.

이처럼 이효석 소설에서 러시아는 사회주의라는 이념 아래 평등과 자유가 보장되는 곳이며 사상운동이 억압받지 않는 곳이다. 즉 "거리거리를 훈련하고 돌아다니는 '피오네르', '콤소몰'들의 활보, 탄력 있는 신흥계급의 기상"이 싹트는[26] 혁명이 이루어진 공간이자 "거리 으슥한 회관에 모여서 낯설은 동지들과 일을 꾀"하는[27] 혁명을 도모할 수 있는 공간이다. 이국은 지극히 유토피아적이지만 서구에 대한 엑조티시즘적 예찬

25   이효석, 「노령근해」(『조선강단』, 1930.1), 『이효석전집』 1, 139쪽.
26   이효석, 「상륙―어떤 이야기의 서장」(『대중공론』, 1930.6), 『이효석전집』 1, 182쪽.
27   이효석, 「추억」(『신소설』, 1930.5), 위의 책, 180쪽.

을 단순하게 드러낸다기보다 그에 더해 혁명의 공간으로서의 의미를 지닌다. 한편 이와 상반된 자리에 놓인 공간이 바로 식민지 조선이다.

청년은 하도 딱해서 암담한 얼굴로 '소년'을 바라보면서 이렇게 말하였으나 그것은 그렇게까지 결심한 '소년'에게는 아무 광명도 도움도 되지는 못하였다. 꽃 피고 배 익는 아름다운 삼천리 동산을 두고도 밀려 나가고 쫓겨 나가는 우리의 정경을 '소년'은 이미 '서울도 위험하고 고향도 못 살 곳'이라고 느꼈거늘 청년은 새삼스럽게 무엇이라고 말할 수 있었으랴.

그의 맑은 정신에는 현재가 또렷이 내어다보였다. 불안한 밤 열차, '소년', 자기-자연의 성을 감추지 '않으면 안 되는' '소년', 국적을 감추지 '않으면 안 되는' 자기-를 응시할 때에 그는 마음이 아팠다. 더구나 살풍경한 양복 쪼가리에 천부의 성을 가리고 그 위에 떳떳한 용모까지 이지러뜨려 버리지 '않으면 안 된' 처녀를 바라볼 때에는 자기의 누이동생과도 같은 어린 그에게 대하여 눈물을 금할 수 없었다. 누이동생이라면 그에게도 '소년'과 같은 누이동생이 있었고 '소년'에게도 청년과 같은 오빠가 있기는 있었다. 청년은 문득 오래간만에 누이 생각이 났다. 그는 오래전에 죽었었다. 굶고 병들어 죽었던 것이다. 주사 한 대면 훌륭히 살릴 것을 그것도 못해 준 그였다. 그 생각을 하면 가슴이 아프고 뼈가 저렸다. 그는 한갓 굳은 결심으로 그 아픈 가슴 저린 뼈를 억제하여 왔던 것이다.[28]

「행진곡」의 주인공 청년은 노동합숙소에서 쫓기듯 찾아든 소년을 만

28   이효석, 「행진곡」, 『이효석전집』 1, 81 · 83~84쪽.

나게 되고 그를 찾기 위해 들이닥친 남성들과 대신 싸워 소년의 도망을 돕는다. 우연히 기차에서 다시 만나게 된 소년을 통해서 그가 사실은 소녀이며 당숙에 의해 중국인 남성에게 팔려 갈 위기에 처했기 때문에 남장을 하여 도망가는 것을 선택할 수밖에 없다는 사연을 전해 듣는다. 가난이라는 계급적 조건과 여성이라는 젠더적 조건은 소녀로 하여금 "자연의 성을 감추지 않으면 안 되"게 만들고 "꽃 피고 배 익는 아름다운 삼천리 동산을 두고도 밀려 나가고 쫓겨 나"갈 수밖에 없는 상황으로 이어진다. '아라사'라고 불리는 이 청년은 러시아에서 사회주의의 세례를 받았으나 조선에서 그 이념을 운동으로 실행하기 위해서는 중국복을 하고 "초조와 불안의 연쇄"[29] 속에서 살아갈 수밖에 없다. 자신의 존재를 감춰야만 존재를 부지하거나 마음에 품은 뜻을 펼쳐나갈 수 있는 조선의 상황은 혁명의 본거지로서의 러시아와 극명하게 대조를 이룬다. 운동을 하는 것이 여의치 않은 조선의 현실로부터 초월하고자 하는 작가적 (무)의식이 사회주의 유토피아로서의 이국을 창조해낸 것이다.

송영의 「인도병사」와 「백색여왕」 속 이국은 이효석의 소설들처럼 사회주의가 실현된 러시아를 배경으로 하지는 않지만 사회주의운동이 억압된 조선과 다르게 운동을 행하는 것이 가능한 공간으로 그려진다. 「백색여왕」의 공간적 배경은 미국 뉴욕이다. 소설 속 뉴욕은 자본주의의 최첨단에 있는 도시로 묘사되는 한편으로 메이데이 시즌에 모든 노동자들이 총파업을 단행할 수 있는 '틈'이 확보된 공간으로 그려진다. 노동자 총파업은 화려한 뉴욕을 "암흑세계"로 만들고, 그 세계에는 "정지된 시가의 바깥 모양을 구경하면서 웃고서 이야기를"하는 노동자의 검은 물

---

29   위의 책, 68쪽.

결이 들어찬다.[30] 물론 이 소설에서 메이데이 총파업에 대한 검거가 이루어지지 않는 것은 아니지만 보다 중요한 것은 미국이라는 공간이 한 사업장이나 특정 직종을 넘어서 뉴욕의 모든 노동자가 참여하는 '총파업'의 재현을 가능케 했다는 데 있다. 당대의 노동소설들이 주로 한 공장의 파업, 조금 더 넓게는 동맹 파업을 그려냈다는 점을 염두에 둘 때, 도시 전체를 멈추게 하는 총파업이라는 소재는 다소 낯선 것이다.

> 그러나 그 이튿날 새벽! 아침! 저녁-
> 모든 것이 또 다시 정지가 되었다.
> 어느 틈에 누구의 짓인지 벽신문은 이곳저곳에 붙어있다.
> 그날 밤의 뉴욕은 암흑세계.
> 아메리카도 암흑세계.
> 극도의 공황은 마천각과 백아관[sic-백악관]을 흩어트릴 만치 되었다.[31]

파업 주동자들이 연행되어도 총파업은 계속해서 이어진다. 위 인용문은 「백색여왕」의 마지막 장면으로서 이후에 이어지는 노동자들의 투쟁이 이제는 뉴욕뿐 아니라 미국 전체를 집어삼키게 되는 것을 암시한다. 자본주의의 경제적 상징인 마천각과 정치적 상징인 백악관을 뒤흔들 만큼의 혼돈을 불러일으키게 되는 대대적인 파업으로 이어지는 것으로 소설은 끝이 난다. 엄혹한 식민 지배 아래 있었던 조선을 배경으로, 마치 혁명에 대한 은유를 연상하게 하는 전국적 규모의 총파업을 그려내기란 쉽지 않다. 그렇기에 미국의 뉴욕이라는 배경 설정은 자본주의의 심장에서

30 　송영, 「백색여왕(White Queen)」, 『조선지광』 89, 1930. 1, 56쪽.
31 　위의 책, 69쪽.

사회주의운동이 이루어지는 혁명적 비약의 방식을 극적으로 보여주기 위한 것이라고 보아야 한다. 이러한 설정을 관념적인 것이라고 치부하는 것은 텍스트 이면의 의미를 파악하는 데 오히려 걸림돌이 될 뿐이다.

송영의 「인도병사」는 중국 한커우汉口를 배경으로 하지만, '영국 조계지'라는 특수한 공간에서 이루어지는 중국인과 인도인의 국제주의적 연대를 보여준다는 점에서 코스모폴리탄 서사의 일종이라고 할 수 있다. 소설의 주인공인 진응시陳凝視는 국공합작 아래 조직된 국민혁명군을 이끄는 지하공산당원인데, 그의 활약상을 통해 보건대 송영이 중국의 국공합작에서 공산당, 즉 사회주의자들의 역할을 상당히 중요하게 여겼다는 것을 확인할 수 있다. 진응시는 중국의 성난 민중들과 함께 영국 영사관을 공격하다가 영국 당국에 체포된다. 감옥을 지키던 인도 병사와 '유창한 영어로' 대화를 나누던 진응시는 그로 하여금 이들의 민족이 제국주의에 의한 식민지적 억압을 당한다는 점을 일깨우게 하고 그의 도움을 받아 탈출한 뒤 영국 군대를 급습해 조계지를 탈환하는 데 성공한다. 이는 중국에서 실제로 일어났던 사건을 바탕으로 한다. 1927년 1월 공산당과 국민당 좌파가 합작해 우한武漢에 임시정부가 들어섰고 그 과정에서 "급진화된 혁명적 대중운동 세력"에 의해 영국 조계지가 회수되는 일이 발생했던 것을 다루는 것이다.[32] 조선에서 쓰였으나 조선을 배경으로 하지 않을 뿐만 아니라 조선인은 전혀 등장하지 않는 이 기묘한 소설은 사실을 바탕으로 쓰였으나 황당하리만치 낭만적이다. 반복하건대 이들 서사가 자아내는 낭만성은 다른 존재로의 '비약'과 다른 세계에 대한 '동경'으로부터 비롯된다.

---

32 유문선, 「카프 작가와 프롤레타리아 국제주의」, 『민족문학사연구』 24, 민족문학사학회, 2004, 344쪽.

콰! 콰! 콰-

와- ……! ……! ……

「매국노 장○○이를 쳐 죽이자」

「일절의 구군벌을 박멸하자」

「외국의 자본주의와 군국주의자의 침략정책을 구축하자」

「……………… ……………………하자」

「조계를 ………………」

하는 것들의 크기 태산 같은 표어기를 흩날리면서 ……는 동서남북으로 몰켜
나아간다.[33]

한편 이 시기 송영과 이효석의 코스모폴리탄소설들은 직접적으로 조
선의 독립이라는 민족주의적 지향을 드러내지는 않지만 식민지적 현실
의 흔적을 남겨 놓는다. 소설 속 주인공들은 사회주의 코스모폴리탄으로
서의 면모를 강하게 드러내면서도 식민지적 조건에 속박되어 있으며, 따
라서 그들에게는 계급 해방과 민족 해방이 동시적인 과제로 주어질 수
밖에 없다. 위 인용문은 「인도병사」에서 진응시가 민중들과 함께 영국
공사관을 습격하는 가운데 외쳐진 구호들을 보여준다. 중국인 진응시

---

33 송영, 「인도병사」, 『조선지광』 76, 1928. 2, 130쪽. 북조선의 문예출판사에서 간행된 『단
편소설집 석공조합대표』에 실린 「인도병사」에서는 해당 부분이 다음과 같이 적혀있다.
"콰! 콰! 콰!- 화포가 올라간다. / 와- 군중들의 웨침이 폭풍같이 일어난다. / "매국노 장
작림이를 쳐죽이자!" "일체의 구군벌을 박멸하자!" "외국의 자본주의와 군국주의자의
침략정책을 반대구축하자!" "조계를 철폐하고 치외법권을 폐지하라!" 하는 것들의 크기
태산같은 표어기(프랑카드)를 휘날리면서 시위군중들은 동서남북으로 몰키여 나아간
다. / "침략자들을 내쫓자!" "도적놈, 영, 미, 불, 일의 군국주 도배를 구축하라!" "빼앗
긴 공장과 산업을 회수하자!" 이러한 부르짖음은 혁명가소리에 뒤섞이어서 일어났다."
『현대조선문학선집12. 단편소설집 석공조합대표』, 문예출판사, 1991, 86쪽.

와 인도병사에 의한 국제주의적 연대의 저변에는 저발달 지역으로서의 (반)식민지에 잔재한 봉건주의, 그것에 침투해 들어온 "외국의 자본주의와 군국주의"라는 공통 기반이 전제되어 있다. 다시 말해 식민지민들의 국제주의적 연대는 단순히 프롤레타리아의 계급적 연대의 측면으로만 설명될 수 없으며 그와 더불어 민족적 억압에 대한 저항이라는 요인이 강하게 작동하고 있는 것이다. 앞서 망명 이후 조명희의 경우를 통해 언급했듯이 주변부에서의 사회주의 코스모폴리타니즘이란 민족주의가 변증법적으로 지양된 형태로 존재한다. 이 소설은 현실 반영이라는 잣대에 의하면 관념적이고 낭만적이지만 주변부에서의 문학적 상상력이라는 측면에 집중할 때 그 낭만성은 이념적이고 정치적인 색채를 띠게 된다.

2) 정치적 이니시에이션으로서의 사랑과 우정

1920년대 후반에서 1930년대 초반 사회주의 진영을 중심으로 이루어진 '이국'이라는 소설적 시공간의 탄생은 사회주의운동이 가능한 세계에 대한 '동경'과 지금-여기 식민지 조선의 현실로부터 '초월'하고자 하는 것에서 비롯됨으로써, 필연적으로 '낭만성'을 띨 수밖에 없었다. 즉 외재적 현실에 대한 문학적 반응으로써 코스모폴리타니즘에 입각한 서사의 형식이 만들어진 것이며 동경과 초월의 희구로 말미암아 형식은 그 자체로 낭만적이었다. 그렇다면 소설 내부에서 이러한 형식에 부합하는 내용의 낭만성은 어떤 지점으로 연결되는가. 소설의 낭만적 형식을 인력引力으로 끌어당기는 내재적 요소들은 무엇인가.

결론을 앞당겨 말하자면 이 계열의 소설 속 주인공들을 진정한 사회주의 코스모폴리탄으로 거듭날 수 있게 하는 것이 바로 '사랑과 우정'이라는 점에 주목할 필요가 있다. 특히 이국인과 나누는 사랑과 우정은 국제적 연대의 기반이 되어 주인공들을 국제주의자로서 자리매김하게 하는 요인이 된다. 그렇게 볼 때 이와 같은 감정은 조선의 사회주의자가 국제주의자로 변화해가는 과정 속에서 일종의 '정치적 이니시에이션'의 역할을 한다고 할 수 있다. '이니시에이션initiation'은 "누군가에게 특별한 기능이나 지위를 부여하거나 어느 사회의 일원이 되도록 하는 의식과 의례, 고난의 경험, 가르침" 따위를 의미한다.[34] 흔히 이니시에이션소설은 프로타고니스트의 자기 인식과 세계의 발견을 통해 자신을 변화시키는 것을 전제하는데, 따라서 그 변화는 대체로 개인적인 수준에 머물러 있다. '정치적'이라는 단서를 붙인 이유가 여기에 있다. 사회주의자들의 국제주의적 변화는 개인이 달라지는 것이기도 하지만 소설적 세계관의 이행과도 관련되는 것이기 때문이다. 이국인과 나누는 엑조티시즘적 사랑과 우정은 변화와 이행의 과정에서 사회주의자가 겪게 되는 소설 속 의례로서 소설의 내용적 측면에서의 낭만성을 자아내며 이때의 낭만성은 정치적이다.

송영의 「백색여왕」은 뉴욕 메이데이 파업의 화소가 중간중간 삽입되는 가운데 조선인 청년 주홍기와 러시아 여인 리지아의 애정 서사가 주를 이룬다. 조선에서 본래 민족주의자였던 주홍기는 뉴욕에서 전기발전공장의 직공이 된 이후로 계급의식을 가지게 되고 메이데이 파업을 이끌기도 하는 사회주의자 운동가로 변화한다. 그는 친구를 만나기 위해 간 '화이트퀸'이라는 술집에서 그곳의 댄서인 여주인공 리지아가 던진 꽃을 우연히 받게 된다.

---

34   https://www.merriam-webster.com/dictionary/initiation

이 화이트퀸 홀은 「아라사」 늙은이 케렌스키와 뉴욕의 청년 실업가 자크 무어가 공동으로 경영하는 가장 새로운 술집이라. 집 모양이나 집안의 장치는 순전한 로서아식으로 꾸며놓았다. 전등불까지도 다소 침울한 색채를 더해서 집안의 공기는 겨울 햇빛이 비춘 방안과 같았다. 밝으나 휘황하진 않고, 화려하나 찬란치 않은 것이 이 홀의 특징이다.

더욱이 이 홀의 특징은 한편에 꾸며놓은 무대였다. 다른 홀이나 바의 무대 같은 평범한 배경이나 광선을 쓰지 않고 로서아 제정시대의 궁전과 같이 만들어 놓았다.

그리고 이 홀은 다른 술집도 처음으로 시작할 때에는 흥정이 많은 것처럼, 이같이 날마다 밤이면은 만원이 되는 것은 아니다. 또는 로서아 궁전식 무대나 로서아식의 장치나 그리고 향내 나는 노란 「술잔」들에게 모든 손님들이 끌리는 것도 아니다.

날마다 만원되는 이유는 다만 세계적으로 유명한 댄서^{舞姬}인 리지아라는 「로서아」의 계집애가 있는 까닭이다. 이 리지아의 나이는 열아홉 살이 갓 되어서 붉고 연한 훈향에 쌓여있다. 새파란 눈, 금빛머리, 붉은 입술, 가는 손길…… 그리고 육체의 곡선미는 세계에서 하나밖에 안 될 듯한 일색 이상의 미인이었다. 그리고 백금 구슬로 장식한 화관을 쓰고 흰나비 날개 같은 무용복을 입고 나서면 더 한층 아름다웠다. 이래서 리지아는 화이트퀸=즉 백색여왕=이라는 별명을 듣고 지냈다.

그러나 리지아가 「백색여왕」이 된 것은 희고 아름다운 육체를 갖고 또는 옷을 입어서 그런 것은 아니다. 그보다도 리지아는 제정 시대에 휘날리던 리지아 공작의 막내딸인 까닭이며 또는 지금 그의 수양아버지 노릇하는 케렌스키가 백색노인인 까닭이다.[35]

위 인용문은 「백색여왕」의 서두에서 화이트퀸이라는 술집과 리지아라는 여성을 묘사하는 대목이다. 마치 러시아 제정시대의 궁전 같은 공간에서 흰 얼굴, 새파란 눈, 금빛머리, 붉은 입술을 가진 리지아는 댄서로 일하고 있다. "제정 시대에 휘날리던 리지아 공작의 막내딸"이며 "「아라사」 늙은이 케렌스키"의 수양딸인 까닭에 리지아와 처음으로 단둘이 대면하게 된 주홍기는 일본인인지, 중국인인지, 조선인인지를 꼬치꼬치 묻는 그를 미국 경찰의 스파이로 의심한다. 그러나 사실 리지아는 미국의 사회주의운동을 비밀리에 돕기 위해 러시아 정부에서 보낸 이로서 메이데이 파업 이후 미국 경관에게 쫓기는 신세가 되어 신변을 감추기 위해 주홍기의 집에 찾아가게 된다. 스파이라는 오해를 푼 주홍기는 리지아를 자신의 집에서 머물게 하고 그 과정에서 리지아에게 성적 충동을 느낀다. 리지아 역시 주홍기가 "날마다 큰 사건이 일어나는 가장 용감한 ××들이 사는 조선의 사나이라는 데에도 호기심"이 났을 뿐 아니라 "홍기의 가슴과 공통되는 성욕"을 느꼈기에 그를 받아들인다.[36]

여기에서 주목해야할 것은 크게 두 가지다. 하나는 당시로서는 드물게 이국 여성과의 사랑이 등장한다는 점이고, 또 다른 하나는 사회주의적 대의와 지극히 개체적인 욕망으로서의 성욕이 불화하지 않는다는 점이다.

첫째, 이국 여성과의 사랑이 등장하는 것은 어떤 효과를 불러일으키는가. 동경의 조선인 노동자 김상덕과 일본의 여성 노동자 이마무라 기미고의 사랑을 그린 「용광로」『개벽』, 1927에서와 같이 송영에게 프롤레타리아 국제주의와 연애의 문제가 "구조적 유사성"을 띠면서 중요하게 결부되어 있다는 점은 이미 지적된 바와 같다.[37] 그러나 「용광로」가 그리 낯

---

35   송영, 「백색여왕(White Queen)」, 『조선지광』 88, 1929.11, 97~98쪽.
36   송영, 「백색여왕(White Queen)」, 『조선지광』 89, 1930.1, 65쪽.

설지 않은 내선內鮮 연애를 다루고 있는 것에 비할 때 위 소설 속의 연애에서 유독 '이국성'이 강조되는 점은 새롭게 조명되어야 한다.[38] 레비나스Emmanuel Levinas가 지적한바, "이국정서exotisme를 내포한 예술은 사물 또는 상황이나 사건을 세계 안의 시야에서 떼어내어 세계 바깥에 있는 낯선 것으로 만든다."[39] 이 소설이 이국정서를 자아내는 가장 근본적인 이유는, '백색여왕'이라는 제목에서도 드러나듯 인종적 차이에 있다. 카페 안의 손님들은 리지아가 던진 꽃을 받아 든 것이 "누른 빛" 얼굴에 "새까만" 두 눈동자를 가진 주홍기라는 것을 확인하고 "황인종이다 황인종이다"를 부르짖는다.[40] 젠더와 인종의 차이가 겹쳐지면서 발생하는 이 낯선 느낌은 남성과 민족 중심적인 시야의 밖을 내다보게 한다. 특히 리지아가 '사회주의가 실현된' 러시아 출신의 '여성'이라는 점을 상기할 때, 이로부터 식민지 조선에서 남근화된 사회주의운동의 재현을 상대화할 수 있는 시각이 확보될 가능성이 열린다고 할 수 있다.[41] 이런 지점은 주홍기가 민족주의자에서 사회주의자로 변화하는 것과 맞물려 있으며 국

---

37 강문희, 「송영 소설 연구-식민지 시기 국제주의 연애와 가족 서사를 중심으로」, 성균관대 논문, 2011, 45~66쪽 참고.

38 '이국(異國, the exotic)'은, '문 밖에서 온'이라는 뜻을 가진 라틴어 foranus에서 유래한 '외국(the foreign)'이라는 단어가 공간의 물리적인 거리를 객관적으로 전제하는 것과는 또 다른 뉘앙스를 가지고 있다. 이국은 사전적으로 '풍속이나 인정 다른 나라'를 뜻한다는 점에서, 물리적 거리뿐 아니라 문화적이며 정서적인 거리감을 포함하고 있다. 실제로 '이국적'이라는 말이 쓰일 때, 색다른 것, 기묘한 것 등의 이미지가 덧씌워진 경우가 많은 것을 떠올려 볼 수 있다. 그런 의미에서 내지인과 그 연장에 있다고 여겨지던 식민지 조선인의 연애는 외국인간의 연애라고 보기 힘든 측면이 있을 뿐만 아니라, 이국적이지 않다.

39 심상우, 「이미지의 재현와 이국정서-「레비나스의 타자철학과 예술적 상상력」에 대한 논평을 대신해서」, 『대동철학』 57, 대동철학회, 2011, 67쪽.

40 송영, 「백색여왕(White Queen)」, 『조선지광』 88, 1929.11, 101쪽.

제주의가 끌어안고 있는 다층적 겹을 새로이 보여주는 역할을 한다.

둘째, 계급 해방이라는 대의와 개인의 성적 욕망이 불화하지 않는 것은 어떤 의미를 자아내는가. 프로문학에서 다루어지는 사랑은 대체로 "① 운동의 환경에서 불가능한 것, ② 운동을 와해시킬 위험을 품고 있는 것"으로 그려진다.[42] 사적 영역에 속한 사랑은 공적인 사회주의운동을 방해하는 요인이 되기 때문에 사랑의 관계는 결국 실패로 끝나거나 동지애로 승화되는 형태를 띠는 경우가 많다. "극도의 반역이 아니면 극도의 열애 속에 묻히고 싶다. 그러나 내게는 연애가 없다. 아니 있기는 하지만 하나 그것은 사야만 된다. 나는 연애를 사려고 하지 않는다. 그러니 내게는 반역뿐이다"라는 최서해의 전언이 단적으로 보여주듯[43] 혁명과 연애는 양자택일해야 하는 문제이지 공존할 수 있는 것이 아니었다. 이 소설이 특이한 지점이 바로 여기에 있다. 운동대의과 사랑욕망이 대립되지 않음으로써 공적 영역과 사적 영역의 경계는 무화되며 두 항을 지탱하는 열정은 공사를 넘나드는 연대의 에너지로 남게 된다. 주홍기와 리지아가 사랑을 나눈 다음 날 이들은 검거되지만 뉴욕의 메이데이 파업

---

41 이 시기 프롤레타리아소설의 남근주의적 성격에 대한 부분은 별도의 논의를 요한다. 다만 대다수 소설에 남성 사회주의자가 등장하며 소설 속 사회주의운동은 남성적인 영역에 있는 것으로 다루어지는 경우가 많다는 점을 언급하고 넘어가고자 한다. 단적으로 「낙동강」이나 임화의 「우리오빠와 화로」 등에서처럼 여성은 남성 사회주의자들의 보조자나 그들에게 계몽 받는 자의 위치에 서있는 경우가 많았다. 정종현은 "사회주의자 앞에 '여성'이 붙는 순간 그녀들은 다양한 성적 암시나 걸출한 남성 사회주의자에 종속된 도구적 존재로서 소비"되었던 지점을 지적하기도 한다. 정종현, 「오빠들이 떠난 자리 – 전향의 시대, 임순득·지하련의 사회주의 관련 소설연구」, 『한국학연구』 61, 한국학연구, 2021, 88쪽.

42 이경림, 「사랑의 사회주의적 등정의 불가능성 – 강경애의 『인간문제』론」, 『한국현대문학연구』 55, 한국현대문학회, 2018, 101쪽.

43 최서해, 「『혈흔』 창작서문」, 곽근 편, 『최서해 전집 상』, 문학과지성사, 1987, 13쪽.

은 더 큰 흐름으로 계속 이어진다. 이는 사랑을 기반으로 한 사회주의자들의 국제적 연대가 자본주의 사회를 멈추게 하는 힘이 될 수 있다는 암시로 읽어내야 한다.

카페 '우수리'―안정치 못한 이 며칠 동안 자주 출입하게 된 것은 이 부두 가까이 외롭게 서 있는 카페 우수리였다. 저녁부터 자옥한 안개 속에 붉은 불을 희미하게 던지고 있는 카페 우수리―그곳은 온전히 노동자들의 오아시스였다. 모보^{모던} 보이들이 재즈를 추고 룸펜들이 호장된 기염을 토하는 곳이 아니요 그야말로 똑바른 의미에서의 노동자의 안식처였다. (…중략…) 순진한 노동자 숲에서만 우러나오는 이 집의 유쾌하고 건강한 기분을 사랑하여서지만 솔직하게 말한다면 보다 더 카페 주인의 딸 되는 사샤의 매력에 끌려서라고 할까. (…중략…)

붉은 수건으로 머리를 싸고 기타의 줄을 은은히 울리는 사샤의 목가적 자태를 볼 때에 그가 낮 동안에 부두에 나와 바닷바람을 쏘여 가면서 새로 닻 내린 배에 올라 정신없이 무엇을 적으면서 선객들을 한 사람 한 사람 취조하는 해상 국가 보안부의 여서기인 줄야 누가 첫눈에 짐작할 수 있으랴. 그리고 그가 몇 해 전에 모스크바에 있을 때에 열렬한 콤사몰카의 한 사람으로 낮 동안에는 회관에서 일 보고 또한 동무들과 혁명사 강의를 들으러 다니던 그 사샤일 줄야 누가 짐작하랴. 혁명에 오빠와 어머니를 잃은 사샤는 모스크바에서 열심히 공부하고 일 보던 그때에도 외로이 떨어져 있는 늙은 아버지를 지극히 사랑하였던 끝에 마침내 도읍을 떠나 동쪽 항구까지 멀리 아버지를 찾아왔던 것이다. 그리하여 여서기로서 바쁜 일을 보아 가면서도 아버지를 위하여 그가 경영하는 카페를 또한 도와 나가던 것이다. 낮에는 바쁘게 휘돌아치면서도 밤에는 수많은 노동자와 선원들을 상대로 목가와 기쁨에 취하는 이 두 가

지 생활을 사샤는 가장 자유롭고 양기롭게 해 나가던 것이다.[44]

이효석의 「북국사신」 또한 「백색여왕」과 유사한 서사 구조를 가진다. 사회주의운동과 관련해 블라디보스톡으로 파견된 조선인 청년과 카페에서 아버지를 도와 일하는 러시아 여인 사샤의 애정 서사를 기본으로 하는 이 소설은 사회주의적 지향을 함께 가지면서 이국정서를 자아내는 여성과의 사랑을 다룬다. 카페 우수리는 모던보이들이나 룸펜들이 향락을 즐기는 조선의 퇴폐한 카페와 다르게 "노동자의 오아시스"이자 "노동자들의 안식처"로 기능하는데, 이는 마치 노동자 국가인 러시아를 축소해놓은 것 같은 느낌을 자아낸다.

한편 사샤의 풍모와 성격이 그러한 이상적 공간을 더 돋보이게 한다는 점에 비추어 볼 때, 이들 소설이 연애 대상으로서의 이국 여성의 이미지를 형상화하는 방식은 주목을 요한다. 「백색여왕」과 「북국사신」에서 연애 대상으로서의 러시아 여성들은 쾌활하고 호방한 성격의 소유자로서 무엇보다 일을 하며 스스로 '생활'을 영위하면서도 '주의'에 투신한 모습으로 그려진다.[45] 이들의 모습은 당시에 여성이 재현되던 방식뿐 아니라 사회주의자가 다루어지던 방식과도 사뭇 다르다. "생물학적 현존

---

44 이효석, 「북극사신」, 『이효석전집』 1, 227~229쪽.

45 「백색여왕」과 「북국사신」을 '로맨틱한 이국 연애'라는 측면에서 비교 분석한 연구로는 이사유의 논문을 참고할 수 있다. 이사유는 당대의 기사를 통해, "새로운 사회체제 하에서 러시아 여성은 자유롭게 공부하고 일하며 사회주의운동에 대한 깊은 안목을 갖출 뿐만 아니라, 사회주의 건설 사업을 적극적으로 지지하고 실천해 나가고 있"는 모습으로 그려지는 점을 발견하며, 소설 속 여성도 이에 영향을 받았다고 분석한다. 즉, 이효석과 송영의 러시아 여성상은 저널리즘을 중심으로 형성된 이와 같은 이미지가 투영된 결과라는 것이다. 이사유, 「1920년대 후기 프로소설의 연애문제」, 인하대 논문, 2009, 31~39쪽.

을 위해 의식주를 필요로 하는 한편, 보다 가치 있는 세계를 향해 들려져 있"어야 하는 이중적 과제에 놓인 사회주의자들은[46] 필연적으로 생활과 대의 사이에서 갈등하는 존재로 그려지기 마련인데 독특하게도 이들 여성들에게는 그 두 항이 자연스레 공존하는 것이다. 「북국사신」의 사샤는 "열렬한 콤사몰카의 한 사람으로 낮 동안에는 회관에서 일 보고 또한 동무들과 혁명사 강의를 들으러 다니던" 사회주의자이고 현재는 러시아 "해상 국가 보안부의 여서기"로 일하며 아버지의 카페 일을 돕는다. "낮에는 바쁘게 휘돌아치면서도 밤에는 수많은 노동자와 선원들을 상대로 목가와 기쁨에 취하는 이 두 가지 생활을 사샤는 가장 자유롭고 양기롭게 해 나"간다. 이는 생활勞동과 사상이 분리될 필요가 없는 세계에서나 가능한 것으로, 마치 마르크스가 "아침에는 사냥하고, 오후에는 낚시하고, 저녁때는 소를 몰며, 저녁 식사 후에는 비평을 하"는 것으로 그려냈던 것 같이 느껴지기까지 한다.[47] 사샤의 호종豪縱한 성격은 이러한 토대로부터 가능할 수 있는 것이다.

1인칭 서술자 '나'는 사샤의 매력에 빠져 그의 키스를 두고 벌어지는 경매에서 '천 루블'을 불러 이기게 된다. 사실 나는 십 루블도 없는 가난한 신세로, 사샤를 사랑하는 마음에 거짓으로 경매에 참여했던 것이다.[48]

---

46   박헌호, 「'생활'하는 '주의자'들—〈김병화 傳〉으로 읽는 『삼대』」, 『반교어문연구』 40, 반교어문학회, 2015, 407쪽.

47   칼 마르크스·프리드리히 엥겔스, 박재희 역, 『독일 이데올로기』 1, 청년사, 2007, 64쪽.

48   한편 서술자는 키스를 경매하는 것에 대해 다음과 같은 생각을 밝히고 있기도 하다. "경매라니 말이지 처녀의 키스를 경매한다면 퍽 음란하고 야비하게 들릴 것일세. 그러나 알고 보면 그것이 이곳에서는 극히 건강하고 허물없는 장난에 지나지 못하네. 퇴폐적 비열한 행동인줄 알았던 것이 실상인즉 단순하고 모사기한 노름에 지나지 못함을 나는 깨달았네. 여기에 또한 슬라브다운 기풍이 나타나 있으니 이곳이 아니면 도저히 보기 어려운 장난일 것일세." 이효석, 「북극사신」, 『이효석전집』 1, 240쪽.

이를 알게 된 사샤는 화를 내기는커녕 "야 류블류 카레이스쿠(나는 조선 사람을 사랑해요)"라고 말하며 자신의 사랑을 고백한다. "아무러한 인종적 편견도 가지지 아니하고 조선 사람인 나를 사랑하였던 것이다."[49] '조선 사람을 사랑한다'는 작위적인 말로 전해지는 사샤의 갑작스런 고백은 서사의 전개상 황당하기 그지없는 설정이지만, 보다 중요한 것은 '사랑'의 감정이 문제시된다는 점에 있다.

> 세상에 둘도 없는 사샤! 가련한 웃음을 띠우고 낭랑한 목소리로 "야 류블류 바스(당신을 사랑합니다)" 하면서 품에 와서 넌짓 안긴다면 그 순간에 죽어도 이 세상에 났던 보람이 있겠다고 평소의 나답지 않은 이러한 당치 않은 생각에 나중에는 센티멘털하게까지 되었다. 일이 많고 짐이 무거운 몸에 이러한 헛된 생각과 사치한 욕심에 마음을 괴롭게 할 처지가 아니라고 스스로 꾸짖어 보았으나 사람으로서의 이 영원한 감정만은 어찌할 수 없었다.[50]

인종과 민족을 넘어선 이들의 사랑은 일차적으로 국제주의적 연대에 대한 은유일 수 있다. 사랑 앞에서 이들의 모든 차이가 문제시 되지 않듯 사회주의적 지향 앞에서 인종과 민족은 문제가 되지 않는 것이 국제주의의 이상이기 때문이다. 나아가 이들의 사랑은 그것이 사회주의운동을 이끄는 정동과 결코 분리되지 않는다는 것을 보여준다. 조선의 사회주의운동과 관련된 임무를 맡아 러시아에 온 '나'는 "평소의 나답지 않은 이러한 당치 않은" 사샤에 대한 감정에 당혹감을 느낀다. "일이 많고 짐이 무거운 몸에" 사랑은 "헛된 생각과 사치한 욕심"으로 여겨질 수밖에

---

49 위의 책, 227~228쪽.
50 위의 책, 239쪽.

없었던 탓이다. 그러나 어찌할 수 없는 "사람으로서의 이 영원한 감정"은 결국 사샤와 사랑을 나누는 것으로 이끈다. '무게 있는 소식'을 기약하는 마지막 장면은 애초에 '나'가 깊은 고민에 빠져들었던 것과 다르게, 그의 사회주의운동과 관련된 활동이 사샤와의 연애와 더불어 계속되고 있음을 암시한다. 소설 속에서 사랑의 감정과 운동의 내적 동력은 결코 분리되지 않는다.[51] 그것을 경험함으로써 사랑과 운동의 불화를 고민했던 '나'는 사랑을 품은 사회주의운동가로 거듭난다. 더욱이 그 사랑이 국제주의적 연대에 대한 은유일 수 있다는 점을 함께 생각한다면, 그는 그러한 의식을 거쳐 '국제주의자'로 변화했다고 할 수 있을 것이다.

이처럼 이국에서의 사랑을 다룬 송영의 「백색여왕」과 이효석의 「북국사신」은 이국인과의 사랑을 다루면서 그것이 어떻게 국제주의적인 연대의 기반과 같은 동력이 될 수 있는지를 보여준다. 혹은 이들의 사랑을 국제주의적 연대의 은유 자체로 볼 수도 있을 것이다. 지극히 낭만적으로 그려지는 이국 여성과의 사랑은 오히려 자신의 조건을 객관화할 수 있는 시야를 확보케 하는 데 영향을 미치기도 하는 한편으로, 사회주의 유토피아에 대한 바람이 투영된 것이기도 하다. 이런 점들을 두루 생각해보건대, 이들 소설에서 재현되고 있는 이국에서의 '사랑'은 조선인 사회주의자를 비약하게 하는 이니시에이션의 역할을 한다.

---

51 이효석의 초기 소설은 인간의 보편적인 본능이나 감정이 사회주의적 이념과 어떤 관계를 맺고 있는지에 대해서 지속적인 관심을 기울였다. 같은 사회주의 연구회에 속해 있지만 백화점에서 일하는 모던한 여성 나오미와 그와는 정반대 성향을 가지고 있는 '나'의 연애를 다룬 「오리온과 능금」은 그 단적인 예이다. 나오미는 사회주의적 대의를 위해서 자신의 감정이나 본능을 배제하지 않고, "금욕은 프롤레타리아의 도덕이 아니에요─ 솔직한 감정을 정직하게 표현하는 것이 프롤레타리아가 아닐까요?"라며 그것을 오히려 적극적으로 표현하는 여성으로, '나'는 결국 그와의 연애를 통해 이념과 욕망의 공존을 경험하게 된다. 이효석, 「오리온과 능금」, 『이효석전집』 1, 283쪽.

한편 국제주의적 연대를 가능케 하는 감정적 동인으로 작동한다는 점에서 '사랑'과는 조금 다른 맥락에 놓인 '우정'에 대해서도 살펴볼 필요가 있다. 특히 국제주의적 연대에 입각한 우정은 이방인에 대한 환대의 문제와 긴밀하게 연결된다. 환대는 우정의 조건으로서 "우정의 가능성을 열어두는 것"이기 때문이다.[52] 기실 마르크스주의의 국제주의는 단일한 계급적 토대에서 조합주의적·경제주의적으로 구성된 것이라는 일각의 오해와 다르게 국제연대적 윤리로서의 '환대의 권리'에 기반해 있다. 마르크스에게 "환대의 권리"란 "피억압 계급의 상호부조와 이를 통한 연대 정신의 확산이라는 실천적 맥락"을 갖는 것이었으며[53] 그 이후 피억압 민족의 해방과 자결에 대한 레닌의 관심 역시 그러한 기반 위에 서 있는 것으로 볼 수 있다. 요컨대 국제주의자의 우정은 이국인에 대한 환대로부터 가능할 수 있다.

송영의 「인도병사」는 이러한 지점을 잘 보여주는 소설이다. 영국 조계지를 탈환하려던 진응시는 인도 병사가 지키는 영국 영사관 내의 감옥에 갇혀 있다가 문득 벽을 두드리며 웃는다. 그를 주시하던 인도 병사는 왜 웃는지 묻고, 이에 진응시는 상해에서 정치범으로 잡혀 들어갔을 때 독립운동을 하다 감옥에 갇힌 인도인들과 정치적 연락을 주고받기 위해 벽을 두드리던 기억을 떠올렸기 때문이라고 대답한다. 감옥의 창살을 사이에 두고 병사와 수감자로 만난 이들은 민족이 다른 만큼이나 다른

---

52 김현경, 『사람, 장소, 환대』, 문학과지성사, 2015, 174쪽.

53 한상원, 「맑스의 국제주의와 환대의 정치-윤리」, 『시대와 철학』 29(2), 한국철학사상연구회, 2018, 220쪽. 이 논문에서 한상원은 마르크스의 국제주의 이념에는 국제연대의 윤리적 의무가 포함되어 있으며, 실제로 맑스가 중세 코뮌을 연구하면서 "이방인에 대한 환대의 자세로부터 크나큰 영감을 받기도 했으며 이를 당대의 코뮌주의 사회가 갖춰야 할 덕목으로"(199쪽) 보았다는 점을 밝힌다.

처지에 놓여 있지만, 진응시의 옛 인도인 친구 이야기를 통해 인도 병사의 마음의 빗장이 열리기 시작한다.

"참, 그 사람들은 나하고 퍽 친하였지. 말이 인도 사람, 청국 사람이지 실상은 친형제 이상이었으니까…… 이것 봐. 이것은 벌써 한 이삼 년 된 이야기인데 그때도 지금 같이 여름이란 말이지. 그래. 그 사람들하고 나하고 같이 뻔드공원으로 산보들을 갔겠다! 참 거기서는 앞으로는 황포강이 흘러가고 있는데 그 강가에는 비옷 널어놓은 것 같이 쫙 깔려 있는 게 있었겠다……"

"아니 그게 뭐야"

"응, 그것은 우리나라 '고력군'이란 말이지. 옷도 변변히 없는 것들이 낮잠들을 자는 것이란 말야. 뭐— 낮잠뿐인가. 사실은 집도 없어서 밤낮 할 것 없이 포대기 하나만 가지면 살아가니까. 참, 구더기 마찬가지로……비참하지……그래서 그만 우리들은 그것을 보고 눈물이 나서 아무 경황도 없이 졌단 말이지……"

"왜?"

"흥, 그럼 눈물 안 나겠어…… 생각해봐, 한편 쪽을 보면 해 밑에 번쩍번쩍하는 ………………………… 있단 말이지. 그것과………… 어떻게 눈물이 안나………… 그랬더니 옆에서 인도 친구 하나가 나더러 「왜 우느냐」고 그런단 말이야…… 그래서 나는 「흥, 우리나라는 몇 백 년 동안이나 봉건제후의 발호로 백성들이 피폐를 한데다가 더군다나 열국의 군국주의 ××을 받아서 (검열) 죄다 착취만 당하고 아주………………으로 ……………하여가니 좀 한심하냐」고 하였단 말이야. 그랬더니 그 친구들도 모두 흥분이 되어서 '흥 자네 나라뿐인 줄 아나. 우리네 인도는 ………………의 아편 정책에 빠져서 완전하게………… 가 된 뒤로는아주 지금은 극도에 달하였네. 처처의 (검열)에 걸린 (검열)와 인제 (검열)'하데 그려. 참 그때" 하면서 진응시는 더 강개한 소리로 (검열)

"그래서 우리는 (검열) 치들면서 (검열) ……"

하면서 진응시는 (검열) 내놓으면서

"여보게, 이손으로 자네…… 친구와 악수를 하였다네"

이 소리에 인도병사는 총을 떨어트리고 한참이나 고개를 숙이고만 있다가 왈칵 달려들어서 진응시의 손목을 힘 있게 잡았다.[54]

진응시는 친형제 이상으로 우정을 나누던 인도인 친구들과의 일화를 소개한다. 진응시가 중국인 노동자들의 처참한 모습을 보면서 눈물을 흘리자 인도인 친구 역시 이에 공감하며 "흥 자네 나라뿐인 줄 아나. 우리네 인도는 ………의 아편 정책에 빠져서 완전하게………가 된 뒤로는 아주 지금은 극도에 달하였네"라는 말을 전한다.[55] 이를 계기로 진응시와 그의 옛 인도인 친구는 두 손을 꼭 마주잡고 우정을 나누는 관계가 된다. 제국주의의 민족적 억압과 그것이 심화시킨 자본주의의 계급적 착취의 경험이, 민족이 다른 이들의 연대를 이끈 것이다. 이 이야기에 감화된 인도 병사 또한 자신이 감시하던 "진응시의 손목을 힘 있게 잡"고 영국군으로부터 그를 구출해 함께 운동에 나설 것을 결심한다. 영국 영사관은 이 둘에 의해 탈환되어 그 지붕에는 영국기 대신 청천백일기

54   송영, 「인도병사」, 『조선지광』 76, 1928. 2, 136~138쪽.
55   문예출판사 판본에서는 검열된 부분을 다음과 같이 싣고 있다. "흥, 자네 나라뿐인 줄 아나? 우리 대인도는 영국 군국주의자의 무력과 아편 정책에 빠져서 완전하게 식민지가 된 뒤로는 아주 지금 대중들의 생활은 극도로 피폐하였다네. 빈궁과 기아는 전국을 휩싸고 있어. 굶어 죽고 시들어 병들어 죽고, 그중에서도 농민들과 유아들은 더 비참한 처지에 있다네. 마음대로 말 한마디 할 자유조차 없다네. 그런데 지주제후들만은 놈들의 앞잡이들이 되었지. 그것들은 제 나라나 제 민족 보담도 제 혼자 잘살고 누린 황금밖엔 아무것도 모르지~"『현대조선문학선집12. 단편소설집 석공조합대표』, 문예출판사, 1991, 92쪽.

가 걸리고 진응시와 인도병사는 어깨동무를 한다.

이 소설은 두 겹의 환대와 우정의 서사로 이루어져 있다. 진응시가 회상하는 옛 인도인 친구의 액자 속 서사와 이를 듣고 진응시와 뜻을 함께하기로 한 인도 병사의 액자 밖 서사가 그것이다. 서사는 또 다른 서사로 연쇄된다. 이 연쇄 속에서 국제주의적 연대의 폭은 넓어진다. 진응시는 옛 인도인 친구와 경험의 교류를 통해 민족만을 생각하던 사회주의자에서 이것이 일국의 문제가 아닐 수 있음을 깨닫는 국제주의자로 거듭나게 되고, 이러한 과정은 식민 제도에 속박되어 있던 인도 병사를 사회주의자로 이끄는 계기가 된다. 이들은 민족이 처한 상황과 계급적 조건을 공유함으로써 이방인으로서의 서로를 환대하고 우정을 나눌 수 있게 된다. 진응시와 인도 병사의 존재론적 전환은 국제연대적 환대의 기반이 없으면 불가능한 것이다. 영국 영사관에 영국기 대신 청천백일기가 걸리게 되는 마지막 장면은 피억압 민족의 이방인들이 나눈 우정이 만들어낸 결과로서, 국제주의가 도달하고자 하는 이상에 대한 상징으로 해석할 수 있다.

지금까지 살펴봤듯 운동가 코스모폴리탄 서사에서 이국인과 나누는 사랑과 우정은 존재의 비약을 이끌어 낸다는 점에서 정치적 이니시에이션으로 기능한다. 비약의 서사는 낭만적이다. 그러나 그것이 자아내는 낭만성은 세계의 이행을 보여주는 것이기도 하다는 점에서 정치적이기도 하다. 그동안 1920년대 후반~1930년 초반에 집중적으로 창작된 '운동가 코스모폴리탄'이 등장하는 송영과 이효석의 소설들은 관념적·낭만적이라고 부정적으로 다루어져 온 바 크다. 엑조티시즘적 분위기를 자아내는 이국은 조선이 당면한 현실을 담아내기에 적절하지 않은 공간으로 여겨졌으며 그런 곳에 발을 딛고 있는 사회주의운동가는 현실의 문제와 대면하는 전형적 인물일 수 없다는 편견에 의해 주목받지 못했다. 그러나 이들 소설의 낭만성은 당대 문학가들의 사회주의 유토피아적 이상이 투영된 것이자 국제주의자로서의 이행에 대한 상상이 발현된 것으로, 또 다른 현실에 대한 지향을 드러내 보여준다는 점에서 당대를 재구할 수 있는 한 발판이 될 수 있다.[56] 또한 운동가 코스모폴리탄 서사의 이국지향성은 현실로부터의 초월과 사회주의 유토피아적 동경을 담아냄으로써 역사발전의 단계론적 법칙을 가속화하고자 하는 시간관과 연결된다. 이는 주변부 지역에서의 사회주의 서사가 지니는 무의식적 반응의 하나일 수 있다는 점에서 주목되어야 한다.

56　이런 맥락에서 낭만성은 전통적 문학사에서 '이념적 완성형'으로 설정된 리얼리즘의 주류성에 대해 다음과 같은 물음들을 이끌어낸다. 현실을 '있는 그대로' 충실하고 핍진하게 반영하는 것만이 '리얼한 것'인가. 그럼으로써 오히려 현실은 왜곡되고 있는 것은 아닌가. 현재의 관점에서 당대를 '리얼하게' 재현하고 있다고 판단하게 하는 근거는 무엇인가. 낭만적인 것이 되레 현실의 집단적 욕망을 드러내준다고 볼 수는 없는 것일까. 이처럼 이들 소설의 정치적 낭만성은 리얼리즘의 '현실성'이라는 이데올로기에 대해 심문하는 시작점이 될 수 있다는 점에서도 의의를 지닌다.

3. 진보적 주체와 반反역사적 농촌공동체

『고향』과 『상록수』 겹쳐 읽기

1) 귀향한 사회주의자의 내면과 실천

농촌 계몽운동은 1930년대 초중반의 문화에 광범위한 영향을 미쳤다. 『동아일보』가 주도한 브나로드운동을 비롯해 『조선일보』의 문자 보급반운동, 『조선농민』의 야학운동 등 언론사가 주축이 되어 형성된 '농촌계몽'이라는 기치는 이 시기를 관통하는 주요 의제로서 소설의 창작으로도 이어졌다. 동아일보사가 1931년부터 1935년까지 '학생 하기 브나로드운동'을 전개하던 시기, 편집국장으로 있던 이광수는 『흙』1932.4.12~1933.7.10을 창작했고 심훈은 '『동아일보』 창간 15주년 기념 장편소설 특별공모'에 당선된 『상록수』1935.9.10~1936.2.15를 연재했다. 이와 같은 이유로 지금까지 이광수의 『흙』과 심훈의 『상록수』는 민족주의 진영의 브나로드운동 경향을 대표하는 소설로 그 이름을 나란히 해왔다.[1]

---

1   물론 『흙』과 『상록수』가 문학사에서 나란히 자리해 오게 된 이유를, 단순히 이들이 브나로드운동에 앞장서던 『동아일보』의 지면을 공유했다는 데서만 찾을 수 있는 것은 아니다. 『흙』과 『상록수』는 1960년대 초중반 개발과 성장이라는 중요한 국가적 기치 아래, '농촌 근대화'의 이상을 꿈꾸게 했던 텍스트로서 공급됐고, 영화화되기도 했으며, 대중적 인기를 구가했다. 심훈의 『상록수』는 5·16군사정변 이후인 1961년 신상옥 감독에 의해서 영화화되었는데, 박정희는 "젊은 지식인들이 농촌진흥을 위해 그의 삶을 바친 소재를 다룬 심훈 원작의 영화 〈상록수〉에 깊은 감명을 받아" "재건국민운동본부를 시찰할 때에도 〈상록수〉와 같은 영화를 만들어 농촌으로 보내도록 하라고 지시"하기도 했다. (「『상록수』에 감동한 박 의장」, 『동아일보』, 1962.1.19, 1쪽) 확실히 1960년대 『흙』과 『상록수』는 개발이라는 지상명제 속에서 국가주의적으로 전유되어 읽힌 바 크다. 이렇게 함께 독해되었던 맥락은 이후에 이들이 한데 묶여 논의되게 하는 데 일정한 영향을 미쳤다고 할 수 있다. 1960년대 개발독재시대에 대중적 감성으로서 『흙』이 읽혔던 내용은 다음의 연구 참고. 권보드래, 「저개발의 멜로, 저개발의 숭고-이광수, 『흙』과 『사랑』의 1960년대」, 『상허학

그러나 이 두 소설을 같은 계열로 묶어 이해해 온 분류의 방식이 과연 정당한 것인지 발본적인 질문을 던져볼 필요가 있다. '귀농'의 모티프와 "외부인들이 시혜적 자리에서 계몽에 임하는 유형"으로서의 구도가 유사하게 쓰일지언정[2] 그 세부로 들어가면 두 소설은 지향의 측면에서 적잖은 차이를 보이기 때문이다. 『상록수』의 박동혁은 언론사를 주축으로 하는 계몽운동에 대해 비판적 시각을 교묘히 노출하는데, 이는 동아일보사의 브나로드운동을 겨냥한 것이기도 했다. ○○일보사 주최로 열린 학생 계몽운동 보고회로부터 시작되는 『상록수』의 첫 장면에서 연사로 나선 동혁은 계몽운동보다 중요한 것은 '이데올로기의 통일'이라고 주장한다. "높직이 앉아서 민중을 관찰하거나 연구의 대상으로 삼으려 하는 태도를 단연히 버리고" "우리 조선 사람이 제 힘으로써 다시 살아나기 위한 그 기초공사를 해야"[3]한다는 박동혁의 주장에는, 문맹과 리터러시 보유자의 위계를 상정하며 진행된 『동아일보』의 시혜적문화운동에 대한 비판이 내재한다.[4]

이러한 의미에서 다분히 문화주의적운동에 입각해 있는 채영신이 결국 죽음을 맞이하게 되는 순간은 비극적 장엄함을 이끄는 서사의 클라이맥스인 한편으로 지극히 상징적인 장면이다. 『상록수』가 동혁과 영신의 농촌운동이라는 두 축이 반복적으로 교차하는 서사 구조를 가진다는 점을 염두에 둘 때, 핵심적인 한 축의 종결은 그 세계의 끝을 보여줌과 동시에 또 다른 남은 세계의 가능성을 보여준다. 기독교 계열의 농촌 계

보』37, 상허학회, 2013.

2   김윤식, 『이광수와 그의 시대』 2, 솔, 2008, 201쪽.

3   심훈, 「상록수(4)」, 『동아일보』, 1935.9.13, 3쪽.

4   이혜령, 「신문·브나로드·소설―리터러시의 위계질서와 그 표상」, 『한국근대문학연구』 8(1), 한국근대문학회, 2007, 175~176쪽.

몽운동을 대표하는 영신의 죽음은 기존의 문화운동에 종언을 고하는 것과 다르지 않고, 동혁의 서사는 유일한 가능성의 공간으로 향하게 된다. "표면적인 문화운동에서 실질적인 경제운동으로ㅡ"라고[5] 되뇌는 박동혁은 그렇게 '새로운 출발' 선상에 서게 되는 것이다.

영신의 죽음 이후 '경제운동'의 중요성을 강조하는 동혁은 『흙』의 허숭이 아니라 오히려 이기영『고향』『조선일보』, 1933.11.15~1934.9.21의 김희준과 닮았다. 동혁과 희준에게는 민족성의 개조나 문화적 능력의 향상보다 농촌 현실의 구조적 문제를 개선하는 것이 더 중요하다. 그런 의미에서 『흙』과『상록수』를 민족주의적 농촌 계몽운동 소설의 기수로 놓고 그 대척점에 적색 농민운동의 경향성을 대표하는『고향』을 두던 기존의 문학사적 이해 방식은 재고되어야 한다.『상록수』를 브나로드운동과의 관계로부터 자유롭게 하고[6]『상록수』와『고향』의 거리를 좁혀 두 소설을 겹쳐 읽어 보는 것, 이로부터 식민지기 사회주의 농촌소설을 바라보는 새로운 독법과 관점을 제시하고자 하는 것이 가능할 수 있지 않을까.

주지하다시피 심훈은 중국에서의 경험을 통해 "사회주의를 보편적인 시대정신으로 긍정"하게 되었고[7] 사회주의자가 등장하는 일련의 장편소설들을 창작하면서『동방의 애인』『조선일보』, 1930.10.29~12.10과『불사조』『조선일보』, 1931.8.16~12.19 등을 발표했다.[8] 1928년 영화 〈먼동이 틀 때〉를 두고 한

---

5   심훈, 「상록수(89)」, 『동아일보』, 1935.12.27, 3쪽.
6   이러한 관점에서 심훈의『상록수』를 동북아시아 촌치운동의 맥락에서 재론하는 연구로는 다음을 참고할 수 있다. 권철호, 「심훈의 농촌소설과 동아시아 촌치운동(村治運動)」,『한국근대문학연구』20(2), 한국근대문학회, 2019.
7   한기형, 「서사의 로컬리티, 소실된 동아시아ㅡ심훈의 중국체험과『동방의 애인』」,『대동문화연구』63, 성균관대 대동문화연구원, 2008, 427쪽.
8   심훈의 주의자 소설과 12월 테제의 관련성을 밝힌 연구로는, 이해영, 「심훈의 '주의자 소설'과 12월 테제」,『현대문학의 연구』65, 한국문학연구학회, 2018.

설야와 논쟁을 벌인바 현실을 망각하고 획일적인 이론 투쟁에만 몰두했다는 점에서 카프를 비판하고 있기는 하지만, 이는 그야말로 "허덕이는 무산대중과는 그네들의 실제 생활과 감정이 너무나 상거相距가 먼 것"에 대한 비판이지[9] 유물론이나 사회주의 자체에 대한 비판은 아니었다. 동혁이 지향하는 '경제운동'은 이런 맥락 위에서 이해되어야 한다. 『고향』의 희준과 『상록수』의 동혁은 유물론자로서 식민지 조선의 농촌운동에 투신하고 있으며, 이 둘을 겹쳐 놓고 봤을 때 비로소 식민지 사회주의 계열의 농촌 서사가 다시 읽힐 가능성이 열린다.[10]

1930년대에 쓰인 이기영과 심훈의 농촌소설은 '농촌운동'을 다룬다는 점에서 이미 주변부 사회주의의 중요한 문제에 가닿을 뿐만 아니라, 식민지 현실에서의 사회주의적 실천 (불)가능성을 타진한다. 특히 『고향』과 『상록수』는 유물론적 지식인이 농촌운동에 투신했을 때 마주하게 될 수밖에 없는 곤경과 대안적 가능성이 유사하게 나타남으로써 식민지에서 서사화 된 사회주의 농촌운동의 재현 문제를 고민할 수 있게 해준다. 이

---

9   심훈, 「프로문학에 직언二三(下)」, 『동아일보』, 1932.1.16, 1쪽.
10   이른바 프로 농촌소설을 대상으로 하는 기존의 연구들은 주로 개별적인 작가나 작품론에 한정되어 진행되어 왔다. 1920년대 최서해, 조명희, 권환 등의 단편들이 언급되기는 하지만 이들이 농촌소설의 범주로서 전면적으로 다루어진 것은 아니었다. 이에 비할 때 이기영의 단편소설과 『고향』은 집중적인 연구의 대상이 되어왔다. 『고향』연구사의 변화 중 주목할 만한 지점은, 노농동맹론, 농민소설논쟁 등과 같은 코민테른의 지침이나 일본프로문학론 전개 과정과의 관련성 속에서 논구되어오던 경향이 그러한 주입식 영향 관계만으로 환원되지 않는 부분을 설명하는 방향으로 바뀌었다는 것이다. 서구 중심의 '역사주의적 시간관'에 저항하고자 하는 조선의 '또 다른 시공간관'이 『고향』 속에 구현되고 있다는 김철, 황종연의 연구나 노동력과 재생산의 문제를 통해 서사의 무의식을 살피고자 하는 손유경의 연구가 대표적이다. 김철, 「프롤레타리아소설과 노스텔지어의 시공」, 『한국문학연구』 30, 동국대 한국문학연구소, 2006; 황종연, 「문학에서의 역사와 반(反)역사」, 『민족문학사연구』 67, 민족문학사연구소, 2018; 손유경, 「재생산 없는 고향의 유토피아」, 『한국문학연구』 44, 동국대 한국문학연구소, 2013.

러한 지점에 천착하여 이기영의 『고향』과 심훈의 『상록수』가 공통적으로 재현하고 있는 지식인주체의 자기 정립과 대안적 함의를 가지는 공동체 존립의 문제에 집중할 필요가 있다. 사회주의운동을 논할 때, 주체의 문제는 빼놓고 이야기할 수 없는 요소이기도 하거니와 두 소설에서 모두 공동체의 문제가 주체의 불안전성을 보충하는 의미에서 중요한 역할을 부여받기 때문이다. 이는 농촌소설에 나타난 역사 인식을 보여준다.

심훈 『영원의 미소』[『조선중앙일보』, 1933.7.10~1934.1.10]의 주요인물인 문선직공 서병식, 신문 배달부 김수영, 백화점 판매원 최계숙은 '어떤 사건'에[11] 연루되었던 전력으로 인해 도시에 발이 묶인 운동가들이다. 병식이 자살하고 수영과 계숙이 함께 귀향을 하기 전까지 소설의 많은 분량은 이들의 삼각관계를 보여주는 데 집중된다. 그러나 이러한 서사 구조 자체보다 주목을 요하는 것은 그것을 떠받치는 정서다. 학생 운동에 가담했으나 실패하고 생활을 위해 하릴없이 노동에 투신하는 세 인물들의 무기력. 병식, 수영, 계숙은 모두 학생에서 운동가로서 존재론적 전이를 경험했으나 당국의 감시가 도사리는 도시에서는 더 이상 운동을 할 수 없기에 무기력하다.

계숙은 '그 사건'으로 감옥에 다녀온 뒤 먹고 살기 위해 백화점에서 "하루에 열다섯 시간이나 자본주의 종노릇"을 하지만[12] 곧 사치에 익숙

---

11 검열을 의식한 탓인지 '그 사건'이 무엇인지는 작품 속에 구체적으로 언급되지 않는다. '○○사건', '그 사건'으로 표기하기도 하고 "어떠한 사건에 앞장을 섰다가, 자유롭지 못한 곳에서 나온 지 얼마 되지 않았"다는 식의 표현이 반복적으로 등장할 뿐이다. 권철호는 이것을 '학생전위동맹사건'으로 추측한다. (권철호, 「심훈의 장편소설에 나타나는 '사랑의 공동체'」, 『민족문학사연구』 55, 민족문학사연구소, 2014, 199쪽) 조선학생전위동맹은 레닌주의적 지향성을 가지고 제국주의 교육에 저항한다는 민주적 강령을 채택하고 있는 사회주의적 학생조직이다. 이에 대해서는 다음의 연구 참고. 송태은, 「1929년 사회주의 학생비밀결사와 서울지역 학생운동」, 성균관대 논문, 2016.

해져 버리는 자신에게 환멸을 느낀다. "일본 좌익 작가의 소설을 끼고 다니며 틈틈이 읽"^{영:124}어도 보지만 달리 할 수 있는 것은 없다. "앞장을 선 병정은 싸움을 해야만 합니다. 그런데 우리는 싸움을 하다 말구 허기가 져서, 밥을 찾지 않았세요? (…중략…) 이 현실에서 밥을 얻어먹으려면, 우리가 싸우려는 상대자 앞에 무릎을 꿇어야만 하니까요"^{영:96}라고 말하는 수영의 상황과 마음 역시 다르지 않다. 자신이 직공으로 일하던 『××일보』가 사상 문제로 무기 정간을 당한 뒤 자살을 택한 병식의 죽음은, 그렇기에 이 세 청년들이 느끼는 무기력의 끝을 상징적으로 보여준다.

> 수영이는 벌써부터 공허한 도회의 생활에 넌덜머리가 나서 제 고향으로 돌아가 농민들과 똑같은 생활을 하며, 농촌운동에 몸을 바칠 결심을 단단히 하고 있었던 것이다. 멀지 않은 장래에 어느 기회에든지 이제까지의 생활을 청산해 버릴 마음의 준비는 하고 있었다. 그것은 병식에게도 말하지 않았던 것이다. 적당한 시기가 돌아만 오면 물론 계숙에게도 저의 주의주장과 실행할 방침까지라도 토론을 하리라 하고 굳이 침묵을 지켰다.^{영:204}

이들은 도시에서 "정열이 식은" "산송장"^{영:152}의 삶을 견디도록 강요받는다. 그런 삶에서 벗어나기 위해서는 병식처럼 자살을 선택하거나 다른 방법을 찾아야 했는데 그와 다른 운동의 돌파구를 모색하고자 한 수영은 도시를 떠나 농촌으로 향한다. 그는 "이제까지의 생활을 청산해 버"리기 위해 도시를 떠나 "농촌운동에 몸을 바칠 결심을" 하고는 먼저 고향으로 돌아가고 계숙 또한 지주의 아들 조경호의 모략을 피해 수

---

12   심훈, 『영원의 미소』, 글누림, 2016, 96쪽. 앞으로 심훈의 『영원의 미소』를 인용할 때에는 본문에 (영 : 쪽수)의 방식으로 표기하겠다.

영을 따른다. 고향에 도착해 "상록수처럼 꿋꿋이 버티어 나갈 것"^{영 : 377} 을 다짐하는 수영의 말을 통해 짐작할 수 있듯 심훈의 『상록수』는 『영원의 미소』 뒤로 이어지는 귀향 직후의 서사라고 할 수 있다.[13] "'해외 → 국내 → 경성 → 농촌'으로 이어지는" 심훈의 장편소설들 속 장소의 변화는 "운동의 대의와 실천 전략에 대한 탐색을 거쳐 구체적인 실천의 현장으로서의 농촌과 농민운동의 발견이라는 여정을 보여"준다.[14]

심훈의 앞선 두 소설을 비롯해 1930년대 농촌운동과 관련된 소설에

---

13 두 소설은 직접적으로 연작의 형태는 아니지만 농촌에서의 운동이라는 측면에서 연결해 읽을 필요가 있다. 『영원의 미소』는 도시에서 운동의 실패를 경험한 인물들이 귀향을 통해 실천의 공간으로서 농촌을 발견하고 농촌운동을 이끄는 서사를 중심으로 하지만, 마지막 화에서 작가가 부기(附記)를 통해 "이 소설의 골자인 농촌문제를, 수십 회 분이나 뺄 수밖에 없었음을 유감으로 생각"한다고 밝히고 있듯, 농촌에서의 구체적인 운동의 내용은 상당 부분 검열에 의해 삭제되었다. 이어 심훈은 "동시에 수영과 계숙 또는 '가난고지'의 청년들이 어떠한 계획으로 어떻게 활동할는지? 그것은 앞으로 몇 해는 기다려야 할 것"이라며 이 소설이 "봄의 서곡"이 될 것이라고 말하는데, 이는 남녀 학생 운동가가 농촌을 이끄는 소설 『상록수』의 구도로 연결된다고 할 수 있을 것이다. 실제로 『상록수』에는 『영원의 미소』에 생략된 구체적 농촌운동의 내용이 서사화 되어 있다.

14 박헌호, 「작품 해설 - '늘 푸르름'을 기리기 위한 몇 가지 성찰」, 『상록수』, 문학과지성사, 2005, 446쪽. 심훈의 첫 신문연재소설 『동방의 애인』(『조선일보』 1930.10.29~12.10)과 그 이후 『불사조』(『조선일보』 1931.8.16~12.29)는 검열에 의해 연재가 중단되었다. 전자는 혁명을 위해 조선을 떠난 두 사회주의운동가, 박진과 이동렬이 중국을 거쳐 혁명 러시아의 심장 모스크바를 방문하는 장면에서, 후자는 인쇄직공동맹에 참가했던 인쇄공 흑룡과 그를 돕는 여성 노동자이자 연인인 덕순이 함께 도시에서 구체적인 계급운동을 벌이는 서사가 전개되어야 할 지점에서 멈춘다. 사회주의와 관련된 구체적인 사상이나 운동의 내용이 전개되려 할 때마다 소설은 끝을 보지 못했다. 이 두 소설은 정치적 지향의 내용이 가장 뚜렷한 형태의 대상과 서사로서 구현되지만, 그렇기에 소설 속 운동의 전말을 보여줄 수 없었던 것이기도 했다. 이후 연재 '완결'된 『영원의 미소』와 『상록수』는 검열을 피하기 위한 심훈의 정치적 서사의 전략이 드러나는 소설이고, 다시 말해 '합법'의 장소에 대한 심훈의 고민이 투영된 소설이기도 하다. 두 소설은 직접적으로 연작의 형태는 아니지만 장소와 관련된 의미를 독해하기 위해서 연결해 읽을 필요가 있다.

서 '귀향'은 빈번하게 등장하는 서사적 장치이다. 한국 근대문학의 대표적 농촌소설로 심훈의『상록수』와 비견되곤 하는 이광수의『흙』에서 숭은 도시를 떠나 살여울로 향하고, 이기영『고향』의 희준은 동경 유학을 마치고 원터 마을에 도착한다. 소설 속 주인공들은 공통적으로 운동을 위해 투신하는 운동가 혹은 지식인으로, 농촌운동이 촉발되는 계기는 농민 당사자들이 아닌 의식화된 특정 인물에 의해 마련된다. 도시로부터 고향으로 돌아온 주인공들은 농촌의 현실이 바뀌어야 함을 인식하고 이를 위해 귀향을 선택하며 실제로 운동을 행하는 존재들이다.

그러나 심훈과 이기영 소설에서 지식인의 귀향은 도시에서 양반의 딸 윤정선과 결혼하고 변호사가 되어 금의환향하는 숭의 경우와 다르다. 이광수에게 농촌은 "중앙과 지방, 중심과 주변, 서울과 시골이라는 이분법적 공간 위계화 구도 속에서 위치지어진" 공간이며[15] 문명을 상징하는 도시로부터 계몽의 세례를 받아야 하는 미개의 땅이다. 달리 말해 도시는 문명의 가르침으로 무장한 계몽적 주체로서의 숭을 길러낸 곳이자 조선으로도 등치 가능한 농촌이 따라야 할 규범을 제공하는 공간이다. 『영원의 미소』 속 세 청년의 무기력을 상기하건대, 이 주의자들은 계몽적 입지를 운동에 투신하는 역할을 부여받고 있을지언정 이들이 경험한 도시와 허숭이 경험한 도시는 다른 의미를 지닌다.

이기영 소설 속 귀향의 장면은 어떠한가. 이기영의 또 다른 농촌소설인 「홍수」에서도 돈을 벌기 위해 일본에 갔지만 고향으로 귀환하는 박건성이 등장한다.

---

15   오태영, 「식민지 조선 청년의 귀향과 전망—이광수의『흙』을 중심으로」,『한국문학연구』62, 동국대 한국문학연구소, 2020, 158쪽.

그는 칠 년 동안의 노동 생활을 회상해 보았다 – 처음에 방적 공장에 들어
갔을 때 감독의 학대와 공장주의 무리한 ××로 쉴 새 없이 노동하는 수천 명
직공의 참담한 생활을! (…중략…)

그러나 그는 언제까지 제단에 오른 조그만 양으로만은 있지 않았다. (…중략…)
일평생 노동한 죄로 일평생 가난해야 한다는 그런 망할 이치가 어디있담!

작년 봄에 일어난 저 유명한 ××사건 때에는 그도 쟁의단의 한 사람으로
열렬히 싸우는 투사가 되었다. 공장에서 쫓겨나기는 물론, '감옥'까지 갔었다.

한번 쫓겨난 그는 다시 공장에 들어갈 수 없었다. 그래 그는 한동안 자유 노
동을 해보다가 지난달에 고국으로 나왔다. 그는 고국에 나오고 싶었음이다.

그러니 마을 사람들이 그가 몰라볼 만치 변하였다고 놀라는 것도 무리는
아니다. 그는 과연 ××××로 변하여왔다.

칠 년만에 나오는 고국은 그동안에 얼마나 변하였던가? 강산은 의구하다
마는 촌락은 더욱 영락해갈 뿐이었다.[16]

위 인용문은 모친의 병을 고치고 돈을 벌기 위해 자발적으로 일본 ○
○방적 공장의 유년 직공 모집으로 일본에 다녀왔던 건성이 동경에서
어떤 일을 겪었는지 회상하는 부분이다. 그는 "감독의 학대와 공장주의
무리한 ××로 쉴 새 없이 노동"했지만 "제단에 오른 조그만 양으로만은
있지 않"기 위해 노동운동에 투신했던 인물이었으나, '××사건'에 연루
되어 감옥에 다녀오고 더 이상 공장에서 일을 할 수 없게 되자 고향으로
돌아온다.

'××사건' 이후 "자유노동"을 하던 건성이 갑자기 "고국에 나오고 싶"

---

16   이기영, 「홍수(2)」, 『조선일보』, 1930.8.22, 4쪽.

었던 이유는 무엇일까. 이미 "열렬히 싸우는 투사"가 되어버린 그에게 생활의 문제를 해결하기 위해 택한 자유노동과 '운동조직화의 불가능성'은 견디기 어려운 조건이었을 것이다. 마치 『영원의 미소』의 수영과 계숙, 그리고 병식이 먹고 살기 위해 다시금 자본주의라는 기계의 한 부품으로 살아갈 뿐 더 이상 노동 조건과 그 토대를 변혁하기 위해 운동을 할 수 없게 돼 무기력에 빠졌던 것처럼, 그렇게 다시 실천의 공간을 찾아 농촌으로 향했듯 말이다.

『고향』의 희준 역시 일본에 나가면 으레 "좋은 양복에 금테 안경을 쓰고 금시계 줄을 늘이고"[17] 돌아오겠거니 하는 사람들의 기대와는 전혀 다른 초라한 모습으로 나타난다. 변한 것은 행색뿐이 아니어서 희준이 '농촌 점경'을 바라보는 소설의 첫 장면에서 고향을 바라보는 그의 시선은 이향 전과 어딘지 달라진 듯 그려진다. 이후 희준은 농촌에서의 노동을 마다하지 않으며 야학이나 청년회를 꾸리고 이끌어가는 데 열심이다. 이를 보건대, 소설에 직접적으로 드러나 지는 않지만 희준의 일본 경험이 그를 이전과는 전혀 다른 사람으로 이끌었다는 것을 충분히 유추할 수 있다.

한편 「원보—일명 서울」에는 '도시'에 대한 이기영의 생각이 단적으로 드러난다. 석봉은 ○○탄광에서 동맹파업에 참여하다가 실직했지만 그렇다고 마땅히 다른 일을 하지도 않는다. 이 소설의 대부분은 석봉이 신작로를 내기 위해 부역을 하다가 다친 다리를 치료하러 서울에 올라 온 나이든 농민 부부를 우연히 만나 인간 소외나 착취의 구조, 조직화의 필요성 등에 대해 핏대 세워 말하는 장면에 할애된다. "놀고먹는 사람이 노동자

---

17   이기영, 「고향(7)」, 『조선일보』, 1933.11.22, 7쪽.

와 농민을 착취"하는 상황으로 부터 벗어나기 위해 "소작 쟁의"나 "노동자의 동맹파업"을 불사해 "지주와 자본가를 청산"해야 한다는 석봉의 말들이 이어진다.[18]

> 그날 노인을 수철리 공동묘지에 장사할 때 호상원이라고는 노파와 석봉뿐이었다. 쓸쓸한 고총 틈바구니에는 새로이 무덤 하나가 늘었는데 마른 잔디 위로는 아직도 첫봄의 찬바람이 불어온다…… 노파의 울음 소리가 그 바람 위로 떠오른다. 그리하여 원보는 서울 와서 공동묘지의 한 자리를 차지하고 누웠다. 과연 서울은 그들에게 무엇을 주었던가?[19]

그러나 노인이 노자를 모두 사용해 걸인이 되어 서울의 길바닥에서 죽음을 맞이하기까지 석봉은 아무것도 할 수 없다. 위 인용문은 노인 '원보'가 죽으며 끝나는 소설의 마지막 부분이다. 이를 보건대 결국 이 소설이 전달하고자 하는 메시지는 "서울은 그들에게 무엇을 주었던가?"라는 맨 마지막 문장으로 수렴된다고 할 수 있다. 석봉의 계몽적 말이 소설의 주를 이루는 것과 달리 소설의 결말은 노인의 허망한 죽음, 그리고 손 쓸 수 없이 그걸 지켜볼 수밖에 없었던 노인의 아내와 석봉의 참담한 상황을 보여주면서 석봉이 내뱉은 말의 내용과 반전을 이루게 되는 것이다.

서울 수철리^{현재 옥수동 부근} 공동묘지의 쓸쓸한 분위기를 묘사하는 인용문의 장면은 서울과 죽음^{공동묘지}을 연결한다는 점에서 상징적이다. 『영원의 미소』 병식과 계숙의 친오라비 최용준이 함께 묻힌 곳 또한 미아리 공동묘지였다. 일본에서 경성으로 돌아오며 "공동묘지다! 구데기가 우

---

18 이기영, 「원보(일명 서울)」, 『조선지광』 78, 1928.5, 100~101쪽.
19 위의 책, 106쪽.

글우글하는 공동묘지다!"를[20] 부르짖었던 이인화의 조선에 대한 자기 환멸적 상징을 떠오르게 하는 이 부분은, 그러나 이기영의 다른 텍스트와의 관계 속에서 더욱 적극적으로 독해될 필요가 있다. 계급 투쟁의 경험에 입각해 자본주의 시스템에 대해 비판적 시각을 견지하고 운동을 통한 사회주의적 이상을 품고 있던 석봉에게 서울은 더 이상 실천지로서의 의미를 가질 수 없다.

이처럼 심훈과 이기영 농촌소설 속 인물들은 도시에서 '사상' 혹은 '운동'과의 만남을 통해 운동가로서의 존재론적 형질전환을 겪게 되지만 그들에게 도시는 더 이상 운동을 할 수 없는 불모의 공간이다. 귀향의 전사前史로서 도시운동의 실패가 설정된 점은 운동이 가능한 현실적 공간에 대한 모색이라는 차원에서 생각해 볼 수 있다. 실제로 서울을 거점으로 1925년 창건된 조선공산당이 잇따른 검거 속에서 1928년 사실상 강제 해산되었으며 이로 인해 사회주의에 기반한 노동·학생운동이 움츠러들 수밖에 없는 분위기가 형성되었다. 직업적 혁명가들에 의해 조직된 조선공산당은 조선 사회주의운동의 전체 흐름과 밀접한 관련을 맺고 있었고, 그렇기에 이후 당 재건을 위한 다양한 운동들이 치열하게 전개되기는 했지만 그것은 주로 비합법의 영역에 놓일 수밖에 없었다.[21]

소설 속 주의자들이 농촌으로 발걸음을 옮기는 것은 조선에서의 현실적이며 합법적인 실천의 전략을 찾는 지점과도 동떨어지지 않는다고 할 수 있다.[22] 문명으로부터 돌아온 허숭의 귀향이 야만을 길들이기 위한 걸음이라면 수영과 계숙, 희준과 건성의 귀향은 현실적 운동의 공간을

20 염상섭, 「만세전」, 『염상섭 전집』 2, 민음사, 1987, 83쪽.
21 최규진, 『조선공산당 재건운동』, 독립기념관 한국독립운동사연구소, 2009, 3~23쪽 참고.

되찾기 위한 시도다. 도시의 운동이 학생을 비롯한 인텔리 중심 노동자 중심성을 띨 수밖에 없었다면 농촌에서의 운동은 인구의 대부분이 농민이었던 조선의 상황에 더 맞닿은 것이기도 했다. 도시에서 획득한 실천에 대한 감각과 계급주의라는 보편의 관점은 농촌에서 더 현실적인 실천으로 번역될 필요가 있었다.

그러나 귀향 이후 그들의 실천은 얼마나 성공적인 것이었을까. "'고향의 개조'라는 서사 전략"이 "식민지 사회에서 사회주의와 근대 서사가 결합할 수 있는 '합법적 양식'의 한 형태"를 보여주는 것이라면[23] 농촌소설에서 합법적 실천과 그 재현의 임계는 어디까지였을까. 임계점에 이르러 소설 속 주의자들은 어떤 선택을 하고 어떤 태도를 보일까. 그리하여 그들의 무기력은 극복되었을까.

『상록수』는 동혁이 고향인 한곡리에 귀향해 농촌운동에 힘쓰는 서사와 영신이 기독교 청년회 연합회 농촌 사업부의 특파로 청석골에 가서

---

22 한편 이 시기 사회주의적 농민소설이 창작되었던 외적 배경으로 코민테른의 12월테제, 프로핀테른의 9월테제, 하르키우 회의의 일본테제 등 조선 사회주의운동과 밀접한 관계를 맺고 있었던 국제 사회주의운동의 흐름이 '농촌'을 향하고 있었다는 점을 들 수 있다. 1928년 코민테른에서 「조선 농민과 노동자의 임무에 대한 테제」이른바 '12월테제'를 발표하면서 조선공산당을 필두로 한 조선사회주의운동의 방향이 "제국주의의 타도 및 토지문제의 혁명적 해결"로 모아졌으며(한대희 편역, 「조선농민 및 노동자의 임무에 관한 테제」, 『식민지시대 사회운동』, 한울림, 1986, 208쪽), 1930년 프로핀테른의 '9월테제' 및 '10월서신'을 통해 혁명적 노동조합운동과 농민조합운동이 분화되어 '대중조직'의 기반 마련에 운동의 초점이 맞춰졌다. 특히 1930년 11월 '혁명문학 국제국' 주최 하르키우 대회에서 결정된 일본테제가 조선의 프로문학인들에게 직접적인 영향을 주었다는 것은 주지의 사실이다. 권환이 농민문학연구회 설치를 권고 받은 일본을 위한 결의문을 인용하며 "일본보다도 더 큰 농민층을 가졌으며 또 현재의 조선에는 토지××이 가장 큰 정치적 슬로건의 하나이니까 우리는 농민문학운동에 대해서 더 많은 관심을 가"져야 한다고 말했던 것은, 조선 농민문학론의 시작점이었다. (권환, 「하르키우 대회 성과에서 조선프로예술가가 얻은 교훈」, 『동아일보』, 1931.5.17, 5쪽.)

23 한기형, 「서사의 로컬리티, 소실된 동아시아—심훈의 중국체험과 『동방의 애인』」, 441쪽.

농촌운동을 벌이는 서사가 병렬적으로 교차하며 전개된다. 영신은 주로 글을 모르는 아이들을 모아 문맹을 퇴치하는 사업을 벌이는 데 몰두하는데, 그 방식은 철저히 기독교적 희생정신에 입각해 있다. 그는 "야학의 교장 겸 소사의 일까지 겹쳐 하고 어린애들에게는 보모요, 부녀자들에게는 지도자가 될 뿐 아니라, 교회의 관계로 전도부인 노릇도 하고, 간단한 병이면 의사 노릇"을,[24] "이따금 재판장 노릇까지도"[25] 해낸다. 학교를 짓기 위해 유지들에게 기부금을 모으러 다니는 것도 그의 역할이다. 이렇듯 채영신 혼자만의 봉사에 철저히 의지한 청석골의 농촌운동은 철저히 문화주의적이며 정신주의적인 성격을 띤다.

소설은 이러한 영신의 운동 방식이 노정할 수밖에 없는 한계를 드러내 보이는 것을 서슴지 않는다. 모든 것을 홀로 떠안으려는 영신의 약한 몸은 더욱더 병들어만 간다. 그런 점이 영신의 죽음을 더욱 숭고한 것으로 만들지만, 그렇기에 그의 세계는 사안을 과학적으로 인식하고 현실적으로 해결하는 것과 거리가 멀다. 유학으로 인한 영신의 부재는 그가 혼신의 힘으로 일군 청석골을 원점으로 되돌려 놓는다. "매우 찌들어 보"이고, "정돈이 되지 못하"며 "먼지가 켜켜로 앉도록 내버려"둔 마을의 상태를 보며 영신은 "이걸 어쩌면 이대로 내버려들 뒀을까?"[26] 생각하기도 한다. 그렇게 후반부로 향할수록 영신은 신앙과 과학 사이에서 갈피를 잡지 못하는 태도를 보인다. "무형한 그네들을 믿는 것만으로는 도저히 만족할 수가 없다. (…중략…) 과학을 믿고 싶다!"며[27] 마음속으로 외치

---

24   심훈, 「상록수(34)」, 『동아일보』, 1935.10.20, 3쪽.

25   심훈, 「상록수(44)」, 『동아일보』, 1935.11.1, 3쪽.

26   심훈, 「상록수(114)」, 『동아일보』, 1936.1.29, 5쪽.

27   심훈, 「상록수(100)」, 『동아일보』, 1936.1.12, 3쪽.

는 영신은 종교적 신앙심으로 충만하기만 했던 이전의 모습과 사뭇 다르다. 그리고 그는 곧 죽음을 맞이한다.

"참요, 이것도 하나님의 뜻인가 봐요."

"참, 영신씨는 크리스천이시지요?"

"전 어려서부터 믿어왔어요. 왜 동혁씨는 요새 유행하는 맑스주의자세요?"

"글쎄요. 그건 차차 두고 보시면 알겠지요. 아무튼 신념을 굳게 하기 위해서나 봉사의 정신을 갖기 위해서는 신앙생활을 하는 것도 좋겠지요. 그렇지만 자본주의에 아첨을 하는 그따위 타락한 종교는 믿고 싶지 않아요."[28]

입때까지 우리가 한 일은 강습소를 짓고 글을 가르친다든지, 무슨 회를 조직해서 단체의 훈련을 시킨다든지 하는, 일테면 문화적인 사업에만 열중했지만, 앞으로는 실제 생활 방면에 치중해서 생산을 하기 위한 일을 해볼 작정이에요. 언제는 그런 생각을 못 한 건 아니지만 외면치레가 아니고 내부적인 문제를 생각하고 또 실행해야 될 줄로 생각해요. (…중략…) 우린 가장 불리한 정세의 지배를 받고 있는 게 사실이니 만큼, 우리 힘으로 할 수 있는 한도까지는 경제적인 사업까지 끈기 있게 할 결심을 새로 하십시다![29]

영신의 대척점에는 동혁이 있다. 문맹 퇴치에 열을 올리는 영신과 다르게 동혁은 마을의 청년들과 공동답을 지어 그 수익으로 청년회관을 세우거나 고리대금과 장릿벼로 농민들을 어려움에 빠지게 하는 지주 강기천과 맞선다. 소설의 초반, 맑스주의자냐고 묻는 영신에게 동혁은 "차차 두고 보"면 알 일이라며 정확한 답변을 피하지만 이후 "크리스천"인

---

28 심훈, 「상록수(13)」, 『동아일보』, 1935.9.24, 3쪽.
29 심훈, 「상록수(86)」, 『동아일보』, 1935.12.22, 4쪽.

영신의 운동 방식과는 확연히 차이를 보이는 실천을 행하면서 그에 대한 답을 우회적으로 들려준다.[30] 동혁은 생산과 생활 등의 "경제적인 사업"과 "실질적인 경제운동"을 강조하는가 하면, 계급 투쟁의 대상을 명확히 하고 적대 전선과의 싸움을 이끌어 나간다. 진흥회장을 맡게 된 면협의원 강기천에게 농민들에 대한 고리대금업 금지 및 부당한 부채 탕감, 소작권 이동 금지 등을 내걸었던 것은 동혁이 경제적 구조의 문제에 천착하고 있음을 보여준다.

『고향』의 서사 역시 문화운동보다는 경제적 문제의 중요성에 더 초점이 맞춰져 있다. C사철이 마을을 가로지르고 제지공장이 들어선 원터 마을의 점경은 농촌에 들어선 경제적 근대화의 도도한 흐름을 보여준다. "세상은 점점 개명해간다는데 인심은 점점 각박해가니 이것이 도무지 무슨 까닭"인지[31] 농민들은 점점 가난에 허덕인다. 원터마을 농민들이 겪는 곤궁함은 농민들의 무지 그 자체에서 비롯된 문제라기보다는 식민지 조선의 정치경제적 상황으로부터 파생된 문제다.[32] 물론 야학의

---

30 조남현은 이에 대해 "박동혁은 심훈의 동반자 작가적 성격에서 유추할 수 있는 것처럼 또 마르크스주의자임을 부정하지 않은 데서 알 수 있는 바와 같이 계급 투쟁운동을 핵으로 한 사회주의 농촌운동 방법에 어느 정도 동조한 것"이라고 주장한다. 조남현, 「『상록수』 연구」, 『인문논총』 35, 서울대 인문과학연구, 1996, 32~33쪽.

31 이기영, 「고향(168)」, 『조선일보』, 1934.6.11, 7쪽.

32 일제강점 이후 조선의 농촌에는 토지조사사업을 통해 식민지주제가 정착하면서 근대적 지주계급이 주요한 지배계급으로 자리 잡았으며, 산미증식계획을 통해 일본의 독점자본을 유지하기 위한 물적 기반이 마련되고, 조선식산은행이나 금융조합 등 금융자본이 대거 유입되었다. 이 과정에서 전근대적 지주제와는 양상을 달리한 자본주의적 생산 관계가 형성되어 소작농을 비롯한 농촌 프롤레타리아의 존재가 가시화된다. 그 대부분은 극도의 빈곤에 시달렸다. "1932년 조선총독부 농림국에서 작성한 기밀문서인 『농촌궁민의 실정과 춘궁상태에 있는 농민호수』에 의하면, 1930년 현대 전국 자작농호의 평균 17.6%, 자소작농호의 평균 36.5%, 소작농호의 평균 66.8%가 춘궁상태에 있었다고 한다." 김용달, 『농민운동』, 독립기념관 한국독립운동사연구소,

장면이 적잖이 등장하는 만큼 희준이 야학을 통한 문맹 교육에 공을 들이지 않는 것은 아니지만, 『고향』의 서사에서 중요한 것은 문화적 농촌 운동이 아니다. S청년회를 이끌면서 농민들의 조직화를 주도하는 희준이 궁극적으로 관심을 두는 지점은 그 자신이 농민과 노동자로 거듭나는 것이며, 동시에 그들과 함께 악덕 마름 안승학의 횡포에 맞서거나 소작료 인상에 반대하는 등 농민들이 처한 경제적 조건에 맞서 싸우는 데 있다. 수해로 원터마을이 큰 피해를 입고 소작료를 감액해 달라는 요구가 받아들여지지 않자, 희준은 농민들을 조직해 추수를 거부하는 스트라이크를 계획한다.

> 노동자와 농민은 결국 그들의 이윤을 불리기 위하여 원료를 공급하고 상품을 생산하고 다시 소비 계급으로 자기 자신이 만든 상품을 헐한 품삯을 받은 임금으로 사먹어야만 되는 것 아닌가? (…중략…) 사람은 참으로 왜 사는가? 무엇 하러 사는 것인가? 자고로 성현 군자가 동서양에 적지 않다고 역사는 말하지 않았는가? 그러나 그들은 인간의 역사가 몇 천만 년이 되어오도록 오늘날까지 그들이 이 상하는 낙원을 한 번도 만들지 못하지 않았던가? 그들은 다만 인간성을 해석할 뿐이었다. 문제는 해석에 있는 것이 아니라 세계를 어떻게 변혁하는가에 있는 것이다.[33]

그런 의미에서 마름 안승학의 딸 갑숙이 자신의 계급적 지위를 벗어버리고 노동자로 스스로를 재정립하는 서사는 희준의 '사회주의적' 해결 방식과 같은 방향을 향한다. 아버지를 피해 공장에 들어가고 그의 죄

2009, 168쪽.

33 이기영, 「고향(173)」, 『조선일보』, 1934.6.17, 7쪽.

를 대속하기로 마음먹은 갑숙은 더 노골화된 유물론적 언어로 희준의 지향을 대리 표출한다. 이는 두레 장면 이후 음전의 모친을 감동시킨 희준의 연설과도 겹친다. "다시 말하면 노동자나, 농민은 결코 천한 인간이 아니다. 도리어 그들은 모든 사람들을 잘 살게 만드는 훌륭한 역군들이요 또한 그만한 힘을 가지고 있다. 그들이 부지런하면 천하에 못할 일이 없다."[34] 그리하여 "문제는 해석에 있는 것이 아니라 세계를 어떻게 변혁하는가에 있는 것이다." 동료 직공의 부당 해고에 맞선 여공들의 스트라이크와 농촌에서의 추수 거부 스트라이크는 병렬적으로 놓여 있다.

이처럼 동혁과 희준의 실천 전략은 민족주의적 문화운동의 경향과 변별되면서 자본주의가 침윤한 농촌의 경제적 구조 문제를 지적하고 계급투쟁을 위한 적대 전선을 그린다는 점에서 유물론적이다. 귀향 이전 그들이 도시에서 획득한 마르크스주의적 감각은 농촌운동을 하는 데도 중요한 입각지가 된다. 사적 유물론이 '진보하는 역사'를 전제하듯 진보에 대한 믿음은 동혁과 희준을 계속에서 앞으로 나아가게 하는 동력이 된다. 동이 터오는 것을 바라보며 미래를 기약하는 희준, 늘 푸른 상록수처럼 변치 않는 마음으로 운동에 투신할 것을 다짐하는 동혁이 등장하는 소설의 마지막 장면은 진보를 향해 열린 미래를 상정한다. 동혁과 희준은 역사주의를 등에 업은 강한 주체다. 서사 내에서 농민과 노동자를 교화할 자격을 얻게 된 것도 이 때문이다. 『고향』과 『상록수』는 김희준과 박동혁이 운동의 과정에서 자기 자신을 실천적 주체로 정립해나가는 자기교화의 서사이기도 한 셈이다.

그러나 한편으로 강한 주체라기에 희준과 동혁이 다소 불안정한 내면

---

34 이기영, 「고향(145)」, 『조선일보』, 1934.5.13, 7쪽.

을 끌어안은 존재처럼 보이는 것도 사실이다. 희준은 농민을 교화하고 그 자신 또한 교화해 나가는 계몽적 주체이지만, 『고향』에서 서술상 많은 분량을 차지하고 있는 부분은 희준의 흔들리는 내면과 관련되기 때문이다. 『상록수』에는 비교적 동혁의 불안정한 내면을 보여주는 대목이 덜 등장하긴 하지만 때로 그는 심각한 후회를 느끼고 자기비판을 단행한다. 유물론적 세계관에 자신의 신념을 의탁한 그들은 왜 이렇게 불안정한 내면을 표출하는가. 이론과 실천, 환멸과 기대, 본능과 이지 사이에서 끊임없이 내적 번민을 일삼는가. 이와 관련해서 주목해야 할 부분은 종교와 연애에 대한 희준과 동혁의 태도에서 나타나는 이율배반성이다.

　두 소설은 특히 기독교를 비판하는 데 내용의 상당한 분량을 할애한다. 원터마을의 S청년회가 기독교 청년회와 갈등을 겪는 부분에서 은근히 내비친 교회에 대한 비판적 태도는 갑숙의 모친인 유순경의 입을 통해 구체적으로 발화된다. "예수교가 가난한 편인 줄 알았더니 짜장 알고 본즉 그렇지 않"다며 "온갖 부정한 짓은 교회에서 하고 양털 옷을 입은 이리 떼만 예배당에 모인 것"이라는[35] 비판은 소설 전체를 관통하는 종교 비판과도 맥락이 닿아 있다. 전도를 다녀온 뒤 알 수 없는 임신을 했으나 그것을 철저히 감추는 기독교 전도 부인 최신도의 이야기는 곽 첨지의 아들을 권상철의 자식으로 빼돌리고 어느 가난한 모녀를 갈취하는 일심사 중의 이야기와 데칼코마니를 이룬다. 기독교와 불교를 다룬 이 두 이야기는 종교적 믿음이라는 것이 얼마나 기만적인지에 대해 폭로한다.

　『상록수』가 종교 비판을 중요한 축으로 삼는 것은 전술한 바와 같다. 농촌운동에 힘쓰며 동지적 사랑을 나누는 채영신과 박동혁에게도 건널

───────

35　이기영, 「고향(99)」, 『조선일보』, 1934.3.17, 7쪽.

수 없는 차이가 있었으니 그것은 종교와 신앙의 문제이다. 영신이 "동혁에게 다만 한 가지 불평은 저와 같이 예수를 믿지 않는 것"이지만 동혁은 이에 굴하지 않는다. "그 하나님 참 감사하군요. 죽도록 일만 한 상급으로 그 몹쓸 병이 나게 하고"라며[36] 비꼬는 동혁은 "자본주의에 아첨하는 그따위 타락한 종교는 믿고 싶지 않"다고[37] 말하는 소설 초반의 태도를 바꾸지 않는다. 물론 심훈의 작은 형 심명섭이 감리교 목사였다는 점을 감안할 때 그가 기독교 친화적인 환경에서 자랐다는 점을 부인할 수는 없지만, 『상록수』에서 드러난 기독교에 대한 비판은 너무도 명백하여 간과할 수 없는 지점이다.[38]

희준과 동혁이 실천적 주체로 자신을 정립해나가는 과정은 이처럼 신앙과 반(反)유물론적 믿음을 억누르는 과정이기도 하다. 그러나 이와 동시에 주목해야 할 것은 이들의 유물론적 지향이 지극히 '신앙적'이라는 점이다. 희준과 동혁의 진보에 대한 지향, 그리하여 농촌을 계몽하고 자기 자신 또한 계몽하는 방식은 믿음의 형식을 띤다. 이들이 종교를 부정한다고 비종교적인 것은 아니다. 볼셰비키의 내면성을 분석한 이종영에

---

36 심훈, 「상록수(85)」, 『동아일보』, 1935.12.21, 3쪽.

37 심훈, 「상록수(13)」, 『동아일보』, 1935.9.24, 3쪽.

38 기독교적 가치관을 내세우며 빈민운동을 했던 가가와 도요히코(賀川豊彦)와의 관련성을 주장하며 『상록수』를 '기독교 사회주의'라는 개념을 통해 독해하려는 연구들도 존재한다. 특히 김정신은 이런 점에 주목하여 심훈이 "박동혁을 통해서는 마르크시즘이, 채영신을 통해서는 하나님 나라의 건설로 양분되었던 것을 연합시켜 '愛의 기독교 사회주의'라는 농촌공동체의 건설을 추구한 점을 보여준다"고 주장한다. 그러나 박동혁이 끝끝내 기독교적 세계관을 받아들이지 않는 모습을 보이는 이상, 그것을 기독교 사회주의에 의한 농촌 공동체 건설로 연결시키긴 어렵다. 『상록수』의 양분된 서사와 채영신의 죽음은 한 세계관의 마지막을 보여주는 것이지 '연합'된 모습으로 모아지지 않는다. 김정신, 「『상록수』와 『사선(死線)을 넘어서』에 나타난 영향관계 연구」, 『현대문학이론연구』74, 한국문학이론학회, 2018, 100쪽.

따르면 "종교의 한 특징은 두 가지 세계, 즉 지금 여기의 세계와 보다 더 본질적인 또 다른 세계를 설정하는 것"인데, 또 다른 세계로 가닿기 위해 선택되는 방법이 "실질적인effectif 가능성에 입각해 있지 않"는 한 "또 다른 세계를 설정하는 이념, 즉 볼셰비즘은 종교의 성격을 갖게 된다."[39] 검열로 인해 계급적 적대 전선을 '합법적으로' 설정할 수 없었던 『고향』과 『상록수』의 마르크스주의적 지향은 운동에서의 구체적인 전략과 전술로 연결될 수 없었다. 계급 없는 사회에 대한 유물론적 지향은 가지고 있었지만 그것의 실현을 현실적으로 타진하지 못하는 한 희준과 동혁의 지향은 말 그대로 '신념', 믿음의 영역에 놓이게 된다.

한편 희준과 동혁은 사랑과 같은 마음의 작용을 이성과학으로서 억압하려는 태도를 보인다. 희준은 조혼한 아내가 있지만 집안의 권유로 억지로 결혼을 하는 바람에 아내에게 사랑의 감정을 느끼지 못한다. 대신 음전이나 갑숙에게 연애를 하고 싶은 감정이나 성적 충동을 느끼는데, 이러한 종류의 감정과 본능은 이지理智 앞에서 철저하게 통제되어야 하는 것들이다.

그는 오늘 밤에 별안간 잠자던 생각이 깨어났다. 그놈은 맹수와 같이 맹렬하게 '이지'를 짓밟고 정점에까지 올라가려고 날뛰지 않았던가? …… 아니 그것은 도리어 오랫동안 이성에 눌렸던 본능적 충동이 그런 기회에 해방되려고 날뛴 것이 아니던가. 그야 어느 편이든지 옥희는 위기일발로 위험을 면하였다. 그는 끝까지 자기를 누르고 경호의 최후의 요구를 사절하였던 것이다.[40]

39   이종영, 『내면성의 형식들』, 새물결, 2002, 169쪽.
40   이기영, 「고향(220)」, 『조선일보』, 1934.8.11, 7쪽.

『고향』이 한편으로는 노동자가 된 갑숙의 의식화 과정을 다루는 서사이기도 하다는 점을 생각한다면, 그가 희준을 사모하지만 "이지적 공포"를[41] 느끼며 마음에만 담아둔다든가 경호와의 앞날을 약속하면서 "성적 관계도 의식주와 같이 인간의 본능이라 하겠지만 그것이 지금 시대에 있어서는 이와 같은 위험성을 나타낸다"며[42] 자아비판 한 것은 희준의 경우와 다르지 않다. "역시 옥희를 사랑하지 않는 것이 좋다! 그래야만 내가 정당하게 주의에 사는 사람이 된다"는[43] 희준의 선언은 감정이나 본능의 억압이『고향』전체를 가로지르는 기조임을 보여준다. 사정은 『상록수』또한 마찬가지여서 동혁 역시 영신에게 사랑을 느끼고 결혼을 약속하지만, 결국 영신이 죽음으로써 좌절된 동혁의 사랑은 운동에 대한 헌신을 다짐하는 것으로 이어진다.

말하자면 유물론적 주체의 정립은 마음과 감정의 억압을 통해 이루어진다.[44] 그러나 억압된 것들은 희준과 동혁, 갑숙과 영신에게 불쑥불쑥 찾아오며 내적 번민을 만들어 낸다. 희준의 마음은 주의와 가정과 연애 사이에서 끊임없이 요동치고, "질투와 같은 야릇한 감정"을[45] 느끼거나 "억제하기 힘든 충동"에[46] 시달린다. 방개와 이루어지지 않은 인동의 사랑에 대해 마음 한편으로 통쾌해하기까지 하는 희준은 균열을 품은 주체다. 동혁도 다르지 않다. 김정근과 결혼한다는 영신에게 질투의 감정을 느끼면서도 그것을 동지애로 해석하려 노력하고, 영신을 보기 위해 청석

---

41 이기영, 「고향(238)」, 『조선일보』, 1934.9.4, 4쪽.
42 이기영, 「고향(220)」, 『조선일보』, 1934.8.11, 7쪽.
43 이기영, 「고향(251)」, 『조선일보』, 1934.9.20, 4쪽.
44 손유경은 "과학과 의지의 이름으로" "본능(정욕)"과 "유토피아적 세계"에 대한 충동을 "배제하거나 억압하려" 했다는 점을 지적했다. 손유경, 「재생산 없는 '고향'의 유토피아」, 203쪽.
45 이기영, 「고향(223)」, 『조선일보』, 1934.8.16, 3쪽.
46 이기영, 「고향(238)」, 『조선일보』, 1934.9.4, 4쪽.

골을 방문했다가 강기천에게 어렵사리 지은 회관과 동지들을 빼앗기게 된 상황에 영신을 만난 것을 후회하기도 한다. 진보적 역사를 위해 희생되어야 하는 마음의 작용은 주체를 뒤흔들고 때때로 그들이 내면적 경향을 띠게 만든다. 계몽되어야 하는 신앙과 감정 등 비非과학의 영역은 오히려 이 주체를 이루는 한 부분으로 존재한다. 이들의 유물론적 역사 인식은 마음의 작용을 억압하기 때문에 유심론적 계기를 포함하게 된다.

2) 운동의 아포리아와 대안적 시공간으로서의 농촌

앞서 살폈듯 심훈과 이기영의 농촌소설에서 도시는 사회주의적 보편의 관점과 투쟁의 필요를 획득할 수 있게 하는 공간으로서 의미를 지닌다. 그러나 바로 그 '(노동)계급 중심성'으로 인해 식민지 조선에서의 사회주의운동이 현실적인 의미를 가지지 못할 수 있음을 상징적으로 보여주는 공간이기도 했다. 사회를 정치경제적 관계로 바라보는 관점을 획득하고 세상을 변혁하기 위한 실천이 존재한다는 것을 알게 했던 도시에서의 존재론적 전이로 인해 오히려 현실적 실천의 공간을 찾아 농촌으로 들어갈 수 있었던 것이다. 그렇다면 『고향』과 『상록수』의 서사 내에서 동혁과 희준의 운동 전략은 구체적으로 어떤 형태를 띠고 있었으며 얼마나 효과적일 수 있었는가. 동혁과 희준이 공통적으로 적대 전선을 상정했다는 점을 생각할 때, 이러한 질문은 실천의 본거지인 농촌에서 '계급' 문제가 어떻게 조선적 상황에 맞게 번역되어 서사화를 거쳤는지, 또 이것이 '실천'의 문제와 어떻게 연결되어 독해될 수 있는지와 관련된 것이기도 하다.

계급은 생산 수단의 소유 여부에 따라 노동력을 통해 자본을 증식하는 부르주아와 그것을 팔아 자본 증식에 기여하는 프롤레타리아라는 집단적 범주화와 연결되면서 사회주의 인식론과 실천론의 기초를 이룬다. 그러나 보편적 집단 범주로서의 계급 개념은 그것이 구체적으로 실현되는 과정에서 개념상으로 환원되지 않는 여러 실천적 난점을 가지게 된다. 특수성에 의해 규정되는 민족이나 규정 불가능성에 의해 규정되는 대중이라는 또 다른 집합적 주체성들과의 모순 속에서 특정한 관계 정립을 요구받게 되기 때문이다. 이기영과 심훈의 농촌소설의 계급 관념은 일차적으로 당시 농촌 대중운동의 재현과 관련된 한편으로 사회주의적 보편이 조선적 상황의 특수성을 어떻게 통과하려 했는지를 서사적으로 보여준다.

『고향』에서 인순이나 갑숙과 같은 여공들이 프롤레타리아 계급으로 설정되긴 하지만 『고향』과 『상록수』는 기본적으로 소작농을 연대와 투쟁의 주역으로 설정한다. 농민이 인구의 대부분을 차지하는 조선에서 소작농은 프롤레타리아 계급과 비슷한 처지에 놓여 있기 때문이다. 소설의 두 지식인은 농민들과 동지애를 형성하며 농촌에서의 운동을 이끌어 나간다. 그러나 이들 소설의 계급 문제와 관련해 답하기 어려운 것은, 연대의 대상이 아니라 그들의 적대 전선에는 누가 있었냐는 데 있다. '식민지'이면서 '농업국'이었던 조선의 객관적 조건하에서 사회주의 농촌소설이 적대 전선으로서의 부르주아를 합법적으로 재현해내는 것에는 여러 어려움이 따를 수밖에 없었기 때문이다.

자본주의의 잔인한 '마수'는 농촌의 구석구석까지 빈틈없이 침입하였다. 저들 자본가는 '광대'한 농촌을 원료시장과 식료공급지로 만들었다. 그래 그들은 본값도 안 되는 '금새'로 농산물을 모조리 몰아간다. 목화가 그렇고 누에고치가 그렇고 밀 보리 두태며 벼와 쌀도 그런 셈이다.

그래도 부족하여 그들의 '부하'인 부정상인과 불량한 거간들은 그 속에서 또 속여먹기를 예사로 한다. 잠견 공동판매를 할 때 부정사실이 가끔 돌발하지 않는가? 이것은 어쩌다가 폭로되는 것이니까 드러나지 않고 감쪽같이 속여먹을 수도 얼마든지 있을 것이다. 그들은 근량을 속이고 품질을 속이고 값을 깎아서 어리숙한 농민들을 온갖 부정한 짓으로 속여먹는다는 그것이 훌륭히 합법적으로 행하여진다. (…중략…)

그것은 흉년이 드나 풍년이 드나 노동을 하나 안 하나 굶주리기는 일반인 것처럼 흉년이 들면 소작료도 모자란다. 풍년이라도 소작료와 각황 무리 꾸럭을 치르고 나면 역시 남는 것이 별로 없다. 설령 남는 것이 좀 있다 해도 그것이 돈이 되지 않았다. 가을이 되면 모든 빚쟁이는 성화같이 조른다. 또는 각항 세금도 바쳐야 한다.

그런데 신곡이 나오면 곡식금이 별안간 뚝 떨어진다. 흉년이 들어도 곡식금만은 오르지 않는다. 그래서 그들은 빚 얻어 장리 얻어먹고 지은 곡식을 헐가로 팔아버리지 않으면 안 되는 것이다. 일 년 내 쌀농사를 지어서는 죄다 팔아버리고 다시 만주 좁쌀을 비싼 금으로 사먹어야 한다. (…중략…)

그런데도 근래에는 그 정도가 점점 심해간다. 이것을 불경기라 하고 긴축정책 때문이라 한다. 그러나 왜 '불경기'가 오고 긴축정책을 쓰지 않으면 안 된다는 것이냐? 산업합리화니 돈이 귀해졌느니 하지마는 왜 돈이 귀하고 산업합리화를 하지 않으면 안 되느냐 말이다! 돈이 귀하다 하지마는 있는 데는 더미로 쌓이지 않았는가? 은행에는 지전 뭉치가 금궤 속에 잔뜩 갇히어 애쓰는 '불경기'에 불가하다.[47]

---

47 이기영, 「홍수(3)」, 『조선일보』, 1930.8.23, 4쪽.

인용문은 「홍수」의 건성이 고향으로 돌아온 직후, 식민에 의해 유입된 자본주의가 식민지 농촌에 어떤 영향을 미쳤으며 그것이 어떤 방식의 생산 관계를 만들어내는지, 그 메커니즘을 서술한 부분이다. 해당 부분은 소설적 형상화를 통해서가 아니라 서술자의 말을 통해 농촌의 문제를 제시하는데 이는 식민지 조선의 농촌에 대한 작가 이기영의 생각을 거의 그대로 옮겨 놓은 것에 가깝다고 할 수 있다. 이에 유념할 때, "저들 자본가"로 지칭되는 부르주아 계급이 조선인을 말하는 게 아니라는 점은 특기할만 한다. '저들 자본가'가 누구인지 특정되지는 않지만 "'광대'한 농촌을 원료시장과 식료공급지로 만들었다"는 것을 단서로 삼자면, 이는 일본인 자본가 혹은 일본 제국주의 그 자체를 의미한다고 할 수 있을 것이다.

　　농민들은 '저들'이 형성해놓은 시스템 속에서 상인들의 거짓에 넘어가고 높은 소작료를 갚지 못해 장리 빚을 내 빚쟁이들에게 시달리며 각종 세금에 허덕이는 존재들이다. 인용문의 서술에 따르면 그가 염두에 두는 농민은 일부 자작농과 소작농 등의 빈농, 그리고 농촌 프롤레타리아라고 할 수 있다. 이기영 농촌소설에 등장하는 대부분의 농민들이기도 한 이들은, 생산 수단을 소유하지 않아 자신의 노동력을 파는 존재로서의 프롤레타리아 계급의 개념과 교차하며 접점을 형성한다. 그리고 그 대타항에는 조선의 지주나 마름이 아닌, 일본인 자본가, 더 넓게는 일본 제국주의가 위치해 있다. 실제로 이기영은 다른 소설에서도 이러한 인식을 노출하는 표현을 심어놓곤 한다. 예컨대 "지주와 자본가인 지배 계급의 압박과 착취가 없는 새 세상을 만들"기 위해 "특히 우리 조선과 같은 나라에서는 왜놈의 기반에서 해방되어야만 식민지 노예를 면할 수 있"다는[48] 것을 연결하는 식이다.

그러나 인용문과 같은 서술은 예외적이어서 실제 소설에서 자본가 계급으로서 일본이 서사의 전면에 등장하는 경우는 거의 없었다. 당시의 어느 작가라도 그러했듯 검열을 염두에 둔 처사였을 것이다. 서술과 다르게 결국 「홍수」에서 야학과 공동성의 확인으로 농민들의 의식화에 성공한 건성이 싸우는 대상은 조선인 지주이며, 더욱이 식민지 최고의 리얼리즘적 성취를 담아냈다고 평가되는 『고향』에서는 중간수탈자인 마름 안승학과의 대립 관계가 부각될 뿐이다. 이렇듯 식민지 조선에서의 근본적 착취 구조의 계급적 맥락이 소설 속에 명료하게 드러날 수 없다면, 이들 계급이 적대 전선을 어떻게 구축하는지를 통해 우회적으로 번역된 계급 인식과 형상화 방식을 살펴보는 것이 필요하다.

　　이 소설들이 계급 투쟁의 적으로 그리고 있는 집단은 부르주아 계급의 개념적 정의를 참고하거나 현실적 지주 계층의 모습을 떠올린대도 어딘지 불완전하다. 그 적대의 집단은 소유한 토지^{생산 수단}을 통해서 자본의 무한 증식을 목적하는, 즉 자본가로 유비될 수 있는 지주와는 영 거리가 멀기 때문이다. 생산 수단을 소유하고 있지만 그들의 행위는 자본 증식을 위한 일련의 시스템적 기반을 통괄하는 근대적 부르주아와는 다소 다르다. 백성을 못살게 굴어 쌀과 돈을 빼앗아오는 악덕한 탐관오리나 개인적 명예와 영달을 위해 악착같이 돈을 모으고 절약하는 구두쇠의 얼굴을 하고 있다.

　　　안승학은 아침에 일어나면 우선 화초를 건사하는 것이 날마다 하는 것 일과였다. 월계장미, 복단, 백일홍, 석류화 같은 것, 수선화, 파초, 난초, 백합 같은 것도 있었다.

48　이기영, 「제지공장촌」(『대조』2, 1930.4), 김성수 편, 『서화(외)』, 범우, 2006, 224쪽.

그 뒤로는 세수를 하고 나서 갑출이가 깨었으면 그와 함께 노는 것이었다. 어떤 때는 책상 앞에 앉아서 맹자를 펴놓고 읽기도 하였다. 그런 때는 그는 정자관을 쓰고 앉아서 끄덕이는 것이다. (…중략…)

안승학은 기미년 인산 때에 새로 지은 고운 북포 두루마기와 건을 쓰고 일부러 서울까지 올라가서 망곡을 한 일이 있었다. 아침을 먹고 나면 (…중략…) 장부를 펼쳐 놓고 모든 세음조와 장부를 계산하는 것이다.

그럴 때는 으레 방문을 꼭 처닫고 혼자 가만히 숨도 크게 쉬지 않고 수판질을 했다. 그리고 거기에 조그만 아라비아 숫자를 써넣는 것이다.[49]

기천이는 면협의원이요, 금융조합 감사요, 또 얼마 전에는 학교비 평의원이 된 관계로 명장이 나와서 한곡리도 진흥회라는 것을 만들어서, 그 회장이 되도록 운동을 해보라고 권고를 하고 갔다. 기천은 명예스러운 직함 하나를 더 얻게 된 것은 기쁘나, (…중략…)

워낙 기천이가 대를 물려가며 고리대금과 장릿벼로, 동리 백성의 고혈을 빨아서 치부하였고 (주독으로 간이 부어서 누운 강도사는 지금도 제 버릇을 놓지 못한다. 당장 망나니의 칼에 목이 베지려고 업혀가는 도둑놈이 포도군사의 은동곳을 이빨로 뽑더라는 격으로, 여전히 크게는 못 해도 박물장수나 어리장수에게 몇 원씩 내주고 오 푼 변으로 갈아 모아서는 기직자리 밑에다가 깔고 눕는 것이 마지막 남은 취미다. 몇 해 전까지도 아들만 못지않게 호색을 해서 주막의 갈보 행랑계집 할 것 없이 잔돈푼으로 낚아 들여서는, 대낮에 사랑 덧문을 닫기가 일쑤더니 운신을 못 할 병이 든 뒤에야 그 버릇만은 놓을 수밖에 없게 되었다) 저 혼자 사람의 뼈다귀인 것처럼 양반 자세가 대단해서 적실인심을 한 터이라.[50]

---

49 이기영, 「고향(82)」, 『조선일보』, 1934. 2. 25, 7쪽.
50 심훈, 「상록수(60)」, 『동아일보』, 1935. 11. 21, 3쪽.

『고향』의 안승학과 『상록수』의 강기천은 각기 다른 두 소설에서 투쟁의 대상이 되는 인물들이지만 그 모습은 일면 비슷한 구석이 있다. 소작료와 고리대를 이용해 원터마을과 한곡리의 농민들을 직접적이고 표면적으로 착취하는 인물로 등장하는 이들은 그것을 감추어 허례적 명예 뒤로 숨기고자 하는 이중성을 가진다는 점에서 유사하다. 본래 출신 성분이 미천했으나 시세에 빨리 적응해 부를 축적한 데다 지주 민판서의 지적도를 조작해 마름이 된 안승학은 마치 자신이 양반인 양 행세한다. "아침에 일어나면 우선 화초를 건사"하는가 하면 정자관을 쓴 채 "맹자를 펴놓고" 양반 행세를 하지만, 장부를 펴고 수판질을 할 때는 그 모습을 감추고자 하는 모습을 보인다. 강도사와 그 아들 강기천도 안승학과 다르지 않아서 면협의원이나 금융조합 감사 따위의 직에 명예를 느끼며 "저 혼자 사람의 뼈다귀인 것처럼" 살아간다.

결론적으로 이러한 이중적 성격으로 인해 그들은 스스로 몰락의 길을 걷게 된다. 적대 계급의 몰락은 운동의 결과라기보다는 자기 자신의 성격적 결함으로부터 기인한다. 예컨대 원터 마을의 홍수로 소작료를 감해달라는 소작농들의 요구를 안승학이 받아들일 수밖에 없었던 것은 가족사에 흠을 남기고 어렵사리 쌓은 자신의 명예가 실추되는 것을 용납할 수 없었던 그의 성격에 근본적인 이유가 있었다. 그에게는 소작료 감하로 발생하는 불이익이나 농민들의 요구에 굴복했다는 점보다 딸 갑숙이 근본 없는 경호와 연애한다는 사실을 세간에 알리는 게 더 어려웠던 것이다.[51] 마찬가지로 매독에 걸렸다는 것을 알리지 못해 끙끙대다가 민

---

51 흔히 갑숙과 경호의 관계로 안승학을 위협하는 '고육지책'에 의해 마무리 되는『고향』의 결말 부분은 이 소설의 한계로 지적되곤 한다. "쟁의에서의 승리여부가 문제인 것이 아니라 궁극적으로는 대응 주체 및 대응 방법의 현실성이 더 중요함을 상기할 때,

간요법에 기대고 수은중독에 걸려 갑작스레 죽은 강기천의 경우에도 체면치레와 명예 실추에 대한 두려움이 죽음의 원인으로 작용했다.

이들은 자산을 가졌으나 자본을 증식시키려는 철저함을 가진 인물들이 아니다. 오히려 그런 원칙보다는 마음의 지배를 받고 무력하게 무너져 버리는 나약한 인물이라고까지 할 수 있다. 그런데 문제는 투쟁의 적 '조선 농촌의 부르주아'로 지목되는 이들의 이중성으로 인해 오히려 농촌에서 행해지는 운동의 결과들이 애매한 성격을 띠게 된다는 데 있다. 개념적으로는 부르주아가 아니지만 쟁의 서사 속에서 그들을 조선 농촌의 부르주아 자리에 위치 지을 수 있다면, 투쟁의 결과로서 그 결말은 실패와 다르지 않기 때문이다. 반복하건대 엄밀히 말해 서사의 끝에서 그들의 역할이 사라지게 되는 것은 그 자신의 '자발적 몰락' 때문이지 결코 동혁과 희준의 실천에 따른 것이 아니다. 식민지 조선에서 유물론적 주체의 운동을 재현한다는 것은 운동의 아포리아 상황을 전제하는 것일 수밖에 없다.

사실상 유물론적 주체인 희준과 동혁의 농촌운동은 반쪽 성공만을 거둔 것이다. 조선의 자본주의화에 개입해 있는 일본이 서사화 되지 못하는 식민지 상황에서 적대 전선의 재현은 안승학이나 강기천 같은 인물에 머물 수밖에 없다. 그럴 때 이들 지식인들이 지향하는 과학적 역사 인식과 그 혁명적 전략은 온전한 의미를 획득하기 힘들다. 마르크스주의

이러한 해결방식은 농민들을 다시금 대상적 존재로 복귀시키는 것에 다름아니"기 때문이다. (김윤식, 「작품해설-식민지 현실의 총체적 탐구와 리얼리즘의 새로운 형식-『고향』론」, 『고향』, 문학사상사, 1994, 18쪽) 이렇듯 고육계에 의지한 쟁의의 성공이라는 결말의 한계를 인정한다고 하더라도, 더 나아가서 주목해야 하는 것은 '적대 전선'에 있는 안승학이 이미 스스로 몰락할 수밖에 없는 성격적인 결함을 가지고 있다는 점이다. 고육계는 한계를 가지나마 희준과 갑숙, 그리고 농민들의 전략처럼 보이지만, 안승학의 성격적 결함이 전제되지 않고는 성공할 수 있는 전략이기도 하기 때문이다.

에 입각한 계급 투쟁은 식민지 조선의 농촌 서사에서 성공적으로 재현되기 어려운 불완전한 면을 가진다. 달리 말해, 이는 서구의 경우를 보편으로 상정하는 '중심부 마르크스주의'의 전략이 조선의 농촌에서 '어떤 굴절'을 겪게 됨을 의미한다. 그 굴절이 함의하는 바를 파악하는 것은 식민지 조선에서 마르크스주의가 '자기화'되어 전유되는 방식을 밝히는 것과 다르지 않다.

디페시 차크라바르티Dipesh Chakrabarty는 그의 대표적인 저서 『유럽을 지방화하기』에서 "비유럽적인 생활 세계들의 맥락에서 정치적 근대성을 개념화함에 있어서 유럽의 특정한 사회적·정치적 범주들이 지닌 능력과 제한을 탐구"하려는[52] 목적을 가지고 역사1History1과 역사2History2라는 범주를 설정한다. 역사1이 '자본'이라는 추상적 범주 설정에 의해 논리적으로 정립되는 역사를 의미한다면 역사2는 '자본'의 논리를 내재화하지 않고 "자본 논리의 재생산에 부합하지 않는 다른 관계들"의 역사를 지칭한다. 자본의 관념은 '자본주의적 생산양식으로의 이행'이라는 서사를 중심에 두고 '보편적인 역사'로 참칭되는 역사1을 만들어 내는데, 역사2는 그러한 추상적 관념으로 포섭되지 않는 "인간으로 존재하는" 구체적인 방식들로서 "자본 논리의 재생산에 부합하지 않는 식으로 실행"된다.[53]

희준과 동혁이 지향하는 가치는 자본주의적 생산양식을 전제하고 '그 다음'을 기약함으로써 역사1의 역사주의적 인식에 기반을 둔다고 할 수 있다. 그러나 앞서 살폈듯, 진보적 역사주의의 관념은 마음의 작용을 억압함으로써 그 자체로 균열을 품고 있을 뿐만 아니라 '식민지'이자 '주변

---

52   디페시 차크라바르티, 김택현·안준범 역, 『유럽을 지방화하기』, 그린비, 2014, 77쪽.
53   위의 책, 121~165쪽 참고.

부'적 조건 하에서 불안전한 서사적 재현으로 존재할 수밖에 없었다. 자본주의 시스템 아래 있으면서도 그 역사를 온전히 내재화하지 못했던 식민지 조선에는, 그럼으로 인해 오히려 역사1이 포착하지 못하는 또 다른 역사의 방식이 도사리고 있었다. 미리 강조컨대 『고향』과 『상록수』는 역사1에 의해 지양될 수 없는 역사2의 가능성 또한 포함한다는 점에서 중요한 의미를 지니는 '식민지 사회주의 농촌소설'이다.

이기영과 심훈의 농촌소설에서 '농촌공동체'의 문제는 유물론에 기반한 지식인의 자기 정립 서사 못잖게 핵심적인 쟁점을 제기한다. 흔히 마르크스주의에서 농촌공동체는 '전자본주의적' 사회 형태의 일부분으로 다루어지기 때문에 진보적 역사의 흐름 속에서 지나쳐야 할 시공간으로 이해된다. 그러나 차크라바르티가 지적하고 있듯, '전pre'이라는 접두어는 역사주의적 시간에서 단순히 연대기적 전사前史만을 의미하지 않는다. 전자본주의적인 것은 "자본의 시간적 지평 안에 존재하지만 그러면서도 동일하게 세속적이고 동질적인 달력에 있는 것이 아닌 다른 시간을 제시함으로써 이 자본의 시간의 연속성을 무너트리는 어떤 것으로 상상"될 수 있다.[54] 그런 의미에서 이기영과 심훈의 농촌소설 속에서 적극적으로 다루어지는 '전자본주의적' 농촌공동체는 유물론적 사유와 맞물리거나 긴장관계를 형성하면서 역사를 만들어가거나 정지시키기도 하는 핵심적인 장소로 기능하게 된다.

나뭇갓을 베고 나서 추수를 앞두고 잠시 일손을 쉴 동안에 젊은이들은 그들을 따라와서 장난치고 농담을 붙였다. 넓은 들 안에 벼이삭은 황금빛으로

---

54 디페시 차크라바르티, 앞의 책, 202쪽.

익어가는데 그들은 유쾌하게 청추淸秋의 하룻날을 보내었다. 남자들은 상수리를 털어주고 누가 많이 줍나 '저르미'를 하였다. 그것으로 묵을 쑤고 떡을 해서 그들은 서로 돌려주며 먹었다. 그때는 그들에게도 생활이 있었다. 그들의 생활에는 시詩가 있었다.

그런데 그렇던 숲이 부지중 터무니도 없어지고 따라서 그들에게도 지금은 아무도 없지 않은가! 참으로 어느 틈에 그렇게 되었는지 꿈과 같지 않은가? 단지 남은 것이라고는 쉴 새 없는 노동이 끝장 없는 가난을 파고들 뿐 지금 그들은 모두 그날 살기에 눈코 뜰 새가 없었다.

가물에 물 마르듯 그들의 생활은 바짝 말랐다.[55]

한때 원터 마을의 "생활에는 시詩가 있었다." 봄에는 새가 울고 진달래 꽃 피는 숲 안에서 아낙들은 빨래를 하고 사내들은 천렵을 했으며 가을에는 아람이 벌어진 밤송이와 상수리를 털었다. 『고향』 내에서 이러한 원터의 생활공간을 대표하는 인물은 바로 김선달이다. 위 인용문은 『고향』의 12장 「김선달」에서 "술 잘 먹고 시조 한 장 부르고 노름 잘하던 김선달이" "호강으로 잘 지냈"던[56] 시절을 회고하는 과정에서 서술된 부분이다. 김선달은 『고향』에서 매우 독특한 지위를 갖는 인물이다. 그는 희준의 아비뻘 되는 세대의 인물이지만 희준과 쟁의를 주도하는 동지이기도 하고 희준이 미묘하게 공감하는 어른이기도 하다.

그럼에도 불구하고 소설에서 형상화되는 그 둘의 성격은 너무도 판이하다. 필연적 역사 인식에 따라 쟁의를 주도하는 희준과 달리 김선달의 지향은 지극히 유토피아적인데, 이를테면 그는 노름꾼도 도적놈도 종도

55 이기영, 「고향(63)」, 『조선일보』, 1934.2.4, 7쪽.
56 이기영, 「고향(63)」, 『조선일보』, 1934.2.4, 7쪽.

없는 사회에서 모두가 동등하게 노동하는 어느 지상낙원에 대한 꿈을 꾸는 인물이다. "노동이 끝장 없는 가난을 파고들"고, "모두 그날 살기에 눈코 뜰 새가 없"게 된 원터 마을에서 김선달은 "원터 사람들의 행복에 대한 기억 혹은 유토피아적 동경을 대표"한다.[57] 이는 자본주의의 이행을 '과학적'으로 목적하며 미래를 '역사주의적'으로 지향하는 희준의 방식과는 사뭇 다르다. 김선달은 희준으로 대표되는 진보적 대역사의 흐름에 부합하면서도 '시가 있는 생활'을 추억하며 근대의 시간을 멈춰 그것을 반성하게 하는 계기를 마련하기도 한다.

　　이튿날 아침에 집집마다 한 명씩 나선 두레꾼들은 농기를 앞세우고 안승학의 구레논부터 김을 맸다. "깽무갱갱, 깽무갱갱, 깽무갱, 깽무갱, 깽무갱갱……." (…중략…)

　　그들은 머리에 수건을 질끈 동이고 꽁무니에는 일제히 호미를 찼다. 쇠코 잠방이 위에 등거리만 걸치고 허벅다리까지 드러난 장딴지가 개구리를 잡아먹은 뱀의 배처럼 불쑥 나온 다리로 이슬 엉긴 논두렁 사이를 일렬로 늘어서서 걸어간다. 그중에는 희준이의 하얀 다리도 섞여서 따라갔다.

　　두레가 난 뒤로 마을 사람들의 기분은 통일되었다. 백룡이 모친과 쇠득이

57　황종연, 「문학에서의 역사와 반역사―이기영의 『고향』을 중심으로」, 205쪽. 황종연은 김희준과 김선달이 "계급 투쟁에 있어서 동지 관계이지만 그들의 정치학"이 결코 "동일하지 않"음을 지적한다. "김희준이 근대적 시간 관념과 함께 도입된 대역사의 이성을 대표한다면, 김선달은 그곳에 세시문화의 파편과 함께 잔존하고 있는 신명을 대표한다"는 것이다. 나아가 그는 "소설 저자가 그들에게 대결할 기회를 주었더라면, 김선달은 필연의 인식으로부터 혁명을 구상하는 김희준에 맞서서 자유의 발양으로부터 혁명을 주장했을 것"(205쪽)이라는 상상을 펼치기도 한다. 이 글은 이와 같은 황종연의 지적에 크게 빚지고 있다. 역사1의 세계관과 연결되는 김희준과 다르게 김선달은 역사2의 가능성을 보여주는 인물이다.

모친도 두레 바람에 회해를 하게 되었다. 인동이와 막동이 사이도 옹매듭이 풀어졌다.[58]

김선달이 역사2의 가능성을 상징적으로 보여주는 인물이라면 『상록수』와 『고향』에 공통적으로 등장하는 '두레' 장면은 농촌공동체의 대안적 가능성을 보여준다. 특히 원터마을의 두레 장면은 이미 문학사적으로 중요하게 주목받아 온 바 크다. 두레를 시작하자 "그 속에 들어서는 누구보다도 김선달이 대장이다. 그는 젊어서 걸립패를 따라다니며 많이 놀아본 경험이 있으니 만큼 상쇠도 잘 치고 그 방면에 익숙하였다."[59] 두레는 콩밭에 소를 풀었다며 싸움이 붙었던 백룡이 모친과 쇠득이 모친을 화해시키고 방개를 두고 악감정을 나눴던 인동이와 막동이의 매듭을 풀어준다. 전통적 두레를 통해 마련된 '통일된 기분', '공동체적 기분'은 노동을 일종의 놀이처럼 만들어 준다. 희준은 두레를 통해 비로소 야학이나 청년회 조직과 같은 일이 아닌, 농촌에서의 현실 노동에 실질적으로 참여하게 된다. 이 경험을 통해 그는 "내 살을 꼬집어서 남의 아픈 사정을 알렸다고 자기가 직접으로 육체적 노동의 고통을 당하고 보니 그전에 놀고먹던 허물"을[60] 뉘우칠 수 있게 된다. 일렬로 늘어선 두레패에 "희준의 하얀 다리도 섞여서 따라"가면서 희준은 추상화된 '노동'이 아닌 실제 노동을 경험하게 되는 것이다. 이처럼 두레 장면에는 계몽 주체와 전통 주체가 "상호 대리보충 관계를 맺으면서"[61] 함께 존재한다.

---

58   이기영, 「고향(106)」, 『조선일보』, 1934.3.27, 7쪽.
59   이기영, 「고향(103)」, 『조선일보』, 1934.3.23, 7쪽.
60   이기영, 「고향(107)」, 『조선일보』, 1934.3.28, 7쪽.
61   디페시 차크라바르티, 앞의 책, 262쪽.

한편『고향』의 두레 장면은 주체의 측면에서뿐 아니라 서사적 기능의 측면에서도 중요한 의미를 형성한다. 두레를 통해 얻은 수익이 원터 마을을 덮친 수해를 복구하는 데 쓰이면서 농민들이 노동 쟁의로 나아갈 수 있는 한 발판을 마련해주기 때문이다. 마을에 수해가 닥쳐도 소작료를 감해줄 생각이 없는 안승학의 횡포 속에서 농민들을 구원해주는 한 줄기 빛은 두레를 통한 결과물이다. 그런 의미에서『고향』의 두레 장면은 단순히 세시 풍속을 재현하기 때문에 중요한 것이 아니다. '두레'로 재현 / 대표representation되는 농촌공동체는 조선의 식민지적 조건 속에서 아포리아에 빠질 수밖에 없는 운동의 방식에 대안적 가능성의 공간이 될 수 있기 때문에 중요하다.

> 여러 해 별러오던 농우회 회관을 지으려고 오늘 저녁에 그 지경을 닦는 것이다.
> 자자손손이 대를 물려가며 살려는 만년주택을 짓기 시작하는 것과 조금도 다름이 없는 생각으로, 자기네들이 웅거할 회관을 지으려는 것이다.
> 달구질 소리가 들리자, 야학을 다니는 아이들과 동네 사람들이 하나둘씩 모여든다. 아직도 이 시골에는 누구나 집을 지으면 터 닦는 날과 새를 올리는 날은 품삯을 받지 않고 대동이 풀려서 일을 보아주는 습관이 있어서, 회원들 외에 어른들과 아이들이 벌써 수십 명이나 들러붙었다.
> "에에 헤에라, 지경요-."
> "에에 헤에라, 지경요-."[62]

『상록수』의 한곡리에서 농우회 회관을 만들 수 있었던 것은 마을에 남

---

62   심훈,「상록수(55)」,『동아일보』, 1935.11.15, 3쪽.

아 있는 공동체적 관습 때문이었다. "아직도 이 시골에는 누구나 집을 지으면 터 닦는 날과 새를 올리는 날은 품삯을 받지 않고 대동이 풀려서 일을 보아주는 습관"이 남아 있었기에 "한 달 하고도 보름"만에[63] 농우회 회관을 지을 수 있었다. 이들을 자발적으로 움직이게 하는 것은 『고향』과 마찬가지로 '공동체적 기분'에 있었다고 할 수 있다. 동혁도 희준처럼 계몽 주체이면서 동시에 농촌공동체에 남아있는 세시풍속을 통해서 노동에 참여할 수 있게 되는데, 『상록수』에서 역시 그렇게 역사1과 농촌공동체의 전통이 서로 대리보충의 관계를 맺는 장면들이 여러 차례 등장한다.

이들이 힘을 모아 지은 농우회 회관은 이를 진흥회관 삼아 진흥회장이 되고자 했던 강기천이 빼앗고자 한 장소이기도 하다. 주지하듯 1929년 대공황에 잇따른 농업공황의 여파로 소작 쟁의가 증가하고 혁명적 농민조합의 조직을 골자로 하는 농민운동이 거세지자 우가키 가즈시게 宇垣一成 총독은 1930년대 일제 농정의 기조를 이전과 달리했다. 착취를 노골화했던 1910~1920년대의 경제 정책을 넘어서 '갱생'과 '자력구제'의 이데올로기를 통한 문화적 차원의 재생산이 이루어지기 시작했던 것이다.[64] 대표적으로 강기천이 가담했던 농촌 진흥운동은 농촌을 조직해 개별 농가의 갱생을 독려하는 교화적 성격을 띠었으나 이는 결국 세계 자본주의의 극점에 있는 제국주의적 생산의 유지를 위한 체제 포섭 전

---

63   심훈, 「상록수(56)」, 『동아일보』, 1935. 11. 16, 3쪽.

64   예컨대 "조선총독부는 '발전'에 상응하는 태도로 근면윤리를 강조 하였고, 빈곤 문제의 극복 방향으로 제시하였다. '근면'은 노동력을 극단으로 활용하고 이윤을 추구하는 태도를 의미하였으며, '나태'는 근면윤리에 부합하지 않는 생활태도와 조선인의 사회 관계 전반을 비판하는 포괄적인 맥락에서 쓰였다. 한편 식민권력은 대공황으로 인한 체제 위기를 경과하면서 사회사업의 제도화보다 사회교화의 이름으로 근면윤리를 더욱 보급하였다." 예지숙, 「호혜에서 근면으로—일제시기 구빈윤리의 등장」, 『개념과 소통』 22, 한림과학원, 2018, 211쪽.

략과 다름없었다. 이런 점을 염두에 둘 때, 농촌공동체에 의해 자발적으로 만들어지고 이들이 끝끝내 지키고자 했던 농우회관은 제국주의에 의한 근대화 이데올로기에 저항하는 상징으로도 읽힐 수 있다.

이와 유사하게 한곡리에서 동혁이 힘쓰고 있던 일 중 하나는 청년 농민들과 함께 직접 공동답을 짓는 일이다. 공동답의 운용 원리는 자본주의의 사적 소유 방식과 달리 법인격을 가지지 않은 마을이 농지를 소유하는 방식에 의한다. 그런 의미에서 벌써 반反자본주의적 성격을 가지는 제도라고 할 수 있을 것이다. 오래전부터 농촌에 남아 있던 재래 풍속인 공동답은 『상록수』의 서사에서 사실상 큰 의미를 지니게 된다. 강기천에게 마을 사람들이 진 빚을 갚기 위해 활용하는 것이 공동답이기 때문이다. 동혁은 공동답을 통해 삼 년 동안 벌어들인 돈과 닭과 돼지를 쳐서 모은 것 등을 이용해 마을 사람들의 빚을 갚는다. 마치 『고향』의 두레가 그러했듯, 『상록수』에서의 공동답은 식민지 조선에서 아포리아에 빠질 수밖에 없는 역사1의 공간에 대안적 시공간을 만들어내는 역할을 하는 것이다.

이처럼 『고향』과 『상록수』에 등장하는 농촌공동체의 풍속은 진보적 시간관에 입각한 농촌계몽 서사에 반하는 반역사적인 순간을 나타내면서도 그 역사를 함께 만들어 간다. 황종연이 지적한 것처럼 『고향』과 『상록수』의 두레나 공동답 등이 등장함으로 인해 "소설의 서사는 식민지 조선 농촌이라는 국지에 대역사가 남길 법한 행로의 평탄한 연대기에 이르지 못"하지만,[65] 한편으로 그 연대기는 평탄하지 못할지언정 멈춰진 것은 아니다. 이들 소설에서 재현되는 농촌공동체의 문제는 식민지 상

---

65   황종연, 「문학에서의 역사와 반역사—이기영의 『고향』을 중심으로」, 209쪽.

황에서 마주할 수밖에 없는 아포리아에 맞서 결정적인 서사적 모멘트를 만들어 내면서 대안적 근대의 시공간을 향해 열려 있다. 즉 이 소설들은 유물론적 역사 발전 단계를 전제하는 시간관을 그대로 수용하지 않음으로써, 나아가 그것을 대리보충하는 반역사주의적 인식을 동시에 포함함으로써 주변부적 특징을 드러내 보여준다고 할 수 있다. 자본주의와 제국주의에 대한 반항이라는 측면에서, 진보적운동이 처한 아포리아에 대한 대응이라는 측면에서, 『고향』과 『상록수』는 식민지 사회주의문학으로서 농촌소설이 가질 수 있는 한 가능성을 제시한다.

[보론] 한설야 소설의 '공공노동' 재현과 그 정치적 의미

1) 1930년대 초중반 수리조합 사업 비판

1929년 뉴욕 증권거래소로부터 시작된 경제대공황으로 1930년대 세계 자본주의 체제의 존립 방식과 그것을 뒷받침하는 국제정치적 질서의 성격이 크게 변화했다. 유럽의 각국으로 연쇄된 경제의 위기는 물가고와 대량실업을 불러 왔고 보호무역주의를 부추겼으며 블록경제를 강화시켰을 뿐만 아니라, 파시즘으로 대표되는 국가주의적 경향을 정치의 중심적 흐름으로 자리하게 했다. 무솔리니에 의해 이탈리아가 파시즘 국가가 된 데 이어 유럽 평화의 중요한 열쇠인 패전국 독일이 히틀러의 집권으로써 그 대열에 올랐다. 아시아에 독자적 경제블록을 구축해 대공황의 여파에서 벗어나려 했던 일본 역시 1931년 만주 침략을 시작으로 세계적 패권 경쟁의 장에 들어섰으며, 군국주의를 본격화하는 과정에서 조선을 침략 전쟁 수행의 기반으로 삼으려는 식민 정책을 마련해 나갔다. 때마침 부임한 우가키 가즈시게宇垣一成 총독에 의해 통치의 근간이 되었던 '농산어촌 진흥운동'은 그 대표적 예이다.[1] 농산어촌 진흥운동은 농업이 주를 이루는 조선을 규율하는 강력한 기제로 작동하는 한편으로, 시행 초기에 '자력갱생론'을 표방함으로써 민족의 경제적 자립을 추구하던 일부 민족주의자들로 하여금 일제의 체제 및 이데올로기에 편입하게 하는 알리바이가 되었다.[2]

---

1   국제 정세에 따라 달라지는 우가키의 시국 인식과 맞물려 있는 농촌 진흥운동의 변화 양상을 추적한 연구로는 이윤갑의 다음 논문을 참고할 수 있다. 이윤갑, 「우가키 가즈시게(宇垣一成) 총독의 시국인식과 농촌 진흥운동의 변화」, 『대구사학』 87, 대구사학회, 2007.

2   방기중, 「1930년대 물산장려운동과 민족·자본주의 경제사상」, 『동방학지』 115, 연세대 국학연구원, 2002, 86~94쪽.

한설야는 이렇듯 대공황이 불러일으킨 세계 질서의 거대한 변화가 지도 위의 작은 점일 뿐인 조선의 농촌에도 밀려들 수밖에 없음을 기민하게 간파했다. 예컨대 1930년대 초반 주요 필진으로 이름을 올리던 『신계단』에 발표한 「민족개량주의 비판」은 이와 같은 인식을 단적으로 드러내 보여준다. 그는 이 글에서 세계적으로 기세를 떨치던 파시즘의 영향이 조선 사회에도 드리워져 있으며, 특히 민족주의자들의 새로운 정신적 기반으로 작용했음을 지적한다. "파시즘을 '강력의 철학' 또는 '철혈정책'이라고 부르짖으며 그것을 국면 타개의 유일한 복음과 같이 선전한다"는 것이다.[3]

이러한 거대한 공사를 가르쳐서 파시즘이라고 하는데 그 표면구실은 대×생활의 철저한 구제에 있다. 그러나 소위 ××는 이른바 최근에 감히 떠드는 궁민××와 같이 사실은 ××가 아니라 도리어 ×취와 ××에 있는 것이다. 그러므로 그 구실은 극히 아름다우나 그 실지는 그 반대인 것이 늘 사실에 있어서 들어나게 된다. 무솔리니가 정권을 잡은 후에 그 실지가 전연 다른 길 – 즉 부르의 그것에 합류해버린 것이라든가 또는 히틀러가 공전절후空前絶後한 대포를 불어도 그것이 사실에 있어서 하나도 실현되지 않고 그 반대의 현상만이 사실로 나타나서 단기간의 번영기를 지나 이미 내리막고개로 미끄러지는 것은 모두 물질적 실제 증좌이다. (⋯중략⋯)

민족주의자들은 이러한 기류를 반영하여 최근에 와서는 더욱 제 스스로 조선 민×을 갱생의 길로 인도하는 체 하는 모든 방도를 연구하고 있다. 그리하여 일반 대×을 그 지도하에 규합하려는 것이니 그들은 규합에 있어서 가장

---

3   한설야, 「민족개량주의 비판」, 『신계단』 1(4), 1933.1, 4쪽.

다수자이오 또 가장 저도低度적인 농민 대중을 지금은 맨 첫머리의 대상으로 하고 있는 것이다. 그들은 이렇게 부르짖는다. '농민은 곧 조선민족'이다. '농촌은 곧 조선'이다라고. 이에 대하여 이미 단평短評적으로나마 지적한 바 있거니와 그러면 그들은 이 공사工事로써 무엇을 기하고 있는가? 두말할 것 없이 저들은 이 하층 ××을 꾀하여 그것을 ××××주의에 바치라는 것이다. 그것은 저들이 모든 빛 좋은 소리를 그나마 인제는 내어버리고 아주 노골적으로 ×××××의 근본적 존×를 시인하며 있는 것으로서도 그 본의는 알 수 있는 것이다.[4]

파시즘의 기류 속에서 민족개량주의자들은 "농민은 곧 조선민족이다" "농촌은 곧 조선이다"고 말하면서 "가장 저도低度적인 농민 대중"을 규합하는 데 앞장선다. 이는 일차적으로는 민족주의 진영의 농촌 계몽운동을 지시하지만, 한편으로는 그것이 어떻게 일제의 파시즘적 정책 기조와 합치할 수밖에 없는지를 전제하는 서술이기도 하다. '농민 구제'는 관 주도의 농촌 진흥운동과 민족주의 진영의 농촌 계몽운동이 공유하는 중요한 명분이었거니와 만주사변 직후에 이루어진 파시즘에 대한 비판은 당연하게도 일본의 군국주의적 행보와 연결될 수밖에 없는 것이었기 때문이다. 반反자본주의를 내세우면서도 실상은 자본주의에 철저히 봉사한다는 점을 들어 파시즘을 비판하는 이 글의 논리는 인간의 자유의지를 제한하는 폭력성을 지니고 있다는 여타의 파시즘 비판 논리와는[5] 다

---

4   한설야, 「민족개량주의 비판」, 5~6쪽.
5   "민족주의 계열의 논리를 대표했던 정치적 지도자들, 예컨대 송진우나 안재홍의 경우 운동론과 인간관에서 파시즘의 논리와 기본적으로 인식을 달리하였다. 『동아일보』사 장이었던 송진우에 의하면 인간은 어떤 경우에서도 자유의지를 가진 존재이고 이 자유 의지에 의해 끊임없이 진보하는 것이 인류의 역사였다. 목적이 없이 타력에 의하여 좌

른 결을 지니고 있었다. 한설야는 자본주의 비판의 맥락에서 파시즘에 주목했으며, 이러한 인식은 곧 일본의 1930년대적 식민주의와 그에 영합하는 조선의 부르주아 세력을 겨냥한 것이기도 했다. 그러한 가운데 농촌은 국가주의와 자본주의가 중첩되며 서로의 몸집을 키워가는 최전선의 전장戰場으로 조명되었다.

1930년대에 들어서면서 한설야의 단편은 확연하게 농촌의 문제에 일관된 관심을 기울이고, 수리조합의 결성으로부터 비롯된 일련의 사건은 그 핵심을 이룬다. 한설야가 사회주의자라는 사실에 비추어 볼 때 독특한 것은, 그가 중요하게 다루는 일제의 수리조합 사업이 토지를 소유한 조선인 중소지주 및 자작농에게 불리하게 영향을 미치는 사업이라는 점이다. 즉 그것은 지주와 소작농의 (피)착취 관계로 압축될 수 있는 농촌에서의 계급 문제와 직접적으로 관련되지 않는다. 수리조합을 통해서 이익을 보는 중심 세력은 "식민지 권력, 대지주, 금융기관, 대행기관토목업자 및 청부업자" 및 일본인 대지주이므로[6] 식민지라는 상황으로부터 비롯된 민족적 억압이 주요 모순으로 여겨지는 것은 자연스러운 일이다. 그럼에도 불구하고 한설야는 수리조합 사업이 소작농에게 미치는 영향에 초점을

우되는 것은 금수일 뿐이며 의식적이고 자동적으로 목적을 향하여 자기의 운명을 자기가 개척하려는 것이 인류라는 것이다. 그리고 그렇기에 인류는 자유를 구하지 못하며 죽음을 원하며 이것이야 말로 자유의 사람됨의 본령인 것이다. (…중략…) 안재홍 역시 파시즘의 논리를 구체적으로 비판하고 있었다. 일개의 영웅이 나타나 대중을 지배하는 논리는 과거시대나 가능한 것이고 현재는 대중이 지도자를 선발하는 시대이므로 오로지 합리적인 방법 이외의 다른 방법으로는 일체의 권위를 세울 수 없다는 것이었다. 나아가 현재 초인적 존재의 매력에 집착하여 신장한 영웅주의자가 많으나 이들은 시대역행이 심한 자라고 비판하였다." 이태훈, 「1930년대 전반 민족주의세력의 국제정세인식과 파시즘 논의」, 『역사문제연구소』 12(1), 역사문제연구소, 2008, 260~261쪽.

6   박수현, 「누구를 위한 개발인가? – 수리조합사업의 실체」, 『내일을 여는 역사』 76, 내일을여는역사재단, 2019, 188쪽.

맞춤으로써 민족 모순 이면에 놓여 있는 계급 모순에까지 파고들어 중층적 모순에 의해 발생하는 농촌의 문제에 직면하는 방식을 선택한다.

조선의 3대 평야의 하나라는 이십팔 방리의 너르나 너른 K평야는 그 삼분의 이가 밭이다. 수리조합이 되면서부터 하너른 이 밭을 농군의 손으로 논을 만들지 않으면 안 되게 되었다. 그리하여 바로 가을 뒤짝에도 담배 한 대 마음 놓고 피울 사이가 없는 것이다.[7]

북쪽으로 아스라하게 산이 보일 뿐이요, 그 남쪽에는 아무 거칠 것 없는 너른 평야가 시원스럽게 펼쳐져 있다. 이 너른 평야 — 조선 3대 평야의 하나 — 를 농부들은 불개미같이 곱삭곱삭 파내지 않으면 안 된다. 파내어서 신답을 만들어야 하는 것이다.

그들이 부치는 사흘갈이 밭은 그들의 부자가 이 겨울 안으로 파내어야 한다. 지주와도 달라서 수리××은 구두쇠같이 용서가 없는 것을 그들은 잘 알고 있다. 양력 동짓달 그믐까지 죄다 개답해라 — 하는 통지서를 받은 것이다 — 수리××은 사람作인 ×이는 거다![8]

함경도의 수리조합을 배경으로 하는 「사방공사」와 「추수 후」는 수리조합이 생긴 뒤 개답開畓의 대부분을 떠맡게 된 소작농들의 힘겨운 삶을 다룬다. 수리조합이 시작되면서부터 소작농들은 "담배 한 대 마음 놓고 피울 사이가 없"이 "불개미같이 곱삭곱삭" 땅을 "파내지 않으면 안 될" 처지에 놓이게 된다. 그렇지 않아도 바쁜 농사일을 견뎌야 하는데다가

---

7   한설야, 「사방공사」, 『신계단』 1(2), 1932.11, 96~97쪽.

8   한설야, 「추수 후」, 『신계단』 1(9), 1933.6, 91쪽.

거름 값과 소작료, 각종 세금, 이를 충당하기 위해 얻은 고리대금 등으로 이미 각종 경제적 어려움에 시달리고 있는 이들에게, 수리조합은 하지 않아도 될 농사 외의 노동을 과중하게 부과한다. "지주와도 달리 수리× ×은 구두쇠같이 용서가 없는 것을 그들은 잘 알고 있다"는 표현을 통해도 알 수 있듯, 수리조합은 농민들의 삶의 방식에 지주와의 관계만큼이나 혹은 그보다 더 결정적인 영향을 미친다.

수리조합 사업은 산미증식 계획의 일환으로 1920년대 중반부터 1930년대 중반에 걸쳐 크게 활성화되었고, 결론적으로는 "일본 자본주의 존립에 필요한 일본 국내 식량문제 해결을 위한 국책사업으로서 식민지 조선의 희생을 담보로 전개"되었다.[9] 앞서도 살펴봤거니와 특히 1930년대는 일본이 점차 깊이 파시즘화되는 과정에서 농촌 진흥운동을 진행하던 때이므로, 조선 농업의 근대적 발달을 명목 삼았던 수리조사 사업이 일본의 자본주의화와 군국주의적 도정을 위한 것일 수밖에 없음이 명약관화해진 시기이기도 했다. 수리조합 사업과 농촌 진흥운동이 공유하는 '농촌 중심성'에는 자본주의와 식민주의의 문제가 복잡하게 얽혀 있었고, 1930년대에는 그런 점이 뚜렷하게 부각되었다. 이 시기 한설야의 소설 속에 돌연 수리조합과 그로 인한 노동의 문제가 재현되기 시작한 것은 이러한 맥락 위에서 이해될 수 있다. 지주와 소작농의 계급적 관계가 초래하는 부조리를 포괄하는 보다 근본적인 문제를 수리조합 사업으로부터 찾으려고 했으며 그것을 비판함으로써 문제 해결의 단서를 마련코자 했던 것이다.

수리조합 사업으로 초점이 모아지고 있지만 그 비판은 일제 농정 전체

---

9   박수현, 「누구를 위한 개발인가?—수리조합사업의 실체」, 186쪽.

의 기만성에 대한 폭로이기도 했다. 「사방공사」에는 '농민 구제'라는 명분으로 만들어진 관 주도의 치수공사 사업에 어떻게든 참여해 적은 임금을 받고 경제적 문제를 해결하려는 농민들이 등장한다. "의무 저금과 수수료를 제하고 나면 하루 38전밖에 안 질리는 역부지만 농군들은 그래도 큰 벌이라고 들썩하니 모아드는 것이었다. 그러나 너무 많아서 열에 서너 사람은 매일 까불려나지 않을 수 없었다."[10] 소설에는 인원 제한 때문에 쫓겨나는 처지이면서도 하루살이 막노동을 하기 위해 형제가 교대로 밤을 새 사무실 앞에서 순서를 기다리고, "차바퀴에 다리를 다"치거나 "개구리같이 납작하려 눌려 죽"는 일이 비일비재하게 일어나도[11] 경제적 상황 때문에 노동을 포기하지 못하는 농촌 프롤레타리아들의 모습이 형상화된다. "농× 구제랑 것도 개나발이다"는[12] 말로 압축될 수 있는 이러한 상황에 대한 평가는 '농업 근대화'나 '농가의 자력갱생', '궁민 구제' 등을 내세우는 일제 농정의 기조가 얼마나 허위성을 띠는지를 단적으로 표현한 것이다.

한편 「추수 후」는 수리조합이 어떻게 토지를 소유하지 않은 소작농에게까지 영향을 미치게 되는지의 문제에 주목한다. 수리조합의 신설 문제가 복잡한 것은 거기에 다층적 억압의 메커니즘이 작동하기 때문이다.

승낙하지 않은 지주들은 발갛게 달아났다. 소유는 신성하다는 것을 그들은 이 ×회에서 무엇보다 힘 있게 배우고 있다. 그런 것을 함부로 범하다니 될 말이냐고 그들은 상기하였다 — 소유는 신성하다. 법이 있다. '원상복구청구'의

---

10   한설야, 「사방공사」, 『신계단』 1(2), 93쪽.
11   위의 책, 100쪽.
12   위의 책, 96쪽.

조문이 퍼렇게 있다! (…중략…) 지주는 내심으로 튼튼히 믿었다. 그러나 사실은 그와 반대였다.

  ─ 수X는 그 대행회사代行會社에 공사 일체를 맡기었다. 봇돌을 내고 토지를 파 쓴 것이 사실이라 하더라도 수X가 누구의 것을 파 쓰라고 지시한 것은 아니다. 그러므로 이 요구는 부당하다. 즉 지주는 수X에 대항할 수 없다……하는 것이었다.[13]

  소설은 우선 수리조합 업무를 주관하는 식민당국과 개답비나 수세 등을 이유로 그에 반대하는 조선인 지주 사이의 갈등을 다룬다. 관官은 생산량 증대 등의 경제적 이익을 근거로 지주를 설득하려 하지만 이에 반대하는 지주들에 맞서 가짜 도장을 파고 문서를 조작해 수리조합 신설의 법적 근거를 마련한다.[14] 지주들은 여러 차례 소송을 제기하지만 증거 불충분으로 수리조합 철회의 뜻은 받아들여지지 않고, 끝내 수리조합의 설치를 받아들일 수밖에 없는 처지에 놓이게 된다. 실제로 조선인 중소지주나 자작농들이 합세해서 벌인 수리조합 설치 반대운동은 꽤 빈번하게 일어났지만 결국 실패로 돌아가는 경우가 많았고, 예컨대 1934년 당시 전국 233개의 수리조합 중 42%가 반대운동을 벌였지만 18%만이 무산되었다.[15] 조선인 지주가 아무리 "소유는 신성하다는 것을" "이

---

13 한설야, 「추수 후」, 『신계단』 1(9), 93~94쪽.
14 이와 같은 일이 자행된 것은 소설에서 뿐이 아니었다. "전국 곳곳에서 수리조합이 법적인 요건을 갖추고 설치될 수 있었던 것은 공권력이 동원되었기 때문이었다. 특히 수리조합이 설치되려면 수례지역 토지소유자 1/2 이상의 동의를 받아야 하는데, 동의서 날인에는 항상 공권력이 동원되었고 동의서 날인이 쉽지 않을 경우에는 불법과 편법도 서슴지 않았다. 일단 사업계획이 수립되면 지방 관청은 창설자들과 주민들간의 갈등을 조정하기보다는 창설업무의 한 축을 담당했고, 지방 관청이 직접 창설주체로 나선 조합도 적지 않았다." 박수현, 「누구를 위한 개발인가?─수리조합사업의 실체」, 192쪽.

사회에서 무엇보다 힘 있게 배우고 있다"고 하더라도 그들은 "수×에 대항할 수 없다." 이러한 법적 판단은 식민당국에 의해 주도된 수리조사 사업이 향할 수밖에 없는 당연한 귀결점이었다. 더욱이 보조금 비율이 70~80%에 다다랐던 일본과 다르게 20% 정도에 불과했고 대신 금융자본의 대출에 의존해야 했던 조선의 경우에 이 사업이 "전형적인 식민지적 특성"을 띠고 있었다.[16] 문제는 확실히 민족 모순에 있는 것이었다.

그런데 소설은 여기서 그치지 않고, 수리조합의 신설에서 발생하는 모든 하중이 소작농들에게 떠넘겨지는 계급적 차원의 문제를 지적하는 데까지 나아간다. 식민당국과의 싸움에서 지고 수리조합에 참여하게 된 지주들은 자신이 소작을 주는 농민들에게 책임을 전가하는 데 이른다. "나×의 일이니 할 수 없다. 또 밭을 논을 만드는 것은 결코 나쁜 일이 아니다. 수고지만 한 해 겨울 고생하면 벼농사 짓고 이밥 먹고……" "작인은 얼마든지 있으니까 하기 싫은 사람은 지금 저레 말해라, 부침을 바꾸는 것은 식은 죽 먹기니까……"[17] 소작권을 떼겠다는 협박을 통해 자신이 책임져야 하는 개답을 소작농들에게 미루어두는 상황을 언급함으로써 소설은 민족 문제에 가려진 계급 모순의 측면을 함께 사유해야 한다는 메시지를 전달하는 것이다. 사적 소유의 신성성을 믿는 조선인 지주는 "나라의 일"이라는 말 뒤로 숨어 자신의 경제적 손해를 피해간다. 이러한 방식은, 민족주의가 식민지 정책의 기조에 합류해버리는 개량주의로 흐르게 되는 경향을 비판하는 맥락에서 나온 소설적 형상화라고 해석될

15   정승진, 「호남 동진수리조합 사업의 전개과정 — 지역 농민의 존재형태를 중심으로」, 『한국사학보』 79, 고려사학회, 2020, 288쪽.
16   박수현, 「누구를 위한 개발인가? — 수리조합사업의 실체」, 189쪽.
17   한설야, 「추수 후」, 95쪽.

가능성을 다분히 포함한다. 부르주아적인 것이 파시즘과 만나기 쉬울 수밖에 없음을 한설야는 계속해서 인식하고 경계했던 것이 아닐까.

수리 노동을 소작인이 떠맡게 된 원인을 근원적인 차원으로까지 밀어붙이다 보면 결국 수리가 일본의 자본주의화, 그리고 1930년대적 군국주의화와 맞닿아 있을 수밖에 없다는 점을 소설은 전제한다. 엄혹한 검열의 분위기 속에서 표면화시킬 수 없었던 이러한 문제의식은, 치수 공사에서 토목업자가 떼는 의무 저금을 비난하며 "지금 전시가 되어서 ×라에서 돈을 많이 쓰게 되어 이담에 찾으라고! 남의 집 잿밥 믿고 굶어야겠구나"라고 지나치듯 등장인물에 의해 발화된 것을 통해서도 확인된다.[18] 이처럼 1930년대 초중반 한설야의 농촌소설은 산미증식이라는 거대한 목표 아래 추진되었던 수리조합 사업에 대한 비판의 맥락을 포함하고 있었다.

2) 1930년대 중후반 심전개발 논리 비판

1935년 우가키 총독은 일본·조선·만주를 경제블록으로 만들려는 구상을 실현해나가기 위해 농산어촌 진흥운동을 재편했는데, 그 내용은 '농가의 자력갱생'을 강조했던 기왕의 방향에서 벗어나 경제적 토대를 마련하고 황국신민정신을 확립하는 것이었다.[19] 사회주의를 비롯한 여타의 혁명적 운동 세력을 잠재우는 데 목적이 있었던 초기와 다르게 1935년 이후 농산어촌 진흥운동의 기조는 '국체國體 관념'을 주입하여 농민들로 하여금 황국신민정신을 갖게 하는 적극적인 성격을 띠었다. 이로부터 "조선인의 마음의 밭을 개발하여 천황의 신민으로 살도록 한

---

18 한설야, 「사방공사」, 104쪽.
19 이윤갑, 「우가키 가즈시게(宇垣一成) 총독의 시국인식과 농촌진흥운동의 변화」, 72쪽.

276   제2부-프로문학의 파토스

다"는 의미를 가지는[20] 이른바 '심전心田개발'의 필요성이 제기되기 시작했다. 더욱이 1936년 8월 미나미 지로南次郎가 총독으로 부임하고 1937년 7월 중일전쟁이 발발하면서 내선일체를 위한 정책들이 강력하게 시행되는 가운데[21] 농민들의 '생업보국生業報國'이 강조되는 한편 심전개발은 점차 국민정신총동원운동에 편입되어 전쟁 동원을 위한 정신적 논리로 활용되었다.[22]

이후 자세히 살피겠지만 1930년대 중후반 한설야의 농촌소설은 이러한 시기적 흐름을 공유하면서 수리 노동의 문제를 다뤘다. 1930년대 초중반 소설들이 수리조합 사업에 대한 비판을 직접적으로 드러냈던 데 반해 이 시기 소설들은 더 이상 제도 자체로부터 파생되는 문제에 집중하지 않는다. 대신 농촌이라는 공간이 수리를 중심으로 구성되는 공동체적 성격에 의해 특징지어진다는 보편적 사실을 부각하고, 그러나 궁극적으로는 그것이 해체되어가는 특수한 과정의 문제성에 주목한다. 이렇듯 수리를 형상화하는 방식이 달라진 데에는 1934년 산미증식 계획이 마무리되면서 수리조사 사업이 침체기에 들어설 수밖에 없었던 현실 상황의 변화가 크게 작용했겠지만,[23] 사실 그 방식상의 차이는 그리 중요한 문제가 아닐 수 있다. 보다 강조되어야 하는 것은, 정세가 달라지는 와중에도 한설야가 농촌을 주요 배경 삼아 소설을 창작했으며 특히 수리에 대한 관심을 거두지 않다는 점에 있다. 이러한 일관된 관심 속에서

---

20 윤기엽, 「일제강점기 조선총독부의 정신계몽운동을 통한 식민통치-1930년 신전개발운동을 중심으로」, 『원불교사상과 종교문화』 86, 원광대 원불교사상연구원, 2020, 421쪽.

21 조선인이 일본 국민화되어가는 과정과 효과를 다룬 다음 논문을 참고할 수 있다. 장용경, 「조선인'과 '국민'의 간극」, 『역사문제연구』 15, 역사문제연구소, 2005.

22 윤기엽, 앞의 책, 432쪽.

23 박수현, 「일제하 수리조합 항쟁 연구-1920~1934년 산미증식계획기를 중심으로」, 중앙대 논문, 2001, 19쪽.

그는 식민지 조선의 현실을 논하기 위한 본질적인 물음의 지점을 농촌과 수리로부터 찾고자 했던 것이다.

「홍수」, 「부역」, 「산촌」은 연작소설의 형태로 1936년부터 해를 거듭하며 발표되었으며, 그 첫 편인 「홍수」의 작가 부기에 적혀 있듯이 흔히 '탁류 3부작'으로 불린다. 함경도 H평야를 배경으로 하는 이 소설들은 김갑산동洞이라고 불리는 조선인 소유의 농장에서 일하는 소작농들이 망해가는 과정을 다룬다. 새로 개간한 이웃 농장에서 배수로를 막은 탓에 홍수가 나자 김갑산동은 속수무책으로 물에 잠기게 되고「홍수」 소작농들은 이때 무너진 둑을 세우기 위해 공짜 부역을 하지만「부역」 일본인 주인이 농장을 차지하게 되면서 소작권을 빼앗기고 일터로부터 내쫓기게 된다.「산촌」 서사의 뼈대를 살피건대, 동일 농장에 소속된 소작농들을 하나로 묶는 것은 바로 수리로 인해 발생하는 일련의 사건이자 활동이다. 수리를 중심에 둔 채로 사회를 이뤄가는 농촌적 삶의 형태를 '수리 공동체'라고 지칭해 볼 때, 탁류 3부작은 결국 수리 공동체의 존재와 몰락에 대한 기록이라고 할 수 있다.

> '사사끼' 교장은 애초에 김갑산의 동을 사려 하였다. (…중략…) 저편은 벌써부터 동향인인 도××부장의 소개로 T회사 지점장을 만나서 자기 학교 졸업생 중에서 모범 청년을 뽑아 가지고 농촌 진흥과 사상 선도를 위해서 모범 경작을 하겠다는 것과 벌써 자기 고향에서 모범 농민을 이주시켜서 이미 시험 경작을 시켜 본 결과 일단보 삼백 평에서 나락 여덟 섬(이 지방 농민은 보통 극상 잘해야 일단보에서 석 섬, 그렇지 않으면 두 섬도 거두기 어렵다)을 추수하게 되었다는 것과 금후 졸업생을 잘 지도하면 그 정도의 토리±利를 낼 수 있다는 것과 그렇기 때문에 T회사 땅이나 혹은 경매 처분에 붙일만한 땅이 있으면 속히

처결하여 자기에게 대부해달란 것을 교섭한 일이 있다. (…중략…) 그러나 결국 그 교섭은 결렬되고 말았다.

　이런 곡절 때문인지는 몰라도 작년에는 T회사 지점으로부터 최후 수속을 한다는 통지가 발송되어 왔다. 하나 작년은 수해가 없었으므로 간신히 밀린 이자나 얼마간 물어주고 겨우 경매막이만은 해놓았었다.

　그러자 이에 분개한 것이었던지는 몰라도 저 편은 작년에 김갑산 동 아래편 땅을 사가지고 신동을 일구게 되었다. 워낙 그다지 넓지 못한 평전임에 그리 넓은 면적을 사낼 수는 없었지만 방축을 김갑산 동보다 훨씬 높게 친 것과 또는 바로 그것이 물길을 가로막는다는 것이 김갑산 편으로 보면 몹시 께름한 일이었다.

　김갑산 동에서 산모퉁이 하나만 돌아서 한 십 리 길만 가면 광포라는 바다가 있어서 그 전까지는 그리로 배수가 잘 되었는데 새 동이 아래에 생기면서부터 김갑산동은 전연 불리한 상태에 놓여지게 되었다.[24]

　조선인 지주와 일본인 지주의 대비는 이 소설들을 이해하는 데 반드시 주목해야 하는 중요한 설정이다. 김갑산은 금광에 미쳐 파산 지경에 이르고 결국 동양척식주식회사에 땅을 저당 잡혀버린 조선인 지주이고, 사사끼는 조선에서 고등학교를 운영하는 일본인 교장이자 조선 땅을 사모으는 대지주이다. 자본을 증식하기는커녕 소모하기만 하면서 무능력함의 끝을 보여주는 김갑산에 비할 때, 사사끼는 "농촌 진흥과 사상 선도를 위해서 모범경작"을 계획하고 일본에서 "모범 농민을 이주시켜" 시험 경작을 진행하기도 하는 성실한 인물로 그려진다. 사사끼는 저당잡

24　한설야, 「홍수」, 『조선문학』 2(6), 1936. 5, 69~70쪽.

힌 김갑산동을 사려 하지만 실패하자 대신 그 아래편에 있는 새로운 땅을 사서 농장을 일구고, 방축을 높게 쌓아 김갑산동이 홍수에 물난리를 겪게 한다. 또한 김갑산이 은행 빚을 갚지 못하게 되면서 종국에는 김갑산동마저 자신의 땅으로 만들어 버린다. 이처럼 사사끼는 무능력함으로 몰락을 자처한 김갑산과 다르게 특유의 성실성으로 자산을 늘려가는, 소설 속에서 부르주아의 자리가 허락된 유일한 인물이다. 애초에 김갑산은 서술적 지위를 완전히 상실한 채 기억의 흔적으로서만 존재하거니와, 그리하여 이제 소작농들은 김갑산이 아니라 사사끼와 대립하게 된다. 즉 일본인 지주자본가와 조선인 소작농프롤레타리아으로 계급 관계의 초점이 뚜렷해지는 것인데, 이는 식민지에서의 계급적 대립이 민족적 대립과 겹쳐 있음을 단적으로 보여주는 구도라고 할 수 있다.

독특한 것은 사사끼의 계급적 성격과 그 위상이 일반적으로 부르주아의 면모로서 지적되는 내용들과 상당한 거리를 둔다는 점이다. 초점 화자인 기술은 본래 교장과 사이가 좋지 않지만 소작권을 계속해서 인정받기 위해 억지로 학교에 찾아간다. 그런 기술에게 사사끼는 다음과 같은 말을 남긴다. "가장 잘 하늘을 고이ᄒ는 것은 땅이다. 땅은 백성이다. 즉 농민이다. 그러기 때문에 한 사람의 농부라도 나는 신神의 허락 없이는 쓸 수 없다…… 가령 여기에 한 사람의 극히 진실한 농부가 있다고 하자. 그러나 일만 부지런히 한다고 해서 참말 진정한 인간인 것은 아니다. 그 사람의 머리를— 즉, 정신을 보아야 하는 것이다. 사람이 신에게 통하는 길은 오직 이 정신이 있을 뿐이다. 그러므로 나는 내 앞에서 진실을 맹서하는 어떤 사람이든지 우선 그가 신에게로 갈 수 있는 정신을 가지고 있는가 그것부터 보는 것이다……"[25]

이와 같은 '정신주의'는 현실 감각에 기반한 부르주아의 세속성과 대극을 이루는 속성임에도 불구하고 소설 속에서 사사끼를 부르주아의 자리에 놓이게 하는 결정적인 요인이 된다. 그를 부르주아로 만드는 특유의 성실성은 신에 대한 충실성과 맞닿아 있다는 점에서 시대적이고 역사적인 산물이다. 그런 맥락에서 발화되는 신은 "국체명징國體明徵·내선일체內鮮一體로서의 국가신도"로부터 비롯된 것이며, 정신 또한 "만세일계의 국체國體를 존숭하고 제사 지내어 황실을 받든다는" 일본 정신을 지시한다는 점은 명백하다.[26]

교장 선생은 때가 비상시라 교육보국敎育報國에서 새로 생업보국生業報國을 메고 나서 자기 고향에서 모범농을 이주시키고 동시에 졸업생 중에서 가장 빠름직한 청년들을 추려서 자기의 토지를 경작시켰다. (…중략…)
"만일 요행으로 김갑산동을 대부해주신다면 내 고향에서 모범농을 더 많이 불러오고 또 우리 학교 졸업생 중에서 견실한 사람을 뽑아서 대대적으로 경작시킬 작정입니다. 이 지방은 장차 노선서 엄지손가락 꼽는 모범 농촌이 될 것을 나는 의심치 않습니다. 농부의 맘은 사람의 가슴보다 몇 백 갑절 더 깊은 땅속에 뿌리 박혀 있는 것입니다. 땅을 살지게 하면 사람의 마음도 살이 지는 것입니다. 심전개발心田開發이란 두말할 것 없이 땅을 파고 땅을 살지게 하는 데 있는 것인 줄 압니다."[27]

김갑산동을 매입하기 위해 사사끼가 동양척식주식회사의 주임을 설

---

25   한설야, 「산촌」, 『한설야 단편선 과도기』, 문학과지성사, 2011, 290~291쪽.
26   문혜진, 「일제 식민지기 국가신도의 국민도덕화 담론에 대한 소고」, 『정신문화연구』 38(4), 한국학중앙연구원, 2015, 180~181쪽.
27   한설야, 「산촌」, 274~276쪽.

득하는 과정에서 더 노골적인 이데올로기의 언어가 사용된다. "생업보국"과 "심전개발", 이 두 용어는 물심양면의 짝을 이루면서 물질^{생산}적 기반과 마음^{정신}의 상태가 긴밀하게 연결된다는 논리를 만들어 낸다. 위 인용문에서 생산량과 직결되는 "대대적인 경작"을 약속하는 대목은 자본 증식의 구도와 유비를 이루고, 마음의 밭^{心田}을 살찌게^{開發} 해야 한다는 신도의 윤리는 '일본적 자본주의 정신'의 요체를 이룬다. 사사끼라는 부르주아의 탄생은 그러한 정신주의의 논리 속에서 가능한 지극히 일본적인 현상인 것이다. 그는 "추경여행^{秋耕勵行}, 축산여행^{양돈, 양계, 양견, 축독}, 퇴비 증산^{堆肥增産}, 앙판정지 개량^{秧板整地 改良}, 정조식^{正條植} 등 농사 개량에 관한 것과 부업^{잡업, 임업, 수산, 농산 가공, 관태, 운반}, 연료비림 조성^{燃料備林 造成}, 해조 채취 등 부대사업에 관한 것"을 비롯해서 "의례 준칙 실행, 색복 착용, 절주 절연, 허례 폐지, 미신 타파, 근검저축, 부녀자 근로^{옥외 노동}, 기업여행(機業勵行), 온돌과 부엌 개량, 부채 근절 등 생활 개선에 관한 것과, 납세 기일 엄수, 자력갱생, 지방 진흥, 국기 게양 엄수, 경로사상 등 정신 작흥에 관한 것" 모두를 농촌의 일로 아우른다.[28] 이러한 일본 정신과 그에 걸맞은 행동들은 일본인뿐 아니라 조선인에게도 강요되었으나 "정신적 굴종을 강요하고 무의식을 통해 황민화를 진행하려 했던 지배계급의 의도는 빗나"가는 경우가 많았다.[29] 기술이는 "교장 선생이 하는 힘든 말을 열에 하나도 그대로 이해할 수 없"었다.[30]

---

28 한설야, 「부역」, 『조선문학』 3(6), 1937.6, 15쪽.
29 최규진, 「전시체제기 '멸사봉공'의 신체, 일본정신과 무도(武道)」, 『역사연구』 44, 역사학연구소, 2022, 229쪽.
30 한설야, 「산촌」, 291쪽.

282   제2부-프로문학의 파토스

그는 지난 여름의 홍수를 또 연상하였다. 이 골 저 골에서 콸콸 흘러내리는 물이 자기들의 동으로 합수쳐 흐르는 광경을 그리고 동이 쩍 갈라지어 물이 들이밀리는 광경을 생각하였다. 그러나 그 아래 동은 아무 일 없었다. 그리하여 그것은 어깨를 살구고 연신 일어나는 것 같았다. 도깨비는 처다볼수록 키가 무척대고 하늘을 올려 버친다는 범 영감의 말과 같이 그놈의 동은 지금 자꾸 치솟는 것같이 그의 머리에 비쳐왔다. 그래서는 그 곁에 있는 동들을 모조리 삼켜버리는 것이었다. 그리고 그 먹히는 동을 지키는 개미같이 조그만 그림자들을 눈 깜박할 사이에 들이그어버리는 것이었다. 그러나 그 조그마한 흰 그림자들이 그 거멓고 무서운 괴물의 밑구멍으로부터 마치 그전에 양잠소에서 본 누에뚱같이 까맣게 되어서 졸졸 굴러내리는 것 같았다. 그러나 그 흐르는 가운데서 박 영감도 범 영감도 금순이도 그리고 자기의 낯짝도 그는 분명히 찾아볼 수 있었다.[31]

「부역」에서 교장과의 접점을 마련하지 못한 기술이는 김갑산동의 방축을 쌓는 수리 노동을 하면서 문득 환상에 시달린다. 무서운 술책과 재간이 품기는 교장 선생의 큰 눈, 그리고 그 눈이 박힌 듯한 교장의 농장을 떠올리며 기술이는 오싹 떨릴 정도로 두려움을 느낀다. 사사끼 농장은 왕눈을 가진 도깨비의 형상으로 바뀌어서 옆의 농장들을 모조리 삼켜버리고, 개미 같은 일꾼들의 그림자를 마구잡이로 들어낸다. 그 거대한 움직임 속에서 수많은 그림자들은 다시 도깨비의 밑구멍으로 쏟아져내린다. 농장이 도깨비로 변해 살아 움직이면서 사람들을 잡아먹고 토해내는 이 그로테스크한 환상의 장면은 기술과 다른 소작농들의 앞날

---

31   한설야, 「부역」, 『조선문학』 3(6), 18쪽.

을 암시한다. 탁류 3부작의 마지막 작품인 「산촌」은 농장주가 된 사사끼가 일본인 농민들을 조선으로 집단 이주시키고 조선인 작인들의 소작권리를 빼앗는 내용을 담고 있다. 환상은 그렇게 현실이 되어, 절반 이상의 작인들이 산지사방으로 떠나가고 누군가는 날품팔이 노동을 통해 하루하루를 연명해 나간다. 수리로 연결되었던 공동체는 깨어지고 수많은 삶은 파탄난다.

조선의 수리 공동체는 농촌의 보편적 정서를 대변한다는 점에서 전통적이면서 부르주아와 대립하는 소작농들의 집단이라는 점에서 계급적·근대적인 성격을 지닌다. 따라서 그것의 해체는 정신주의로 무장한 일본의 자본주의가 조선의 농촌에 가하는 민족적 억압과 계급적 착취를 동시에 보여주는 것이라고 할 수 있다. 내지인과 조선인의 '하나 됨'을 강조하는 내선일체는 결국 조선 농민의 몰락을 통해서 실현되는 것으로, 조선을 완전히 잠식해가는 일본의 자본주의와 결부된다.

이 조고만 동리에는 검은 판자를 두른 새 집도 섰다. 그 집에는 높다란 국기 게양 탑이 서 있다. (…중략…) 줄늪은 전부 메워지고 돌몰길이 올이 바르게 이리저리 째어졌다. 그리고 김갑산동과 그 아래 사사끼동은 완전히 연결되어버렸다. 그 큰 동북쪽에는 새로 저수지가 되고 그 남으로는 광포로 나가는 뻣돌排水路이 기다랗게 내를 이루고 있다.

모범 경작생들이 한여름 동안 얼마나 일하고 얼마나 벌었는지는 알 수 없으나 교장 선생님은 8천 원이나 들여서 T우편소를 그 친구의 이름으로 새로 샀다는 소문이 차차 퍼지기 시작하였다.[32]

---

32 한설야, 「산촌」, 302쪽.

탁류 3부작은 높은 방축으로 구분된 김갑산동과 사사끼동이 "완전히 연결되어버"리는 것으로 끝난다. 조선의 수리 공동체가 몰락한 자리에 새로운 물길이 생겨 커다란 배수로가 들어서고, 그 뒤 사사끼는 "8천 원이나 들여서 T우편소를" 살 수 있을 만큼의 돈을 번다. 일본정신을 내세우며 이루어진 수리의 장악은 생산력을 증진시키고 그리하여 자본을 증식할 수 있는 기반으로 자리한다. 게다가 그렇게 발생한 자본을 통해 대지주 사사끼가 식민 통치의 기반이 됐던 통신 시설로서의 '우편소'를 사들인 대목은 의미심장하다. 국가와 자본이 결탁돼 서로의 몸집을 키워가는 일본 제국주의의 메커니즘을 단적으로 보여주기 때문이다.

정리하건대 1930년대 중후반 한설야는 조선의 수리 공동체가 파괴되는 과정을 통해 심전개발운동의 기만성을 폭로한다. 무엇보다 그가 심전개발이라는 파시즘의 논리를 일본적 자본주의화와 관련해 인식했다는 점은 충분히 강조될 필요가 있다. 이러한 지점은 1930년대 초중반 보였던 식민지 현실 인식과 그 비판의 연장선상에 놓인 것으로, 1930년대 한설야가 일관되게 문제 삼은 바이기도 하다. 이는 곧 식민지의 사회주의자가 맞서 싸워야 하는 현실이 무엇인지를 지시한다. 계급 모순과 민족 모순이 겹쳐 있는 자본주의적 현실이 바로 그것이다. 이야말로 식민지 조선의 사회주의자 한설야가 1930년대 소설을 관통해 지녔던 내적 일관성이었다고 할 수 있다.

제 3 부

프 로 문 학 의   에 토 스

주 체 의   다 중 심 성 과   교 차 성

1. 농민·농업 프롤레타리아의 수행성

1) 분노를 통한 이행과 정동 공동체

"지금까지의 모든 사회의 역사는 계급 투쟁의 역사이다"[1]라는 문장으로부터 시작하는 『공산당 선언』의 첫 장은 자본주의 사회의 양대 계급인 부르주아와 프롤레타리아를 설명하는 데 할애된다. 여기에서 프롤레타리아는 대공업의 발전과 더불어 등장한 현대의 임금노동자로 생산 수단을 소유하지 않아 노동력을 파는 계급을 의미한다. 마르크스가 프롤레타리아를 "대공업의 가장 고유한 산물"로 한정한 이래로[2] 정통 마르크스주의에서 프롤레타리아는 공장에서 일하는 노동자 중심성을 띠게 된다. 공장 프롤레타리아는 자본주의 사회 내의 계급이면서 그것을 타파할 계급이자 혁명의 핵심 세력으로 이해되었다.

그러나 이후의 역사가 말해주듯 사회주의로의 이행에서 공장 프롤레타리아 중심성에 대한 부분은 심문에 부쳐진 바 크다. 대표적으로 러시아혁명이나 중국혁명의 과정에서 인구의 대부분을 차지하는 농민이 어떠한 역할을 해야 하는가의 문제는 중요한 화두일 수밖에 없었다.[3] 1930

---

1   칼 마르크스·프리드리히 엥겔스, 최인호 외 역, 「공산주의당 선언」, 『칼 맑스 / 프리드리히 엥겔스 저작 선집』 1, 박종철출판사, 1991, 400쪽.

2   위의 책, 410쪽.

3   자본주의의 구조를 인식하고 변혁하는 주체로서 농민과 노동자가 어떻게 함께 관계될 수 있는지를 해명하는 것은 혁명의 과정에서 중요한 이론적·실천적 문제였다. 레닌이 1905년 혁명 이전 러시아의 농민들에게 『빈농에게』(1903)와 같은 팜플렛을 써서 노동동맹론의 전술을 실천적 자원으로 이용하려 했던 것이나 트로츠키가 '경제의 후진성, 사회형태의 원시성, 문화 수준의 낙후성' 등을 러시아 사회의 특징으로 지적하면서 '불균등결합발전론'을 이론적으로 전개했던 것은 모두 이런 맥락 위에 놓여있었다. 한편, 마오쩌둥은 1920년대 농민들을 규합해 국민당과 맞서는 한편으로 1930년대 항일 통일전선에 기반한 중국혁명의 이론화 작업에 착수하여, 1937년 「실천론」

년대 초반 식민지 조선의 문단에서 또한 농민문학과 프롤레타리아문학의 관계를 두고 논쟁이 있었는데, 이는 곧 토지를 사적으로 소유하지만 수적으로 우세한 농민과 생산 수단을 소유하지 않았지만 수적으로 열세에 있는 프롤레타리아를 두고 운동 주체의 위상을 어떻게 정립할 것인가와 관련된 것이기도 했다.[4] 이처럼 공장 프롤레타리아가 변혁의 주체로 고정된다는 인식은 역사의 실천적 현장에서 교정될 필요가 있었다. 때에 따라 농민은 변화를 이끄는 주체가 되기도 했고, 노동자의 선도 아래 혁명의 보조를 맞추는 존재가 되기도 했다.

조선의 사회주의문학에서 역시 농민은 주된 관심의 한 축이었다. 농촌을 배경으로 하는 소설들은 주로 소작농으로서의 농민뿐 아니라[5] 농

과 「모순론」 등을 집필했다. 마오쩌둥이 「실천론」에서 저마다의 상황에 대한 인간의 인식과 끊임없는 실천을 연결하고, 「모순론」에서 계급적 모순인 "주요 모순"과 "각국의 발전의 불균형적 상태에 따라 기인되는"(모택동, 김승일 역, 「실천론」, 『모택동선집』 1, 범우사, 2001, 381쪽) 부차적 모순의 전환 가능성을 논했던 것은 계급주의라는 보편적 이념이 항일(抗日)을 위해 농민을 주체로 내세워야 했던 중국적 특수성을 어떻게 '실천적으로' 통과할 수 있는지를 '이론적으로' 설명하기 위함이었다.

4   1931년 안함광과 백철 사이에 오간, 이른바 '농민문학 논쟁'이 그것이다. 이들의 논쟁은 "노동자 계층과 농민 계층 사이의 유사점과 상이점의 문제, 농민문학이 맡아 하게 되는 프롤레타리아문학의 동맹자로서 역할과 그 둘의 변증법적 통일에 관한 문제, 농민통신원운동과 농민 자신에 의한 문학창작, 농민대중을 향한 문학이 아닌 빈농층이라는 한정된 농민계층을 향한 문학 등의 구체적인 문제와도 연관이 되어 있"(316쪽)었다. 이 논쟁과 관련된 기본적인 사항은 김영민의 연구서를 참고할 수 있다. 김영민, 『한국문학비평논쟁사』, 한길사, 1992, 294~307쪽.

5   1920년대 조선의 농촌사회는 산미증식계획의 여파로 점차 식민지 경제구조 아래 놓이게 되면서, 소작농들은 경제적으로 매우 어려운 상황에 놓일 수밖에 없었다. 식민지지주제의 확립으로 "지주-소작관계는 자본주의적 생산관계로서 소유자인 지주의 권리가 확고해지며 소작권과 소작료 선정에 주도권을 갖게 되었고, 농업경영면에서도 최소비용으로 최대이윤을 확보하기 위한 장치를 마련하기 시작했다. 소작농들은 농촌에 퇴적되고 있는 상대적 과잉인구로 인해 경제적 처지가 더욱 열악해져갔다." 1920년대 후반부터는 "일본제국주의권의 미곡 수급에서 공급과잉이 나타나기 시작했고, 세계대공황과 이어진 농업공황으로 미곡 증산에 집중했던 식민지 조선이 직격

촌 프롤레타리아를 적극적으로 재현의 대상으로 삼았다. 여기서 농촌 프롤레타리아란 토지를 소유하지 않음은 물론이고 소작할 땅도 없어 농촌에서 자신의 노동력을 팔아 살아갈 수밖에 없는 노동자를 지칭한다.[6] 마오쩌둥毛澤東이 '농촌 무산 계층'이라고 일컫기도 했던 이들은 "머슴, 날품팔이 등의 고용농雇傭農"으로서 "노동시간은 길고 임금은 적으며 대우가 박한 데다 직업이 불안정한" 까닭에 "농촌에서 가장 어려운 처지에 있는 사람들"이다.[7] 농촌소재소설은 계급적 열위에 있는 존재로 소작농과 농촌 프롤레타리아를 재현함으로써 이들이 겪는 궁핍하고 비극적인 현실을 묘사하고 또 한편으로는 이들이 지닌 변혁의 힘을 그려내는 데 집중했다.

1920년대 사회주의 농촌소재소설 속 농민·농촌 프롤레타리아는 정동情動, affect에 의해 새로운 주체성을 부여받기도 한다. 식민지배하 농촌의 상황은 착취와 억압으로 말미암은 가난하고 처참한 삶으로 점철되었고 생산 과정의 통제권을 잃었다는 점에서 농민들의 '프롤레타리아화'가 진행되고 있었다. 농촌소재소설들은 농촌의 제반 상황을 핍진하게 묘사하는 한편으로 농민과 농촌 프롤레타리아가 그 속에서 느끼고

탄을 맞게 되었다. 특히 경제적 기반이 허약했던 소토지 내지 무토지 소농민들의 몰락은 더욱 확대, 급속화되었다." 1920년대부터 그 이후 농가 경제의 계급적 불평등을 추적한 연구로 다음을 참고했다. 이송순, 「1920~1930년대 전반기 식민지 조선의 농가경제 분석」, 『사학연구』 119, 한국사학회, 2015, 307·323쪽.

6 공황이 한창인 1920년대 후반부터 매체들에서는 조선 농촌의 계층 구성이 달라지고 있음을 우려하듯 전달해 나르기 시작한다. "지주가 자작농으로 떨어져가고 자작농이 소작겸자작농 또는 바로 소작농으로 화(化)하고 자작 겸 소작이 순전한 소작농이 되고 소작도 얻지 못하면 걸식군 유랑군에 투입하게" 되는 상황을 우려한 것으로, 이때의 "걸식군 유랑군"이 바로 '농촌 프롤레타리아'를 이르는 것이다. 「소작농의 증가」, 『동아일보』, 1929.7.27, 1쪽.

7 모택동, 「중국의 사회 각 계층 분석」(1925.12.1), 『모택동선집』 1, 23쪽.

경험하는 감정과 감각을 담아내고, 정동하고 정동되는 순간the moments of affecting and being affected을[8] 포착했다. 농촌의 상황은 농민과 농촌 프롤레타리아로 하여금 특히 '분노'의 정동을 이끌어내는데, 그것은 농촌의 주체들이 처한 가난과 폭력이라는 물리적이고 사회적인 상황으로부터 신체에 끼쳐온 것이며 신체를 통해 이루어지는 다른 행위나 실천으로의 이행passage으로 연결된다는 점에서 정치적이다.[9]

사실 이와 같은 경향은 프로문학의 볼셰비키화 이전부터 이미 지속되어 오던 것으로 그 시작점에는 최서해의 초기소설이 놓여 있다.[10] 최서해의 소설들 속 주인공은 대체로 몰락한 농민과 농촌 프롤레타리아

---

8   한국어에서 '정동'은 명사로만 쓰이지만, 정동연구에서는 affect의 의미와 그것이 활용되는 방식을 살리기 위해 '정동하다 / 정동되다'라는 동사를 만들어 사용하기도 한다. 이 글에서 또한 이러한 동사를 사용할 것이다.

9   스피노자의 정동 개념을 경유해 그것을 이론화 한 들뢰즈는, 정동을 봉인해서 고정된 의미를 형성하는 정서와 다르게, 정동의 핵심이 이행에 있다고 설명한다. 이행은 "나의 능력(puissance)의 증대와 감소"이자 "한 상태에서 다른 상태로의" 달라짐으로서, 마음의 작용을 아우르는 신체의 작용이다. 그는 이렇게 말한다. "정동이란 무엇일까요? 그것은 이행입니다. 정서는 어두운 상태이자 밝은 상태입니다. 절단되는, 두 개의 연속적인 정서들. 이행은 한 상태에서 다른 상태로의 생생한 변이(變移)입니다. 여기에서는 이 경우에 어떠한 물리적 변이가 일어나지 않음을, 오히려 생물학적 변이가 일어남을 주의하세요. 또한 변이를 만들어 내는 것이 바로 여러분의 신체임을 주의하세요."(질 들뢰즈, 서창현 역, 「정동이란 무엇인가」, 『비물질노동과 다중』, 갈무리, 2005, 90~91쪽) 들뢰즈로부터 정동 연구를 이어간 브라이언 마수미는 "몸체의 힘으로 하여금 다른 것들과 그리고 그 환경과 얽히고설킨 관계 속에서 움직이고, 작용하고, 지각하고, 생각하도록 새로운 변이를 표현하려고 요동치는 무언가"가 바로 정동이라고 말하면서, "힘의 변화와 긍정"을 이끄는 "정동은 직접적으로 정치적일 뿐만 아니라, 정치적으로 권능화(empowering)한다"고 주장한다. (브라이언 마수미, 조성훈 역, 『정동정치』, 갈무리, 2018, 8쪽)

10 신경향파문학, 혹은 최서해문학의 분노와 관련된 연구로는 다음을 참고할 수 있다. 손유경, 『고통과 동정』, 역사비평사, 2008, 178~213쪽; 한수영, 「'분노'의 공(公)과 사(私)—최서해 소설의 '분노'의 기원과 공사(公私)인식을 중심으로」, 『한국문학이론과 비평』 68, 한국문학이론과 비평학회, 2015.

다. 그들은 농사를 지을 형편조차 안 돼 나무나 날품팔이를 하면서 생활을 해 나가는 자들로서, 극도의 빈한한 형편 속에 있다가 결국에는 분노한 뒤 살인하거나「기아와 살육」폭력을 행사하고「박돌의 죽음」도둑질을 하며「큰물진 뒤」 방화를 저지른다.「홍염」식민지 조선의 자본주의화되는 식민지 조선의 농촌은 일꾼들을 극도의 가난으로 내몰고, 그러한 물리적 조건이 주체의 신체에 새겨지면서 일어나는 분노의 정동은 또 다른 사회적 반응으로 이행된다. 다음은「탈출기」에서 분노에 정동된 박군의 목소리 일부분을 인용한 것이다.

우리는 여태까지 속아 살았다. 포악하고 허위스럽고 요사한 무리를 용납하고 옹호하는 세상인 것을 참으로 몰랐다. 우리뿐 아니라 세상의 모든 사람들도 그것을 의식치 못하였을 것이다. (…중략…)

그러나 마주에 취하여 자기의 피를 짜 바치면서 깨지 못하는 사람을 그저 볼 수 없다. 허위와 요사와 표독과 게으른 자를 옹호하고 용납하는 이 제도는 더욱 그저 둘 수 없다.

―이 분위기 속에서는 아무리 노력하여도 우리는 우리의 생의 만족을 느낄 날이 없을 것이다. 어찌하여 겨우 연명을 한다 하더라도 죽지 못하는 삶이 될 것이요, 그 영향은 자식에게까지 미칠 것이다. 나는 이미 품속에서 빽빽하는 어린 것의 장래를 생각할 때면 애잡짤한 감정과 분함을 금할 수 없다. 내가 늘 이 상태면 (그것의 거의 정한 이치다) 그에게는 상당한 교양은 고사하고, 다리 밑이나 남의 집 문간에 버리게 될 터이니, 아! 삶을 받을 만한 생명을 죄 없이 찌그러지게 하는 것이 어찌 애닯지 않으며 분치 않으랴?

김군! 나는 더 참을 수 없었다. 나는 나부터 살리려고 한다. 이때까지는 최면술에 걸린 송장이었다. 제가 죽은 송장으로 남식구들을 어찌 살리랴? 그러려

면 나는 나에게 최면술을 걸려는 무리를, 험악한 이 공기의 원류를 쳐부수려
고 하는 것이다.[11]

농사를 지을 수 있을 거라는 기대를 가지고 간도로 향한 박군은 간도
에서 역시 땅을 얻을 수 없어 구들장을 고치거나 삯김, 삯심부름, 삯나
무를 가리지 않고 하는 농촌 프롤레타리아의 전형이다. 생계를 유지하
려 "충실"히 발버둥을 치지만 그에게 돌아오는 것은 빠져나올 수 없는
빈곤일 뿐, 그는 부르주아가 설파하는 근면과 성실과 같은 덕목이 "허위
와 요사와 표독과 게으른 자를 옹호하고 용납하는 이 제도"를 유지하기
위한 것을 깨닫게 된다. 그러한 인식과 더불어 "애잡짤한 감정과 분함을
금할 수 없"게 된 박군은 자신의 신체가 "최면술에 걸린 송장"이었음을,
자신이 들이마시는 이 공기가 더없이 "험악한" 것이었음을 감각하게 된
다. 불합리한 제도에 대한 깨달음의 과정은 '신체적 감각'과 연결되는데,
그렇기에 박군의 분노는 비단 마음의 작용일 뿐만 아니라 신체적인 것
이다. 분노를 동반하는 깨달음이란 "상황 속에 연루된 우리가 즉각 육체
적으로 시행하는 행동과 분리될 수 없는, 정동의 순간적인 평가 같은 것
을 통해 몸에서 일어나는 유형의 사유"라고 할 수 있다.[12] 분노는 박군으
로 하여금 "집을 탈출케 하였으며, ××단에 가입케 하였으며, 비바람 밤
낮을 헤아리지 않고 벼랑 끝보다 더 험한 ×선에 서게"[13] 하는 것으로 분

---

11   최서해, 「탈출기」, 『조선문단』 6, 1925.3, 31~32쪽.
12   브라이언 마수미, 『정동정치』, 33~34쪽. 마수미는 화(anger), 혹은 분노를 강력한 정
      동적 표현으로 보는데, "발생하고 있는 의미의 흐름, 즉 지금 일어나고 있는 정상적인
      관계나 상호작용 그리고 실행되고 있는 기능을 깨버"리기 때문이다. "화의 난입으로
      인해 상황은 그 자체로 재배열되고, 어떤 식으로든 그 강렬함을 처리해야"하며, 그럼
      점에서 "화는 무언가 긍정적인 것을 이끌어"내고 "재설정"한다는 것이다. (33쪽)
13   최서해, 「탈출기」, 32쪽.

출된다. 박군은 제도에 의해서 움직이는 '송장'이 아닌, 자신과 세계를 본위로 움직이는 또 다른 신체의 존재로 탈바꿈한다. 분노에 정동된 신체는 자신이 처한 상황의 흐름을 재설정하는 것으로 이행한다.

「홍염」의 문서방은 서간도로 이주해서 겨우 밭을 일궈 '지팡살이小作 人'로 먹고 사는 인물이다. 그는 청인 지주 인殷가에게 빚을 졌지만 흉년이 들어 돈을 갚지 못해 딸 용례를 빼앗기고 그에 충격을 받은 아내마저 잃는다. 이 극한의 상황에서 문서방은 "분과 설움"을[14] 이기지 못하고 인가의 집에 불을 내는 극단적 선택을 한다. 문서방의 분노는 그 자신에게 운명처럼 주어졌던 계급적이며 사회적인 질서의 흐름을 받아들이지 않겠다는 힘으로 작용하게 된다. 이때의 힘은 구체적인 사회 변혁과 관련해 의식화·주체화된 의지와는 다른 성격을 가진다. 정동은 "의식화된 앎 아래나 옆에 있거나, 또는 아예 그것과는 전체적으로 다른 내장의 힘들, 즉 정서emotion 너머에 있기를 고집하는 생명력"이다.[15] 문서방의 분노는 자신을 옭아매는 계급적 불합리에 대한 자동적인 신체적 반응이며 힘이 움직이고 이행한다는 점에서 '강렬성'intensity을 띤다.[16]

동풍이 몹시 이는 때면 불기둥은 서편으로, 서풍이 몹시 부는 때면 불기둥은 동으로 쏠려서 모진 소리를 치고 검은 연기를 뿜다가도 동서풍이 어울 치면 축융火神의 붉은 혓발은 하늘하늘 염염히 타올라서 차디찬 별—억만 년 변

---

14 최서해, 「홍염」, 『조선문단』 18, 1927.1, 84쪽.
15 그레고리 J. 시그워스·멜리사 그레그, 최성희 외 역, 「미명의 목록[창안]」, 『정동이론』, 갈무리, 2015, 14~15쪽.
16 그로스버그에 따르면 정동은 자동적인 신체 에너지이며, 강렬성(intensity)이자 힘(force)이다. 로렌스 그로스버그 인터뷰, 「정동의 미래—현실태 속의 잠재태 되찾아 오기」, 위의 책, 483~533쪽 참고.

함이 없을 듯하던 별까지 녹아내릴 것같이 검은 연기는 하늘을 덮고 붉은 빛은 깜깜하던 골짜기에 차 흘러서 어둠을 기회로 모여 들었던 온갖 요귀妖鬼를 몰아내는 것 같다. 불을 질러놓고 뒷숲속에 앉아서 내려다보던 그 그림자─딸과 아내를 잃은 문서방은 "하하하" 시원스럽게 웃고 가슴을 만지면서 한 손으로 꽁무니에 찼던 도끼를 만져보았다. (…중략…)

"용례야! 놀라지 마라! 나다! 아버지다! 용례야!"

문서방은 딸을 품에 안으니 이때까지 악만 찼던 가슴이 스르르 풀리면서 독살이 올랐던 눈에서 뜨거운 눈물이 떨어졌다. 이렇게 슬픈 중에도 그의 마음은 기쁘고 시원하였다. 하늘과 땅을 주어도 그 기쁨을 바꿀 것 같지 않았다.

그 기쁨! 그 기쁨은 딸을 안은 기쁨만이 아니었다. 작다고 믿었던 자기의 힘이 철통같은 성벽을 무너뜨리고 자기의 요구를 채울 때 사람은 무한한 기쁨과 충동을 받는다. 불길은-그 붉은 불길은 의연히 모든 것을 태어버릴 것처럼 하늘하늘 올랐다.[17]

위 인용문은 「홍염」의 마지막 장면이다. 바람이 불 때마다 방향을 알 수 없이 번져나가며 일렁이는 붉은 불꽃紅焰은 문서방의 정동과 겹쳐지며 상징성을 획득한다. 불은 "모진 소리를 치고 검은 연기를 뿜다가도" 하늘의 별을 녹여버릴 만큼 뜨겁게 타오르고 그 붉은 빛으로 요괴를 몰아낼 것 같기도 하다. 마찬가지로 "악만 찼던" 분노에서 시작된 문서방의 정동은 불길이 일자 슬픔으로 옮겨 붙기도 하고 "하늘과 땅을 주어도" 바꾸지 못할 기쁨으로 기울기도 한다. 그것은 하늘하늘 타오르며 번지는 불처럼 "연속적인 변이의 선율"[18] 위에 놓인 것이다. 문서방도 모르

---

17   최서해, 「홍염」, 91~92쪽.
18   질 들뢰즈, 「정동이란 무엇인가」, 『비물질노동과 다중』, 32쪽.

게 터져 나오는 뜨거운 눈물은 그 신체적 반응이다. 그의 눈물은 비단 딸을 되찾았다는 데에서 비롯된 것만이 아니라 "작다고 믿었던 자기의 힘이 철통같은 성벽을 무너뜨"릴 수 있다는 것을 확인한 데서 나온 "무한한 기쁨과 충동"의 표지標識이다. 이런 이행 속에서 문서방은 기존의 질서를 바꿀 다른 가능성을 품은 존재로 거듭난다. 문서방의 정동이 끊임없이 이행하듯 "그 붉은 불길은 의연히 모든 것을 태워버릴 것처럼 하늘하늘" 일렁이기를 멈추질 않는다.

물론 분노의 정동이 이행할 때 그 방향성은 정해져 있지 않다. 신경향파소설의 주인공들처럼 기존 사회의 질서를 흐트러뜨리는 방화, 살인, 폭력 등의 방향으로 향하게 되거나 「탈출기」에서처럼 사회주의운동에 투신하는 쪽으로 흐르기도 한다. 때로는 조명희 「농촌 사람들」『현대평론』, 1927.1의 원보가 그러하듯 자살을 선택함으로써 신체의 능력을 소멸시키는 경우도 있다. 본래 착실한 소작농이던 원보는 김참봉이라는 부자와 헌병보조원인 그의 아들이 행하는 착취와 부조리에 대항하다가 결국 감옥에 갇혀 징역살이를 하고 그동안 김참봉의 아들에게 아내마저 빼앗긴다. 이를 계기로 세상에 대한 원한과 분노를 품게 된 원보는 김참봉을 상대로 강도질을 하다가 다시 유치장에 갇히고 그날 밤 목을 매 죽는다. 원보의 자살은 비극적이지만 한편으로는 사회적 실천으로 볼 필요가 있다. 그가 선택한 것이 제도에의 굴복이 아닌, 자살이라는 적극적 행위이기 때문이다. 분노와 자살은 자본주의화되고 식민화된 조선의 농촌 현실의 잔혹함과 폭력성을 드러낸다. 특히 김참봉이 동양척식주식회사의 사음이며 그의 아들이 일 제국의 헌병을 돕는 헌병보조원이었다는 사실을 염두에 둘 때, 원보가 자신을 굽히지 않고자 했던 제도가 어떤 것이었는가를 확인할 수 있다. 소설은 분노의 정동과 자살의 행위를 보여줌으로써 일 제국주의와 그로 말미암은 자본주의가 조선의 농촌에 미친 악영향을 고발하는 효과를 낳는다.

사회주의 농촌소설 속 농민들의 분노는 감정emotion처럼 개인의 주관적 세계에 머물러있는 것이 아니라[19] 농촌에서의 불합리한 계급적 상황과 고통스러운 신체적 경험을 공유하는 주체들 사이에서 변이하고 순환하면서 자타自他의 경계를 무화하는 관계성을 만들어내기도 한다. 그리고 그 관계를 공유하는 이들은 일종의 '정동 공동체affective community'를 이루게 된다. 등단 이래 지속적으로 농촌 문제에 관심을 기울여 왔던 이기영의 단편소설은 이러한 견지에서 농촌 주체 문제를 사유케 하는 측면을 가진다. 그동안 「농부 정도룡」은 정도룡이라는 영웅적 존재를 내세워 농촌의 문제를 드러내고 해결하려는 소설로 받아들여진 바 크지만 그에 못잖게 중요한 것은 정도룡의 분노에 의해 그의 가족들이 어떻게 정동되면서 정동적 존재로 거듭나며 정동 공동체로 묶이게 되는가를 살피는 데 있다. 이를 통해 「농부 정도룡」은 정도룡이라는 '전위적 개인'에 의한, 혹은 그러한 개인을 위한 소설에서 나아가 정동이 옮아가고 번지는 '정동 공동체'와 관련된 소설로 독해될 수 있다.

정도룡은 됨됨이가 비상해서 불의한 일을 보면 역정을 내고 분노를 감추지 못하는 인물이다. 그는 어린 셋째 딸을 민며느리로 보내고 넷째 딸을 때리는 용쇠의 뺨을 올려붙이거나 가난을 모르는 학교 선생의 이야기를 듣고는 아들 금석이 학교를 그만두게 하고, 모든 것이 하느님의

---

19   마수미는 정동과 정서(혹은 감정)를 구분하면서, 정서가 "주관적인 내용으로, 경험의 질을 사회언어학적으로 고정하는 것"이라고 본다. 그에 따르면 "경험되는 순간부터 그것은 개인적인 것으로 제한된다. 정서는 자격이 부여된 강렬함이며, 틀에 박힌 것이다." 브라이언 마수미, 조성훈 역, 『가상계』, 갈무리, 2011, 54쪽.

은혜라는 목사의 설교로 딸 금순에게 교회 따위는 때려치우라고 하는 강직하지만 불같은 성미를 가졌다. 조선 땅에 들어온 문명이 조선의 농민들을 노예로 만든다면서 "도덕, 법률, 정치, 예절, 그것은 모두 허위 투성이"라고[20] 일체의 이데올로기적 국가장치Ideological State Apparatus와 유무형의 부르주아적 문화를 거부하는 그는 늘 분노의 정동에 사로잡혀 있다. 한편 마을의 지주인 김주사가 고리대금업자인 일본인에게 땅을 주느라 가난한 춘이 할머니에게 더 이상 논을 부치지 못하게 하자 춘이 할머니가 자살하고 과부인 며느리와 자식들만 남게 되는 일이 발생한다. 정도룡은 춘이 할머니의 장례를 대신 치르고 자신이 김주사로부터 받은 논을 춘이네 집에 전달한다. 이 일련의 일들에 분노한 정도룡은 김주사를 찾아가 자신이 농사지을 땅을 다시 내놓으라고 하는데 그와 관련해 금석과 금순이 나눈 대화의 내용은 다소 충격적이다.

"아버지가 어디 가신지 너 아니?"

"몰라! 김주사 집에?"

하고 금순이는 눈을 되록거리며 오빠를 쳐다본다.

"정녕 논 얻으러 가셨을 것이다. 그래 만일 논을 안 주면 아버지는 그 자식을 죽일 것이다. 참으로 제비 새끼를 잡아먹는 구렁이를 그대로 두는 것은 죄이니까."

금순이는 눈이 더욱 되록되록 빛난다.

"만일 아버지가 죽이지 않으면 내가 죽일 터이다. 저 낫(윗목 벽 밑에 세워 놓은 낫을 가리키며)으로 모가지를 후리면 그놈이 뎅겅 내리 앉을 것이다. 그리고 정녕 펄떡펄떡 뛸 것이다. 거짓말인가 들어 봐요! 그 언제인가 진풀을 획획 우린

20   이기영, 「농부 정도룡」, 『개벽』 66, 1926. 2, 47쪽.

때이다. 대가리를 꼰주 들고 있는 독사 한 놈을 낫으로 휘갈겼구나. 그랬더니 이놈이 팔딱팔딱 뛰더구나. 나는 그때도 생각하였다. 이 세상에 괴악한 놈들을 모두 이렇게 찔려 죽였으면 하고…… 그래 그놈들의 피투성이 대가리들이 개구리 뛰듯 하는 꼴을 보았으면 하고. 그런데 그렇게 죽일 놈이 하나 생기지 않았니?"[21]

눈 쌓인 겨울날 갠 하늘에 빛나는 아침 햇빛 같은 눈웃음치는 금순이는 아무 말 없이 별안간 괴춤을 훔치는 척하더니 날 새파랗게 선 단도短刀를 꺼내서 금석이 앞에다 내던졌다.

"아! 너도 김주사를 죽이려 했었구나! 정녕 그렇다니까! 고깃값은 한다니까!"
하고 금석이는 얼결에 부르짖으며 눈을 크게 뜨는데 이 바람에 모친은 얼없이 금순이를 한참 처다보다가,

"아니! 무서운 씨알머리들!"
하고 마치 넋 잃은 사람의 혼잣말하는 것처럼 중얼거렸다. 그는 금순이가 저 칼을 곤두잡고 김주사의 목을 향하고 팩 달려드는 광경이 언뜻 눈앞에 그려지자 그는 전신에 소름이 쪽 끼치었다.(…중략…)

금석이는 여전히 빙그레 웃고 있는데 거기에 정도룡이 들어왔다. 그는 눈을 크게 뜨고 식구들을 번갈아 처다보았다. 그의 눈은 다시 단도를 보고 금순이를 처다보았다.[22]

위 인용문은 소설의 마지막 장면으로 정도룡의 분노가 그것을 지켜보던 금석과 금순에게도 옮겨가고, 그리하여 그들이 어떻게 분노하는 정

---

21   이기영, 「농부 정도룡」, 57쪽.
22   이기영, 「농부 정도룡」, 60쪽.

동 공동체가 되어 가는지를 보여주는 대목이다. 금석은 필시 정도룡이 김주사를 죽이게 될 것이라면서 "만일 아버지가 죽이지 않으면 내가 죽일 터이다. 저 낫(윗목 벽 밑에 세워 놓은 낫을 가리키며)으로 모가지를 후리면 그놈이 뎅겅 내리 앉을 것이다"라고 말한다. 사회에 대한 정도룡의 분노에 금석은 정동되고 지주 계급을 살인하고자 하는 충동을 느낀다. 그런데 그런 금석의 발언보다 더 놀라운 것은 그동안 얌전히 지내던 금순의 변화이다. 금석의 말을 가만히 듣던 금순은 허리춤에 숨겨뒀던 단도를 꺼내 보인다. 숨겨졌다 드러난 단도는 금순의 변화를 보여주는 상징물이다. 금순 또한 정도룡과 금석의 분노에 정동되어 또 다른 존재로 거듭난 것이다. 마침내 정도룡이 돌아온 뒤 가족들과 나누는 시선의 교환은 기묘한 분위기를 자아낸다. 이들 사이를 감도는 스산한 공기가 앞으로 일어날 뒷일을 예고하는 듯 소설은 그대로 끝이 난다. 정도룡의 비상한 면모를 드러내 보여주는 소설의 앞 내용과 다르게 결말부는 금석과 금순에게 포커스가 맞춰져 있다. 이를 보건대 소설에서 정작 중요한 것은 정도룡 개인의 분노 자체가 아니라 분노가 곁에 있는 이들에게 전염된다는 데 있다.

'전염된다'는 것은 어떤 의미를 가지는가. 사카이 나오키酒井直樹는 '후레아이ふれあい'라는 일본어 단어를 통해서 정동의 함의를 이끌어낸 바 있다. 그것은 타자와의 접촉을 통해서 나를 변용하거나 상대가 변용되는, 신체적이면서 동시에 정서적인 상태를 일컫는다.[23] 이에 상응하는 한국어 단어로 '물듦'이라는 표현이 사용되기도 한다. "하나의 양태와 다른 하나의 양태가 만나서 촉발되는affected 변형과 이행의 함의를 잘 담고 있"

---

23   사카이 나오키, 신현아 역, 「정동의 정치학」, 『문화과학』 87, 문화과학사, 2016, 365~368쪽.

는 단어이기 때문이다.[24] 정도룡의 가족은 일종의 '후레아이'를 경험했다고 볼 수 있다. 이들은 지주의 횡포라는 공통된 경험 속에서 서로를 분노로 물들이고 분노하는 존재로 이행한다. 그런 의미에서 분노는 정동적 관계성을 만들어내며 개인적 감정의 영역 안에만 머무르지 않는다. 농민·노동자의 의식화 과정을 통해 집단적 행동으로 나아가는 1930년대 소설들과 다르게 이 소설은 의식화되지 않은 상태에서 어떻게 공통적인 것이 형성되는가의 문제를 다룬다. 목적의식적 집단과는 다른 맥락에서 1920년대의 '정동 공동체'는 정치적이다.

그러나 주지하듯 카프가 1·2차 방향전환을 감행하는 1920년대 후반부터 1930년대 초중반에 다다를수록 점차 이들 소설 속의 정동은 '관리되어야 할' 어떤 것으로 받아들여지게 된다. 1920년대 중후반에 창작된 일련의 소설들에서 분노가 촉발한 다양한 이행의 양태들은 그저 "울분한 끝에 감정적으로 한 행동에 불과"한 것으로, "자본가와 경제적 투쟁을 조직적으로 하기 전에 있었던 어떠한 행동에 불과"한 것으로 여겨지기 시작한다.[25] 1930년 권환, 안막, 임화 등에 의해서 주도되었던 프로예술의 볼셰비키화 시기에 이르러서는 본격적으로 전위를 내세우고 아지프로의 방식을 주창함으로써[26] 전위가 대중을 조직화하고 의식화하는 문제가 중요해졌기 때문에 그 자체로 비의식적이며 비주체적이라고 할 수 있는 정동은 의식의 수면 위로 이끌어져야 할, 그리하여 계도되어야

---

24 권명아, 「식민지 내부의 감각의 분할과 정념의 공동체—병리학에서 정념-론으로의 전환을 위한 시론」, 『석당논총』 53, 동아대 석당학술원, 2012, 19쪽.
25 박영희, 「'신경향파' 문학과 '무산파'의 문학」, 『조선지광』 64, 1927.2, 58쪽.
26 프로문예의 볼셰비키화와 관련해서는 다음의 글들을 참고할 수 있다. 안막, 「조선 프로예술가의 당면의 긴급한 임무—××주의 예술을 확립시키자」, 『중외일보』, 1930.8.16~22; 권환, 「조선 예술운동의 당면한 구체적 과정」, 『중외일보』, 1930.9.2~16.

할 영역에 속하게 되었다. 이에 맞춰 1930년대의 사회주의 농촌소설은 의식화와 집단화 과정이라는 전형성을 띠게 된다. 1920년대 농촌소설에서 '공통적인 것'을 형성했던 '정동 공동체'는 그러한 과정 속에서 또 다른 성격의 정치적 집단으로 대체될 수밖에 없었다.

2) 프롤레타리아 아날로지로서의 농민

사회주의 농촌소설을 분석할 때 중요한 것은 단순히 농민이 수적으로 우세하기 때문에 사회주의소설에서 묘사의 대상이 되고 혁명의 주체로 호명된 것이 아니라는 점을 이해하는 데 있다. 식민지 지주제가 도입된 이래로 자본주의적 생산 관계가 농촌에도 자리하게 됐다는 것은 주지의 사실이다. 토지를 사적으로 소유한 지주에게 소작권과 소작료 등과 같은 권리가 확고하게 주어지면서 그들은 농촌의 '부르주아'와 같은 지위를 가지게 되고, 이에 반해 소작농들은 그들의 토지생산 수단에 의존해 살아갈 수밖에 없게 되거나 그마저도 소작을 떼이고 나면 농업과 관련된 부차적인 일에 자신의 노동력을 팔면서 지낼 수밖에 없게 된다. 즉 식민 정책에 의해 재편된 농촌의 경제 구조는 자본주의의 계급 관계로부터 영향을 받았고, 이것이 사회주의소설에서 소작농과 농촌 프롤레타리아가 주요하게 다루어지는 주된 이유였다고 할 수 있다.

1930년대 농촌소재소설에 등장하는 농촌의 일꾼들은 생산 수단으로서의 토지를 소유하지 못했고 자신의 노동력을 팔아야 한다는 점에서, 또한 그러한 계급적 상황으로부터 해방되고자 하는 주체로 그려진다는 점에서 공장 프롤레타리아와 닮았다. 단적으로 이기영의 『고향』에서는 노동자와 농민을 동위同位에 놓는 표현이 자주 등장한다.

㉠ 옷과 밥과 집을 만드는 사람- 다시 말하면 노동자나, 농민은 결코 천한 인간이 아니다. 도리어 그들은 모든 사람들을 잘 살게 만드는 훌륭한 역군들이요 또한 그만한 힘을 가지고 있다. 그들이 부지런하면 천하에 못할 일이 없다. 보라! 이 원터의 넓은 들을 누구의 힘으로 저렇게 시퍼렇게 만들었는가? 또한 저 방축과 철도를 누구의 힘으로 저렇게 쌓아 올렸는가? 저 공장에서 토하는 검은 연기는 누구의 힘으로 토하게 하는 것인가? 아니 여러분이 입으신 옷은 저 조그만 여직공인 처녀들이 연약한 힘을 합해서 올올이 짜낸 것이 아닙니까?[27]

㉡ 다시 한편으로 그 이면을 들여다볼 때, 원료는 누가 공급하는 것이며 상품은 누가 만드는 것이며 그 상품이 시장으로 굴러 나와서 금전으로 교환이 될 때 자본은 어떠한 유통 과정을 밟아 가지고 다시 공장주의 품속으로 들어가는가?

노동자와 농민은 결국 그들의 이윤을 불리기 위하여 원료를 공급하고 상품을 생산하고 다시 소비 계급으로서 자기 자신이 만든 상품을 헐한 품삯을 받은 임금으로 사먹어야만 되는 것 아닌가?[28]

원터 농민들을 향한 희준의 웅변(㉠), 옥희로 위장해 공장에 들어간 갑숙의 자발적 깨달음(㉡)은 농민이 노동자의 처지와 유사함을 강조한다. 농촌의 농민은 노동자와 같이 노동력을 팔아 상품쌀을 생산해내지만 스스로 만든 생산물로부터 소외된다는 것이다. 『고향』은 원터라는 농촌 공간과 근교의 공장을 병렬함으로써 농촌지주 / 마름·소작농과 공장공장주·노동자에서 이루어지는 생산 관계의 유사성을 효과적으로 드러내 보여준다.

27 이기영, 「고향(145)」, 『조선일보』, 1934.5.13, 7쪽.
28 이기영, 「고향(173)」, 『조선일보』, 1934.6.17, 7쪽.

이런 점을 '노농동맹론'의 문학적 구현으로 바로 연결시킬 수만은 없는데[29] 농민과 노동자의 연속적 동맹성이 서사 자체를 통해 표출되지 않기 때문이다. 노농동맹론의 구현 여부보다 중요한 것은 농민의 성격 규정이 공장노동자에 비추어 이루어진다는 점에 있다. 달리 말해 농민·농업 프롤레타리아는 공장 프롤레타리아라는 정통 마르크스주의적 계급 범주의 필터를 통해서 자본주의 사회에서의 계급적 정체성을 부여받는다.

지주마름-소작농의 대립이 주가 되는 사회주의 농촌소설에서 농민·농업 프롤레타리아는 '계급적 범주'로 다루어진다. 이는 당대의 대표적인 농촌배경소설이었던 김유정의 「봄봄」이나 「동백꽃」 등이 서정적인 향토의 정경을 전면화하고 식민지 지주와 소작농의 관계를 후경화했던 것과 비교해볼 때[30] 더욱 특징적으로 드러나는 지점이다. 사회주의 농촌소설은 계급화된 생산 관계를 드러냄에 영점 조정함으로써 착취와 억압의 현실을 직접적이고 노골적으로 묘사한다. 나아가 쟁의나 농민조합의 활동을 통해서 그러한 관계로부터 벗어나려는 농민들의 적극적인 실천의

---

29   하정일, 「『고향』과 농민소설의 방향」, 『민족문학의 이념과 방법』, 태학사, 1993; 김외곤, 「노농동맹의 성과와 한계」, 『한국 근대 리얼리즘 문학 비판』, 태학사, 1995 등.

30   물론 김유정의 농촌소설은 그저 서정적인 것만으로 봉쇄되지 않는 측면을 포함하고 있다. 그에게 농촌은 "다양한 근대적 욕망이 충돌하고, 모순이 현시되는 공간이기도 하다. '따라지'와 '만무방', '들병이', '잠채꾼'과 '도박꾼'. 김유정 작품에 등장하는 인물들을 특징짓는 이와 같은 단어들은 김유정의 작품이 농촌의 하층계급을 형상화하고 있음을 암시한다. 김유정 작품에 재현된 농촌, 혹은 향토는 일본의 식민지 농업정책으로 인해 농민들이 자작농에서 소작민, 다시 이농민(유랑민)으로 전락을 거듭해가는 장소이자 아내나 딸을 매매하는 가부장적 권력이 횡행하는 장소이며, 아내를 '들병이'로 내세워 한 몫 보려는 못난 가장들이 거(居)하는 장소이다. 즉 작품에 재현된 농촌 내지 향토는 근대적인 이성이 지배하는 중심의 논리에 포획되지 않는 원시성, 반이성, 야만과 미개로 얼룩져 있다." 김양선, 「1930년대 소설과 식민지 무의식의 한 양상—김유정 소설에 나타난 향토의 발견과 섹슈얼리티를 중심으로」, 『한국근대문학연구』 10, 한국근대문학회, 2004, 10쪽.

모습 또한 드러냄으로써 명백하게 스트라이크나 노동조합을 통한 해결 방식을 떠오르게 한다. 요컨대 주변부의 사회주의소설에서 농민은 공장 프롤레타리아라에 대한 '모방'을 통해 재현된 것이라고 할 수 있다.

1933년 카프의 문인들을 중심으로 별나라사에서 발간된 『농민소설집』은 그러한 면모를 단적으로 보여준다. 이기영의 「홍수」와 「부역」, 송영의 「군중정류」와 「오전 9시」, 권환의 「목화와 콩」이 실린 이 소설집은 당시 사회주의 문인들이 어떻게 농촌 문제에 접근하고 농민을 의미화하는지를 살필 수 있는 집약체라고 할 수 있다. 이기영의 「홍수」는 건성이라는 청년에 의해 농민들이 점차 의식화되고 홍수로 농작물을 제대로 수확할 수 없게 되자 결국 농민조합을 설립하여 공동 투쟁 하는 내용의, 「부역」은 작인들에게 무급으로 부역을 시키는 지주 김참봉에 대응하기 위해 농민들이 농민조합을 만드는 내용의 소설이다. 권환의 「목화와 콩」은 군청에서 콩 심은 것을 모두 뽑고 목화를 심으라 강제한 것에 저항하기 위해 농민들이 조합에 가입하여 그들과 대립하는 것을 골자로 한다. 송영의 「군중정류」는 지주에게 진 장리 빚을 갚지 못한 순호가 지주가 저당 잡은 소작인들의 집문서를 훔쳐오는 사건을, 「오전 9시」는 농민조합원들이 비밀리에 투쟁을 도모하는 과정을 담고 있다.[31]

대체로 이 소설들의 농민은 착취의 경험을 통해 계급적 부조리를 깨

---

31 작품의 발표지면과 시기를 작품집에 수록된 순서대로 정리하면 다음과 같다.

작가명	작품명	발표 지면	발표 시기
이기영	홍수	『조선일보』	1930.8.21~9.3.
이기영	부역	『시대공론』 창간호	1931.9.
권환	목화와 콩	『조선일보』	1931.7.16.
송영	군중정류	『현대평론』 2호	1927.3.
송영	오전9시	『농민소설집』	1933.10.

닫고 의식화 과정을 거친 뒤 농민조합 설립의 주체로 나서게 된다. 조직적 규합으로까지 연결되는 이와 같은 서사적 구도는 공장 프롤레타리아가 등장하는 경향소설의 전형성을 따른다. 소설 속 농민은 현실의 재현태이기도 하지만, 착취의 대상이자 혁명의 주체인 프롤레타리아 전반에 대한 유비인 한편으로 작가가 그러한 프롤레타리아를 모방한 존재라고 할 수 있다. 당대의 재현이라는 점으로만 농민소설을 바라본다면 이들 소설이 품고 있는 다층적 해석의 지점들은 봉쇄되어 버리고 말 것이다. 차라리 질문되어야 할 것은 이렇다. 첫째, 농민이 프롤레타리아에 대한 유비라는 것은 어떤 의미를 지니는가. 둘째, '계급적 문제 상황→의식화→조직화'로 이어지는 농민소설의 서사적 흐름이 프롤레타리아소설의 빈틈없는 모방으로만 이루어진 것이라고 할 수 있을까. 셋째, 소설 속 농민이 프롤레타리아를 모방한 존재라면 그 자체로 어떤 주체성을 가질 수 있는가.

통상적으로 유비類比, analogy란 다른 존재이지만 공통점을 지닌 대상들의 관계를 의미하며, 철학적·신학적으로는 존재자가 차이를 가졌지만 유사성을 띤 대상들을 하나로 묶어 주는 원리로 받아들여진다. 서로 다른 대상이 단순히 공통점을 가진다는 점보다 중요한 것은, 유비가 '다른' 대상이지만 '유사'성을 띠면서 '하나'의 관계로 묶이는 관계성 자체를 만들어낸다는 점이다. 그러나 존재자와 유비 관계에 있는 대상들은 다름의 속성을 유지하면서 유사한analogous 성격을 가지므로 존재자와 대상, 그리고 대상과 대상은 하나의 관계로 묶이지만 결코 동일하지identical 않다. 다름을 보존하면서 하나일 수 있다는 데 유비 개념의 핵심이 있다.

'프롤레타리아'는 역사 발전의 주체이자 그 이념적 원본이다. 반복하건대 자본주의 사회에서 계급적 착취를 당하고 종국에는 그로부터 벗어나려는 존재라는 점에서 사회주의소설 속 농민과 공장 프롤레타리아는 '원본으로서의 프롤레타리아'에 대한 아날로지이다. 이들은 착취 받는 계급이면서 그것을 파기하려는 계급이라는 공통점을 가지지만 각각 다른 존재이며, 그러나 유비 관계에 놓이는 이상 하나의 관계성 안으로 들어오게 된다. '프롤레타리아'가 이념적 개념이라면 농민과 공장 프롤레타리아는 그것과 관계를 맺는 실천적 형태다. '프롤레타리아'와 유비 관계를 맺는 실천적 대상은 당연히 증식할 수 있다. 공업이 주요 산업인 지역에서는 공장 프롤레타리아가, 조선처럼 농업에 종사하는 인구가 80%를 상회하는 지역에서는 농민이 주체로 호명되는 것처럼 말이다. 이러한 관점으로 접근한다면 '공장노동자 중심성'이라는 것도 이념으로서의 프롤레타리아가 실천적으로 지역화 혹은 자기화된 형태일 뿐이다. 농민이 프롤레타리아의 유비라는 것은 이런 의미에서 이해되어야 한다.

　'프롤레타리아'라는 존재자에 대한 유비의 대상들, 즉 공장 프롤레타리아와 농민·농촌 프롤레타리아 또한 하나의 관계로 묶이며 자본주의 사회에서의 프롤레타리아적 유사성을 공유하는 한 유비 관계에 놓인다. 『농민소설집』에서 '계급적 문제 상황→의식화→조직화'로 이어지는 공장 프롤레타리아적 서사의 방식이 나타나는 이유를 여기서 찾을 수 있다. 이 소설집이 발표된 1933년은, 카프가 제1·2차 방향전환을 거친 뒤 공장 프롤레타리아 관련 소설이 볼셰비키화에 따른 서사적 흐름 위에 자리 잡은 때이기도 하거니와[32] 한편으로는 1931년의 제1차 카프 검거 사건 이후 체화된 사회주의적 창작 방식에 대한 모색이 이루어진 때

32　『농민소설집』이 카프의 볼셰비키화의 영향 아래 발간되었다는 점을 규명한 연구로는 다음을 참조했다. 박필현, 「카프(KAPF)의 『농민소설집』과 조선문학가동맹의 『토지(土地)』 비교 연구」, 『현대소설연구』 71, 한국현대소설학회, 2018, 156~161쪽.

기이도 하다.[33] 카프의 관심이 도시노동자에서 농민으로 옮겨온 데에는 하르키우 대회와 같은 외부적 요인이 작용하기도 했겠지만[34] 검거 사건 이후 조선의 현실에서 더 설득력을 가질 수 있는 실천적 창작 방향의 모색이라는 내재적 필요가 작용했을 가능성도 크다.

그러나 사회주의 농촌소설이 의식화에서 조직화로까지 연결되는 공장 프롤레타리아소설의 전형화된 서사적 흐름을 그대로 모방했다고만은 볼 수 없다. 그 균열을 보여주는 작품이 바로 송영의 「군중정류」이다.

> "돈도 아니고 알토란이라우. 문서 뭉치라우. 문서 뭉치. 전당 잡은 문서 뭉치."
>
> 이 소리에 모든 군중은 가슴이 선뜩하였다. 평시에 얌전하고 사람 좋기로 유명한 순호를 사랑하는 마음…… 따라서 돈도 아니고 문서를 가져갔다는 의심된 마음. 이런 것들은 여러 군중의 발을 무디게 하였다.
>
> 계원들은 한편으로 쫓아 올라가며 소리를 친다. 쉰둥개 영감은 모든 군중을 보고 소리를 친다. "어서 쫓아가세…… 쫓아가…… 큰일일세. 큰일야." (…중략…)
>
> "여보슈들, 왜 날 따라오슈. 내가 도적놈인 줄 아슈. 당신네들이 도적맞은 것을 찾아주는 것이라우."
>
> 순호의 목소리는 요량하였다. 열렬하였다. 그리고 또 뭐라고 크게 외친다.

---

33 김남천이 1차 검거사건으로 수감되어 옥중 경험을 서사화 했던 「물」이 발표된 것 또한 1933년이다. 이를 기점으로 김남천은 지식인의 자기 고발과 주체의 재건에 힘쓰는 작품을 창작하고 일련의 소설론을 전개하면서, 일종의 전향문학의 형태를 갖추어 갔다. 이러한 양상은 이전에 「공장신문」이나 「공우회」 등과 같은 작품을 통해 사회주의 이념을 직접적으로 노출하던 창작 방식과는 확연히 달라진 것으로, 사회주의가 '체화'된 창작 방식의 모색의 일환이었다고 볼 수 있다.

34 김진석은 1930년 11월에 우크라이나에서 열린 하르키우 대회를 기점으로 카프의 문학적 관심이 "도시노동자로부터 소작인을 중심으로 한 농민문제로 전이"되었음을 밝히고 있다. 김진석, 「프롤레타리아 농민소설 연구」, 『인문과학연구』 3, 서원대 인문과학연구소, 1994, 96쪽.

들리지는 않는다. 바람은 분다. 눈보라는 치기를 시작한다. 계원들은 막질러 쫓아 올라간다.

　순호는 유유하게 섰다. 여러 군중은 그냥 섰다. 일종 구슬픈 생각이 모든 군중의 가슴을 휘청거려 놓았다. 그러자 순호의 쨋쨋하고도 떨리는 목소리가 났다. 크다. 산이 울린다. 그러자 산언덕 위에서 연기가 난다.

　"자—봐라. 단다. 빚뭉치가 탄다. 탄다—."

　모든 군중은 해연하였다. 계원들은 아주 미쳤다. 아련한 달밤 눈 쌓인 산 속에서 한 줄기 연기는 올라오고 있다. 군중은 뻔하게 처다보고만 섰다.[35]

　제목 그대로 '군중정류群衆停留'란 군중이 멈춰 머물러 있는 모양새를 일컫는데, 이는 1927년 3월 『현대평론』에 게재되던 당시 판본의 마지막 장면과 관련된다. 저당 잡힌 집문서로 대신 장리 빚을 갚으라는 지주 쉰둥개 영감의 협박에 화가 난 순호는 다른 소작농들의 집문서까지 모두 훔쳐 산으로 도망가고 도둑맞은 것을 되찾은 것뿐이라며 그것을 모두 태워버린다. 평소 지주들의 재산을 지키고 마을의 도둑을 잡기 위해 순찰을 돌아야만 했던 농민들은 도둑을 잡으라 소리치는 쉰둥개 영감의 외침에도 아랑곳하지 않은 채 멈춰 서서 타오르는 불을 처다볼 뿐이다. 그런데 1933년 『농민소설집』 판본에는 이 장면이 삭제되어있다. 순호가 집문서를 가지고 달아나는 부분에서 문장이 토막 나고 '이하략以下略'이라고 표기된 이후, 위 인용문 전체가 실리지 않게 된다.[36] 결말의 삭제로

35　송영, 「군중정류」, 『현대평론』 2, 1927. 3, 190쪽.

36　1·2차 방향전환을 거치며 울분에 찬 개인의 방화나 폭력 등에 의존해있는 1920년대의 경향이 청산되어왔다는 점을 상기할 때, 1933년 당시 작가 본인이든 카프 조직이든 해당 부분이 조직적 해결의 도모와 거리가 먼 해결이라고 판단했을 가능성도 있다. 농민조합의 결성이나 활동으로 끝나는 작품집 내 다른 소설들과 결을 맞추기 위한 의

인해서 소설은 상당히 어색하게 끝나버린다.

이 갑작스런 중단의 흔적은 '계급적 문제 상황→의식화→조직화'로 이어지는 서사를 지향하는 『농민소설집』 전체의 흐름 자체를 다시금 생각하게 한다. 「군중정류」는 소설집에서 유일하게 농민조합의 조직과 직접적인 관련이 없는 소설이다. 주인공의 의식화 과정 또한 뚜렷하게 드러나지 않는다. 오히려 부조리한 계급적 현실에 대한 개인의 분노가 어떻게 적대 계급에 대한 저항을 만들어 내는가를 보여준다고 할 수 있을 텐데, 농민들이 지주의 말을 듣지 않고 멈춰 선 마지막 장면을 삭제함으로써 순호라는 '개인'의 분노가 더 극대화된다. 물론 이렇듯 개인적 감정을 강조하기 위해서 의도적으로 뒷부분을 생략한 것은 아니리라 생각되지만 중요한 것은 이로 인해서 의식화와 조직화라는 목적의식이 거두어들이지 못한 잉여의 부분이 소설집 속에 새겨지게 된다는 점이다. 여기에서 잉여란 자연발생적 분노이다.[37] 목적의식적 작품집에 「군중정류」

___

식적인 시도였을 것이다. 그러나 이런 간편한 추측에만 기대기엔, 생략되기 직전의 장면 또한 순호가 '도둑질'을 하는 것이었다는 점에서 '방화'와 다르지 않다는 점을 지적할 수 있다.

37 앞선 항에서 살펴봤듯이 분노의 정동은 신경향파문학의 특징이기도 한데, 여기에 포함되는 소설들이 몇몇을 제외하고는 대체로 농민이나 농촌 프롤레타리아를 주인공으로 하는 경우가 많다. 최서해의 「탈출기」, 「박돌의 죽음」, 「기아와 살육」, 「큰물진 뒤」, 이기영의 「농부 정도룡」, 「민촌」, 「실진」, 「아사」, 조명희의 「농촌 사람들」 등과 같은 농촌소재소설들 대표적이다. 1927년 무렵, 박영희가 목적의식론을 주창한 이후 문학적 조류가 경향문학으로 점차 옮겨가고 공장노동자들이 사회주의문학의 주인공으로 전면화되면서, 신경향파적 정동의 과잉된 표출이 사라지게 된다는 것은 통상적인 문학사적 이해에 가깝다. 거친 일반화를 무릅쓰고 말하자면, 신경향문학의 자연발생성은 조선에서의 농민·농촌 프롤레타리아의 현실과 결코 무관할 수 없었으며, 과잉된 정동이 정리되는 과정은 프로문학이 노동자로의 목적의식적 중심 이동을 거치는 것과 연결되어 있었기 때문에 신경향문학의 넘실대는 정동들은 애초에 농민·농촌 프롤레타리아에게 주어진 몫이었다고 할 수 있다. 『농민소설집』 속 「군중정류」는 그렇듯 '관리되었던' 과잉된 정동이 사실 완벽히 관리될 수 없는 것임을 보여준다.

라는 이질적인 작품이 포함된 것은 인간의 분노가 어떻게 운동과 조직이라는 대의의 기반이 되는지를 보여주는 대목은 아닐까.

한편 권환의 「목화와 콩」은 농민들과 관료官僚의 대립을 보여준다는 점에서 독특한 위치를 점한다. 군청에서 밭에 심어놓은 콩과 감자를 모조리 뽑고 그 자리에 목화를 심게 한다는 소식이 농민들에게 전해지는 것으로 시작되는 이 소설은 통상적인 사회주의 농촌소재소설들이 지주 혹은 마름과의 대립을 보여주는 것과는 다른 대립 관계를 형상화한다.

"손해고 뭐고 난 작년에 죽도록 가꿔서 목화를 따 가지고 공동판매장共同販賣場에 가져가니께 양털¥毛같은 솜 한 근斤에 이십 전 밖에 안 준단 말이다. 그래 다섯 근 가져가서 일원 한 장 얻어 오니께 우리 집 여편네가 우는 소리로 '우리 딸 말이 옷이나 해 입힐 걸 갖다가. 다시는 우리 목화 심지 맙시다. 콩이나 무시무우나 갈어 묵고' 한단 말이다. 그래서 금년에 나는 구장이 자꾸 맡기는 목화씨도 기어이 안 받아 하고 면소 앞밭에 콩을 다 심어 버렸어."

두윤이는 밭이라고는 그것밖에 없는 면소 앞 닷 마지기 밭에다가 군청서 기어이 목화 심으란 걸 안 심고 콩 심은 이야기를 하였다.

"흥! 자넨 그래도 팔러 가서 받을 값을 다 받았응께 괜찮네. 난 열다섯 근을 늙은 놈이 이십 리나 지고 가서 솜 값을 찾으니 한 근에 십팔 전씩 쳐서 열두 근 값으로 2원 16전 밖에 안 준단 말이다. 그래 내 목화는 확실히 열다섯 근인데 와 열두 근 값밖에 안 주느냐고 물으니까 군청서 알아듣지 못할 조선말로 '그 따위 바보 소리 말아. 열두 근이기에 열두 근 이라지. 거짓말이거든 이 장부帳簿를 봐! 장부를!' 한단 말이야. 그래 난 다시 할 말이 있어야지. 소로-시완전히 목화 세 근을 잊어버리고 왔지."

정선달은 새삼스럽게 화가 나는지 곰방 담뱃대로 목침을 뚝뚝 두드린다.[38]

그들은 진정으로 관청 사람들의 심사를 알 수가 없었다. 언제든지 백성을 위해서 백성을 이롭게 한다고 하지만, 사실에 있어서는 그렇지 않은 것이 그들에게는 이상하였다. 이익은커녕 손해 가는 목화를 기어이 심으라는 것이라든지 뽕나무를 강제로 심으라는 것이라든지 그 외에 술 담배 같은 것을 제 마음대로 못해 먹게 하는 것이라든지 모든 그러한 관청 사람들의 하는 짓이 무슨 심사인지 알 수 없었다. 또 가만히 꼬치, 목화를 기어이 공동판매장으로 가져오라는 것, 그렇게 헐케 사서 누구를 다 주는지, 세금들은 그렇게 비싸게 받아 가지고 다 무엇을 하는지, 그러한 모든 것이 다 그들에게 알 수 없는 일이었다.[39]

농민들은 이미 작년 군청이 시키는 대로 목화를 키워 공동판매장에 내다 팔다가 큰 손해를 본 경험이 있기 때문에 그것을 심는 데 대한 반발이 심하다. 목화는 양식이 되지도 않는데다가 공동판매장에 팔아봤자 가져간 것보다 적게 금액이 책정되기 때문이다. 어리숙한 농민들은 "언제든지 백성을 위해서 백성을 이롭게 한다"는 군청이 강제로 심게 한 목화를 헐값에 팔게 하고 높은 세금을 매기는 것을 진정으로 이해하지 못한다. 그랬던 이들이 의식화되기 시작한 것은 농민조합운동을 하고 감옥을 들락날락하는 필성 때문이다. 필성은 두윤과 정선달에게 관이 그리하는 이유가 부산이나 서울, 도쿄나 오사카의 제사 회사나 방적 회사들에게 싸게 원료를 제공하기 위한 데 있다는 사실을 알려준다. 그리고 그것을 막을 수 있는 힘은 농민 자신으로부터 나오며 농민조합을 결성해야 한다는 점을 피력한다. 이로써 농민들은 감자와 콩을 뽑아내려고 하는 군청 사람들을 스스로 저지하고 이를 계기로 이후 농민조합을 만들게 된다.

---

38 권환, 「목화와 콩」, 『조선일보』, 1931.7.16, 5쪽.
39 권환, 「목화와 콩」, 『조선일보』, 1931.7.17, 5쪽.

「목화와 콩」은 전위에 의해서 대중들이 의식화되고 쟁의가 일어나며 조합이 만들어지는 전형적인 프롤레타리아 리얼리즘 창작방법론을 따른다.[40] 그러나 그보다 주목해야할 것은 농민들이 대립하는 대상이 단순히 지주일 뿐 아니라 일제의 농정과 직접적으로 관련된 관공가이라는 점이다. 군청에서 "알아듣지 못할 조선말로" 목화의 근수를 낮추었다는 정선달의 말은 농촌에서의 계급적 부조리가 식민의 문제와 긴밀히 통한다는 점을 넌지시 암시한다. 나아가 농민들의 목화 재배가 조선의 대도시나 일본의 공장으로 목화솜을 보내기 위함이라는 필성의 언급은 농촌에서의 노동 착취가 식민 본국의 공업 발전을 위한 원료 제공과 연결된다는 것을 직접적으로 드러낸다.

이 소설은 식민지에서의 노동 착취가 계급 문제와 민족 문제의 교차 지점에서 이루어진다는 것을 단적으로 보여주며, 특히 관이 주도하는 사업들로부터 파생되는 농촌의 노동이 어떤 성격을 가지는가에 대해서 생각하게 하는 계기를 마련해준다. 농민들의 계급적 이해관계의 추구는 식민지의 민족 해방 문제와 결코 동떨어져 있지 않다. 수리·하수도 설비 등과 관련된 농민·농촌 프롤레타리아의 노동을 다루는 박화성의 「하수도 공사」『동광』, 1932.5나 한설야의 「사방 공사」『신계단』, 1932.11 등도 이런 맥락 위에서 이해 가능하다.[41] 공장을 배경으로 하는 도시소설들이 일본의

---

40 김성수, 「일제강점기 사회주의문학에 나타난 민족 및 국가주의─방향전환기 카프의 프로문학을 중심으로」, 『민족문학사연구』 24, 민족문학사학회, 2004, 91쪽.

41 이와 같이 관이 관여하거나 반민반관(半民半官)으로 진행되는, 이른바 '공공노동'의 재현에 대해서도 따로 살펴볼 필요가 있다. 개답(開畓)이나 수리(水利)시설의 확충, 상하수도 공사 등 사회 제반 시설을 만드는 데 필요한 노동이 그 대표적인 예라고 할 수 있다. 식민지 농촌에서의 '공공노동' 재현은, 자본가와 프롤레타리아, 지주와 농민의 대립을 중심으로 하던 기존 소설들의 구도에 국가라는 항이 삽입됨으로써 한층 더 복잡한 갈등의 양상을 드러내 보여준다. 더욱이 식민지기라는 시대적 조건 속에서 조

대자본을 형상화할 수 없었던 것에 비할 때, 이와 같은 농촌소설들은 계급적 관점을 통해 식민 문제를 우의적으로 비판한다는 점에서 의미를 갖는다. 1920년대 농촌소설들에서부터 이미 '동양척식주식회사'에 속한 지주와 마름이 대립의 극점에 놓이는 경우가 많다는 것 또한 그 연장선상에 놓인다.

지금까지 살펴봤듯 사회주의 농촌소재소설이 공장 프롤레타리아를 재현한 서사의 흐름을 모방한 것이라고 하더라도 그 둘은 결코 동일하지 않다. 마찬가지로 소설 속 농민과 농촌 프롤레타리아는 공장 프롤레타리아의 계급적 존재 방식을 모방하지만 결코 모방본으로 머물지 않는다. 농민과 농촌 프롤레타리아는 노동 과정에서의 통제권을 잃고 생산물로부터 소외되며 그것으로부터 저항하려는 프롤레타리아의 원본적 특징을 공유하는 한편으로, 그것이 전前 / 비非자본주의적으로 여겨지던 존재peasant에게서도 나타나는 것임을 보여줌으로써 중심부 사회주의의 '노동자 중심성'을 심문에 부치는 역할을 한다. 그런 의미에서 주변부 사회주의에서의 농민과 농촌 프롤레타리아는 서구를 중심으로 하는 도시 / 공장 프롤레타리아라는 원본에 대한 일종의 패러디로 볼 수도 있다. 통상적으로 패러디는 원본을 희화화하여 모방함으로써 그것에 미달하는 것으로 여겨진 바 크지만, 버틀러Judith Butler에 이르러서는 원본과 모방본의 경계를 허문다는 의미를 부여받게 된다. 모방본이 모방하

선총독부로 대표되는 일본 식민당국이 사업을 주도하는 궁극적 주체로 등장할 수밖에 없다는 점을 염두에 둔다면, '공공노동'에서 발생하는 갈등은 계급 문제와 민족 문제가 교차하고 중첩되는 지점과 긴밀하게 연결되어 있다고 할 수 있다. 때문에 1930년대 소설에서의 '공공노동' 재현 양상을 살피는 일은 노자 갈등의 계급 문제를 넘어서 '식민지적' 노동과 갈등이 무엇이었는지에 대한 답변이 될 수 있다는 점에서 의미를 지닐 수 있다.

는 것은 원본 그 자체라기보다 원본을 원본이게 하는 이상적인 자질이기 때문에 모방이 일어나는 순간 원본 역시 원본의 이상적 자질을 모방한 모방본일 뿐이라는 점이 드러난다는 것이다.[42] 주변부에서의 사회주의 서사 속 농민과 농촌 프롤레타리아는 그 재현만으로도 사회주의운동의 실천적 형태, 그것을 실행하는 주체에 과연 '원본'이라는 것이 존재하는가를 되묻게 한다. 모든 사회주의의 실천이 지역적 조건에 맞춰 이루어지기 마련이라면, 소위 정통the orthodox이자 중심부the central라고 일컬어지는 서구의 사회주의와 그 주체로서의 도시 / 공장 프롤레타리아 역시도 지역화된 한 형태일 뿐이기 때문이다.

전자본주의적인 농촌 공동체는 "농민적이지-만-근대적인peasant-but-modern 정치영역"으로서,[43] 여전히 농촌에 남아 있는 공동체적인 소유 구조와 문화가 그와 동시에 어떻게 근대적인 것으로 기능할 수 있는지를 보여준다. 이미 앞서 살펴보았거니와 『고향』과 『상록수』에 등장하는 두레나 공동답 등의 농촌 공동체적 흔적은 비단 이 두 소설만의 특징은 아니어서 도시 / 공장 프롤레타리아소설과 다르게 사회주의 농촌소재소설들은 그 흔적이 수반하는 전근대적 삶과 정서를 기본값으로 가지는데, 동시

---

42 조현준, 「주디스 버틀러의 젠더 정체성 이론-패러디, 수행성, 복종, 우울증을 중심으로」, 『영미문학페미니즘』 9(1), 한국영미문학페미니즘학회, 2001, 181~182쪽. 물론 버틀러는 젠더 정체성을 설명하기 위해 패러디 개념을 도입한 것이지만, 모방본이 '원본의 신화성'을 폭로한다는 것을 밝혔다는 점에서 위 논의에서도 유의미한 시사점을 제공한다. 패러디는 원본의 정체성이 본질적이고 고정된 것이 아니라 비본질적이며 유동적 것임을 드러내 보여주면서 원본과 모방본의 경계를 허무는데, 공장 프롤레타리아의 모방본으로서의 농민·농촌 프롤레타리아 역시 사회주의의 지역적 실천의 형태에 원본(중심성)과 모방본(주변부성)이 따로 없음을 보여준다. 젠더의 수행적 패러디에 대한 내용은 다음을 참조할 수 있다. 주디스 버틀러, 조현준 역, 『젠더 트러블』, 문학동네, 2008, 344~346쪽.
43 디페시 차크라바르티, 김택현·안준범 역, 『유럽을 지방화하기』, 그린비, 2014, 63쪽.

에 이는 프롤레타리아라는 근대적 해방의 주체와 겹쳐짐으로써 그 자체로 '비동시성의 동시성'을[44] 띠게 된다.

원래 백중놀음으로 준비된 음식과 혼인집에서 따로 준비한 음식이 있기 때문에 그들은 배를 두들기며 한바탕 잘 먹을 수 있었다. 술, 떡, 고기국수, 과실 모든 것이 골고루 있었다. 그래 그들은 진종일 잘 놀았다. 농기를 내다 꽂고 풍물을 치며 뛰놀기도 하였다. 신랑을 달아 먹는다고 헹가래질도 치고 춤도 추고 소리도 하고 ― 이리하여 백중놀음과 결혼식은 성대하게 거행되었다 ― 완득이는 내년부터 음전이 집으로 오기로 하고 올 일 년은 그대로 장접장의 집에서 머슴을 살기로 하였다. 그들 부부는 참으로 결혼 예물인 호미와 낫을 귀하게 여기었다―[45]

그래 T촌에서도 그들과 공동투쟁을 취하게 되었다. 그러나 쟁의는 쉬이 끝나지 않았다. 이에 조합에서도 지구전을 할 준비와 또는 명년 보리 등까지 살아갈 식량준비로 매호마다 노동을 징발하고 단 한 푼이라도 생리할 부업을

---

44 잘 알려져있다시피, '비동시성의 동시성'은 에른스트 블로흐가 1930년대 독일 바이마르 공화국 시기의 정치, 철학, 문학 등에서의 특징을 규정하기 위해 사용한 개념으로, 다른 시간대에 존재하는 것들이 같은 시대에 동시적으로 공존하는 것을 의미한다. 다시 말해, 전근대적인 문화와 근대적인 민주주의 정치문화, 전체주의적 경향 등의 비동시적 경향이 동시적으로 존재함을 일컫기 위해 사용된 용어로서, 이런 점들은 마르크스가 간과했다고 여겨지는 현상이기도 했다. 에른스트 블로흐는 "비동시적 균열을 넘어설 수 없을 지라도 그것을 가능케 하는 힘을 모순의 내부에서 찾아내는 것"이 중요하다고 지적한다. "비동시적 모순일지라도 그 안에 들어있을, 반감과 변형을 가능케 하는 요소들, 다시 말해 자본주의에 적대적이면서 자본주의에 터전이 없는 요소들을 걸러낸 뒤 다른 맥락에서 기능하도록 재정립하는 것이" 중요하다고 강조한다. 에른스트 블로흐, 이은지 역, 「비동시성의 변증법적 복무」, 『자음과 모음』 32, 2016.6, 515쪽.
45 이기영, 「홍수」, 『조선일보』, 1930.8.30, 5쪽.

하기 시작하였다. 여자들도 먹을 치고 새끼를 꼬아서 팔았다. 장정들은 큰 들로 마당질 품팔이를 나갔다. 노인들은 신을 삼아 팔았다- 그들은 모든 것을 공동으로 하였다. 공동으로 사들이고 공동으로 팔았다.[46]

위 인용문은 이기영의 「홍수」에서 농촌 공동체적 삶이 근대적 해방의 기반이 되기도 하는 것을 보여주는 두 장면을 가져온 것이다. 모두 모여 한바탕 백중놀이를 즐기고 결혼 예물로 낫과 호미를 주고받는 농민들의 공동체적 삶은 홍수 후 아수라장이 된 T촌을 재건하는 데 중요한 역할을 한다. 부서진 집과 망가진 마을을 복구하기 위해 마을 사람들은 한 달간의 공동생활에 들어가고 결국엔 모든 것을 제자리에 돌려놓는 데 성공한다. 일련의 과정을 겪으면서 농민들은 자연스레 ○○농민조합 지부를 설립하게 되는데 이것은 소작료 감하를 위한 쟁의로까지 연결된다. 쟁의를 시작하게 하고 길어지는 쟁의 기간을 견디게 하는 것은 농촌 공동체적 삶과 그에 따르는 정서다. "그들은 모든 것을 공동으로 하였다." 이 공동성은 지극히 전자본주의적인 공동체문화로부터 비롯된 것이면서도 쟁의를 이끄는 주체적 힘으로 작용한다는 점에서 근대적 혹은 시민적이다. 농촌 공동체적 삶과 정서는 곧 계급 해방이라는 근대적 기치와 한 몸을 이루고, 그런 의미에서 농촌 공동체는 '농민적이지-만-근대적'이다. 사회주의소설 속에서 프롤레타리아와 변별되는 농민들의 주체성은 이런 부분으로부터 설명될 수 있다.

---

46   위의 책, 1930.9.3, 5쪽.

2. 도시 룸펜 프롤레타리아의 발견, 서사화와 주체화

1) 유령적 존재로서의 빈민, 그 서사화의 함의

마르크스는 「루이 보나파르트의 브뤼메르 18일」에서 보나파르트에 의해 매수된 반동적 존재들을 '룸펜 프롤레타리아Iumpen proletariat'라고 지칭한다. 이 용어는 "생계 수단도 모호하고 출신 성분도 모호한 난잡스러운 방탕아들Roués"을 의미하며, "부랑자, 제대 군인, 전과자, 탈출한 갈레선船 노예들, 사기꾼, 노점상, 유랑 거지, 소매치기, 요술쟁이, 노름꾼, 뚜쟁이maquereaus, 포주, 짐꾼, 문사, 손풍금쟁이, 넝마주이, 칼 가는 사람, 땜쟁이, 걸인, 요컨대 뿔뿔이 흩어져 부초처럼 떠다니는 불확실한 대중, 프랑스 인들이 라 보엠la bohème이라고 부르는 대중"을 아우른다.[1] 이론대로라면 룸펜 프롤레타리아는 자본주의 사회의 양대 계급 범주로는 설명할 수 없는 계급 '밖' 존재이다. 생산 과정에 참여하지 않음으로써 자본 축적 과정의 외부 혹은 주변부에 놓인다는 점에서 경제적으로 무가치할 뿐 아니라 파편화되고 불안정하기 때문에 언제 어떻게 부르주아 편으로 돌아설지 모른다는 점에서 정치적으로도 무의미하다.[2] 이들은 경제적으로나 정치적으로나 사회주의운동과 이행에 하등 도움이 되지 않는 '유령적 존재'들로 비춰질 뿐이다.

---

1 칼 마르크스·프리드리히 엥겔스, 최인호 외 역, 「루이 보나빠르뜨의 브뤼메르 18일」, 『칼 맑스 / 프리드리히 엥겔스 저작 선집』 2, 박종철출판사, 1991, 339쪽.

2 보넷 뎀프시 카펜터는 경제구조로부터의 외부성과 정치적 불안정성, 이 두 가지 별개의 과정이 '룸펜'의 의미를 규정하며, 그 간극으로부터 룸펜 프롤레타리아의 위험성과 가능성이 발생한다고 주장하기도 한다. 한편 그의 연구는 마르크스부터 듀 보이스(Du Bois), 프란츠 파농(Frantz Fanon), 제임스 보그스(James Boggs) 등에 이르기까지, 이들이 개념화한 '룸펜'의 경로를 추적한다. Carpenter, Bennett Dempsey. *"Lumpen: Vagrancies of a Concept from Marx to Fanon(and on)"*, PhD diss, Duke University, 2019.

그런데 이후의 역사가 증명하듯 룸펜 프롤레타리아는 '노동력을 팔기 싫어 생산성을 포기하거나 회피하는 존재'이기도 하지만 '노동력을 팔 수 없어 프롤레타리아 계급마저 되지 못하는 존재'이기도 하다. 그들의 불안정성은 오히려 자본주의 사회의 약한 고리일 수 있는데, 경제적 구조의 문제를 드러내는 동시에 정치적으로 프롤레타리아의 편에 서거나 프롤레타리아의 정치적 역할을 부여받는 전략적 요충지로 기능할 가능성을 품기 때문이다. 실제로 프란츠 파농Frantz Fanon은 "식민지 당국이 토지를 빼앗은 탓에 땅을 잃은 사람들은 꾸준히 도시 주변으로 모여들어 도시 안으로 들어갈 기회를 엿"보고 이들이 곧 식민지의 룸펜 프롤레타리아로서 "가장 자발적이고 가장 급진적인 혁명 세력을 형성한다"고 주장했다.[3] 또한 1960년대 블랙 팬서Black Panther를 이끌었던 엘드리지 클리버Eldridge Cleaver는 흑인 게토의 계급 구성에 대해 논하는 과정에서 룸펜 프롤레타리아의 좌파적 성격에 대한 의미화를 시도하고 인종과 계급 문제를 해결할 수 있는 혁명적 세력으로 흑인 룸펜 프롤레타리아를 지목했다.[4] 이처럼 역사의 현장에서 이루어진 '룸펜의 재발견'은 노동자 계급

---

3   프란츠 파농, 남경태 역, 『대지의 저주받은 사람들』, 그린비, 2010, 137~138쪽.

4   "O.K. We are Lumpen. Right on. The Lumpenproletariat are all those who have no secure relationship or vested interest in the means of production and the institutions of capitalist society. That part of the 'Industrial Reserve Army' held perpetually in reserve; who have never worked and never will; who can't find a job () But even though we are Lumpen, we are still members of the Proletariat, a category which theoretically cuts across national boundaries but which in practice leaves something to be desired. () In both the Mother Country and the Black Colony, the Working Class is the Right Wing of the Proletariat, and the Lumpenproletariat is the Left Wing . Within the Working Class itself, we have a major contradiction between the Unemployed and the Employed. And we definitely have a major contradiction between the Working Class and the Lumpen." Cleaver, Eldridge. On the ideology of the Black Panther Party. Vol.1. Ministry of Information, *Black Panther Party*, 1970. pp7~8.

을 중심으로 하는 프롤레타리아 개념만으로는 제3세계 식민지의 피억압 민중들과 미국 등지에서 차별받는 흑인들의 문제를 해결할 수 없다는 데에서 비롯된 움직임이다.

식민지 조선에서 룸펜이라는 말은 1920년대 중반부터 드문드문 쓰이기 시작하다가 1930년대 초반부터 본격적으로 유통된다. 1931년『동아일보』에서는 '신어新語 해설' 코너에서 룸펜 프롤레타리아를 "직접 생산관계에 종사하지 않는 노동자 또는 무산자를 말하는 것으로 걸인이나 부랑인과 같이 노자대립에 있어 하등 계급적 공헌이 없는 자들"이라고 소개한다.[5] 그 이듬해『실생활』의 '현대어 사전'에서는 "부랑노동자, 거지"를 예로 들면서 "자본의 극도의 압박을 받아 불구, 질병, 노쇠로 노동자 능력이 없고 실업하여 지내면서 남에게 구걸이나 하게 되는 의지까지 없는 사람"으로서 "유산계급에 이용될 유해한"[6] 세력이라고 설명한다. '노자대립에 있어 하등의 공헌이 없'다거나 '유산계급에 이용될 유해'한 세력이라는 가치편향적 표현을 보건대 당시 룸펜 혹은 룸펜 프롤레타리아라는 말은 마르크스가 의미화한 그대로 부정적으로 받아들여졌다는 걸 확인할 수 있다.

그러나 '룸펜 프롤레타리아'라는 단어가 어떤 뉘앙스에 담겨 사용됐는가의 문제와 그것이 실제로 지목하는 집단이 어떻게 받아들여졌는가의 문제는 다르게 생각되어야 한다. 앞서 파농이 말했듯 식민지 농촌에서 땅을 잃은 사람들이 도시로 흘러들어가는 과정에서 룸펜 프롤레타리아가 된다는 점을 염두에 둘 때, 그 말의 쓰임새보다 그것이 도시의 빈민들을 지칭한다는 점 자체가 더 강조될 필요가 있는 것이다. 이미 1912

---

5   「신어 해설」,『동아일보』, 1931. 4. 13, 4쪽.
6   KHH,「현대어 사전」,『실생활』3(5), 1932. 5, 35쪽.

년부터 조선총독부는 '경찰범처벌규칙'을 통해 "일정한 직업과 주거가 없는 자들"로 부랑자들을 단속해 왔는데, 그 속에는 "무뢰배깡패, 양반 유생, 청년 자제, 대한제국의 하층관료였던 자들, 걸인 등" 계층적·계급적·신분적으로 다양한 인물군이 포함되었다가[7] 1920년대에 들어서면서 그 존재는 경제적 의미에서의 도시 빈민으로 단순화되어 받아들여졌다. 1926년부터 조선총독부는 전국적 빈민 조사를 시작하면서 도시 빈민에 대해 본격적인 관심을 보인다.[8] 식민지 조선에서 '도시의 빈민'은 공업 유입 인구였지만 고정된 일자리를 가지기보다는 날품팔이, 인력거꾼, 지게꾼, 일용직 노동자 등으로 하루하루를 연명하며 생계를 유지했다. 빈민이라는 말은 이미 오래전부터 쓰였거니와 1920년대 후반 무렵부터 이들 중 일부는 도시의 "산비탈, 성벽, 하천변, 철로변, 다리밑, 제방, 화장장 주변 등 단속이 심하지 않은 공유지를 무단으로 점거해 토막을 짓고 생활하였기 때문에 흔히 '토막민'으로"[9] 불리기도 했다.

1920년대 중반 조선총독부로부터 적극적으로 관리되었던 도시 빈민들은 식민지 조선의 문학가들에게도 관심의 대상이 되기 시작했다. 빈민들을 통제의 영역에 두었던 조선총독부의 의도와 다르게 문학가들은 당대 현실을 문학적으로 재현하고자 할 때 다루지 않을 수 없는 대상이자 동정을 머금은 시선으로 대할 수밖에 없는 존재들로 이들을 인식했다. "가난은 하나마 정직한 농가에서 규칙 있게 자라난 처녀"[10] 복녀가 빈민굴에 들어가면서 생기는 비극을 다룬 김동인의 「감자」나 경성 동소

7   예지숙, 「일제 하 부랑자의 탄생과 그 특징」, 『한국사연구』 164, 한국사연구회, 2014, 31~32쪽.
8   이에 대해서는 예지숙의 논문 중 다음 부분을 참고할 수 있다. 예지숙, 「일제시기 조선에서 부랑자의 출현과 행정당국의 대책」, 『사회와 역사』 107, 한국사회사학회, 2015, 79~84쪽.
9   홍금수, 「일제강점기 경성의 공업」, 『문화 역사 지리』 14(1), 한국문화역사지리학회, 2002, 6쪽.
10 김동인, 「감자」, 『조선문단』 4, 1925.1, 18쪽.

문에서 인력거꾼으로 일하는 김첨지가 맞닥뜨린 행운과 불운의 아이러니를 그린 현진건의 「운수 좋은 날」『개벽』 48, 1924.6 등의 소설은 그러한 인식을 단적으로 보여준다. 도시 빈민의 궁핍상과 비극성이 나타나는 일련의 소설에는, 직접적이지는 않지만 이들을 대하는 안쓰러움의 시선이 내재되어 있었다.

한편 주요섭의 「인력거꾼人力車」은 「운수 좋은 날」처럼 도시 인력거꾼 아찡의 참담한 말로를 서사화하지만 궁핍한 삶의 보편적 비극성을 보여주는 것이 아니라 비참의 원인을 사회로부터 찾는다는 점에서 앞선 소설들과 결을 달리한다. 올해로 인력거를 끈 지 8년째 되는 아찡은 손님에게 턱없이 적은 금액을 받거나 부당한 폭력을 당하는 등의 수모에도 굴하지 않고 성실히 일을 하지만 갑작스런 죽음을 맞이한다. 아찡의 시신을 앞에 두고 순사가 의사에게 "8년 동안 인력차를 끌었다는데요. 남보다 한 1년 일찍 죽은 셈이지만 지난 번 공부국工部局 조사에 보면 인력차 끈 지 9년 만에 모두 죽지 않습니까?"라는 말을 전하면서, 아찡의 죽음이 과도한 노동 때문이라는 것이 밝혀진다. 소설은 뚱뚱이가 아찡이 죽은 이유에 대해서는 아무것도 모른 채로 "마치도 한 백 년 더 살 것 같이"[11] 인력거를 끄는 장면으로 끝이 나는데, 이는 그도 언젠가는 죽음을 맞이하게 될 것을 암시한다. 마지막 장면은 아찡의 죽음이 단순히 개인의 문제로 끝나지 않고 도시 인력거꾼이라는 집단 전체가 처한 노동 환경과 관련된 공동의 문제라는 것을 보여준다. 이밖에도 성매매를 하다가 불합리한 처우에 포주를 죽이는 내용의 「살인」『개벽』 60, 1925.6, 짐지게꾼의 처참한 죽음을 다룬 이종명의 「주림에 헤매는 사람」『조선일보』,

---

11   주요섭, 「인력거꾼」, 『개벽』 58, 1925.4, 19쪽.

1925.7.18~29, 걸인 덴둥이가 식민지의 구조적 문제를 제기하는 최승일의 「걸인 덴둥이」『조선일보』, 1926.1.3 등 룸펜 프롤레타리아의 비극과 사회 구조의 문제를 관련짓는 일련의 소설들이 창작되었다.

이와 비슷한 시기 일본에서 배워 온 '프롤레타리아문학' 개념을 조선 사회에 '씨 뿌리고자' 했던 김기진도 정작 프롤레타리아 계급이 아닌 도시 빈민의 문제에 더 관심을 기울였다. 그는 자신의 이론을 전개하는 거점으로 삼았던 『개벽』에 「경성의 빈민 빈민의 경성」이라는 글을 싣는다.

빈민은 가는 곳마다 있다. 발 가는 곳마다 눈 닿는 곳마다 금전에서 제외당한 빈민은 수없이 많다. 남의 집 행랑방 속에, 농촌의 머슴방 속에, 양옥집 문간 앞에, 행길 네거리에 빈민이 궁글고 있다! 그렇지만 이와 같은 것은 이 사람네들이 게으르다는 원인에서 온 것은 결단코 아니다. 이 사람네들은 아침부터 저녁까지 일한다. 그래도 아귀餓鬼를 당하지 못한다. 또 더 한층 심한 것은 일하고 싶으나 일을 주지 않음으로 못 하고 굶은 사람이 있다. 경성 인구 28만에는 실업자가 20만이라고 한다. 놀라야만 할 일이냐. 슬퍼해야만 할 일이냐. 모른 척하고 눈감아 버려야만 할 일이냐!?

그러나 빈민 제군아! 돈은 없는 것이 아니다. 돈은 많이 있다! 요릿집 방바닥 위에, 먼지를 휩쓸고 달아나는 자동차 바퀴 밑에, 양옥집 금고 속에, 귀부인들의 향료香料 속에, 신사들의 고가한 시가의 연기 속에 너희들이 땀을 흘려도 얻을 수 없는 돈은, 무더기로 쌓여서 재가 되고, 냄새가 되어서 없어지는 것이다. 어디인지 한 군데에 쌓여있기 때문에 너희들은 손도 못 대본다. 그러면서도 저 부자들은 너희들에게, 이와 같이 가르치고, 꾸짖고 침 뱉지 않느냐? "일해라. 부지런히 일해라! 그러지 않으면 우리와 같은 사람은 못 된다!"고. 저희들끼리 일이라는 일은 모조리 차지해 놓고서 제군 빈민들에게는 이와 같이 호령하고, 채찍질하지 않는가?!

　그러나 불출^{不出} 6, 7년만에 경성은 빈민의 것이 된다는 전제가 눈앞에 보인다! 지금의 돈 있는 사람의 돈이 불출 6, 7년에 다 없어지리라는 전제가, 사회봉사라는 간판 아래에, 교육사업이라는 간판 아래에, 가진 미명의 간판 아래에, 또는 유흥비로서, 지금의 돈은 전부가 없어지리라. 본정^{本町}의 물건을 사기 위해서, 썩어가는 사치를 위해서, 배갈과 잡채를 위해서, 돈은 없어진다. 그러면 지금의 부유계급은 6, 7년 후의 빈민계급이다. 빈민 제군들, 그 때에는 군들과 동일 계급 위에 설 지금의 부유 계급을 그다지 미워할 것은 없다. 그때에는 경성은 빈민의 것이다. 똑같은 의미에 있어서 조선은 빈민의 것이다.[12]

　수많은 경성의 빈민들을 바라보면서 "놀라야만 할 일이냐. 슬퍼해야만 할 일이냐. 모른 척하고 눈감아 버려야만 할 일이냐"라고 부르짖는 김기진의 글에서도 어김없이 빈민들에 대한 동정의 시선이 드러난다. 그러나 이 시선 역시 김동인과 현진건의 소설에 비할 때 더 사회구조적인 문제에 입각해 있다. 김기진에게 빈민들의 비극은 주어진 운명이나 삶의 아이러니로부터 비롯된 것이 아닐뿐더러 "이 사람네들이 게으르다는 원인에서 온 것이 결단코 아니다." 그는 부지런히 일하라는 부르주아의 전언이 가난의 원인을 개인에게로 돌리려는 기만이며 돈은 노동하지 않는 특정한 집단을 위해 쓰인다는 점을 지적한다.

　그런데 이보다 중요한 것은 김기진이 조선에서의 계급 관계를 설명하는 방식이다. 위 인용문에서는 프롤레타리아와 부르주아의 전형적인 적대 관계가 드러나지 않는다. 그에 따르면 돈을 소비하기만 하는 존재로

12　기진, 「경성의 빈민 빈민의 경성」, 『개벽』 48, 1924. 6, 105쪽.

그려지는 조선의 부르주아는 자본을 증식해나가는 부르주아의 일반 개념에 위배되며, 따라서 그들은 "6, 7년 후의 빈민계급"으로 몰락할 운명에 처해 있다. 그렇게 모두가 빈민이 된 경성은 결국 빈민의 것이 되고 "똑같은 의미에 있어서 조선은 빈민의 것"이 될 것이라고 진단한다. 프롤레타리아마저 될 수 없는 '룸펜 프롤레타리아'와 곧 룸펜 프롤레타리아가 될 위기에 처한 '부르주아'라는 구도에는, 식민지에서 자체적 자본주의의 발달과 생산이 불가능하다고 보는 김기진의 인식이 반영되어 있다. 명시적으로 등장하지 않지만 여기에는 일본 식민 본국에 의한 근대화라는 맥락이 숨어 있다. 1920년대 중반의 시점에서 식민지 농정으로 인해 토지로부터 이탈한 민중들은 도시로 향했으나 조선의 미미한 공업 발달로 인해서 프롤레타리아가 되지 못한 채 룸펜으로 살아가기 일쑤였고, 조선의 부르주아 역시 식민치하에서 자본을 증식하기 위한 생산 수단, 특히 대공장과 같은 물적 기반을 직접 소유하기 어려운 형편이었기 때문에 주로 '소모하는 존재'로 지낼 수밖에 없었다. 글의 제목은 그렇게 '경성의 빈민'들이 증가하면서 '빈민의 경성'이 되어가는 현실을 보여준다. 이는 빈민을 관찰자적 입장으로 바라보던 서술자의 변화를 예정한다. '빈민의 경성'이 되어가는 현실 속에서 빈민을 동정하는 서술자의 입장은 동정 받는 빈민의 입장으로 바뀌어 갈 것이었다.

조선의 룸펜 프롤레타리아와 부르주아는 생산과 자본 축적의 과정에서 소외되는 '식민지 민중'이라는 점에서 교집합을 형성한다. 김기진의 논리를 끝까지 밀어붙이면 식민지민으로서 이들이 계급적으로 적대해야 하는 세력은 일본 제국이고 민족은 착취당하는 계급의 다른 이름이 되기도 한다. 1920년대 중반의 그는 식민 본국의 민족 지배 그 자체가 자본주의적인 계급 착취와 겹쳐 있으며, 그렇기에 조선 민족이 곧 프롤레타리아 계급이기도 하다는 시각을 견지했다. 물론 이때의 프롤레타리 아 계급은 공장노동자에 한정된 것이 아니라 착취 받는 모든 민중의 '얼굴들'을 염두에 둔 것이었다.

인용문을 보건대 피억압 민족의 계급 최하층에는 "빈민 제군"이 놓인다. 그만큼 그들은 가장 혁명적 세력이 될 가능성도 품고 있었다.[13] 이후 일련의 글을 통해 룸펜 프롤레타리아를 비롯해 착취 받는 모든 이들을 프롤레타리아문학이 다루어야 할 영역으로 끌어들이는 김기진의 시도 는 정통 마르크스주의 이론에서도, 조선총독부의 시야에서도, 그저 '유령적 존재'일 뿐이었던 룸펜 프롤레타리아를 가시화하고 나아가서는 그들의 주체로서의 가능성을 타진하는 것이기도 했다.

이러한 문제의식의 연장선상에서 1928년 발표된 이효석의 「도시와 유령」은 자본주의의 도시 문명이 유령으로서의 빈민들을 양산해내는 지점을 서사화한다. 소설의 1인칭 서술자 '나'는 동대문 밖에 지어지는 중인 상업학교 공사터에서 미장이로 일하는 인물이다. "남과 같이 버젓 하게 일정한 노동을 못하고 밤낮 뜨내기 벌이꾼으로밖에는 돌아다니지

---

13 농업중심국인 조선에서 몰락한 농민은 '프롤레타리아화'하는 것조차 쉽지 않으며, 그렇기 때문에, 이들 룸펜 프롤레타리아가 빈궁을 조장하는 사회와 적극적으로 싸워나가야 한다는 의견은 비단 김기진만의 것은 아니었다. 다음의 기사를 참조할 수 있다. "오인(吾人)은 특히 농업국인민의 급격한 빈궁화에 대하여 절대한 의구를 가지는 자이다. 선진공업국 인민으로서 무산자화한다면 그는 '프롤레타리아화'한다는 것을 말하는 것이므로 선진국이 그 농민으로 하여 '프롤레타리아화' 시키고자 하는 것과 같은 유용성을 발견하는 것일지나 (…중략…) 농업국 즉 후진국 인민의 급격한 빈궁자화는 곧 '프롤레타리아화'를 의미치 않는 이상 경제생활은 파괴될 대로 파괴되어 세계적 최저층에서 동아(凍餓)를 거듭할 뿐이며 (…중략…) 후진국 인민은 빈궁과 싸워야 할 것이다. (…중략…) 후진국 인민으로서는 생활의식의 과학적 수립과 생존운동의 조직적 전개로 민족사회의 백년대계를 이에서 획책할 바이라 한다." 「후진국 인민의 빈궁화」, 『조선일보』, 1929.11.18, 1쪽.

못하는" 그는 전형적인 도시의 룸펜 프롤레타리아다. 몸을 뉘일 행랑방조차 없어서 노숙을 하는 형편이지만 자신의 노동이 웅장한 건축물로 완성되어 가는 것을 보고는 "그것이 우리의 피를 빨아먹고 나날이 자라가는 괴물일 줄은 꿈에도 생각지 못하고" 자랑스러워하는 "어리석은 미련둥이"이기도 하다.[14] 어느 날 '나'는 친구 김서방과 술을 마시고 동묘 안에서 노숙을 하려던 차에 컴컴한 어둠 속에서 번쩍하고 사라지며 이상한 소리를 내는 유령을 만나고, 너무 놀라 달아나게 된다. 다음 날 일터에서 이 일을 전하니 박서방은 "그런 도깨비는 비단 그 빈집에나 진서방들 혼난 데만 있는 것이 아닐세. 우선 밤에 동관이나 혹은 종묘께만 가보게. 시글시글할 테니"라며 의미심장한 말을 남긴다. 이 말에 궁금증이 생긴 '나'는 유령의 실체를 파악하고 쫓아버리기 위해 몽둥이를 들고 "하필 가난뱅이 노숙자들을 못살게 굴고 위협과 불안을 주는 유령을 정복하여 버리는 것은 사실 뜻있고도 용맹스런 사업일 것이라" 생각하며 다시 동묘를 찾아간다.[15] '나'의 이러한 인식 속에는 자신은 막벌이꾼일지언정 문명을 축조해나가는 도시의 일원이며 유령은 미개한 비문명의 존재라는 전제가 깔려 있다.[16] 그러나 그러한 전제는 유령을 직접 만나고 난 뒤 산산조각나는데 가까이 가보니 그 유령들은 사실 모자지간인 두 걸인이었기 때문이다. 자동차에 치여 쓸 수 없게 된 어미 거지의 다리에 약을 바르기 위해 어린 아들 거지가 성냥으로 불을 켜던 것을 유령으로 오인하고 말았던 것이다. 결국 '나'도 그들과 다르지 않은 유령 같은

---

14   이효석, 「도시와 유령」, 『조선지광』 79, 1928. 7, 106~107쪽.

15   위의 책, 114~115쪽.

16   김성연, 「'꿈의 도시' 경성, 그 이면의 '폐허' – 이효석 「도시와 유령」을 시점으로」, 『한민족문화연구』 27, 한민족문화학회, 2008, 238쪽.

존재였다. 소설은 서술자 '나'가 갑자기 이야기 밖으로 나와 독자를 불러내고 그들을 향해 다음과 같은 메시지를 던지는 것으로 끝이 난다.

독자여 이만하면 유령의 정체를 똑똑히 알았겠지. 사실 나도 이제는 동대문이나 동관이나 종묘나 또 박 서방 말한 빈 집터에 더 가볼 것 없이 박 서방의 뼈 있는 말과 뜻있던 웃음을 명백히 이해하였다.

그리고 나는 모두 나와 같은 운명을 가진 애무한 친구들을 유령으로 생각하고 어리석게 군 나를 실컷 웃어도 보고 뉘우쳐 보기도 하였다.

독자여 뭐? 그래도 유령이라고? 그래 그럼 유령이라고 해 두자. 그렇게 말하면 사실 유령일 것이다. 살기는 살았어도 기실 죽어 있는 셈이지!

어떻든 유령이라고 해 두고 독자여 생각하여 보아라. 이 서울 안에 그런 유령이 얼마나 많이 늘어가는가를! (…중략…)

거기에 흔히 나타나는 유령이 적어도 문명의 도시인 서울에 오히려 꺼림없이 나타나고 또 서울이 나날이 커 가고 번창하여 가면 갈수록 유령도 거기에 정비례하여 점점 늘어 가니 이게 무슨 뼈저린 현상이냐! 그리고 그 얼마나 비논리적 마술적 알지 못할 사실이냐! 맹랑하고도 기막힌 일이다. 두말할 것 없이 이런 비논리적 유령은 결코 있어서는 안 될 것이다.

그러면 어떻게 하면 이 유령을 늘어 가지 못하게 하고 아니 근본적으로 생기지 못하게 할 것인가?

현명한 독자여! 무엇을 주저하는가. 이 중하고도 큰 문제는 독자의 자각과 지혜와 힘을 기다리고 있지 않은가.[63]

소설에는 "욱신욱신한 거리를 고무풍선같이 떠다니는 파라솔이 있고 땀을 들여 주는 선풍기가 있고 타는 목을 식혀 주는 맥주 거품이 있고 은접시에 담긴 아이스크림이 있"는[17] 서울의 여름밤을 묘사하는 장면이 등장한다. 걸인 모자의 이야기는 휘황하고 번듯한 도시의 모습과 대조를 이루면서 자본주의화된 문명이 그 이면에서 어떠한 비참을 양산하는지에 대한 질문을 던지게끔 한다. "서울이 나날이 커 가고 번창하여 가면 갈수록 유령도 거기에 정비례하여 점점 늘어가니 이게 무슨 뼈저린 현상이냐"는 것이다. 문명의 빛에 가려진 유령은 잘 보이지 않지만 분명히 존재할 뿐만 아니라 점점 늘어만 간다.

중요한 것은 도시의 유령들이 '나'와 다른 존재가 아니라 곧 '나'이기도 하다는 점이다. 그들은 "모두 나와 같은 운명을 가진 애무한 친구들"이다. 나아가 서술자가 독자를 호명하는 순간부터는, '나'와 걸인 모자의 이야기를 읽어 오던 독자들 또한 유령이 아닌 상태로부터 자유로울 수 없어지게 된다. 유령이 아니라고 생각했던 '나'가 기실은 유령이었음을 스스로 깨닫게 되는 서사의 과정은 이제 오롯이 독자가 겪어야 하는 것으로 남겨진다. 독자를 끌어들이면서 소설은 '타인걸인 모자의 문제 → 나서술자의 문제 → 우리독자의 문제'로 이어지는 문제 인식의 확장성을 가지게 되고, 이러한 서사화의 방식은 독자를 문제 해결의 주체로 만드는 정치성을 담지한다고 할 수 있다. 그렇기에 "어떻게 이 유령을 늘어 가지 못하게 하고 아니 근본적으로 생기지 못하게 할 것인가"라는 '나'의 마지막 물음은 독자에게 직접적인 행동을 촉구하기 위한 것이면서도 시혜적인 위치에서의 실천을 염두에 둔 것이 아니다. 이제 그것은 독자 자신의 일이기도 하기 때문이다.

소설 속에서 유령은 도시 빈민에 대한 은유이다. 전혀 다른 존재로부

---

17 위의 책, 118쪽.

터 유사성을 찾아 원관념에 대한 지식을 확장하는 것이 은유의 역할이라면, 유령은 도시 빈민에 대한 탁월한 은유이다. 유령은 죽었지만 현실을 떠돌아다닌다. 존재하면서도 존재하지 않는 유령처럼 도시 빈민은 실제적으로는 살아 있으나 상징적으로는 살아 있지 않다. 생물학적 삶은 지속되지만 자본주의 사회에서 아무런 경제적·사회적 기능을 하지 못하기 때문에 이들의 상징적 삶은 죽음의 문턱 너머에 있다. 문명이 쌓아 올린 화려한 도시 속에서 도시 빈민들은 걸인 아이의 성냥불처럼 번쩍이다 사라지면서 자신의 존재를 드러낼 수 있을 뿐이다.

서술자 '나'는 그 불빛을 따라가 유령의 실체를 드러내고 유령을 양산하는 사회의 실체 또한 드러내며 나아가서는 내가 곧 그 유령일 수도 있다고 깨닫게 된다. 이는 '소설의 역할'에 대한 탁월한 은유일 수 있다. 그동안 드러날 수 없었던 존재들을 탐문하고 그들이 놓인 구조적 문제를 보여주며 구조에 대한 문제가 나에 대한 성찰로 되돌아 오게 하는 일련의 과정은, 이 당시의 빈민소설이 행하던 역할이기도 하기 때문이다.

1920년대 사회주의문학은 문명의 입장에서는 물론이고 그에 대한 대항 담론에서도 배제된 빈민을 이와 같은 방식으로 서사화하기 시작했다. 걸인이 된 모자지간을 다룬 「새 거지」의 마지막 언급처럼 이 소설들은 "사회란 것"이 "마치 살찐 암퇘지가 빼빼 말라 죽어가는 새끼만 자꾸 빠쳐 내놓는 셈으로"[18] 자본주의가 발전할수록 빈민들을 늘어가게 한다는 점에 주목했다. 앞서 김기진의 글에서도 확인했듯이 '프롤레타리아도 될 수 없는' 존재인 빈민이 늘어가는 것은 공업이 미발달한 식민지 지역의 계급적 특징일 수밖에 없다. 즉 소설에서 빈민을 등장시킨다는

---

18   조명희, 「새 거지」, 『조선지광』 63, 1927.1, 99쪽.

것은 식민지에서의 자본주의가 양산하는 비극에 대한 이야기를 하는 것이므로 반대로 비극을 만들어내는 구조의 문제를 지적하는 것과도 다르지 않다. 빈민의 발견과 그들이 놓인 구조적 문제에 대한 서사화는 그 자체만으로도 정치적 의미를 획득할 수 있었다.

강경애는 1930년대에도 지속적으로 사회주의적 의식 아래 빈민의 삶에 관심을 기울였던 대표적인 작가이다. 월사금을 내지 못해 학교에 갈 수 없게 되자 셋째가 돈을 훔치려 결심하는 내용의 「월사금」『신동아』, 1933.2, 남편은 죽고 중국인 지주로부터 겁탈을 당한 뒤 내쫓긴 봉염 어머니가 장정들이 하는 소금 밀매입을 시작한다는 내용의 「소금」『신가정』, 1934.5, 갈 곳이 없어 이곳저곳에 쫓겨 다니다가 산속을 찾아 들어가는 모자母子의 이야기를 다룬 「모자」『개벽』, 1935.1 등 비단 도시 빈민뿐 아니라 구조적 극빈 속에서 허덕일 수밖에 없는 가난한 이들의 삶을 지속적으로 서사화했다. 다음은 그 대표적인 작품인 「지하촌」의 일부분이다.

"이 친구, 나도 한 가정을 가졌던 놈이우. 공장에선 모범공인이었고. 허허 모범공인!…… 다리가 꺾인 후에 돈 한 푼 못 가지고 공장에서 나오니 계집은 달아나고 어린 것들은 배고파 울고 부모는 근심에 근심에 지레 돌아가시고………… 허 말해서 뭘 하우. 우리를 이렇게 못 살게 하는 놈이 저 하늘인 줄 아우? 이 땅인 줄 아우?"

사나이는 칠성이를 딱 쏘아본다. 어쩐지 칠성의 가슴은 까닭 없이 두근거려 차마 사나이를 정면으로 보지 못하고 꺾인 다리를 보았다. 그리고 사나이의 다리 밑에 황소같이 말 없는 땅을 보았다.

"아니우. 결코 아니우. 비록 우리가 이 꼴이 되어 전전 걸식은 하지만도. 왜 우리가 이 꼴이 되었는지나 알아야 하지 않소…… 내 다리를 꺾게 한 놈도, 친구를 저런 병신으로 되게 한 놈도 다 누구겠소. 알아 들었수? 이 친구"

사나이의 이 같은 말은 칠성의 뼈끝마다 짤짤 저리게 하였고, 애꿎은 하늘과 땅만 저주하던 캄캄한 속에 어떤 번쩍하는 불빛을 던져 주는 것 같으면서도 다시 생각하면 아찔해지고 팽팽 돌아간다. 무엇인가 묻고 싶어 머리를 번쩍 들었으나 입이 꽉 붙고 만다. 그는 시름없이 저 하늘을 물끄러미 보았다.[19]

홍역 치료를 받지 못해 생긴 팔과 다리의 장애 때문에 걸식해 살아가는 칠성은 동냥하러 나갔다가 "자기와 같은 불구자인 거지"[20] 사나이를 만나게 된다. 사나이는 칠성의 상처를 치료해주면서 자신이 장애를 가지게 된 내력을 이야기하는데, 말인즉슨 "공장에서 모범공"이었던 그가 노동을 하다 다리가 꺾여 "돈 한 푼도 못 가지고 공장에서" 쫓겨 나왔다는 것이다. "왜 우리가 이 꼴이 되었는지나 알아야 하니 않"냐는 사나이의 질문은 "애꿎은 하늘과 땅만 저주하던 캄캄한" 어둠 속의 칠성에게 "번쩍하는 불빛" 같이 느껴진다.

비로소 자신의 처지를 운명으로만 받아들이던 칠성이 빈민으로서의 삶이 놓인 구조적 환경을 돌아볼 수 있게 된 것으로, 이를 기점으로 이후 가난을 받아들이는 칠성의 태도, 나아가서는 칠성의 삶을 바라보는 독자들의 의식은 달라질 수밖에 없다. 공장노동자였다가 룸펜으로 전락하게 된 사나이가 칠성의 변화를 견인하는 지점은 1920년대 빈민 서사와는 다소 결을 달리한다. 빈민의 발생이 프롤레타리아 계급의 전락과도 긴밀하게 연계된다는 점, 즉 그것이 계급적 문제일 수 있다는 점을 적실히 보여주기 때문이다. 전락한 노동자이나마 노동자는 빈민을 계급적으

---

19   강경애, 「지하촌」, 『조선일보』, 1936. 3. 31, 5쪽.
20   강경애, 「지하촌」, 『조선일보』, 1936. 3. 29, 5쪽.

로 계도하는 입장에 놓일 수 있었다.

1920년대 중후반 이후 임금노동자로서의 공장 프롤레타리아가 경제 발전의 주체로 등장하게 되면서 빈민에 대한 관심은 비교적 축소되었다.[21] 1930년대 사회주의소설의 재현에서도 강경애의 몇몇 작품 등을 제외하면 도시의 빈민을 대상으로 한 경우는 현저하게 줄었다고 할 수 있다. 바야흐로 공장 프롤레타리아가 경제 발전에서의 중요한 주체이자 변혁운동에서의 실천적 주체로 확고하게 자리 잡게 된 시기였다. 그러한 가운데 새로운 시대의 룸펜 프롤레타리아로 특히 주목받기 시작한 것은 노동자로부터 이탈한 실직자와 노동자가 되지 못한 룸펜 인텔리겐치아였다. 전술한바 1930년대 유행하기 시작한 '룸펜 프롤레타리아'라는 용어는 경제적으로나 정치적으로 무가치하고 무의미한 존재로 받아들여졌다. 그렇다면 사회주의문학에서는 이들이 어떻게 재현되고 의미화되었는가의 문제 역시 중요하게 살펴봐야할 부분이라고 할 수 있겠다.

2) 실직자·룸펜 지식인의 기생성 비판과 주체화

일찍이 1920년대 중반 조명희는 「땅 속으로」를 통해 룸펜 인텔리겐치아를 형상화했다. 1인칭 서술자 '나'는 동경 유학을 했으나 조선에 돌아와 제대로 된 벌이를 하지 못한 채 살아가는 지식인이다. '나'에게 온갖 기대를 걸고 있는 가족들의 바람과 다르게 그가 동경에서 배워 온 지식으로 조선에서 자리를 잡을 길은 없다. 생계를 위해 본인이 쓴 시집을 책사에 맡겼지만 내용이 불온하다는 이유로 '왜놈 경찰'로부터 압수당하고 말 뿐이다. 이러한 상황 속에서 '나'는 다음과 같은 말을 속으로 뇌까린다.

---

21 김윤희, 「1930년대 전후 민족·계급 담론과 빈민개념」, 『남도문화연구』 35, 순천대 남도문화연구소, 2018, 96쪽.

서울은 20만 인구의 도회로서 무직업한 빈민이 18만이라는 말을 신문 기사를 보고 알았지마는 세계지도 가운데 이러한 데가 또 있거든 있다고 가리켜 내어 보아라. 말만 들어도 곧 아사자, 걸식자가 길에 널린 것 같다. 배보다 배꼽이 더 크다는 셈으로 20만 인구에 걸식자가 18만!

나도 물론 이 거대한 걸식단 가운데 신래자新來者의 한 사람이 되었다. 남촌이라는 이방인 집단지인 특수지대를 제외해놓고 그 외는 다 퇴락하여 가는 옛 건물, 영쇠零衰하여 가는 거리거리, 바싹 마른 먼지 냄새로 꽉 찬 듯한 기분 속에서 날로날로 더 패멸조잔敗滅凋殘의 운명의 길로 들어가는 서울이란 이 땅, 아니 전 조선이라는 이 땅, 그 속에 꿈질대는 백의인白衣人 – 빈사 생태에 빠진 기아군.[22]

실제로 1900년대 무렵부터 축적된 국내 근대 지식의 수혜자는 물론이고 신지식을 배우기 위해 일본으로 유학 갔던 지식인들이 1910년대 후반부터 조선에 모여들기 시작하면서 조선에서 인텔리들이 점할 수 있는 직업 시장은 포화 상태에 이르렀다.[23] 그들은 많은 경우, 위 소설의 주인공 '나'처럼 "무직업한 빈민", "아사자, 걸식자"로 지낼 수밖에 없었으며 그런 의미에서 조선은 "날로날로 더 패멸조잔의 운명의 길로 들어가는" 중이었다. 단적인 예로 소설이 쓰인 1925년 당시에 작성된 『동아일보』의 한 기사는 경상남도의 각 학교 졸업생 2,907명 중 678명의 한국인이 전부 실직자가 되고 있는 상황을 전달하기도 했다.[24]

---

22   포석, 「땅 속으로」, 『개벽』 57, 1925. 3, 15쪽.
23   정경운, 「근대 지식인 룸펜의 문화사적 고찰(1)」, 『용봉인문논총』 38, 전남대 인문학연구소, 2011, 223쪽.
24   「한심한 졸업 후!」, 『동아일보』, 1925. 6. 21, 3쪽.

사나흘은 예사로 끼니를 거르는 배고픔의 고통 속에서 '나'는 시상詩想도, 사색도 잊고 그저 먹을 것만 생각하고 "이때서야 비로소 외적 생활의 무서운 압박으로 인하여 내적 생활을 돌아 볼 여지가 없는 세계 무산군의 고통을" 깨닫게 된다. "이때껏 '식食, 색色, 명예만 아는 개, 도야지 같은 이 세상 속중俗衆들이야 어찌 되거나 말거나 나 혼자만 어서 가자, 영혼 향상의 길로'라고 부르짖던 나는 내 자신 속에서 개를 발견하고 도야지를 발견한 뒤에는 '위로 말고 아래로 파들어 가자. 개, 도야지의 고통 속으로! 온 세계 무산대중의 고통 속으로! 특히 백의인의 고통 속으로! 지하 몇 천 층 암굴 속으로'라고"[25] 생각하게 된 것이다. 따라서 소설의 제목인 '땅 속으로'는 하늘의 구름처럼 잡히지 않는 인도주의적이며 이상주의적인 영혼의 세계로부터 현실적이며 물질적인 땅 속으로, 대중들의 삶 속으로 들어가야 함을 의미한다. 이는 지식인의 지식이라는 것도 결국엔 경제적 기반을 딛고 있으므로 그것을 위한 실천의 동력이 되어야 한다는 것을 깨닫게 되는 과정이기도 하다.

　한편 '세계 무산군'의 고통과 '백의인'의 고통을 겹쳐 보는 '나'의 시선은 세계와 민족을 동시에 향한다. 백의인으로 상징되는 조선인의 고통은 세계의 무산 계급의 고통과 동등한 것으로 여겨지는데 이를 통해 식민지 조선이 민족 그 자체로 무산 계급성을 띤 것으로서 이해된다는 점을 확인할 수 있다. (식민지) 민족을 곧 (무산) 계급으로 등치시키는 상상력의 구조는, 민족 해방과 계급 해방이 결코 동떨어지지 않았다고 보는 조명희 특유의 사유 아래 가능할 수 있었다. 당연하게도 이러한 사유 방식은 철저하게 후진성을 지닌 식민지에서나 발원할 수 있던 것이었다.

25　포석, 「땅속으로」, 17~18쪽.

그러나 이 소설은 '민족 해방 ≒ 계급 해방'을 위해 '땅 속으로' 향하는 적극적인 실천을 행하는 대신 부잣집을 강도질하고 순사를 살해하는 꿈을 꾸는 것으로 끝이 난다. 이러한 결말은 강도나 방화, 폭력과 살인 등을 저지르는 1920년대 중반 신경향파적인 것의 자장 안에서 이루어질 수 있었던 것으로 판단된다.[26] 그럼에도 불구하고 빈민과 실업자를 양산하는 사회 구조에 대해 문제를 제기하고 더불어 지식인들이 '땅 속으로' 나아가야 한다며 각성을 촉구하는 룸펜 인텔리겐치아를 등장시켰다는 점에서, 즉 빈궁과 실직이 개인적 차원의 문제가 아니므로 사회적 해결이 필요하다는 점을 전제한다는 점에서 이 소설은 이미 정치적 의미를 지닌다. 이후 1930년을 전후해 실직자·룸펜 인텔리겐치아가 등장하는 사회주의소설들이 다수 창작되기 시작하는데 「땅속으로」는 그 시작점에 놓여 있었다.

1930년 무렵에 실직자 관련 소설이 여럿 창작되었던 이유는 당대의 현실이 반영된 것이기도 했다. 1929년 뉴욕의 주가가 대폭락하면서 시작된 세계대공황의 드높은 파고는 식민지 조선에도 예외 없이 몰아닥친다. 식민본국이 식민지와 폐쇄적 블록경제를 구축하면서 세계 시장이 축소되고 세계 경제가 악화일로를 걷게 되는 가운데 일본은 그 흐름의 중심부에 위치했고 필연적으로 식민지 조선의 경제 상황은 그로부터 큰

---

26 손성준은 이러한 결말이 1895년에 발표된 고리키의 「마부」와 친연성을 띠고 있음을 밝힌다. "빈궁한 가장, 재산을 노린 강도짓과 그 과정에서의 살인, 그리고 꿈으로 밝혀지는 결말"이라는 서사 전개가 유사하다는 것이다. (손성준, 「조명희 소설의 외래적 원천과 그 변용─투르게네프와 고리키를 중심으로」, 『국제어문』 62, 국제어문학회, 2014, 311쪽) 그러나 1920년대 중반 당시 신경향파 소설 속에 강도와 살인, 그리고 꿈이나 환상 등의 화소가 매우 빈번하게 등장했다는 점을 염두에 둘 때, 실증적 자료 없이 그 관련성을 고리키로부터의 영향 관계로만 한정하기에는 다소 무리가 있다는 점을 지적해두고 싶다.

영향을 받을 수밖에 없었다. 그렇지 않아도 빈민과 실업자 문제에 시달리던 조선은 대공황 이후인 1930년대에 더욱 큰 경제 불황에 시달리게 된다. 조선인들은 애초에 직업을 구할 수 없는 것은 물론이고 기존의 노동자들이 해고 행렬에 올랐다. 1920년부터 1937년까지 노동자의 해고 표본 46건 중 45건이 경제공황기에 발생했을 정도였다.[27] 해고와 더불어 실업 문제가 심각한 사회 문제로 떠오르자 이전까지 실업률 조사를 실시한 적이 없었던 일본은 1930년 1월에 시급하게 일본인이 집중적으로 거주하는 "부府 및 지정면에 한하여" 실업 조사를 시행했다. "조선인 17만 명 중 2만여 명인 12.5%가 실업 상태"에 놓여 있었으며 "일본인에 비해 조선인 실업이 두 배 이상"이었다.[28]

룸펜 인텔리겐치아의 급증 역시 무시 못 할 사회 문제가 되었다. 대공황기의 주요 일간지 사설은 하루가 멀다 하고 취직난 문제를 심각하게 다루었고[29] 사회면에는 취직되지 않는 현실을 비관하여 자살(기도)하는 청년들의 기사가 연일 전해졌다.[30] 이러한 위기 앞에서 범사회적으로 취

---

27 이병례, 「경제불황기 정리해고와 노동자의 대응」, 『역사비평』 90, 역사비평사, 2010, 133쪽.

28 이병례, 「1930년대 초반 식민지 조선의 경제공황과 일상의 균열」, 『역사연구』 31, 역사학연구소, 2016, 213~214쪽.

29 1929년~1931년까지의 사설만 보더라도 「졸업생의 취직난」, 『조선일보』, 1929.2.3, 1쪽; 「지식군의 취직난」, 『조선일보』, 1929.11.22, 1쪽; 「생활난과 취직난」, 『동아일보』, 1929.11.30, 1쪽; 「교문을 나서는 이들」, 『조선일보』, 1930.2.13, 1쪽; 「졸업기(卒業期)를 앞두고」, 『조선일보』, 1931.2.13, 1쪽 등이 실렸다.

30 「취직 못해 자살」, 『동아일보』, 1929.6.18, 5쪽; 「취직난을 비관자살」, 『조선일보』, 1929.10.8, 2쪽; 「취직난으로 청년 자살」, 『조선일보』, 1930.7.1, 7쪽; 「취직난 비관코 투신 자살 기도」, 『동아일보』, 1930.9.30, 6쪽; 「춘광(春光)도 무색! 청년 액수(縊首)자살」, 『조선일보』 1931.4.4, 2쪽; 「자살타 구조되어 낫으로 또 자살」, 『동아일보』, 1931.4.25, 2쪽; 「생활난 비관한 청년 자살 미수」, 『동아일보』, 1931.5.24, 2쪽, 「생활난 비관 청년이 자문(自刎)」, 『동아일보』, 1931.8.4, 7쪽 등. 여기에 더하여 실직 후 자

업 강령이나 처세술 등을 비롯한 여러 대안들이 제시되기도 했으나 왜곡된 경제 구조와 노동 시장에서 이런 표면적 기술들이 근본적인 해결책이 될 수 없었음은 물론이다.[31] 한편 "'룸펜'이란 신어新語가 유행되면서부터 거개擧皆의 조선 청년들이 새삼스럽게 '룸펜'이 되어버린"[32] 것 같다는 표현에서도 나타나듯 룸펜이라는 말은 흔히 지식인 청년들과 쌍을 이루며 쓰이곤 했다.[33] '룸펜 인텔리겐치아'가 일상적으로 사용될 때 그 용어에는 지식인들의 허무와 자기혐오가 담겨 있는가 하면 이들을 사회에 불필요한 존재로 보는 사회의 냉소적인 시선 또한 포함되어 있었다.[34]

이러한 사회 경제적 상황 속에서, 1930년대 사회주의소설 또한 실직자나 룸펜 인텔리겐치아를 재현했다. 그 양상은 1930년대 모더니스트 작가들의 작품들과 다소 차이를 보였다. 박태원의 「소설가 구보씨의 일일」『조선중앙일보』, 1934.8.1~9.19을 위시한 모더니즘 작품이 작가 자신을 형상화하며 "일종의 자기애와 결합된" "자기 조롱을 동반"하는[35] 방식으로 룸

살까지 합하면 그 기사수가 기하급수적으로 늘어난다.

31   정경운, 「근대 지식인 룸펜의 문화사적 고찰(1)」, 244쪽.

32   박노아(朴露兒), 「룸펜시대」, 『혜성』 2(2), 117쪽.

33   「신어 해설」, 『동아일보』, 1931.4.13, 4쪽.

34   정경운, 앞의 책, 243쪽.

35   강지윤은 1930년대 모더니스트들의 "가난한 룸펜 인텔리겐챠의 표상"이 "출세지향의 욕망과 스스로를 분리하는 고독한 자아로 나타난다"고 지적하면서 "사소설의 형식을 빌려 세계로부터 분리된, 과잉된 자기의식이 가진 소외된 시선을 소설화한 가장 대표적인 예"로 『소설가 구보씨의 일일』를 들고 있다. "무신경하게 세속의 행복을 좇는 사람들과 '다른' 내면을 가진 구보는 외롭고 비참하지만 한편 그의 고독은 '황금'과 '정상적인 가정' 바깥의 영역을 관찰하고 그 존재를 새롭게 볼 수 있는 자신의 눈, 그리고 그의 눈이 관찰한 것을 새로운 형식으로 재현해내는 시도에 대한 자부심의 다른 모습이기도 했다. 구보는 익명의 도시 대중들 사이로 숨고 그의 발화는 오로지 스스로에게만 말을 걸지만 이렇게 스스로를 드러내지 않는 방식으로 차별화함으로써 자기형상화에 성공한다." 강지윤, 「전향자와 그의 아내-룸펜 인텔리겐챠와 자기반영의 문제들」, 『사이 SAI』 8, 국제한국문학문화학회, 2010, 227쪽.

펜 인텔리겐치아를 재현했다면, 사회주의소설은 자기애적 고립성과 대극에 놓인 사회구조적 연결성의 무대 위에 룸펜을 올려두었다. 생활 앞에서 우울과 무기력함을 느끼는 룸펜은 그것을 조장하는 사회와 더불어 비판되는 한편으로 조직화 불가능한 것으로 여겨지는 룸펜 집단의 조직화를 꾀하는 방식 속에서 '주체화'되기도 했다.

계집을 카페의 여급으로 넣어서 웃음과 아양을 팔게 하여 그것으로 하루하루를 먹어가는 젊은 실업자의 생활- 용서는 날마다 밤마다 참을 수 없는 굴욕과 우울을 느끼면서도 그리하여 때때로 모든 것을 때려 부수고 자기도 없어지고 싶은 반역의 불길을 느끼면서도 그래도 목을 메여 끌리는 개돼지같이 모래를 씹는 마음으로 하루하루를 지내오는 것이다. 올 봄 ××회사가 불경기로 해서 인원을 정리할 때에 한 달 치 생활비를 타 가지고 산업예비군으로 길바닥에 던져진 이래 여름을 지나고 가을을 지나서 이제 십이월까지 걸어온 가지가지의 우울과 굴욕의 기억- 아침마다 직업소개소의 문을 두드리던 것 그리고 공연히 가슴을 태우면서 아침마다 채용통지서를 기다리던 것. 날마다 밤마다 정처 없이 길을 헤매던 것, 그러다가 우연히 옛 친구를 만나서 술잔이나 얻어먹으면 취해 들어와서 홧김에 영애나 못살게 굴고 나중에는 자기 자신도 목을 놓아 우는 지긋지긋한 실업자의 생활!

용서는 허둥지둥 밥을 먹고 우물쭈물 양복을 다려 입은 뒤에 하도 오래간만에 입어서 그런지 서툴러진 넥타이를 몇 번이나 고쳐 매고 집을 나섰다. 일주일 동안 매일 열네 시간의 노동을 하고 임금 팔십 전씩을 받는 참혹한 조건 앞에서도 날개가 돋아서 가는 자기를 웃으면서 용서는 걸음을 빨리 하여 K우편국 앞까지 왔다.

시간이 삼십분이나 있는데 우편국 사무실 앞 광장에는 사람이 벌써 오륙십

명이나 모여 있었다. 모두 초췌한 얼굴과 닳아빠진 옷을 살기찬 눈만 번쩍이면서 서로 경쟁자를 노려보고 있었다. 용서가 들어가자 여러 사람들의 시선은 이 새로운 경쟁자에게 쏠려들었다.[36]

조용만의 「연말의 구직자」는 실직당한 남편을 대신해 아내가 카페 여급으로 일하게 되면서 "우울과 굴욕"을 느끼며 지내야 하는 "지긋지긋한 실업자의 생활"을 여실히 보여주는 소설이다. ××회사에서 해고당하고 "산업예비군으로 길바닥에 던져진" 용서는 아내의 벌이에 의지해 실직 생활을 이어가던 중 연말 연하우편의 특별 취급을 위해 우편국에서 일주일간 일할 임시사무원을 채용한다는 소식을 듣게 된다. 실직의 상태를 면할 수 있다면 용서에게는 임시직에 "열네 시간의 노동을 하고 임금 팔십 전씩을 받는 참혹한 조건"도 문제되지 않는다. 열두 명 남짓의 임시직 노동자를 뽑을 뿐이지만 우편국에는 이미 백 명 가까운 지식인 무리들이 모여 있고 용서는 그곳에서 동경 유학 시절 학교 후배였던 최 군을 우연히 만나기도 한다. 그러나 결국 채용에서 탈락해 상심한 용서는 아내의 카페에 찾아갔다가 그가 뺨을 맞대고 손님을 배웅하는 모습을 보게 되고 복받쳐 오르는 설움과 분노에 술을 찾으며 소설은 끝이 난다. 술 마실 돈을 구하려 양복 잡힐 전당포를 향해 달려가는 것이었다.

서사의 얼개만 따르다 보면 이 소설은 단순히 룸펜 인텔리겐치아가 느끼는 우울이나 분노, 열패감만을 다루는 것처럼 보이지만 사실 그보다 더 중요한 것은 이 소설의 서술자가 그러한 감정의 사회적 연원을 설명하는 방식과 감정에 휩싸여 있는 주인공을 대하는 비판적 태도에 있

---

36 조용만, 「연말의 구직자」(『동방평론』 3, 1932.7), 안승현 편, 『한국노동소설전집』 2, 보고사, 1995, 363쪽.

다. 이런 점에 접근하기 위해서는 서술의 디테일을 살펴봐야 한다. 예컨대 우편국에 모인 룸펜 인텔리겐치아 무리를 향해 서술자는 "무엇이 자기들을 이렇게 만들어 놓았고 또 어떻게 해야 자기들의 살 길을 얻을 수 있겠다는 그 본바탕의 문제에 대해서는 생각하려고도 하지 않고 또 생각한대야 궁극에 있어서는 무기력한 체관諦觀과 도피 밖에 나오지 않는"[37] 자들이라고 설명한다. 개개인이 아닌 '무엇'인가에 의해 룸펜 인텔리겐치아의 상황이 만들어진 것이라 보고 이를 타개하기 위해서는 문제의 근원이 되는 "본바탕"에 대한 해결이 필요하다는 서술자의 입장을 단적으로 확인할 수 있는 부분이다. 직접적으로 언급되고 있지는 않으나마 룸펜 인텔리겐치아의 문제가 자본주의 사회의 구조로부터 말미암았으며 그것의 해결을 위해서는 본바탕, 즉 물질적 토대의 변혁으로부터 가능하다는 점이 암시되는 것이다.

나아가 소설의 내포작가는 식민지에서의 자본주의를 작동시키는 제국주의에 대해서도 비판적 시각을 견지하는 것이 분명한데, 이는 용서가 혼마찌의 M백화점에 가서 스치듯 지나친 한 장면의 묘사를 통해 유추할 수 있다. 화려한 충무로의 상점들 사이를 구경하며 돌아다니는 "흰 옷 입은 사람들"의 모습이 어딘지 부조화한 가운데 백화점의 일본인 감독이 조선 부인을 도둑이라고 몰아세우는 장면이 갑작스레 삽입된다. 아무런 서사적 역할을 부여받지 못하는 장면이지만 임시직 노동자마저도 될 수 없던 용서가 갑작스레 백화점에 가는 것은 심상히 넘길 수 없는 부분이다. 더욱이 자본주의를 표상하는 대표적 장소인 백화점과 일본인 감독을 겹쳐 놓고 굳이 '조선 부인'이 절박한 상태에 몰린 상황을

---

37   조용만, 「연말의 구직자」, 364쪽.

설정한 것은 식민지에서의 자본주의, 제국주의적 관계의 상징으로 읽히는 바 크다.

소설은 이 모든 것을 외면하고 결국 술로 숨어 들어가려는 용서도 결국 "무기력한 체관과 도피 밖에 나오지 않는" 다른 룸펜 인텔리겐치아와 다를 것 없는 인물이라는 듯이 대한다. 아내의 노동에 의지해 있는 것에 피해의식을 느끼면서도 정작 자신은 울분과 분노의 감정에만 휩싸인 채 아무것도 하지 않는 용서는 소설이 비판적으로 형상화하는 대상이다. 그 비판은 모더니스트적 자기애를 동반한 자기 조롱은 물론이고 「레디메이드 인생」『신동아』, 1934.5~7에서 지식인 P를 대하는 데서 드러나는 채만식의 자기 연민에 어린 풍자적 시선과도 다르다. 자신의 무기력함을 정당화할 수 있는 조금의 가능성도 차단된다. 다른 이의 노동에 기생해 살아가는 무기력하고 우울한 태도에 대한 철저한 비판만이 있을 뿐이다. 강조하지만, 소설이 비판하고자 하는 것의 강조점은 룸펜 프롤레타리아 존재 자체가 아니라 스스로가 놓인 구조적 문제를 바라보지 않은 채 그저 기생적인 삶을 살아갈 뿐인 그의 태도에 있다.

"그까짓 사소한 감정 문제 때문에 우리들의 사이가 번다든지 또는 우리들의 사상에 대하여 그 어떤 장애가 생긴다든지 하면 그것처럼 어리석은 짓이 어디 있겠소. 과도기에 있는 전위분자에게 이만한 우울은 의례히 있을 것이라고 얕잡아보지만 그렇게 간단한 것은 아닐 것 같소. 지금 우리로서는 무엇보다도 이 우울이란 놈을…"

"네. 알겠어요. 알겠어요."

정애는 웃으면서 방으로 뛰어 들어갔다. 참회를 하는지 강연을 하는지 전에 보지 못하던 진지한 태도로 혼잣말 같이 이야기하고 있는 진구의 모양이

참을 수 없이 우습게 보였던 것이다.

　얼마 뒤- 부엌에서 불을 때고 있는 진구의 입으로부터는 웅장한 브나로드의 휘파람 소리가 흘러나오고 있었다.[38]

　사회주의소설 속에서 룸펜 인텔리겐치아의 우울과 무기력은 관리되어야 할 감정 상태로 다루어진다. 이종명의 「우울한 그들」은 이런 면을 잘 보여준다. 이 소설은 실직자 남편이 일하는 아내를 두고 우울함을 느낀다는 점에서 「연말의 구직자」와 유사한 설정을 공유하지만 종국에는 그가 이러한 감정을 극복한다는 결말 부분이 크게 다르다. 동맹파업으로 회사에서 해고당한 진구는 학교 교원으로 일하는 경애의 벌이에 의존해서 생활을 하던 중 자신의 월급만으로는 생계가 어렵다고 느낀 아내의 말에 필요 이상의 화를 내게 된다. 진구의 분노는 경애의 입을 빌려 "자격지심"이자 "우울이 가져온 히스테리" 때문이라고 표현되는데 이것은 결코 긍정될 수 없는 상태로 그려진다. 경애는 해고당한 진구에게 "없는 직업을 매일같이 찾아다니시면 무엇해요. 차라리 모두 치워버리고 운동선상으로 나서세요"[39]라고 말하는가 하면 이념적 동반자가 되기 위해 『맑스주의ABC』나 『자본론』을 읽으며 경제적 책임을 자신이 지겠다고 나선 과거를 가진다. 그런 경애의 상태에 비할 때 진구의 우울은 지극히 유폐적인 것이다.

　위 인용문은 우울의 현실적 무용성을 문득 깨닫게 된 진구가 일하는 경애 대신 밥을 지으며 자신의 잘못을 고하는 대목이다. "과도기에 있는 전위분자에게 이만한 우울은 의례히 있을 것이라고 얕잡아보지만 그렇

38　이종명, 「우울한 그들」, 『동광』 32, 1932. 4, 131쪽.
39　이종명, 「우울한 그들」, 130쪽.

게 간단한 것은 아닐 것 같소. 지금 우리로서는 무엇보다도 이 우울이란 놈을……"이라고 말하는 진구에게 이제 우울은 관리되고 극복되어야 할 자기폐쇄적 감정으로 여겨지게 된다. 부엌에서 들려오는 진구의 웅장한 휘파람 소리는 마음속에 고여 있는 우울과 다르게 마음 바깥으로 발산되는 것이라는 점에서 실천적 힘을 상징한다. 그것은 한편으로 이미 사회적 언어로 의미가 고정된 우울이라는 '감정'이 아니라 신체의 이행과 끊임없는 움직임을 상정하는 '정동'의 상태가 무엇인지를 보여주는 상징이기도 하다.

그러나 한편으로 룸펜들의 우울이 서사 표면적으로는 관리되어야 할 대상으로 그려질지언정 이 룸펜 서사들은 늘 우울을 품고 있다. 우울은 노동과 생활을 박탈당한 실직자들이 느낄 수밖에 없는, 너무도 인간적인 존재론적 감정이기도 하기 때문이다. 그런 의미에서 「우울한 그들」에서의 우울은 이후의 삶을 위한 일종의 통과의례이지 배격의 대상은 아니다. "과도기에 있는 전위분자에게 이만한 우울은 의례히 있을" 만한 것이기도 하거니와 정말로 문제가 되는 것은 우울에만 빠져서 변화를 추구하지 않고 감정 속에 유폐적으로 고여 있는 삶, 무기력으로 귀결된 삶을 살아가는 개인의 선택에 있다는 점을 소설은 보여주는 것이다. 통과의례로서의 우울은 생활상의 곤란이라는 문제를 고민해 본 이의 내면 풍경에 대한 감정적 상징으로 봐야 한다. 우울이 통과의례라면 중요한 것은 '의례 이후'이다.

1930년대 조선의 사회주의소설은 '우울 이후' 실직자와 룸펜 인텔리겐치아가 주체적 선택을 하는 것을 보여주면서 그들을 주체화하려 시도하기도 했다. 물론 그 방식은 당대 공장 프롤레타리아소설의 문법에 따라 '의식화'와 '조직화'를 강조하는 측면이 강했지만, 그럼에도 불구하고 자본주의하에서도 그 대항 담론으로서의 마르크스주의 하에서도 배제되었던 존재를 의미 있게 다루려 했던 시도 자체는 중요하게 지적될 필요가 있다. 단적인 예로 유진오의 「오월의 구직자」는 전문학교에서 졸업을 앞둔 친구가 자신의 학력에 알맞은 회사에 들어가길 원했으나 계속해서 좌절과 우울을 맛보고 끝내 취직을 하지 못해 공장노동자가 되길 결심하는 것으로 끝이 나는 소설이다.

친구는 학창 시절 동안 마르크스주의 이론을 공부했지만 생활의 문제를 앞에 두고 취업을 해야 할 처지에 놓였고 그동안 불화하며 지냈던 일본인 주임교사 T선생에게 고개를 숙여 취업을 부탁할 수밖에 없는 상황에 몰려 있다. 몰락한 양반인 아버지가 친구한테 기대를 걸고 식솔을 이끌고 서울로 올라오겠다고 야단인 상황에서 취업은 절실히 필요하다. 이 일련의 과정 속에서 친구는 줄곧 깊은 우울감에 빠진다. 친구의 우울의 유발하는 원인은 혐오해 마지않던 일본인 T선생에 대한 굴복, 가난한 가족의 생계를 책임져야 한다는 마음에 있다. 무엇보다 직접적으로 언급되지는 않았지만 이 원인들이 친구가 애초에 가졌던 신념과 세계관에 반하거나 그것을 방해하는 것이라는 점은 중요하다. 다음은 취직 활동을 하는 과정에서도 사실 친구가 사회주의적인 지향을 포기한 것이 아니며 그것에 대한 어떤 그리움을 가지고 있음을 암시하는 대목이다.

시위운동에나 참례하여 기운을 좀 내어보려고 기다리던 메이데이도 그대로 지나갔다. 이런 때는 동경이나 대판만 있어도 얼마나 유쾌할 것인가. 묵고 쌓였던 울울한 심사를 마음껏 피는 날 마음껏 소리 지르고 마음껏 뛰노는 날, 더구나 지금 같은 때에 메이데이의 시위 행렬이 있으면 그것에 참가하여 붉은 깃발을 휘두르고 뛰고 소리치고, 그리해 살을 째고 뼈를 부시고 그대로 곤두박질을 해 버려도 조금도 원한이 없으리라 생각하였다. 그러나 서울서는 메이데이도 찬란하게 번뜩이는 위엄 밑에 죽은 듯이 그대로 지나고 말았다.[40]

아버지와 T선생의 연락을 동시에 기다리던 찬구는 메이데이 시위를 통해 이 우울을 떨쳐낼 수 있을 것이라 생각한다. 인용문의 장면은 T선생과 아버지라는 현실의 강고한 질서와 극명한 차이를 보인다. 시위 행렬에 참가해 "붉은 깃발을 휘두르고 뛰고 소리치고, 그리해 살을 째고 뼈를 부시고 그대로 곤두박질을 해 버려도 조금도 원한이 없"겠다는 찬구의 말은 사회주의운동에 참여하는 것이 그를 어떻게 해방되게 만드는지 보여준다. 그에게 사회주의적 지향이란 그렇듯 유쾌한 것으로, 자본주의적 질서로부터 자신을 자유롭게 만들고 "묵고 쌓였던 울울한 심사를 마음껏" 발산하는 것과 관련돼 있다. 취직 활동을 해나가는 가운데 가슴에 품고 있던 이러한 사상적 그리움은 취직에 실패한 찬구가 사회의 질서에 몸을 맞추는 대신에 육체노동자가 되기로 결심하게 하는 동력이 된다.

한편 서울의 메이데이는 "찬란하게 번뜩이는 위엄 밑에 죽은 듯이 그대로 지나고" 만다. 이 지점에서 유진오는 지극히 식민지적인 문제를 심어두고 있다. 제국에서의 사회주의와 식민지에서의 사회주의가 다르듯 "동경이나 대판"의 메이데이와 서울의 메이데이는 다르다. 취업을 알선하는 H교사가 '일본인'으로 설정된 것과 연결하자면 자본주의적 질서를 만들어 가는 것은 일 제국주의이며 자본주의를 타격하는 사회주의운동은 필연적으로 식민본국에 대한 타격이기도 하므로 식민지에서의 사

---

40   유진오, 「오월의 구직자」, 『조선지광』 89, 1929.9, 50~51쪽.

상 탄압은 일본에서의 그것보다 더 매섭고 극심할 수밖에 없다. 서울에서 메이데이가 조용히 지나갈 수밖에 없었던 이유다. 결국 친구가 일본인 선생과 불화하고 회사에 취직하지 못하는 것 또한 그가 단순히 H선생에게 쉽사리 굽히지 못하는 강한 자존심을 가졌기 때문이 아니라 "삼년 동안을 두고 이 사회의 조직의 비밀을 연구"했다는 데[41] 원인이 있다.

홀연히 친구는 깨달았다. 오! 나는 지금까지 얼마나한 무지를 폭로하고 있었느냐! 그는 일어서며 입속으로 웅얼웅얼 외웠다.

"경제적 기초의 변화로부터 거대한 전 상층 건축이 서서히 또는 급격히 변혁된다-"

그렇다. 과연 그것은 '전 상층 건축'의 몰락의 한 개 조각이었다. 친구는 눈앞에 똑똑히 완전한 새빨간 프롤레타리아로 전락한 자기 자신을 보는 것이다. 그리고 또 무거운 목도를 메이고 비틀거리는 그의 아버지를! '고쏘'로 넘어가는 그의 동생을! 돋보기안경을 돋아가며 쌀의 돌을 골라내고 앉아있는 그의 어머니를! 손끝을 호호 불어가며 끓는 물속의 고치를 만지작거리는 그의 아내를!

"그렇다! 이리 해 새로운 변혁으로의 모순은 익어가는 것이다!"

친구에게는 이왕에 연구하였던 지식의 하나하나가 옛날 하느님의 '십계'같이 차례차례로 나타나는 것이었다.

— 부르주아의 대두와 함께 종내의 특권 계급은 —

— 이 시골로부터 오는 부랑노동자 대군은 —

— 모든 조건의 성숙과 함께 양분해 버리는 지식계급은 —

— 이리해 비약이·········으로의 비약이 —

---

41   유진오, 「오월의 구직자」, 55쪽.

"오냐! 아버지를 마중하러 가자!"

그는 힘 있게 일어섰다. 삼분 후 그는 푸른 직공복에 몸을 싼 자기를 마음속에 그려가며 낯익은 단성사 앞 큰 길을 동대문으로 동대문으로 걸어가는 것이었다.[42]

모든 자존심을 버리고 T선생에게 자신의 사정을 고한 뒤 회사의 면접을 볼 기회를 얻었으나 회사가 간부의 조카를 뽑게 되면서 친구는 취업에 실패하게 된다. 위 인용문은 그 직후 친구가 갑작스레 깨달음을 얻는 마지막 부분을 가져온 것이다. 토대-상부구조론에 입각한 문장을 외치며 노동자가 된 자신을 상상하는 이 장면은 서사 전개상 매우 작위적일 뿐만 아니라 의식화 과정이 서사화 없이 구호에 실려 전해지면서 관념적이다. 그러나 소설의 미학적 완결성보다 중요한 것은 이러한 결말이 룸펜 인텔리겐치아의 '우울 이후'에 대한 대안을 제시하려고 한다는 점이다. 소설은 결말부를 통해 사회주의 지식인이 대중으로 이행하면서 진행되는 자기 각성을 통한 새로운 주체화의 가능성을 열어둔다. 상부구조의 질서에 포섭된 역할이 아닌 토대를 변혁하는 역할을 해야겠다는 친구의 결심은 룸펜 인텔리겐치아가 선택할 수 있는 한 대안이기도 했던 것이다.

「오월의 구직자」가 취직을 하지 못한 지식인에게 존재의 형질전환을 이루게 하면서 주체화를 시도했다면 한설야의 「공장지대」나 이동규의 「자유노동자」는 실직자 또는 자유노동자를 '조직화'하는 방식으로 '우울 이후'의 대안을 제시했다. 이 점이 흥미로운 이유는 사업장이 있어 조직

---

42   유진오, 「오월의 구직자」, 55~56쪽.

화가 용이한 공장노동자들과 다르게 통상적으로 조직화가 불가능하거나 어렵다고 받아들여지는 실직자나 자유노동자와 같은 룸펜 프롤레타리아의 조직화를 상상했다는 데 있다.

> 이리하여 칠천 명의 노동자를 가진 이 바닥에 처음으로 우리의 조합이 당당히 탄생하였다.
> 처음에 우리는 주로 실업한 사람들을 중심으로 조합을 만들었다. 역시 모든 간섭이 이리의 이를 내놓았으나 아무 것도 아니 가진 우리에게서 그들이 찾아갈 것은 없었다. 또 막다른 골목이니만치 그 따위는 우리에게 문제가 되지 않았다.
> 인제 우리는 우리의 조직을 튼튼히 하는 동시에 테 밖에 있는 우리의 동무들을 자꾸 흡수해 넣고 그것을 ××으로 내세우는 임무가 우리의 앞에 다가왔다.
> 우리는 일상생활의 모든 문제를 모으고 얽어서 ×우는 것뿐이다. 온 우리 동무의 요구와 일치시키면서!
> 그러므로 우리는 우리가 우리의 손으로 짓고 있는 기록을 한편의 글로나마 적어서 온 무리에게 보고할 필요가 있는 것이다.
> 앞으로 우리의 기록은 계속될 것이다.[43]

한설야의 「공장지대」는 공장에서 해고당한 실직자 '나'가 경매로 넘어간 집에서도 내쫓기게 된다는 내용이 주를 이루는 소설이다. 아내가 일하지 않는 남편을 못마땅해 하고, 질소비료공장이 들어오면서 땅값이 올라 부자가 된 집주인이 경매에 부쳐진 가난한 이들의 집과 땅을 헐값에

---

43   한설야, 「공장지대」, 『조선지광』 96, 1931. 5, 35쪽.

입찰해 자신의 소유로 만들며, 그런 집주인에 의해 '나'의 가족이 쫓겨나게 되는 것이 소설의 얼개이다. 그런데 실직자가 집에서도 쫓겨나는 이야기쯤으로 정리할 수 있는 이 소설의 짧은 결말부는 자못 특이하다.

위 인용문은 이 소설의 마지막 대목으로 친구의 집 곁방에서 겨우 살아가게 된 '나'가 동료들과 함께 실직자들을 중심으로 한 조합을 만들었다는 내용을 담고 있다. 전후 과정과 맥락은 모두 생략된 채 줄곧 집과 관련된 이야기가 진행되다가 갑작스레 조합을 만들게 됐다는 짧은 결말로 마무리되는 것이다. 그만큼 '실직자 조합'의 조직이라는 사건이 주는 임팩트는 강렬한데, 일단 그 개념부터가 낯설기 때문이다. 실체가 무엇인지에 대해 설명하지 않아 조합의 역할을 명확하게 알 수는 없지만 실직자를 중심으로 하고 차차 공장노동자가 참여하여 자본에 대항하는 폭넓은 프롤레타리아 조직이 만들어지는 것을 염두에 둔 듯하다. 여러 공장이 모여 있고 칠천 명 노동자가 일하는 '공장지대'에 처음으로 생긴 조합이 실직자를 중심으로 한 것이라는 점은 충분히 강조될 필요가 있다. "막다른 골목이니만치 그 따위는 우리에게 문제가 되지 않"는다는 서술을 통해서도 알 수 있듯, 집에서마저 쫓겨나고 더 이상 잃을 것이 없는 실직자는 더한 저항성을 가질 수밖에 없다.

룸펜을 조직의 중심으로 주체화하는 설정과 재현은 앞서 살펴본 당대적 시선은 물론이고 마르크스주의적 문법과도 분명히 다른 것이었다. 이동규의 「자유노동자」도 이와 유사하게 '자유노동자'를 조직화하는 내용을 담은 소설이다.

"자유노동자! 자유노동자! 응 그렇다. 무엇이든지 자유다. 내가 노동을 하고 싶으면 하는 것이고, 이것도 저것도 다 귀찮고 성가시면 아무 것도 집어치

워도 그만이다. 그렇다고 어느 놈이 어느 발겨갈 놈이 나를 끌어다 일을 하라고 노동을 강제할 놈은 하나도 없다. 이 세상 아래는 하나도 없다. 그러니까 모든 것이 자유다. 어떤 학자 놈이 지었는지 모르지만 이름은 잘 지었다. 그러나 내가 일하고 싶을 때 일하려고 할 때에 언제든지 일이 있느냐? 마음대로 일이 있느냐? 그리고 내가 하루 임금이 이십 원이 필요할 때 그것이 내 자유대로 됐는가? 비 오는 날 일을 하고 싶을 때 그것이 자유대로 됐는가? 이런 데 한하여서만은 자유노동자가 아니고 부자유노동자란 말인가?"[44]

위 인용문에서 1인칭 서술자 '나'는 자유노동자로서의 자신의 처지를 털어놓는다. 이름 그대로 '자유'노동자는 "노동을 하고 싶으면 하는 것이고, 이것도 저것도 다 귀찮고 성가시면 아무 것도 집어치워도 그만"인데다가 "끌어다 일을 하라고 노동을 강제할 놈은 하나도 없는" 존재다. 실직자와 다르게 '자유롭게' 노동을 할 수 있지만 실상은 이와 다르다. 고정된 일거리를 가지지 않았다는 점에서 마르크스가 말한 룸펜 프롤레타리아와 다르지 않기 때문이다. 실제로 '나'의 직업이 명시적으로 드러나지는 않지만, 다 부서진 지게 하나와 작대기 하나만을 가졌다는 것을 볼 때 주인공은 짐을 나르는 지게꾼과 공사판의 일용직 등을 전전하는 노동자일 가능성이 높다. 그러한 처지를 한탄하고 "오늘 하루만 배부르게 먹고 그럭저럭 지내면 그것이 제일일 뿐"인[45] 그의 삶에는 늘 우울의 그림자가 드리워 있다. 미래를 꿈꾸는 방법을 잊은 지는 이미 오래다.

그러던 어느 날 그가 일하러 간 도로 공사장에 일을 하러 찾아온 한 청년을 만나게 된다. 일이 영 서툰 그는 개성에서 큰 여관을 하던 집의

---

44 이동규, 「자유노동자」, 『제1선』 2(11), 1932.12, 68쪽.
45 위의 책, 69쪽.

아들로서 어느 정도 공부를 마쳤으나 불경기 통에 집이 파산하여 어쩔수 없이 일용직 노동자가 된 이였다. 노동이 끝난 뒤 이들은 한 데 엉켜 다정한 이야기들을 나누며 친해지게 되는데, 그러한 과정에서 그는 '근로하는 백만 대중의 잡지'라고 적혀 있는 잡지를 꺼내 보여주며 프롤레타리아라는 말의 뜻을 알려준다든지 세계노동자들의 활동에 대한 이야기를 들려준다든지, '나'와 동료들에게 그간 접할 수 없는 세상의 이치들을 늘어놓는다. 이에 노동자들은 감화를 받는다. "자유노동자가 된 이후로 이 세상에 대하여 모든 희망이라는 것은 다 흐리어져 버"렸던 '나' 역시 "전과 달라 퍽 유쾌한 마음으로 그러나 모든 일을 비판하여 가며 노동을 하게 되었다."[46] 사실 이러한 청년의 역할은 지식인 전위가 노동자들의 의식화를 이끄는 공장 프롤레타리아소설의 전형적인 구도를 반복한다는 점에서 서사적으로 특별히 새롭지는 않다.

다만 청년이 '나'를 비롯한 자유노동자들에게 제시하는 '우울 이후'의 대안은 새롭지 않으면서도 새로운 측면을 가진다. 여타의 프롤레타리아소설들이 그러하듯 청년은 최종적으로 노동자들의 조직화를 주장하게 된다. 그런데 그들이 '자유노동자'라는 점은 문제적이다. 자유노동자는 일정한 사업장에 소속된 공장 프롤레타리아가 아닐뿐더러 오히려 생계수단이 모호한 룸펜 프롤레타리아와 다름없다는 점에서 투쟁을 위한 조직화가 불가능한 집단으로 여겨질 수밖에 없다. 그럼에도 불구하고 청년은 자유노동자를 위한 '자유노동조합'을 만들어야 함을 제안하는 것이다. 소설의 전개가 공장 프롤레타리아소설의 문법을 따른다고 할지라도 노동조직화 불가능한 집단의 조직화 시도라는 점에서 소설의 결론은

---

46   이동규, 위의 책, 75쪽.

충분히 새롭다고 할 수 있다.

물론 앞서 한설야의 「공장지대」에서 '실직자 조합'의 형태가 분명히 그려지지 않는 것처럼 이 소설 역시 '자유노동조합'의 역할과 투쟁 방향을 보여주는 것까지 나아가지 못한다. 현실적 구체성이 결여된 소설의 대안은 관념적이라는 한계를 노정한다. 그러나 이들 소설이 실직자나 자유노동자와 같은 룸펜 프롤레타리아에 대해 의식화와 조직화가 가능하다고 본다는 점 자체는 중요하다. 일반적인 사회의 시선은 물론이고 정통 마르크스주의의 견지에서도 배제당하는 룸펜 프롤레타리아마저도 억압과 착취에 저항하는 '원본으로서의 프롤레타리아'에 대한 아날로지로 인식하는 당대 사회주의문학가들의 사유를 보여주기 때문이다. 이는 공장 프롤레타리아가 주를 이룰 수 없는 산업적 상황을 가진 조선의 후진성뿐만 아니라 일본의 블록경제화로 인해 대공황의 여파를 온몸으로 견디며 룸펜 프롤레타리아를 양산할 수밖에 없게 된 식민지 상황과 맞닿아 있는 것이기도 했다.

3. 노동자로서의 여성, 여성이라는 프롤레타리아

1) 계급 모순과 젠더 모순의 중층성

1930년대 프로소설의 중요한 특징 중 하나는 여성노동자의 재현이 눈에 띄게 증가한다는 점이다. 여공, 여급, 여성 사무원 및 점원을 비롯해 어멈이나 유모, 안잠자기와 같은 가사 돌봄노동자까지 다양한 여성들이 소설에 등장한다. 이는 여성의 사회 진출이 더 활발해진 사정과 맞물린 것이기도 하겠지만, 현실 반영이라는 단순한 시각을 넘어서 여러 사회문화적 정황과 문학적 재현의 특수성이라는 측면에서도 그 이유를 찾아볼 필요가 있다. 적은 비율이나마 여성이 사회 활동을 지속적으로 해왔다는 점을 염두에 둘 때, 1920년대 프로소설이 여성을 배제하고 남성 인물 중심적 서사로 점철된 이유를 현실 반영의 문제만으로는 설명할 수 없기 때문이다. 그 이유는 문학적 대응이라는 측면에서도 되물어져야 한다. 극단적인 예로 기생의 경우, 식민지기 이전부터 존속해 온 한편 이전부터 처우 개선을 위한 파업이나 조직화의 움직임이 없었던 것도 아닌데[1] 왜 하필이면 프로소설은 1930년대에야 그들을 재현하고 그 정치적 실천에 새삼스레 주목하기 시작했던 것일까. 여성노동자의 재현이 증가하게 된 이유를 문학 안팎의 맥락에 기대어 설명하기 위해 지금부터 경유하고자 하는 것은 기생이다.

기생이 스스로를 노동자로 인식하고 이를 바탕으로 기생에서 여공되기를 결심하는 서사는 1930년대 프로소설의 한 자리를 차지한다. 물론

---

1   기생들이 공동 행동을 도모했던 경우를 정리하고 분석한 연구로는 다음을 참고할 수 있다. 장원아, 「1920~1930년대 성산업 종사자 여성의 종속적 현실과 대응」, 『사학연구』144, 한국사학회, 2021, 455~468쪽.

1920년대라고 그러한 인식이 없었던 것은 아니다. 기생이 스스로 "그런 것 저런 것을 생각하면 기생 노릇을 아니해야 옳을 터이지만 노동하지 아니 하면 입에 밥이 들어가지 않은 때이니까요. 물론 놀고먹고 잘 지내는 사람도 있지만요. 그러나 결코 우리를 누구나 대할 때에 일종의 노동자라고 보는 어른은 아니 계셔요"라고 말한 것에 대해 "기생도 훌륭히 노동자의 일분자다. 형식과 성질은 다를지라도 입은 옷과 행동은 비록 다를지라도 그 자리에 있어서는 같은 것이다"라며 깨닫게 되는 사회주의자의 모습을 다룬 「어여쁜 노동자」와 같은 소설도 있었다.[2] 그러나 본격적으로 기생이 프로소설의 대상이 된 것은 1930년을 전후한 무렵부터로, 이효석의 「깨뜨려지는 홍등」은 그 시작점에 놓인다. 기생 중에서도 특히 창기의 파업을 다루는 이 소설은 홍등가의 여성이 처한 처지에 대해 다음과 같이 서술한다.

몇 백 원이나 몇 천 원 계약에 팔려서 처음으로 이 지옥에 들어오면 너무도 기막힌 일에 무섭고 겁이 나서 몇 주일 동안은 눈물과 울음으로 세상이 어두웠다. 밤이 되어 손님을 맡아 가지고 제 방으로 들어갈 때에는 도살장으로 끌리는 양이었다. 너무도 겁이 나서 울고 몸부림을 하면 어떤 사람은 가여워서 그대로 가 버리고 어떤 사람은 소리를 치고 주인을 부르고 포악을 부렸다. 그러면 주인이 쫓아와서 사정없이 매질하였다. 눈물과 공포와 매질에 차차 길든다 하더라도 일 년 열두 달 하루도 안 내놓고 밤새도록 부대끼고 나면 몸은 점점 피곤하여 가서 나중에는 도저히 체력을 지탱하여 갈 수 없었다. 그러나 병이 들어 누웠을 때면은 미음 한 술은커녕 약 한 첩도 안 달여 주었다. 몸 팔고

2   김영팔, 「어여쁜 노동자(9)」, 『동아일보』, 1928. 2. 25, 3쪽.

매 맞고 학대 받고······ 개나 도야지에도 떨어지는 생활을 그들은 하여 왔던 것이다.

사람으로서의 대접을 못 받아 오는 그들이 불평을 품고 별러 온 지는 이미 오래였다. 학대받으면 받을수록 원은 맺혀 가고 분은 자라 갔다. 비록 그들의 원과 분이 어떤 같은 목표를 향하여 통일은 되지 못하였을망정 여덟이면 여덟 사람 억울한 심사와 한 많은 감정만은 똑같이 가졌던 것이었다.[3]

주목해야 할 것은 이 여성들이 성노동의 당사자라는 점이다. 마르크스가 '매춘'을 노동자가 경험하는 일반적 노동력 판매의 특수한 형태로 보았다는 것은 이미 잘 알려진 바와 같다. 그렇게 볼 때 '매춘'은 여성이 남성에게 자신의 성을 판매하는 행위를 지칭하는 것임과 동시에 노동자가 자본가에게 노동력을 파는 것에 대한 은유로 작동하게 된다. 즉 '매춘'이라는 단어는 자본주의의 메커니즘을 극단적으로 실천하는 하나의 실체와 그것을 상징하는 보편적 비유를 모두 포괄한다. 이효석이 이러한 지점을 염두에 뒀다는 점은 명백한데, 단적으로 홍등가의 풍경을 "'상품'의 매매와 흥정으로 그 어느 밤을 물론하고 이른 아침의 저자같이 외치고 들끓는 화려한" 것으로 묘사하는 대목에서 이를 확인할 수 있다.[4] 같은 시기 이효석의 다른 작품들과 비교할 때 창기를 소재로 하는 이 소설은 단연 색다른 면모를 지닌다. 그가 본래 기생들의 삶을 지속적으로 그려 온 것이 아니라 일회적인 창작의 대상으로 삼은 것을 상기한다면, 이 소설은 기생들의 권리를 위한 투쟁에 대한 문제의식을 표출한 것이

---

3   이효석, 「깨뜨러지는 홍등」(『대중공론』, 1930.4), 『이효석전집』 1, 서울대 출판문화원, 2016, 143~144쪽.
4   위의 책, 143쪽.

기도 하지만 한편으로는 자본주의 일반에 대한 비판적 인식을 보여주는 것으로도 이해 가능하다. 홍등가 여성들의 성노동은 비단 성적 억압을 전제할 뿐만 아니라 신체를 통해 노동력을 파는 자본주의적 착취의 적나라한 민낯을 실체적으로, 또한 은유적으로 드러낸다.

계약을 통해 "팔려온" 여성의 노동은 극도의 성적 억압과 계급적 착취 속에서 이루어진다.[5] 여기에서 여성 억압과 노동력의 착취는 공모관계를 맺고 있다. 그러한 가운데 여성은 자본주의와 남근주의에 의해 이중적 학대를 경험하게 된다. 창기의 신체에는 다층적 학대가 새겨져 있고 그들은 그만큼 깊은 인간 소외에 시달린다. "우리는 사람이 아니다. 사람이 아니고 물건이다"라는 봉선의 말은 소외된 자의 절규다.[6] 다층적 학대와 소외 속에 놓인 이는 비단 기생만은 아니어서 여급이나 여성 사무원 및 판매원 등은 성적으로 대상화되는 조건 속에서 서비스를 판매할 수밖에 없었으며, 안잠이나 유모들의 노동은 남성노동자 위주의 자본주의 생태계를 만들기 위한 재생산노동으로 하위화된다. 생산노동을 넘어서는 재생산노동의 범주까지 포괄할 때 당대의 여성은 모두 (잠재적) 프롤레타리아다. 여성 억압과 노동력 착취가 겹친 노동 조건 속의 여성은 그 자체로 학대받는 자로서의 프롤레타리아인 셈이다.

홍등가의 여성들은 "억울한 심사와 한 많은 감정" 속에서 자신이 개나 돼지만도 못한 존재로 여겨진다는 것을 깨닫고 파업을 도모한다. 파

---

5   배상미는 이효석이 창기의 노동자로서의 성격에 대해 밝힘으로써 "창기를 사회에서 노동하는 일원으로서 재발견하는 동시에 이들에게 부여된 낙인까지 소설 안에 재현함으로써 여성노동자를 인신매매하는 행태를 방조하면서도 인신매매된 여성들에게 낙인을 부여하는 당대의 이중적인 면모를 폭로한다"고 규명한 바 있다. 배상미, 「1930년대 프롤레타리아소설 재론─여성, 노동, 섹슈얼리티」, 고려대 논문, 2018, 53쪽.
6   이효석, 「깨뜨러지는 홍등」, 『이효석전집』 1, 163쪽.

업을 견인하는 데 부영의 오빠가 공장 파업을 한 과거의 경험이 영향을
미치긴 했으나 결정적으로 이들을 움직이게 한 것은 분노다. 의식화 과
정은 전위에 의해 하달되는 방식으로 이루어지지 않고 그 스스로의 감
정과 인식에 의해 자발적으로 이루어진다. 자신의 처지를 팔자소관으로
치부했던 봉선이 파업을 거쳐 가며 "이 문둥이 같은 놈의 세상"을 향해
비판의 칼끝을 겨누게 된 것은 여성들의 자발적 의식화를 단적으로 보
여준다.[7] "이때까지 이 세상에서 받아 온 학대에 대한 크나큰 원한과 분
이 이제 이 집주인과의 대항이라는 한 구체적 형식으로 표현"된 것이다.[8]
그렇기에 소설 속의 파업을 개별 사업장의 조건 투쟁으로 한정하고 마
는 것은 일면적인데[9] '집주인과의 대항'은 '구체적 형식'을 통한 표현일
뿐이지 그 이면에는 '인간다움'을 상실하게 하는 억압과 착취의 시스템
에 대한 저항이라는 측면이 포함되기 때문이다. 실제로 이효석 또한 이
소설이 "창기와 누주樓主의 관계에만 그치고" 있긴 하지만 작가 자신이
"더 큰 전체성"을 염두에 두고 있음을 밝혔다.[10] 성노동이 노동력을 파는
행위에 대한 은유라면 창기들의 파업은 노동력 팔기를 멈추는 행위에
대한 은유다. 더욱이 봉학루의 홍등이 깨뜨려지면서 다른 유곽과의 동
맹파업이 시작되는 마지막 부분은 모든 것이 정지된 상태, 혁명의 순간
을 지시하는 것처럼 보이기까지 한다.

---

7   이효석, 「깨뜨려지는 홍등」, 164쪽.
8   위의 책, 149쪽.
9   가게모토 츠요시는 1930년대 초 일본의 유곽 투쟁을 사례로 들어, 소설 속의 파업이
     조건투쟁을 하는 현실을 반영한 것이었다는 점을 밝히고 있다. 가게모토 츠요시, 「식
     민지 조선의 또 하나의 프롤레타리아 문학―룸펜 프롤레타리아, 농업노동자, 유곽의
     여성들」, 『현대문학의 연구』 61, 한국문학연구학회, 2017, 164쪽.
10   이효석, 「「깨뜨려지는 홍등」의 평을 읽고」(『중외일보』, 1930.4.23~25), 『이효석전집』
     5, 서울대 출판문화원, 2016, 438쪽.

송영의 「오수향」은 기생 오수향이 계급 주체로서 자신을 자각하고 사회운동에 투신하는 내용을 담은 소설이다. 기생이었던 여성이 계급 해방을 위한 운동의 일선에 나서는 것인데, 이와 관련하여 소설은 여성들이 한데 모인 장면을 자못 상징적으로 묘사하며 시작된다.

홍원 읍내는 물론이요 북으로 경포 운포 남으로 룡운 삼호 그리고 그보다도 더 먼 촌에서부터 늙은이 젊은이 처녀 어떻든지 여자라는 여자는 모여들었다. (…중략…) 웃음소리가 난다. 민요를 부른다. 북소리가 난다. 평소에는 색시니 처녀니 여염집 행세하는 '에미네'니 하든 그들은 오늘은 철저하게 해방이 되었다.

왜 그렇게 평시에 점잖고 얌전하던 에미네들이 오늘은 노류장화의 노는 계집들보다도 더 한층 분방들한가?

눌렸다가 일어나면 그 힘이 더 큰 것과 같이 몇천 년 동안 내려오던 봉건 관념의 종노릇을 하던 그들의 노는 날인만치 그만큼 더 호화스러운 것이다. 노는 것보다도 그들의 쌓였던 불평이 웃음과 노래로 나타났을 뿐이다.

그러나 시대는 흐르는 것이다. 그들은 언제든지 남자들의 온정주의에 취해서 이 단 하루밖에 없는 '해방의 날'을 보낼 것이 아니다. 더 뜻있게 길게 늘려서 언제든지 해방의 날로 만들려는 노력들이 숨어서 흘러가고 있다.[11]

전진 지역에서 4월 초파일은 함경남도 일대의 온 여성들이 모여서 그네를 뛰고 무등을 타며 노래를 부르고 춤을 추는, 그야말로 여성들을 위한 날이다. 서술자는 "늙은이 젊은이 처녀 어떻든지 여자라는 여자는"

---

11   송영, 「오수향(1)」, 『조선일보』, 1931.1.1, 19쪽.

직업에 상관없이 모두 모여들어 "철저하게 해방"되는 모습을 꽤 긴 호흡으로 그려낸다. 이 첫 장면은 기생 오수향의 계급적 자각과 사회운동으로의 투신이라는 서사의 얼개와 직접적인 관련성을 맺지는 않지만, 작가가 계급 문제를 어떤 시각에서 다루고자 했는지를 상징적으로 보여주는 대목이다. 계급을 초월하여 모든 여성들이 함께 노니는 초파일의 풍경은 계급 없는 사회이면서 동시에 여성 억압 없는 세상의 상징처럼 읽혀지는 바 크다. 오수향의 계급 각성 서사와 여성들을 위한 날을 "더 뜻있게 길게 늘려서 언제든지 해방의 날로 만들려는 노력이 숨어서 흘러가고 있다"와 같은 서술을 함께 고려한다면, 여성이 해방될 수 있는 '숨은 노력'이 계급 문제를 해결하려는 시도와 동시에 진행되어야 함을 소설은 넌지시 암시한다고 할 수 있다. 여성 억압과 계급 착취라는 두 모순과 그로부터 벗어나기 위한 두 투쟁은 별개의 것이 아니라 교차하고 또 교차해야만 한다고 보는 시각을 품고 있는 것이다.

오수향은 가난한 집안을 돕기 위해 삼백 원의 빚을 지고 기생이 된 여인으로 처음에는 기생 일을 하는 것을 무척이나 싫어했지만 일을 하며 점차 자신의 계급적 위치를, 기생 역시 노동자임을 깨닫게 된다. "언제든지 나는 나다. 이것이 직업이다. 손을 놀려서 벌이하는 여직공이나 노래를 팔아서 지내가는 기생이나 벌이해서 살아가는 것은 마찬가지다"라고 말하는 수향은[12] 그러한 계급적 자각의 과정 속에서 소외된 노동으로부터 자신의 인간성을 지켜나가는 인물이다.[13] "입을 한 번 맞추자고 해도 한 손으로 지전 한 장을 쥐어주고, 자기들의 회사의 직공들의 상여금을 어떻게 하면 안 주나 하는 걱정들을 하는 그러한 유지신사"들을 경멸하

---

12   송영, 「오수향(3)」, 『조선일보』, 1931.1.4, 3쪽.
13   배상미, 「1930년대 프롤레타리아소설 재론—여성, 노동, 섹슈얼리티」, 26쪽.

는가 하면[14] 일을 하지 않는 밤에는 신문과 잡지를 보고 일기를 쓰면서 "불가능한 것이 준비되고 꿈꿔지고 이미 체험되는" 그만의 "프롤레타리아의 밤"을 보내기도 한다.[15] 인기가 좋아지면 좋아질수록 그리하여 여러 부르주아들을 만나며 만날수록, 수향은 누군가가 돈 벌 궁리를 할 때 누군가는 궁핍해져만 가는 세상의 이치를 깨닫고 '해방의 날'을 위해 노력할 수 있는 잠재성을 마음에 키워간다.

앞서 김영팔과 이효석의 소설이 그러했듯 송영의 소설 속에서도 기생은 노동자와 다름없는 존재이다. 그러나 달리 생각해보면 기생은 이처럼 스스로를 노동자라고 자각해야지만 노동자로 인정받을 수 있는 존재이기도 하다. 대부분의 프로소설 속에서 노동자는 노동자라는 자각 없이도 노동자일 수 있지만 직접적인 생산노동을 담당하지 않는 기생은 노동자로 거듭나기 위해 그들이 왜 노동자인가에 대한 자기 증명을 해야 한다. 수향은 공장노동자가 자신의 신체를 이용해 노동력을 파는 것처럼 기생 또한 춤과 노래를 팔아 돈을 번다는 유사성의 논리를 찾음으로써 스스로를 노동자로 정립할 수 있었던 것이다. 식민지 조선에서 기생이나 창기를 프로소설의 주인공으로 삼는다는 것은 '노동력을 판다'는 노동의 형식 논리를 발견하고 노동자성이란 무엇인가에 대해 다시금 질문을 던지는 것과 다르지 않다. 이 과정에서 기생 일을 위시한 여성의 재생산노동은 생산노동에 비해 열위에 놓이는 것으로부터 벗어나 그와 대등한 위치에 설 수 있게 된다. 이는 공장노동만으로 수렴되지 않는 노동, 공장노동자만으로 수렴되지 않는 프롤레타리아에 대한 발명에 값한다.

이 소설은 남성운동가를 보조하는 역할에 여성을 머무르게 하지 않고

---

14   송영, 「오수향(3)」, 『조선일보』, 3쪽.
15   자크 랑시에르, 안준범 역, 『프롤레타리아의 밤』, 문학동네, 2021, 10쪽.

여성이 직접 운동의 주체가 되는 것에 주목한다. 수향은 사회주의자 조용태와 부부가 되면서 사회의 부조리함을 비판하고 분석할 수 있는 언어를 습득하게 되지만, 용태와 그의 동지들은 여성인 수향을 운동의 보조자로 여길 뿐 운동의 주체로는 여기지 않는다. 남편이 ×××사건으로 감옥에 가게 되면서 다시 기생이 된 수향은 초파일에 만난 여성운동가들의 연설을 들은 후 자신 또한 충동적으로 여성의 처지에 대한 연설을 늘어놓게 된다. 이를 계기로 수향은 "'실력을 양성하여 가지고 남편이 나올 때까지'하던 모든 주저하던 것이 완전히 깨어졌다. 가슴 속이 우울하던 것이 한꺼번에 없어진 듯이나 되었"던 것이다.[16] 남성운동가에 의한 의식화 과정은 수향을 진정으로 변화시키지 못하고 보조자에 머물게 하지만, 그가 사라지고 나서야 수향은 주체의 자리에 설 수 있게 된다. 수향의 연설 장면은 운동의 주변부에만 머물러 왔던 프롤레타리아 여성이 운동가로 재탄생하게 되는 순간을 보여주는 것이라고 할 수 있다. 그렇다면 이는 남성 사회주의자로만 수렴되지 않는 여성운동가의 발견을 의미하는 것이기도 하다. 수향은 사회운동에 가담하기 위해 기생 일을 그만두고 ××지회장 양정옥이라는 여자를 찾아가 회에 가입하고자 하는 의사를 밝힌다. 그는 여직공을 조직화하기 위해 그 스스로 여직공이 되는가 하면, 직공이 된 뒤에는 파업을 주도하고 노동조합을 만드는 데 힘을 보태는 역할을 한다.

그런데 이때 용태가 수향의 마음속에 잠재태로 존재하던 변혁에 대한 의지를 표출하게 하는 기능적 역할을 할 뿐 서사 속에 잠깐 등장했다가 사라지는 매개자로 존재한다는 점은 주목을 요한다. 서사의 초점은 왜

---

16   송영, 「오수향(7)」, 『조선일보』, 1931.1.10, 5쪽.

사회주의 사상과 이념적 언어로 무장한 용태가 아닌, 자연발생적 분노에 기반해 움직이는 수향에 맞춰져 있는가. 이 질문은 1930년대 프로소설의 주인공이 여성노동자나 여성주의자로 편향된 이유를 묻는 것과 결코 동떨어져 있지 않다.

주지하다시피 1920년대를 지배하던 남성주의자 중심의 사회주의운동은 1930년대 초중반 일제의 엄혹한 사상 탄압으로 인해 합법적인 공간에서 거의 행해질 수 없는 지경에 이른다. 대부분 감옥에 갇히거나 지하로 숨어 들었다. 그러한 가운데 남성노동자가 아니라 재생산노동까지를 포함한 여성노동자와 주의자가 사회주의소설 속에 대거 등장했던 것은 "민족이나 계급 문제를 통한 체제비판적 담론이 검열제도에 의해 억압되고 남성의 자기 서사 생산이 상대적으로 부진한 상황"에[17] 대한 문학적 대응이었다고 볼 수 있다. 이러한 대응은 남성 공장노동자 중심성에서 벗어나 다중의 학대를 받는 '대지의 저주받은 자들'을 통칭하는 개념으로서의 프롤레타리아를 불러들이려는 시도와 맞닿은 것이기도 했다. 특히 기생은 노동력을 착취하는 자본주의의 구조를 실체적이고 은유적으로 체현하고 있거니와 남성에 의한 여성 억압의 구조를 단적으로 보여주는 존재이기도 하다는 점에서 계급 문제와 젠더 문제가 극명하게 얽히며 '이중의 학대'를 받는 자들이다. 기생의 노동자성을 강조하거나 기생이 실제로 공장노동자가 되는 서사들이 다수 창작되었던 것은 이런 맥락에서 이해되어야 한다.

「오수향」의 후반부에서는 여성운동 조직의 해소와 관련된 부분이 중요하게 다루어진다. 1920년대 말부터 진행된 사회주의자들의 근우회

---

17 최경희·박혜숙·박희병, 「한국여성의 자기서사(3)−근대편」, 『여성문학연구』 9, 한국여성문학학회, 2003, 234쪽.

해소 논쟁을 떠올리게 하는 이 대목은[18] 여성 억압이 중대한 일임에도 그것만의 특수성을 주장하는 것에 그쳐서는 안 된다는 송영의 입장을 드러내 보여준다.

민족주의자 또는 ×××운동자들은 될 수 있는 대로 우리 회나 또는 ×× 회 같은 것을 그냥 질질 끌고 나가려고 하거든. 이것은 순전히 그들의 날랑거리는 기회주의 또는 우리들의 정말의 할 일을 흐지부지 만드는 정책에 불과하단 말이야.

그리고 더군다나 우리회로만 말해도 지금에는 대개가 지식계급의 여자…… 학교 선생, 전도 부인, 신식 아내들이 운전하고 있지 않느냐 말이야. 그러나 같은 회원 사이라도 소작인의 처라든지 여직공이라든지 월급쟁이 또는 실직자가 많지 않아…… 그러나 우리 회는 그들의 이익과 행복을 일은 조금도 아니 하고 또는 할 힘이 없는 데에야 어떡하나…… 이 같이 한 회원 가운데에도 이해가 서로 다른 두 계급이 마주보고 있으며 더군다나 회의 운전은 부르층 여성이 하게만 된 정세로 되어 있는 데에야 반드시 그 회는 헤어질 것이 아니야! 그리고 농촌 여자, 공장 여자, 실직자들의 많은 여성들의 조직은 오히려 지금 우리 회 같은 성별 단체가 방해가 되고 마니까. 그러니까 우리들은 해소한다는 것은 다만 책상머리에서 나온 것이 아니라 그만큼 운동이 자라난 결과 현실정세의 필연으로 일어난 것이고 또는 해소한다고 오늘 내로 세어지는 것이 아니지. 산업별로 우리 여성도 각층 운동에 합쳐버리고 차차 나아가면 저절로 부서지지가 않아.[112]

---

18 이와 관련해서는 다음의 논문을 참고할 수 있다. 장인모, 「근우회를 통해 본 일제시기 사회주의 여성의 여성운동론」, 고려대 논문, 2007, 47~60쪽.

××지회장을 맡고 있는 정옥은 여성의 독자적인 조직을 해소해야 한다는 입장을 가진다. "대개가 지식계급의 여자…… 학교 선생, 전도 부인, 신식 아내"와 같은 부르주아 여성이 이끌기 때문이라는 것인데, 이는 1929년 말부터 본격적으로 우경화된 근우회를 염두에 둔 것으로 보인다.[19] 정옥은 여성운동이 부르주아에 의해 견인되는 것으로부터 벗어나 농촌운동, 노동운동 등과 결합을 해야 함을 주장한다. 실제로 근우회의 대표적 논자였던 정칠성은 근우회를 해소하고, "실천적 ××을 통하여 각각 그 부문에 따라 재조직을 하여야" 하며 "미조직 대중을 교화 조직하는 데 부절한 ××을 과감히 전개시켜야 함"을 주장하기도 했다.[20] 여성 억압을 해결하기 위해서 그것과 긴밀한 관계를 맺은 계급 모순이 해결되어야 한다는 입장을 견지했던 것이다. 사실 이러한 입장을 계급 환원적인 시각으로 비판하는 것은 손쉽고 위험한데, 젠더 모순의 우선성에 대한 전제를 수용한다는 점에서 일면적일 뿐만 아니라 그만큼 계급 모순을 간과하고 넘어갈 염려가 있기 때문이다.

　　정옥과 수향의 시각, 그리고 이들을 창조한 송영의 시각은 젠더 모순과 계급 모순이 교차하는 지점에 집중하며 젠더 모순 자체를 부정하지 않는다. 다중적 학대를 겪는 여성 인물을 소설의 전면에 내세우는 것은 계급 모순이 성별의 차이에 따라 다르게 경험된다는 전제와 연결된다. 1930년대 수많은 프로소설들이 노동자로서의 기생을 다룰 뿐만 아니

19　1930년 12월 18일 열린 근우회 확대 중앙집행위원회에서는 "종래의 근우운동은 계급투쟁을 목표로 한 것처럼 인정된 까닭에 준열한 탄압 아래서 아무 그럴듯한 사적(事蹟)을 남기지 못하였는데 그 후에는 민족단일 여성운동으로 운동의 방향을 규정하고 운동의 수준을 내려서 주로 계몽운동으로 매진"하자는 의견이 있었음을 밝히기도 했다. 「방향전환문제 이론을 전개」, 『조선일보』, 1930.12.20, 3쪽.
20　정칠성, 「근우운동해소와 신집단재조직 제창」, 『신여성』 6(1), 1932.1, 18~19쪽.

라 여성노동자들이 노동 현장에서 겪는 성추행 / 성폭행의 문제를 다룬다는 점은 이런 맥락에서 중요하게 언급될 필요가 있다.[21] 소설 속 섹슈얼리티 문제는 남성노동자와 여성노동자가 겪는 노동의 경험이 다르다는 것을 보여준다. 즉 「오수향」을 비롯해 여성노동자가 등장하는 이 시기 조선의 프로소설은 "당신이 누구인지에 따라서 억압의 경험은 다를 수 있다"는 것으로부터 시작되는 상호교차성의 관점으로 해석될 수 있는 여지를 충분히 포함한다.[22] 모순의 중층성을 염두에 두면서 이루어지는 계급 해방은 젠더 해방으로 연결될 수 있다. 이런 맥락 속에서 정옥의 여성운동 조직 해소론은 계급 환원적인 것이 아니라 젠더와 계급이 얽혀 있는 것으로 이해되어야 한다.

한 가지 더 지적하고 싶은 것은 1930년대 여성노동자와 여성운동가 재현의 증가가 공적 가치를 중시하면서 사적 영역을 억압하게 되는 이념 표출의 방식에 변화와 관련돼 있다는 점이다. 김말봉의 「망명녀」는 기생이었던 최순애가 사회주의운동가로 거듭나게 되는 내용의 소설이다.

"산호주가 미쳤구나." 하는 동무의 목소리를 들었습니다. 나는 그 순간 말할 수 없는 쾌감을 느꼈습니다. 과연 나는 미치고 말았으면 하는 생각을 하루에도 몇 십 번이나 하였던지요. 스스로 내 목숨을 잘라버릴 용기가 없는 나는 차라리 내 감정과 관계없는 생활을 하고 싶었습니다. 미쳐 가지고 모든 고통

---

21 안석주, 「여사무원」, 『대중공론』 1~3, 1930.3~6; 유진오, 「여직공」, 『조선일보』, 1931.3.1~24; 「짓밟힌 정미여직공의 속임 없는 자백과 호소」, 『별건곤』 39, 1931.4; 송계월, 「공장소식」, 『신여성』 5(11), 1931.12; 이북명, 「여공」, 『신계단』 6, 1933.3; 강경애, 「인간문제」, 『동아일보』, 1934.8.1~12.22.

22 Shanice McBean, "What is intersectionality?", revolutionary socialism in the 21th century(http://www.rs21.org.uk/2013/08/13/what-is-intersectionality/), 13.Aug.2013.

을 잊었으면 미쳐 가지고 하고 싶은 말과 가슴에 서린 분풀이를 실컷 하고 말았으면 하는 공상에 몇 번이나 취하였던지요. 나는 오늘 그러한 내 욕망을 이루는구나 하는 생각이 몹시도 나를 유쾌하게 만들었습니다. 나는 그때 흐르는 코피를 수건으로 씻고 있는 오 주사를 쳐다보고 빙긋 웃었습니다. 오 주사는 다시 "저년이 미쳤어" 하고 다리를 번쩍 들어 나의 가슴을 차려 합니다. 나는 맹호처럼 그 다리에 매달렸습니다. 물고 꼬집고 쥐어뜯었습니다. 마치 이십삼 년 동안 나를 못 견디게 굴고 나의 자유를 빼앗고 나의 건강을 짓밟고 나의 고운 몸에다 더러운 병균을 집어다 넣은 그 흉악한 대상이 지금이 오 주사인 것 같습니다. 오 주사는 나의 멱살을 잡고 아래층으로 내려왔습니다. 여러 사람이 말리면 말릴수록 나의 전신은 시뻘건 불덩어리가 이글이글 하는 듯 평일에 없던 용기가 백배가 더 났습니다.[23]

산호주라는 기명妓名을 쓰는 순애는 "나의 자유를 빼앗고 나의 건강을 짓밟고 나의 고운 몸에다 더러운 병균을 집어다 넣"는 기생 일에 대해 그저 순응하지만은 않는 여성이다. 불합리한 노동 환경을 분석하고 비판하는 언어를 가지진 않았어도 그는 이글거리는 분노와 그것을 표출할 때의 쾌감을 느낄 수 있는 존재로 그려진다. 자신을 무시하는 오 주사를 향해 '미쳐 날뛰는' 소설의 첫 대목은 순애를 행동하게 하는 것이 이념이 아닌 '마음의 움직임'이라는 것을 보여줌으로써[24] 이후 그가 우정과 사랑이라는 계기를 통해서 운동의 일선으로 나서게 되는 서사의 전개에

---

23 김보옥, 「망명녀(2)」, 『중앙일보』, 1932.1.2, 4쪽.
24 이와는 다른 맥락에서 배상미는 소설 속에 삐라를 등사하는 과정에서 순애가 새로운 변화의 정념을 생성하게 된다고 지적한 바 있다. 배상미, 「식민지 조선의 프롤레타리아소설에 재현된 삐라를 둘러싼 정동과 출판문화」, 『우리어문연구』 65, 우리어문학회, 2019, 13~19쪽.

개연성을 부여한다. 순애는 명월관에서 자신의 빚을 대신 갚아준 옛 친구 허윤숙, 그리고 그 애인인 사회주의자 윤정섭과 삼각관계에 놓이게 되지만, 윤숙과의 우정과 정섭과의 사랑을 지키기 위해 오히려 그들을 떠나 운동의 최전선에 나선다. 순애의 떠남은 혁명이라는 공적 가치를 위해 우정과 사랑이라는 사적 영역을 억압하는 것이 아니라 그것을 매개로 세상과 접속함으로써 혁명이라는 공적 가치를 구체화해 나가는 것이다. 그리하여 비로소 기생으로서 자신의 불행으로부터 벗어나고자 했던 순애의 "앞에는 인류의 행복을 위하여 싸우는 문이 열리"게 된다.[25]

2) 다층적 억압이 새겨진 신체, 여공-되기

여성을 재현하는 프로소설 중 많은 경우는 당연하게도 여공을 전면적으로 다룬다. 특히 여공 아닌 여성이 '여공이 되어가는 과정'을 그린 소설들이 다수를 차지하는데, 1930년대의 대표적인 장편소설인 이기영의 『고향』『조선일보』, 1933.11.15~1934.9.21, 채만식의 『인형의 집을 나와서』『조선일보』, 1933.5.27~11.14, 강경애의 『인간문제』『동아일보』, 1934.8.1~12.22, 한설야의 『황혼』『조선일보』, 1936.2.5~10.28 등은 모두 이러한 내용을 중요하게 포함한다. 산업 현장에서 여공이 경험하는 어려움이나 투쟁 자체에 초점을 맞추는 여타의 소설에 비할 때, 이 계열의 소설은 여공이 '되기'까지의 고투에 더 주목한다. 학생, 주부, 안잠자기, 사무원, 기생이던 여성들은 여성 억압과 관련된 사건을 계기로 여공이 되는 길을 선택한다. 이때의 여성 억압이란 가부장제에 의한 것이기도, 섹슈얼리티와 관련된 것이기도 하다. 그렇기에 남성노동자와 다르게 여공의 신체에는 계급 모순뿐 아니라 젠더

---

25   김보옥, 「망명녀(9)」, 『중앙일보』, 1932.1.10, 4쪽.

모순이라는 층이 한 겹 더 새겨지게 된다.

　이른바 '여공-되기' 서사로 요약될 수 있는 이 계열의 소설은 여공의 고정된 정체성을 살피는 것이 아니라 여공이 형성되어가는 이행의 과정을 탐색한다는 점에서 들뢰즈Gilles Deleuze의 '되기' 개념으로 설명될 수 있다. '되기'becoming는 '~임'being의 상태와는 다르게 존재를 설명하는 방식으로서 질적으로 변화하는 신체를 상정한다. 그 변화는 "다른 신체를 모방해서 그와 같이 변화"하는 것이 아니라 "다르게 되기를 거치면서 오직 자신만을 새롭게 생성"하는 것이다. "되기는 실행하는 실재 모두가 능동적으로 변용하면서 상호적이지만 평행하는 변화를 만든다."[26] 그 연장선상에서 들뢰즈와 가타리는 '동물-되기', '소수자-되기' 등의 다양한 되기를 제안한다.

　　생성들은 소수적이며, 모든 생성은 소수자-되기이기 때문이다. 우리가 이해하기에 다수성은 상대적으로 더 큰 양이 아니라 어떤 상태나 표준, 즉 그와 관련해서 더 작은 양뿐만 아니라 더 큰 양도 소수라고 말할 수 있는 상태나 표준의 규정, 가령 남성-어른-백인-인간 등을 의미한다. 다수성이 지배 상태를 전제하는 것이지 그 역은 아니다.[27]

　'다수성'majority은 '되기'생성을 가로막는 장치이다. 그것은 양의 많음에 의해서 결정되는 것이 아니라 "표준의 규정"을 의미하는 것으로 "지배 상태를 전제"한다. 지배 상태는 그로부터 벗어나는 차이와 이행을 인정

26　김은주, 「들뢰즈와 가타리의 되기 개념과 여성주의적 의미 – 새로운 신체 생산과 여성주의 정치」, 『한국여성철학』 21, 한국여성철학회, 2014, 98쪽.
27　질 들뢰즈·펠릭스 가타리, 김재인 역, 『천개의 고원』, 새물결, 2001, 550쪽.

하지 않으며 고정된 규정으로 타자를 재단한다. 여기에서 타자란 "소수적"인 것으로서 "여성, 아이, 그리고 동물, 식물, 분자적인 것"들을 아우른다.[28] 이행하는 것은 소수적인 것이고 '되기'는 곧 "소수자-되기"이다. 그중 '여성-되기'는 모든 되기의 핵심적인 부분이자 전제인데[29] 사회 체계의 기본을 이루는 "남성-어른-백인-인간"이라는 다수성으로부터 벗어나려는 시도이기 때문이다. 다수성이 비非다수성과의 이분법 속에서 특권화되는 것이라면, '여성-되기'는 이분법으로부터 벗어나 이분법을 횡단하고 다수성을 탈영토화하는 과정이다.

  이런 맥락에서 지금부터 살피고자 하는 '여공-되기' 서사는 '남성 부르주아'라는 다수성으로부터 이탈하고 '다른 것'으로 이행하기를 보여준다고 할 수 있다. '여공'은 남성 / 여성, 부르주아 / 프롤레타리아라는 이중의 이분법이 교차하면서 남성 부르주아라는 특권화된 지배 상태의 타자가 된다는 점에서 소수적인 것minority이다. 그러나 상태로서의 '여공'으로는 충분하지 않다. 예컨대 들뢰즈와 가타리는 유태인과 집시라고 무조건 소수적인 것이 아니라고 말했는데, "상태로서의 소수성"은 우리를 "재영토화"되게 만들기 때문이다.[30] 그것이 소수성을 확보하기 위해서는 '되기'의 형태를 띠어야 한다. '되기'가 "고정된 정체성, 주어진 보편성, 그리고 기준으로 작용하는 다수성이라는 일원적 중심성을 비판"하는 것이라면[31] '여공-되기'는 '남성 부르주아'의 특권적 지배 질서에 문

---

28 질 들뢰즈·펠릭스 가타리, 『천개의 고원』, 551쪽.
29 "여성-되기를 포함하여 모든 되기들이 이미 분자적이라고 하더라도, 모든 되기들은 여성-되기와 함께 시작하고 여성-되기를 경유한다고 말해야만 한다. 여성-되기는 다른 되기들의 열쇠이다." 위의 책, 526쪽.
30 위의 책, 551쪽.
31 김은주, 「들뢰즈와 가타리의 되기 개념과 여성주의적 의미 — 새로운 신체 생산과 여성

제를 제기하고 그것으로부터 벗어나려는 움직임 그 자체이다.

강경애의 『인간문제』는 농촌에서 지주이자 면장인 덕호의 집에서 집안일을 맡아 일하던 선비가 그로부터 겁탈을 당하고 내쫓겨 여공이 되는 내용을 담고 있다. 주체로서 여성의 규정성 자체를 중요하게 다루는 것이 아니라 뒷부분을 제외한 대부분의 분량이 선비가 여공이 되는 과정을 그리고 있는 만큼, 이 소설은 '여공-되기' 서사의 전형성을 가진다. 소설은 크게 세 인물의 변화와 관련된 서사, 즉 여공이 되는 선비의 이야기를 주축으로 노동자가 되고자 하는 인텔리겐치아 신철의 이야기, 룸펜 프롤레타리아에서 공장 프롤레타리아로 거듭나는 첫째의 이야기가 겹을 이루며 진행된다. 소설의 배경이 농촌에서 도시로 옮겨지는 가운데 신철과 첫째, 선비의 서사는 공통적으로 노동자로 변모하는 것을 그리는 듯하지만 사실 그 방식과 내용은 모두 다르다. 이들 모두가 들뢰즈식으로 '이행'하는 것은 아니다.

신철이는 그 손을 따라 시선을 옮기니 호박잎에 반쯤 가린 호박 한 개가 얼핏 눈에 띄었다. 그리고 그 손은 이슬에 젖은 호박을 뚝 따가지고 천천히 바자를 넘어가고 있었다. 신철이는 무의식간에 한 걸음 다가서며, 저게 누구의 손일까? 하고 생각할 때, 그 손은 없어지고 말았다. 그 손! 마디가 굵고 손톱이 밉게 갈리어서 얼핏 누구의 손임을 짐작할 수가 없었다.

신철이는 얼른 바자 곁으로 가서 바싹 붙어서며, 그 손의 임자를 찾았다. 그는 벌써 나무까리 옆을 돌아서 부엌으로 들어가는 치마귀가 얼핏 보이고 사라진다. 누굴까? 할멈의 손이다! 선비의 손이야, 설마한들 그럴 수가 있을까?

주의 정치」, 100~101쪽.

아무리 일을 한다고 해도 나이 있는데…… 그러지는 않아! 않아! 그는 머리를 좌우로 흔들었다. (…중략…) 그때 그의 머리에는 끝이 뾰죽뾰죽한 가는 손가락이 떠오른다. 문득 그는 선비의 손! 하고 생각되었다. 그리고 이제 그 손으로 인하여 불쾌하였던 생각이 스르르 풀리는 것을 깨달았다. 그렇지! 선비의 손이야 그럴 리가 있나? 그렇게도 고운 선비에게…… 하며 언젠가 무의식간에 본 선비의 그 손이 오늘 아침 미운 그 손으로 인하여 어림없는 착각이 생겼던 것이라고 그는 생각하였다.[32]

덕호의 딸 옥점의 집에서 머무르던 신철은 그를 좋아하는 옥점을 마다하고 남몰래 선비를 짝사랑한다. 어떻게 하면 선비와 마주칠 수 있을까에 골몰하며 시간을 보내던 어느 날, 밭에서 호박을 따던 늙고 못난 손을 보게 되고 그것이 혹시 선비의 손이 아닐까 하는 불쾌감을 느끼게 된다. 곱고 청초한 선비의 손이 그럴 리 없다고 생각한 것이다. 신철은 선비의 손은 뾰족뾰족하고 하얗고 가늘 것이라며 애써 부정하지만 이때부터 노동자가 되어서까지 그는 줄곧 이 손의 주인이 누구였을까에 대한 생각에 사로잡힌다. 소설의 초반 손의 이미지에 집착하는 신철을 묘사하는 장면은 사회 변혁을 중시하는 그의 이념이라는 것이 사실은 허상이라는 것을, 그리하여 그가 결국에 전향을 선택할 수밖에 없는 존재였다는 것을 암시한다. 선비의 노동하는 손을 받아들일 수 없는 신철이 노동자가 된들 그들의 삶을 자신의 것으로 감각할 수 있을 리 없다는 작가의 입장이 투영된 것이다.

인천에서 노동자가 된 신철은 고된 노동을 견디지 못하고 그들을 조

32　강경애, 「인간문제(36)」, 『동아일보』, 1934.9.14, 3쪽.

직하는 데에만 주력하게 된다. "웬일인지 노동자와 자기 사이에는, 언제부터인가 짐작할 수 없는 그때부터 어떤 보이지 않는 간격이 꽉 가로막혀 서 있음을" 느끼게 된 것이다.[33] 노동자를 계도의 대상으로 바라보는 신철의 시선에는 노동자와 자신을 이분법적으로 나누고 그들을 하나의 타자로 대하는 특권화가 전제된다. 이러한 시선이 계속되는 한, 아무리 신철이 노동자 혹은 운동가로 위치를 바꾸었다고 하더라도 그것은 '이행'이 아니라 '~임'의 상태에 머물러 있을 수밖에 없다. 즉 신철은 노동자일 때조차 '남성 부르주아'의 입장에서 벗어나지 못한다. 그가 검거된 이후 자신의 동창이었던 예심 판사의 회유에 넘어갈 수밖에 없었던 것, 전향 다짐을 하고 불기소된 뒤 돈 많은 여자와 결혼을 선택한 것은 예정된 수순이었다.

그가 신철이를 만나본 후로는 세상에 모를 것이 없는 듯하였다. 그가 반생을 살아오면서 막히고 얽혔던 수수께끼는 바라보이는 저 신작로같이 그렇게 뚫려 보이었다. 그리고 그가 걸어갈 장차의 앞길까지도 저 길과 같이 훤하게 내다보이었다. 동시에 칼칼하던 그의 가슴은 햇빛에 빛나는 저 바다같이 그렇게 희망에 들떴다.[34]

"그런데 동무, 주의하시오. 지금 경찰서에서는 삐라를 단서로 대활동을 하는 모양이니 조심하지 않으면 안 되겠소."

첫째는 눈을 번쩍 뜨며 신철이를 바라보다가 시선을 떨어뜨리었다. 그리고 자기들이 가까운 시일 안에 붙잡힐 것 같았다. 그리고 붙들릴 바에는 자기와 같이 중요한 역할을 하지 못하는 무식한 사람들만 그리되었으면 하였다. 만일

33 강경애, 「인간문제(88)」, 『동아일보』, 1934.11.17, 3쪽.
34 강경애, 「인간문제(98)」, 『동아일보』, 1934.11.28, 3쪽.

에 신철이 같은 중요 인물이 붙들리게 되면 바야흐로 계급의식에 눈떠오려던 인천의 수많은 노동자자들의 앞길은 암흑천지로 변할 것 같았다.[35]

첫째는 이러한 신철에 의해서 의식화된다. 그저 노동하며 하루하루 살아가기 바빴던 그는 우연히 신철을 만난 뒤 그로부터 여러 학습을 받고 계급의식을 가지게 되며 운동에 투신한다. 친구의 벼를 빼앗기지 않게 하기 위해 덕호에게 덤빈 뒤 주재소에 끌려가 모진 고문을 당한 이후로 늘 '법이란 무엇인가'에 대해 알 수 없는 고민을 끌어안고 지내던 첫째는 "신철이를 만나본 후로는 세상에 모를 것이 없는 듯"한 마음을 가진다. 경찰의 검속 열풍이 시작되자 그는 "자기와 같이 중요한 역할을 하지 못하는 무식한 사람들"만 잡혀가고 "신철이 같은 중요 인물이 붙들리"지 않게 되길 바라기까지 한다. 신철이 없으면 노동자들이 의식화될 수 없게 됨을 염려한 탓이다. 그는 열정적으로 노동운동에 참여한다. 우연히 만난 선비에게 "과거와 같이 온순하고 예쁘기만 한 선비가 되지 말고 한 보나가서 씩씩하고 지독한 계집이 되었으면" 하는 마음을 품기도 한다.[36]

그러나 첫째가 노동자로 변화한 것 역시 '되기'에 의한 것이라고 볼 수 없다. 스스로 계급의식을 얻게 된 것이 아니라 신철의 가르침에 따라 의식화된 것이기 때문이다. 신철의 가르침은 노동자와 노동운동이 어떠해야 한다는 도덕적 규정성을 강하게 띤다. 신철이 부르짖는 "잉여노동의 착취"란 것도 실상은 "책상에서 『자본론』을 통하여" 습득한 지식일 뿐이다.[37] 실제로 신체의 변화를 가져오지 않는 마르크스주의는 그것이 아무리 『자본론』에 의한 것이라 한들 특권적이다. 첫째의 '노동자-되기'란

---

35 강경애, 「인간문제(101)」, 『동아일보』, 1934.12.1, 3쪽.
36 위의 책.

제3장 | 노동자로서의 여성, 여성이라는 프롤레타리아　　375

그러한 특권성에 기댄 신철이라는, 결국엔 사라져버리는 매개자에 의해 추동되었기 때문에 불완전하며 충분치 않다.

> 선비는 돌아 누우며 한숨을 푹 쉬었다. 그의 뜨거운 숨결은 그의 볼에 따끈따끈하게 부딪친다. 그때 그는 씩씩하며 자기를 껴안아주던 덕호가 떠오른다. 그는 진저리를 쳤다. 그리고 자기는 첫째를 만나볼 그 무엇을 잃은 듯하였다. 그는 안타까웠다. 분하였다. 20년이나 고이 싸두었던 그의 정조를 늙은 호박통 같이 생긴 덕호에게 빼앗긴 생각을 하니 그는 생각할수록 분하였던 것이다. 그때에 자기는 반 정신은 나가서 분한 것도 아무것도 몰랐으나 지금 이렇게 누워서 눈 감고 생각하니 그때에 자기는 덕호에게 일생을 망친 것이다. (…중략…)
> 그는 간난이가 일상 하던 말을 얼핏 깨달으며 세상에는 덕호와 같은 우리들의 적이 많은 것이다. 그것을 대항하려면 우리들은 단결하지 않으면 안 될 것이라던 그 말을 그는 다시 생각하였다. 선비는 어떤 힘을 불쑥 느꼈다. 그리고 간난이가 가르쳐주는 그대로 하는 데서만이 선비는 첫째의 손목을 쥐어보리라 하였다. 흙짐을 져서 굔해진 첫째의 등허리! 실을 켜기에 부르튼 자기의 손끝! 그리고 수많은 그 등허리와 그 손들이 모여서 덕호와 같은 수없는 인간과 싸우지 않으면 안 될 것이라…… 하였다.[38]

이에 반해 선비의 계급적 깨달음은 자발적이다. "여공들이 스스로 각성한다는 점은 강경애 소설의 특징적인 면모이다."[39] 그는 자신을 성폭행한 덕호를 피해 인천의 공장으로 왔지만 그 피해의 기억은 계속해서 선비의 마음에 남게 된다. 그는 문득 덕호의 악행을 떠올리며 괴로움을

37　강경애, 「인간문제(83)」, 『동아일보』, 1934.11.11, 3쪽.
38　강경애, 「인간문제(102)」, 『동아일보』, 1934.12.2, 3쪽.

느낀다. 정작 용연에 있었을 때는 덕호의 행위에 분노할 기력과 정신이 없었지만 공장에서의 노동과 그에 따르는 부조리함을 알게 되면서 세상에는 수많은 덕호'들'이 있다는 것을 깨닫게 되고 자연스럽게 계급의식을 가진다. 덕호에 의한 여성 억압과 공장에서의 계급 착취는 여공 선비의 신체에 다층적으로 새겨져 있다. 이로 인해 선비는 "덕호와 같은 수 없는 인간과 싸우지 않으면 안" 된다는 마음을 가지고, 여러 차례의 폭력성을 경험하며 계급의식을 가진 여공이 되어 간다. 이 과정이 선비의 '여공-되기'의 일환이라면 이때의 '되기'는 '남성 부르주아'의 특권성에 저항하는 것이다.

그렇다면 '남성 부르주아'의 입장이라는 것은 무엇인가. 이를 단적으로 보여주는 것이 소설의 전반부에서는 덕호이며 후반부에서는 노동자를 착취하는 공장 시스템 자체이다. 이들은 식민지 법에 의해 호위 받는 존재이다. 이 소설의 안타고니스트antagonist인 덕호는 전형적인 민족 부르주아지로서 마을의 어린 여성들을 성폭행해 아들을 얻고자 하는 가부장이자 소작농들을 착취하여 부를 축적하는 친일지주다. 또한 소설 속에서 공장주가 직접적으로 등장하지는 않지만 공장이라는 시스템은 계급 착취를 통해 유지될 뿐만 아니라 공공연하게 감독에 의해 성추행이 일어나게 하는 근원이다. 식민지 법과 제도는 경제적 착취와 정신적 교화 등을 통해 이들을 강력하게 뒷받침한다. 예컨대 법은 지주에게 항의하는 소작농들에게 오히려 벌을 주고 자본가에게 저항하는 운동가들의 사상 전환을 유도하는가 하면, 미곡통제령 등을 통해 지주가 돈을 축적할 수 있는 기회를 마련해주기도 한다. 즉 식민지에서 '남성 부르주아'의

---

39 루즈 베러클러프, 김원·노지승 역, 『여공문학』, 후마니타스, 2017, 134쪽.

입장이라는 것은 민족 모순과 계급 모순과 젠더 모순이 교차하는 지점을 활용해서 이익을 취하는 데 있다.

다층적 학대의 신체를 가진 선비는 여공이 됨으로써 모순이 부여하는 의미로부터 벗어나려고 한다. 어째서 첫째가 도둑질을 하며 살아갈 수밖에 없었으며 매음부인 어머니 밑에서 자랄 수밖에 없었는지, 또한 자신의 아버지가 왜 죽을 수밖에 없었는지 등에 대한 깨달음이 찾아 오고 난 뒤, 선비는 "덕호를 겨우 벗어"났으나 "또 그보다 더 무서운 인간들에게 붙들려 있다는 것을 강하게 느낀다." "오늘의 선비는 옛날의 선비가 아니라"고 부르짖고 싶은 마음을 가지고, 공장의 여공들을 조직하고 자본주에게 저항하기 위해 힘쓴다.[40] 그러나 그러한 다짐이 무색하게도 공장의 연기를 들이마시며 일을 한 까닭에 선비는 폐병에 걸려 비극적 죽음을 맞는다.

그럼에도 불구하고 소설은 또 다른 이행을 예비한다. 선비의 죽음으로 '여공-되기'는 그 움직임을 멈춘 것처럼 보이지만 선비의 죽음을 알게 된 첫째에 의해서 또 다른 '여공-되기'가 이어지게 되는 것이다.

그렇다! 신철이는 그만한 여유가 있었다! 그 여유가 그로 하여금 전향을 하게 한 게다. 그러나 자신은 어떤가? 과거와 같이, 그리고 눈앞에 나타나는 현재와 같이 아무러한 여유도 없지 않은가! 그러나 신철이는 길이 많다. 신철이와 나와 다른 것이란 여기 있었구나!

이렇게 생각한 첫째는 눈을 부릅뜨고 선비를 바라보았다. 어려서부터 그렇게 사모하던 저 선비! 아내로 맞아 아들딸 낳고 살아보려던 선비! 한번 만나

40　강경애, 「인간문제(113)」, 『조선일보』, 1934.12.13, 3쪽.

이야기도 못 해본 그가 결국은 시체가 되어 바로 눈앞에 놓이지 않았는가!

이제야 죽은 선비를 옜다 받아라! 하고 던져주지 않는가.

여기까지 생각한 첫째의 눈에서는 불덩이가 펄펄 나는 듯하였다. 그리고 불불 떨었다. 이렇게 무섭게 첫째 앞에 나타나 보이는 선비의 시체는 차츰 시커먼 뭉치가 되어 그의 앞에 칵 가로질리는 것을 그는 눈이 뚫어져라 하고 바라보았다.

이 시커먼 뭉치! 이 뭉치는 점점 크게 확대되어가지고 그의 앞을 캄캄하게 하였다. 아니, 인간이 걸어가는 앞길에 가로질리는 이 뭉치…… 시커먼 뭉치, 이 뭉치야말로 인간 문제가 아니고 무엇일까?

이 인간 문제! 무엇보다도 이 문제를 해결하지 않으면 안 될 것이다. 인간은 이 문제를 위하여 몇 천만 년을 두고 싸워왔다. 그러나 아직 이 문제는 풀리지 않고 있지 않은가! 그러면 앞으로 이 당면한 큰 문제를 풀어나갈 인간은 누굴까?[41]

선비의 죽음으로 비로소 첫째는 신철과 다른 자신의 처지를 직시하게 된다. 신철의 교화로부터 부여 받은 유사 계급의식으로부터 벗어나 그 스스로 계급적 조건과 위치에 대해서 깨달은 것이다. 선비의 죽음으로 인해 첫째는 정동된다. 정동이 "다른 신체와 마주침에 의한 변용과, 그에 따라 신체에서 일어나는 힘"을 일컫는다는 것을 염두에 둘 때,[42] 선비의 신체와 마주친 첫째의 신체가 반응하는 것을 묘사하는 소설의 마지막 장면은 의미심장하다. 선비의 시체를 보고난 뒤 첫째의 "눈에서는 불덩

---

41 강경애, 「인간문제(120)」, 『동아일보』, 1934.12.22, 3쪽.
42 김은주, 「들뢰즈의 행동학(ethologie)―되기(devenir)개념과 실천적 의미」, 『시대와 철학』 25(2), 한국철학사상연구회, 2014, 82쪽.

이가 펄펄 나는 듯"하다. "선비의 시체는 차츰 시커먼 뭉치가 되어 그의 앞에 칵 가로질리는 것을 그는 눈이 뚫어져라 하고 바라보았다. 이 시커먼 뭉치! 이 뭉치는 점점 크게 확대되어가지고 그의 앞을 캄캄하게 하였다." 선비의 시체로부터 전해지는 뭉치는 첫째의 신체로 옮겨지는 정동의 움직임을 상징한다고 할 법하다. 그리하여 신체의 이행을 경험한 첫째는 '여공-되기'를 실천할 수 있는 잠재성을 확보하게 된다.

당연하게도 이때의 '여공-되기'는 성별과는 아무런 관련이 없다. '여공-되기'는 '남성 부르주아'의 현실을 횡단하고 탈영토화하는 것을 뜻하기 때문이다. 식민지에서 '남성 부르주아'의 존재being는 식민주의적 법과 가부장제와 계급 착취가 교차하는 특권화의 지점을 드러내 보여준다. 1930년대 '여공-되기' 서사를 품은 프로소설은 그 특권화를 넘어서려는 새로운 시도로서 재독해될 필요가 있다. 모순의 중층성과 대항의 교차성을 사유하는 이러한 시도는 지극히 주변부적인 것이며 식민지문학에서 나타날 수 있는 한 정신적 구조와 긴밀히 관련된다.

[보론] 프로문학의 장애·질병 재현과 계급

1) 억압과 착취가 새겨진 몸의 현전

위스콘신대학의 연구팀에 따르면, 정보 처리와 학습 능력을 담당하는 대뇌 회백질은 대부분의 인간들에게 태어날 당시 비슷한데 시간이 지나면서 가구 소득에 따라 면적상의 차이를 보이게 된다. MRI를 분석한 결과 높은 소득 수준을 가진 가정에 있는 아이들의 회백질 면적이 낮은 소득수준에 있는 아이들의 그것보다 월등히 넓게 나는 것이다. "저소득층 아이들의 뇌는 가난으로 인해 자신의 잠재적인 역량 자체를 발휘할 기회를 박탈"당한다.[1] 가난이 몸에 새겨진다는 문장은 은유가 아니라 사실이다. 몸에는 여러 사회경제적 조건들이 담겨 있고, '아픈 몸' 역시 구조와 제도의 폭력을 고스란히 간직한다. 로디 슬로라크^{Roddy Slorach}가 지적하듯 "장애가 모든 사람에게 똑같이 영향을 주는 것은 아니다. 손상을 유발하는 사건은 가난한 가정에서 훨씬 더 흔하게 벌어진다."[2]

식민지 조선도 다르지 않았다. 1938년 경성제국대학 의학부 안과는 영양실조, 말라리아성 각막염, 홍역·두창·감질로 생긴 눈병 등에서 시각 장애인 발생 원인을 찾으며, 가장 주요한 발병 이유로 빈곤을 지적했다.[3] 또한 당시부터 노동자들은 산업 재해로 인한 신체 손상이나 진폐증·소음성 난청·감압병 등의 직업적 질병에 걸릴 가능성에 노출되어 있었고,[4] 그렇게 질병과 장애를 얻게 되면 관련 정책의 미비 속에서 노

---

1   김승섭, 『우리 몸이 세계라면』, 동아시아, 2018, 135~137쪽.
2   로디 슬로라크, 이예송 역, 「마르크스주의와 장애」, 『마르크스21』 40, 책갈피, 2021, 258쪽.
3   이요한, 「1920~30년대 일제의 장애인정책과 특징」, 동국대 논문, 2009, 12쪽.
4   김창엽·문옥륜, 「일제하 근로자의 건강상태에 관한 문헌 고찰」, 『Journal of Preventive

동하지 못하는 몸이 되어 더욱이 빈곤한 삶에 접어들 수밖에 없었다. 프로소설의 질병·장애 재현은 바로 이런 지점을 적확하게 담아낸다. 즉, '아픈 몸'에 어떻게 억압과 착취가 새겨지게 되는가에 대한 인식이 드러난다는 점에서, 식민지기 여타의 질병·장애 재현 서사와 변별된다.

몸이 다시 으슥으슥하고 메스꺼움이 나기 시작했으나 먹은 것이 없어서 게우지도 않았다. 아찡의 눈 앞에는 그의 전 생애가 한 번 쭉 나타났다. 어려서 촌에서 남의 집 심부름 하던 것으로부터, 뒷집 닭 채다 먹고 들켜서 석 달을 매 맞으며 징역하고는 상해로 와서 공장에 들어갔닥 팔 년 전에 인력거를 끌기 시작했다.

팔 년 동안 인력거 끌던 생각이 났다. 애스톨하우스 호텔에서 어떤 서양 신사를 태우고 오 리나 되는 올림픽 극장까지 가서 동전 열 닢 받고 억울한 김에 동전 두 닢을 더 달라고 조르다가 발길로 채이고 순사에게 얻어맞던 생각이 났다. 또 언젠가는 한 번 밤이 새로 두 시나 되어서 대동여관에서 술이 잔뜩 취해 나오는 꺼울리高麗人 신사 세 사람을 다른 두 동무와 같이 태우고 법계 보강리까지 십 리나 되는 길을 가서 셋이 도합 십 전 은화 한 닢을 받고 어처구니 없어서 더 내라고 야료치다가, 그들은 이들한테 단정으로 죽도록 얻어맞고 머리가 깨져서 급한 김에 인력거도 내어버리고 도망질쳐 나오던 광경이 다시 생각이 났다. 그리고는 또 한 번 손님을 태우고 정안사로로 가다가 소리도 없이 뒤에서 오는 자동차에 떠밀리어 인력거 부수고, 다리 부러진 끝에 자동차 운전수 발길에 채이고 인도인印度人 순사 몽둥이에 매 맞던 것도 생각이 났다.

길다면 길고 멀다면 먼 팔 년 동안의 인력거 생활! 작은 일, 큰 일, 눈물날

Medicine and Public Health』 24(1), 대한예방의학회, 1991, 48~54쪽.

일, 한숨 쉰 일들이 하나씩 하나씩 다시 연상이 되어서 그는 엉엉 울었다. 그러다가 그는 갑자기 목이 갈한 것을 느끼면서 몸을 일으키려 하다가 온몸이 쥐 일어서는 것을 감하여 '끙' 소리를 치고 도로 엎어지고서는 다시 아무것도 의식하지 못하게 되고 말았다.[5]

주요섭의 「인력거군」은 당시에 빈번하게 등장하던 인력거꾼 아찡의 참담한 말로를 서사화한다. 이 소설은 현진건의 「운수 좋은 날」처럼 궁핍한 삶의 보편적 비극성을 보여주는 것보다는 그 비참의 원인을 사회로부터 찾는다. 8년간 쉬지 않고 인력거를 끌던 아찡은, 어느 날 갑자기 인력거 부르는 소리에 달려가다가 벌떡 넘어지게 되는 것을 시작으로, 먹은 떡을 게워내고 어지러움증을 느끼며 사시나무 떨듯 덜덜 떠는 등 몸에 이상 증세를 보인다. 이상함을 느낀 그는 무료로 병을 보아준다는 사천로 청년회에 찾아가지만 의사는 만나지 못하고 기독교의 교리를 전파하는 웬 신사의 설교를 듣게 된다. 아담과 하와의 죄를 씻어내기 위해서는 예수의 품 안에 안겨야 한다는 신사의 말에, 그는 문득 왜 죄를 받아 궂은 노동을 하는 인력거꾼과 다르게 누군가는 호의호식하며 살아가는지에 대해 의문을 품는다. 노동하는 몸과 그렇지 않은 몸 사이의 간극에 대해서 생각하면서 세상의 불합리함에 대해서 깨닫게 된 것이다. 병원을 나온 그는 자신이 지구 밖에 홀로 서 있는 것 같은 고독을 느끼며 집으로 돌아가지만, 다시 몸이 으슬으슬 춥고 메스껍다는 것을 느끼다 갑작스레 죽는다. 그러나 곧 검시하러 온 순사와 의사에 의해 아찡의 죽음이 갑작스러운 것이 아니라는 사실이 밝혀진다. 과도한 달음질로 인

---

5   주요섭, 「인력거군」, 『개벽』 58, 1925. 4, 18쪽.

해 인력거꾼들이 일을 시작하고 보통 9년 무렵에 죽음을 맞이한다는 그들의 대화는, 그의 죽음이 노동에 의한 과로사라는 것을 알려준다.

위 인용문에는 아찡의 몸에 켜켜이 쌓인 노동과 핍박의 궤적이 길게 서술된다. 아픔을 느끼며 그는 자신의 생애를 반추한다. 어린 시절로부터 시작된 가난한 삶은 공장노동자를 거쳐 여러 수모를 겪었던 인력거꾼 8년의 시간으로까지 이어진다. 그는 노동하면 할수록 오히려 지난해지기만 했던 삶을 떠올리며 엉엉 울다가, "온몸이 쥐 일어서는 것"을 느끼며 쓰러져 죽는다. 이 죽음의 장면은 턱없이 적은 금액을 받고 부당한 폭력을 당하며 과도하게 노동해왔던 순간들이 몸에 오롯이 새겨진다는 것을 지시한다. 앞서 육체노동을 하는 자신과 육체노동으로 발생하는 것을 누리며 살아가는 이들 사이의 간극을 깨닫는 부분과 겹쳐 보건대, 이 소설은 명백하게 현실에서 발현되는 '아픈 몸'과 계급의 관계에 대해 사유하게 하는 측면을 담아낸다. 더욱이 기독교적 내세의 풍요와 현세의 불평등함을 대비하고 전자가 후자를 대신할 수 없다는 것을 보여줌으로써 불평등이 새겨진 아픈 몸의 신체성을 고스란히 드러낸다.

역시 자꾸만 생각되는 것은 자기가 그 주인의 뚱뚱한 주인의 쇠눈깔 같은 눈살 앞에서 꼼짝도 못하고 팔목이 시도록 무엇을 쓰고 자꾸 눈이 아파지도록 바쁘게 노동하는 것을 벗어나지 못하고 종노릇을 하는 것과 또한 이 말이 주인의 매 끝에서 헤어나지를 못하고 어찌할 수 없이 얽어매인 몸이 되어가지고 소리 한 번 크게 지르지 못하고 허우적거리는 것이 똑같이 생각이 되어서는 공연히 자기의 몸이 어떠한 기운의 충동을 받아서 그만 맥이 없어지고 또한 따라서 무거워지는 것을 깨달았습니다. (…중략…)

전기선대에서 사람이 떨어졌다.

비록 몇 사람이 아니지마는(그곳은 호젓한 곳이라) 군중은 '와-'하고 한 곳으로 몰렸습니다. 아! 아! 이 광경을 어찌 봅니까? 떨어진 사람은 단단한 얼음이 깔린 땅바닥에 거꾸로 떨어져 가지고는 사지를 비비 꼽니다. 마치 그 무슨 버러지 모양으로.

조금 있다가 '저 피', '저 피'하는 군중의 소리와 함께 그는 입으로 피를 토하면서 숨을 가쁘게 쉬는데, 그 피는 차디찬 얼음 바닥을 검붉게 물들이고 있습니다.[6]

최승일의 「무엇?」은 전신국의 문서계실에서 일하는 하급 사무원의 1인칭 시점으로 서술되는 짧은 소설이다. '나'는 위계에 따라 일의 양이 현격하게 차이 나는 사무실에서 누구보다 일을 많이 하지만 가장 적게 돈을 적게 벌어 끼니마저 제대로 때우지 못하는 처지이다. 날마다 "꼬치꼬치 말라"가던[7] '나'는 어느 날, 추운 날씨에 얼어붙어 미끄러운 오르막을 오르는 수레 끄는 말과 마주를 마주친다. 마주에게 엉덩이와 모가지를 사정없이 맞으며 "몸은 땀에 흠뻑 젖"고 "때때로 경련적으로 몸뚱아리의 일부를 부르르" 떠는 말을 보고, '나'는 "팔목이 시도록 무엇을 쓰고 자꾸 눈이 아파지도록 바쁘게 노동하는" 자신의 저치와 동질감을 느낀다. 그 순간 근처 전신주에서 노동자가 "무슨 버러지 모양으로" "사지를 비비" 꼬며 떨어지는 광경과 마주하는데, "입으로 피를 토하면서 숨을 가쁘게" 쉬는 노동자의 몸을 보면서 '나'는 다 같은 사람인데 어째서 누군가는 이렇게 땀과 피 흘리는 몸으로 살아야 하는가에 대한 생각에 잠긴다. 이처럼 이 소설에서는 세 개의 몸이 겹쳐진다. 하급노동자와 말,

---

6   최승일, 「무엇?」, 『조선지광』 64, 1927. 2, 145~146쪽.
7   위의 책, 143쪽.

그리고 전신주노동자의 몸, 이들은 모두 노동하는 몸이면서 동시에 고통을 느끼는 몸이다. 그런 의미에서 이 소설은 노동하는 몸에 어떻게 착취와 억압이 새겨지고, 종국에는 목숨까지 내놓게 되는가에 대해 다룬다고 할 수 있다.

　질병과 장애를 가진 이들은 노동 현장으로부터 배제됨으로써 가난한 삶을 살아가는 경우가 많았다. 특히 지체 장애인들은 걸식을 하여 먹고 사는 일이 많았는데, 예컨대 『별건곤』의 한 기사에서는 황해도의 어느 공동묘지에 모여 사는 걸인들을 "팔 병신, 다리 병신 등 신체가 온전한 사람이 별로 없"다고 표현했고,[8] 경성 종로 일대의 걸인을 분석하는 기사에서 또한 걸인 중 "대부분은 신체의 불구자"라는 점을 밝혔다.[9] 이효석 「도시와 유령」의 여인네, 강경애 「지하촌」의 칠성이와 사내 등 당대 소설 속에도 걸식하는 지체 장애인들이 여럿 등장한다. 「도시와 유령」은 상업학교 공사터의 미장이 '나'가 동묘 안에서 노숙을 하다가 불을 번쩍이는 유령을 보고, 그 정체를 밝히기 위해 다음 날 밤 다시 그곳에 찾아갔으나 알고 보니 걸인 모자가 성냥을 켰던 것을 유령으로 오해했다는 이야기 구조를 가진다. 이때 걸인 어미의 몸은 다음과 같이 묘사된다.

　　여인네는 한쪽 다리를 훌떡 걷었다. 그리고 눈물이 그 다리 위에 뚝뚝 떨어지기 시작하였다. 나는 모든 것을 얼음장 풀리듯이 해득하기는 하였으나 여기서 또한 참혹한 그림을 보지 않으면 안 되었다. 그의 훌떡 걷은 한편 다리! 그야말로 눈으로 차마 보지 못할 것이었다. 발목은 끊어져 달아나고 장딴지는 나뭇개비같이 마르고 채 아물지 않은 자리가 시퍼렇게 질려 있었다. 여인네는

8　「팔다리 병신 50명, 걸인단장의 성묘식 거행」, 『별건곤』 52, 1932.6, 20쪽.
9　「경성부와 걸인 문제」, 『동아일보』, 1927.3.20, 1쪽.

울음에 느끼기 시작하였다.[10]

사연인즉슨 그 여인네는 남편을 잃고 걸식하며 거리에서 살아가다가 차에 치여 다리를 잃게 된 것이었다. 제대로 치료 받지 못해 끔찍하게 끊어진 다리 한 쪽을 묘사하는 이 장면은, 번쩍이던 불빛이 기실 유령이 아니라 사람이었다는 반전을 거쳐 모자가 처한 상황을 보여줌으로써 소설의 비극적 페이소스를 극대화한다. 여인의 다리에는 가난이 새겨져 있다. 가난하기 때문에 거리에 나서다 자동차에 치였고, 다쳤으나 충분히 치료를 받을 수 없었으며, 성한 몸이 아니기에 앞으로는 구걸조차 할 수 없게 되었다. 그리고 이는 모두 걸인 모자가 처한 계급적 상황으로 귀결된다. 이 비극은 운명적이라기보다는 사회구조적이다. 결말부에서는 서술자 '나'가 갑자기 소설의 표면에 떠올라 독자를 향해 논평을 건넨다. "어떻게 하면 이 유령을 늘어가지 못하게 하고 아니 근본적으로 생기지 못하게 할 것인가? 현명한 독자여! 무엇을 주저하는가. 이 중하고도 큰 문제는 독자의 자각과 지혜와 힘을 기다리고 있지 않은가."[11] 독자로 하여금 실천을 도모하게 하는 이 프로파간다적 마지막 물음은, 소설이 인간의 고통을 구조적 문제로부터 찾고 있다는 것을 거듭 확인케 해준다. 걸인 여인의 장애는 사회적 억압과 착취로부터 말미암은 것이다.

「지하촌」에는 온갖 '아픈 몸'을 가진 인물들이 등장한다. 걸식으로 먹고 사는 지체 장애인 칠성, 시각 장애인 큰년, 공장에서 노동하다 다리를 잃게 된 사나이를 비롯해서, 전염병을 앓고 있는 칠운과 머리에 종기

---

10 이효석, 「도시와 유령」, 『조선지광』 79, 1928. 7, 117쪽.
11 위의 책, 121쪽.

가 난 영애, 출산 후 몸조리를 하지 않아 생식기에 혹을 달고 사는 칠성의 어머니 등 등장인물 대부분은 질병과 장애를 가졌다. 이 소설의 초점화자인 칠성은 어린 시절 홍역을 앓았지만 가난으로 인해 치료를 받지 못해서 팔과 다리에 손상을 입었으며, 큰년과 사나이 또한 후천적으로 장애를 가지게 되었다. 칠성의 어머니, 칠운과 영애는 질병에 제대로 대처할 수 없는 환경에 놓여 있다. 이런 상황에서 칠성은 큰년 어머니가 출산을 했다는 것을 짐작하면서 "왜 이 동네 여인들은 그런 병신만을 낳을까"[12] 의아해 하기도 한다. 이들의 '아픈 몸'은 빈곤과 열악한 생활 환경 및 노동 환경 등을 원인으로 하고 있거니와 그 강력한 영향을 받고 있으므로 계급적 흔적이 새겨진 장소다. 요컨대 「지하촌」은 '아픈 몸'이 겪는 고통을 적나라하게 드러내면서 계급과 교차하는 질병·장애 그 자체의 현전에 주목한다.

이러한 생각을 하다가 무심히 그의 팔을 들여다 보았다. 다 해진 적삼소매로 맥없이 늘어진 팔목은 뼈도 살도 없고 오직 누렇다 못해서 푸른 빛이 도는 가죽만이 있을 뿐이다. 갑자기 슬픈 맘이 들어 그는 머리를 들고 한숨을 푹 쉬었다. 큰년이가 눈을 감았기로 잘했지. 만일 두 눈이 동글하게 띄었다면 이 손을 보고 십 리나 달아날 것도 같다. 그러나 큰년이가 이 손을 만져 보고 왜 이리 맥이 없어요. 이 손으로 뭘 하겠수 할 때엔…… 그는 가슴이 답답해서 견딜 수 없다. 그저 한숨만 맥없이 내쉬고 들여 쉬다가 문득 약이 없을까? 하였다. 약이 있기는 있을 터인데…… 큰년네 바자 위에 둥글하게 싶어 붙인 거미줄에는 수없는 이슬방울이 대롱대롱했다. 저런 것도 약이 될지 모르지. 그는 벌떡 일어나 밖으로 나왔다. 거미줄에서 빛나는 저 이슬방울들이 참으로 약이

12   강경애, 「지하촌(7)」, 『조선일보』, 1936.3.20, 4쪽.

되었으면 하면서 그는 조심히 거미줄을 잡아당기려 했다. 팔은 맥을 잃고 뿐만 아니라 자꾸만 떨리어 거미줄을 잡을 수도 없지만 마자만 흔들리고 따라서 이슬방울이 후두두 떨어진다. 그는 손으로 떨어져 내려오는 이슬방울을 받으려고 했다. 그러나 한 방울도 그의 손에는 떨어지지 않았다.

"에이 비 빌어먹을 것!"

그는 이런 경우를 당할 때마다 이렇게 소리치고 말없이 하늘을 노려보는 버릇이 있다.[13]

이 소설에는, 마을 아이들이 팔과 다리가 불편한 칠성을 흉내내는 모습을 다룬 첫 장면을 시작으로 그의 '아픈 몸'에 대한 서술이 자주 등장한다. 칠성은 자신의 몸을 보면서 팔과 다리를 사용해 김을 매거나 나무를 하러 다니는 상상을 하기도 하고, 이슬방울이나 댑싸리 나무가 자신의 병에 약이 될 수 있지 않을까 하는 기대에 그것들을 먹으려 하기도 한다. 무엇보다 칠성의 욕망은 큰년을 향해 있다. 그는 구걸해 온 과자를 주려 한다든가 동냥해서 산 옷감을 전해주려 한다든가 큰년에 대한 애정의 마음을 가지지만, 그녀가 곧 돈 많은 집의 첩으로 시집가게 되면서 그의 욕망은 좌절된다.[14] 이처럼 「지하촌」은 장애인의 욕망과 그것의 좌절을 은유가 아닌 현실로 핍진하게 드러냈다는 점에서 장애 재현문학의 새로운 막을 열어젖힌 중요한 텍스트라고 할 수 있다.

---

13   강경애, 「지하촌(4)」, 『조선일보』, 1936. 3. 17, 4쪽.
14   송명희는 칠성의 이러한 욕망을 성적인 것으로 보고 "성적 욕망의 좌절을 진지하게 그려냄으로써 장애인도 비장애인과 동일하게 성적 아이덴티티를 지닌 존재라는 것을 인정하고, 그 좌절을 공감적 태도로 그려냈다는 점에서" 이 소설에 큰 의의가 있다고 설명한다. 송명희, 「장애와 질병, 그리고 빈곤의 한계상황─강경애의 「지하촌」을 중심으로」, 『문예운동』156, 문예운동사, 2022, 88~89쪽.

칠성은 장애인으로서의 처지를 떠올릴 때마다 "말없이 하늘을 노려보는 버릇"이 있을 정도로 자신의 몸이 손상된 것은 하늘의 탓이라며 운명론적인 태도를 지닌 인물이다. 그런데 그의 이런 믿음에 균열을 가하는 사건이 발생한다. 부잣집에 동냥하러 갔다가 개에게 물려 도망친 직후 어느 사나이와 만나게 된 것이다. "자신과 같은 불구자인 거지"[15] 행색을 한 사나이는 젖은 칠성에게 자신의 옷을 벗어주고, 아침을 먹지 못했다는 칠성의 말에 말라가는 노란 조밥을 나누어 주며, 개에게 물린 칠성의 상처를 걱정한다. 칠성은 그런 그에게 "어머니를 대한 것처럼 어딘가 모르게 의지하고 싶은 생각과 믿는 맘"마저[16] 가지게 된다. 사나이는 칠성에게 '배 안의 병신'이냐고 묻고는 다음과 같은 말을 덧붙인다.

"이 친구 나도 한 가정을 가졌던 놈이우. 공장에선 모범 공인였구. 허허 모범 공인! …… 다리가 꺾인 후에 돈 한 푼 못 가지고 공장에서 나오니 계집은 달아나고 어린 것들은 배고파 울고 부모는 근심에 지리 돌아가시구…… 허 말해서 뭘 하우. 우리를 이렇게 못살게 하는 놈이 저 하늘인 줄 아우? 이 땅인 줄 아우?"

사나이는 칠성이를 딱 쏘아본다. 어쩐지 칠성의 가슴은 까닭 없이 두근거려 차마 사나이를 정면으로 보지 못하고 꺾인 다리를 보았다. 그리고 사나이의 다리 밑에 황소같이 말 없는 땅을 보았다.

"아니우. 결코 아니우. 비록 우리가 이 꼴이 되어 전전걸식은 하지만두. 왜 우리가 이 꼴이 되었는지나 알아야 하지 않소…… 내 다리를 꺾게 한 놈도 친구를 저런 병신으로 되게 한 놈도 다 누구겠소. 알아들었수? 이 친구."

---

15   강경애, 「지하촌(14)」, 『조선일보』, 1936. 3. 29, 4쪽.
16   강경애, 「지하촌(16)」, 『조선일보』, 1936. 4. 2, 4쪽.

사나이의 이 같은 말은 칠성의 뼈끝마다 짤짤 저리게 하였고, 애꿎은 하늘만 땅만 저주하던 캄캄한 속에 어떤 번쩍하는 불빛을 던져주는 것 같으면서도 다시 생각하면 아찔해지고 팽팽 돌아간다.[17]

늘 하늘을 원망하며 노려보던 칠성에게 사나이는 "우리를 이렇게 못 살게 하는 놈이 저 하늘인 줄 아우? 이 땅인 줄 아우?", "내 다리를 꺾게 한 놈도 친구를 저런 병신으로 되게 한 놈도 다 누구겠소"라고 다그친다. 이들이 처한 상황을 하늘 탓으로 돌릴 수 없다는 사나이의 말에는, 장애가 인간 사회의 사회구조적 문제에 의한 것이라는 뉘앙스가 깔려 있다. 이에 칠성은 "애꿎은 하늘만 땅만 저주하던 캄캄한 속에 어떤 번쩍하는 불빛을 던져주는 것 같으면서도 다시 생각하면 아찔해지고 팽팽 돌아"가는 듯한 느낌을 받는다. 그의 운명론적 세계관에 변화가 생기기 시작한 것이다. 소설은 칠성이 어떻게 변화하는지 구체적으로 설명하지는 않지만, 사나이의 집을 떠나 마을에 도착했을 때 "묵중하고 알 수 없는 의문이 뒤범벅되어"[18] 버린 마음을 가지게 됐다는 점을 환기하자면 칠성은 더 이상 예전과 같지 않다. 이 변화를 견인하는 인물이 같은 처지의 지체 장애인이라는 점은 의미심장하다. '아픈 몸'의 고통은 그들을 연결하는 기반이 될 뿐만 아니라[19] 사회 변혁의 잠재적 동력으로 작용할 가능성을 품기 때문이다.

---

17 강경애, 「지하촌(15)」, 『조선일보』, 1936. 3. 31, 4쪽.
18 강경애, 「지하촌(16)」, 『조선일보』, 1936. 4. 2, 4쪽.
19 구자연은 칠성과 사나이의 대화 장면이 "'보편적 돌봄'의 이상과 '상호의존성(interde-pendency)'의 가치를 상기시킨다"고 본다. 구자연, 「강경애 소설 속 질병·장애의 재현과 방언 발화의 의미」, 『춘원연구학보』 24, 춘원연구학회, 2022, 142쪽.

2) 산재, 존재와 연대의 가능성

식민지기 질병·장애 재현을 논할 때, 빠트릴 수 없는 것이 바로 '산업 재해'이다. 이 용어는 이미 1926년 일본의 의학 문헌인 『니혼노이카이 日本之醫界』에 등장한 바 있으며[20] 조선의 매체에서도 1920년대 후반부터 방지 대책과 관련하여 이를 사용한 경우가 확인된다.[21] 그러나 용어의 사용 여부와 상관없이, 산업 현장으로 유입되는 인구가 늘어나면서 노동자들이 노동 중에 사망하거나 부상을 당하고 질병에 걸리는 일이 잦아졌고, 이에 따라 산업 재해에 대한 개념적인 이해가 형성되고 있었던 것으로 보인다. 인부들이 작업 중에 추락하거나[22] 기계에 몸이 빨려 들어가거나[23] 영양실조, 폐병, 뇌일혈에 걸리는[24] 등의 사건이 일일이 나열할 수 없을 정도로 빈번하게 보도됐다. 이 기사들의 논조는 회사에 책임을 물어야 한다는 것이 일반적이었으나, 관련 보상 정책은 매우 미비했고 이를 예방하고자 하는 조처 또한 빈약했다.[25] 회사는 산재노동자들을 생산에 도움이 되지 않는 존재로 보고 제대로 보상하지 않은 채 일터에서 쫓아냈다.[26]

20　김창엽·문옥륜, 「일제하 근로자의 건강상태에 관한 문헌 고찰」, 48쪽.

21　「산업사고방지연맹 노동총회」, 『동아일보』, 1927.12.30, 1쪽; 「국제노동회의」, 『동아일보』, 1928.6.2, 1쪽; 「지방기채의 완화를 간담」, 『동아일보』, 1929.8.12, 1쪽; 「경성상의역원회」, 『동아일보』, 1929.3.5, 6쪽 등.

22　「공사 중의 인부 추락 중상」, 『중외일보』, 1927.5.31, 2쪽; 「참! 목수의 사, 추락한 데 우수거, 떨어지자 기계톱에 걸려 무참히도 썰리어 죽었다」, 『중외일보』, 1930.4.13, 3쪽 등.

23　「돌아가는 피대에 소년공 중상했으되 기계를 의연 돌리었다고 회사에 대한 비난이 있다」, 『중외일보』, 1927.8.25, 2쪽; 「기계말려 참사 노동자의 최후」, 『중외일보』, 1930.4.5, 3쪽 등.

24　「작업중 양역군 영양부족으로 졸사, 잘 먹지 못하고 고역하다가 동문 채석장의 참극」, 『중외일보』, 1929.3.15, 2쪽; 「십팔년 간 차부생활하고 소득은 폐병 사망」, 『중외일보』, 1927.11.27, 2쪽; 「직공의 변사 뇌일혈로 죽어」, 『매일신보』, 1926.7.2, 3쪽 등.

25　이요한, 「1920~1930년대 일제의 장애인정책과 특징」, 31~34쪽.

프로소설의 질병·장애 재현은 대체로 산재를 중심으로 이루어졌다. 노동자들이 기계에 끼어 팔과 다리를 잃거나 직업병에 걸리고, 그로 인해 죽음에 이르기도 하는 내용이 주를 이룬다. 특이한 것은 그들의 '아픈 몸'이 어떤 잠재성으로 연결된다는 점이다. 프로소설에 나타난 산재로서의 질병·장애 재현은 당대의 노동 환경과 노동자들이 받는 부당한 처우를 현실적으로 드러낸다는 의미를 가지기도 하지만, 한편으로는 '아픈 몸'을 매개로 일어날 수 있는 변화의 순간을 포착한다는 점에서 주목을 요한다. 즉, 노동자들의 '아픈 몸'은 자본주의 사회에서 경험하는 억압과 착취를 깨닫게 하는 역할을 하면서 사회적 질서에 순응하지 않는 저항적 존재로의 전이를 추동하거나 다른 노동자들과의 연대를 이끌어 낸다.

아까 병원에서 나올 때 간호부장이란 이가 주던 것을 덧없이 받아 들고 와서 무릎 위에 놓고 앉았다가 그것이 무엇인지 풀어서 보고 싶어졌다. 군데군데 피가 스며 나오는 것을 봐서는 남편의 입었던 피 묻은 옷으로 알고 뒤적거리었다. 그러는 동안에 피 묻은 옷 이와의 무게가 있는 것을 차차 알아졌다. 한 자락을 잡아드니까 무엇이 드르르 굴러 떨어졌다. 은순은 기절이 된 듯이

---

26 자본주의와 장애 차별에 대한 팻 스택의 다음과 같은 서술을 참고할 수 있다. "장애인 억압의 근원은 자본주의가 모든 것을 이윤과 이윤율의 관점에서 바라본다는 사실에 있다. 그리고 이것은 자본가들이 장애인노동자를 어떻게 바라보는지에 영향을 끼친다. 대부분의 고용주들은 장애가 있는 고용인을 어렵고, 다르며, 고용에 더 많은 돈이 드는 '문젯거리'로 여긴다. 물론 이는 자본가들이 장애인들이 값싼 노동력의 원천이 될 수 있다는 것을 알아차리지 못한다는 말이 아니다. 그러나 억압은 다른 궤도에서 시작되는데, 그 최초의 가정(假定)은 장애인들이 자본주의 내에서 큰 도움이 되기보다는 가치가 없다는 것이다. 그러므로 장애인에 대한 억압은 자본주의가 이윤을 위해 효율적으로 모든 것을 잘라내는 방식의 반영이다." Pat Stack, *"Why are disabled people oppressed?"*, Socialist Worker, 2007.7.28.
https://socialistworker.co.uk/features/why-are-disabled-people-oppressed/

뒤 벽에 쓰러졌다.

"끊어진 다리 한 개"

남편의 부러진 다리를 둘둘 뭉쳐 주었던 것이다.[27]

예컨대 최인아의 「노동자의 아내」에서 수길의 아내 은순은 남편의 "끊어진 다리 한 개"를 받아 들고는 회사를 향해 분노하고 노동자들 앞에서 연설하는 '노동자의 아내'로 거듭난다. 부르주아적 가치를 중요시하던 은순이 수길의 손상된 신체 부위를 보고 난 뒤 노동자의 불합리한 노동 환경에 대해 이야기하게 된 변화의 국면은 극적이다. 본래 은순은 수길이 전당국집 아들인줄 알고 결혼했으나 실상은 그가 사촌 아저씨의 집에서 양자로 자란 난봉꾼의 자식이라는 것을 알게 되고는 실망을 금치 못하던 인물이다. 사촌 아저씨를 대신해 전당국에서 일을 하던 수길이 임신한 은순에게 음식을 사주려고 전당국의 돈을 몰래 쓴 죄로 집에서 내쫓기게 되자, 은순은 어떻게 먹고 사냐며 수길을 미워하기도 한다. 그러다 수길이 처가의 주선으로 조선공예주식회사에 들어가고, 은실은 수길에게 낡아서 끊어진 모터 벨트에 맞아 눈알이 빠진 노동자의 이야기나 원료실에서 쏟아지는 냄새에 모든 노동자들이 골을 앓지 않을 수 없는 노동 환경에 대한 이야기를 듣는다. 그로부터 나흘이 지나 노동을 하던 수길의 다리가 끊어진 것이다. 병원으로부터 남편의 다리를 받고 충격을 받은 은순은 병원에 찾아가 회사에서 보증금을 지급하지 않아 수길이 봉합 수술을 못 하고 있다는 것을 알게 된다. 이에 분노한 은순이 교섭을 위해 회사를 찾아가고, 노동가들을 향해 연설을 하는 것으로 소설은 끝이

27   최인아, 「노동자의 아내」, 『별건곤』 27, 1930.3, 122쪽.

난다. 검열로 인해 연설의 내용은 알 수 없지만, 앞의 문맥상 착취에 무뎌 져 "죽어가는" 노동자들을 각성시키려는 연설이라는 것을 추측해 볼 수 있다. 이처럼 수길의 '아픈 몸'은 은순을 변화하게 하는 매개가 된다.

> 나는 확실한 병신이 되어 나왔다. 세수를 한다는 것이 얼굴에 물을 찍어 바르는 것뿐이요, 밥을 먹을 때나 편지 한 장을 써야 할 때에도 서투른 왼편 손을 써야 할 왼손잡이가 되었다.
> ×××
> 퇴원하는 날은 공장감독이 와서 입원료와 치료비를 물어주고서 같이 공장으로 갔다. 공장주인은 나를 대하여,
> "당신이 이번에 당한 일은 무엇이라고 말할 수 없이 섭섭한 일이요. 그러나 당신이 일에 대한 숙련이 되지 못한 까닭이니까 누구를 원망할 수가 없을 터이지요. 당신의 손해도 손해려니와 우리 공장으로서도 당신의 삽시간의 부주의한 탓으로 뜻밖에 수백 원 손해를 보지 않았겠소. 아까 공장 감독이 가서 입원료와 치료비 갚는 것을 보고 섰으면 알 터입니다. 모두가 당신의 운수소관이요."[28]

김병제의 「떨어진 팔」은 산재를 입고 회사로부터 쫓겨난 조선인노동자와 이에 분개한 일본인노동자 사이의 연대를 그리는 소설이다. 이 소설의 1인칭 서술자 '나'는 후쿠오카와 오사카 일대에서 값싼 노동력으로 여러 일자리를 전전하다가 오사카의 자기공장에 취직하게 된다. '나'는 기계실의 모터를 관리하는 역할을 도맡는데, 이 기계는 6년이 되기도 전에 다섯 사람의 팔다리를 잃게 하고 세 사람의 목숨을 앗아갔기 때

---

28 김병제, 「떨어진 팔」, 『조선지광』 93, 1930. 11, 46~47쪽.

문에 노동자들은 기계 앞에서 오늘 하루도 별탈 없이 무사히 지나게 해 달라고 소리 없이 기도하곤 한다. 그러다 '나' 역시 모터에 팔을 잃게 되고, 회사는 입원비와 치료비는 물어주지만 사고가 일어난 원인을 "당신의 삽시간의 부주의"나 "운수소관"으로 치부하면서 위로금 50원에 나를 해고한다. 또한 일본인노동자와 갈라치며, 조선에서 왔기에 그나마 50원이라도 전해 줄 수 있는 것이라며 그를 회유한다. 이에 분노한 일본인 노동자 가와가미 군을 비롯한 다른 노동자들은 회사와 함께 싸워주겠다고 말한다. "이번 일은 박군 개인의 일이라고 하겠지마는 금후의 우리들을 위하여 싸워야겠습니다"[29]라며 노동자들은 일제히 파업에 들어가 회사와의 교섭을 통해 산재 보상금으로 450원을 받을 수 있게 싸우고, 결국에는 교섭에 성공하게 된다. '떨어진 팔'은 조일朝日노동자들의 연대를 이끌어 내고, 이로 인해 발생한 파업은 원래 회사의 요구에 그저 순응하기만 했던 '나'로 하여금 "공장노동자로서 떳떳한 체험"[30]을 했다고 느끼게끔 하는 계기가 되었던 것이다.

　이북명은 산재에 예민하게 반응한 작가다. 「기초공사장」『신계단』, 1932.11에는 우인치가 가슴에 떨어져 상해를 입고 회사에서 쫓겨나게 된 봉원의 이야기가, 「출근정지」와 「초진初陳」에는 폐결핵에 걸려 해고된 창수와 문길의 이야기가, 그리고 「오전 세 시」에는 탱크 위에서 야근하다가 졸음을 이기지 못해 떨어진 모형의 이야기가 등장한다. 모형은 "삼십 자나 되는 아스팔트 바닥에 떨어져서 머리가 깨져서 무참히도 세상을 떠난 직공이다."[31] 회사는 악취와 소음, 그리고 졸음을 견뎌야만 하는 환경의

---

29 김병제, 「떨어진 팔」, 50쪽.
30 위의 책, 51쪽.
31 이북명, 「오전 세 시」, 『조선문단』 23, 1935.8, 42쪽.

문제를 감춘 채 모형의 죽음을 개인의 부주의로 인한 것이라며 책임을 노동자들에게 전가하는 태도를 보인다. 회사의 이러한 대처는 노동자들의 몸과 마음에 뿌리 깊은 상처를 남긴다.

> 이 탱크 안에서 암모니아, 유산, 탄산이 몇 백 기압으로 화합하여 지독한 약품을 만들어낸다. 이 약품을 린광석燐鑛石과 화합시키면 유인산비료硫燐酸肥料가 되는 것이다.
> 이렇게 기압이 항상 높고 있는 탱크이니 만큼 항상 폭발이 될 위험성이 많다. 직공들은 이 탱크 곁으로 다니기를 싫어한다. 탱크는 직공들에게 마魔같이 보였다.
> 얼굴이 양초빛같이 희고, 광대뼈가 도드라지고, 뼈만 남게 여윈 창수의 모양은 삼 년 동안의 직공 생활에 너무도 엄청나게 달라졌다. 창수는 지금 변성직장의 모범직공으로 이 변성탱크 조절의 책임을 맡고 있다. 그러나 고된 노동과 숨이 막히는 악취는 폐결핵이라는 선물을 창수에게 주었다. 구부러든 허리를 더 구부리면서 쉴 새 없이 기침을 한다.[32]

> 암모니아 탱크에서 새는 기체 암모니아는 눈, 목, 콧구멍을 심하게 적셨다. 포화기에서 발산하는 유산의 증기와 철이 산화하는 냄새와 기계유油가 타는 악취가, 그다지 넓지도 않은 직장 내에서 산화하여 일종의 독특한 악취를 직장 내에 감돌게 하고 있었다. 유산직장에서는 목이 아프고 콧물이 흐르고 눈에서 눈물이 나와도 어쩔 수가 없었다. 직공들은 가제로 마스크를 만들어 쓰고 있었지만 그런 것은, 비가 억수같이 쏟아지는 날의 찢어진 우산 같은 것이

---

32 이북명, 「출근정지」, 『문학건설』 1, 1932.12, 9쪽.

었다. (…중략…) 데크^{deck}에서 떨어지는 유산의 물방울은 그들의 작업복을 벌집 같이 구멍내었다. 그리고 피부가 거칠어지고 아팠다. (…중략…)

　문길은 냅다 소리 지르고 싶었다. 공기 빠진 고무공 모양으로, 탄력을 잃어가는 자신의 몸상태를 깨달은 후부터 그는 우울증에 걸렸다. 가슴이 괴롭고, 식욕이 쇠퇴하고, 기침이 나오고, 밤에는 식은땀으로 내의가 흠뻑 젖은 때가 많았다.[33]

　이북명의 소설은 주로 산업 도시 흥남의 질소비료공장을 배경으로 한다. 이때 특히 중요하게 등장하는 질병은 폐결핵이다. 위 인용문에서 확인할 수 있듯 질소비료의 원료인 암모니아는 악취와 호흡기 및 피부 질환의 원인이 되고, 암모니아 탱크는 늘 폭발의 위험을 안고 있는 위험 시설이기도 하다. "고된 노동과 숨이 막히는 악취"는 노동자들을 폐결핵이라는 질병으로 몰아넣어 그들의 몸을 병들게 한다. 이북명은 열악한 노동환경과 그로 인해 달라진 노동자의 몸을 구체적으로 묘사한다. 그들은 "양초빛 같이 희고, 광대뼈가 도드라지고, 뼈만 남게 여"위고 "공기 빠진 고무공 모양으로, 탄력을 잃어"간다. 회사는 불경기를 이유로 이렇듯 "병 있는 직공"을 비롯해 "×마다나 하는 직공, ×자나 보는 직공"을[34] 해고하고자 한다. 창수는 해고를 앞두고 암모니아 탱크의 폭발로 사망하고, 문길이는 건강검진을 통해 결핵을 진단받은 뒤 회사에서 해고당하고 죽음을 맞이한다.

　그런데 이들 소설은 여기서 끝나지 않는다. 「출근정지」에서 암모니아

33　이북명, 이화경 역, 「초진(初陳)」(『文學評論』 2(6), 1936.6), 『한국 노동소설 전집』 3, 보고사, 1995, 163~165쪽.
34　이북명, 「출근정지」, 12쪽.

탱크가 폭발해 창수, 웅오, 성삼을 비롯한 일곱 명의 노동자가 죽음을 맞이하자, 직공들은 죽은 노동자들의 가족을 책임지라고 소리치거나 회사가 불경기를 핑계로 질병 있는 창수 등의 출근을 막았던 것에 저항한다. 이들의 산재 이후, 삼천 명의 직공들이 공장의 열악한 환경과 부조리한 해고에 맞설 힘을 얻게 된 것이다. 「초진」은 회사의 삼엄한 감시 아래서 친목회를 구성하고자 하는 노동자들의 이야기가 주된 축을 이룬다. 그렇게 만들어진 친목회가 가장 먼저 한 일은 질병으로 해고당한 노동자들의 해고를 반대하는 것이었지만, 주요 인물들이 경찰서에 끌려 들어가게 되면서 해고 반대 투쟁은 실패로 끝이 나게 된다. 그러나 투쟁의 열기는 문길이 결국 폐결핵으로 죽게 되는 것을 계기로 계속해서 이어지게 된다.

문길의 처는 회사 정문 앞에 오자 와앙- 하고 울음을 터뜨렸다. 군중은 머무처 선 채 아무것도 말하지 않았다. 그때, 호상자護喪者 사이에서 누군가의 휘파람 소리가 울렸다. 그리고 순식간에 휘파람은 퍼져갔다. 그것은 틀림없이 메이데이였다.

"부르지마."

기미순사가 말을 달리면서 소리쳤다. 그러나 휘파람은 그치지 않았다. (…중략…)

"노래 부르지마."

기미순사가 목이 터질 것 같은 소리로 고함쳤다. 경비원이 뛰어 왔다. ……의 일대가 자동차를 날 듯하며 왔다. 한 사람이 끌려가면 그것을 ……하려고 하는 군중의 우렁찬 소리가 일어났다. 구경하고 있던 군중 속에서도 끌려가는 사람이 있었다. 자동차가 호상객을 한 차 유치장에 넣고 나서 빈 차를 날라 왔을 때에는 군중은 거의 흩어지고, 호상객의 반은 자유를 잃고 있었다. 그러나 공장 내의 노래 소리는 그치지 않았다. 이런 광경을 뒤에 남김 채, 문길의 영구는 쓸쓸한 경계선^{警戒線}에, 공장가를 천룡리의 무덤지를 향해 나아갔다.

공장 내에서 흘러오는 비장한 메이데이가를 뒤로 들으면서.³⁵

위 인용문은 문길의 상여가 공장으로 들어서자 노동자들이 메이데이 가를 부르기 시작하고, 영구가 공장을 빠져나올 때까지 노랫소리가 그치지 않는 것을 보여 주는 「초진」의 마지막 장면이다. 이를 통해 소설은 노동자들의 투쟁이 끝나지 않았음을, 그들이 이제 더 견고한 저항의 탑을 쌓게 될 것임을 암시한다. 이렇듯 이북명의 소설 속에서 산재로 죽거나 병든 몸은 다른 노동자들의 분노를 이끌어 내는 역할을 하고, 남은 노동자들은 그것을 계기로 계급의식을 다지고 회사에 저항하는 연대의 기반을 만들어 간다. "빵 때문에, 병 때문에 양방으로 괴롭혀지는"³⁶ 상황을 고발하는 N공장 친목회의 선전문은 이북명이 노동자들이 처한 계급적 조건과 '아픈 몸'의 문제를 동시에 사유했다는 점을 보여준다. 이처럼 프로소설에서 재현되는 질병과 장애는 극복되어야 하는 대상으로 여겨진다기보다는, 아픈 존재가 놓인 사회적 조건을 드러내 보여주고, 오히려 고통을 통해 주변적 존재들을 연결한다는 점에서 정치적 의미를 가지는 셈이다.

---

35   이북명, 「초진」, 194~195쪽.
36   위의 책, 190쪽.

나 가 며
'식 민 지   사 회 주 의 ' 의
문 학 사 를   위 하 여

역사적으로 사회주의 사상은 세계 각 지역의 상황 속에서 '번역'되고 로컬화되며 구체적인 실천을 추동해 왔다. 러시아혁명, 중국혁명, 베트남혁명, 쿠바혁명 등 이미 잘 알려진 사례뿐 아니라 트리컨티넨탈 지역에서 인종이나 민족 해방 문제 등과 결합한 마르크스주의의 흐름은 일일이 열거할 수 없을 정도로 다양하고 광범위하다. 그렇다면 식민지 조선의 경우는 어떠했는가. 사회주의의 세계사에 제대로 기입조차 되지 않은 조선의 사례를 새롭게 발견하기 위해 이 책은 1920~1930년대 조선의 사상과 문학에서 이루어진 사회주의의 자기화 과정을 탐색해하고자 했다. 이는 유럽의 주변부이자 일본의 식민지라는 조건 속에서 사회주의를 받아들일 수밖에 없었던 당대 문학가들의 (무)의식적이며 정신적인 고투를 읽어내려는 작업의 일환이다.

식민지 조선의 사회주의 사상은 민족과 계급을 비롯한 여타의 모순이 교차하는 조건을 인식하고 그로부터 해방되고자 하는 사유를 담고 있었다. 유럽의 역사적 경험에 기반을 둔 계급 모순 중심의 정통 마르크스주의와는 다른 복잡한 사유의 패턴을 담지했던 것이다. 특히 사회주의 사상의 중요한 두 축인 '역사적 유물론'과 '계급 주체'의 문제는 식민지 조선의 사회주의자에게도 핵심적인 논점으로 자리했지만, 이러한 논점의 수용은 정통 마르크스주의로 수렴되지 않는 고유한 양상을 띠었다. 충분히 생산력이 발달하지 않은 조선에서 역사의 이행을 설명하기 위해서는 주체의 마음 작용이 보다 강조되어야 했고, 그 과정에서 러시아혁명이 중요한 참조점이 되거나 비약의 충동이 서사에 강하게 투영되기도 했다. 또한 프롤레타리아 계급은 공장노동자라는 외연을 확장해 억압받는 자들을 지칭했는데, 때로는 식민지 민중이 그 자체로 프롤레타리아가 되는가 하면 농민과 농업 프롤레타리아, 룸펜 프롤레타리아, 기생이나 여급, 안잠자기나 유모와 같은 재생산노동자 등이 프롤레타리아의 범주 안에 포함되었다.

　제1부에서는 프로문학이 태동하기 이전인 1920년대 초중반 사상사의 케이스를 통해 사회주의가 조선에 수용되면서 어떠한 역사 인식과 주체 모색의 과정을 드러냈는지를 살펴보았다. 이 시기 사회주의 사상이 전개되는 과정에서 나타나는 특징은 이후 등장한 프로소설에서도 고스란히 찾아볼 수 있는 형식 논리를 지녔다. 우선 러시아혁명이 조선의 사상사에 미친 영향을 점검했다. '민족자결'이 두 흐름으로 분화되기 시작한 1920년, 러시아혁명과 볼셰비키로 대표되는 사회주의에 대한 인식이 변화하기 시작했다. 그 지표로서 상해판 『독립신문』을 검토한 결과 러시아혁명 및 사회주의는 조선의 미래를 예비하는 긍정적 가능성의 하나로 받아들여졌다. 국내의 매체에서도 러시아혁명과 소비에트 러시아에 대한 관심은 폭넓었는데, 이는 '해방의 원리'라는 정신적 차원의 논의에서부터 레닌의 제국주의론에 기댄 경제적 차원의 논의까지를 포괄하는 것이었다. 뿐만 아니라 러시아혁명은 후진의 역전 가능성을 보여준 역사적 참조가 되면서 주변부이자 식민지였던 조선 내의 사회주의자들에게 세계적 동시대성을 실천적으로 확보케 하는 계기가 되었다.

　이후 조선에서 유물론적 역사관과 계급 중심성이 어떻게 받아들여졌는지를 검토했다.마르크스의 『정치경제학 비판을 위하여』 서문을 근거로 전개된 물산장려운동의 논쟁에는 유물론적 역사 발전 단계론이 자기화된 과정이 드러나는데, 특히 물산장려운동을 반대했던 신생활파, 서울파, 북성회에 소속된 사회주의자들은 유물론적 역사관을 수용하면서도 생산력 증식론보다 '사회혁명'의 정세적 가능성에 더 방점을 찍으며 러시아혁명과 레닌·트로츠키 등의 전언을 반대의 논거로 활용했다. 나아가 사회혁명을 추동하는 힘을 생산력의 발달이 아닌 마음의 작용으로부터 찾음으로써 유물사관의 단계론적 시간관을 압축하거나 비약하려는 경향을 보였다. 유사한 맥락에서 인간과 역사의 자기 형성을 매개하는 유심론적인 것으로서의 '개체적인 감각'을 중요시하는 인식이 있었다는 점을 밝히는 한편으로, 그러한 인식에 입각해 다양한 억압받는 이들이 프롤레타리아 주체로서 받아들여진 흐름 또한 존재했다. 이는 공장 프롤레타리아 계급 중심성을 초과하는 것이었다. 모순을 교차해서 사유하고 여러 억압받는 얼굴'들'을 직시할 수 있었던 것은 계급 모순과 민족 모순을 동시에 경험하고 있었던, 그렇기에 다른 모순과도 교차할 수 있는 기반을 가졌던 식민지민이기에 가능한 것이기도 했다.

제2부와 제3부에서는 앞서 논의한 사상사에서의 역사 인식과 주체의 문제가 프로문학 속에서 각각 어떻게 드러나는지를 살폈다. 프로소설의 역사 인식을 다룬 2부에서는 역사 발전 법칙의 공백을 비약, 혹은 복선적 역사로써 초월하려는 유토피아적 충동이 드러나는 양상을 밝혔다. 이를 통시적으로 검토하기 위해 가장 먼저, 프로문학의 시작이라 할 수 있는 신경향파소설의 특징부터 분석했다. 신경향파소설의 주요한 특징인 폭력적인 감각은 주로 그로테스크한 꿈이나 환상과 결부되었는데, 이는 기존의 자본주의적·식민주의적 질서를 흐트러뜨리는 역할을 하는가 하면 체제 속의 연약한 주인공을 질서 파괴의 주체로 비약하게 만들었다. 이와 같은 파국의 상상력에는 현재의 세계를 넘어 다른 시공간의 세계로 도달하고자 하는 유토피아적 시간성이 내재한다. 그 다음으로는, 1920년대 후반부터 1930년대 초반에 창작된 송영과 이효석의 '운

동가 코스모폴리탄소설'을 대상으로 그 낭만성이 지니는 식민지적 의미에서 대해 분석했다. 흔히 엑조티시즘적 분위기를 자아내는 소설 속 이국은 조선이 당면한 현실을 담아내기에 적절하지 않은 공간으로 여겨져 왔으며, 그렇기에 낭만적이며 관념적인 공간으로 비판받아온 바 크다. 그러나 이 계열의 소설이 보이는 낭만성은 당대 문학가들의 사회주의 유토피아적 이상이 투영된 것이자 국제주의자로서의 '비약'적 이행에 대한 상상이 발현된 것으로, 식민지 사회주의문학자의 역사 인식에 내재한 (무)의식을 가늠할 수 있게 해주는 바로미터라는 점에서 정치적 의미를 가진다. 마지막으로 1930년대 초중반에 집중적으로 창작된 사회주의 농촌 장편소설을 중심으로 그간 다른 계열의 소설로 묶여서 독해되던 이기영의 『고향』과 심훈의 『상록수』가 공유하는 서사적 의미를 탐색했다. 두 소설은 김희준과 박동혁이라는 진보적 주체를 내세우면서 유물론적 역사관을 긍정하지만, 식민지라는 현실은 적대 전선의 합법적 재현을 가로막으며 운동을 아포리아에 빠지게 한다. 이때 두레나 공동답 등의 전통적 농촌 공동체의 풍속은 식민지 상황에서 마주할 수밖에 없는 아포리아에 맞서 결정적인 서사적 모멘트를 만들며 대안적 근대의 시공간을 향한다는 점에서 주목을 요한다. 이 소설들은 유물론적 역사 발전 단계를 전제하는 시간관을 그대로 수용하지만은 않음으로써, 나아가 그것을 대리보충하는 반역사주의적 인식을 이면에 함축함으로써 '복선적 시간관'이라는 주변부적 특징을 드러내 보여준다.

한편 프로소설 속에 나타난 주체의 문제에 초점을 맞춰 논의를 진행한 제3부에서는 공장 프롤레타리아가 재현된 소설이 있었던 것만큼이나 그 밖의 존재'들'을 주체로 정위하려는 소설도 다수 존재했음을 밝혔다. 이 시기 프로소설에서 프롤레타리아는 공장 프롤레타리아를 포괄하는 더 폭넓은 개념으로서 이해될 필요가 있다. 프로소설에 등장하는 다양한 주체들은 원본으로서의 프롤레타리아에 대한 아날로지로 존재하면서 공장 프롤레타리아가 행하는 계급 투쟁의 양상을 각자의 위치에서 구현해냈다. 농민과 농촌 프롤레타리아, 도시 빈민을 비롯한 룸펜 프롤레타리아, 노동자로서의 기생과 여공이 되는 여성이 등장하는 여성노동자가 대표적이다. '분노'의 정동을 통해 다른 존재로의 이행을 꾀하던 1920년대 중후반의 농촌소설이 1930년대 초반에는 의식화를 지향하는 프로소설 일반의 특징을 공유하게 됐음에도 불구하고, 당대의 농촌 단편소설들은 공장 프롤레타리아적·국제주의적 의식화만으로 포섭되지 않는 정동이나 민족적 경향을 포함하고 있었다. 1920~1930년대 도시를 배경으로 하는 프로소설에는 공장 프롤레타리아가 등장하는 것만큼이나 룸펜 프롤레타리아가 빈번하게 등장했는데, 1920년대 중후반의 프로소설이 주로 걸인이나 도시 빈민, 일용직노동자 등을 서사화했다면, 세계대공황을 지난 1930년대 초반의 프로소설에는 실직자나 룸펜 인텔리겐치아와 같은 존재가 등장하는 경우가 많았다. 전자가 이들의 비참한 삶을 알리는 데 집중한 것에 비해 후자의 소설은 룸펜 프롤레타리아의 기생성을 비판하고 이들을 적극적으로 주체화하는 방식을 보인다. 한편, 1930년대 프로소설의 중요한 특징 중 하나는 생산노동뿐 아니라 재생산노동까지를 포함한 노동을 행하는 여성노동자와 주의자가 사회주의소설 속에 대거 등장했다는 점이다. 특히 소설 속 기생은 노동력을 착취하는 자본주의의 구조를 실체적이고 은유적으로 체현할 뿐 아니라 여성 억압의 구조를 단적으로 보여주는 존재였다. 그런 한편 '여공–되기'의 서사가 한 계열을 이루었는데, 그것은 극점에 있는 '남성 / 부르주아'라는 '다수성majority'를 벗어날 가능성을 포함한다는 점에서 특별하다.

이상 이 책에서 살핀 문제들은 사회주의 사상이 식민지 조선의 프롤레타리아소설에서 수용되고 실천되는 양상의 고유성과 관련된다. 이를 밝히는 과정에서 강조하고자 한 것, 나아가 추후의 과제로 남기고자 하는 것은 다음 세 가지로 정리될 수 있다. 첫째, 프로문학 정전의 구축과 탈구축 혹은 재구축 사이의 긴장을 유지하면서 정전의 그늘에 가려졌던, 그러나 당대를 재고하는 데 충분히 유의미한 텍스트를 발견·연구해 나가는 것이 필요하다는 사실이다. 조직론과 논쟁사에 집중된 1980년대적 연구에 거리를 두는 연구사적 흐름이 형성되었음에도 불구하고 여전히 연구의 대상은 이전에 형성된 프로문학의 정전에 고착된 바 크다. 카프에 가담한 작가의 작품과 당대의 논쟁에서 주목받았던 작품을 두루 포괄하면서 정전이 형성되었다는 점을 염두에 둘 때, 이로부터 벗어나지 않는 한 결국에는 조직론과 논쟁사가 던져놓은 그물망으로 다시금 포획될 수밖에 없을 것이다. 즉 정전화된 작품을 다루면서 연구의 방향성만을 바꾸는 것만으로 식민지기와 1980년대에 구축된 프로문학사에 대한 실질적인 거리두기는 어렵다고 할 수 있다. 대상을 바라보는 각도를 바꾸는 것 만큼이다 대상의 범위 자체에 대한 질문을 던지는 것도 중요하다. 이 책이 정전 안팎의 작품을 적극적으로 대상 삼으며 프로소설의 범위를 다시금 점검하고자 한 이유다. 카프 가담 여부와 상관없이 사회주의적 문화 현상의 자장 아래 있었고 그것이 식민지 상황에서 유입된 사회주의문학의 고유한 특질을 보여줄 수 있는 것이라면 주요 연구대상으로 끌어안았다. 그럼으로써 조직론과 논쟁사에 수렴되지 않는 연구의 가능성을 펼쳐 보이려 시도했다.

둘째, 사회주의가 수용·'번역'되는 방식의 다양성을 염두에 두고, 실증적 차원의 접근을 정신사적 차원으로까지 확대해 사상을 전유하는 식민지 조선의 특수성을 규명하는 것이 필요하다는 점이다. 단적으로 이 논문은 조선에서 사회주의가 수용될 때 '레닌적인 것', '러시아혁명적인 것'의 흔적이 어떻게 각인되었으며, 그것이 어떻게 다시 조선적으로 자기화되어 전개되었는가의 문제에 주목했다. 그동안 1920년대 초중반 사회주의 사상이 본격적으로 확산된 이유 중 하나로 러시아혁명이 지목되곤 하는 것에 비해 레닌이 미친 영향에 대한 논의는 희소했다. 1920년대 초반부터 원전이 번역되기 시작한 마르크스와 다르게 레닌이 미친 사상사적 영향을 논증할 만한 레닌의 원전 번역이 이루어지지 않았다는 것이 그 원인으로 작용했을 것이다. 그러나 레닌 저서의 번역이 뒤늦게 이루어졌다고 하더라도, 민족의 해방과 세계혁명의 관계에 대한 실천적 논의와 구상, 후진의 역전 가능성이라는 측면을 '레닌적인 것'으로 통칭한다면 이는 여러 가지 형태로 조선적 변용을 겪으며 뚜렷한 흔적을 남겼다. 그 흔적에 주목하는 것은 마르크스 원전 번역과 영향을 주로 다룬 사회주의 사상사 연구에 관점의 변화를 꾀하는 일이기도 하다.

셋째, 식민지라는 조건 속에서 배양된 조선 사회주의 사상 및 프로문학의 특질을 보다 보편적이며 세계사적인 차원으로 포괄할 수 있는 새로운 개념틀의 제시가 필요하다는 점을 지적하고자 한다. 가령 '식민지학'이라는 상위의 입각점에서 사회주의의 수용과 자기화를 논하는 방식이 있을 수 있다. 사회주의가 아닌 식민지 상황과 그 조건으로 강조점을 옮긴다면 유럽 중심적인 정통 마르크스주의를 일방향적으로 받아들이는 후발자의 입장에 설 때와는 또 다른 논의를 이어갈 수 있으리라 생각한다. 이는 현지의 사정에 맞게 '번역' 과정을 거쳐 사회주의가 전유·자기화된다는 점을 가정하는 이 책의 입장과 상통하는 것이기도 한데, 정통 마르크스주의가 현실화·실천화될 때 간과하기 쉬운 지점에 대한 대안성 혹은 대리보충의 방식을 발견하는 것으로 연결 될 수 있다. 이러한 맥락에서 자기화 과정을 거쳐 형성된 사회주의 사상의 존재 양태를 함의하는 개념으로 '식민지 사회주의'라는 용어를 제시하고 그와 관련된 사례를 분석하는 일을 향후 과제로 남겨두고자 한다. 각 지역마다 사회주의가 자기화되는 방식이 다르다면, 지역에서 실천되는 모든 사회주의는 식민지 사회주의라고까지 할 수 있을 것이다. 이는 원본과 복사본으로서의 사회주의라는 구별과 위계를 허물고 모두가 그 자체로 고유한 판본들임을 밝히려는 작업이다. '식민지 사회주의'와 관련된 이후의 연구는 해방이라는 사회주의의 고전적 이상을 공유하는 복수의 실천'들'을 공구하는 작업이 될 것이다.

참고문헌

1. 기본 자료

『개벽』『공제』『대중공론』『독립신문』『동광』『동방평론』『동아일보』『매일신보』『문학건설』
　　『별건곤』『생장』『선봉』『시대공론』『신계단』『신생활』『신소설』『신여성』『신흥』『아
　　성』『작품』『제1선』『조선강단』『조선문단』『조선문예』『조선문학』『조선일보』『조선
　　지광』『중외일보』『철학』『학지광』『현대평론』『혜성』

권환·송영·이기영, 『농민소설집』, 별나라사, 1933.
김영팔·송영·윤기정, 『현대조선문학선집12 단편소설집 석공조합대표』, 문예출판사, 1991.
박영희, 『박영희전집』 3, 영남대 출판부, 1997.
박치우, 『사상과 현실―박치우전집』, 인하대 출판부, 2010.
심훈, 『상록수』, 문학과지성사, 2012.
안승현 편, 『한국노동소설전집』 2, 보고사, 1995.
　　　　　, 『한국노동소설전집』 3, 보고사, 1995.
염상섭, 『염상섭 문장 전집』 1, 한기형·이혜령 편, 소명출판, 2013.
　　　, 『염상섭 전집』 2, 민음사, 1987.
이광수, 『이광수전집』 10, 삼중당, 1971.
이기영, 『서화(외)』, 범우, 2006.
이효석, 『이효석전집』 1, 서울대 출판문화원, 2016.
　　　, 『이효석전집』 5, 서울대 출판문화원, 2016
임화, 『임화문학예술전집2―문학사』, 소명출판, 2009.
　　, 『임화문학예술전집3―문학의 논리』, 소명출판, 2009.
신남철, 『신남철 문장선집 Ⅰ―식민지시기편』, 정종현 편, 성균관대 출판부, 2013.
조명희, 『포석 조명희 선집』, 동방도서 출판사, 1959.
최서해, 『최서해 전집』 상, 곽근 편, 문학과지성사, 1987.
한설야, 『한설야 단편선 과도기』, 문학과지성사, 2011.
나카니시 이노스케, 박현석 역, 『너희들의 등 뒤에서』, 현인, 2017.
三木淸, 『三木淸全集』 10, 東京 : 岩波書店, 1967.

2. 2차 자료

가게모토 츠요시, 「식민지 조선의 또 하나의 프롤레타리아 문학―룸펜 프롤레타리아, 농업
　　　노동자, 유곽의 여성들」, 『현대문학의 연구』 61, 한국문학연구학회, 2017.

강대석, 『유물론의 과거와 현재』, 밥북, 2020.

강문희, 「송영 소설 연구―식민지 시기 국제주의 연애와 가족 서사를 중심으로」, 성균관대
　　　논문, 2011.

강용훈, 「1900~1920년대 감각 관련 개념의 사용 양상 연구」, 『한국문학이론과 비평』 54, 한
　　　국문학이론과비평학회, 2012.

강지윤, 「전향자와 그의 아내―룸펜 인텔리겐챠와 자기반영의 문제들」, 『사이 SAI』 8, 국제
　　　한국문학문화학회, 2010.

공임순, 『3 · 1과 반탁―한반도의 운명적 전환과 문화권력』, 앨피, 2020.

구자연, 「강경애 소설 속 질병 · 장애의 재현과 방언 발화의 의미」, 『춘원연구학보』 24, 춘원
　　　연구학회, 2022.

권명아, 「식민지 내부의 감각의 분할과 정념의 공동체―병리학에서 정념-론으로의 전환을
　　　위한 시론」, 『석당논총』 53, 동아대 석당학술원, 2012.

권보드래, 「저개발의 멜로, 저개발의 숭고―이광수, 『흙』과 『사랑』의 1960년대」, 『상허학보』
　　　37, 상허학회, 2013.

_____, 『신소설, 언어와 정치』, 소명출판, 2014.

_____, 『3월 1일의 밤』, 돌베개, 2019.

_____, 「김기진의 '클라르테(Clarté)' 번역과 한국문학의 레닌적 계기」, 『사이間SAI』 31,
　　　국제한국문학문화학회, 2021.

권영민, 『한국 계급문학 운동사』, 문예출판사, 1998

_____, 『한국현대문학사1』, 민음사, 2002.

권철호, 「심훈의 장편소설에 나타나는 '사랑의 공동체'」, 『민족문학사연구』 55, 민족문학사
　　　연구소, 2014.

_____, 『심훈의 농촌소설과 동아시아 촌치운동(村治運動)』, 『한국근대문학연구』 20(2), 한
　　　국근대문학회, 2019.

김경연, 「1920년대 초 '공통적인 것'의 상상과 문화의 정치―『신생활』의 사회주의 평민문화
　　　운동과 민중문예의 기획」, 『한국문학논총』 71, 한국문학회, 2015.

김경일, 「지배와 연대의 사이에서―재조일본인 지식인 미야케 시카노스케」, 『사회와 역사』

105, 한국사회사학회, 2015.

김동식, 「1920년대 중반의 한국문학과 '끼니'의 무의식 – 김기진과 최서해, 그리고 '밥'의 유물론」, 『문학과 환경』 11(1), 문학과환경학회, 2012.

_____, 「진화(進化)·후진성(後進性)·1차 세계대전」, 『한국학연구』 37, 인하대 한국학연구소, 2015.

김명인, 「한국 근대문학 개념의 형성 과정 – '비애'의 감각을 중심으로」, 『탈식민의 역학』, 민족문학사연구소 기초학문연구단, 소명출판, 2006.

김미연, 「1920년대 과학소설 번역·수용사 연구 – '유토피아니즘(Utopianism)'을 중심으로-」, 고려대 논문, 2021.

김미지, 「접경의 도시 상해와 '상하이 네트워크' – 주요한의 '이동'의 궤적과 글쓰기 편력을 중심으로」, 『구보학보』 23, 상허학회, 2019.

김민정, 「리얼리즘의 강박, 증상으로서의 리얼리티 – 리얼리즘의 재인식과 전망의 모색」, 『민족문학사연구』 54, 민족문학사연구소, 2014.

김성수, 「일제강점기 사회주의문학에 나타난 민족 및 국가주의 – 방향전환기 카프의 프로문학을 중심으로」, 『민족문학사연구』 24, 민족문학사학회, 2004.

김성연, 「'꿈의 도시' 경성, 그 이면의 '폐허' – 이효석 「도시와 유령」을 시점으로」, 『한민족문화연구』 27, 한민족문화학회, 2008.

김숭배, 「반(反)베르사유 – 국제적 민족자결론과 한국적 분화의 연계성」, 『국제정치논총』 59(2), 한국국제정치학회, 2019.

김승섭, 『우리 몸이 세계라면』, 동아시아, 2018.

김양선, 「1930년대 소설과 식민지 무의식의 한 양상 – 김유정 소설에 나타난 향토의 발견과 섹슈얼리티를 중심으로」, 『한국근대문학연구』 10, 한국근대문학회, 2004.

김영민, 『한국문학비평논쟁사』, 한길사, 1992.

김외곤, 「노농동맹의 성과와 한계」, 『한국 근대 리얼리즘 문학 비판』, 태학사, 1995.

김용달, 『농민운동』, 독립기념관 한국독립운동사연구소, 2009.

김윤식, 『한국근대문예비평사연구』, 한얼문고, 1973.

_____, 「작품해설-식민지 현실의 총체적 탐구와 리얼리즘의 새로운 형식 – 『고향』론」, 『고향』, 문학사상사, 1994.

_____, 『이광수와 그의 시대2』, 솔, 2008.

김윤식 외, 『한국 리얼리즘 소설 연구』, 문학과비평사, 1987.

김윤식·정호웅, 『한국 근대 리얼리즘 작가 연구』, 문학과지성사, 1988.

김윤희, 「1930년대 전후 민족·계급 담론과 빈민개념」, 『남도문화연구』 35, 순천대 남도문화연구소, 2018.

김은주, 「들뢰즈와 가타리의 되기 개념과 여성주의적 의미-새로운 신체 생산과 여성주의 정치」, 『한국여성철학』 21, 한국여성철학회, 2014.

_____, 「들뢰즈의 행동학(ethologie)-되기(devenir)개념과 실천적 의미」, 『시대와 철학』 25(2), 한국철학사상연구회, 2014.

김정신, 「『상록수』와 『사선(死線)을 넘어서』에 나타난 영향관계 연구」, 『현대문학이론연구』 74, 한국문학이론학회, 2018.

김진석, 「프롤레타리아 농민소설 연구」, 『인문과학연구』 3, 서원대 인문과학연구소, 1994.

김창엽·문옥륜, 「일제하 근로자의 건강상태에 관한 문헌 고찰」, 『Journal of Preventive Medicine and Public Health』 24(1), 대한예방의학회, 1991.

김철, 「프롤레타리아소설과 노스텔지어의 시공」, 『한국문학연구』 30, 동국대 한국문학연구소, 2006.

김태윤, 「북한 간부이력서를 통해 본 일제 말 사회주의운동과 네트워크의 연속성-경성제국대학 법문학부 독서회 참여자를 중심으로」, 『한국독립운동사연구』 72, 독립기념관 한국독립운동사연구소, 2020.

김항, 「우리-내-존재In-dem-Uri-sein라는 철학적 전회-박종홍과 하이데거」, 『민족문화연구』 50, 고려대 민족문화연구원, 2009.

김현경, 『사람, 장소, 환대』, 문학과지성사, 2015.

김현주, 「논쟁의 정치와 〈민족개조론〉의 글쓰기」, 『역사와 현실』 57, 한국역사연구회, 2005.

_____, 「'노동(자)' 그 해석과 배치의 역사-1890년대에서 1920년대 초까지」, 『상허학보』 22, 상허학회, 2008.

_____, 「1920년대 전반기 사회주의 문화담론의 수사학-사회주의는 사회비평을 어떻게 변화 시켰는가?」, 『대동문화연구』 64, 성균관대 대동문화연구원, 2008.

류시현, 「나경석의 '생산증식'론과 물산장려운동」, 『역사문제연구』 2, 역사문제연구소, 1997.

_____, 「1920년대 전반기 「유물사관요령기」의 번역·소개 및 수용」, 『역사문제연구』 13, 역사문제연구, 2010.

류준범, 「1930~1940년대 사회주의운동가들의 '민족혁명'에 대한 인식」, 『역사문제연구』 4, 역사문제연구소, 2000.

문혜진, 「일제 식민지기 국가신도의 국민도덕화 담론에 대한 소고」, 『정신문화연구』 38(4), 한국학중앙연구원, 2015.

박근예, 「1920년대 문학 담론 연구」, 이화여대 논문, 2005.

박민철, 「식민지 / 해방 조선의 맑스주의 역사철학-신남철의 '역사적 주체론'과 '비극적 운명'론」, 『시대와 철학』33(1), 한국철학사상연구회, 2022.

박상준, 『한국 근대문학의 형성과 신경향파』, 소명출판, 2000.

_____, 「프로문학 연구의 새로운 방향과 의의」, 『어문학』102, 한국어문학회, 2008.

박수현, 「일제하 수리조합 항쟁 연구―1920~1934년 산미증식계획기를 중심으로」, 중앙대 논문, 2001.

_____, 「누구를 위한 개발인가?―수리조합 사업의 실체」, 『내일을 여는 역사』76, 내일을여는역사재단, 2019.

박은식, 김도형 역, 『한국독립운동지혈사』, 소명출판, 2008.

박종린, 「일제하 사회주의사상의 수용에 관한 연구」, 연세대 논문, 2006.

_____, 『사회주의와 맑스주의 원전 번역』, 신서원, 2018.

박필현, 「카프(KAPF)의 『농민소설집』과 조선문학가동맹의 『토지(土地)』 비교 연구」, 『현대소설연구』71, 한국현대소설학회, 2018.

박헌호, 「작품 해설―'늘 푸르름'을 기리기 위한 몇 가지 성찰」, 『상록수』, 문학과지성사, 2005.

_____, 「'문학' '史' 없는 시대의 문학 연구―우리 시대 한국 근대문학 연구에 대한 어떤 소회」, 『역사비평』75, 역사비평사, 2006.

_____, 「'계급' 개념의 근대지식적 역학―사회주의 연구노트 1」, 『상허학보』22, 상허학회, 2008.

_____, 「"문화연구"의 정치성과 역사성―근대문학 연구의 현황과 반성」, 『민족문화연구』53, 고려대 민족문화연구원, 2010.

_____, 「'낭만', 한국 근대문학사의 은폐된 주체」, 『한국학연구』25, 인하대 한국학연구소, 2011.

_____, 「'생활'하는 '주의자'들―〈김병화傳〉으로 읽는 『삼대』」, 『비교어문연구』40, 비교어문학회, 2015.

박현수, 「신문지법과 필화의 사이―『신생활』10호의 발굴과 연구」, 『민족문학사연구』69, 민족문학사연구소, 2019.

_____, 「『신생활』 필화사건 재고」, 『대동문화연구』106, 성균관대 대동문화연구원, 2019.

방기중, 「1930년대 물산장려운동과 민족·자본주의 경제사상」, 『동방학지』115, 연세대 국학연구원, 2002.

배상미, 「1930년대 프롤레타리아소설 재론―여성, 노동, 섹슈얼리티」, 고려대 논문, 2018.

_____, 「식민지 조선의 프롤레타리아소설에 재현된 삐라를 둘러싼 정동과 출판문화」, 『우리어문연구』65, 우리어문학회, 2019.

손성준, 「조명희 소설의 외래적 원천과 그 변용―투르게네프와 고리키를 중심으로」, 『국제어문』62, 국제어문학회, 2014.

손유경, 「한국 근대소설에 나타난 '동정(同情)'의 윤리와 미학에 관한 연구」, 서울대 논문, 2006.

_____, 「최근 프로문학 연구의 전개 양상과 그 전망」, 『상허학보』19, 상허학회, 2007.

_____, 『고통과 동정』, 역사비평사, 2008.

_____, 『프로문학의 감성구조』, 소명출판, 2012.

_____, 「재생산 없는 고향의 유토피아」, 『한국문학연구』44, 동국대 한국문학연구소, 2013.

송명희, 「장애와 질병, 그리고 빈곤의 한계상황―강경애의 「지하촌」을 중심으로」, 『문예운동』156, 문예운동사, 2022.

송민호, 「북국의 기억과 위태로운 경계를 넘는 주체의 현상학―이효석 문학에 나타난 '월경'과 '교차'의 상상들」, 『한국문예비평연구』54, 한국현대문예비평학회, 2017.

송태은, 「1929년 사회주의 학생비밀결사와 서울지역 학생 운동」, 성균관대 논문, 2016.

신두원, 「계급문학, 민족문학, 세계문학」, 『민족문학사연구』21, 민족문학사연구소, 2002.

신형철, 『몰락의 에티카』, 문학동네, 2008.

심상우, 「이미지의 재현와 이국정서―「레비나스의 타자철학과 예술적 상상력」에 대한 논평을 대신해서」, 『대동철학』57, 대동철학회, 2011.

심의용, 「식민지 시기 지식인의 하이데거 수용과 변용」, 『현대유럽철학연구』68, 한국하이데거학회, 2023.

안용희, 「"그늘에 피는 꽃", 최서해 문학의 아포리아」, 『민족문학사연구』57, 2015.

역사문제연구소 문학사연구모임 저, 『카프 문학운동 연구』, 역사비평사, 1989

예지숙, 「일제 하 부랑자의 탄생과 그 특징」, 『한국사연구』164, 한국사연구회, 2014.

_____, 「일제시기 조선에서 부랑자의 출현과 행정당국의 대책」, 『사회와 역사』107, 한국사회사학회, 2015.

_____, 「호혜에서 근면으로―일제시기 구빈윤리의 등장」, 『개념과 소통』22, 한림과학원, 2018.

오길영, 「서사와 유토피아적 충동―제임슨의 서사이론」, 『비평과이론』21(2), 한국비평이론학회, 2016.

오문석, 「1차대전 이후 개조론의 문학사적 의미」, 『인문학연구』46, 조선대 인문학연구소, 2013.

오세인, 「1920년대 김기진 비평에서 '감각'의 의미」, 『비평문학』39, 한국비평문학회, 2011.

오태영, 「식민지 조선 청년의 귀향과 전망―이광수의 『흙』을 중심으로」, 『한국문학연구』62, 동국대 한국문학연구소, 2020.

유문선, 「카프 작가와 프롤레타리아 국제주의」, 『민족문학사연구』24, 민족문학사학회, 2004.

유승환, 「1920년대 초중반의 인식론적 지형과 초기 경향소설의 환상성」, 『한국현대문학연구』 23, 한국현대문학연구, 2007.

_____, 「하위주체적 "앎"과 사회주의 매체 전략―『비판』 소재 고정란을 중심으로」, 『민족문학사연구』 53, 민족문학사연구소, 2013.

윤기엽, 「일제강점기 조선총독부의 정신계몽운동을 통한 식민통치―1930년 신전개발운동을 중심으로」, 『원불교사상과 종교문화』 86, 원광대 원불교사상연구원, 2020.

윤덕영, 「1920년대 전반 조선물산장려운동 주도세력의 사회운동론과 서구 사회주의 사상과의 비교―'국내상해파'와 조선청년회연합회를 중심으로」, 『동방학지』 187, 연세대 국학연구원, 2019.

윤해동, 「근대 이후 한국의 노동이주와 동아시아」, 『한국민족운동사연구』 89, 한국민족운동사학회, 2016.

이경돈, 「최서해와 기록의 소설화」, 『반교어문연구』 15, 반교어문학회, 2003.

이경림, 「사랑의 사회주의적 등정의 불가능성―강경애의 『인간문제』론」, 『한국현대문학연구』 55, 한국현대문학회, 2018.

이경재, 「한설야와 만주」, 『어문연구』 44(2), 한국어문교육연구회, 2016.

이만영, 『한국 근대문학의 형성과 진화론』, 고려대 민족문화연구원, 2021.

이미림, 「이효석 문학의 유토피아 지향과 낭만적 요소」, 『한국문예비평연구』 50, 한국현대문예비평학회, 2016.

_____, 「이효석의 북국 삼부작 연구」, 『한중인문학연구』 50, 한중인문학회, 2016.

이병례, 「경제불황기 정리해고와 노동자의 대응」, 『역사비평』 90, 역사비평사, 2010.

_____, 「1930년대 초반 식민지 조선의 경제공황과 일상의 균열」, 『역사연구』 31, 역사학연구소, 2016.

이병수, 「1930년대 서양철학 수용에 나타난 철학1세대의 철학함의 특징과 이론적 영향」, 『시대와 철학』 17(2), 한국철학사상연구회, 2006.

이사유, 「1920년대 후기 프로소설의 연애문제」, 인하대 논문, 2009.

이상경, 「강경애 문학의 국제주의의 원천으로서의 만주 체험」, 『현대소설연구』 66, 한국현대소설학회, 2017.

이송순, 「1920~1930년대 전반기 식민지 조선의 농가경제 분석」, 『사학연구』 119, 한국사학회, 2015.

이요한, 「1920~1930년대 일제의 장애인정책과 특징」, 동국대 논문, 2009.

이윤갑, 「우가키 가즈시게(宇垣一成) 총독의 시국인식과 농촌 진흥 운동의 변화」, 『대구사학』 87, 대구사학회, 2007.

이은이, 「이효석 소설의 낭만성 연구」, 인하대 논문, 2004.

이정숙, 「조명희의 삶과 문학, 낭만성과 혁명성」, 『국제한인문학연구』 4, 국제한인문학회, 2007.

이종영, 『내면성의 형식들』, 새물결, 2002.

이종호, 「염상섭 문학의 대안근대성 연구」, 성균관대 논문, 2017.

이창우, 『그로테스크의 정치학』, 커뮤니케이션북스, 2015.

이철호, 「신경향파 비평의 낭만주의적 기원 – 김기진과 박영희를 중심으로」, 『민족문학사연구』 38, 민족문학사연구소, 2008.

_____, 「카프 문학비평의 낭만주의적 기원 – 임화와 김남천 비평에 대한 소고(小考)」, 『한국문학연구』 47, 동국대 한국문학연구소, 2014.

이태우, 「일제강점기 한국철학자들의 '위기담론' 연구」, 『동북아 문화연구』 1(34), 동북아시아문화학회, 2013.

이태훈, 「1930년대 전반 민족주의세력의 국제정세인식과 파시즘 논의」, 『역사문제연구소』 12(1), 역사문제연구소, 2008.

이해영, 「심훈의 '주의자소설'과 12월 테제」, 『현대문학의 연구』 65, 한국문학연구학회, 2018.

이현주, 『한국 사회주의 세력의 형성 – 1919~1923』, 일조각, 2003.

_____, 「1920년대 후반 식민지 문학에 나타난 '북국(北國)' 표상 연구 – 이효석 초기 작품과 카프 관련 활동을 중심으로」, 『우리문학연구』 44, 우리문학회, 2014.

이혜령, 「신문·브나로드·소설 – 리터러시의 위계질서와 그 표상」, 『한국근대문학연구』 8(1), 한국근대문학회, 2007.

이화진, 「조명희의 「낙동강」과 그 사상적 지반 – 낭만성의 기원」, 『국제어문』 57, 국제어문학회, 2013.

임경석, 「극동민족대회와 한국」, 『한국 사회주의의 기원』, 역사비평사, 2003.

임지현, 「포스트콜로니얼 마르크스? – 케빈 앤더슨, 『마르크스의 주변부 연구 – 민족주의, 종족, 비서구사회』」, 『마르크스주의 연구』 17(3), 경상대 사회과학연구원, 2020.

임혁, 「송영 문학에 나타난 '체험'과 현실인식의 관련 양상 연구」, 서울대 논문, 2016.

장사선, 『한국 리얼리즘 문학론』, 새문사, 1988.

장용경, 「'조선인'과 '국민'의 간극」, 『역사문제연구』 15, 역사문제연구소, 2005.

장원아, 「1920~1930년대 성산업 종사자 여성의 종속적 현실과 대응」, 『사학연구』 144, 한국사학회, 2021.

장인모, 「근우회를 통해 본 일제시기 사회주의 여성의 여성운동론」, 고려대 논문, 2007.

전명혁, 「한국 노동자계급 형성연구」, 『역사연구』 11, 역사학연구소, 2002.

전상숙, 「'조선여성동우회'를 통해서 본 식민지 초기 사회주의 여성지식인의 여성해방론」, 『한국정치외교사논총』 22, 한국정치외교사학회, 2000.

전재호, 「식민지기 민족주의 연구—국내 부르주아 우파와 사회주의 세력을 중심으로」, 『동북아연구』 16, 경남대 극동문제연구소, 2011.

정경운, 「근대 지식인 룸펜의 문화사적 고찰(1)」, 『용봉인문논총』 38, 전남대 인문학연구소, 2011.

정명환, 「위장된 순응주의(상) 이효석론」, 『창작과 비평』, 1968년 겨울호.

정승진, 「호남 동진수리조합 사업의 전개과정—지역 농민의 존재형태를 중심으로」, 『한국사학보』 79, 고려사학회, 2020.

정여울, 「이효석 텍스트의 공간적 표상과 미의식 연구」, 서울대 논문, 2012.

정종현, 「오빠들이 떠난 자리—전향의 시대, 임순득·지하련의 사회주의 관련 소설 연구」, 『한국학연구』 61, 한국학연구, 2021.

조남현, 「"경향(傾向)"과 "신경향파(新傾向派)"의 거리」, 『인문논총』 24, 서울대 인문학연구원, 1990.

_____, 「1920년대 소설과 〈밥〉의 문제」, 『한국소설과 갈등』, 문학과비평사, 1990.

_____, 「『상록수』 연구」, 『인문논총』 35, 서울대 인문과학연구, 1996.

조진기, 『한국 근대 리얼리즘 소설 연구』, 새문사, 1989.

_____, 『한일 프로문학론의 비교연구』, 푸른사상, 2000.

조현준, 「주디스 버틀러의 젠더 정체성 이론—패러디, 수행성, 복종, 우울증을 중심으로」, 『영미문학페미니즘』 9(1), 한국영미문학페미니즘학회, 2001.

차승기, 「프롤레타리아란 무엇이었는가—카프 초기의 프롤레타리아 개념의 변모」, 『한국문학연구』 47, 동국대 한국문학연구소, 2014.

최경희·박혜숙·박희병, 「한국여성의 자기서사(3)—근대편」, 『여성문학연구』 9, 한국여성문학학회, 2003.

최규진, 『조선공산당 재건운동』, 독립기념관 한국독립운동사연구소, 2009.

최병구, 「1920년대 프로문학의 형성과정과 '미적 공통성'에 대한 연구」, 성균관대 논문, 2013.

_____, 「"신체의 유물론"과 프로문학—1927년 『조선지광』의 유물논쟁을 중심으로」, 『민족문학사연구』 53, 민족문학사연구소, 2013.

_____, 「본성, 폭력, 사랑—정념의 서사로서 프로문학의 조건(들)—송영 소설을 중심으로」, 『동악어문학』 61, 동악어문학회, 2013.

_____, 「신체와 정동—1930년대 프로문학의 문화정치적 역학—임화와 김남천을 중심으로」, 『한민족어문학』 77, 한민족어문학회, 2017.

최수일, 「식민지 제도와 지식인에 대한 새로운 통찰-김기진의 소설 「trick」에 대하여」, 『상 허학보』 15, 상허학회, 2005.

최원식, 「프로문학과 프로문학 이후」, 『민족문학사연구』 21, 민족문학사연구소, 2002.

최은혜, 「저변화된 낭만, 전면화된 사실-1920년대 후반~1930년대 중반 임화 평론에 나타 난 '낭만성' 재검토」, 『우리문학연구』 51, 우리문학회, 2016.

_____, 「1920 초반 식민지 조선의 역사적 유물론 인식」, 『민족문화연구』 90, 민족문화연구 원, 2021.

_____, 「식민지 사회주의 농촌소설에서의 주체와 공동체-『고향』과 『상록수』 겹쳐 읽기」, 『현대문학이론연구』 85, 현대문학이론학회, 2021.

_____, 「민족과 혁명-1920년대 초 사회주의 수용에서 러시아 혁명 인식의 문제」, 『민족문 학사연구』 77, 민족문학사연구소, 2021.

_____, 「디스토피아의 유토피아-신경향파 소설의 정치적 무의식」, 『구보학보』 29, 구보학 회, 2021.

_____, 「'운동가 코스모폴리타니즘'의 낭만성과 그 함의-송영과 이효석 소설에서의 이국 (異國)」, 『현대문학이론연구』 88, 현대문학이론학회, 2022.

_____, 「룸펜 프롤레타리아의 문학적 형상화와 정치적 의미-1920~1930년대 조선의 사회 주의 소설을 중심으로」, 『인문과학』 85, 성균관대 인문학연구원, 2022.

_____, 「1930년대 프롤레타리아 문학의 '수리(水利)' 노동 재현과 그 정치적 함의-한설야 단편소설을 중심으로」, 『민족문학사연구』 80, 민족문학사연구소, 2022.

_____, 「'아픈 몸'과 계급-식민지기 프롤레타리아소설의 질병과 장애 재현」, 『현대소설연 구』 89, 한국현대소설학회, 2023.

_____, 「식민지 마르크스주의 역사철학과 인간학-1930년대 신남철과 박치우 겹쳐 읽기」, 『구보학보』 36, 구보학회, 2024.

하정일, 「『고향』과 농민소설의 방향」, 『민족문학의 이념과 방법』, 태학사, 1993.

_____, 『탈식민의 미학』, 소명출판, 2008.

한기형, 「서사의 로컬리티, 소실된 동아시아-심훈의 중국체험과 『동방의 애인』」, 『대동문화 연구』 63, 성균관대 대동문화연구원, 2008.

한대희 편역, 『식민지시대 사회운동』, 한울림, 1986.

한상원, 「맑스의 국제주의와 환대의 정치-윤리」, 『시대와 철학』 29(2), 한국철학사상연구 회, 2018.

한수영, 「'분노'의 공(公)과 사(私)-최서해 소설의 '분노'의 기원과 공사(公私)인식을 중심 으로」, 『한국문학이론과 비평』 68, 한국문학이론과 비평학회, 2015.

허민, 「적대와 연대—1930년대 "활자전선(活字戰線)"의 구축과 복수의 사회주의」, 『민족문학사연구』 53, 민족문학사연구소, 2013.

허수, 「제1차 세계대전 종전 후 개조론의 확산과 한국 지식인」, 『한국근대사연구』 50, 한국근현대사학회, 2009.

홍금수, 「일제강점기 경성의 공업」, 『문화 역사 지리』 14(1), 한국문화역사지리학회, 2002.

황종연, 「문학에서의 역사와 반(反)역사」, 『민족문학사연구』 67, 민족문학사연구소, 2018.

황지영, 「분노의 조직과 혁명으로의 이행—1920~30년대의 프로문학과 그 운동을 중심으로」, 『이화어문논집』 44, 이화어문학회, 2018.

_____, 「기술의 역학과 여공의 정동—1930년대 공장소설을 중심으로」, 『현대소설연구』 77, 한국현대소설학회, 2020.

2) 번역 논저

가라타니 고진, 권기돈 역, 『탐구2』, 새물결, 2010.

가야트리 스피박, 태혜숙·박미선 역, 『포스트식민 이성 비판』, 갈무리, 2005.

구리하라 유키오, 한일문학연구회 역, 『프롤레타리아 문학과 그 시대』, 소명출판, 2018.

그레고리 J. 시그위스·멜리사 그레그, 최성희 외 역, 『정동이론』, 갈무리, 2015.

디페시 차크라바르티, 김택현·안준범 역, 『유럽을 지방화하기』, 그린비, 2014.

레온 트로츠키, 정성진 역, 『영구혁명 및 평가와 전망』, 신평론, 1989.

_____, 볼셰비키그룹 역, 『러시아 혁명사』, AGORA, 2017.

로디 슬로라크, 이예송 역, 「마르크스주의와 장애」, 『마르크스21』 40, 책갈피, 2021.

로버트 J.C.영, 김택현 역, 『포스트식민주의 또는 트리컨티넨탈리즘』, 박종철출판사, 2005.

루이 알튀세르, 서관모 역, 『마르크스를 위하여』, 후마니타스, 2017.

루즈 베러클러프, 김원·노지승 역, 『여공문학』, 후마니타스, 2017.

마르셀로 무스토, 강성훈·문혜림 역, 『마르크스의 마지막 투쟁』, 산지니, 2018.

모택동, 김승일 역, 『모택동선집1』, 범우사, 2001.

볼피강 카이저, 이지혜 역, 『미술과 문학에 나타난 그로테스크』, 아모르문디, 2011.

브라이언 마수미, 조성훈 역, 『정동정치』, 갈무리, 2018.

블라디미르 레닌, 『맑스-레닌주의 민족운동론』, 편집부 편, 벼리, 1989.

_____, 이정인 역, 『제국주의, 자본주의의 최고 단계』, 아고라, 2017.

_____, 양효석 역, 『레닌전집 64—맑시즘의 희화와 제국주의적 경제주의』, 아고라, 2017.

사카이 나오키, 신현아 역, 「정동의 정치학」, 『문화과학』 87, 문화과학사, 2016.

에른스트 블로흐, 이은지 역, 「비동시성의 변증법적 복무」, 『자음과 모음』 32, 2016.6.

제프 일리, 유강은 역, 『The Left 1848~2000』, 뿌리와이파리, 2008.

자크 랑시에르, 안준범 역, 『프롤레타리아의 밤』, 문학동네, 2021.

조르조 아감벤, 박진우 역, 『호모 사케르-주권 권력과 벌거벗은 생명』, 새물결, 2008.

죄르지 마르쿠스, 정창조 역, 『마르크스는 인간을 어떻게 보았는가?』, 두번째테제, 2020.

주디스 버틀러, 조현준 역, 『젠더 트러블』, 문학동네, 2008.

질 들뢰즈, 서창현 역, 『비물질노동과 다중』, 갈무리, 2005.

질 들뢰즈 · 펠릭스 가타리, 김재인 역, 『천개의 고원』, 새물결, 2001.

카렐 코지크, 박정호 역, 『구체성의 변증법』, 거름, 1984.

칼 마르크스 · 프리드리히 엥겔스, 최인호 외 역, 『칼 맑스 / 프리드리히 엥겔스 저작 선집』 1, 박종철출판사, 1991.

_____, 최인호 외 역, 『칼 맑스 / 프리드리히 엥겔스 저작 선집』 2, 박종철출판사, 1991.

_____, 박재희 역, 『독일 이데올로기』 1, 청년사, 2007.

캐서린 흄, 한창엽 역, 『환상과 미메시스』, 푸른나무, 2000.

케빈 앤더슨, 정구현 · 정성진 역, 『마르크스의 주변부 연구-민족주의 종족, 비서구사회』, 한울 아카데미, 2020.

테리 이글턴, 전대호 역, 『유물론』, 갈마바람, 2020.

프란츠 파농, 남경태 역, 『대지의 저주받은 사람들』, 그린비, 2004.

프레데릭 제임슨, 김유동 역, 『후기 마르크스주의』, 한길사, 2000,

_____, 여홍상 · 김영희 역, 『맑스주의와 형식』, 창비, 2014.

_____, 이경덕 · 서강목 역, 『정치적 무의식』, 민음사, 2015.

프리드리히 엥겔스, 김경미 역, 『가족, 사적 소유, 국가의 기원』, 책세상, 2018.

3) 국외 논저

Abdel-Malek, Anouar. "Marxism and National Liberation : a Statemaent of the Theoretical Problem", Nation and Revolution : volume 2 of social dialectics, Vol.2. *Macmillan International Higher Education*, 1981.

Barker, J. Ellis. *British Socialism : An Examination of Its Doctrines, Policy, Aims and Practical Proposals*, Good Press, 2019.

Carpenter, Bennett Dempsey. "Lumpen : Vagrancies of a Concept from Marx to Fanon(and on)", *PhD diss, Duke University*, 2019.

Cleaver, Eldridge. *On the ideology of the Black Panther Party*. Vol.1. Ministry of Information, Black Panther Party, 1970.

Denning, Michael, *The cultural front : the laboring of American culture in the Twentieth Century*, verso, 1996.

Jameson Fredric. *Valences of Dialectic*, London : Verso, 2009.

Füredi, Frank, *colonial wars and the politics of third world nationalism*, London:I.B. Tauris, 1994.

Lifshitz, Mikhail, *The philosophy of art of Karl Marx*, London : Pluto Press, 1973.

Park, Sunyoung, *The Proletarian Wave*, Harvard Univ Pr, 2015.

Stallybrass, Peter, "Marx and Heterogeneity : Thinking the Lumpenproletariat." *Representations 31*(1990).

3. 기타 자료

Pat Stack, "Why are disabled people oppressed?", Socialist Worker, 2007.7.28.(https://socialist-worker.co.uk/features/why-are-disabled-people-oppressed/)

Shanice McBean, "What is intersectionality?", revolutionary socialism in the 21th century, 2013.8.13.(http://www.rs21.org.uk/2013/08/13/what-is-intersectionality/)

https://www.merriam-webster.com/dictionary/initiation

https://thetricontinental.org

　　새 천 년이 시작된 지도 벌써 몇 해가 지났다. 식민지와 분단국가로
지낸 20세기 한국 역사의 와중에서 근대 민족국가 수립과 민족 문화 정
립에 애써온 우리 한국학계는 세계사 속의 근대 한국을 학술적으로 미
처 정리하지 못한 채 세계화와 지방화라는 또 다른 과제를 안게 되었다.
국가보다 개인, 지방, 동아시아가 새로운 한국학의 주요 대상이 된 작금
의 현실에서 우리가 겪어온 근대성을 다시 한번 정리하고 21세기에 맞
는 새로운 모습으로 탈바꿈시키는 것은 어느 과제보다 앞서 우리 학계
가 정리해야 할 숙제이다. 20세기 초 전근대 한국학을 재구성하지 못한
채 맞은 지난 세기 조선학·한국학이 겪은 어려움을 상기해 보면, 새로
운 세기를 맞아 한국 역사의 근대성을 정리하는 일의 시급성은 아무리
강조해도 지나치지 않다.

　　우리 근대한국학연구소는 오랜 전통이 있는 연세대학교 조선학·한
국학 연구 전통을 원주에서 창조적으로 계승하고자 하는 목표에서 설립
되었다. 1928년 위당·동암·용재가 조선 유학과 마르크스주의, 그리고
서학이라는 상이한 학문적 기반에도 불구하고 조선학·한국학 정립을
목표로 힘을 합친 전통은 매우 중요한 경험이었다. 이에 외솔과 한결이
힘을 더함으로써 그 내포가 풍부해졌음은 두말할 나위가 없다. 연세대
학교 미래캠퍼스에서 20년의 역사를 지닌 매지학술연구소를 모체로 삼
아, 여러 학자들이 힘을 합쳐 근대한국학연구소를 탄생시킨 것은 이러
한 선배학자들의 노력을 교훈으로 삼은 것이다.

　　이에 우리 연구소는 한국의 근대성을 밝히는 것을 주 과제로 삼고
자 한다. 문학 부문에서는 개항을 전후로 한 근대계몽기 문학의 특성을

밝히는 데 주력할 것이다. 역사 부문에서는 새로운 사회경제사를 재확립하고 지역학 활성화를 위한 원주학 연구에 경진할 것이다. 철학 부문에서는 근대 학문의 체계화를 이끌고 사회과학 분야에서는 학제 간 연구를 활성화시키며 근대성 연구에 역량을 축적해 온 국내외 학자들과 학술 교류를 추진할 것이다. 이러한 연구들은 일방성보다는 상호 이해와 소통을 중시하는 통합적인 결과물의 산출로 이어질 것이다.

　근대한국학총서는 이런 연구 결과물을 집약적으로 정리하기 위해 마련한 총서이다. 여러 한국학 연구 분야 가운데 우리 연구소가 맡아야 할 특성화된 분야의 기초 자료를 수집·출판하고 연구성과를 기획·발간할 수 있다면, 우리 시대 연구자들뿐만 아니라 학문 후속세대들에게도 편리함과 유용함을 줄 수 있을 것이다. 새롭게 시작한 근대한국학총서가 맡은 바 역할을 충분히 할 수 있도록 주변의 관심과 협조를 기대하는 바이다.

2003년 12월 3일
연세대학교 미래캠퍼스 근대한국학연구소